Malena é um nome de tango

Almudena Grandes

Malena é um nome de tango

Tradução de
ARI ROITMAN e
PAULINA WACHT

EDITORA RECORD
RIO DE JANEIRO • SÃO PAULO

CIP-Brasil. Catalogação-na-fonte
Sindicato Nacional dos Editores de Livros, RJ.

G779m.
    Grandes, Almudena
        Malena é um nome de tango / Almudena Grandes; tradução de Paulina Wacht, Ari Roitman. – Rio de Janeiro: Record, 1998.

        Tradução de: Malena es un nombre de tango

        1. Ficção espanhola. I. Wacht, Paulina. II. Roitman, Ari. III. Título.

98-0982   CDD – 863
                          CDU – 860-3

Título original espanhol
MALENA ES UN NOMBRE DE TANGO

Copyright © 1994 by Almudena Grandes

A presente edição foi traduzida mediante auxílio da Direção Geral do Livro, Arquivos e Biblioteca do Ministério da Educação e Cultura da Espanha.

Todos os direitos reservados. Proibida a reprodução, no todo ou em parte, através de quaisquer meios.

Direitos exclusivos de publicação em língua portuguesa para o Brasil adquiridos pela
DISTRIBUIDORA RECORD DE SERVIÇOS DE IMPRENSA S.A.
Rua Argentina 171 – Rio de Janeiro, RJ – 20921-380 – Tel.: 585-2000
que se reserva a propriedade literária desta tradução

Impresso no Brasil

ISBN 85-01-04984-0

PEDIDOS PELO REEMBOLSO POSTAL
Caixa Postal 23.052
Rio de Janeiro, RJ – 20922-970

Sumário

PRIMEIRA PARTE
11

SEGUNDA PARTE
127

TERCEIRA PARTE
263

QUARTA PARTE
485

Ao meu pai,
à memória da minha mãe,
e à história do meu bisavô Moisés Grandes

Odeio e amo.
Sinto ambas as coisas e estou agonizando.

> Catulo

Não há carga mais pesada que uma mulher leviana.

> Miguel de Cervantes

A memória não passa de outra maneira de inventar.

> Eduardo Mendicutti

Existem três tipos fundamentais de mulheres: a puta, a mãe e a puta que pariu.

> Bigas Luna

I

Detendo-me, olhei para os ornamentos da fachada. Sobre a porta uma inscrição dizia "Hareton Earnshaw, 1500". Aves carnívoras de formas estranhas e crianças em posições lascivas emolduravam a inscrição.

Emily Brontë, *O morro dos ventos uivantes*

$\mathcal{P}$acita tinha os olhos verdes, sempre abertos, e lábios de índia, como os meus, que ela fechava quase sem encostar um no outro, deixando espaço entre as comissuras para dar passagem a um fio delicado de baba branca que ia escorrendo devagar, estancando às vezes na beira do queixo. Era uma criatura assustadoramente bela, a mais bonita das filhas da minha avó, com cabelo espesso, castanho e ondulado, um nariz difícil, perfeito em cada perfil, o pescoço comprido, luxuoso, e uma linha impecável, de arrogante beleza, unindo a rígida elegância do queixo com a flexibilidade tensa de um busto cor de caramelo ao qual aqueles grotescos vestidos de mulher consciente de seu corpo, que ela nunca escolheu, davam uma fabulosa e cruel relevância. Eu nunca a vi de pé, mas suas pernas ágeis, compactas, a robustez que matizava o brilho das meias de náilon que jamais foram expostas a ferida alguma, não mereciam o destino que lhes fora reservado para sempre pela síndrome implacável de nome anglo-saxão que paralisou seu desenvolvimento neuronal quando ainda não havia aprendido a manter a cabeça erguida. A partir de então nada mudou e nada mudaria jamais para aquele eterno bebê de três meses. Pacita já tinha vinte e quatro anos, mas apenas seu pai a chamava de Paz.

Eu ficava escondida atrás do castanheiro-da-índia e me lembro bem das pequenas esferas eriçadas de espinhos que apareciam entre as folhas, ou seja, devíamos estar na primavera, talvez na fronteira do verão, e suponho que devia faltar pouco para meu aniversário de nove anos, talvez dez, mas com certeza era domingo, porque todos os domingos, depois da missa de meio-dia, eu ia com mamãe tomar um aperitivo na casa dos meus avós, um palacete sombrio de três andares com jardim, na rua Martínez Campos quase esquina com Zurbano, que agora é a sede espanhola de um banco belga. Quando fazia tempo bom, Pacita ficava na sombra de uma figueira, amarrada com três correias numa cadeira de rodas especial, uma no peito, outra na cintura e a terceira, a mais grossa, entre esta última e a extremidade do assento, para evitar que escorregasse até o chão, e assim que eu distinguia sua silhueta entre as barras da grade, fixava a vista precisamente ali, no cascalho, único lugar em que tinha certeza de que não iria vê-la e tentava disfarçar os sinais de um tormento semanal, quente e vermelho, a inexplicável vergonha que arrasava o meu corpo em labaredas ferozes quando ouvia o impudico concerto de palavrinhas que minha mãe e minha irmã, como todas as outras mulheres da família, ofereciam em coro à minha pobre tia, aquela desajeitada animália imbecil que não podia vê-las quando contemplava o mundo com seus dois olhos verdes, sempre abertos, sempre arrasadoramente belos e vazios.

— Oi! — dizia mamãe, como se estivesse radiante por encontrá-la, fazendo biquinhos e estalando ritmicamente a língua contra o palato, como se faz para chamar a atenção dos bebês autênticos, as crianças que olham, e quando olham ouvem e quando ouvem aprendem. — Oi, Pacita, meu benzinho! Como vai, amor? Que dia maravilhoso, não é?!, que coisa boa, a manhã inteira pegando sol!

— Pacita, Pacita! — Reina a chamava, balançando alternadamente a cabeça de um lado para o outro. — Bilu, bilu...

E seguravam a mão dela e acariciavam seus joelhos e lhe beliscavam a bochecha e arrumavam sua saia e lhe davam palmadinhas e contavam os cinco dedinhos e sorriam o tempo todo, como se estivessem muito contentes consigo mesmas, supersatisfeitas por estarem fazendo o que tinham que fazer, enquanto eu olhava de longe, bancando a distraída nas costas delas para ver se aquilo colava, mas não colava nunca.

— Malena! — Mais cedo ou mais tarde, minha mãe virava a cabeça para me achar. — Você não diz nada para a Pacita?

— Oi, Pacita — cantava eu então, a voz se degradando contra a minha vontade até ficar reduzida a um sussurro ridículo. — Como vai, Pacita, tudo bem?

E segurava também a mão dela, que sempre estava fria e sempre úmida e viscosa de baba e de uma mistura fedorenta de restos de papinha e creme pestilento e olhava em seus olhos e o que via neles me estremecia de medo e me fazia sentir culpada pelo nojo egoísta que Pacita me inspirava, e então, cada manhã de domingo com mais intensidade, com mais paixão do que nunca, eu implorava à Virgem que me concedesse aquele pequeno milagre particular, e durante o resto da manhã, enquanto permanecia prisioneira naquela casa odiosa, rezava sem parar, sempre em silêncio, Virgem Santa, Minha Mãe, me faz este favor e nunca mais peço nada, em toda a minha vida, puxa, afinal, não é tão difícil assim, para você não é trabalho nenhum... Meus primos homens não tinham que ir falar com a Pacita, nem beijar, nem fazer carinho, nunca tocavam nela.

Mas naquela manhã, emboscada na sombra do castanheiro-da-índia, eu não rezava mais, não precisava rezar. Ele estava sentado numa cadeira ao lado da filha, e sua simples presença, uma força mais poderosa que o vento, a chuva ou o frio que confinavam minha tia entre as paredes do quarto durante o inverno inteirinho, já havia abortado, de cara, a cerimônia profana de todos os domingos e me deixara exposta a um perigo maior, de incalculáveis arestas, porque, de todas as coisas que me davam medo no casarão da Martínez Campos, a sombra dele era sem dúvida a mais aterradora. Meu avô Pedro tinha nascido sessenta anos certinhos antes de mim, e era ruim. Ninguém nunca me alertou nem, jamais, explicou por quê, mas eu respirava aquela verdade amarga desde que tinha memória, os móveis sussurravam aquilo, os odores confirmavam, as árvores propagavam, e até o chão parecia ranger sob as solas dele, querendo me avisar a tempo da proximidade daquele homem estranho, alto demais, rijo demais, duro demais e grisalho e brusco e forte e soberbo, a olhar com uns olhos cansados, sob o pavoroso traço de duas sobrancelhas cortantes, largas e hirsutas, de uma alvura puríssima.

Meu avô não era mudo, mas nunca falava. Entreabria os lábios por um instante quando o lastro infantil da boa educação ocupava o lugar da sua vocação adulta de fantasma encarnado, e se cruzasse conosco no corredor nos cumprimentava e, se não tivesse outro jeito a não ser nos mandar embora, ele mandava, mas nunca participava das conversas, nunca nos chamava, nem beijava, nem fazia uma visita. Passava a maior parte do tempo com Pacita, uma sombra incapaz de apreciar a qualidade do seu silêncio, e a vida dele era tão misteriosa, no mínimo, quanto tenebrosa sua reputação. Às vezes, antes de sair de casa, mamãe nos avisava que o pai estava viajando e não dava mais pistas, não mencionava o lugar aonde ele havia ido nem a data do regresso, exatamente o contrário do que acontecia com as eternas férias de sua irmã gêmea, minha tia Magda, o outro membro da família que passava a vida viajando, mas cujo paradeiro sempre conhecíamos porque ela avisava antes de partir e depois mandava cartões e até trazia presentes na volta. Ele, porém, podia passar semanas em Madri sem que nós percebêssemos, porque ficava os dias inteiros trancado no escritório do primeiro andar e só aparecia no térreo na hora das refeições, isso quando não comia sozinho com a Paz. Agora estava sentado ao lado dela, olhando para a frente sem fixar a vista em nenhum ponto concreto, e eu o estudava à espreita de qualquer descuido, de qualquer oportunidade para atravessar o jardim em direção ao salão, onde meus pais e minha irmã continuavam comemorando com o resto da família o aniversário, as bodas ou o falecimento de alguém, a julgar pelo confuso murmúrio que se filtrava pelas janelas encostadas. Na certa já traçaram toda a tortilla, pensei, enquanto lamentava amargamente ter me atrasado, como todos os domingos, na medida certa para que os outros entrassem juntos na casa, andando mais rápido que de costume, porém, sem perceber que me deixavam para trás, à mercê da fúria daquele homem terrível. No entanto, acocorada atrás do castanheiro-da-índia, eu me sentia tão segura, que na primeira vez que ouvi não pude acreditar que era ele quem estava falando comigo.

— O que está fazendo aí escondida, Malena? Vem aqui comigo, vem.

Tenho certeza absoluta de que até então nunca me dirigira tantas palavras juntas, mas não respondi, nem me mexi, nem sequer respirei. A voz que acabava de ouvir tinha um som tão familiar, e ao mesmo tempo tão estranho para mim, quanto a do padeiro ou a do cobrador do ônibus, esse tipo de pessoas que a gente pode ver todos os dias, durante uma vida inteira, mas que só ouve pronunciar, no máximo, uma dúzia de frases, quase sempre as mesmas. Nos lábios do meu avô, eram sempre as mesmas, e não chegavam a meia dúzia, oi, me dá um beijo, toma uma bala, vai com a sua mãe, tchau. A novidade me deixava apavorada.

— Você sabe qual é o animal mais bobo da Criação? — prosseguiu em voz alta, rompendo o código que ele mesmo havia imposto e obedecido com rigor até aquele momento. — Vou te contar. É a galinha. Sabe por quê?

— Não — respondi com um fio de voz, ainda atrás do castanheiro, sem me atrever a sair.

— Porque se você põe na frente da galinha um pedaço de tela metálica do tamanho dessa árvore, mais ou menos, e do outro lado deixa um punhado de grãos, ela vai ficar a vida inteira quebrando o bico no arame e nunca vai pensar em rodear o obstáculo para chegar até a comida. Por isso ela é a mais boba.

Estiquei lentamente a perna esquerda e fechei os olhos. Quando abri de novo, já estava em frente ao meu avô, que olhava para mim com um cenho apenas alinhavado, e nesse momento eu podia ter corrido em volta da cadeira da Pacita e chegado à porta antes de ele perceber, mas não fiz isso, porque tinha certeza de que a essa altura já deviam ter devorado a tortilla toda e, além do mais, já não estava com medo dele.

— Eu não sou uma galinha — afirmei.

— Claro que não — disse, e sorriu para mim, e tenho certeza absoluta que aquele foi o primeiro sorriso que me deu na vida. — Mas você é um pouco medrosa, porque se esconde de mim.

— Não é de você — murmurei, mentindo em parte e em parte dizendo a verdade. — É de...

Apontei para a Pacita, e o assombro alterou o rosto dele.

— Da Paz? — perguntou, depois de um intervalo. — Você tem medo da Paz? Sério?

— É, eu... Ela me assusta um pouco, porque nunca sei direito para onde está olhando nem o que está pensando, já sei que ela não pensa, mas... E além disso... — eu falava bem devagar, olhando para o chão, e percebia que minhas mãos estavam suando e meus lábios tremiam enquanto procurava, rápido, palavras impossíveis, que me permitissem sair do apuro sem magoá-lo ao mesmo tempo. — Sei que é uma coisa ruim, muito ruim, horrível, mas também me dá... Não é nojo, é... Bem, um pouquinho, sim... — E então tive que admitir que dificilmente poderia me sair pior, e resolvi soltar aquele consolo absurdo. — Mas ela é muito bonita, não é?, ah, isso sim, mamãe sempre diz e é verdade mesmo, ela é bonita à beça, a Pacita.

Meu avô recebeu minha desastrada caridade com uma gargalhada, e tenho certeza absoluta de que nunca o vira rir antes disso.

— Você é que é bonita, princesa — disse, e estendeu uma mão, que eu apertei sem hesitar. — Vem cá — me levou para perto dele e me sentou em seus joelhos —, olha bem para ela. Ela nunca vai poder machucar você, nunca vai machucar ninguém. É dos outros que a gente tem que ter medo, Malena, dos que pensam, dos que deixam você adivinhar para que lado estão olhando. Esses é que olham sempre na direção contrária à que você pensa. De qualquer maneira, creio que entendi o que você quer dizer, mas não acho que isso seja muito ruim, nem sequer ruim, aliás. Até diria que é bom. Eu, pelo menos, gosto.

— Mas você sempre está perto dela e a mamãe diz que a gente tem que dizer coisas para ela e ser carinhosa e fingir que está muito feliz em vê-la, para que o pessoal que mora aqui fique contente. Não é por ela, entende?, mas pela vovó e por você e coisa e tal... Eu não consigo, olho para ela e... Sei lá, acho que se ela pudesse perceber isso não gostaria, porque é muito mais velha que nós e sempre está tão elegante, de salto alto e jóias e... ela não é um neném, essa é que é a verdade. Me dá pena, não posso tratá-la como trato as outras. Não zanga comigo, vovô, mas eu nunca fico feliz em vê-la.

Ele então me segurou pelos ombros e me virou um pouco para poder olhar dentro dos meus olhos, e eu percebi que, embora nunca tivesse falado comigo, embora nunca tivesse me dado um sorriso, embora eu nunca o tivesse visto rindo, ele já havia me olhado daquele jeito muitas, muitíssimas vezes. Depois me apertou contra o peito, cruzou os braços em cima do meu corpo e encostou a bochecha pontuda e dura no lado direito da minha testa.

— Ela gosta muito de passear — disse —, mas sua avó nunca a leva porque não quer que as vejam juntas por aí. Eu sempre saio com ela, e quando a Magda está aqui vem comigo. Já está na hora.

— Eu vou também, se você quiser — respondi depois de dar um tempinho, porque Pacita continuava me provocando medo e nojo, mas ele me transmitia calor, eu nunca tinha recebido tanto calor como o que ele estava me dando com um só gesto, e ninguém jamais dissera que gostava de mim, e ele sim, e até me chamou de princesa.

Antes de sair, encostou a cadeira embaixo do átrio da garagem e entrou na casa. Pensei que só queria avisar minha mãe que ia me levar com ele, mas voltou com um monte de coisas. Sempre em silêncio, molhou um algodão no conteúdo de um pote de plástico branco que trazia no bolso e limpou a maquiagem da Pacita com algumas esfregadas enérgicas, nos lábios, bochechas e pálpebras. Tirou os brincos, duas pequenas flores de brilhantes e safiras, os anéis e o colar de pérolas, e colocou tudo num saquinho de veludo que escondeu embaixo de uma telha, no alpendre de uma janelinha da garagem. Depois cobriu a filha com uma manta, sobre a qual ajeitou seus braços, e então senti uma dor aguda no calcanhar.

— Lenny! — berrei. O cachorro da minha avó, um diminuto *yorkshire terrier* de pêlo comprido, castanho, preso na testa com uma fita vermelha, pulava em volta de mim como uma pulga odiosa e zangada, satisfeito de já ter cobrado, nos meus calcanhares, o tributo obrigatório a que invariavelmente submetia os convidados.

— Dá um chute nele — disse o vovô, com uma voz tranqüila, levantando a trava da cadeira.

— Mas... não posso — respondi, balançando negativamente a cabeça. — Não devo maltratar...

— Os cachorros. Mas isso aí não é um cachorro, é um rato. Dá um chute nele.

Olhei um segundo para o animal, ainda indecisa. Depois estiquei a perna, dei um impulso no pé, procurando não descarregar nele todas as minhas forças, e Lenny voou pelos ares. Na queda, bateu numa coluna e escapuliu depressa. Soltei uma gargalhada tão funda que já estava me sentindo pessimamente antes de terminar de rir, mas olhei para o lado e me tranqüilizei: ele sorria. Foi depois, já na calçada, do outro lado da grade entreaberta, que ficou sério e abaixou a voz para me propor um enigma que eu ainda não podia compreender.

— Você reparou que todos os outros ficam lá dentro?

No começo não soube o que responder, como se estivesse pressentindo o ardil, a armadilha que espreitava por trás de uma pergunta tão óbvia, tão fácil de responder, mas tive a ousadia de responder antes que ele notasse o meu desconcerto.

— Claro — disse, e só então ele fechou a porta.

— Vem, sobe aqui na travessa — ofereceu, apontando para a barra metálica que unia por trás as duas rodas — e segura no encosto com as duas mãos, muito bem. Assim você não vai se cansar.

Empurrou a cadeira e começamos a andar, deslizando lentamente por uma ladeira suave. A brisa quente tropeçava no meu rosto, meu cabelo dançava, o sol parecia contente e eu também.

No domingo seguinte não vi o vovô. Uma semana depois, quando cheguei, encontrei-o no vestíbulo da casa, falando em voz baixa com dois homens de sua idade, muito bem vestidos, muito sérios. Mamãe cumprimentou-o — oi, papai — sem se aproximar dele, continuou andando e Reina foi atrás, de olhos fixos no chão. Eu não me atrevi a abrir os lábios, mas quando passei perto olhei para o seu rosto. Ele sorriu e piscou um olho, mas também ficou em silêncio e desde então foi sempre assim. Quando não estávamos a sós, meu avô, sábio, me protegia com um muro colossal, fabricado com os fingidos tijolos da sua indiferença.

Não gosto de geléia, mas quando não tem outra coisa no café prefiro, nesta ordem, a de morango, a de framboesa e a de amora, como a maior parte das pessoas que conheço. Minha irmã Reina só gosta de geléia de laranja azeda. Quando éramos pequenas e passávamos as férias com a família da minha mãe numa fazenda que o vovô tinha em La Vera de Cáceres, a babá às vezes preparava uma sobremesa especial, uma laranja pelada — a polpa descascada com capricho, duas, três, quatro vezes, primeiro a casca, depois as compactas camadas de fibra amarelada onde os médicos dizem que moram as vitaminas, limpa finalmente a gaze de veias brancas que suporta a feliz pressão do suco — e depois cortada em rodelas finas, que ela borrifava, já arrumadas sobre a travessa como pétalas de uma flor, com um fiozinho de azeite verde e uma neve de açúcar branco. O caldo dourado que ficava brilhando na louça quando eu já tinha acabado de comer, devagar, a polpa acre e doce daquela fruta bendita que sempre durava muito pouco, era o bálsamo mais eficaz que eu já conheci, o remédio insuperável para todos os pesares, a âncora mais potente entre meus pés e a Terra, um mundo que me dava laranjas e açúcar e azeitonas verdes, virgens, um nome de Deus, a chave da minha vida. Reina não gostava daquela sobremesa tão gordurosa, tão barata, aquele vulgar milagre do povo. Demorei anos para descobrir que o que torna amargas as laranjas é precisamente a fibra amarelada que a babá extirpava com tanto cuidado, sem jamais quebrar a teia de aranha que preserva a polpa suculenta, ensolarada, da ameaça daquele amargor branco, tumor da secura e do alheio. A parte boa é a de dentro, dizia ela com um sorriso enquanto eu a observava, minha boca cobiçosa segregando de antemão um nebuloso mar de saliva. Sempre gostei da parte de dentro, os sabores mais doces e os mais salgados, os fogos de artifício e as noites sem lua, as palavras sonoras e as idéias antigas. Só aspiro a milagres pequenos, comuns, como certas sobremesas do povo, e gosto mais da geléia de morango, como a maior parte das pessoas que conheço, mas há pouquíssimo tempo descobri que nem por tudo isso sou vulgar. Demorei a vida inteira para aprender que a distinção não se esconde na fibra amarga das laranjas.

    Tenho a idade de Cristo e uma irmã gêmea, muito fina, que não coleciona fantasmas e nunca se pareceu comigo. Durante toda a minha infância, contudo, eu só quis me parecer com ela, e talvez por conta disso, quando éramos pequenas, já não lembro com precisão a data nem a idade que ambas tínhamos naquela época, Reina inventou um jogo particular, secreto, que não terminava nunca, porque era jogado todo dia, a toda hora, no tempo real da nossa própria vida. Todas as manhãs, ao acordar, eu era Malena e era Maria, era a boa e a má, era eu mesma e era, ao mesmo tempo, o que Reina — e com ela minha mãe e minhas tias e a babá e minhas professoras e as amigas e o mundo e, para além de suas fronteiras, o universo inteiro e a misteriosa mão que dispõe a ordem de todas as coisas — queria que eu fosse, e eu nunca sabia quando ia cometer um novo erro, quando dispararia o alarme, quando uma nova discrepância seria detectada entre a menina que eu era e a que devia ser. Eu pulava da cama, vestia o uniforme, lavava o rosto, escovava os dentes, sentava para tomar o café e esperava que ela me chamasse. Certos dias pronunciava simplesmente o meu nome, e eu ficava, mais do que alegre ou satisfeita, corriqueiramente conformada com a minha pele. Outros dias me chamava de Maria antes de sair de casa, porque eu estava com a blusa para fora da saia ou tinha posto na boca uma faca com manteiga ou esquecera de me pentear ou havia guardado os cadernos na mochila sem arrumar direito e uma folha de papel amassada aparecia num canto. Quando voltávamos para casa, de tarde, eu costumava deitar na minha cama e ela ia escorregando devagar da sua até ficar sentada no chão, para se levantar depois, muito suavemente, em um lado, e eu notava que a cabeça ganhava altura, mas só depois, muitos anos depois, pude reconstruir totalmente os movimentos dela e percebi que ficava de joelhos para falar comigo.

— Maria... — disse ela naquela tarde de domingo, com o sotaque lastimoso que algumas freiras do colégio, as piores, empregavam quando se dirigiam a mim, num tom que não permitia prever se iam me deixar sem recreio —, Maria, minha filha, será que você não está percebendo? Mamãe está muito triste, coitadinha. Como é que você foi capaz de ir para a rua com o vovô? O que foi que ele comprou para você?

— Nada — respondi. — Não me comprou nada, só levamos Pacita para dar um passeio.

— E ele não te ofereceu nada? — Neguei com a cabeça. — Tem certeza? — Voltei a negar. — Será que ele não deu vinho com gasosa para você? Vovó contou que ele adora dar vinho às crianças, diz que é uma coisa civilizada, veja só, que maluco, e você sabe que a mamãe não deixa a gente tomar vinho, nem com água... Vovó também ficou zangada à beça. Olha, Maria, você não está se comportando nada bem. Levanta já daí. Se prometer que nunca mais vai fazer isso, ajudo você nos deveres.

Então tornei a rezar, pedi à Virgem aquele milagre que não lhe custaria nada e podia arrumar a minha vida para sempre, levantei devagar da cama, rezando e assim mesmo rezando, enfrentei outra sessão de tortura, aqueles problemas absurdos, ridículos, astronomicamente estúpidos, que nem sequer eram problemas autênticos, porque saber quantos gramas pesam cinqüenta e dois litros de leite não serve para nada, porque sempre se irá comprar leite em litros e nenhum cretino jamais vai vender em gramas, e, como eu continuasse rezando, não percebi nada, e continuei me chamando Maria quando resolvi a primeira operação e a segunda e a décima quinta, sempre Maria, como aquela madrasta ingrata que nunca quis me ouvir, virgem avarenta e branquela, tão diferente das generosas virgens cobreadas, aquela mulher que não me amava porque na certa também preferia, como a minha irmã, a fibra amarga do sacrifício à doce carne das laranjas.

Quando levantei a vista, já estava segura que a irmã Gloria franzia suas terríveis sobrancelhas só para mim. Apertei o talo da flor entre os dedos e senti que a minha pele se tingia de sangue verde. A vareta sólida e rija, quase estalando, que eu havia tirado apenas duas horas antes do vaso da sala, dobrava-se agora sobre si mesma, exausta, fofa como um aspargo cozido demais, em busca de um botão acometido de vertigens cujas pétalas cobiçavam alarmantemente o chão. A fila avançou e eu tentei me esconder atrás do corpo de Reina, mas a irmã Gloria não tirava os olhos de mim, e as sobrancelhas dela, dois bestiais traços negros feitos para sublinhar a dureza de um rosto incapaz de qualquer nuance, já se encontravam tão perto uma da outra que pareciam estar a um passo de se juntarem para sempre. Cantei com todas as minhas forças para desterrar o pânico que aquela ave de rapina me inspirava e olhei para a frente. Por cima do ombro da minha irmã via-se um gladíolo fresco, salpicado de flores brancas e ereto como a baioneta de um soldado, perfeito. Amanhã vou escolher um gladíolo, disse para mim mesma, embora o copo-de-leite desmaiado entre as minhas mãos fosse uma réplica exata daquele que Reina tinha levado para o colégio na manhã anterior. Todas as minhas flores murchavam, mais cedo ou mais tarde, esmagadas entre as pastas, ou caíam no corredor, ou no ônibus, e uma menina as pisava, ou simplesmente se partiam nas minhas mãos quando eu mexia o braço para cumprimentar alguém, fossem açucenas, copos-de-leite, rosas, cravos, a espécie tanto fazia, eu nunca fui cuidadosa, mas naquela primavera a natureza inteira parecia conspirar contra mim.

Imaginei que a Virgem não ia ligar muito e, quando julguei que já me encontrava adequadamente perto do altar, comecei a rezar mexendo os lábios com muita rapidez, em silêncio. Não acredito que alguém tenha rezado alguma vez com mais fé, com mais empenho, por uma causa tão disparatada como a minha, mas naquela época eu tinha apenas onze anos e ainda podia acreditar nos grandes milagres. Minhas esperanças não iam mais longe, porque sabia muito bem que jamais obteria aquela graça de que precisava tão desesperadamente sem uma intervenção divina das boas, porém, por mais que o céu não tivesse se aberto em cima da minha cabeça e por mais que eu pressentisse que nunca se abriria, continuava rezando, rezei naquela manhã, como todas as manhãs, até chegar na altura do simulacro grosseiro de nuvem, mal esculpido num pedaço de madeira pintado de azul claro, e joguei os despejos da minha oferenda a uns pés diminutos que pisavam na Lua sem maltratá-la e prossegui atrás da minha irmã Reina até a porta, sempre rezando.

A irmã Gloria, encostada de lado numa parte da porta, me deteve com um simples gesto do braço estendido. Eu estava tão absorta em minha oração que custei a reagir, o que só fez piorar as coisas.

— Não fuja, Magdalena... Ainda é dia dezessete, mas o mês de Maria já acabou para você, está claro? A partir de amanhã, enquanto nós todas estivermos aqui, você vai passar uma hora de estudos lá em cima, na sala de aula. Eu mesma vou te dar o dever. E presta atenção de agora em diante, porque estou cansada dos seus descuidos. Acho que você está se arriscando a... Dá para entender, não é?

— Dá, irmã. — Me cumprimentei por não ter respondido simplesmente sim, por mais que já pudesse divisar, como se a visse pintada no ar, uma longuíssima coluna de raízes quadradas e por mais que já estivesse matutando como ia me sair daquela. Nunca soube fazer raiz quadrada, não entendo de jeito nenhum.

— Este mês fazemos uma homenagem à nossa querida Nossa Senhora, mas o que a Virgem merece são flores, símbolo da nossa pureza, e não verdura.

— Sim, irmã.

— Não sei como você pode ser assim, não dá para entender... Bem que poderia aprender com a sua irmã.

— Sim, irmã.

Então Reina interveio, com uma firmeza prodigiosa que só demonstrava às vezes.

— Desculpe, irmã, mas se nós continuarmos aqui vamos chegar tarde na aula.

O cenho se franziu mais uma vez, como se fosse ele e não os olhos daquela medusa que estivesse me examinando de cima a baixo, procurando qualquer pecado suplementar.

— E enfia a blusa para dentro da saia!

— Sim, irmã.

Ela alterou levemente sua postura e girou a cabeça para me dar a entender que nossa entrevista havia terminado, mas eu ainda não tinha coragem para me mexer, estava doente de medo.

— Já posso sair, irmã?

Reina me puxou antes de ouvir a resposta. Quando já tínhamos nos afastado alguns passos, me passou um braço em cima do ombro e esfregou a mão fria no meu rosto, como se quisesse aquecer minha bochecha, limpá-la da vergonha que me coloria a pele até sua raiz mais remota.

— Não fica nervosa, Malena. — Sua voz era fina e aguda, como a de um bebê que está aprendendo a falar, e ao pronunciar meu nome Reina me fez saber que estava do meu lado. — Aquela bruxa não pode te fazer nada, entendeu? Papai e mamãe pagam para a gente estudar aqui e só o que interessa a elas é o dinheiro. A história das flores é uma bobagem, não vai acontecer nada, sério...

As meninas que vinham pelo corredor na direção contrária à nossa ficavam nos olhando com curiosidade e uma distante compaixão solidária, aquele sentimento quase universal que substituía o autêntico companheirismo entre os muros daquele recinto perigoso, cercado como uma prisão. Imagino que formávamos uma dupla peculiar, eu despenteada e com a blusa para fora da saia, mais alta que ela e muito mais forte, fazendo biquinho, e Reina, pequena e pálida, com os sapatos brilhando e uma voz que parecia quebrar as palavras antes de terminar de pronunciá-las, me sustentando. O contraste daquela imagem com a oposta, que parecia mais lógica, fazia com que eu me sentisse ainda pior.

— Além do mais, tia Magda é daqui e você é afilhada dela, nunca vai deixar que te expulsem... Escuta, faz um bocado de dias que não a vejo. Ela não está vigiando a saída, esquisito, não é?

Parei de repente, me desprendendo do abraço da minha irmã para olhá-la de frente, e uma nova sensação, uma inquietação alinhavada com umas gotas de desconcerto, desterrou de vez a tutora, com todas as suas ameaças, para o limbo dos medos que ainda podem esperar. Eu não conseguia dormir de noite, meditando na resposta que daria àquela pergunta, e ainda não tinha encontrado uma mentira suficientemente eficaz. Reina estava me olhando com desconfiança, como se não esperasse aquela lerdeza em minha reação, quando fiz um gesto ambíguo com os lábios para ganhar tempo e a sorte recompensou minha fidelidade com o som da campainha chamando para a primeira aula.

Quando me sentei na carteira, o aspecto do mundo já havia melhorado bastante. Durante toda a minha infância, a atenção de Reina sempre teve um efeito balsâmico imediato sobre as minhas feridas, como se seu hálito as cicatrizasse antes de se abrirem totalmente. Bem ou mal, o tal castigo tinha muito de prêmio, pois não era nada divertido permanecer uma hora inteira em pé, semi-adormecida, apertada entre todas as outras meninas naquele vestíbulo transformado em capela, cantando canções bobocas com uma flor na mão. De tarde eu pediria a Reina para me ensinar a tirar raiz quadrada e ela não ia se negar, talvez eu entendesse tudo se ela me explicasse, e com relação a Magda eu também não estava fazendo nada de mau, na verdade o meu segredo era quase uma bobagem... Então irmã Gloria apareceu na porta e eu achei que o céu tinha escurecido de repente, por mais que por trás das janelas continuasse brilhando um firme sol de maio. Eu esquecera que era quarta, matemática na primeira hora. Tentei meter a blusa para dentro da saia sem me levantar da cadeira e invoquei, sem resultado algum, o improvável espírito da lógica dos conjuntos.

Enquanto copiava a monstruosa fileira de vês maiúsculos com rabinho que borravam o quadro numa velocidade vertiginosa, recuperei sem nenhum esforço o ritmo da minha oração, que nunca mudava, e continuei num murmúrio quase imperceptível, mas mexendo os lábios para surtir mais efeito, porque achei que naquela manhã precisava do milagre mais do que nunca e já pressentia que não estava errada, Virgem Santa, Minha Mãe, me faz esse favor e não te peço mais nada em toda a minha vida, não custa nada, você pode conseguir, Virgem Maria, por favor, me transforma em menino, vai, não é tão difícil assim, me transforma em menino, eu não sou feito a Reina, é verdade, Virgem Santa, por mais que eu tente, não sirvo para menina...

Jamais terminei de copiar aquelas raízes quadradas. Tinham passado menos de dez minutos desde o começo da aula quando a madre superiora se anunciou com umas batidinhas na porta e em seguida apareceu sua cabeça de lado, reclamando a atenção da nossa tutora na decorosa linguagem de gestos mudos que todas as freiras utilizam. Ela fez que sim, inclinando o queixo por um instante, mas seu rosto, acalorado pela fúria com que arranhava o quadro para desenhar seus malditos números de giz, perdeu a cor, todo mundo percebeu. A visita da superiora, aquele misterioso ente com hábito que nunca se dignava a descer do terceiro andar a não ser para presidir a missa de aniversário da Madre Fundadora, só podia ter uma razão. Havia acontecido alguma coisa muito grave, uma coisa muito, muito grave, talvez uma expulsão definitiva, no mínimo uma suspensão.

Ouvimos as recomendações habituais — trabalhem nestes exercícios, em silêncio e cada uma na sua cadeira, e ninguém apaga o quadro, se alguém falar, ou se levantar, que a delegada da turma anote o nome numa folha e me entregue depois, eu volto já — e ficamos sozinhas. Após dois ou três minutos de silêncio absoluto, em parte preventivo, em parte fruto da surpresa gerada por aquela imprevista ausência de autoridade, explodiram os boatos, e minha irmã, delegada da turma também naquele ano, não fez nada para evitá-los porque estava tão excitada como as outras. Mas os acontecimentos se sucederam muito rapidamente. Rocío Izquierdo, uma infeliz que era incapaz de tramar direito a menor mentira, ainda não terminara de contar uma história estúpida sobre as barras de chocolate que sumiam da despensa quando a irmã Gloria reapareceu bruscamente e, sem exigir silêncio, sem nem mesmo reparar na desordem da sala, as cadeiras separadas das mesas, as alunas distribuídas em grupinhos, Cristina Fernández comendo um sanduíche, Reina em pé, em delito flagrante, estendeu um braço na minha direção e, apontando com o dedo, pronunciou o meu nome.

— Magdalena Montero, venha comigo.

Quando tento lembrar o que aconteceu depois, minha memória se nega a me devolver imagens nítidas e envolve a realidade, pessoas e coisas, numa espécie de bruma cinzenta que antes eu só vira em sonhos. Então contemplo os rostos das minhas colegas, mudas e assustadas, como se a carne delas fosse gelatinosa, como se pudesse modificar-se e crescer, mudando constantemente de forma, mas não posso ter certeza de que não as estivesse vendo precisamente assim naquele momento, troquei um olhar líquido com Reina, e talvez minha lembrança seja correta, porque nunca estivera tão perto do fracasso e todos os meus sentidos falhavam, eu tremia da cabeça aos pés mas o medo não me impedia os movimentos, antes os acelerava, e quando cheguei perto da irmã Gloria, quando ela fechou a porta e me vi no corredor, isolada dos meus, separada da minha irmã, exilada à força num território hostil, foi pior ainda. As paredes, os armários metálicos em que guardávamos os casacos de manhã, as plantas que enfeitavam os cantos, não eram cinzentos, mas não consigo lembrar mais da sua cor. O hábito da minha tutora levava um século para varrer solenemente cada uma das lajotas do terraço, borrifadas de manchas brancas que não me pareciam mais mortadela de Bolonha, e o ar fedia a lixívia, aquele cheiro nojento de limpeza que, no inverno, neutralizava os efeitos da calefação e não me deixava ficar aquecida. Eu queria falar, perguntar o que tinha acontecido, pedir desculpas por ofender a Virgem com as flores murchas, ajoelhar para pedir clemência ou me deleitar depravadamente com minha infortunada condição de vítima, mas sentia os ossos das pernas avisando que estavam cansados, cada vez mais cansados, e as pontas das unhas doíam como se não conseguissem se acoplar com meus dedos, me sentia capaz de manipular palavras mas não de pronunciá-las, e não abri os lábios, Virgem Maria, você não é boa, quer dizer, talvez seja boa, mas não gosta de mim, se gostasse me transformaria em menino e tudo seria mais fácil, eu seria mais feliz, faria tudo melhor se fosse menino...

Meus ataques ainda não haviam adquirido a consistência de uma prece quando a freira, que não tinha mencionado o lugar aonde nos dirigíamos, parou diante de uma porta que eu nunca havia transposto e abriu-a sem se virar para mim. Nem me ocorreu ler a plaquinha de plástico colada no vidro esmerilhado, mas a visão de uma autêntica sala de estar, com sofás e poltronas estofadas em torno de uma mesa de vidro, aquela caminha com forro até o chão e uma televisão num canto, me tranqüilizou antes mesmo da silhueta da minha mãe, que sorria lá no fundo, seu casaco de pele como uma mancha colorida na abrumadora cortina branca de hábitos à sua volta. Por um instante tive a sensação de ter escapado do mundo verdadeiro, atravessando um túnel que desembocava sem nenhum aviso num planeta gêmeo, mas diferente, uma sala sem móveis de fórmica na qual o aroma de café recém-coado substituía o fedor nojento da lixívia e o desinfetante de que eu me livrara para sempre, até que divisei na parede um cartaz bem grande — SALA DE PROFESSORAS — e, depois de ler uma coluna de nomes inequivocamente familiares, tive que admitir que só havia percorrido alguns metros de corredor. A irmã Gloria continuava ao meu lado, sorridente. Talvez ela estivesse sorrindo durante todo o percurso, eu não me atrevera a olhar para ela até então.

— Não vou ser expulsa, não é? — perguntei baixinho, para ninguém mais ouvir.

— Não fala bobagem!

Meu corpo amoleceu de repente, meu cérebro recuperava pouco a pouco a umidade. Quis emitir um suspiro quase teatral, deixei cair todo o meu peso sobre o pé direito e, como se estivesse conectando sem perceber um fio enterrado bem longe, fora da minha vontade, procurei Magda com os olhos e não a encontrei. A voz da minha mãe, que me chamava num tom opaco que eu teria reconhecido entre uma centena de sotaques, me fez temer que aquela reunião não tivesse nada a ver com o cargo de presidente do comitê de ex-alunas, e minha serenidade evaporou antes de se instalar. Viajei sem transição do terror ao desconcerto, e não sei dizer qual das duas etapas foi a mais desagradável.

Mas fiquei contente em ver minha mãe. Gostava tanto da presença dela nas horas de aula quanto ao descobrir uma surpresa diminuta que, de repente, torna suportável, até doce, a indigerível massa ressecada de um biscoito barato, preparado sem amêndoas nem água de rosas. Eu era semi-interna e não morava perto do colégio, por isso a maior parte dos meus dias transcorria entre as tripas daquele colosso de tijolos vermelhos que me engolia às nove e quinze da manhã e não me vomitava até as cinco e meia da tarde. Nessa época, como suponho que acontece com a maioria das crianças submetidas à mesma rotina sufocante, eu tinha a sensação de pertencer a duas casas diferentes, de viver duas vidas não apenas diferentes, mas opostas e até irreconciliáveis entre si, e minha mãe, que pertencia ao mundo da cama quentinha e do café da manhã abundante dos fins de semana, parecia estar ali, na hora errada, para me revelar que aqueles prazeres formavam parte de uma realidade mais poderosa, mais perdurável que os muros que nos rodeavam, porque ela podia vir ao colégio para me resgatar numa hora delicada como aquela, mas o colégio nunca poderia penetrar nos seus domínios. Eu me apoiava naquela amável teoria enquanto ia me aproximando para beijá-la perto da orelha, onde ainda perdurava um fiapo do seu perfume, mas ela segurou os meus punhos e me pediu para sentar ao seu lado, com uma rispidez que me envergonhou diante de testemunhas tão indesejáveis.

— Escuta bem, Malena, aconteceu uma coisa grave. Estamos todos numa enrascada muito grande. Magda desapareceu, foi embora sem avisar, entende?, e não conseguimos encontrá-la, não sabemos nada sobre ela.

— Não devíamos tê-la recebido, Reina, você sabe que eu sempre fui contra. — A madre superiora se dirigia à minha mãe, que fora sua aluna muitos anos antes. — Uma mulher feita, há tantos anos vivendo no mundo... Eu devia saber que não ia dar certo.

Mamãe olhou para ela e fez um gesto em sua direção exigindo silêncio. Eu começava a compreender, desfeitas já todas as minhas ilusões, que estava diante de uma coisa parecida com um tribunal e não pude resistir à tentação de me defender, embora ninguém tivesse me acusado de nada:

— Bem, ela já é adulta, não é? Pode fazer o que quiser.

— Não diga absurdos, Malena! — Agora minha mãe é que ficava envergonhada de mim. — Sua tia é uma freira, fez votos, ela não pode tomar decisões por si mesma, mora na comunidade, ela escolheu. E agora, ouve. Antes de ir embora, Magda escreveu duas cartas, uma para a vovó e outra para mim, duas cartas horríveis e cheias de absurdos, como se tivesse ficado doida, nem para a madre superiora eu quis mostrar, imagina só. Na carta que recebi, ela fala bastante de você. Nunca te tratou como os outros sobrinhos, sabe, para ela você é uma criança especial, acho que pensa um pouco em você como a filha que nunca vai ter...

— Deus te ouça!

Mamãe ignorou o perverso comentário da irmã Gloria e continuou. Parecia ainda estar serena.

— Por isso tenho pensado, temos pensado, as irmãs e eu, que talvez, bem, a Reina me disse que vocês conversavam muito no recreio, não é?, talvez ela... tenha contado alguma coisa, ou você tenha notado algo diferente, ou esquisito, enfim, procuramos por ela na casa de Almansilla, ligamos para todas as amigas, perguntamos até para don Javier, o tabelião do vovô, se ela passou pelo escritório dele para assinar algum documento, um testamento, sei lá... Ninguém sabe de nada. Ninguém a viu, ninguém falou com ela nos últimos cinco dias, mas ela tirou todo o dinheiro do banco, nós precisamos localizá-la, se saiu da Espanha com outro nome, por exemplo, você nunca mais vai voltar a vê-la.

O que me deixou alerta foi o singular, porque mamãe podia ter usado o plural, tão insistentemente repetido ao longo daquele discurso, ou apelado para a minha compaixão falando na primeira pessoa, afinal era irmã gêmea de Magda e a pessoa que mais deveria lamentar a ausência dela, mas disse vai voltar, escolhendo uma fórmula que evocava os termos de uma chantagem, e mudei de opinião quando já quase tinha resolvido ser sincera, aquela segunda pessoa, e no singular, ainda por cima, me submergiu na confusão, destroçando a asfixiante atmosfera que havia sido criada exclusivamente para mim, para fazer florescer meus remorsos infantis e ao mesmo tempo me advertindo que todos pareciam supor que eu devia ser o único habitante deste mundo capaz de lamentar o desaparecimento de Magda, como se nós duas pertencêssemos a uma espécie diferente. Evitei o olhar da minha mãe. Eu a amava e lhe devia obediência, queria ser uma mulher como ela, uma mulher como a Reina, mas a irmã dela me refletia como um espelho, e os espelhos quebrados só trazem desgraças. Agora sei que delatar Magda teria sido pior do que vender minha própria pele, mas na hora só me atrevi a pensar que gostava da minha tia, gostava muito, e ela sempre parecia precisar de mim, mas mamãe, pelo contrário, alheia por princípio às convulsões que me dilaceravam por dentro, nunca antes tinha precisado de mim, enquanto continuava me interrogando com suavidade e sua excelente técnica.

— Diz, Malena..., você sabe onde está a Magda? — Por um instante brilhou em seus olhos a mesma luz que acendia o olhar da minha irmã quando me chamava de Maria, ativando um obscuro mecanismo, pura astúcia, que eu nunca aprendi a controlar. — Ela te contou alguma coisa que possa nos ajudar a encontrá-la?

Olhei minha mãe de frente e vi o rosto de Magda tal como o contemplara da última vez, quando me perguntou entre sorrisos se podia confiar em mim, e talvez tenha sido aí que comecei a adivinhar o sentido da estranha pergunta que o vovô me fez em frente à grade da rua Martínez Campos, talvez tenha sido aí que comecei a suspeitar que naquela manhã de domingo eu já fizera uma escolha, ao aceitar muito mais do que o copo de vinho com água gasosa que ele me ofereceu, com modéstia, em nome da sagrada civilização, e que eu bebi em golinhos, franjas de uma preguiça assombrada e gulosa, num café da praça de Chamberí.

— Não, mamãe — disse, com voz mais limpa do que a consciência —, não sei de nada.

— Tem certeza?

— Tenho. Ela não me conta coisas importantes.

— Está bem... Me dá um beijo, dá, e agora pode voltar para a sala.

Seu gesto de desânimo me convenceu de que eu era a última possibilidade com que contavam para encontrá-la. A partir de então, sempre que rezava para a Virgem pedia que, de quebra, protegesse a minha tia Magda.

Nem mesmo a Interpol, à qual meus avós só recorreram depois de pensar muito no assunto, conseguiu dar com o paradeiro da Magda, mas não creio que o mérito deva ser atribuído à Virgem Maria porque eu, evidentemente, nunca me transformei em menino. Em compensação, devo reconhecer que a irmã Gloria, numa ingênua tentativa de premiar, suponho, minha fraudulenta colaboração com o inimigo, não chegou a materializar a represália anunciada e por um motivo ou por outro toda manhã, até o último dia de maio, uma flor diferente, sempre branca, murchou nos meus dedos. A vida se dobrava sobre si mesma sob o peso da normalidade e eu logo segui o seu caminho, ignorando presságios tão violentos.

Em estrita concordância com a segunda pessoa do singular que minha mãe tinha deixado escapar em nossa conversa, sua própria família prescindiu de Magda sem grandes demonstrações de pesar, pelo menos aparentemente, único nível a que eu podia ter acesso. Minha avó parecia resignada a ter oito filhos em vez de nove e uma vez chegou a lembrar com um sorriso à minha mãe que, afinal, ela sempre disse que preferiria ter nascido só, sem companhia. Eu não escutei esse comentário, mas minha irmã me contou, escandalizada até a medula. Reina e eu sonhávamos naquela época que um dia íamos nos casar com dois irmãos, para estarmos sempre juntas, um projeto público que durante anos eu lamentei demolir em privado com os meus firmes propósitos de masculinidade, e costumávamos jurar que qualquer uma das duas iria preferir morrer antes de viver longe da outra. Não sei se ela estava sendo sincera, mas eu sim.

Reina e eu éramos gêmeas mas não nos parecíamos. Ao contrário de mamãe e Magda que, sem serem idênticas, tinham uma assombrosa semelhança entre si, nós tivéramos o privilégio de ocupar duas placentas individuais no mesmo útero úmido e escuro, e por isso nossa semelhança não ia além do que se poderia notar entre duas irmãs de idades diferentes. Ninguém sabia qual das duas era a mais velha, porque embora eu tenha nascido um quarto de hora mais tarde, circunstância que habitualmente implica o duvidoso prestígio da primogenitura, foi Reina quem provocou o parto prematuro, quando se achava no limite da sobrevivência. Os médicos deram a entender que eu havia me comportado como um feto ambicioso e egoísta, devorando a maior parte dos nutrientes que o organismo da minha mãe produzia para as duas, monopolizando com avidez os benefícios em detrimento do feto mais fraco, até que, no sétimo mês de gravidez, ele se viu praticamente sem recursos para se alimentar, e todas as luzes de alarme piscaram, acelerando um final que ninguém previa como muito feliz. Nesse momento foi o bebê forte e robusto que recebeu o nome Reina, quer dizer, rainha, enquanto a raquítica criatura que continuava na incubadora, debatendo-se entre a vida e a morte enquanto eu já estava em casa, bem agasalhada no meu berço e até com brincos de ouro nas orelhas furadas, carecia até de nome. Durante muitas semanas ninguém teve coragem de augurar que algum dia seria preciso lhe dar um, mas após alguns tímidos sinais, em que só mamãe fez questão de ver sintomas de melhora, iniciou-se um processo de recuperação tão espetacular que, nas fotos que comemoram o nosso primeiro trimestre de vida, já aparecemos as duas juntas, eu gorda e reluzente, ela careca e magrinha, seu corpo ressecado flutuando, perdido no oco da fralda, uma palma sempre protegendo seu rosto do flash, como se a câmara lhe pudesse recordar aquelas máquinas de exames que tanto a martirizaram durante sua estada no hospital, ao longo do processo que fora descartando, uma após outra, todas as lesões que poderiam ter sido causadas por seu doloroso desembarque neste mundo. Nossa mãe, enquanto isso, como se tivesse adivinhado que para mim bastavam uma mamadeira e os cuidados de uma babá, permaneceu dia e noite ao lado dela, para lhe dar de mamar a cada três horas, e afinal decidiu que seria ela, e não eu, quem receberia o seu próprio nome antes de que ambas voltassem para casa, numa simbólica tentativa de atrair para o seu lado, para o lado da vida, aquele verme diminuto que certos dias ainda demonstrava um tremendo desejo de morrer, e muito embora anos depois, quando eu finalmente soube daquela história, ela tenha me assegurado que tomou aquela decisão tão excêntrica porque desde o começo, por falta de outras instruções, as enfermeiras do berçário batizaram espontaneamente minha irmã com o único nome que conheciam, o dela, e assim fora registrado na ficha médica quando eu ainda nem havia visitado o consultório do pediatra, sempre soube que essa versão não passava de desculpa, e nunca a recriminei por isso, porque a pequena, que antes de receber a primeira carícia já tinha triunfado sobre tantos obstáculos, merecia chamar-se Reina mais do que eu.

De tão longínquo, ninguém se lembra mais de quando começou a haver pelo menos uma mulher chamada Reina em cada uma das gerações de minha família materna. Ninguém se lembra tampouco de onde surge a linha de Magdalenas, que espero morra comigo, mas parece que o hábito de confirmar a transmissão do nome por meio do batismo é anterior até mesmo ao revezamento das Ramonas e Leonores, tão abundantes tempos atrás no patrimônio familiar, de maneira que duas linhas paralelas de mulheres homônimas, avós e netas, tias e sobrinhas, cujos segmentos se entrelaçam sistematicamente entre si — as avós, por sua vez, já foram netas, e as netas vão ser mães, e as tias são filhas, e as sobrinhas, avós —, serpenteiam entre mil sobrenomes há séculos, apoiando-os com uma garantia de continuidade tão absurda e tão inatingível quanto aqueles cálculos que dizem ter destroçado para sempre o inocente balé das estrelas no firmamento.

Acabei me chamando Magdalena porque não havia outra saída, e Magda me sustentou sobre a pia batismal por idêntica razão, e ninguém perguntou a ela se tinha interesse em participar daquela cerimônia, e embora tenha insistido em responder com antecedência que com prazer cederia seu lugar a qualquer outra mulher com mais méritos, quando eu nasci não restava na família nenhuma outra Magdalena viva, de modo que sua opinião não contou na época mais do que a minha. Minha avó foi madrinha de Reina, como minha bisavó fora da minha mãe, e levou minha irmã até o altar, porque o batismo tinha sido adiado o máximo possível com a intenção, frustrada após quase dois anos de espera, de que ela crescesse e ganhasse peso até atingir mais ou menos o meu aspecto. Quanto a mim, Magda me fez subir sozinha as escadas e eu caí e dei um arranhão na testa, e em todas as fotos estou tingida de mercurocromo, igualzinha a um eceomo, como dizia Juana, a babá da minha mãe, traduzindo à sua maneira o cartaz que identificava um Cristo pintado que havia na paróquia da sua aldeia, um remoto lugar de Cáceres que se chamava Pedrofernández de Alcántara, igual ao meu avô, só que tudo junto.

Foi aquela informação, sempre misturada com alusões indiretas da própria Juana, e não o histérico frenesi hereditário que chegava até aos nomes próprios, o que me levou a pensar que talvez fôssemos ricos antes mesmo de ir para a escola, onde encontraria uma prova definitiva na placa com o nome da minha avó — "Reina Osorio de Fernández de Alcántara donavit"—, que presidia uma das alas da capela. Excepcionalmente, induzi bem. Meu avô, que era primo de segundo grau da mulher, tinha muito menos dinheiro do que meu bisavô, que por sua vez havia sido muito mais pobre do que meu tataravô, que não conseguira conservar mais do que uma parte da grande fortuna que seu pai lhe deixara, mas, apesar de tudo, continuava sendo imensamente rico. Na casa dele acumulavam-se objetos que eu nunca tinha visto na minha própria casa, e, na cristaleira da sala de jantar, a louça de prata, que mereceria também chamar-se Reina a julgar pelos cuidados, quase maternais, que minha avó e todas as suas filhas lhe dispensavam, tinha uma cor diferente, com reflexos cobreados e um brilho fosco que às vezes lhe dava aparência de ser de ouro. Paulina, a cozinheira, me contou numa manhã de Natal, enquanto eu aproveitava um dos seus freqüentes descuidos para subir na placa de mármore que cobria o forno e observar, fascinada, como ela esmigalhava, com uma pequena faca e enorme destreza, os peitos de frango, os ovos cozidos e as fatias de presunto cru que depois, seccionados em minúsculos fragmentos, acompanhariam na mesa a sopa com hortelã de todos os anos, que o aspecto da sopeira, lustrada por ela mesma poucas horas antes, devia-se ao fato de ter sido cinzelada há muitos séculos, porque a louça, como todo o dinheiro da minha família, vinha da América, mas de muito antigamente, do tempo, mais ou menos, de Colombo e Hernán Cortés.

Aquele comentário, que cataloguei como uma indiscrição de Paulina até o momento em que Reina reagiu à minha nervosa confidência com um olhar cético, como se estivesse assombrada de que eu já não houvesse escutado essa história uma centena de vezes, modificou para sempre minha relação com a casa de Martínez Campos, dando um novo sentido ao incompreensível vazio que se instalava em lugar do meu estômago toda vez que eu atravessava aquelas pesadas portas de madeira esculpida. Nunca confessei a ninguém, mas, até os oito ou nove anos, tinha a sensação de que aquelas paredes, cobertas até o teto de quadros e tapeçarias e manuscritos emoldurados, inclinavam-se sobre mim como se estivessem vivas, enquanto a espessura dos tapetes absorvia perversamente o ruído dos meus passos, para que ninguém pudesse vir em minha ajuda quando eu caísse morta ali mesmo, emparedada para sempre entre os muros corrediços. Depois descobri que o autor de todos aqueles medos era o terror que o vovô me insuflava, e que levou consigo quando se dissolveu, mas nenhuma dose do amor que comecei a sentir por seu dono jamais contagiou as paredes daquela casa. A arrumadeira, que usava luvas brancas, teimava em manter as cortinas constantemente fechadas, mesmo que o dia fosse esplêndido, e se movimentava sem fazer nenhum barulho, com gestos calculados de gata elegante que lhe davam, na minha opinião, a aparência inquietante de uma espiã mal camuflada. Paulina, a cozinheira, colocava talheres de peixe na mesa mesmo que houvesse camarões grelhados para o segundo prato e se precipitava sobre a minha cadeira soltando berros agônicos, para bater na minha mão com uma concha de prata que sempre tinha a postos, quando me via despedaçando o bicho com os dedos e revelando a intenção de chupar-lhe a cabeça, que é do que mais gosto no camarão. Minha avó Reina, que ficava o tempo todo com Lenny no colo, penteando-o e dando beijos no focinho, me chamava de Lenita, e quando não abria a boca para se queixar era para comentar a revista *Hola* com minha mãe, durante manhãs inteiras, detendo-se enfadonhamente em cada página para censurar o novo penteado de Carmencita ou louvar a elegância de Gracia Patricia, como se as interessadas pudessem apreciar sua opinião.

— Pô, vovó! — comentei um dia. — Até parece que você as conhece...

Ela olhou para mim, muito surpresa, antes de responder.

— Acontece que conheço muitas delas, minha filha.

Depois minha mãe me deu um tapa por ter dito pô na frente da vovó e esse tipo de coisas me deixava muito nervosa. Nesse estado passei muito mais horas do que na plácida companhia da vovó Soledad, a mãe do papai, que morava sozinha, sem cachorro e sem empregados, num apartamento menor do que o nosso, e nos dava de lanche pão com chocolate em vez de biscoitos finos, uma iguaria que já nessa época eu achava particularmente insípida. Uma vez perguntei ao papai por que não íamos vê-la nem a metade das vezes que visitávamos a vovó Reina, e ele respondeu sorrindo que, bom, isso era normal, as filhas puxam para o lado da mãe mais do que os filhos. Aceitei essa explicação sem entendê-la muito bem, assim como aceitava tudo que saía dos seus lábios, mas toda vez que tinha oportunidade ia com ele à casa de sua mãe. Ficava tranqüila pensando que tudo estava em ordem porque, afinal, era lógico que eu, um menino nascido menina por algum misterioso erro, puxasse mais para o lado do meu pai, e não dava a menor importância ao fato de que ele fosse um homem muito bonito, uma criatura mais fascinante do que qualquer uma daquelas frente às quais eu sucumbiria mais tarde.

Ele, porém, conhecia exatamente os limites de sua esmagadora capacidade de sedução. Lembro que quando entrava conosco numa loja, num restaurante, ou até no colégio, arrastando cada uma, bem pequenas, por uma mão, todo mundo, homens e mulheres, olhava para ele ao mesmo tempo. Então nos estimulava em voz alta — vamos, vamos, meninas! — como se nós estivéssemos fazendo alguma coisa e não quiséssemos continuar, e olhava para baixo a fim de disfarçar aquele sorriso de satisfação que fazia o rosto dele florescer. Um segundo mais tarde nos soltava e dava autorização para nos afastarmos dali fazendo um gesto de que queria ficar sozinho, um suspiro profundo e uma última olhada que proclamava, comigo é assim, faço logo duas. Nunca mudava de técnica, por isso calculo que devia dar bons resultados. Reina e eu saíamos do supermercado cheias de presentinhos, balas, envelopes de figurinhas, bolas, que as caixas nos entregavam com um olhar ausente, o sorriso sempre dirigido a papai, e éramos as últimas a sair das festas de aniversário, porque as mães das nossas amigas não resistiam à tentação de convidá-lo para tomar uma bebida e ele sempre aceitava. Minhas tias parabenizavam minha mãe por ter arranjado um marido tão solícito e tão bom pai, sempre disposto a nos buscar e nos levar, mesmo quando não era preciso, mas insistiam tanto nesses louvores, principalmente quando ele estava presente, que na certa deviam adivinhar a que ponto aquela situação lhe trazia benefícios. Nós, tão fofas, tão parecidas, tão bem-vestidas, sempre com roupinha igual, matávamos para ele dois coelhos de uma só cajadada, por um lado tirando agressividade de suas operações de exploração e ao mesmo tempo encobrindo-as dos olhos da minha pobre mãe, que vivia alienada por um ciúme tão obsessivo que a impedia de compreender o evidente.

Com o tempo, cheguei a suspeitar que ele tinha mais sucesso com uma menina em cada mão do que com ambas nos bolsos, porque era bonitão até dizer chega.

Ele gostava muito de ir à casa da Martínez Campos, mas aquele palco não o favorecia em nada, ao menos ante os meus olhos, tão acostumados a olhar para ele com uma mistura de amor, admiração e uma certa ansiedade possessiva sufocante — a atroz dependência que depois, quando eu já não tinha espaço para me assustar, reconheceria entre os ingredientes do desejo dos adultos —, que gostariam de negar-se a vê-lo ali, preparando bebidas para todos, beijocando minha avó ou comentando com entusiasmo os jogos de futebol que lá em casa nem via. Era como se aquela construção subvertesse a ordem natural das coisas, tornando a minha mãe uma mulher frívola e tagarela à custa de privar meu pai da extraordinária confiança que em qualquer outro ambiente ele costumava ter em si mesmo, uma rocha insuspeitadamente frágil que se rachava como uma armação de estuque e caía no chão, despedaçada, à menor alusão, não maldosa, mas simplesmente fria, por parte do meu avô, que felizmente, pelo menos, em geral não abria a boca.

Mas a grande epopéia americana que a revelação da Paulina pusera em minhas mãos como um presente-surpresa cobriu os sombrios recintos do purgatório familiar com uma cor diferente, composta com as mesmas tintas acres e berrantes que quase não iluminavam os debruns dos coletes daqueles tristes, sucessivos Fernández de Alcántara de cabelo preto e olhos pretos e barba preta e traje preto e capa preta e botas pretas cujos retratos se alinhavam ordenadamente nas paredes, me incentivando a acreditar que a vida de verdade, a Vida com maiúscula, ainda latejava por trás das toscas pinceladas que um desconhecido e animado pintor peruano depositara sobre aquelas tábuas só para eu, muitos séculos depois, conseguir finalmente contemplá-las com simpatia. Ali estavam meus tatatatataravós, valentes até o suicídio, temíveis até o horror, vencedores de batalhas perdidas, fincando os joelhos na areia para tomar posse, em nome da rainha, e com sua bandeira em riste, da mais paradisíaca praia tropical, dobrando com duas dúzias de bravos aquele milhão de índios a uivar como lobos sobre seus cavalos, ao redor do círculo de carroças que marchava para o Oeste selvagem, defendendo o ouro de Sua Majestade contra os covardes assaltos dos piratas ingleses, botando-os de joelhos no convés polido dos seus galeões e acariciando suas gargantas com o fio da espada bem acima da gola — e agora, Gancho, seu traidor, você vai pagar de uma só vez todas as tuas contas comigo —, desbravando selvas e fundando cidades com três ou quatro flechas envenenadas enfiadas nas costas — curare a nós, há, há —, defendendo a socos a honra de sua dama numa taverna suja, ou escolhendo, por fim, uma nativa belíssima, com surpreendentes olhos azuis, que atravessaria com eles o limiar de sua tenda para engendrar muito mais do que o final de um filme, toda uma linha contínua de carne e sangue que iria desembocar, veja como são as coisas, nos limites exatos de Maria Magdalena Montero Fernández de Alcántara, ou, mais precisamente, eu.

E me divertia tanto inventando a história deles que, sem perceber, me vi explorando cantos que até então nunca me atrevera a percorrer sozinha. Divertia-me escrutando os rostos de todos aqueles conquistadores melancólicos, à espreita de qualquer traço familiar, os olhos achinesados do meu primo Pedro, o queixo do tio Tomás, ou uma pinta no dorso da mão, exatamente no mesmo lugar em que outra diminuta manchinha negra interrompia a alvura uniforme da pele da minha mãe, e lhes dava apelidos, Francisco o Maroto, porque tinha posado com as mãos nas cadeiras e um trejeito insolente nos lábios franzidos, Luis o Triste, porque em seus olhos brilhava um verniz úmido que sugeria a iminência das lágrimas, Fernando III o Pão-duro, porque devia ser, e muito, a julgar pelo aspecto esfarrapado da sua capa, e, acima de todos, o meu favorito, Rodrigo o Açougueiro, que parecia ter se adornado para o pintor com todas as jóias que havia em Cuzco, medalhas, penduricalhos, broches, alfinetes de ouro e pedras preciosas, presos tão perto uns dos outros que pareciam lutar por um lugar sobre aquele apertado gibão de veludo vermelho, completando uma composição só comparável ao espetáculo que Teófila, a açougueira de Almansilla, todo verão oferecia gratuitamente quando, no dia da Virgem, subia a ladeira da igreja bem devagar, para que as vizinhas a vissem direito, com um sorriso venenoso nos lábios e todo o ouro da Extremadura no corpo, como se assim, blindada de cima a baixo, pudesse encarar ainda com mais descaramento os turvos olhares das mulheres que, à sua passagem, a xingavam aos berros enquanto jogavam baldes de água suja pela janela, uma batalha tão tradicional que, embora não estivesse incluída na programação de festividades, até a babá Juana certa vez se atreveu a participar dela — você pensa que me dá inveja, sua vagabunda? Uma mina de ouro igual à tua eu tenho entre as pernas, sua puta, tomara que você morra de uma doença ruim! — para que Reina e eu morrêssemos de rir, mamãe ficasse furiosa, e a vovó, lívida, precisasse sentar para descansar um pouco, porque era bem sabido por todos que, no que lhe dizia respeito, o mundo fora criado sem a Teófila, e sem ela ainda girava, e isso a tal ponto que era preciso ir de carro ao povoado próximo para comprar carne num açougue ainda pior, e menorzinho, que o dela.

Talvez vovô, que naquele dia, durante o almoço, fora estonteante de tão loquaz, trazendo à baila todos os assuntos imagináveis e até contando piadas, embora fossem todas tão antigas que em nenhum instante conseguiu que as gargalhadas do público abafassem os bramidos provenientes do andar de cima, onde sua mulher, supostamente passando mal, percorria o quarto com tanta saúde em cada perna que o lustre da sala de jantar balançava como se nós estivéssemos num barco, ameaçando despencar de uma hora para outra sobre as nossas cabeças, e Rodrigo o Açougueiro também a fazia lembrar de Teófila nos bons tempos, aquela garota bonita e engraçada que mal se adivinhava agora sob os traços afiados, prematuramente consumidos, da mulher madura que desafiou Juana em público só para humilhar cruelmente a minha avó — pois é, você vê, umas com tanto e outras com tão pouco...! Para uma que eu sei, antes fosse um pouco mais puta em vez de ir ao monte pegar tomilho para a gaveta das calcinhas, que, de tão estéril, até na noite de Natal mandava o próprio homem para fora de casa! —, porque o retrato dele desapareceu um dia do lugar, no descanso do segundo andar, e terminou no escritório, em companhia do casal formado por Álvaro o Cafona e Maria a Mandona, uma mulher jovem, com belos traços exóticos de índia, mas, pela expressão, de tão mau caráter como o seu amante.

Ali estava eu numa tarde, paparicando o meu favorito, quando vovô apareceu de repente e, como estávamos a sós, em vez da bala costumeira e das palmadinhas de despedida de tantas outras tardes, aproximou-se de mim pelas costas, pôs as mãos nos meus ombros e beijou-me o cabelo.

— E então, você gosta? — perguntou.

— Gosto — respondi, e continuei sem perceber que estava sendo inconveniente. — Parece com Teófila, a açougueira.

Mas em vez de zangar comigo, ou pelo menos recuperar as vantagens do silêncio, ele soltou umas boas gargalhadas e se sentou atrás da escrivaninha para continuar sorrindo dali, tranqüilo talvez porque na época já era viúvo, lembro bem, já havia passado mais de um ano desde que Magda saíra do convento.

— Ah, é? Não me diga.

— Parece. Mas não é pelo rosto nem nada disso, e sim pelas jóias. Teófila sempre usa muitas.

Ele fez que sim com a cabeça e murmurou alguma coisa para si mesmo, como se eu houvesse evaporado de repente.

— É verdade, a amiga de Deus nunca quis confiar no dinheiro. Só gosta de ouro, coitadinha... Pobre Reina.

Fiquei calada, sem saber o que dizer, porque ele não podia estar se referindo a outra Reina a não ser à vovó. Parecia estar cansado e fechou os olhos. Eu não quis continuar olhando para ele, de modo que dirigi a vista para o quadro e a memória para a travessa de ovos recheados que se mantinha intacta, no centro da mesa, naquele dia da Virgem em que ninguém se atrevia a servir o primeiro prato, quando Reina e eu aprendemos que as senhoras chiques, como a minha avó, também sabiam dizer palavrões, e nos deleitamos de tal maneira com aquela descoberta que dois cavalos sentados para jantar não teriam chocado mais do que as gargalhadas que nós duas reprimíamos a duras penas naquele funeral imprevisto, aparentemente secundadas apenas pelo tio Miguel, que era o mais jovem, e pela tia Magda, a única mulher que tinha descido para a sala de jantar, com a razoável justificativa de que, por pior que sua mãe estivesse, ela própria estava morta de fome. Ambos se entreolharam, escondendo vez por outra a cara no guardanapo enquanto lá em cima, como um demônio colérico, vovó passava das recriminações razoáveis —... esse filho da mãe vai ver o que é bom, ficar contando por aí onde eu guardo minhas calcinhas, e essa..., essa putona... Ela teve coragem de me chamar de estéril, logo eu, estéril, eu que tive nove filhos, quatro a mais do que ela, a desgraçada! E além do mais não foi no dia de Natal, não senhora, o que ela disse aconteceu na véspera de Natal, você deve lembrar, Juana, ele estava bêbado que nem um gambá, e o que queria naquela noite, juro, meninas, por Deus que está no céu, o que o pai de vocês queria fazer naquela noite era..., enfim..., bom..., não tenho que dar explicações a vocês, era pecado e pronto, e por isso me tranquei no banheiro... —, às ameaças mais disparatadas — e você pode ir espalhando no povoado! Que ninguém compre dela nem uma salchicha, porque se me der raiva eu pego, desmonto o teto da Prefeitura e trago tudo para cá, telha por telha, para isso paguei tudo —, diante da impassibilidade de todos os outros, que se comportavam como se estivessem surdos, negando-se ao mesmo tempo a enfrentar os desesperados olhares de socorro que vovó lançava em todas as direções, sem encontrar outro consolo além da serenidade do meu pai, seu aprumo íntegro por fim enquanto concordava disfarçadamente; em seus lábios um meio sorriso de compaixão zombeteira que, com o tempo, eu aprenderia a decifrar antes mesmo de ler, como numa revista velha, já sem graça de tão manuseada, as mulheres!, quem as entende? Você conhece uma interessante, passa um bocado de anos segurando a mãozinha dela, aí compra uma aliança, casa, banca as despesas, pinta a casa de três em três anos, paga uma empregada para que as unhas dela não se estraguem, engravida a peça três ou quatro vezes e, por mais que fique chata e gorda, você continua dando uma trepadinha todos os sábados à noite, religiosamente... e ela ainda se queixa! Puxa, o que mais elas podem querer? Um macho sempre vai ser um macho, que diabos!

Esses são os riscos que a gente corre ao se casar com um conquistador, pensava eu naquela tarde olhando para o Rodrigo o Açougueiro, porque de algum lugar devem ter saído todos aqueles peruanos que têm o mesmo sobrenome que a gente. Então, vovô regressou silenciosamente do seu devaneio.

— Este aqui se chama Rodrigo.

— Já vi. Está escrito. Há quanto tempo ele morreu?

— Sei lá! Quase três séculos, viveu em meados do século XVII, acho, e foi o mais rico de todos.

— Dá para ver.

— Vem aqui. — Levantou-se e, rodeando a mesa, apontou para um mapa pendurado na parede, bem na minha frente. — Olha só, esta linha vermelha marca os limites das terras dele, está vendo? Chegou a ter mais poder no Peru do que muitos reis na Europa — e seu dedo percorreu o que, de fato, poderiam ser as fronteiras de um país médio, com suas cidades e tudo.

— Que bom! — Eu estava entusiasmada, a realidade parecia superar meus cálculos mais otimistas. — E como foi que conquistou?

— Conquistar? — Meu avô me olhou, perplexo. — Não, Malena, ele não conquistou nada. Comprou as terras.

— O que você está querendo dizer? Não entendo.

— Que ele as comprou, só isso. Emprestou muito dinheiro para o rei, que era mais pobre do que ele e nunca pôde devolver, de maneira que aceitou algumas fazendas em pagamento e depois comprou outras da Coroa, a preço baixo. Era muito esperto.

— É, mas então... quem foi o conquistador?

— Ora, Francisco Pizarro. Não aprendeu no colégio?

— Claro — minha paciência começava a acabar —, mas quero saber do conquistador da família.

— Em nossa família nunca houve nenhum conquistador, filhinha.

Apertei os punhos com força e mordi o lábio inferior. Sentia que ia explodir de raiva, acho que poderia ter matado o vovô a socos naquela hora, porque o que ele dizia não era possível, simplesmente não podia ser possível.

— E então... quer fazer o favor de me dizer que merda nós fazíamos na América?

O tom furioso que tensionou minha pergunta deve tê-lo divertido muito, porque soltou uma gargalhada sem se preocupar em censurar o meu vocabulário.

— Comércio, Malena, o que você achava?

— Quer dizer, eles nem sequer eram piratas!

— Bom, eu não diria tanto... — Sorriu novamente. — Depende de como se olhe, mas o que eles faziam era comprar tabaco, especiarias, café, cacau e outras coisas de valor no Peru e mandá-las para a Espanha em seus próprios barcos, e aqui, ou em qualquer porto que ficasse no caminho, os carregavam com fazendas, ferramentas, armas... — fez uma pequena pausa e o tom de sua voz baixou até se transformar num sussurro —, escravos..., enfim, mercadorias que vendiam por lá. Foi assim que ganharam dinheiro.

Quando olhou para mim esperando uma resposta, não fui capaz de dizer nada. O mundo havia despencado em cima dos meus ombros e eu não tinha forças para enterrá-lo, mas ele me segurou pelo ombro e me beijou duas vezes na têmpora, bem no cantinho do olho esquerdo, para me mostrar que seu calor aumentava na derrota.

— Sinto muito, princesa, mas essa é a verdade. Você pode se consolar pensando que os Fernández de Alcántara nunca mataram ninguém.

— Estou pouco ligando!

— Eu sabia — disse então, meneando a cabeça, como se tivesse recebido a pior das notícias. — E olha que era a única coisa que preocupava sua irmã. Vocês são tão unidas, parecem tão iguais, e no entanto eu sabia, eu já sabia...

— Mas o que está dizendo, vovô? — protestei, reagindo à única frase do discurso que eu havia entendido. — Mas é claro, como você nunca fala e está sempre na sua, não sabe de nada. Reina e eu não nos parecemos nem um pingo, Reina é muito mais boazinha do que eu.

O rosto dele se escureceu de repente e me olhou de uma maneira especial, perfurando minhas pupilas com as dele, espreitando-me com ansiedade, como se procurasse um indício, algum sinal diferente nos meus olhos. Estava com o rosto tão franzido que todos os seus traços pareciam desfigurados, e depois, após uma longa pausa, a voz dele se elevou a um tom que eu não lembrava de ter registrado antes. Fiquei com medo.

— Não fala isso, Malena. Já ouvi demais essa frase na minha vida, e ela sempre me deixou doente.

— E não é mesmo? Pergunte só à mamãe, você vai ver...

— Me dá no mesmo o que sua mãe diga! — Desferiu um soco inútil na parede. — Eu sei que não é verdade, e chega!

Por um instante consegui vê-lo bêbado, um homem alto, talvez nu, muito mais jovem, batendo na porta do banheiro de Almansilla, tentando tirar a vovó de lá à força para obrigá-la a pecar com ele, e um calafrio percorreu-me a espinha, e fiquei pendurada naquela imagem, absolutamente fascinada, e por mais que Reina e mamãe tivessem razão, por mais que naqueles assuntos o vovô sempre tenha se comportado como um filho do diabo, pensei que eu não teria resistido à tentação de sair do banheiro para pecar depressa, o mais cedo possível, e nem mesmo fiquei desanimada diante desse novo indício de que meu sexo, longe de parecer um acidente, confirmava-se como um destino fixo, para toda a vida.

Ele pareceu ler meus pensamentos, e não devem tê-lo incomodado muito porque se acalmou e me pegou suavemente pelo braço.

— Vem cá, vou te dar uma coisa.

Voltou à escrivaninha e destrancou uma gaveta, que eu sempre vira fechada, para tirar dali uma caixa de madeira de aspecto antigo, muito bonita. Olhou para mim com um sorriso indecifrável enquanto levantava a tampa bem devagar, criando uma expectativa quase circense que não foi frustrada pelo berro agudo que eu soltei quando, por fim, ele me deixou contemplar o interior. Ali, entre outras jóias mais modernas, resplandeciam numa almofadinha de veludo dois enormes broches que eu conhecia muito bem.

— Isso é tudo o que restou das jóias de Rodrigo. As outras ele foi mandando para a Corte, pouco a pouco. Presentes para a rainha, em troca esperava obter um título de nobreza.

— Conseguiu?
— Não.
— Lógico. Por que iriam dar, se ele não passava de um vendedor?
— Não foi por isso — ele ria —, e sim porque o rei não gostava de enobrecer seus credores... Mas Rodrigo era muito esperto, eu já disse, e ficou com as duas peças mais valiosas. Esta — pôs os dedos sobre uma pedra vermelha, enorme, do tamanho de um ovo, que estava engastada numa simples moldura de ouro — é uma granada, e aquela — apontou então para um pedregulho verde, ligeiramente mais plano e menor — é uma esmeralda. Tem um nome. Chama-se Reina, rainha, como a sua mãe e sua irmã.

Permaneceu mudo durante alguns instantes, acariciando a pedra vermelha, que imaginei ser a mais cara, pelo tamanho, mas no último momento escolheu a pedra verde, tirou-a do veludo e a depositou na minha mão, que depois manteve entre as dele.

— Toma, é para você, mas tenha muito cuidado com ela, Malena, vale um bocado de dinheiro, mais do que você pode imaginar. Quantos anos você tem?
— Doze.
— Só doze? É mesmo, mas você parece mais velha... — Minha idade pareceu desconcertá-lo. Percebi que ele tinha começado a hesitar e tentei facilitar as coisas.
— Se quiser, fique você com ela e me dá quando eu for mais velha.
— Não — balançou a cabeça —, já é sua, mas você tem que me prometer que não vai contar a ninguém, absolutamente ninguém, que eu te dei. Promete?
— Prometo, mas por que me...?
— Não faça perguntas. Você a quer?
— Quero.
— Vai mostrar alguma vez a alguém?
— Não.
— Bem, então guarda num lugar seguro, em algum lugar que você possa trancar com chave, e pendura essa chave no pescoço. Não tire nunca, a menos que esteja completamente certa de que não tem ninguém olhando. Quando for viajar, leva a chave contigo, mas jamais a guarde numa mala, nem a dê para ninguém, Malena, isso é importantíssimo, para ninguém, ninguém mesmo, nenhum menino, nem sequer para o seu marido, quando tiver, promete.
— Prometo.
— Guarda a pedra, e se alguma vez, quando for mais velha, você estiver em dificuldades, liga para o tio Tomás e vende para ele. Ele vai pagar o que vale. Não recorre a ninguém mais, está bem? E nunca esqueça que esta esmeralda pode salvar a sua vida.
— Está bem.

Eu procurava parecer tranqüila, mas me sentia a ponto de desmaiar na hora, excitada por aquela história incrível, o disparatado viés aventureiro que, como nos filmes, se transformara na mais prosaica das decepções, e muito assustada ao mesmo tempo pelo caráter daquelas perigosas recomendações. Ninguém, exceto Magda, tinha falado comigo daquele jeito antes, e me perguntei por que todo mundo naquela casa parecia me escolher, logo a mim, para me implicar nos segredos mais terríveis.

— Muito bem — e beijou-me nos lábios, como se pretendesse reforçar assim o vínculo secreto, ainda mais estreito, que desde então nos unia. — Pode ir embora.

Girei e andei até a porta, apertando o broche de Rodrigo o Açougueiro entre os dedos, me perguntando se seria verdade que aquela pedra de aspecto sujo e superfície áspera, rugosa, que nem sequer brilhava como o solitário da mamãe, fosse um autêntico tesouro. Então me virei, como se impulsionada por uma mola.

— Vovô, posso perguntar só uma coisinha? — Ele aquiesceu com a cabeça. — O que você deu para a minha irmã?

— Nada — sorriu —, mas ela vai herdar o piano, é a única que aprendeu a tocar, você sabe.

A segurança com que me respondeu, como se tivesse aquela resposta preparada há muito, devolveu-me a tranqüilidade, afastando de mim a suspeita de ter sido injustamente favorecida. Afinal, o piano da Martínez Campos era também de madeiras preciosas, e alemão, e caríssimo, por isso ainda não haviam deixado Reina nem chegar perto dele, só a afinação custava um dinheirão, mamãe não cansava de dizer.

— Ótimo. E por que resolveu dar isso justamente para mim? Você tem muitos netos.

— É, mas só tenho um broche. Não posso cortar em pedacinhos, não é mesmo? E... — fez uma pausa — por que não daria? Magda te adorava, isso faz de você uma neta dupla, e além do mais... desconfio que você é dos meus — abaixou a voz —, do sangue de Rodrigo. Com certeza vai precisar dela algum dia.

— O que está querendo dizer?

— Já te pedi para não fazer perguntas.

— Mas não entendo.

Ele ficou em silêncio e olhou para o teto, como se ali pudesse encontrar um argumento convincente para desmentir sua predição, alguma justificativa vulgar para envolver o certeiro augúrio que preferiria não ter pronunciado na frente daquela menina não tão velha, e achou o que buscava, porque um instante depois me respondeu, certo da eficácia de suas palavras.

— Se nós tivéssemos ido para o Peru, não precisaríamos comprar as terras, não é verdade?

— Não — sorri —, claro que não, nós as conquistaríamos de espadas em punho.

— É o que eu queria dizer.

— Mas então... não devemos ser do sangue de Rodrigo, não é? Porque foi ele que comprou as terras.

— Claro, claro, você tem razão, não sei por que eu disse essa bobagem, já devo estar ficando gagá, as palavras fogem da minha cabeça sem eu perceber... Vai, vai embora de uma vez, sua mãe deve estar te procurando, mas nunca esqueça do que me prometeu.

— Está bem, vovô, obrigada.

Dei uma corrida para perto dele, beijei-o e sumi. Naquela tarde ele não saiu do escritório para se despedir de nós, e transcorreram várias semanas antes de que tivéssemos outra oportunidade para conversar, mas jamais, nem nessa época nem depois, voltou a mencionar a esmeralda. No dia em que eu soube que ele ia morrer passei a noite inteira chorando.

Nunca cheguei a acreditar totalmente nos poderes mágicos da gema salva-vidas. Era difícil apreciá-los naquele pedregulho, sobre cuja superfície irregular pareciam ter-se entrechocado mil vezes aquelas feias cordilheiras de arestas rombudas, limadas pelo tempo, que sempre esteve recoberto por uma espécie de verniz poeirento que não consegui dissolver nem mesmo com lixívia. E é verdade que, naquele mesmo ano letivo, aprendi no colégio que a esmeralda é uma pedra preciosa, mas nas ilustrações do livro de Ciências aquelas resplandecentes lágrimas de vidro verde que brilhavam como se o seu interior alimentasse um misterioso fogo vegetal, não pude reconhecer nenhum indício que fizesse digno do qualificativo "precioso" o meu pobre talismã, que, apesar do remoto tom esverdeado que às vezes emitia, quando eu o olhava sob a luz mais parecia aquelas lascas de granito em que a gente tropeçava por toda parte quando ia fazer uma excursão na montanha. Além do mais, lembro que pensei na época, quem pode saber o que significa precioso, na certa não vale nem um apartamento, de maneira que, sem pensar muito no caso, larguei o broche no fundo da caixa de Tampax que ficava no armário, e lá permaneceu durante mais de dois anos, até que Reina teve sua primeira menstruação — nunca vou esquecer a data, porque quando minha irmã se queixava para mamãe da enervante preguiça de seu organismo, esta costumava responder com um sorriso, não se preocupe, meu bem, tudo tem seu lado bom e seu lado ruim, Malena vai ficar velha antes que você —, e aquele esconderijo passou a engrossar a lista das propriedades compartilhadas. Depois, o legado de Rodrigo foi parar na gaveta das bugigangas, bem camuflado por uma infinidade de coisinhas coloridas, brincos de metal, colares de miçangas, pérolas de plástico, cabeças de bonecas e relógios pifados,

até que uma tarde, quando já quase me esquecera dele, minha irmã me pediu uns brincos emprestados, eu disse que fosse pegar sozinha e, antes de me dar tempo para reagir, ela já estava me perguntando sobre a esmeralda com a dita cuja na mão, e ainda bem que consegui me lembrar de algumas das justificativas que tinha fabricado especialmente para aquela situação.
— O que é isso, Malena?
— Um broche, não está vendo?
— Estou... Mas é horrível, está todo ferrado.
— É. Peguei num desses contêineres da rua, onde se joga entulho das obras. Pensei que podia servir para a fantasia de bruxa, mas afinal não cheguei a usar, porque pesa demais e fazia umas rugas horríveis na minha túnica. Traz aqui, vou jogar no lixo.
— É melhor mesmo, parece que está enferrujado. Se você se espetar nele, vai ter que tomar antitetânica.

Enquanto Reina, de costas para mim, colocava os brincos, deixei a esmeralda escorregar para dentro do bolso num gesto sigiloso. Disse para mim mesma, com orgulho, que o vovô teria aplaudido minha astúcia, mas tive medo de que aquela cena pudesse se repetir com minha mãe, e naquela mesma tarde comprei uma caixa de metal com fechadura, cuja chave passou a fazer companhia àquela que protegia o meu diário, entre as medalhas que pendurava no pescoço. Depois, sem parar para pensar, corri pelo corredor até o escritório do meu pai, o único aposento da casa em que mamãe nunca se atrevia a entrar sozinha.

Bati na porta e não recebi resposta, de modo que empurrei devagar e entrei. Ele estava brincando de morder o lábio inferior com os próprios incisivos enquanto acompanhava com interesse, a julgar por sua expressão abobalhada, alguma história fascinante que alguém contava no telefone, e aproveitei para observá-lo com minúcia antes de que notasse a minha presença, porque fazia anos que ele se comportava como todos os outros pais que eu conhecia, quer dizer, como se não tivesse nada a ver conosco. Naquela época estava lindo demais, quase mais do que antes, e parecia bem jovem. Na realidade, ainda não devia ter nem quarenta anos, quando a gente nasceu era um broto, mamãe e ele tinham se casado bem depressa, depois de um noivado curto, e não esperaram muito tampouco para ter filhos, talvez porque ela fosse mais velha do que ele, quase quatro anos.

Quando finalmente mudou de posição e me descobriu do outro lado do escritório, fez um gesto de desagrado com os lábios e tapou o fone com uma das mãos.
— O que você quer, Malena?
— Preciso falar com você sobre uma coisa importante.
— Não pode ser daqui a pouco? Tenho muitas coisas para resolver no telefone.
— Não, papai, tem que ser agora.

Resmungou suas últimas palavras em murmúrios, como se fossem insultos, mas se ajeitou na cadeira a fim de ficar de costas para mim e se despediu com pressa da interlocutora, garantindo que voltaria a ligar logo, logo. Depois se virou para mim e, sem dar uma pausa, assentou os cotovelos em cima da mesa e fez, de supetão, a pergunta que eu menos esperava.

— Você está grávida?
— Não, papai.
— Ainda bem.

Parecia tão profundamente aliviado que me perguntei que tipo de imagem ele tinha de mim, se me achava capaz de semelhante imbecilidade, e perdi o fio do discurso que trazia preparado.

— Olha, papai, neste verão vou fazer dezessete anos... — Eu tentava improvisar, mas ele deu uma olhada no relógio e, como de costume, não me deixou terminar.

— Um, se você quer dinheiro, não tem dinheiro, não sei em que diabos vocês gastam. Dois, se quer ir à Inglaterra em julho para melhorar seu inglês, acho ótimo, e é bom você convencer sua irmã a ir também, assim me deixam em paz. Três, se pretende trancar mais de duas matérias, neste verão vai ficar estudando em Madri, sinto muito. Quatro, se quer tirar carteira de motorista, compro um carro para você assim que fizer dezoito anos, desde que saia sempre com sua mãe para passear. Cinco, se entrou para o Partido Comunista, está automaticamente deserdada a partir deste momento. Seis, se o que você quer é casar, está totalmente proibido, porque ainda é muito jovem e seria uma grande besteira. Sete, se insistir em casar mesmo assim, porque tem certeza de que encontrou o amor da sua vida e se eu não deixar vai se suicidar, em primeiro lugar direi que não, mas possivelmente, daqui a um ano, ou talvez dois, termine aceitando só para você parar de encher a paciência, mas com duas condições: primeiro, separação de bens, segundo, que o noivo não seja o Fernando. — Permitiu-se um respiro, a única pausa que abriria em seu estapafúrdio discurso, e excepcionalmente se comportou como um pai. — Sinto muito, Malena, e juro que não me interessa de quem seja o filho, mas apesar de ter ficado uma fera quando soube que sua mãe abria as cartas dele, eu não gosto nada desse cara porque ele é um grosso, você sabe... Oito, se você teve a sensatez, o que duvido muito, de arranjar um namorado que te sirva aqui em Madri, ele pode vir à nossa casa quando quiser, de preferência na minha ausência. Nove, se o que você pretende é chegar mais tarde à noite, não deixo, onze e meia já está bem para duas pirralhas que nem vocês. E dez, se você quer é tomar pílula, acho ótimo, desde que a sua mãe não saiba. Pronto. — Olhou de novo para o relógio. — Três minutos... E então?

— Horrível, papai, você não acertou nenhuma.

Eu sempre tinha pensado que as indignadas recriminações — como você é descansado, Jaime! Desse jeito é fácil, assim eu educaria uns vinte filhos... — que minha mãe contrapunha a esses divertidos números de prestidigitação mental a que, praticamente, havia-se reduzido o nosso contato com ele não deixavam de ter fundamento, e no entanto jamais os trocaria pelos interrogatórios escrupulosos, salpicados de pausas e suspiros, a que ela, mais tradicional em tudo, tinha permanecido fiel, de maneira que ri com vontade daquele infreqüente fracasso paterno e esperei em vão que se iniciasse o segundo assalto, mas o gongo não chegou a tocar porque naquela tarde ele estava com pressa.

— Bem, Malena, o que é que você quer?

Pus a caixa em cima da mesa.

— Quero que você guarde isso para mim numa gaveta trancada, sem abrir nunca, e que me devolva quando eu pedir.

— Puxa! — Estendeu a mão até a caixa e sacudiu-a no ar, mas eu tinha recheado o interior com jornal amassado para que não fizesse barulho. — Até parecemos a família Segredinhos...

Você não sabe patavina, pensei.

— O que tem aí dentro?

— Nada que te interesse — reagi depressa, não esperava essa curiosidade, mas ele mesmo tinha me sugerido a melhor justificativa. — São coisas do Fernando, uma Vênus de gesso que ganhamos no tiro-ao-alvo nas festas de Plasencia, um lenço que ficou comigo, cartões-postais, um bombom daqueles bem cafonas em forma de coração que ele me mandou da Alemanha...

— A camisinha que usou na última noite...

— Papai!

Fiquei vermelha até a raiz do cabelo. Não via nada de engraçado naquelas insinuações, cada vez mais freqüentes e sempre gratuitas, porque geralmente pensava que, se ele realmente suspeitasse que tinham algum fundamento, não as acompanharia com tantas gargalhadas, mas algumas vezes cheguei a intuir a verdade, o genuíno propósito da insolência sistemática que ele procurava disfarçar de tolerância liberal, o peso da culpa que o roía por dentro, levando-o a meter constantemente o nariz na vida dos que estavam à sua volta em busca de erros alheios para colocá-los, junto aos próprios, na lista do que poderia chamar de fraquezas humanas se sua mulher, um indiscutível ser humano, houvesse sucumbido a alguma, alguma vez. De qualquer forma, naquela tarde eu tampouco fiquei do seu lado.

— Muito bem — disse por fim, ainda risonho. — Vou guardar neste armário. — Apontou para uma das portas debaixo do móvel que percorria três das quatro paredes do quarto. — Onde está a chave?

— Aqui — respondi, fazendo-a dançar no meu pescoço.

— Você não dá ponto sem nó, não é?

Nesse momento escutamos outra chave sendo introduzida na fechadura da porta principal, bem perto de nós, e ele pôs as mãos na cabeça, apertando a testa como se acabassem de condená-lo à morte.

— Puta que pariu! Não pode ser sua mãe, não é?

Era mamãe, naturalmente. O "oi" cantarolado com que ela se anunciava assim que transpunha a porta da rua atingiu meus ouvidos antes do final da frase.

— Não pode ser. — Olhou para o relógio, desconcertado, e por um instante me dei ao luxo de sentir compaixão dele. — Mas ela saiu para fazer compras há menos de duas horas...

— Oi! — repetiu mamãe, juntando-se a nós. — Malena! O que está fazendo aqui?

— Estava falando com papai — respondi, mas minhas intenções não deviam interessar muito, porque antes que eu pudesse explicar alguma coisa ela já estava ao lado da mesa.

— Feche os olhos, Jaime, comprei uma coisa que você vai adorar, por isso voltei tão cedo.

Olhou para mim com o sorriso nervoso que impunha um estranho tremor aos seus lábios quando estava contente, e eu correspondi porque gostava de vê-la assim, e isso não era uma coisa muito freqüente. Depois tirou de uma sacola um embrulho alongado e o abriu para exibir, em cima dos papéis do meu pai, uma gravata daquelas que só ele se atrevia a usar na cidade cinzenta que era a Madri da minha infância, seda italiana estampada em azuis, púrpura e roxos, que reproduziam um fragmento de um quadro cubista. Eu achei que era muito bonita, mas pensei que não apenas ela não devia gostar da gravata, mas ainda que iria morrer de vergonha no dia que tivesse que sair com ele para estreá-la, e fiquei surpresa com a falta de jeito daquele deficiente farejador de intimidades, que tão tenazmente fuçava nos meus pecados sem reconhecer em si mesmo o único pecado que poderia desculpar, que de fato desculpava há anos, todos os dele.

— Já pode abrir.

Meu pai pegou a gravata e esfregou nela as gemas dos dedos.

— Reina! É maravilhosa... Adorei, obrigado.

Depois encostou a cabeça, de olhos fechados, na barriga da minha mãe, que estava de pé ao seu lado, acariciando-lhe o cabelo como se fosse uma criança, e só então percebi como ele estava envelhecendo rápido, e achei aquela cena terrivelmente injusta. Eu já estava indo embora, deixando-os a sós com suas misérias, quando mamãe, que não permitia sequer que o marido beijasse sua boca na nossa frente, se adiantou.

— Bem, vou dar uma passada pela cozinha para ver como anda o jantar...

Meu pai parecia resistir a desmanchar aquele abraço, mas ela se afastou com um gesto decidido e, depois de sorrir mais uma vez, saiu dali sem dizer mais nada. Um segundo depois fiz menção de imitá-la. Não estava mais com vontade de ficar sozinha com papai, nem mesmo para agradecer o favor.

— Eu também vou indo. Tenho que contar uma coisa para mamãe.
— Comprida? — Sua voz me interceptou quando eu estava chegando à porta.
— O quê?
— O que você tem que contar a sua mãe.
— Hum... não sei...
— Dez minutos? — Já estava com a mão em cima do telefone.
— É, acho que sim.

Começou a discar um número. Naquele momento tive vontade de pegar a gravata, dobrá-la várias vezes e enfiá-la na boca dele, obrigando-o a mastigar até que seu aparelho digestivo aprendesse a metabolizar seda natural, mas por alguma razão misteriosa ele sabia, como Magda, que podia confiar em mim. Por isso não se alterou e, enquanto esperava que alguém atendesse à ligação, virou sua novíssima propriedade ao contrário para ler a etiqueta e, após soltar um sonoro assobio, não se deu ao trabalho de falar para si mesmo.

— Caramba! Dá para notar, como vamos herdar.

Vovô não sobreviveu nem dois meses àquela advertência, e então resolvi deixar de correr riscos e seguir suas instruções ao pé da letra. Não lembro de ter tomado nenhuma decisão mais sábia, apesar do esforço que fiz para permanecer calada quando, após a abertura do testamento e a sucessiva explosão de duas bombas-relógio — vovô, seguindo a mais apurada tradição familiar, tinha muito menos dinheiro em metálico do que seus herdeiros esperavam receber e, como um magnânimo rei medieval, havia disposto que sua fortuna fosse dividida não em nove, mas em quatorze partes iguais, reconhecendo aos filhos de Teófila os mesmos direitos que a seus descendentes legítimos —, a maioria dos presentes começou a gritar ao mesmo tempo, acusando-se uns aos outros pela perda daquela esmeralda que não aparecia em lugar nenhum, até que a voz do tio Tomás se impôs para comunicar aos irmãos, sem insinuar o menor gesto que pudesse me comprometer, e sem mentir totalmente, que três ou quatro anos antes de morrer vovô decidira proteger uma jovenzinha, e que, num momento de loucura, lhe dera de presente a Pedra Rainha, que já nem figurava na declaração de bens que entregou ao cartório com a última versão de seu testamento.

Meu tio Pedro, o primogênito e, até aquele momento, o mais sério e formal de todos, foi o primeiro a me surpreender.

— É claro que não ia deixar de fazer uma coisa dessas... aquele velho come-putas de merda!

Eu instintivamente levei a mão ao colar do pescoço e nesse momento me dispus a confessar a verdade, mas não foi necessário, porque tio Tomás, o outro mudo artificial da família, misterioso amigo de juventude do meu pai que costumava se comportar comigo como se eu nunca tivesse existido, interveio de novo demonstrando no seu tom e seus gestos uma energia que até então ninguém adivinharia por trás do que aparentava ser uma indolência enfermiça, e essa foi a segunda surpresa.

— Olha, Pedro, se você tem nojo de mexer no dinheiro do papai, eu não vejo nenhum problema em aceitar sua renúncia voluntária assinada no cartório. E isso vale para todos os outros, está claro?

Devia estar bastante claro, porque ninguém moveu um só músculo da cara, e liquidamos os legados particulares em meia hora, sem outros contratempos além dos furiosos espasmos que fizeram vários dos presentes se remexerem na cadeira, entre eles minha mãe, quando, na mais completa impotência, souberam que o destino da granada, último testemunho material das riquezas dos Alcántaras de ultramar, apontava com precisão na direção do macio decote de Teófila.

— É o mais indicado — comentou meu pai, que recebeu a notícia com uma sonora gargalhada, como se nada o fizesse sentir mais feliz. — Ela será a única pessoa a saber apreciar seu valor. Com certeza não vai tirar nem para dormir. Não desanima, Reina, quem sabe uma noite dessas ela se espeta com o alfinete e morre...

— Não tem graça nenhuma, Jaime. — Essa era mamãe.

Possivelmente ele tampouco achasse graça, mas continuou rindo porque era bom jogador, e enquanto isso chegou a vez dos netos. Reina herdou o piano previsto. Eu, que não esperava nada, ganhei o retrato de Rodrigo o Açougueiro, um presente escolhido só para manter as aparências, mas que, pela exigüidade de seu valor, aumentou a dose de indignação da minha mãe, arrebatando do seu rosto os últimos vestígios de cor. Já estávamos saindo, cada um com seu prêmio e seu castigo, quando tia Conchita, que tinha muitos filhos e sempre se queixava mais do que os outros, desencadeou o último ato.

— Escuta, Tomás... E a parte da Magda?

— Fica como está. Na parte da Magda ninguém mexe.

— Bem, mas ela — era o tio Pedro quem falava agora — é como um soldado desertor, não é? A rigor, não mereceria...

— Na parte da Magda ninguém mexe — insistiu Tomás, mastigando as sílabas como as crianças pequenas. — Ela tem uma conta no banco, e eles mandam a documentação para onde quer que ela more agora. Vai calcular o que aconteceu quando chegar a informação do depósito. — Ouviram-se alguns murmúrios, mas ele os abafou elevando a voz. — Uma coisa é que Magda não queira saber de nós, e outra, muito diferente, que tenha deixado de ser nossa irmã.

— Acho justo.

Era novamente a voz do meu pai, o único que teve coragem de apoiar diante dos outros aquelas palavras, que ainda flutuavam no ar como se nenhum outro som pudesse absorver seu eco, embora essa surpreendente tomada de posição só tenha servido para abalar definitivamente os nervos da minha mãe.

— Você não acha nada, porque nada do que se diga hoje aqui é problema seu!
— Concordo, mas posso opinar, não é? E repito que acho justo.

Então o olhar da mamãe passou por cima de mim sem se deter e vagou perdido pelo quarto como se não encontrasse um objeto, um lugar onde pousar e descansar, até que achou um abrigo confortável em outros olhos que a esperavam, desafiantes, e por fim explodiu.

— Você sempre soube, Tomás, e ainda sabe onde ela está, e papai também sabia, vocês três mantiveram essa maldita aliança até o fim! Não está certo, entende?, não está certo! Ela conseguiu o que queria, e você, que é um... Vocês três, egoístas e cheios de si, sempre iguais, desde o começo. Vocês não merecem nada, está me ouvindo?, nada mesmo, vocês são um lixo... Que horror, se mamãe ainda estivesse viva! Que horror, meu Deus!

Depois se deixou cair numa cadeira, parecendo a ponto de desmaiar, e durante um segundo ninguém se aproximou dela, como se os outros tivessem medo de se contagiar com a estagnada tristeza daquela mulher que não havia derramado uma só lágrima no enterro do pai, mas agora choramingava num ritmo constante, desolado, desprovido de qualquer traço de esperança. Minha irmã quebrou o feitiço correndo para abraçá-la como se quisesse protegê-la de si mesma, escondê-la da nossa vista. Eu a segui com os olhos, acusando-me de não ter reflexos tão rápidos, e afinal tive que admitir, quase forçada, o misterioso poder da minha esmeralda, porque, existisse ou não aquela aliança, e fosse ou não maldita, a verdade é que nela continuávamos sendo três.

A primeira lembrança que tenho de Magda é precisamente a ausência de lembranças ou, no máximo, a profunda estranheza com que, ainda pequena, eu recebia os beijos e os presentes daquela mulher intermitente, a eterna visitante que dizia ser minha tia mas não costumava passar mais do que um terço do verão em Almansilla, nem lanchar aos domingos na casa da Martínez Campos, nem sequer jantar conosco na noite de Natal, e que me parecia antes uma inquietante duplicação da minha mãe. Com o passar dos anos continuei sem gostar dela, a cada idade por um motivo diferente, porque os brinquedos que me dava vinham sempre com instruções numa língua que eu não sabia ler ou porque tratava a babá Juana com intimidade ou porque quando festejava seu aniversário só previa os drinques dos adultos e não colocava na mesa um mísero prato de batatas fritas para as crianças. Depois, quando cansou de ficar o tempo todo pulando de um lado para o outro e passou a permanecer temporadas mais longas na casa dos avós, comecei a odiá-la por um motivo concreto e com uma intensidade que agora me parece doentia numa menina de nove anos, porque Magda era igual a mamãe, mas ao mesmo tempo era uma mulher muito mais atraente que mamãe, e eu entendia essa nuance como uma ofensa imperdoável.

Na época eu não era capaz de enumerar individualmente os pequenos detalhes que constituíam o milagre da diferença, uma meta à qual só ela aspirava, porque sua irmã se mostrava muito à vontade encolhida no espaço de uma identidade comum, mas agora lembro de alguns detalhes soltos, e vejo Magda fumando com sua piteira, o braço esquerdo atravessado embaixo do peito, o punho fechado para sustentar o cotovelo do braço oposto, e este tão teso que parecia se prolongar na coluna de fumaça branca que saía de um cigarro pendurado entre seus dedos indicador e médio, mais além de um pulso que caía desmaiado para trás num gesto perfeitamente calculado, e a vejo acendendo uma cigarrilha de Sumatra, pequena e fina, vinte e quatro horas depois de mamãe decidir estrear uma piteira que nunca lhe cairia tão bem quanto nela, e posso até aventurar uma fórmula capaz de explicar o que naquele tempo eu só podia interpretar como uma tentativa desesperada de fuga permanente, é que Magda se empenhava em não ter nada em comum com o modelo de senhora madrilenha da época, atitude a que a minha mãe aderiu com convicção, mas, e isso é que era excepcional, nunca foi por escassez, e sim por excesso.

 Em vez da complexa franja francesa que se prolongava num corte solto de pajem, totalmente tingido ou em listras com qualquer das gamas do amarelo, e cujas pontas, curvadas raivosamente para dentro, chegavam até os ombros, usava um cabelo castanho-escuro e comprido, que deixava solto na parte da manhã, no máximo com uma trança, para depois transformá-lo, salvo nas poucas noites que passava em casa, num coque baixo e bem simples, que lhe dava o aspecto aciganado de que todas as suas coetâneas fugiam como da peste, e preferia sublinhar as pálpebras com um traço único preto em vez de lambuzá-las com os lápis azul-celeste ou verde-mar que mamãe desgastava num verdadeiro vício, como se acreditasse que, submetendo os olhos a tal assédio, suas pupilas terminariam se rendendo e mudando de cor em troca de clemência. Magda quase nunca usava calças compridas, embora isso fosse moderno, mas jamais se enfiou numa faixa, e sempre usava meias pretas mas nunca marrons, e considerava seu decote uma jóia suficiente, mas gostava de escolher uns brincos enormes, nas antípodas dos pequenos detalhes de bom gosto que sempre combinavam com um dos seis ou sete colares de ouro que minhas outras tias penduravam no pescoço, e falava palavrões em público mas não se rendeu ao biquíni, e permaneceu fiel às saias tubinho, em pleno reinado da minissaia, mas prescindia de sutiã no verão, e não fazia as unhas mas pintava os lábios com um batom muito vermelho, e não tinha marido mas fugia furiosamente das apresentações que voavam ao seu encontro em todas as festas, e não fazia massagens mas percorria quilômetros e quilômetros caminhando sozinha pelo campo, e nunca se enfeitou com mantilha e peineta mas nas festas de Almansilla acordava às cinco da manhã e saía de casa sem fazer barulho, com meu pai e seu irmão Miguel, para ser a única mulher a se atrever a correr dos touros, e não gostava de xerez mas só comia com um copo de vinho tinto nas mãos, e lia seu próprio jornal mas não discutia sobre política, e tinha muitos amigos, alguns até famosos, mas nunca os apresentou à família, e pronunciava todos os erres de *prêt-à-porter* mas havia morado em Paris durante alguns anos, e falava sedução em vez de *sex-appeal* mas explicava às pessoas como se locomover em Londres de metrô sem consultar outros mapas além dos que trazia na memória, e ficava bem morena no verão mas, em lugar de tomar sol, costumava nadar, e nunca, nunca, apesar daquilo que acabou sendo a grande briga de todo mês de agosto, aceitou depilar as axilas, mas passava cera nas pernas até a articulação das coxas com os quadris, em vez de interromper na altura dos joelhos como as outras, e suponho que o mais importante de tudo é que nenhuma dessas normas, imutáveis como a sucessão entre a noite e o dia, se alterou em nada durante anos e anos.

Na época eu não podia admitir que preferiria ter uma mãe feito a Magda, não me sentia com forças suficientes para cometer uma traição tão horrenda, de modo que não tinha outra saída a não ser detestá-la ao mesmo tempo que aprovava apaixonadamente os atos de sua gêmea, dando tanta ênfase à minha arbitrariedade que, apesar de eu sempre estar a seu favor, mamãe chegou a ficar preocupada, e até Reina vez por outra brigava comigo por ser tão antipática com minha tia. Durante muito tempo não pude entender a virulência da minha reação, mas agora penso que meu organismo estava apenas tentando elaborar uma vacina eficaz, uma defesa para preservar intacta a minha vida naquele mundo lento, aprazível e ordenado, sob cuja superfície se agitavam torrentes tão profundas que ameaçavam afundá-lo para sempre. A única coisa que me tranqüilizava era a atitude do meu pai, que tratava Magda com certa indiferença desdenhosa, à qual sua cunhada correspondia minuciosamente.

Ela era uma mulher muito bonita, entretanto, com rosto um tanto irregular, muito quadrado, olhos um pouco mais escuros que os da mamãe, não tão doces, e lábios, único traço que, também na minha boca, delata o entusiasmo com que nossos antepassados entregaram-se à miscigenação, talvez volumosos demais, mas seu corpo, e esta é a principal diferença que recordo entre ambas, era um corpo harmonioso de mulher jovem que sua irmã só conservava em algumas fotos de bordas festonadas e luzes já amareladas pela passagem do tempo. Essa distância, fonte de uma espécie de ciúmes reflexos que eu invocava amiúde para defender a legitimidade da minha rejeição, era ainda mais irritante porque as imperfeições físicas mais evidentes da minha mãe ganhavam o caráter de defeitos atraentes, próximos da virtude, no corpo de Magda, que se aproximava perigosamente dos limites da opulência sem jamais tomar coragem de atravessar uma fronteira da qual sua irmã nunca poderia regressar. Assim, por exemplo, os grandes peitos redondos que com o peso pareciam dobrar o torso da minha mãe, sempre imperceptivelmente inclinado para a frente, brotavam do tronco reto de Magda com uma pasmosa naturalidade, criando um efeito que só poderia ser definido como uma desproporção agradável de ser contemplada, e essa mesma condição amparava sua barriga, que sobressaía levemente e sugeria mais uma almofada fofa, porém firme, do que um sinal do cansaço da pele, e suas pernas, talvez um pouco curtas mas misteriosamente esplêndidas.

Magda também não mostrava na época indícios do carinho que mais tarde sentiria por mim, e aparentemente me tratava da mesma forma que aos outros sobrinhos, como uma obrigação incômoda, sem me prestar a atenção necessária para detectar nem sequer minha inimizade. Por isso me surpreendeu tanto o súbito interesse que despertei nela durante o banquete da primeira comunhão de um dos meus primos, quando, após ficar olhando atentamente para mim o tempo todo, dos aperitivos à sobremesa, foi até o quintal e me obrigou a descer do balanço para levar-me a um canto e disparar, sem qualquer preâmbulo, aquela estranha pergunta.

— Você gosta do laço que está usando na cabeça?

Mexi no meu cabelo, surpresa, embora soubesse que ela estava se referindo a um laço largo de cetim vermelho, exatamente igual ao que minha irmã Reina usava, colocado exatamente no mesmo lugar, à direita da linha central que dividia nossas cabeleiras em duas metades exatamente iguais, e dei um pulo, porque fazia poucas horas que eu havia confessado para comungar e não achava graça nenhuma em ter que mentir tão cedo. Mas respondi com o maior descaramento possível.

— Gosto muito.

— E não gostaria mais de usar um laço de outra cor? Ou em outro lugar, à esquerda, ou bem no meio, ou num rabo-de-cavalo?

Ela fumava devagar, com uma piteira de marfim em forma de peixe, e batucava com a ponta do sapato nas lajotas de granito, olhando para mim com um sorriso que não chegava a sê-lo totalmente, e eu fiquei assustada, suspeitando que talvez fosse uma bruxa, uma feiticeira que nem as dos contos da carochinha, com poderes para ler a verdade em lábios lacrados por velhas lealdades.

— Não, não gostaria.

— Quer dizer, você prefere continuar sendo a vida toda uma cópia da sua irmã.

— Ou não... O que aconteceria se fosse ao contrário?

— Que sua irmã seja uma cópia de você, quer dizer?

— É.

— Isso não vai acontecer nunca, Malena — negou suavemente com a cabeça. — Nesta família não, você vai ver...

Em menos de três anos eu já havia aprendido a gostar da irmã Agueda, aquele desastre de freira que trotava pelos corredores como um cavalo, e ria às gargalhadas, e falava aos gritos, e fumava às escondidas, sempre com piteira, os cigarros que eu mesma introduzia de contrabando no colégio, e foram todas essas coisas que me empurraram em sua direção, porque nada une tanto como a clandestinidade compartilhada, e na época nós duas habitávamos um território fronteiriço, no qual ela vivia como uma freira impossível e eu vivia como uma menina impossível, e ambas cultivávamos uma personalidade falsa só para despistar, embora nossos erros fossem tantos, e tão evidentes, que bastaram para dar um desejado matiz aventureiro à minha monótona vida escolar, e a selvagem América dos bravos Alcántaras transladou-se por algum tempo para as salas de aula, a capela, as alas de clausura onde ambas corríamos os mesmos pequenos riscos, jovens países de um continente para dois no qual Reina, muito mais sensata do que eu, nunca quis pôr os pés.

De vez em quando minha irmã perguntava como era possível que tanta antipatia tivesse dado lugar a um amor tão profundo. Reina recapitulava o assunto com aquela sua cabeça, sempre tão prodigiosamente fria, e concluía que as coisas não haviam mudado tanto assim, Magda continuava sendo a mesma Magda de sempre por mais que usasse outro nome, e até incomodava mais agora, como freira, topando com a gente em qualquer esquina, do que antes, quando mal a víamos. Eu respondia com generalidades, porque ela, que era tão esperta, jamais poderia compreender aquilo. Ela, que era tão forte, podia viver feliz num mundo sem espelhos.

Mas Reina e eu concordávamos em uma coisa. Magda não era freira e nunca seria, Magda não apitava nada naquele lugar porque não possuía, nem na dose mais insignificante, qualquer das qualidades que de tão absolutas empanturravam as suas novas irmãs, com as quais tinha ainda menos a ver do que com suas irmãs de toda a vida, e não conseguia aparentar o contrário nem sequer quando se comportava bem e lembrava de falar em murmúrios, nem sequer quando se ajoelhava na capela cobrindo discretamente o rosto com as mãos, nem sequer quando, às segundas, por exemplo, quando sempre serviam umas lentilhas nojentas de primeiro prato, rezava de verdade em vez de se benzer três vezes a toda pressa e mergulhar no prato com apetite feroz, uma fraqueza que não chocava menos que o escandaloso cuidado com que continuamente corrigia o ângulo da touca em sua testa, olhando-se de esguelha nos vidros até conseguir um resultado que a favorecesse, porque Magda era tão pouco freira que dava um jeito até de ficar bonita com a touca.

Reina e eu espionávamos todos os gestos dela, brincando de decifrar o seu mistério, e minha irmã chegou a se convencer de que Magda se retirara do mundo para esquecer a rejeição de um homem, que ela supunha ser o único com coragem suficiente para ter se aproximado de uma mulher-macho daquelas. Eu nunca concordei com essa apreciação, mas concedi por algum tempo certa margem de veracidade à hipótese, sobretudo depois que Reina atribuiu sua inspiração à natureza do nome que Magda havia escolhido para assumir os hábitos, e em seguida me contou, com a competência de uma especialista na matéria, uma história que eu já ouvira algumas semanas antes, em termos muito mais reconfortantes, pelo fato de serem frívolos, nos lábios da minha própria tia.

Eu tinha aproveitado o recreio para ir com ela até a capela, onde se deliciava trocando as flores do altar. Aquele era o único trabalho do convento que ela apreciava, e eu também adorava estar a sós com ela naquele espaço imenso, cuja imponente solenidade se dissolvia como por encanto à medida que avançávamos pelo corredor central carregando uma prosaica oferenda de flores, jarras de água, tesouras e sacos de lixo, e desaparecia por completo pouco depois, quando chegávamos até o estrado e eu ficava passeando em torno do altar enquanto Magda, absorta em seu trabalho, me contava qualquer coisa. Mas naquela manhã o silêncio não se rompia, e eu me sentia incômoda, como se a indiferença com que meus olhos percorriam aquele recinto fosse em si mesma um pecado mortal, e por isso tentei provocar uma conversa perguntando a primeira coisa que me ocorreu.

— Escuta, Magda... — nunca antepunha ao nome dela a palavra tia, esse era um privilégio que eu tinha —, por que tiveram que batizar você de novo quando entrou aqui? Poderia continuar se chamando irmã Magdalena, não é?

— Poderia, mas pensei que seria mais divertido mudar. Vida nova, roupa nova. Ninguém me batizou, Malena, eu escolhi. Não gosto do meu nome.

— Ah, pois eu gosto do meu.

— Claro — por um segundo ela levantou a vista dos crisântemos que estava arrumando nas alturas e olhou para mim, sorrindo —, porque seu nome é bonito, é um nome de tango. Fui eu que o dei, uma Magda na família já era suficiente.

— Bom, mas Agueda é muito pior do que Magda.

— Que nada! Chega aqui perto da sacristia, um instantinho só, e olha o quadro que está pendurado na parede, vem.

Não me atrevi a soltar a maçaneta, como se pressentisse que iria precisar me proteger por trás do imaginário escudo da porta para encarar um massacre tão horroroso, o sangue que jorrava aos borbotões do corpo daquela mulher jovem cujo sorriso confiante me fazia imaginar que suas feridas eram ainda muito mais dolorosas, como se um tirano invisível a estivesse obrigando a dizer com os olhos que aquilo não era nada, como se não tivesse coragem nem sequer de esticar os dedos até a túnica e verificar que a fazenda estava encharcada, tingida até a cintura de um macabro vermelho escuro que aumentava o contraste com a alvura daqueles dois pálidos e indefiníveis cones que ela parecia transportar numa bandeja, com um gesto de garçonete experiente.

— Que coisa! — Magda respondeu à minha sincera exclamação com uma gargalhada. — Quem é essa coitada?

— Santa Agueda... ou Santa Ágata, como quiser, chama-se das duas maneiras. Eu gostaria mais de usar Ágata, tem muito mais charme, mas não me deixaram porque não é um nome espanhol.

— E quem fez isso com ela?

— Ninguém. Fez sozinha.

— Mas por quê?

— Por amor a Deus. — Já havia terminado de arrumar os vasos, e eu me aproximei para ajudá-la a carregar. — Olha, Agueda era uma garota muito piedosa que só se preocupava com a vida espiritual, mas tinha um bom corpo e, principalmente, uns peitos enormes, estupendos, que pelo visto a estorvavam o tempo todo, porque toda vez que saía de casa os homens ficavam olhando para ela, e dizendo coisas, sei lá... deviam ser bobagens. Enfim, como ela não conseguia se concentrar com tanta confusão, mas também não podia ir à igreja sem pôr os pés na rua, um belo dia começou a pensar no que era que os homens gostavam tanto nela e, quando percebeu que eram as tetas, decidiu acabar com a luxúria cortando o problema pela raiz.

— E conseguiu?

— Claro que sim. Pegou uma faca, se ajeitou assim... — Magda se inclinou sobre o altar, apoiando somente os peitos na borda, e durante alguns instantes manteve a mão direita no ar, até deixá-la cair num surto simulado de violência —, e zás!, cortou os dois seios de uma vez.

— Arghhh, que nojo! E morreu, é claro.

— Não. Pôs os seios numa bandeja e foi muito contente à igreja oferecê-los a Deus como prova de seu amor e sua virtude, como você viu no quadro.

— Aquilo ali na bandeja são os dois seios? — Ela confirmou com a cabeça. — Mas não têm bico!

— É verdade... bem, é que esse quadro foi pintado por um monge beneditino, e não sei, vai ver que lhe dava aflição desenhar os mamilos. Mas de qualquer maneira ele não devia suportar isso muito bem, porque lambuzou tudo de sangue. Zurbarán pintou Agueda sem uma só gota, e olha que também era frade... Mas vamos embora, está ficando tarde. Você não acha uma história bonita?

— Sei lá.

— Eu acho, e por isso agora me chamo Agueda.

Fui com ela em silêncio até a porta, com a pele ainda arrepiada, e não tinha vontade de dizer mais nada, mas antes de nos separarmos peguei-a pelo braço e ela notou alguma coisa estranha em minha forma de encará-la.

— O que é?

— Magda, por favor... não corta os peitos...

— Ah, Malena, te assustei, não é?! — Ela me abraçou, apertou o rosto contra meu crânio e beijou meu cabelo, balançando-me devagar, como se eu fosse um bebê. — Eu sou mesmo uma besta, não deveria te contar essas coisas, você não entende, mas... com quem posso falar aqui a não ser com você?

A irmã Agueda sempre foi assim. Oscilava entre a luz e a sombra como um vaga-lume ferido, incapacitada para se orientar, sem parar de oscilar entre os ataques de riso e os de melancolia, a princípio equilibrados, depois os últimos foram ficando cada vez mais freqüentes e encontrando ao mesmo tempo obstáculos progressivamente infranqueáveis, porque chegou uma hora, por fim, em que até eu intuía que Magda se mexia apenas porque obrigava a si mesma a se mexer, e seus sorrisos transformaram-se em ensaiadas máscaras de gesso nas quais o sorriso autêntico não aparecia mais, embora nunca tenha chegado a desaparecer.

Eu a amava, mesmo sem entender muitas das coisas que ela me contava, uma distância a que nunca dei muita importância, porque eu mesma me parecia confusa, e até mesmo inacessível, com uma freqüência exasperante, e só ela parecia me compreender, deslocando a cabeça na minha direção, muito devagar, sem deixar de olhar no fundo dos meus olhos, como se quisesse me dizer, eu sei, isso também aconteceu comigo muito tempo atrás, até que me acostumei a me ver refletida nela, em sua força ferida de fraqueza, em seu cinismo podre de inocência, em sua brusquidão carcomida pela suavidade, em todos os seus defeitos, que adotei como meus, e na virtude de sua própria existência, que tornava a minha existência tolerável, mas sentia tanta raiva de vê-la ali, traindo metodicamente a si mesma, castigando-se com tanto rigor, que logo elaborei minha própria teoria, e não foi difícil me convencer de que Magda não tinha virado freira por vontade própria, mas como resultado de alguma chantagem, algum tipo de jogo sujo cujo inspirador conseguira dobrar a sua verdadeira natureza, submetendo-a a pressões tão insuportáveis que o convento deve ter parecido aos seus olhos como um destino quase prazeroso.

Ainda lembro de como tudo começou. Uma tarde mamãe nos levou para fazer compras e escolheu para nós dois vestidos iguais, de fundo branco com flores azuis e um escandaloso colarinho bordado que mais parecia um babador, e dois casacos ingleses de lã azul-escura, com botões e colarinho de veludo, tudo combinando com o insípido conceito de moda formal para meninas que ela defendia. No sábado seguinte, de manhã, vestiu-nos com a roupa nova e nos comunicou, muito contente, que íamos ao casamento da tia Magda. Quando Reina perguntou quem era o noivo, mamãe respondeu com um sorriso que íamos conhecê-lo quando chegássemos à igreja, mas não o vimos em nenhum canto e, de fato, se alguma coisa faltava na robusta representação familiar que estava à nossa espera em frente à capela do colégio, era precisamente homens. Nem vovô, nem tio Tomás, nem tio Miguel, nem meu pai, que sequer desligou o motor quando parou o carro na porta e seguiu em frente dizendo que como só éramos três não ia ser difícil dividir-nos depois em outros carros, compareceram à cerimônia que começou quando Magda chegou ao altar, andando muito lentamente, vestida de branco e rigorosamente sozinha.

Pouco tempo atrás, encontrei entre meus papéis um cartão de lembrança que vovó distribuiu naquela manhã. Magda casou-se com Deus no dia 23 de outubro de 1971. A 17 de maio de 1972 já havia abandonado a residência conjugal, para não regressar nunca mais.

Eu soube do plano por acaso, talvez graças às flores de abobrinha, o mais extravagante dos vícios que nós duas compartilhávamos. O resto da família sempre se negara a provar nem um pedacinho daquela estranha verdura, as carnosas tulipas alaranjadas com estrias verdes que eu nunca tinha visto na cozinha até que Magda, certa manhã, recém-chegada da Itália, ofereceu um insólito espetáculo, arregaçando as mangas e colocando um avental para fritar, após submergir numa pasta parecida com a de camarões empanados mas com um pouco de pimentão, o que meu avô definiu laconicamente como um bom ramo. Ninguém, exceto ela, que comeu pelo menos uma dúzia, esticou a mão em direção à travessa onde repousavam aqueles enormes botões murchos que no óleo fervente haviam recuperado misteriosamente sua tersura, até que eu tomei coragem para provar e fiquei surpresa de como gostei. Desde então, todo verão Magda e eu de vez em quando saqueávamos cuidadosamente a horta, por setores, desprendendo com cuidado uma flor de cada galho de abobrinha a fim de ter no lanche uma travessa inteira só para nós duas.

E também fomos naquela primavera passar um fim de semana em Almansilla, porque as cerejeiras haviam florescido, uma tradição cujo sentido nunca entendi muito bem, embora minha mãe, que normalmente negava-se a qualquer deslocamento de duração inferior a uma semana, alegando, com razão, que a casa devia estar gelada, e era longe demais, e que não compensava fazer uma bagunça daquelas por tão poucas noites, nunca a perdoasse. Ela chamava aquilo de ir para as cerejeiras, e na realidade só ficávamos passeando entre aquelas árvores privilegiadas e infortunadas ao mesmo tempo, tão vulgares no verão, quando não passam de feios esqueletos de madeira, frágeis e nus, e tão esplêndidas em abril, quando parecem estourar de gozo em milhões de flores diminutas explodindo ao mesmo tempo, inchando suas pétalas brancas para envolver os galhos, a destempo, num abrigo imaculado que sempre me lembrava o pêlo das ovelhas antes de serem tosquiadas. Olhávamos as cerejeiras, subíamos até o sótão para desfrutar outra vez, só uma vez por ano, o equívoco espetáculo das árvores nevadas estendendo-se até o infinito como um geométrico exército invernal, ameaçando com o branco os confins das pradarias novas, com o verde já sarapintado de margaridas amarelas, mas não contávamos com a possibilidade de comer cerejas, porque a cereja é a única fruta que não amadurece fora da árvore e não se pode colher até ficar no ponto, como repetia incessantemente Marciano, o jardineiro, que devia sentir-se na obrigação de se eximir da culpa, ainda que fosse ao preço de jogá-la nas costas da natureza, de privar os distantes proprietários da colheita do prazer de verificar sua qualidade *in situ*, sobretudo porque quando voltávamos a Almansilla, a princípios de julho, só pendiam dos galhos alguns restos podres, bicados pelos pássaros, dos frutos defeituosos, tão pequenos ou ressecados que não haviam sido considerados bons para ir parar na cesta. Mas as nossas cerejeiras eram árvores de começo de estação, e naquele ano só aparecemos por lá a fins de abril, e o sol tinha começado a queimar — esse maldito fogo solar, queixavam-se no povoado — antes do tempo, e Marciano, apavorado com as geadas que ainda poderiam cair em maio e arrasar tudo, estorricando as cerejas nos galhos, recebeu-nos com um punhado de frutas em cada mão. Perguntei se as abobrinhas já haviam florescido na horta e ele me respondeu que era possível, num tom tão funesto como o que adotaria para me comunicar minha própria morte, mas eu achei que era uma excelente notícia e escolhi com cuidado as flores maiores para levar a Madri e alegrar um pouco a Magda, que naqueles dias parecia mais triste do que nunca, muito abaixo do nível mais baixo em que caíra até então.

Na segunda-feira, antes da primeira aula, procurei-a na secretaria, onde ela estava trabalhando ultimamente, mas não a encontrei e ninguém soube dizer onde estava. Indo para o recreio, cruzei com ela no corredor e a chamei, mas Magda estava andando depressa, o corpo encolhido, as mãos cruzadas embaixo do peito, os olhos fixos nas lajotas do chão como se alguém lhe houvesse impingido a tola tarefa de contá-las, e se limitou a virar a cabeça e me dizer ainda andando que estava com pressa e que depois nos veríamos, na saída. Tentei explicar que isso era impossível porque as flores já estavam bastante murchas e se a gente não as comesse logo seria preciso jogar fora, mas ela continuou andando sem me ouvir e desapareceu pela porta dos fundos. Então tornei a entrar na sala, peguei a mochila e saí correndo, disposta a impedir que um mal-entendido estragasse as minhas melhores intenções.

Alcancei-a bem a tempo de vislumbrar o vôo do seu hábito se enredando por um instante na porta da sala da diretora, e me sentei para esperar na poltrona destinada às visitas. Mantive a calma por um bom tempo, mas Magda não saía, e a meia-hora de recreio passa depressa, e tive medo de que o som da campainha me obrigasse a voltar sem ter conseguido falar com ela. Por isso me aproximei da porta, para tentar medir em que fase estava a conversa e calcular assim as minhas possibilidades.

— Sinto muito, Evangelina. — Era a voz de Magda.

— É, mas quando você entrou aqui, disse que...
— Está bem, eu lembro do que disse, mas errei, simplesmente. Não podia saber como ia me sentir aqui dentro.
— Era só não ter se negado a fazer o noviciado, Agueda. Isso foi um absurdo. Porque sua mãe é a sua mãe, senão...
— Não tem nada a ver, Evangelina, porque na época eu sabia que minha vocação era firme, e continua sendo, tanto como antes, mas preciso ter alguma ocupação, não posso ficar o dia todo sem ter nada o que fazer... Agora que a Miriam vai se aposentar e a Esther viaja para Barcelona, vocês vão precisar de mais gente, e eu já sei um pouco de francês, não muito, mas poderia ter um bom nível em três ou quatro meses, sou muito boa para línguas.
— Isso tudo é verdade, mas o que não entendo... Vejamos, você morou em Paris quando era jovem, não é?
— Morei, mas não falo bem a língua, porque estava com um americano que morava lá, e então...
— Agueda! — A voz da diretora subiu até um volume que a tornava perfeitamente audível para qualquer um que andasse no corredor. — Já te disse mil vezes que os detalhes de antes de você entrar em nossa comunidade não me interessam em absoluto.
— Eu sei, Evangelina. Só estou tentando explicar que na época aprendi mais a falar inglês... — e então, como se pretendesse compensar os excessos da interlocutora, Magda sussurrou um nome que eu não consegui ouvir —, falava francês tão bem que eu nunca cheguei a me soltar, íamos juntos a todos os lugares.
— Foi ele que...?
— Que o quê?
— Não seja insolente, Agueda, você sabe perfeitamente do que estou falando.
— Sinto muito, achei que os detalhes da minha vida anterior não te interessavam. Você me pegou desprevenida.
— Quer dizer, foi ele.
— Não, claro que não. É um cálculo muito simples, nossa relação acabou muitos anos antes.
— Sei disso, e o outro...
No momento mais interessante, perdi de vez o eco de Magda e da irmã Evangelina. As duas freiras conversavam agora num sussurro apagado, tão parecido com o silêncio que, quando a diretora voltou a falar, depois de exalar um suspiro profundo como seu último alento, eu já estava me afastando da porta, certa de que a entrevista havia terminado.
— Às vezes é preciso cometer uma autêntica monstruosidade para achar dentro de si mesmo as forças suficientes para compreender...

— Não me mortifique mais, Evangelina, tem caridade comigo.

— Está bem. Voltando ao assunto do francês, o caso é que você não deixa de ter razão.

— Claro. Se você me der permissão, vou me matricular esta tarde mesmo num curso. Hoje é dia vinte e oito, posso começar no dia primeiro, e em setembro me encarrego do primário...

Naquele ponto parei de escutar, mas meus pés, paulatinamente bloqueados pela surpresa, se negaram a sair do lugar. Eu devia ter regressado à poltrona, ou pelo menos me afastado alguns passos, porque sabia que não se deve escutar por trás das portas, minha avó passava a vida repetindo isso para as empregadas, mas minhas pernas estavam dormentes, meus sentidos anulados, minha cabeça inundada pela corrosiva essência das notícias que eu fazia esforços para processar sem ficar maluca, a invejável naturalidade com que aquela imponente série de mentiras brotara dos lábios da minha tia, e a primeira notícia sobre o velho pecado dela, um pecado gravíssimo, porque a irmã Evangelina o chamara de monstruosidade, escolhendo uma obscura etiqueta atrás da qual ainda pulsava o rastro de um homem secreto, e um segredo ainda pior que o nome daquele homem, muito embora o que provavelmente tenha mais me impressionado foi a repentina certeza de que Magda ia se condenar, de que se condenaria sem remédio porque, além do mais, falava francês perfeitamente, um francês impecável. Eu sabia disso porque tinha ouvido um par de meses antes, no seu próprio quarto, dentro do colégio, numa tarde em que entrei sem bater e a encontrei falando pelo telefone, e por mais que ela tivesse tomado cuidado para não levantar a voz, me assombrou como ela falava bem, chilreando como um canário e fazendo o tempo todo os tais biquinhos de bebê mal-educado indispensáveis para fechar bem aqueles us que para mim, ao contrário, são tão difíceis.

Quando, por fim, a porta se abriu, quase atropelei minha tia.

— Oi, Malena! O que está fazendo aqui?

Ela sorria com uma expressão quase eufórica e seus punhos, que num gesto de ânimo para si mesma ela havia apertado e entrechocado no ar assim que atravessou o limiar, ainda estavam fechados. Não deu nenhum sinal de se sentir ofendida, zangada ou decepcionada pela gravidade da falta em que tinha acabado de me surpreender.

— Eu... é que... Queria te dar isto.

Mostrei a sacola e a suspendi no ar, no meio do caminho entre seu corpo e o meu, e ela a pegou com curiosidade.

— O que é? — Meteu o nariz lá dentro mas o levantou meio segundo depois, apertando-o com o polegar e o indicador da mão direita como se estivesse a ponto de se soltar do resto do rosto. — Mas, querida, elas estão meio podres. Quando foi que você pegou?

— Na sexta, em Almansilla. Fomos às cerejeiras neste fim de semana... Pensei que iam agüentar, não percebi que estavam cheirando tão mal.

— Obrigada, Malena, obrigada mesmo assim, meu bem. Fico te devendo uma, me lembre qualquer dia desses.

Então me abraçou e beijou minha bochecha, e começamos a andar pelo corredor ainda enlaçadas, sem parar nem quando, passando por uma lixeira, ela se desviou um instante para se livrar do meu malogrado presente, e estava tão contente, tão parecida com a autêntica Magda, com aquela mulher de verdade que antes eu odiava, que tive a sensação de que alguma coisa estava se quebrando, de que um mundo diferente começava a girar sem contar comigo, de que talvez já a estivesse perdendo, e não podia deixar que ela partisse assim.

— Sabe de uma coisa, Magda? Eu gosto muito, muito mesmo de você, sério.

— Eu também gosto de você, Malena. — Afinal parou, e ficamos imóveis uma diante da outra, e ela olhou no fundo dos meus olhos, e os dela ardiam. — Você é a pessoa de quem eu mais gosto neste mundo, a única que me importa de verdade. Não quero que você esqueça disso. Nunca.

A irmã Agueda retornou um instante em seus olhos carregados de lágrimas, em seus lábios trêmulos e em suas mãos que percorriam meus braços sem chegar a apertá-los, e eu a abracei novamente com todas as minhas forças, como se quisesse imprimir suas impressões digitais no meu corpo, retê-la comigo para sempre, e lhe devolvi os beijos rápidos com outros beijos breves e sonoros, sem conseguir controlar meu próprio choro, até notar que meus lábios estavam salgados e que a intensidade dos meus sentimentos tinha saturado minha pele, que pesava nos meus ossos, frouxa e embotada como sempre fica depois de realizar um grande esforço.

Se tudo tivesse dado certo, aquela seria a nossa despedida, mas eu nunca tinha conseguido aprender piano.

— Deixa a menina em paz, Reina, pelo amor de Deus! É uma tortura para ela, não está vendo? Se a menina não serve, não serve e pronto.

Esta frase, que meu pai repetiria a intervalos regulares, quase com as mesmas palavras, pelo menos uma dúzia de vezes, terminou esgotando as esperanças da minha mãe, que a partir do momento em que se viu obrigada a admitir, quando eu tinha cinco anos, que os princípios teóricos do solfejo jamais se gravariam em meu cérebro, não parou de tentar me encaixar em qualquer atividade complementar feita sob medida para mim, com a sadia intenção de evitar que eu ficasse complexada diante dos progressos musicais da minha irmã, uma carreira que no fundo não me interessava, principalmente depois que aquele professor suíço, a quem mamãe não quis ouvir, emitisse um diagnóstico certeiro, anunciando que Reina tinha certos dotes para a música, mas mesmo assim, e por mais que gastasse os dedos em cima do teclado, nunca chegaria a ser virtuosa porque seu talento não chegava a tanto. Semelhante análise era simplesmente incompatível com o caráter da minha mãe, que também não considerou dignos de atenção os comentários dos sofridos profissionais que, quando ainda estávamos a tempo, informaram sucessivamente a ela que eu não tinha nascido para bailar, que minhas aptidões para o desenho eram bastante escassas, que a expressão corporal não parecia proporcionar um âmbito adequado para o meu desenvolvimento integral, que não convinha me encaminhar para a cerâmica porque o único requisito que eu preenchia para tal fim consistia na propriedade de ter duas mãos, uma à esquerda e outra à direita — um argumento similar, extensível à minha posse de duas pernas, me afastou por fim da ginástica rítmica, que foi uma das experiências mais cruéis —, ou que, levando em conta o medo instintivo que os cavalos me inspiravam, ia ser difícil conseguir que algum dia eu montasse em algum. De modo que, quando ela já estava considerando a possibilidade de me iniciar em alguma arte marcial, só porque nos Estados Unidos estavam na moda, eu lhe implorei com lágrimas nos olhos que me deixasse estudar inglês, uma opção que ela sempre rejeitara com o pretexto de que aquilo era vulgar e desprovido de interesse artístico, mas que na realidade a deixava preocupada porque, em caso de prosperar, podia acabar deixando minha irmã complexada. Até mesmo ela, contra a sua vontade, pressentia que se chega muito mais longe falando inglês do que sabendo música.

Em todo caso, e como meu pai se negou rotundamente a permitir que eu colocasse nem o dedo mindinho do pé na porta de uma academia — claro, Reina, genial... E por que não a bota para lutar boxe? Era só o que faltava, que façam minha filha virar lésbica... —, mamãe teve que me deixar estudar inglês, nem que fosse porque, descartado o caratê, não restavam muitas outras expectativas que as minhas capacidades pudessem continuar frustrando num bom ritmo. O tempo demonstrou que eu estava com a razão. Deixando de lado minhas tradicionais dificuldades com o sotaque, derivadas da assombrosa carência de ouvido musical que era a origem de toda essa história, progredi muito rápido no inglês, a ponto de obter vários títulos para estrangeiros, outorgados por uma prestigiosa universidade de remadores britânicos, antes mesmo de começar a faculdade — uma proeza que reconciliou finalmente minha mãe com a minha vontade.

Mamãe rejeitou, por uma questão de princípios, a variada oferta do consulado americano e insistiu em me matricular no British Institute, mas como no meio do curso não se achava vaga em lugar algum, afinal teve que se conformar com inscrever-me num curso que ficava na rua Goya, bem perto de Colón, de onde eu voltava andando sozinha para casa três vezes por semana, sem outro risco além de atravessar a Castellana por uma passagem subterrânea. E foi numa dessas tardes, enquanto fazia hora em frente ao portão, que vi uma freira que só podia ser a Magda subindo as escadas de uma entrada do metrô.

Por um instante pensei que vinha em minha direção, e até que talvez freqüentasse o mesmo curso que eu, mas ela nem sequer olhou para trás e saiu andando Goya acima com bastante pressa. Sem pensar duas vezes, comecei a caminhar atrás dela, seguindo-a a uma distância considerável. Não tive coragem de apertar o passo e alcançá-la, porque de alguma maneira suspeitava que não seria bem recebida, mas não tinha medo de perdê-la, porque sua touca e seu hábito se destacavam como uma pincelada branca na massa de transeuntes vestidos de meia-estação. Andamos no mesmo ritmo durante um bom tempo, mais de dez minutos, e perdi a conta das ruas que atravessamos, uma após outra, porque não me ocorreu olhar para as plaquinhas azuis presas nas esquinas até ver Magda desaparecer num portão escuro. Só então percebi que estava perdida.

Li Núñez de Balboa numa placa, Don Ramón de la Cruz em outra, e nenhum daqueles nomes me disse nada. Goya devia estar à minha direita, mas provavelmente estivesse à esquerda, eu não conhecia bem aquela região, minha mãe se negava a atravessar a Castellana se não fosse indispensável, porque militava na mais rançosa das manias da vovó, que era uma dama chique toda a vida e se referia ao distrito de Salamanca como "aquele pretensioso bairro de funcionários e adventícios", e não admitia que o melhor comércio da cidade tenha se obstinado em colonizar o lado leste do grande eixo que divide Madri pelo meio em vez de permanecer no lado oeste — que é a região onde os ricos de verdade sempre moraram —, onde, naturalmente, ela continuava morando, porque ainda se dava ao luxo de se definir como latifundiária. Perguntei a mim mesma o que ia fazer se Magda demorasse a descer. Faltavam quatro meses para eu fazer doze anos e nunca tinha saído sozinha, exceto para o ridículo passeio subterrâneo que enlaçava minhas aulas de inglês com meus deveres. Não senti medo de pegar um táxi, mas quando vasculhei os bolsos só achei vinte e cinco pesetas e uma ficha de telefone. Então percebi que não tinha outro remédio senão recorrer a Magda, e cheguei perto de um homem que estava descansando numa cadeira, ao lado do portão, para perguntar em que andar era o curso de francês. Ele me olhou com estranheza e respondeu que naquele prédio ninguém dava aulas de francês, pelo menos que ele soubesse. Sua ignorância dissipou minha última esperança. Ainda restavam muitas horas de luz, porém mais cedo ou mais tarde a noite cairia, e talvez Magda saísse por outra porta, ou não saísse nunca, talvez eu tivesse errado de freira, possivelmente a mulher que eu perseguira até ali nem fosse ela. Fiquei tão nervosa que tive vontade de chorar feito um bebê, mas aquele homem estava olhando para mim de uma forma suspeita e voltei lentamente para meu observatório, um ponto de ônibus situado na outra calçada, para me entregar ao desespero sem ter forças para lutar. Então Magda apareceu de novo.

Havia prendido na nuca um coque forçosamente postiço, mas impecável, e sua maquiagem estava muito discreta, exceto nos lábios, pintados de um vermelho furioso como antes. Usava sapatos de couro de crocodilo com salto muito alto e o vestido de linha estampado com que aparecera em Almansilla alguns meses antes, quando veio passar conosco o feriado da Semana Santa.

Reina e eu ficamos pasmadas quando a vimos aparecer daquele jeito, vestida de pessoa normal, e não fomos as únicas, porque até sua própria mãe se negou a beijá-la antes de proclamar que achava aquele aspecto escandaloso, mas ela explicou com muita tranqüilidade que nós todos poderíamos verificar à primeira vista como tinha emagrecido desde que entrou no convento, e acrescentou que a própria Evangelina tinha sugerido que aproveitasse as férias para mandar apertar o hábito. A mera menção do nome da diretora bastou para acalmar a minha avó, e Magda finalmente foi beijada e abraçada por todos, como se não houvesse acontecido nada, mas percebi que estava acontecendo alguma coisa, e devia ser algo muito esquisito, porque a mulher que voltou a Almansilla naquela Sexta-Feira da Paixão era muito diferente da que havia saído da Martínez Campos no dia de Pilar do ano anterior, como se Magda tivesse resolvido de repente apagar o último ano da sua vida.

Eu ainda me lembrava perfeitamente daquela primeira metamorfose, a impressionante transformação que contemplamos pela primeira vez naquela Semana Santa, exatamente um ano antes, quando uma irreconhecível Magda, com o cabelo bem curto e o rosto lavado, adquiriu a insólita mania de acompanhar mansamente sua mãe aos ofícios de todas as tardes, rejeitando a comodidade do carro familiar para ir até a igreja arrastando seus sapatos baixos de colegial, como se tivesse que fazer um grande esforço para mover o espesso tecido escocês da saia plissada, que lhe cobria os tornozelos até quando estava sentada em vez de subir obedientemente até as coxas como os estreitíssimos tubinhos a que até a vovó já se acostumara. Aquela Magda covarde, que eu cheguei a detestar mais do que a anterior só porque tinha se rendido, era mesmo uma freira, uma freira autêntica, mas essa que o convento nos devolveu cinco meses depois de tê-la acolhido já não era aquela mulher, mas a outra, a Magda de antes, como se o tempo tivesse enlouquecido e com ele todas as coisas houvessem saído de prumo, num mundo sem memória para discernir o passado recente de um passado mais remoto.

Eu não podia atinar com o sentido de uma evolução tão tortuosa, mas desejava com todas as minhas forças estar certa, embora nenhum sinal externo, exceto, talvez, o brilho emitido por um olhar que havia recuperado sua intensidade, confirmasse minha intuição de que Magda estava agora desandando, nas pontas dos pés, o mesmo caminho que antes havia percorrido com passos largos, porque ainda não tornara a ser totalmente uma mulher, e seu cabelo sequer atingira o comprimento de um corte drástico, e seu rosto continuava limpo de qualquer cosmético, e seus sapatos ainda eram baixos, e seus vestidos simples, e seus gestos humildes, e ela fechava os olhos, como se a oração a comovesse, quando liderava o rosário à noite. É verdade que ria muito mais, e mais alto, do que quando estava no convento, e, à tarde, quando passeávamos sozinhas na colina, às vezes me cantava canções antigas, sempre de amor, ou dava pulinhos, mas essa alegria, tão sadia e tão limpa como a que emanava de Deus nos fossilizados filmes que volta e meia nos impingiam no colégio, não parecia uma base suficiente para sustentar minhas suspeitas, e ela não fez nada para alimentá-las durante a semana inteirinha, até que na Sexta-feira Santa meu pai entrou sem avisar na cozinha para representar, em sessão única, o seu já tradicional auto sacramental particular.

Mamãe estava passando a gola de um vestido meu que a babá Juana, segundo ela, não sabia arrematar direito, e eu estava a seu lado, esperando. A mulher do tio Pedro, Mari Luz, que sempre foi muito boa e a mais tímida de todas, estava conosco, já arrumada para ir à missa, conversando com as garotas, que nunca tinham nada melhor para fazer no meio da tarde. Então meu pai, que não botava os pés na igreja nem no Natal, apareceu todo sorridente e, sem dizer uma só palavra, tirou uma faca comprida e afiada da gaveta e sumiu na despensa. Mamãe sorriu, porque sabia o que ia acontecer, e eu sorri com ela.

— Alguém mais quer provar que é cristão-velho num dia importante como hoje?

Papai nos encarava, risonho, segurando entre os dedos uma fatia de presunto ibérico, o maravilhoso presunto quase negro proveniente, apesar de todas as proibições, da caverna de Teófila, que possuía uma sabedoria inquestionável para curar presuntos.

— Não? — continuou, e a seguir mordeu uma diminuta porção de carne. — Pois vou ter que jogar fora o que sobrar, porque na verdade não estou com vontade de comer presunto, fiz isso só para pecar.

As garotas explodiram em gargalhadas, e eu não pude evitar fazer coro a elas.

— O que eu não entendo, Jaime — foi tia Mari Luz quem interveio —, é por que você não come logo um bife de vitela na hora do almoço, que nem o papai.

— Ah! É que eu gosto muito de ensopado de bacalhau. Mas isso é uma coisa, e a abstinência, outra, bem diferente... Eu sou um pagão muito rigoroso.

Mamãe esticou o meu vestido e tirou o ferro da tomada. Parecia que nada mais ia acontecer, ela estava já acostumada com as exibições do marido, creio que até as achava engraçadas, mas daquela vez também não resistiu à tentação de censurá-lo brandamente, nem que fosse só para fazer boa figura diante das empregadas, e ele reagiu como se estivesse esperando exatamente isso.

— Puxa, Jaime, não sei por que você tem sempre que fazer um escândalo.

— Muito pior é sua irmã, a santa, aquela que reza para salvar a minha alma —

devolveu ele, elevando a voz num tom tingido de desprezo. — Mesmo sendo freira, ela está de maiô na piscina, se depilando até a cintura como se fosse uma soprano...

Mamãe levantou a cabeça e fuzilou um olhar furioso, que ele sustentou com desdém.

— Não estou mentindo. Está logo ali, é só ir e ver por você mesma.

Pensei que jamais nasceria um homem mais ardiloso e senti uma dor quase física, calculando as dimensões da tempestade que a qualquer momento iria cair sobre a cabeça de Magda, porque, embora eu não estivesse entendendo muito bem o sentido daquela catástrofe, o frenético sapateado com que minha mãe parecia querer espatifar as lajotas do piso enquanto saía da cozinha às pressas, sem ao menos dobrar a tábua de passar, me convenceu de que sem dúvida a tormenta estava a ponto de se desencadear.

Todo mundo deu um jeito de desaparecer em menos de um minuto. Eu também tentei sair, mas a babá me segurou pelo braço, me meteu no banheiro e começou a me pentear, avisando que vovó odiava tanto chegar atrasada à igreja que era capaz de deixar para trás os retardatários e que eu precisava correr porque naquele dia, ainda por cima, ia haver procissão. Concordei e fingi que estava me encaminhando para a porta principal, mas me encolhi no vão da escada e contive a respiração até ouvir o barulho dos carros se afastando. Então saí correndo e não parei até chegar à piscina.

Magda, enfiada num maiô preto, com as pernas reluzindo de creme hidratante, chorava e fumava sem parar, consumindo os cigarros diretamente do filtro. Viu-me logo e tentou sorrir, mas em vez de cumprimentar murmurou alguma coisa que eu não entendi, com os olhos fixos no chão, e eu fiquei em pé, ao seu lado, sem saber muito bem o que fazer. Pensava no que seria melhor fazer, se me sentava junto dela em silêncio ou arriscava algum comentário divertido sobre o absurdo da bronca que acabava de receber, mas Magda nem sequer olhava para mim, estava tão triste que nenhum consolo iria adiantar, e comecei a suspeitar que, naquela circunstância, a minha companhia estava sobrando. Remontei devagar os meus passos, na direção do vão que se abria como uma porta na sebe de alfenas em volta da piscina, mas não cheguei até lá porque exatamente nesse momento apareceu naquele mesmo lugar a última pessoa que eu esperava encontrar ali.

Papai se dirigiu diretamente para onde estava Magda, agindo como se não tivesse me visto, e quando chegou perto dela deu a volta em torno do seu corpo e se colocou exatamente às suas costas. Então se inclinou para a frente, enfiou uma mão por baixo de cada uma das axilas dela e levantou-a no ar, com o impulso certo para poder juntar seus próprios pés exatamente no ponto em que o corpo da cunhada estivera antes. Depois deixou-a cair com suavidade e repetiu a operação várias vezes, brincando com ela como se fosse uma menininha, fazendo-a quicar uma e outra vez sobre seus pés.

— Vamos, vamos, Magdalena... Já pensou como o Espírito Santo vai ficar contente quando vir que você teve um gesto tão bonito?

Ela, que havia festejado cada um dos pulos com um sorriso, nesse momento riu abertamente, com as lágrimas ainda brilhando em suas faces.

— Foi você, não foi?

— Claro. Quem mais poderia ser?

— Você é um sacana, Jaime, de verdade. — Mas não tinha parado de sorrir. — Já carrego um fardo enorme nas costas e você, ainda por cima, se diverte complicando as coisas.

— Mas eu só fiz por você! Não me ocorreu melhor maneira de tirar todo mundo da jogada.

— Ah! E eu pedi para tirá-los da jogada?

— Pediu. — A voz do meu pai ficou mais profunda, e seu volume baixou tão bruscamente que custei a distinguir o que ele dizia. — Aos berros. Desde que você chegou. Toda vez que cruza comigo no corredor. Sempre que me cumprimenta de manhã. Toda vez que me dá boa-noite. Você sabe disso.

O sorriso de Magda se ampliou, e sua voz adquiriu o obscuro nervosismo que havia aflorado nas palavras do meu pai.

— Não brinca comigo, Jaime!

— Está vendo como você fica nervosa? — Riu e se inclinou, indiferente à minha surpresa, para beijá-la na testa. — Nem sabe o que diz. — Magda ria às gargalhadas. — Vamos dar um passeio, você vai ver como faz bem tomar um pouco de ar...

Ela se levantou trabalhosamente, sem renunciar ao seu apoio, e só então ele se pegou me observando, como se acabasse de me descobrir.

— E você, o que está fazendo aí?

— Não sei — respondi —, devem ter esquecido de mim, é tanta gente... Acho melhor ir passear com vocês.

— Ótimo, mas primeiro me faz um favor. Eu estava vendo televisão no quarto do Miguel e acho que a deixei ligada. Por que você não vai até lá e desliga? Depois sai pela grade de trás e nos apanha, vamos pelo caminho do curral, certo?

— Está bem, mas o tio Miguel nunca me deixa entrar no quarto dele. — A verdade é que o quarto fica no final do terceiro andar e eu não queria subir tantos degraus.

— Entendo, mas desta vez eu autorizo. Além do mais, Miguel não está. Foi com vovô e o Porfírio caçar rolinhas.

— E Juana? — foi Magda quem fez essa pergunta.

— Também saiu. Queria ver a procissão.

— Tudo bem — respondi, mas os dois pareciam já ter perdido qualquer interesse em mim. Mesmo assim, Magda se aproximou e me deu um beijo.

— Obrigada, querida. Pela companhia.

Atravessei a sebe e fiquei quieta do outro lado. Estava tentando enganar os dois, mas a voz do meu pai logo ressoou lá da piscina — Malena, não estou ouvindo você andar —, e tive que seguir em frente. A televisão do quarto de Miguel estava apagada, e, claro, tive tempo de sobra para ir até o curral e voltar sem encontrá-los em lugar nenhum, mas minha expedição não foi tão infortunada como prometia porque na grade de trás encontrei os caçadores, que estavam de muito bom humor e me convidaram para lanchar e comemorar a bela dúzia de rolinhas que traziam penduradas no cinto. Fomos de jipe até uma venda isolada, no meio do campo, e enquanto eu me entupia de tortilla vovô ligou para casa e avisou a mamãe que eu estava lá, com eles. Afinal, todos os meus problemas se reduziram a uma repreensão leve e a ordem de madrugar no dia seguinte para ir com Magda ao povoado assistir à missa das oito, e só naquele passeio, contagiada com o entusiasmo que impregnava todos os seus gestos de uma alegria diferente, que não era sã, nem limpa, nem emanava de Deus, tive certeza, por fim, de que alguma coisa dentro dela havia mudado para sempre.

Ela agora avançava pela calçada, em minha direção, com o mesmo aprumo satisfeito que antes me deixara surpresa. Talvez fosse a elevação de sua cabeça, com o pescoço quase esticado, ou a decisão com que seus ombros iam para trás, arqueando as costas, eu não me sentia capaz de precisar as causas daquele efeito óptico, mas sabia que ninguém, nem mesmo sua mãe, poderia reconhecer à primeira vista naquela mulher, que caminhava como se nada no mundo tivesse o poder de comovê-la, a estranha freira impostora que interrompia regularmente qualquer atividade para olhar bruscamente ao redor, obrigando-se a estar sempre à espreita de uma ameaça invisível. Magda era Magda de novo, mas, como antigamente, passou pela minha frente sem me ver, com o olhar perdido em algum ponto remoto do horizonte, e antes que eu tivesse tempo para reagir levantou o braço direito e chamou um táxi, reduzindo com esse gesto todas as minhas opções a uma só.

Chamei-a e corri para o seu lado, procurando não pensar no que estava fazendo. Ela, por sua vez, não tentou controlar a surpresa, e com o assombro parecia ter perdido o controle do seu corpo, que permaneceu rígido e imóvel como se fosse de papelão enquanto me lançava um olhar incrédulo, feito de medo e estupor, como teria feito ante um autêntico fantasma. Não tive coragem de dizer nada, e ela tampouco quebrou o silêncio, mas o motorista do táxi interveio quando o som das buzinas começou a atingir um volume estrondoso — e então, minha senhora... vamos ou não? —, e ela ainda vacilou alguns segundos antes de me empurrar para dentro do carro, com tanta brusquidão que cheguei a temer que tivesse resolvido não ir junto.

— Muito bem, Malena, e agora... o que faço com você?

Passara quase cinco minutos olhando pela janela, dando-me forçosamente as costas, até que se voltou e fez essa pergunta. Estava muito nervosa e parecia assustada, com medo de verdade, o medo que as crianças pequenas sentem, mas eu não podia lhe dar qualquer resposta.

— Não sei.
— Lógico. Como poderia saber?

Virou-se novamente, como se estivesse infinitamente interessada na paisagem, e então pensei que seria melhor contar tudo, explicar por que eu estava naquele táxi, pedir desculpas e ao mesmo tempo tentar tranqüilizá-la.

— Eu estava na porta do curso, sabe? Ia para a aula de inglês, mas então vi você saindo do metrô e fui atrás para dizer oi.

— Mas não disse. — Ela estava novamente virada para mim, e me olhava.

— Não, porque você estava andando muito rápido. Esperava te alcançar, mas você entrou naquele prédio quando eu ainda estava longe, e então quis ir embora mas não sabia voltar para o curso, não conheço direito esse bairro. Perguntei ao porteiro e ele disse que lá não davam aulas de francês... — Ela não falou nada, e pensei que não me restava outro remédio senão me arriscar. — Eu já imaginava que você não ia a nenhuma aula de francês, sei que fala muito bem, porque uma vez te escutei.

— Você não contou isso para ninguém, não é? — Parecia mais alarmada do que nunca quando pronunciou essa frase, mas eu neguei balançando a cabeça com decisão.

— Sei guardar segredos.

Ela então sorriu, e depois começou a rir, e riu cada vez mais forte enquanto me abraçava bem apertado, tão forte que fui eu que quase fiquei assustada, até que vi seu alvoroço se desfazendo numa careta quase nostálgica.

— Meu Deus, meu Deus, estamos todos doidos! Você só tem onze anos e já está metida até o fundo nisso, já sabe o que se pode e o que não se pode contar, que absurdo... É claro que você sabe guardar segredos. — Parecia mais tranqüila, sua voz ficou mais doce. — Você é neta do meu pai, filha da minha irmã, aprendeu a guardar segredos antes de subir numa bicicleta, como todos nós... comigo foi a mesma coisa.

— Mas sei que é pecado.

— Não, não é pecado, Malena — ela acariciava o meu cabelo com a mesma indecifrável lentidão com que acariciava as palavras —, não é pecado. Mentir sim, mas isso... É só uma maneira de se defender.

O táxi parou ao lado da calçada antes que me ocorresse outra coisa para dizer. Eu não tinha entendido as últimas frases, mas também não lhes dei importância, e agora penso que se consegui ser tão leal foi principalmente porque nunca cheguei a compreender direito a natureza dos mistérios que me eram confiados. Na realidade, só uma coisa me preocupava, e perguntei a ela quando começamos a andar

por uma rua moderna, completamente desconhecida para mim, depois que um homem de macacão azul deteve seus passos só porque passamos ao lado dele, para ficar olhando as pernas da minha tia e resmungar alguma coisa entre os dentes enquanto ela esboçava um sorriso malicioso, como se, afinal, ainda se chamando Agueda, ficasse com vergonha de sorrir por uma coisa dessas.
— Por que você não está vestida de freira?
— Ah, porque não gosto! Você também ficaria chateada se tivesse que usar o uniforme do colégio no sábado, não é?
— Está bem, mas hoje não é sábado.
— Certo, mas esta tarde saí de casa para fazer uma coisa que não tem nada a ver com ser freira ou não. Além do mais, para tratar de negócios é melhor não usar hábito. As pessoas fingem que respeitam as freiras, mas não nos levam a sério porque temos fama de bobocas. Com os padres é diferente.
— Vamos tratar de negócios?
Ela parou e me segurou pelos ombros.
— Escuta, Malena. Outro dia você disse que gostava de mim, não é? — Fiz que sim com a cabeça. — Que gostava muito de mim, não é? — Tornei a assentir.
— Então, se gosta mesmo, promete... Já sei que passo a vida te pedindo a mesma coisa, que é a mesma coisa que seu pai, e sua mãe, e sua irmã te pedem, mas não há outra maneira. Eu não te trouxe até aqui, você me seguiu e eu não quis te largar no meio da rua, não é?
— É.
— Muito bem, Malena, então promete que não vai contar a ninguém que você esteve comigo esta tarde, nem que fomos ao lugar aonde vamos ir, nem que me viu fazendo o que vai ver. Promete?
Tive que engolir saliva para responder, porque pensei que só a iminência do inferno mais horrível poderia estar obrigando Magda a dizer essas coisas, e quando falei minha voz soou aguda como se fosse a voz da minha irmã.
— Prometo.
— Mas não fica assustada, meu bem. — Sorriu, consciente da minha angústia.
— Eu só vou comprar uma casa. Isso não é pecado, é?
— Claro que não. — Devolvi o sorriso, por fim muito mais tranqüila.
— Acontece — disse ela, enquanto me pegava pela mão e continuava andando —, que eu não quero que ninguém saiba disso, porque as freiras não podem comprar nada sem autorização, e eu, juro, fico com raiva de não ter uma casa, um lugar para onde ir..., por exemplo, se... se algum dia as coisas mudarem. Isso você entende, não é?
É claro que eu entendia, entendia tudo, comprar casas era um dos *hobbies* da família, e na verdade eu não vi nada de terrível no que Magda disse ou fez naquela

tarde, nem mesmo quando atravessamos a porta de um lugar muito elegante e sentamos juntas diante de uma mesa onde um senhor muito simpático me ofereceu balas e começou a ler um papel no qual, após a expressão "a proprietária", aparecia o tempo todo o meu próprio nome, Magdalena Montero Fernández de Alcántara, e não o nome de Magda. Ela percebeu aquele desajuste entre a realidade e a história que tinha me contado e durante uma breve ausência do nosso anfitrião se virou para mim mostrando umas fotografias.

— Dá uma olhada. O que é que você acha?

Era uma casa muito bonita, um sobrado branco, branquíssimo, menos ao redor das janelas, emolduradas com grossos traços de anil. Em cima da entrada, um antigo portal de madeira que se abria em duas alturas como as portas dos estábulos de Almansilla, uma fileira de azulejos compunha um nome e uma data com letras também azuis. A fachada dava para uma pracinha semicircular, de piso de cimento e rodeada de figueiras, entre grandes vasos, sempre caiados, por cujas laterais caíam longas réstias de flores de adelfa. Se os ilustradores dos livros que naquela época costumavam me dar de presente tivessem se inspirado alguma vez nas casas andaluzas, eu poderia ter dito que aquela era uma casa de ficção.

— É maravilhosa, Magda. Onde fica?

— Num povoado de Almería. Chama-se O Poço dos Frades, deve ser o meu destino... — Ficou um instante pendurada no ar, presa aos próprios pensamentos. Depois sorriu de novo, só para mim. — Fico contente de que você goste, porque ela é sua.

— Minha?

— É, comprei no seu nome. Para você ficar com ela sem dificuldades quando eu morrer, é claro, porque espero que não me mande sair antes, está bem?

O homem então voltou e continuou lendo os papéis em voz alta, e por um instante pensei que Magda ia embora, ia escapulir de Madri para morar naquela casa branca, solitária, eriçada de flores e de cactos, e pensei que gostaria de ir com ela, mas depois lembrei que era freira e portanto não podia fazer isso, e imaginei-a velhinha, ainda de hábito, esfarelando pedaços de pão duro para os pássaros comerem na sua mão, como fazia a madre porteira, embora a paisagem daquelas fotografias parecesse tão árida que talvez lá nem houvesse pássaros. Depois ela se levantou, apertou a mão do homem, me fez imitá-la e saímos, mas ainda não tínhamos dado nem vinte passos quando se virou bruscamente para entrar numa papelaria.

— Acabei de lembrar que estou te devendo um presente, pelas flores de abobrinha, está lembrada?

— É, mas estavam podres...

— Não faz mal, menina. O que vale é a intenção.

Uma senhora muito velha, vestida com uma bata desbotada cor de anil, nos observava do outro lado do balcão.

— Boa tarde. Queríamos comprar um diário.
— Para menino ou menina?
— Faz diferença?
— Bem... na verdade, não. Só na cor e no desenho da capa.
— É para mim? — sussurrei ao ouvido de Magda. Ela respondeu que sim com a cabeça. — Então, para menino, por favor.

Minha tia, a única pessoa no mundo a quem tive coragem de confiar minhas ambições, soltou uma gargalhada, mas a mulher desapareceu no fundo sem fazer qualquer comentário e voltou alguns minutos mais tarde com uma dúzia de cadernos de capa dura, todos fechados com uma trava submetida a uma diminuta fechadura, que foi depositando sobre o vidro do balcão com uma expressão impassível.

— Escolhe o que você gostar mais.

Observei todos com atenção, mas não resisti a demonstrar timidamente meu desacordo.

— Na verdade, gostaria mais de um livro ou uma pena de madeira...
— Não — respondeu Magda com firmeza. — Tem que ser um diário.

Afinal optei pelo mais simples de todos, um livrinho forrado de feltro verde com um bolso na frente que lhe dava um ar de jaqueta tirolesa.

A vendedora quis embrulhá-lo para presente, mas Magda insistiu que não era preciso, pagou e saímos novamente. Enquanto esperávamos um táxi, ela pegou o diário, acariciou um pouco a capa e o estendeu para mim.

— Escuta, Malena. Já percebi que não é o que você prefere, mas este diário pode ser útil. Escreve sobre as piores coisas que te acontecerem, aquelas coisas tão horríveis que você não pode contar para ninguém, e também sobre as melhores, aquelas tão maravilhosas que ninguém compreenderia se você contasse, e quando sentir que não dá mais, que não vai agüentar, que só te resta morrer ou queimar a casa, não conta para ninguém, escreve aqui e você vai voltar a respirar antes do que imagina, pode acreditar.

Eu olhava para ela, de pé na calçada, e não sabia o que dizer, só fiquei apertando o diário contra o peito, tão forte que as gemas dos meus dedos ficaram brancas ao redor das unhas, enquanto Magda olhava ao longe, mas os táxis vazios passavam ao nosso lado sem que ela quisesse vê-los, concentrada nas palavras que surgiam da sua boca como se os lábios não se atrevessem a querer pronunciá-las totalmente.

— Só existe um mundo, Malena. A solução não é virar menino, e você nunca vai virar, por mais que reze. Isso não tem jeito. Elas duas são iguais, eu sei, mas você tem que aprender a ser diferente, e tem que aprender a ser apenas você. Se for valente, vai conseguir isso mais cedo ou mais tarde, e então vai perceber que não é melhor nem pior, nem mais nem menos mulher do que sua mãe ou sua irmã. Mas, pelo amor de Deus, Malena — seus lábios começaram a tremer, e ainda não sei se o que os movia era a emoção ou a ira —, não volte a jogar o Jogo nunca mais, está me escutando?, nunca, nunca mais, deixe Reina jogar, nem a sério nem de brincadeira; você tem que acabar com isso, acabar de uma vez, antes de ficar grande, ou esse jogo desgraçado vai acabar com você.

Então entendi que Magda estava indo embora, para longe, para aquela casa branca que era minha, para o deserto onde não havia pássaros, e que levava para lá os espelhos e a minha esperança, e me deixava sozinha, com um caderno forrado de feltro verde nas mãos.

— Eu também vou embora, Magda.

— Mas o que está dizendo, sua boba! — Limpou minhas lágrimas com as pontas dos dedos e tentou sorrir. — Ninguém vai para lugar nenhum.

— Eu vou com você, deixa, por favor.

— Não diga besteiras, Malena.

E levantou a mão para chamar um táxi, abriu a porta e deu ao motorista o endereço da minha casa, e a mim, uma nota de quinhentas pesetas.

— Vai saber calcular o troco, não é?

— Não vai embora, Magda.

— Claro que não — e me abraçou e beijou como tinha feito milhares de vezes, esforçando-se para não dar a esses gestos uma intensidade especial. — Eu gostaria de ir com você, mais ficou tarde. E você também está com pressa, sua mãe deve estar preocupada, é melhor ir andando...

Entrei no táxi mas o carro não se mexeu porque, à nossa frente, o sinal estava vermelho. Ela se inclinou para colocar a cabeça na minha altura, do outro lado da janela

— Posso confiar em você?

— Claro que sim, mas deixa eu ir também.

— Que coisa! Não sei por que você meteu isso na cabeça! A gente se vê amanhã no recreio, está bem?

— Está.

O motorista arrancou bruscamente e eu pus a cara fora da janela para observá-la, e distingui seu corpo quieto, um sorriso forçado nos lábios e um braço rígido, oscilando como se fosse acionado por um motor, da esquerda para a direita, a palma rígida, num adeus mecânico e constante. Continuei falando sem mexer os lábios, pedindo que não fosse embora, pelo tempo que meus olhos conseguiam vislumbrar sua silhueta. No dia seguinte, não a vi no recreio. E aí entendi o que é estar sozinha.

$\mathcal{D}$urante muito tempo tive a sensação de ter nascido por engano.

Suponho que as profundas sombras que obscureceram o nosso nascimento, transformando num episódio doloroso o feliz acontecimento que todos esperavam, determinaram essa confusa sensação antes que eu mesma pudesse encontrar em torno de mim outros argumentos em que apoiar minha sólida intuição de ter uma vida errada. Nunca aceitei com serenidade, quando era criança, a autoria dos estragos que eu, e mais ninguém, fizera no útero da mamãe, e sempre me senti em dívida com Reina, como se estivesse vivendo a mais, usurpando sem querer, mas sem ter outro jeito, uma dose considerável da pura capacidade de existir que ambas dividimos um dia e que caberia a ela, e não a mim, usufruir depois.

Ninguém jamais me culpou, mas também ninguém disse que eu não devia me sentir culpada. Todos pareciam assumir a situação com uma espécie de serenidade fatalista que os deixava viver tranqüilos enquanto mediam a cabeça de Reina de seis em seis meses e tiravam constantemente radiografias do seu pulso, como se os médicos temessem pela estabilidade dos tímidos resultados positivos que obtinham em cada exame, como se seus ossos, elásticos, pudessem encolher e esticar à vontade, ao ritmo da angústia que desfigurava a expressão da minha mãe a partir do momento em que nos enfiava casacos para sair de casa e apagava definitivamente o brilho dos seus olhos enquanto, sentada ao meu lado na sala de espera, tentava em vão se preparar para ouvir o espantoso veredicto — sinto muito, senhora, mas esta menina não vai crescer nem um centímetro mais — que, entretanto, ninguém jamais chegou a pronunciar, porque em determinado momento o doutor saía e nos devolvia Reina com um bocado de balas Sugus nas mãos, e olhava para mamãe com uma expressão ambígua, que queria dizer que o pulso da minha irmã não se consolidava mas seu corpo obstinava-se em crescer tão lentamente como o corpo minúsculo de uma lagarta, e seria preciso esperar e tentar outra vez, talvez dentro de seis meses. Então a enfermeira se aproximava de mim, sorridente, e me pegava pela mão, mas a voz da minha mãe a detinha com um estalo seco que parecia vir das alturas, como a sentença de um deus rancoroso.

— Não, essa não. Essa é saudável.

Eu era saudável, eu crescia e engordava, meus progressos eram evidentes, tanto que antes de completarmos seis anos o pediatra parou de emitir dois recibos e só recebia pela Reina, porque a mim ele examinava com uma olhada. Naquela época, a infância remota da qual só consigo lembrar com nitidez esse sentimento, eu teria dado tudo o que tinha em troca de uma única oportunidade de remontar minha vida até o começo, até aquela longa noite uniforme em que trocaria, sem duvidar um instante, meu corpo pelo da minha irmã. Rejeitava a minha boa sorte como a mais cruel das deformações, porém ainda não me atrevia a suspeitar que talvez o fosse.

Demorei muito para admitir que aquela culpa sufocante que não me largava nem durante o sono, estimulando pesadelos que aparentemente não eram tais, e sim inocentes fantasias impregnadas pela neutralidade do cotidiano, não tinha tanto a ver com o sincero amor que eu dedicava à minha irmã mas com o desgosto, igualmente sincero, que tinha comigo mesma, porque apesar da vaga ameaça de precariedade que pairou durante anos sobre a própria existência da Reina — embora tal risco, sempre teórico, tivesse mais fundamentos na deformada hipersensibilidade de uma mãe hipocondríaca do que na realidade inspirada por dados objetivos — eu já podia perceber que o mundo, ou pelo menos aquela precisa parcela do mundo em que habitávamos, era feito na medida dela e não na minha. Por isso aquela situação me parecia ainda mais injusta e, pior ainda, perigosamente errada, e quando eu acordava tremendo no meio da noite, encharcada de suor, depois de ter estilhaçado no chão, às vezes por acidente, outras só por cansaço, ou por curiosidade, aquela diminuta figura viva que a princípio eu pressentira ser minha irmã, até que, confundida pelo lugar que ocupava entre os bichinhos de pelúcia da estante, resolvia brincar com ela como se fosse mais uma boneca falante, e me acabrunhava com a magnitude da minha crueldade imaginária, porque quando o corpo de Reina explodia contra o estrado, exibindo sangue e vísceras de um ser vivo onde eu só esperava encontrar engrenagens mecânicas entre tripas de lã e de esparto, minha consciência se desdobrava e eu, que vivia no sonho, saía tranqüilamente do quarto, indiferente à tragédia provocada por minha falta de jeito, mas não tão estúpida a ponto de esquecer de fechar a porta com cuidado e começar a elaborar imediatamente um álibi para encobrir meu crime, enquanto eu, que durante o sono não vivia por completo, me horrorizava com o ocorrido e acordava, sufocada em minha própria angústia, para contradizer misteriosamente a serenidade com que, ao mesmo tempo, respondia às perguntas da minha mãe acusando a babá Juana, que passava o espanador com muita brusquidão, pela estúpida morte de sua filha. Depois, já totalmente acordada, a respiração quase sossegada, a boca ainda amarga, olhava para a minha irmã, dormindo placidamente ao meu lado, numa cama igual à minha, e adivinhava que seus sonhos eram doces, porque sua vida era a correta e as meninas de verdade não têm pesadelos criminosos e se curvam ante o próprio destino, sonhando apenas com fadas azuis a salvar princesas perdidas, já desfalecidas, que sobrevivem à base de vagens e groselhas do bosque, por mais que, feito Reina, não tenham visto uma só groselha de verdade na vida inteira.

Eu primeiro tive que me resignar a não sonhar com bosques de groselhas porque nunca vira nenhum. Depois comecei a estranhar a minha própria roupa, as fazendas, as cores, os estampados, a maneira de me pentear e até o cheiro do perfume com que mamãe borrifava minha cabeça todas as manhãs. Afinal, cheguei a sentir meu próprio corpo como se fosse emprestado, alheio, cativo num lugar que não lhe correspondia. Então comecei a suspeitar que eu deveria ter sido um menino, um varão embutido à força num corpo errado, um mistério do acaso, um erro, e essa teoria extravagante, que reunia o defeito de ser um disparate e a sedante virtude de explicar todas as coisas, me tranqüilizou por algum tempo, porque se eu era construída como os meninos então não me seria impossível gostar de Reina e de mim ao mesmo tempo.

Ninguém poderia exigir do menino oculto que eu desejava ser o que todos esperavam de mim por ser uma menina. Porque os meninos podem desabar pesadamente em cima dos sofás em vez de controlar os movimentos na hora de se sentarem, e usar a camisa para fora da calça sem que ninguém pense por isso que estão sujos. Os meninos podem ser estabanados, porque o estabanamento é quase uma qualidade varonil, e bagunceiros, e não ter ouvido para aprender solfejo, e falar aos berros, e gesticular violentamente com as mãos, e isso não os torna pouco masculinos. Os meninos detestam laços de fita, e todo mundo sabe que essa repulsa nasce com eles, no centro exato do seu cérebro, no primeiro ponto de onde brotam as idéias e as palavras, e por isso não são obrigados a usar laços na cabeça. Os meninos podem escolher a roupa e não têm que usar uniforme para ir ao colégio, e quando são gêmeos as mães não se preocupam em vesti-los sempre iguais. Os meninos têm que ser espertos, espertos e bonzinhos, isso basta, e se forem um pouquinho tapados, os avós sorriem e pensam que é melhor assim. Na realidade eu não queria ser menino, não me considerava apta nem sequer para conquistar um objetivo tão fácil, mas não achava outra saída, outra porta por onde escapar da maldita natureza que me fora destinada, e me sentia como uma tartaruga manca e sem olfato coxeando atrás de uma lebre que corre sem deixar rastro. Nunca alcançaria a minha irmã, de modo que não tinha outro remédio a não ser virar menino.

O mundo era de Reina, crescia lentamente como ela e a favorecia com sua cor, com sua textura e com seu tamanho, como um cenário desenhado com capricho, por um anônimo marceneiro apaixonado, para uma diva única. Reina reinava sobre o mundo, e o fazia com a naturalidade simples que diferencia os monarcas autênticos dos bastardos usurpadores. Era boa, graciosa, doce, pálida e harmoniosa como uma miniatura, suave e inocente como as meninas das ilustrações dos contos de Andersen.

Nem sempre fazia as coisas direito, é claro, mas mesmo quando falhava suas falhas estavam de acordo com as eternas leis não escritas que governam o movimento do planeta que nos acolhe, de maneira que todos as aceitavam como um ingrediente inevitável da normalidade. E quando se propunha a ser má, Reina era malvada com a mais sutil das perfídias. Eu, que só sei atacar de frente, também a admirava por isso.

Éramos tão diferentes que o abismo que separava nossos rostos, nossos corpos, chegou a me parecer o menos importante, e quando as pessoas respondiam com um olhar de surpresa à confidência de que éramos gêmeas, eu pensava, pronto, já perceberam que ela é menina e eu sou outra coisa. Muitas vezes imaginei que se nós duas fôssemos tão parecidas que aos olhos dos outros resultássemos idênticas, tudo seria diferente, e talvez eu tivesse acesso àqueles enigmáticos fenômenos de identidade que outros gêmeos juram ter compartilhado, mas a verdade é que minha consciência nunca chegou a registrar uma região em comum com a consciência da minha irmã, e também tenho certeza de que não lhe doíam os meus machucados, nem a estremeciam meus medos, nem meu riso subia pela garganta dela, e já naquela época, quando dividíamos tudo, das torradas do café da manhã à banheira da noite, muitas vezes me vinha a suspeita de que Reina estava longe, muito mais longe de mim que o restante das pessoas que eu conhecia, e a sensação de que as torradas que eu comia eram dela, e a banheira em que eu mergulhava era a sua banheira, porque tudo o que eu possuía era uma indesejável duplicação das coisas que ela parecia ter decidido livremente possuir, contribuía para incrementar essa distância. O mundo, o pequeno mundo em que vivíamos, era o lugar exato que Reina tinha escolhido para viver, e os resultados dessa misteriosa harmonia se manifestavam em seu menor gesto, que sempre acabava sendo o gesto que os outros tinham intuído que deveria acontecer, a marca de uma criatura perfeita, a menina total.

Ninguém me dera a oportunidade de escolher, e eu não me sentia com forças para tentar mudar o ambiente em que me via obrigada a crescer, uma proeza que por outro lado nem imaginei, porque estava convencida de que aquele cenário era o correto e eu a cantora afônica, o prestidigitador maneta, o fotógrafo cego, a minúscula porca defeituosa que bloqueia de maneira incompreensível o funcionamento de uma máquina gigantesca e caríssima. Tentava melhorar, me esforçava para aprender de cor cada palavra, cada gesto, cada reação de Reina, e todas as noites dormia planejando o dia seguinte, e todas as manhãs pulava da cama disposta a não cometer nenhum erro, mas mesmo quando conseguia isso, ao me olhar no espelho antes de sair de casa, e até, poucas vezes, ao voltar de tarde do colégio, e me via normal, adequada, previsível, não podia ignorar que a menina que eu contemplava não era eu, e sim uma voluntariosa, apenas palatável duplicação da minha irmã. Isso não teria me incomodado tanto se tivesse me achado capaz de adivinhar alguma vez o que eu era exatamente, fora isso.

No meio de tanta confusão, só podia me aferrar com segurança ao amor que sentia por ela, um sentimento grande, por vezes grande até demais, cujos múltiplos ingredientes se misturavam e se repeliam constantemente, dando a cada momento uma nova forma. O resultado nunca deixava de ser amor, mas também nunca chegava a atingir o nível do absoluto, suponho que porque seja preciso, para amar alguém absolutamente, que o amante esgote uma certeza de que eu não dispunha em dose alguma, e também porque, por mais que tentasse desgrudar de mim uma raiva tão mesquinha, eu suportava cada vez menos o fato de que Reina se parecesse tanto com nosso pai, enquanto eu ia me tornando simplesmente mais uma Fernández de Alcántara, como mamãe, como Magda, como a última peça a ser encaixada no meio de um quebra-cabeças que algum espírito entediado teria desenhado para se distrair, baseado em retalhos soltos, fragmentos cada vez mais parecidos entre si, afinal quase idênticos, mas escolhidos definitivamente ao acaso, daqueles obscuros retratos pendurados nas paredes da casa da Martínez Campos.

Essa inveja instintiva, que durante muito tempo absorveu todas as outras invejas, foi crescendo à medida que minha irmã se libertava, com uma lentidão que parecia traduzir o enorme esforço de seu organismo, das dramáticas seqüelas do seu nascimento, para se tornar, se não uma menina saudável, ao menos uma adolescente de aspecto normal, não muito alta e sempre surpreendentemente frágil, mas bela, à sua maneira, ao estilo de um pintor maneirista obcecado pelas texturas da pele e a precisão dos detalhes, porque, considerados em si mesmos, um por um, seus traços eram quase perfeitos, mas quando se integravam no conjunto do rosto pareciam incompreensivelmente condenados a perder algum detalhe de sua beleza, como se aquele rosto redondo se alargasse nos extremos, e os olhos verdes se tingissem de castanho, e seus lábios finos sumissem para dentro, e a pele branca se afinasse até beirar a transparência, delatando um rastro pequeno e agudo de uma veia que coloria de roxo sua face direita. Não era fácil notar Reina à primeira vista porque, como se houvesse sido criada por obra de um hermético sortilégio medieval, só quem se detinha para observá-la conseguia vê-la totalmente, e percebia então a misteriosa delicadeza que matizava cada ângulo de seu corpo, traindo a força titânica que aquela frágil estrutura abrigava com um êxito tão profundo quanto esse mesmo paradoxo. Comigo, em compensação, não era a mesma coisa. Cabelo preto, olhos pretos, lábios de índia e dentes branquíssimos, não fazia falta muito esforço para ter boa aparência, e talvez por isso mesmo ninguém, exceto Magda e o vovô, costumava olhar muito para mim.

Mamãe lamentava amargamente a nossa disparidade física porque, empenhada como estava em contrariar o duplo veredicto da natureza e da sorte, via todos os seus recursos se esgotarem sem conseguir que nossos aspectos se aproximassem o suficiente para chegar a sugerir a verdade, que éramos gêmeas, e reclamava com periódica freqüência, toda primavera e todo outono, das dificuldades que tinha para encontrar cores, modelos e enfeites que ficassem igualmente bem em nós duas. Então meu pai aconselhava a ela que se resignasse de uma vez por todas com ter duas filhas gêmeas mas diferentes, uma morena e outra loura, uma alta e outra baixa, uma muito magra e a outra não, mas ela balançava a cabeça em silêncio e não respondia, e continuava procurando um método secreto para endireitar o que era torto desde antes de começar. Nunca cheguei a decifrar por completo sua insistência em fomentar a nossa semelhança, mas suponho que não devia ter uma origem muito diferente da que tinha inspirado sua férrea recusa a ter mais filhos, e agora sei que a imagem da minha irmã na incubadora, carne roxa, os ossos recobertos de pele ressecada, os olhos imensos numa cabeça sem bochechas, sem papada, sem a rosada maciez dos outros recém-nascidos, a infinita solidão daquela cria desnutrida e triste, confinada numa caixa transparente, tão fria vista de fora como um prematuro ataúde de cristal, nunca a deixaria, e sei que toda vez que se aproximava de Reina tinha que padecer uma pontada aguda de dor, recuperar por um instante aquela imagem e descartá-la antes de começar a falar, de insinuar algum gesto ou até mesmo de esboçar uma palmada, sempre tímida e com toda certeza imerecida.

As coisas não haviam transcorrido bem, mas ela não estava de modo algum disposta a aceitar o rumo delas, como se pressentisse que logo depois de admitir a realidade seria obrigada a aceitar uma tarefa muito superior às suas forças, reconhecer-se como responsável por uma situação que nunca deveria ter se produzido, de maneira que nunca renunciou a ter duas filhas idênticas, um par de gêmeas iguais, como deveríamos ter sido desde o começo, e continuou nos vestindo da mesma maneira, fazendo nas duas as mesmas tranças, dando-nos de presente as mesmas coisas, e possivelmente ela nem percebia como o azul-marinho ficava mal em mim, ou que aquelas blusas de lã bege não deixavam visualizar num relance onde terminava minha pele e começava a fazenda, ou como é feio o redemoinho que marca o nascimento do cabelo no canto esquerdo da minha testa, mas na única vez que me ocorreu pedir-lhe que dividisse meu cabelo ao meio, ela sorriu e fez a linha exatamente naquele canto, como todas as manhãs, perguntando com voz risonha de onde eu havia tirado aquela idéia. Não quis contar que fora sugerida por sua irmã, aquela imprevista bruxa adivinha, olhando para mim com os braços cruzados, fumando com uma piteira de marfim em forma de peixe e torturando ritmicamente o chão com o bico dos sapatos pretos de salto alto, mas por um instante me arrependi de não ter confessado a verdade à minha tia, que não me considerava capaz de odiar coisa nenhuma com tanta intensidade como odiava o laço que usava na cabeça, como se tal revelação pudesse servir para alguma coisa.

Nem mesmo o ingresso da Magda no convento, e sua conseguinte irrupção no estreito âmbito da minha vida, conseguiram abalar uma ordem que se mantinha firme como um piso de cimento no qual tivessem me obrigado a afundar os pés antes de endurecer, quando ainda estava fresco como argila úmida. Nunca cheguei a decifrar as verdadeiras razões que levaram minha tia a me preferir de forma tão clara em relação à minha irmã, e me doía a certeza de que seu carinho, que eu apreciava tanto, não pudesse ser um sentimento puro, como se eu quase poderia distinguir o fator oculto, o elemento turvo, inconfessável, que se ocultava por trás de uma escolha tão incompatível com a realidade. Porque aquilo que confessei ao vovô diante do retrato de Rodrigo o Carniceiro era verdade, a única verdade autêntica, por mais que admiti-la me doesse tanto quanto devem ter doído os esfolados nós de seus dedos após arremessar o punho contra a parede, impulsionado por uma raiva íntima e velha que eu ignorava e que, no entanto, havia nascido das minhas palavras. Reina era muito mais boazinha que eu, e isso era tão evidente como o fato de que eu havia crescido oito ou nove centímetros mais do que ela, uma diferença que podia ser detectada à primeira vista e que também não tinha remédio.

Por isso, quando Magda foi embora eu continuei durante um ano inteiro jogando o Jogo, aquele ritual solene disfarçado de brincadeira infantil que jamais iria se extinguir sozinho, diluindo-se no tempo, porque eu esquecia dele com freqüência, mas Reina não, e mais cedo ou mais tarde insinuava em meus ouvidos um discreto sussurro que me devolvia aos domínios daquele pseudônimo detestável, Maria, que tantas vezes conseguiu anular a minha vontade sem nunca chegar a me tornar melhor, um fracasso que me dava raiva sobretudo por ela, porque decepcioná-la me doía infinitamente, por mais que muitas vezes ficasse irritada por ter que aceitar reprimendas tão absurdas como a que me impedia de comer fora de hora — Maria, pára com isso, desse jeito você vai ficar que nem uma vaca —, ou de dar uma olhada nas fotonovelas de amor que Angelita, a empregada, colecionava, e que eram tão divertidas — larga agora mesmo essa cafonice, Maria, por favor —, ou mesmo de ficar em casa no sábado de manhã com as duas primeiras peças de roupa que tirasse ao acaso do armário — mas o que é isso... o que você está fazendo de marrom e azul-marinho, Maria? Vai correndo se trocar, vai —, porque logo me surpreendi ao ver como eram diferentes as coisas que Reina e eu considerávamos relevantes, assim como aquelas a que cada uma de nós não dava importância, por mais convencida que eu estivesse de que o Jogo era benéfico porque me ajudava a terminar mais cedo os deveres, tirar melhores notas, irritar menos a minha mãe e passar despercebida no colégio, os aspectos fundamentais da minha vida. E por causa do Jogo entrei em choque com Magda, que ficou uma fera quando mamãe comentou aquilo como uma gracinha das filhas, e eu não quis ouvir suas advertências, a única nota discordante que alguma vez brotou dos seus lábios, a tortuosa interpretação de uma adulta, pensava eu, a quem a inocência repudiou para sempre, roubando-lhe o privilégio de compreender as brincadeiras das crianças, porque nem mesmo naquela tarde de maio em que a porteira do colégio, sem pronunciar uma só palavra e depois de certificar-se de que ninguém nos via, enfiou na minha mochila um pacote embrulhado em papel grosseiro, me devolvendo a esperança envolvida numa clássica cena de filme de espionagem, eu duvidava que o Jogo fosse algo muito diferente de uma travessura, e só tomei a decisão de liquidar com ele para sempre porque naquele momento, quando tive certeza de que Magda continuava gostando de mim, que continuava velando por mim lá no resplandecente deserto onde morava, fiquei envergonhada por não ter cumprido ainda a minha última promessa.

Por isso me surpreendeu tanto que Reina ficasse furiosa daquele jeito quando, antes mesmo de abrir o pacote, no caminho de casa, eu anunciei que não iria jogar mais porque já tínhamos doze anos, quase treze, e o Jogo era uma bobagem de crianças. Ela olhou para mim com olhos de alucinada, como se não pudesse confiar em seus próprios ouvidos, e me mandou parar de dizer estupidezes, mas fiquei firme e ela então mudou de tática, insistindo em que tinha feito aquilo só por mim, afirmando depois, em tom amargo, teimoso, que o Jogo era divertido, e um segredo importante, a única coisa importante de verdade que compartilhávamos. Eu me limitei a repetir que não voltaria a jogar, e uns dias mais tarde, quando me dispunha a comer uma rodela de salame num pão às quinze para as oito da noite, ela me chamou de Maria pela última vez e eu tracei o sanduíche nas suas ventas.

A zanga não duraria uma semana, mas naquela tarde ela não voltou a falar comigo e eu também não lhe dei muitas oportunidades para isso. Quando chegamos em casa me tranquei no banheiro, e depois de recortar o remetente com cuidado, destrocei o envoltório com dedos histéricos e descobri uma resma de folhas brancas e perfuradas, dessas de fichário, encabeçadas por uma fileira de letras douradas que compunham em relevo a palavra Diário. Fiquei tão emocionada que comecei a tremer, e por fim tive que me ajoelhar em cima das lajotas para recolher, uma por uma, as folhas que tinham caído da minha mão e se espalharam pelo chão.

Naquela noite esperei até Reina dormir e, sem fazer barulho, tirei o penúltimo presente de Magda do fundo da gaveta em que repousava, esquecido, desde que ela me dera. Lembro das primeiras palavras que escrevi, praticamente às escuras, como se as houvesse acabado de anotar.

"Querido diário, meu nome é Magdalena, mas todo mundo me chama de Malena, que é um nome de tango. Há quase um ano tive a primeira menstruação, por isso acho bem difícil que a Virgem queira me transformar num menino, e também acho que vou ser um desastre de mulher, feito a Magda."

Depois, por precaução, risquei as três últimas palavras.

Desde então escrevi todas as noites no meu diário, e desde então, todo mês de maio, recebia uma nova remessa de papel, no começo por intermédio da porteira do colégio, uma mulher sombria com a qual não lembro de ter trocado uma só palavra até sair definitivamente daquela casa, antes de fazer dezesseis anos, e depois por correio registrado, com um simples aviso anônimo que não dava qualquer indício sobre o nome ou o endereço da remetente, até que o perdi, sem conseguir entender como se pode perder uma coisa que se guarda sempre no mesmo lugar, logo quando ele começava a ser útil, quando finalmente eu tinha uma coisa importante para escrever e, ao mesmo tempo, quando deixava de cumprir com mais freqüência meu compromisso cotidiano com as suas páginas, porque ao chegar à casa do vovô, naquelas sufocantes madrugadas de verão, a única coisa em que me concentrava era controlar o eco dos meus passos, desenvolvendo a angustiada precisão de um artista para evitar os degraus que rangiam na velha escada de madeira, temíveis sobretudo o terceiro, o sétimo, o décimo sétimo e o vigésimo primeiro, e passar na ponta dos pés pela porta do quarto dos meus pais e chegar por fim à minha cama e me jogar nela, ainda vestida, para ficar de olhos fechados vendo o mundo girar, vítima e cúmplice ao mesmo tempo do inebriante cheiro que as folhas de tabaco escuro ainda pouco seco, úmidas como frutos capazes de escorrer sumo sob o meu peso, haviam espalhado por todo o meu corpo, enquanto o cheiro de Fernando chegava ainda mais longe e penetrava na minha pele e subia pelas cavidades das minhas vísceras e se elevava pela superfície dos meus ossos, até atingir, navegando no meu próprio sangue, o centro daquela alma que não morre porque não existe, mas da qual ele ainda não saiu.

Até então, suponho que minhas reflexões não eram de grande interesse, principalmente durante o ano letivo, quando os dias eram sempre iguais, chatos e neutros, marcados no máximo, ano após ano, por acontecimentos oficialmente transcendentais que geralmente não me pareciam tanto assim, como a aprovação, ou a segunda época no quarto ano, ou minha primeira viagem ao estrangeiro, que talvez pudesse recordar como uma aventura magnífica e excitante se as freiras não tivessem nos levado até a gruta de Lourdes — a cidade, quase nem vimos — num trem abarrotado de velhos e enfermos que cheiravam mal. Lembro melhor de outras coisas, certamente tão importantes mas ao mesmo tempo mais alheias à minha própria vida. Vovó Reina morreu, de uma morte generosa e breve, e vovô de repente ficou muito mais velho, talvez porque o coma hepático que iria acabar com sua mulher a fizera mergulhar, durante seus últimos dias, num doce delírio juvenil, e ela partiu fazendo-lhe carícias e tentando às risadas se pendurar em seus braços, e chamando-o de nomes que ele, talvez ela também, gostaria de ter apagado da memória numa época tão remota que já nem era capaz de lembrar. Minha irmã participou de alguns recitais amadores de piano, e mamãe e eu, e acho que papai também, por mais que ele fizesse esforços para disfarçar, nos sentimos mais orgulhosas do que nunca. Angelita se casou em Pedrofernández, e todos fomos à cerimônia, e mamãe nos mostrou um prédio semidemolido, com um escudo em cima da porta, que tinha sido a casa da nossa família antes que o avô do meu avô, quando resolveu voltar para a Espanha e se instalar em Madri com todos os seus, decidisse construir um prédio novo no terreno que comprara em Almansilla, a pouco mais de uma centena de quilômetros para nordeste, à sombra de Gredos, numa comarca, La Vera, mais fértil e rica do que aquela em que ainda sobrevivia um povoado com seu próprio nome.

Esta sim que foi uma viagem divertida, não a de Lourdes. Reina ficou muito ranzinza o tempo todo, porque o garoto de que ela gostava tinha se declarado pelo telefone na quinta-feira anterior, e como só deixavam a gente sair aos sábados e domingos, foi obrigada a adiar por uma longa semana o começo real de seu primeiro namoro, de maneira que só abriu a boca para dizer que o vestido que a noiva havia escolhido — um vestido como os dos filmes de Sissi, com armação, e muitas saias superpostas, e pérolas para todo lado — era horroroso, mas eu gostava da Extremadura, mesmo com Guadalupe dentro, mais do que de qualquer dos garotos que conhecera até então, e achei que a Angelita estava muito bonita, e sobretudo muito contente, e me deliciei vendo os campos nevados, o esqueleto espectral das cerejeiras, brancas por fim de neve autêntica, e comendo cuchifrito na festa, e bebendo mais vinho do que devia, e dançando com os rapazes do povoado, que me deram a honra de me admitir na equipe encarregada de tirar a gravata do noivo e a liga da noiva e de passar o prato pedindo dinheiro para os recém-casados, antes que a babá Juana e sua irmã Maria, mais encurvadas que o habitual pelos licores e pelo riso, resolvessem dançar uma jota ao ritmo das palmas e das vozes, já tão alquebradas quanto as costas, da maioria dos assistentes, para dar assim um ponto final à minha insólita noitada de libertinagem, porque quando fui pedir para ir com a rapaziada atrapalhar os noivos, mamãe quase desmaia, e no final veio o melhor, porque eu estava tão bêbada que no breve trajeto entre o restaurante e o carro notei que não conseguia andar em linha reta e, presa de um ataque de pânico tardio, estremeci lembrando que se a irmã menor de Angelita não tivesse saído do banheiro bem na hora em que ele começava a me encurralar num canto, teria deixado tranqüilamente aquele primo dela me beijar, um cara feio e um pouco gordo, mas muito metido a besta, e o mais engraçado de todos, e depois eu não ia gostar disso porque nem sabia como se chamava.

Naquele casamento usei as primeiras meias transparentes da minha vida. Tinha quatorze anos e meu corpo tinha mudado muito, mas não percebi completamente esse fenômeno até que fui surpreendida pela descoberta das minhas próprias pernas, nuas e inteiras sob um invólucro de náilon que emitia cintilações prateadas quando a luz batia, mascarando com milagrosa eficácia a cicatriz alongada, como um fio grosso de pele mais clara, que eu sempre tentava esconder esticando a saia naquela direção. Olhei-me no espelho e me vi redonda, fundamentalmente, no tubinho de linha amarela que tantos aborrecimentos me custara, e enrubesci por dentro ao verificar que tinha razão, porque aquele vestido podia ser italiano e uma beleza, como disse mamãe no provador, mas me dava um indesejável ar de parentesco com as vacas leiteiras de origem suíça que Marciano criava nos estábulos da Fazenda do Índio, e não apenas na altura do peito, mas nas direções mais insuspeitas. Meu corpo inteiro se enchera de volumes, nos braços, nas cadeiras, nas coxas e até mesmo na bunda, que de repente deu de crescer para fora sem o menor respeito pelos cânones estéticos vigentes, e o acentuado estreitamento da cintura só fazia piorar minha imagem que, exagerando um pouco, poderia ter sido copiada de um cartaz de propaganda de qualquer filme italiano dos anos quarenta, com aquelas peitudas roliças que arregaçavam a saia até a cintura simplesmente para colher cereais. Com um pouco de boa vontade, minhas últimas costelas podiam ser detectadas à primeira vista, mas, fora isso, só apareciam ossos nos tornozelos, joelhos, pulsos, cotovelos e na clavícula. Todo o resto, subitamente, se convertera em carne. Tosca, ordinária, morena e vulgar carne humana, que não me abandonaria nunca mais.

O contraste do meu aspecto com o da minha irmã, vestida com um conjunto austríaco de flanela verde e meias-calças cinzentas de lã trançada, porque mamãe havia claudicado diante da evidência, pelo menos provisória, de que, àquela altura, eu ficaria tão ridícula vestida de menina quanto Reina com roupa de mocinha, fez crescer num segundo minha consciência de uma metamorfose que nela jamais chegaria a se consumar totalmente. Por muitos anos tive inveja de seus ossos, das discretas linhas de sua silhueta evanescente, sua incorpórea elegância de ninfa protelada, seu não-corpo, sua não-carne, e esperei, mas meus volumes nunca lhe deram formas, uma ausência mais surpreendente na medida em que ela se mostrava decididamente mais audaciosa que eu, e com mais razões, nos contatos com esse conjunto de criaturas a que já então, por um preconceito estético invencível e a longo prazo fatal, eu preferia chamar de homens.

O tremendo sucesso que minha irmã colhia entre as fileiras do inimigo me desconsolava por motivos variados, dos quais o principal, e eu teria coragem de cortar minha mão direita com uma faca manipulada pela esquerda antes de admitir isso no mais secreto dos colóquios íntimos comigo mesma, era uma inveja tão pura, tão simples, tão malsã e tão elementar que chegou a se encarnar no primeiro fator eficaz dentre os que me permitiriam superar a estranha angústia derivada do meu fantasmagórico crime pré-natal, porque embora não deixasse de ser verdade que eu continuava sendo culpada em última instância pela fragilidade física de Reina, não era menos verdade que ela conseguia extrair de sua aparente fraqueza muito mais vantagens do que eu poderia sonhar em tirar do meu saudável e vigoroso aspecto, que, apesar de inspirar na babá Juana a legítima satisfação necessária para exclamar, quando havia visitas e depois de soltar um tapa na minha bunda, que dava gosto ver como eu tinha crescido bonita, conseguia o milagre de me tornar invisível diante dos muitos olhos que, todo fim de semana, colhiam ansiosamente cada gesto da minha irmã, com o tímido brilho intermitente que denunciaria o olhar uniforme de um exército de suicidas frustrados se ainda não tivessem resolvido escolher entre a morte acolhedora e o insuportável desgaste diário de uma esperança cronicamente doente. Porque Reina, que era tão boazinha com todo mundo, nunca se comportava bem com eles.

O mal-estar que essa atitude me produzia, enquanto eu ainda me atrevia a catalogar tal qualidade da Reina como mais um bem do meu próprio patrimônio, quase chegou a adquirir a consistência do rancor quando percebi com que naturalidade ela conseguia prolongar com uma astúcia tão brilhante e improvisada seu admirável potencial de menina perfeita, como se a repentina impotência de seu coração fosse uma estampa que se pudesse espetar com uma tachinha na cabeceira da cama ante o olhar complacente de minha mãe, que em Almansilla, naquele mesmo verão, devia imaginar que estava assistindo de uma tribuna privilegiada ao consciencioso florescimento da pequena mulher fatal, evocando com nostalgia velhas regras de ouro, prudência e sabedoria diante do desolado espetáculo daquele páramo deserto de misericórdia. Ela sempre ignorou que a chegada de Bosco, o pobre primo Bosco, funcionava apenas como detonador público da imperceptível explosão controlada que eu presenciava, em privado e como única testemunha, ainda que contra a minha vontade, desde que voltamos a Madri após o casamento de Angelina e Reina começou a sair com Iñigo, intercalando o exaustivo controle das mãos do namorado, que ela permitia ascender em seu corpo na velocidade de um centímetro por semana enquanto seu proprietário a esmagava contra o portão para intercambiar com ela um beijo úmido e interminável — dez, quinze, vinte minutos sem parar, me lembro porque estava lá, encostada num poste, enfrentando de má vontade a proeza de ficar olhando para eles fixamente, de braços cruzados, a fim de evitar a bronca que levaria se voltasse para casa sem minha irmã, que era, paradoxalmente, a encarregada de me vigiar —, com a Adoração Noturna na capela do colégio e, mais tarde, com sessões equivalentes, se bem que levemente mais apaixonadas, pela circunstância de que Angel era três anos mais velho que Iñigo e proporcionalmente exigente, com um amigo do nosso primo Pedro que estava no primeiro ano de agronomia.

Então, quando a ausência de Magda, o desapego do meu pai e minha progressiva aceitação de meu próprio destino pareciam ter apagado todos os sinais extraordinários que me inquietaram na infância, tornando-a tão diferente daqueles anos de paz que desfrutara com minha irmã, tornei a olhar em torno de mim, e o que vi me levou de volta à odiosa perplexidade de que pensava ter me desprendido como de uma pele inútil, gasta, morta, quando aceitei a contragosto a certeza do meu sexo. Porque eu, que havia recebido a mesma educação que Reina, que havia dormido no mesmo quarto, que vivera submetida às mesmas pressões, era incapaz de compreender a placidez com que ela afrontava sua nova situação, andando quilômetros e quilômetros sob a chuva para entregar o cofrinho mais cheio no dia de Domund, sacrificando noites de sono para rezar ante uma imagem de madeira com a mente perdida e os olhos em branco, ou namorando em público o projeto de ir para a África como missionária quando terminasse os estudos, enquanto minha mãe e a babá ficavam olhando para ela, apavoradas como se acabassem de saber que os zulus estavam chupando o tutano dos seus ossos, enquanto ao mesmo tempo ela corneava os dois caras que a rondavam, sem demonstrar, e isso é o mais incrível, o menor sentimento de culpa em relação a tudo isso, ao passo que eu, que tantos anos antes havia perdido a faculdade de rezar com emoção e devia estar condenada várias vezes por abrigar os sombrios segredos que apodreceriam em meu interior antes que meus lábios traíssem o mais leve deles, era capaz de revelar com uma força insólita o peso dos pecados de Reina, e até de me compadecer vagamente dela, como se intuísse que estava perdendo alguma coisa, que os beijos culposos sempre têm mais sabor.

— Está na idade.

Com isso, e um sorriso, minha mãe costumava liquidar a questão, cujos pontos culminantes, receio, ela desconhecia por completo, cada vez que Reina saía galopando a toda pelo corredor em direção ao telefone da cozinha, abrindo mão do aparelho que repousava sobre uma mesinha, num canto do salão. Mas para mim, que só havia nascido quinze minutos depois dela, não era fácil aceitar esse argumento, de maneira que certa tarde perguntei sem maiores preâmbulos se ela não sentia remorsos, e me respondeu que não falasse bobagens.

— Não sou namorada oficial de nenhum dos dois, não é mesmo? Afinal, Iñigo sai todas as tardes e não me conta o que faz. E Angel... bom, só o vejo quando ele vem me buscar com Pedro. Ele já sabe que eu saio com um cara, se não liga, por que eu vou ligar? Além do mais, não faço nada de errado com nenhum dos dois. Só beijos.

Estive a ponto de corrigi-la, porque sua última afirmação não era totalmente certa. Angel tocava-lhe os não-peitos por cima da roupa, eu cansava de ver, mas não cheguei a mencionar o fato, e não só porque em minha extravagante interpretação do mundo a densidade das suas concessões, só beijos ou mais que beijos, fosse o de menos, mas porque ela, após um profundo suspiro, deu por terminado o seu discurso aludindo a um ponto que na época me atormentava quase todo dia.

— Enfim, minha filha, você não sabe a sorte que tem de não gostar de garotos.

Toda vez que alguém mencionava minha rigorosa indiferença ante os rapazes da turma, mesmo sem a discreta maledicência característica da tia Conchita — esquisita essa menina, não é? —, a memória me devolvia o alarme de sua irmã Magda, as sobrancelhas encrespadas emoldurando o receio nuns olhos que eu já não conhecia, a mão segurando o peito como se fosse uma portinhola solta que ameaçava abrir e espalhar o conteúdo pelo chão, e o tom desajuizado com que pronunciava aquelas perguntas absurdas de maluca — mas..., mas, vamos ver, Malena, você quer ser menino para falar palavrão e para subir nas árvores, não é?, quer dizer, não é que você queira ter o peito chato quando for mais velha, não é?, quer dizer, não é que você queira ter pinto como os meninos, não é? Diz que não, Malena. Diz que você gosta de se maquilar e usar sapato alto—, o estapafúrdio interrogatório que repetiu duas ou três vezes naquela tarde em que tive coragem de lhe confessar que rezava para virar menino, que queria ser menino, até que a razão suprema que eu tentara, pela vergonha que em última instância me inspirava, camuflar com pretextos fabricados na hora surgiu finalmente nos meus lábios, e a só menção da perfeita natureza de Reina bastou para tranqüilizá-la num instante. Na hora não compreendi a origem, nem a intensidade, nem o brusco e reconfortante final de sua preocupação, e no entanto a precocidade amorosa que, mais tarde, diante da minha estrita impassibilidade, minha irmã parecia capaz de desenvolver, me devolveria uma velha incerteza.

Mas Reina se apaixonava aproximadamente a cada três meses por um garoto diferente, e se apaixonava até a morte, até a loucura, até o desespero, dizia, e eu já intuía que por esse caminho nunca chegaria a lugar nenhum. Eu, enquanto isso, enrolava todas as noites a pesada colcha de crochê que vovó Soledad havia tecido para mim e a deixava no chão, ao meu lado, e quando ia para a cama fazia de tudo para levantá-la silenciosamente e pousá-la em cima do meu corpo. Então ficava muito quieta, com os braços esticados, mortos, e fechava os olhos para sentir aquele peso, para calcular o peso de um homem de verdade, e muitas noites dormia assim, esperando.

Não acontecia nada de extraordinário na minha vida, exceto talvez aquele grande dia de todo mês de junho, o único do ano em que mamãe nos fazia trabalhar firme, fechando malas, embalando caixas, transportando plantas no colo até o portão, à espera do gigantesco caminhão que inaugurava as verdadeiras férias viajando vazio de Almansilla até Madri para voltar carregado de tralhas até o topo, quando nós já o estávamos esperando à sombra da videira, na varanda daquela casa que era maravilhosa como nenhuma outra casa poderia ser.

— Nada mal, para ser capricho de um indiano — costumava dizer o vovô, ficando um instante imóvel, contemplando-a com as mãos nas cadeiras, sem se deter nem mesmo para apagar o motor do carro, e eu sorria, consciente de que me fora dado ultrapassar por mais um ano as fronteiras do Paraíso.

Já passaram muitos anos desde que as cerejeiras começaram a florescer sem mim, muitos anos desde que a Teófila morreu, desde que decidi que tinha que ir ao enterro dela ainda que cada quilômetro me transpassasse o coração, exceto talvez o último, como o último alfinete que não acha mais espaço livre para repousar numa velha e trilhada alfineteira, e nunca mais voltei lá, e no entanto lembro de tudo com a memória de uma menina que era feliz porque uma lufada de vento morno, carregada de sol, acariciava o seu rosto quando abria a janela, e ainda posso brincar com as sombras das cores que nasciam na porta envidraçada da entrada, manchas vermelhas, amarelas, verdes e azuis tremendo nos meus braços nus, e posso me olhar no pequeno espelho de um cabideiro de metal verde e contemplar o meu rosto, com essa boca de índia, entre as lagoas de prata que delatavam a idade do azougue velho, estragado pelo tempo, tão diferente daquele que ainda resplandecia no grande salão do primeiro andar onde eu me esgueirava para dançar, dando voltas e voltas sem nunca perder a pista da minha própria imagem, que se multiplicava ao infinito em oito imensos espelhos, altos como as próprias paredes, deslumbrantes sinais de um recinto prodigioso que todavia não era o único, porque eu também podia abrir a porta do escritório e me debruçar na varanda do suicida, ou perseguir minha irmã em volta de uma mesa de mármore, no centro da enorme cozinha em que só se viam réstias de alhos e de pimentas mas onde o ar tinha sempre um cheiro de presunto serrano, ou espionar a cama dos meus avós pela fresta da porta, que tinha um dossel de cetim cor de sangue arrematado com borlas de seda, como os que aparecem nos filmes, ou tentar descer quatro andares escorregando pelo corrimão da escada, para cair e me machucar no patamar do terceiro, como sempre acontecia. Isso é a única coisa que eu gostaria de ter conservado daquela casa, e creio que, mesmo querendo, não conseguiria descrevê-la com a distância de um observador objetivo, calcular o número de quartos, o tamanho dos armários ou a disposição dos banheiros com paredes espessas de pedra cinzenta coroadas de ardósia negra, igual aos castelos dos contos de fada exceto pelo cata-vento, o guerreiro nu com um penacho de plumas na cabeça cuja lança de ferro apontava a direção do vento.

Mas não só a casa era excitante, o jardim que a rodeava, passando a piscina e a quadra de tênis, passando os estábulos e os invernadeiros da vovó, virava campo, com oliveiras, cerejeiras e tabaco, e passando o campo ficava o povoado, que já se vislumbrava, da grade de ferro, como uma rua só, tão longe que nunca nos atrevíamos a deixar a bicicleta na garagem quando saíamos de tarde para dar uma volta. Almansilla era, e imagino que continua sendo, um povoado muito bonito, tanto que, principalmente em agosto, muitas vezes cruzávamos com carros de placas absurdas — Barcelona, La Coruña, San Sebastián —, quando não simplesmente indecifráveis, estacionados na praça, e seus ocupantes percorrendo as ruelas empedradas onde nunca batia o sol, tão estreitas eram e tão derruídos estavam os velhos muros de adobe das casas que as cercavam, ou fotografando de todos os ângulos possíveis aquele belo rolo jurisdicional de pedra lavrada onde durante séculos haviam açoitado os condenados nos tribunais do Santo Ofício, ou admirando a fachada da Casa da Alcarreña, um velho prédio abandonado após a guerra civil, mas ainda conhecido pelo apelido de sua última proprietária, tão respeitadora da cor dos seus muros, pintados ano após ano com um anil intenso, quase violeta, como Carlos V quis que fossem as donas dos bordéis de seu império. Mas, à margem desses dois pontos turísticos de natureza tão díspar, a grande atração de Almansilla para quem morava na Fazenda do Índio, porque assim a chamavam no povoado, eram os Fernández de Alcántara Toledano, a irresolúvel meada que eu só consegui desenredar em parte, pouco a pouco, no mesmo ritmo irregular com que as artríticas mãos de Mercedes, a mulher de Marciano, o jardineiro, limpavam os fios das vagens verdes que acabava de colher para o jantar.

Minha irmã e eu, e todos os nossos primos, ao menos todos os que eram netos da vovó Reina, tínhamos crescido no mais estrito respeito ao código estabelecido por ela em relação a Teófila, uma norma muito fácil de cumprir porque constava de um único ponto, que negava em qualquer presente, passado ou futuro, recente ou remoto, que Teófila pudesse ter existido alguma vez. E contudo, desde que eu era pequena, não lembro de ter deixado de reconhecer uma só vez qualquer dos meus outros tios, dos meus outros primos, quando cruzava com algum deles na rua, ainda que muitas vezes ignorasse até mesmo seu nome, e não poderia descrever como aprendi a identificá-los, mas tenho certeza que com eles ocorria o mesmo, porque o povoado inteiro parecia viver junto conosco aquela rígida comédia, a tal ponto que os jovens de Almansilla agrupavam-se tradicionalmente em dois grupos diferentes, o dos nativos e o dos turistas, e em ambos os casos os respectivos Fernández de Alcántara atuavam como aglutinadores do correspondente grupo, dando sentido a uma divisão ridícula em si mesma, levando em conta a escassez da população, mesmo no mês de agosto.

Quando cheguei à adolescência as coisas não haviam mudado muito, pois apesar de os herdeiros do meu avô já terem começado a se falar — eu devia estar com uns dez anos quando Maria perdeu o marido e um dos filhos num horrível acidente de trânsito, e ainda lembro da surpresa da minha mãe quando, após resolver por sua própria conta que tínhamos que ir ao funeral, encontrou-se lá com cinco dos seus oito irmãos legítimos —, e de que Miguel e Porfirio fossem carne e unha, a inércia ainda era tão grande que jamais nos passou pela cabeça procurar nossos primos do povoado, nem mesmo por curiosidade. Lembro também do susto que levamos numa noite, durante as festas, quando Reina cortou o pulso com o gargalo de uma garrafa quebrada e Marcos, o filho do meio de Teófila, que era o médico, levou-a correndo para sua casa porque parecia que ela ia perder o sangue todo ali mesmo. Meus pais vieram conosco, e ficaram conversando tranqüilamente no consultório, e ela inclusive beijou o irmão quando lhe agradeceu no final. Eu passei mais de uma hora falando com minha prima Marisa, e achei-a simpática e divertida com aquele sotaque tão fechado, mas quando me despedi dela nem me ocorreu que pudéssemos voltar a nos ver alguma outra vez. Minha prima continuou saindo com os amigos dela e eu com os meus, e continuamos olhando enviesados uns para os outros, porque eles eram uns caipiras e nós éramos uns chatos, ou porque eles não sabiam de nada e nós éramos espertalhões, ou porque a avó deles era uma puta daquelas e a nossa, uma bruxa mais seca que um sarmento ou, vai ver, só porque a nossa memória não atingia a vinte anos e nada do que habitava nela nos permitia ainda ter pena de nós mesmos.

As forças estavam equilibradas, porque embora a vovó tivesse nove filhos de sete barrigas — Carlos e Conchita também eram gêmeos — e Teófila só cinco — sempre de um em um —, tia Pacita havia morrido quando eu ainda era criança, e nem Tomás, nem Magda, nem Miguel, que é apenas dez anos mais velho do que eu, tinham dado netos à mãe. Tia Mariví, que era casada com um diplomata servindo no Brasil, mal vinha à Espanha, e seu filho único, Bosco, sofreu tanto de amor por minha irmã no verão que passou com a gente que não sentiu vontade de repetir. Com o tio Carlos acontecia uma coisa parecida, porque ele morava em Barcelona e preferia veranear em Sitges, de modo que as únicas crianças que passavam férias na Fazenda do Índio eram os seis do tio Pedro, os oito da tia Conchita, Reina e eu, uma tropa nitidamente superior em número aos cinco filhos de Maria e os quatro de Marcos, mas desprovidos dos reforços que seus parentes por parte de mãe representavam para eles. Dos filhos restantes de Teófila, Fernando, o primogênito, morava na Alemanha e não aparecia nunca, e nenhum dos dois menores, Lala, que era atriz, e Porfirio, que tinha a mesma idade que Miguel, ainda tinha filhos.

E assim deixei passar, olhando o mundo de esguelha a partir de uma vala de pedra cheia de cascas de cereais, os verões da minha infância, sabendo e sem saber ao mesmo tempo, sabendo das coisas sem perguntar, aprendendo que nós éramos os bons e os do outro lado eram os maus, embora tivesse que considerar legítimo o fato de eles dividirem o mundo exatamente ao contrário, e deixando Porfirio e Miguel, para não complicar mais a minha vida, numa espécie de terra de ninguém permanente. Isso foi o suficiente até o vovô me dar a esmeralda, a pedra verde que me vincularia para sempre à herança de Rodrigo o Açougueiro, e então, de repente, tentei movimentar os pulsos e vi que estavam amarrados, e a minha imaginação inútil, esmagada pelo peso de tantos segredos antigos, tão velhos que alguns já não podiam continuar sendo valiosos, e resolvi desenterrar pelo menos a chave daquela história tão obscura e tão real ao mesmo tempo, mas não consegui averiguar nada, e o olhar que minha mãe me lançou quando eu perguntei, sem mencionar a Teófila, desde quando os pais dela se davam tão mal, me convenceu de que devia desistir de indagar dentro dos limites da minha própria família, e fiz quatorze anos, e depois quinze, sem saber a quem recorrer, até que uma tarde, poucas semanas depois do meu aniversário, briguei com minha irmã e minhas primas porque elas tinham mudado o canal da televisão, roubando o final do filme que eu estava vendo depois do almoço, e fui para o jardim fazer alguma coisa, e quando percebi, estava em frente à casa de Marciano. Então resolvi cumprimentar a mulher dele, e aceitei um refresco por não ofender, e descobri por acaso que Mercedes gostava muito de falar.

— Não tem jeito mesmo, tua família sempre teve o diabo no sangue. Por isso digo que você precisa tomar muito cuidado, porque, já sabe, poucos herdam isso, a minoria, lá isso é verdade, mas algum dia, mais cedo ou mais tarde, não tem jeito, o sangue do Rodrigo acaba vindo à tona, e tudo se desmorona...

A excitação que aquela novidade me produziu superou a minha zanga, e tive vontade de compartilhar minha recentíssima sabedoria com as amigas mais íntimas, mas logo tive que sucumbir ante a indiferença com que tanto Reina como as minhas primas acolheram aquela transcendental descoberta. Clara, a única menina entre os seis filhos que meu tio Pedro tivera, acabava de fazer dezoito anos, estava na universidade e tinha um namorado no serviço militar, de modo que, fiel ao papel que lhe deparava esse conjunto de circunstâncias, afirmou que já tinha passado da idade de se interessar por tais bobagens de criança. Macu, que era filha da minha tia Conchita e tinha a mesma idade que eu, estava saindo com nosso primo Pedro, e o único propósito que guiava a sua existência consistia em ocupar o banco do carona no Ford Fiesta que ele ganhara como recompensa por ter terminado em junho o segundo ano de agronomia. Reina, com Bosco permanentemente grudado em seus calcanhares, era uma aspirante permanente ao banco de trás, e sempre que podia costumava se aboletar ali a fim de ser transportada até Plasencia, para beber uns drinques num bar onde um garoto em que ela estava de olho trabalhava de *disc-jockey*. Como sobrava uma vaga, eu costumava ocupar o lugar do quinto passageiro, mas a verdade é que eu me entediava tanto, enquanto o motorista e a co-piloto se perdiam na região de sombras do andar de cima para tirar um sarro e minha irmã se trancava na gaiola de vidro para ouvir discos, que quase chegava a agradecer quando o Bosco se embebedava daquele jeito, porque quando despencava num banco, ao meu lado, já incapaz de ficar em pé, e começava a resmungar tristezas em português, língua que preferia ao espanhol para se lamentar da crueldade de sua sorte, eu pelo menos podia me distrair consolando-o, mesmo sem entender patavina do que dizia, até chegar a hora de voltar para casa. Nené, a outra Magdalena da minha geração, sempre saía conosco até que Macu se apaixonou pelo Ford Fiesta, e a partir de então passava as tardes resmungando, marginalizada do grupo, teoricamente pela limitada capacidade do veículo do futuro cunhado, e na prática pela ilimitada capacidade de bolinação de sua irmã mais velha, que não queria testemunhas comprometedoras. Ela era a minha última esperança, mas logo me deu a entender com meias palavras que estava pouco ligando para a vovó, o marido dela, Teófila, e os filhos das duas, e que só queria ir para Plasencia com a gente, de modo que na viagem seguinte cedi a ela generosamente a minha vaga.

E quase me arrependi, porque Mercedes, que se deleitava numa exasperante complacência com a descrição de pecados e maldições, a qualidade dos sangues, o sangue bom e o ruim, ainda não tinha me confidenciado nenhuma informação interessante de verdade quando ouvi às minhas costas uma voz familiar que interpretei como o sinal irrefutável de que tudo tinha se danado.

— Não conta essas histórias para a menina, mulher, cada dia que passa você fica mais fofoqueira...

Eu não tinha considerado que Paulina, a cozinheira da vovó, era notoriamente mais bisbilhoteira que minha interlocutora, e não precisou muito esforço para se convencer de que o seu justo espírito de censura constituía motivo suficiente para se sentar um tempinho com a gente, ao sol, e de passagem controlar a língua da sua amiga de infância.

— Quem diz a verdade, merece piedade! — replicou Mercedes. — Além do mais, não estou lhe dizendo nada de errado, só estou avisando.

— Do diabo no sangue..

— Lógico! De que mais?

— Era só o que faltava! A esta altura do campeonato, continuar falando de sangue bom e sangue ruim, ai meu Deus do céu!

— Vai, conta, conta tudo o que quiser... Mas eu estava arrumando a mesa no jardim no dia em que o Porfirio se jogou da varanda, eu o vi cair, sabia?, e não quero que ela acabe assim.

— Mas por que iria fazer isso? Porfirio tinha o mal da melancolia, estava doente, dava para notar desde pequeno.

— Não senhora!

— Sim senhora!

— Porfirio era melancólico justamente porque tinha o diabo no sangue, mas se matou por aquela mulher de Badajoz, muito mais velha do que ele, e casada, e muito bem casada, com um general ainda por cima, e convidada dos donos, que eram seus próprios pais, e apesar de tudo isso, e de estudar no seminário para ser padre, Porfirio foi se chegando para perto dela, e como, que eu saiba, não foi o diabo que o empurrou, a culpa foi do sangue ruim, o mesmo que corre nas veias do avô dessa aqui...

— Não seja encrenqueira, Mercedes! E não fale mal do patrão. Porfirio era melancólico porque nasceu assim, como podia ter nascido igual à Pacita.

— Outra que herdou o sangue de Rodrigo.

— Não seja burra, arre! Porfirio estava doente, todo mundo sabia disso, era... triste, recalcado, como dizem agora, tinha ataques, e quando lhe dava um, tentava se matar. Como me lembro! Quando ele era criança quase não ia ao colégio, passava os dias inteiros metido na cama, sem forças para se levantar, e depois foi pior, não queria nem tomar o café da manhã, passava as horas vazias olhando para o teto e chorava... Até os vinte anos a mãe lhe fazia a barba, para não deixar as navalhas à mão!

Ainda posso vê-las, Mercedes, progressivamente indignada, suas faces quentes de raiva, as palmas das mãos abertas e apoiadas nas coxas, transmitindo toda a força que seus braços rígidos podiam exercer, e a cabeça muito longe das vagens verdes, que tinha derrubado com um tapa no começo da discussão, ainda espalhadas aos seus pés, ao redor da vasilha de plástico verde que as contivera. Paulina, por sua vez, não tinha se movido nem um milímetro, continuava sentada, as costas rígidas, as pernas decorosamente juntas, as mãos unidas repousando com suposta elegância no avental engomado e, em sua voz, em seu rosto, em seus gestos, aquele verniz empolado de mulher da capital que estava deixando tão nervosa a sua interlocutora.

— Muito melancólico e tal, minha senhora, mas quando Pedro e eu passávamos de tarde ali perto dos juncos...

— Para espioná-los.

— Ou para dar uma volta, tanto faz, e quando víamos os dois rolando na grama... bem que ele tinha cores no rosto, o melancólico! Que nem um pimentão, era assim que ele estava, quero cair mortinha agora mesmo se estiver mentindo.

— Não leve a sério — disse Paulina. — Ela sim, porque sempre foi uma ave de rapina, mas teu avô não ficava espionando por aí o teu tio.

— Não ficava pouco! Ouviu? Não ficava pouco! Quem você acha que teve a idéia?, porque bem que ele prometia desde criança...
— Você fala assim para se gabar de que é unha e carne com o patrão.
— É, sou sim, e mais que isso. Somos irmãos de leite, minha mãe o amamentou ao mesmo tempo que a mim, quando a mãe dele quase foi levada pelas febres.
— É, mas rolou muita água desde então...
— E daí? Todo mundo sabe que eu jamais chamei ele de senhor. Fomos criados juntos. Além do mais, isso não tem nada a ver, a questão é que o Porfirio se matou por causa daquela mulher de Badajoz, se isso não é verdade, por que então ela ficou tão pálida quando o viu aparecer na varanda acenando para todo mundo com aquele sorriso de beato, já parecia um padre dando a bênção, mas não era a bênção, não, e aquela puta sabia disso, e por isso mesmo ela se levantou antes que ele se dobrasse para a frente, e depois berrou, um berro mais forte que o da própria mãe do morto, está ouvindo?, e foi a primeira que saiu correndo, a primeira que abraçou o cadáver, e olha que tinha estourado o crânio nas lajotas de granito, mas mesmo assim o abraçou, e eu vi com estes olhos que a terra há de comer, que o marido dela entrou no carro e se mandou para não passar mais vergonha, porque não havia jeito da mulher soltar o corpo do Porfirio, todo desmiolado, quem pode saber que remorsos a prendiam a ele daquela maneira.
— Claro, eles tinham um caso. Eu nunca disse que não tivessem um caso, mas Porfirio se matou porque era melancólico...
— Não senhora!
— Sim senhora!
E o sol percorreu um bom trecho do céu enquanto elas continuavam se desafiando com os olhos, cuspindo as duas metades diferentes da mesma verdade, colorindo de violeta, com matizes ambíguos, brilhantes e sombrios ao mesmo tempo, as bochechas pálidas, do tom de cera consumida, daquele a cujo retrato eu tinha imposto anos antes o título de Porfirio o Olheirento, o suicida arrogante que estava enterrado no solo pagão do nosso jardim, à sombra de um salgueiro e de nenhuma lápide, e cujo nome, vetado pela vovó para seus filhos homens, por fim fora herdado pelo menor dos filhos de Teófila. E tive medo de não chegar nunca a Teófila, que era o meu objetivo principal, porque a discussão se desenvolvia segundo padrões progressivamente pitorescos, evoluindo sempre do geral ao particular, e minhas fontes ameaçavam não chegar a um acordo sobre a cor do cabelo daquela dama de Badajoz antes da hora do jantar.
— Era castanha.
— Era morena, Mercedes, eu sei porque tive que penteá-la uma vez.
— Morena clara, quer dizer, castanha.
— Não, com certeza não. Era morena morena, de cabelo preto.

— Nada disso, lembro perfeitamente. Perto do rosto pode ser que o cabelo fosse preto, não digo que não, mas o coque era castanho, Paulina... as pontas eram quase louras!
— Não senhora!
— Sim senhora!
— Nada disso, Mercedes, você sempre foi teimosa feito uma mula! É que nem essa história do diabo no sangue, puxa vida, é sangue do Rodrigo para cá, é sangue do Rodrigo para lá, você não sai disso, não vai negar porque acabei de ouvir, botando minhoca na cabeça da garota com tanta história... Você tem é pouca cultura, Mercedes, porque corrigir é coisa de sábios e você, em compensação, anda pela vida feito um burro com a cenoura pendurada na frente dos olhos.
— Pode ser, mas é a pura verdade. Trouxeram da América o sangue do Rodrigo, junto com o dinheiro. Não se ganha tanto dinheiro trabalhando com as mãos, isso não pode ser bom, e uma coisa leva à outra, porque se o Pedro não fosse tão rico, na certa não teria prejudicado a Teófila.
— Ah! Quer dizer... agora foi o patrão quem prejudicou a Teófila! Mais respeito, Mercedes, que a neta dele está na sua frente.
— Mesmo que fosse a mãe dele, ouviu?!, a culpa foi do Pedro. A garota tinha quinze anos, não sabia onde estava se metendo quando...
— Sabia muito bem! Muito bem! Está me ouvindo? Mui-to-bem! E se alguém prejudicou alguém, foi ela quem ferrou a minha patroa, que estava casada há um monte de anos e com cinco filhos nas costas quando aquela megera se intrometeu, e ela não merecia isso, tão boazinha...
— Ela era muito boa.
— É, muito boa.
— Boa mesmo.
— Claro que sim, boa até dizer chega.
— Muito boa, Paulina, muito boa, mas isso não tem nada a ver. Porque você não via o Pedro passando por aqui a cavalo, galopando feito um doido, antes de casar, e depois também, porque saiu de casa desse jeito na mesma noite em que ele e a patroa voltaram da lua-de-mel, e todo mundo sabia aonde ia, parecia que para ele nunca era o suficiente e o próprio demônio estivesse puxando as rédeas...
— Quer deixar o demônio em paz de uma vez? Olha, Mercedes... que pouca cultura você tem!
— O que foi, nessa época não existiam carros? — As duas ficaram me olhando com olhos abismados, como se nada as pudesse ter desconcertado mais do que minha pergunta. Paulina fez um gesto ambíguo com as mãos, mas foi Mercedes quem me respondeu.
— Imagina se não existiam carros! Ele tinha dois. Mas acontece que... bom,

ele era bonitão, o seu avô!, e num cavalo ainda mais, principalmente quando saía sem camisa, aí... meu Deus do céu!, Jesus, Maria e José me valham, até eu ficava com vontade de me benzer, e ele sabia, ele sempre foi mais sabido que o diabo. Agora, eu não sou de ficar calada, um dia fui e disse para ele, toma cuidado, Pedro, e bota logo uma droga de camisa de uma vez, que com tanto galope isso vai acabar em tragédia. E sabe o que ele me respondeu?

— Não, mas é bom parar com os duplos sentidos e presta atenção, Mercedes, que esta aqui só tem quinze anos.

— Pois ele me disse, não se preocupa que eu não vou me jogar pela janela. Que safado! Como se eu estivesse falando isso! Como se alguma vez eu tivesse pensado que ele, justamente ele, ia se jogar pela janela! O que acontece é que eu sabia que uma delas ia se dar mal, por aquele caminho alguma ia se dar mal, mais cedo ou mais tarde, e quem se deu mal foi a Teófila, que não era melhor nem pior do que as outras.

— Isso é uma maneira de dizer.

— Nem melhor nem pior, Paulina.

— Não, só a mais... assanhada.

— Mas, o que você está dizendo? Quando a Teófila veio de Aldeanueva para morar com a tia, não devia ter nem dezoito anos. Nem isso! Ela pariu o Fernando com dezenove. Quando ele se interessou por ela, ainda era uma criança, e sinto muito pela sua patroa, mas não é direito jogar todas as culpas para cima da garota. Foi o Pedro, o sangue de Rodrigo, que estava mais que enrabichado, porque eu estava farta de vê-lo enrabichado, parecia que tinha endoidado e, olha só, naquele verão, deve ter sido o de 33, ele me fez pensar no Porfirio, porque parou de comer, passava o dia inteiro irrequieto, coçando o corpo todo, ou ficava que nem um lobo durante horas a fio, olhando o nada, como se estivesse lendo no ar, e por qualquer coisa se mandava para o povoado para deixar a garota um pouco mais em evidência, cheirando-a pela rua como se fosse um cachorro... Não sei o que ela arrumou, isso eu não sei, mas despertou o diabo no sangue dele, porque ele já era um homem feito, nós dois nascemos junto com o século, você deve lembrar de como ele ficou quando aquele primo da Teófila que morava em Malpartida falou em se casar e adotar o Fernando para irem morar na América, eles tinham parentes lá, não sei onde, em Cuba, acho, ou na Argentina, quem sabe... Não sei, a memória me falha tanto...

— Já deu para perceber. Então, aquela de Badajoz era morena...

— Era castanha, caramba, e não me interrompe que eu perco o fio da meada... Devia ser na Argentina, bom, não estou lembrando, tanto faz, era para se mandar daqui, disso eu tenho certeza, e ela achou bom, uma saída razoável para todos, e então apareceu o Pedro, estava uma fúria, parecia o próprio capeta, lembro como se fosse hoje que ele me pegou no povoado fazendo compras, nós não o esperávamos, ninguém nos avisou que viria, era uma terça-feira, à uma da tarde, na primavera, mês de maio, com certeza, um dia maravilhoso, até disso me lembro... Ainda escuto os gritos, parecia um porco sendo degolado, a voz dele não saía da garganta, eu juro, Paulina, vinha do centro das tripas, e com as tripas ele chamava a Teófila, aos berros, no meio da praça, e só de ouvir fiquei toda arrepiada, porque nunca o tinha visto tão desesperado, nem no dia em que o pai dele morreu, nem no dia em que enterrou a mãe, nunca mesmo, e nunca mais tornei a vê-lo daquele jeito, nem quando a Pacita nasceu, estava que nem um touro moribundo, com aquele véu que colocam nos olhos quando eles já estão cheios de bandarilhas e com a espada em cruz, estava assim, as sobrancelhas soltando faíscas e o corpo todo tremendo de febre, pelo turbilhão de raiva que tinha dentro.

— Como foi que ele se inteirou?

— Não sei, nunca soube, mas naquele dia ele veio atrás da Teófila, e a Teófila foi falar com ele no centro da praça. A tia avisou para ela não sair de casa, para nem aparecer na janela, mas ela foi assim mesmo, desafiando até a tia, que era uma mãe para ela, mas foi, e quando chegou na frente dele, ele ameaçou lhe dar uma bofetada mas não deu, só pegou-a pelo braço e a arrastou, sem dizer uma só palavra, até a Estalagem do Suíço, e dali não saíram por quatro dias e suas quatro noites, até o sábado de manhã.

— E o que aconteceu lá dentro?

— Sei lá! Isso ninguém sabe. Claro que imagino, porque quando se despediram ela beijou as mãos dele, não na palma, mas em cima da mão, como se beija um bispo, e ele já estava tranquilo, como sempre. Teófila esperou o carro sumir na estrada e depois atravessou a praça com os olhos semifechados e um sorriso de boboca nos lábios, até parecia que, em vez de ter estado na cama com um homem, tinha passado aqueles dias na frente do próprio Deus Pai, como era palerma, minha mãe do céu!, uma bocó de verdade... e a tia dela lhe disse que ainda estava a tempo, que casasse com o primo, que não fosse palerma... Mas ela não respondeu, ficava só rindo, e eu imaginei que dali não ia mesmo sair nada, que aquela ali ia ser uma desgraçada a vida inteira.

— Não senhora! E não conta a história desse jeito, Mercedes, porque isso não é verdade.

— É sim.

— Não é! — e então se dirigiu a mim: — Só quem sofreu foi sua avó, Malena, acredita, foi a sua avó, uma santa, que Deus a tenha na glória, era a melhor mulher que esse marido podia conseguir, e ele lhe pagou desse jeito.

— Ele não gostava dela, Paulina.

— Gostava sim, eu sei melhor do que ninguém porque morei com eles desde que se casaram, em 25, quanta água já rolou, mas lembro muito bem, minha memória não falha como a sua, eu não confundo Cuba com Argentina, ele muito gostava dela, Mercedes, até a Teófila se intrometer.

— Não gostava, não. Devia gostar, era a sua obrigação, mas não gostava. Eles se davam bem, não nego, porque ele se enrabichava com as mulheres tão depressa que quando arrumava uma já estava atrás de outra, de maneira que, afinal, todas davam no mesmo, mas gostar dela, ah, isso não gostava não. Você não o viu aqui com a Teófila, na época da guerra...

— E você não viu a patroa em Madri, que diabos!, minha alma se partia em mil pedaços quando ela se arrumava toda tarde, na época começou até a se pintar, logo ela, que sempre tinha andado com o rosto lavado, a pobre infeliz. Arrumava-se toda para ficar sentada na sala, ao lado da varanda, sorrindo o tempo inteiro, para que as crianças pensassem que não estava acontecendo nada. Olha, Paulina, dizia ela, tenho um palpite de que o patrão vai voltar hoje, é melhor ficar em casa. Fazia meses que a guerra tinha acabado, e desde que acabou o teu marido vinha uma vez por mês nos trazer comida, que faltava em Madri, e ela sempre perguntava, como vão as coisas em Almansilla, Marciano?, e o teu marido mentia que nem um velhaco, muito confusas, patroa, muito confusas, ainda posso ouvi-lo, mas o patrão me pediu para dizer que pensa muito na senhora e que tem muita vontade de voltar, e os assuntos já estão quase resolvidos... E todo mundo sabe que por aqui não havia confusão nenhuma, e que aqui, por não haver confusão, quase não houve guerra, só aquela rameira metida na cama da minha patroa, nem sei como aquele... homem... teve coragem!

— Porque ele tem o sangue de Rodrigo, Paulina, por isso e porque deu azar, ninguém teve culpa de que a guerra pegasse o Pedro aqui, com a Teófila, e a patroa em Madri, com as crianças.

— Porque ele deu um jeito de que a guerra o pegasse aqui! Os bombardeios ele deixou para nós. E o medo. E a fome, você não viu a patroa no dia em que ficou seca, tinha amamentado as gêmeas, a Magda e a mãe desta aqui, quero dizer, durante quase um ano, mas ficou seca, porque não comia o suficiente para deixar para os outros filhos, e teve que desmamá-las com um purê de lentilhas, um maldito purê de lentilhas, água com pimentão, mais do que outra coisa, tanto um dia tive vontade de jogar umas pedras na panela, para aumentar o volume, porque não tínhamos o que comer, quase não comíamos, ouviu?, as crianças comiam o que havia e continuavam com fome, acordavam de noite e eu não tinha nada para lhes dar fora o pão que era para a mãe deles e eu comermos no dia seguinte, e assim ficamos, jejuando dia sim e o outro também, três anos seguidos, principalmente o último, todos os dias eram Sexta-feira Santa, enquanto ele tinha um vidão, enchendo o bucho de embutidos de porco com aquela puta, e você e o teu marido junto com eles.

— Não diga uma coisa dessas, Paulina, porque não é verdade. Não foi culpa de ninguém, de ninguém, do Franco, talvez...

— Pronto!
— Pois é, porque se esse filho da mãe não tivesse começado a guerra... como aqueles dois iriam se juntar do jeito que se juntaram! E ainda por cima, no verão de 35 vocês não vieram, não está lembrada?, porque a patroa estava com medo, a história dos coletivistas estava pegando fogo e no povoado se dizia que os Alcántaras iam ser os primeiros expropriados de tudo o que tinham. Então ele veio sozinho, e a esposa achou certo, porque afinal vinha defender o que era dele. Não podia saber que a coisa estava quente, porque o primo da Teófila ainda estava atrás dela, não deviam ter passado nem três meses depois daquilo que te contei, e então ficaram juntos o verão inteiro, mas Pedro morando aqui, sozinho, e ela na casa da tia, no povoado. E é verdade que ele veio muitas vezes naquele ano, sempre sozinho, mas também é verdade que as coisas estavam ficando pretas, que chegaram até a ameaçá-lo de morte mais de uma vez, mas ele nunca teve medo.
— Porque para ter medo é preciso ter vergonha.
— Ou porque ele sempre foi homem! Ruim, se você quiser, mas um homem inteiro, dos pés à cabeça... mais tarde, é verdade, quando a guerra estourou ele estava aqui e não podia voltar para Madri, Paulina, mesmo se quisesse, e não digo que não queria, mas de qualquer maneira não poderia voltar. Nessa época nada tinha muita importância, ninguém tinha tempo nem vontade de bisbilhotar, e o Pedro ficou doido, eu não o reconhecia mais, um dia o encontrei atrás de uma árvore, sem fazer nada, e quando falei com ele pôs o dedo nos lábios como se faz com as crianças, mandando eu ficar calada, e apontou para a varanda, onde a Teófila estava sentada, costurando, e então me disse que estava olhando para ela, assim sem mais nem menos. Imagina só, depois não vai dizer que ele não tem o diabo no sangue, cala a boca que estou olhando para ela, foi o que me disse naquela hora. Virou um maricas, o dia inteiro atrás da garota, com uma baba escorrendo da boca...! E quando será que tratou a patroa daquele jeito? Nunca, Paulina, nunca, você sabe disso muito bem... O problema é que acabou contagiando aquela loucura na Teófila, você precisava ver os dois aqui, pareciam duas crianças, se beijando o tempo todo na frente de qualquer um, passeando pelo jardim como se estivessem de férias, era como se a guerra fosse de brincadeira... Eu, no começo, não levava a coisa muito a sério, achava que aquilo não ia durar muito, porque por aqui a gente quase não sabia de nada, nisso você tem razão, mas Madri não caía, Madri resistia, e depois a Teófila ficou grávida de novo, e nasceu Maria, nesta mesma casa, e o Pedro festejou à beça, você não pode imaginar, o povoado inteiro esteve aqui e ela parecia uma duquesa recebendo os convidados, matamos dois porcos só para comemorar o batizado...! Mas naquele dia eu não fiquei calada, não podia ficar, soltei tudo na cara dele, para que percebesse de uma vez por todas que sua mulher não estava na lua, estava a trezentos quilômetros daqui, e a guerra não ia durar para sempre... Foi

então que a Extremadura inteirinha começou a fuxicar, e com toda razão, não posso negar, porque aquilo já era um baita escândalo, mas ele não estava nem aí, no dia em que a senhorita Magdalena, aquela que morava em Cáceres, mandou avisar que, para ela, dali por diante era como se ele estivesse morto, você sabe o que ele disse? Pois que estava cagando e andando para a irmã, para Franco e para o Papa de Roma!

— Mercedes, não seja burra! Que coisa, você não tem cultura... olha só as coisas que diz.

— Mas ele falou assim mesmo, Paulina! O que é que a cultura tem a ver com tudo isso? Não botei nem tirei uma vírgula, juro... Da mesma maneira que digo uma coisa, digo a outra também, e o que estava acontecendo era muita sacanagem, isso sim, e da boa, mas ele não estava bem, não mesmo, não estava nem um pouquinho bem, principalmente no final, quando já sabíamos que a guerra estava acabando e quem ia ganhar, já sabíamos tudinho, e uma tarde o peguei bem aqui, fumando um cigarro com o meu marido, e fiquei dura que nem pedra quando ouvi... Madri vai resistir, tenho certeza, ele dizia, Madri resiste, e se Barcelona agüentar até os reforços da França chegarem de uma puta vez... Que filho da mãe!, pensei então. Olha, nem queira saber como eu fiquei, nem queira saber, tanto que aos berros mandei o Marciano para casa e então o encarei. Que história é essa de vai agüentar?, disse, seu desgraçado!, com o dinheiro que você tem... O que é que os republicanos podem te dar, além de desgostos? Que eu seja vermelha, eu que não tenho onde cair morta, tudo bem, mas você, berrei... seu retardado, mais que retardado... será que ficou maluco? Você perdeu a cabeça? Já tem sete filhos em Madri, merda, sete filhos e uma mulher! E ainda quer que a guerra dure mais...? E então ele desmoronou, Paulina, desmoronou, você tinha que ver, primeiro ficou quieto, sem se mexer, sem falar, até que a brasa do cigarro que estava em seus dedos lhe queimou a pele. Depois se encostou na parede, nessa mesma parede em que eu estou apoiada agora e caiu em prantos. Eu faço tudo errado, Mercedes, faço tudo errado, ficou assim mais de uma hora, repetindo o tempo todo a mesma frase, murmurando baixinho como se aquilo fosse uma ladainha, tudo o que eu toco se estraga, dizia, faço tudo errado, e eu fiquei com o coração na mão, juro, Paulina, porque gosto dele, como não vou gostar dele se fomos criados juntos? E era a verdade o que estava dizendo, ele sempre fazia tudo errado, porque tem o sangue de Rodrigo, não tem culpa disso, outro sujeito poderia ter herdado isso... qualquer um... mas foi ele que ficou com o diabo no sangue...

— Não chora, Mercedes, isso aconteceu há tanto tempo...

Nenhuma das duas percebeu que eu também estava chorando, lutando desesperadamente contra duas lágrimas indecisas que não conseguiria reter, nem impedir que abrissem caminho para muitas outras que se seguiriam depois, alimentando dois arroios quentes e regulares que serpenteavam pelas minhas bochechas e se dissolviam na comissura dos meus lábios, e tinham sabor amargo, como os silêncios do vovô, que nunca se deixava ver mas lembrava de olhar para mim quando me via, e me deu de presente uma esmeralda para que ela cuidasse de mim, do meu sangue ruim, que era o dele, porque ele gostava de mim, porque não tinha outro remédio, porque ele também, e só nesse momento compreendi, tinha nascido errado, na data, no lugar e na família que não lhe correspondiam, homem por fim inteiro, mas errado.

A emoção que me tomou então, uma paixão tão intensa que fez surgir uma cerca quase dolorosa em volta de cada um dos poros da minha pele eriçada, subitamente transfigurada num órgão cuja posse era capaz de sentir, como sempre tinha me sentido de posse dos meus braços ou das minhas pernas, não conseguiu, porém, conter a frenética atividade do meu pensamento, e pressenti que não sairia incólume da batalha que ainda travava com minha consciência, e que afinal me precipitaria, como um peso morto e indefeso, num abismo ainda muito mais profundo do que, sempre apesar de mim, fora se abrindo entre minha vontade e meu coração, entre o que eu queria, o que eu sabia que deveria ser, e o que eu era, entre Reina e mim, em última instância. E antes mesmo de conhecê-la por completo, decidi que nunca contaria à minha irmã a história que ouvira naquela tarde, e que não o faria para poder escapar ao seu veredicto, que sem dúvida seria justo e correto, uma sentença apoiada em verdades axiomáticas, reivindicações legítimas, ressentimentos solidários, porque mesmo que ela deixasse escapar alguma lágrima evocando a figura da vovó, a mulher solitária com os seios ressecados, e mesmo se tivesse a condescendência de se compadecer, com a exata dose de generosidade que lhe permitia desperdiçar sua posição naquela família, da tosca órfã de aldeia que se deixara enredar num amor sem saída, Reina nunca entenderia a infinita ternura que eu sentia pelo meu avô, o desejo de chegar perto dele, tocá-lo e beijá-lo que me urgia como uma necessidade física, a irresistível tentação de fundir em seus braços os meus erros com os dele, porque ele não sabia fazer nada direito, nem eu tampouco, eu estava traindo a mim mesma, estava traindo minha mãe, minha avó, Teófila, enquanto chorava por ele, que tinha sido um mau pai e um mau marido e um mau amante, mas era, sobretudo, um homem amável a quem o acaso transformaria no desesperado habitante de uma solidão completa, muito mais desoladora e terrível do que aquela a que ele mesmo condenou suas duas mulheres.

Era isso que eu sentia, e sabia que não era certo, e quase podia escutar a voz de Reina, o imaginário eco daquela racional implacável a quem eu nunca daria a oportunidade de intervir, tentando me convencer de que o vovô não merecia perdão, nem mais compaixão do que ele tinha mostrado em sua vida, mas eu o perdoava, e o compadecia, e o amava, muito mais do que amei alguma vez sua mulher, e o meu amor crescia entre os meandros daquela história impossível, que o mostrava às vezes fraco e outras brusco, arbitrário, preguiçoso ou cruel, e até assustado, mas sempre aterradoramente apaixonado, e portanto inocente, porque sua pobre segurança e sua desajeitada astúcia devolviam-me à irmã Agueda, o cálido espelho em que antigamente eu me olhava, e me faziam companhia, para além das tragédias quase simétricas que o sangue de Rodrigo semeara nas vidas de duas mulheres exatas e constantes, coerentes e opostas, mas ambas, em todo caso, tão perfeitas e tão conscientes de sua natureza como eu nunca chegaria a ser em toda a vida. E por elas ainda estava chorando, e por mim, e pelo vovô, quando Mercedes e Paulina já estavam discutindo de novo há um bom tempo, porque já nem sequer me olhavam, e cada uma defendia a sua versão, sempre duas metades diferentes da mesma verdade, olhando-se de frente, como se mais ninguém escutasse as suas palavras.

— Bom, Mercedes, tudo acabou bem.
— Que é isso, Paulina, que é isso de acabar bem! Nem acabou ainda...
— Quero dizer que o patrão acabou voltando para casa, para a mulher e os filhos.
— E os daqui, então? Será que os daqui não são mulher e filhos dele?
— Não senhora!
— Sim senhora!
— Não senhora! Os filhos, sim, porque filhos são todos iguais, não se discute, mas ela não... Claro que não, ela sabia muito bem que ele não era livre, desde o começo.
— Isso é o de menos, Paulina...
— Uma pinóia que é o de menos! Ouviu? U-ma pi-nó-ia! Foi isso que eu disse para a patroa, que eu não podia suportar mais vê-la se consumindo devagar, já tinha gastado um batom inteirinho, e tudo à toa, porque Franco tinha entrado em Madri em abril, a-bril, ouviu bem?, e veio maio, e junho, e ninguém tinha coragem de perguntar se nós íamos vir para cá, e chegou setembro, começou o inverno e ele não tinha voltado, e o Marciano teve que engolir o sermão, já não sabia o que dizer, além de que as lingüiças estavam ótimas naquele ano... Quando chegou o Natal e ele não apareceu, achei que os capetas iam me levar para o inferno. Fiquei com tanta raiva que nem quis jantar, para você ver, e ela também não jantou. Então, depois de botar as crianças na cama, perguntei a ela, e o que a senhora vai fazer agora? Não sei, Paulina, não sei. Pois eu bem que saberia!, respondi, eu ia para Almansilla agora mesmo e trazia ele puxando pelas orelhas, é isso o que eu faria, e é isso o que a senhora tem que fazer, afinal ele é seu marido e tem as obrigações dele... Eu já sabia pela minha prima Eloísa que a Teófila estava grávida outra vez, quase contei para ela, mas me contive, porque a coitada já tinha um fardo grande demais para carregar. Vamos ver, disse, vamos ver, agora o que tenho que fazer é me

acalmar e pensar. Então percebi que ela estava com medo, medo do marido, e achei que ia perdê-lo para sempre, mas afinal juntou coragem, não sei de onde, passou o dia de Natal inteirinho rezando, e na manhã seguinte veio para cá...

— Não, não foi no Natal, foi no dia dos Inocentes, lembro direitinho porque assim que vi o carro pensei, olha só o dia que a patroa escolheu para aparecer... Na verdade eu a estava esperando há muitos meses, já estava farta de perguntar ao Pedro se ele não pretendia voltar para Madri, e ele me mandava calar a boca, ou não me respondia, ou me dizia que sim, que qualquer dia desses, balançando a mão no ar como se quisesse mandar essa idéia para bem longe, mas eles também a esperavam, porque a Teófila estava bastante magra apesar da barriga, e com uma cor muito feia, parecia uma azeitona, cheia de olheiras, ficava cochilando em qualquer canto porque não dormia bem de noite, dizia para todo mundo que era o enjôo da gravidez, mas nada disso, é que sabia que, mais cedo ou mais tarde, a patroa viria atrás dele, porque tinha que vir... E vou te dizer uma coisa, Paulina, não sei o tamanho do medo que Pedro dava na sua mulher, mas tenho certeza de que não era nem a metade do que ele tinha dela, sei disso porque fui eu quem subiu para avisar a ele, porque a patroa não queria chegar perto da casa, e afinal os dois conversaram aqui, na minha... Eu preferiria tê-lo encontrado sozinho, mas estava sentado ao lado da lareira, com ela e as crianças, fazia meses que não se separavam nunca, nem um minuto, calculo que porque todas as manhãs sentiam medo de que aquele dia fosse o último. Fiz um sinal com a mão para que viesse até o corredor, e antes que eu tivesse tempo de dizer alguma coisa, ele me falou, porque sempre leu no meu rosto como se fosse um livro aberto, a Reina chegou, não é? Fiz que sim com a cabeça e ele me pediu que esperasse um minuto, queria colocar uma gravata. Fiquei assombrada de que viesse com frescuras num momento daqueles, mas depois pensei que devia querer parecer o mais formal possível, não sei se você me entende, mostrar que estava de visita, numa casa que já não era a sua, não sei, ou talvez se sentisse melhor bem arrumado, mais forte, sei lá, mas demorou um bom tempo para descer, e apareceu na escada de paletó e gravata, recém-penteado e de sapatos nos pés, porque desde que estava aqui só usava botas no inverno e alpargatas no verão. Eu não disse nada, de qualquer maneira, mas quando acendeu um cigarro percebi que suas mãos estavam tremendo. Percorremos o caminho em silêncio, andando bem devagar, e não tive coragem nem de olhar para ele, mas sei que estava pálido e ficou engolindo saliva o tempo todo. Quando os dois se encontraram, a mulher lhe deu dois beijos nas bochechas e o cumprimentou toda sorridente, como se ele só estivesse há uns dias fora de casa, aquela boba...

— Porque é assim que a gente se comporta!

— Deve ser, mas pensa bem, naquela altura, quem ia se impressionar com os modos?

— E sobre que eles conversaram?
— Sei lá! Você acha que eu passo o dia inteiro escutando atrás das portas, feito você? Saí andando em direção ao povoado, ida e volta, só para dar um tempo, mas quando cheguei aqui de novo o ouvi gritando...
— Ele?
— Ele, sim.
— Que pouca vergonha!
— Então fui embora outra vez, e cheguei até o rebanho, e lá me deitei por um bom tempo, até que caiu a noite. Então voltei e o encontrei sozinho, sentado neste banco, e por um instante pensei que tinha morrido, porque não levantou os olhos quando eu cheguei perto, nem sequer quando me sentei ao lado dele, e quando segurei a mão dele, a senti gelada, mas percebi que apertava os meus dedos e por isso soube que estava vivo. Reina não quer acordo nenhum, disse ele...
— E por que ia querer? Ele era seu marido, e tinha que cumprir o que tinha jurado na igreja, senão não devia ter se casado.
— Mas um acordo teria sido melhor.
— Melhor para Teófila.
— Melhor para todos, Paulina, não seja teimosa, logo você que passa o tempo todo me chamando de burra! Um acordo teria sido melhor, mas ela não quis. Eram outros tempos, quer dizer, tudo era diferente...
— E não disse mais nada?
— Disse, mas dá um tempo, caramba, você é uma mexeriqueira danada, hein? Além do mais, você já sabe, já te contei mil vezes...
— Não para mim.
— Para você, sim senhora!
— Não senhora!
— Sim senhora! Mil vezes e muitas mais, já te contei... Em março vai nascer um filho meu, disse, quando ele e a mãe estiverem bem volto para Madri, apesar de não ter vontade, Mercedes, lembra bem do que estou dizendo, eu não quero voltar... Eu já não sabia onde me enfiar, juro, Paulina, senti um sufoco danado e o rosto todo me ardia por dentro, por um lado eu não queria ouvir mais nada, mas pelo outro me deu uma vontade terrível de dizer a ele que mandasse tudo à merda e que ficasse aqui pelo resto da vida... Já sei, fica calada, calada, já sei muito bem o que você vai dizer, mas você não viu o homem, não viu e não gosta dele, você não me engana com tanto respeito, o patrão para cá e o patrão para lá, mas eu sim, sempre gostei dele, como um irmão, e nunca o tinha visto tão triste, ainda sinto minha mão congelada por culpa daqueles dedos, mesmo depois de tanto tempo... Eu tenho que voltar, continuou depois de um tempo, sempre olhando para o chão, como antes, porque preciso pagar pelo que fiz, eu tenho a culpa de tudo, e se não voltar minha mulher

acaba comigo, agora ela pode, sim, e aproveita para acabar também com a Teófila, e eu não sou homem suficiente para ficar pobre aos quarenta anos, Mercedes, essa é a verdade, não sou mesmo, como pobre eu seria um desastre, e por isso vou voltar, mas não é por vontade, não, é bom você saber. Nessa hora eu quis morrer, quis que a terra me engolisse, era o que eu mais queria... Você é uma burra!, disse para mim mesma, burra que nem uma porta, isso é o que você é! Olha que eu não percebi nadinha no dia que dei uma bronca nele, meu Deus do céu, ele chorou e tudo, cheguei até a amaldiçoar o coitado, me comportei como uma megera, mas não tive miolos para perceber, que besta que eu sou!

— Mas não estou entendendo... você não percebeu o quê?

— Ora essa, por que ele tinha mudado de lado no meio da guerra, até parece que você é tão tapada quanto eu, caramba!

— E o que é que a guerra tem a ver com isso? Se ele ainda tivesse lutado, dava para entender, mas enfiado aqui...

— Tudo! Tudo a ver, Paulina, você também!... No dia em que te sacudirem de ponta-cabeça vão cair bolotas no chão! Porque se os republicanos tivessem vencido ele poderia se divorciar, entendeu agora?

— Ah..., você está falando disso!

— Claro que é disso, na República os dois se divorciariam, e tudo em paz e acabou-se a história. Cada um ficaria com o que era seu e pronto, alguma coisa lhes sobraria mesmo que começassem a famosa Reforma Agrária, que eu não acredito que algum dia fizessem, porque, ora essa, o Azaña podia ser um Judas, mas depois iam dizer, essa é boa, na verdade acontece nas melhores famílias... Mas com Franco no palácio de El Pardo, dormindo com um padre de cada lado da cama... aí não tinha jeito!

— Muito bem, estou entendendo. Mas não acredito que tenha sido assim, Mercedes, não mesmo, o patrão sempre foi de direita...

— Não me diga! E o que é que o Azaña era? De esquerda? Não me faça rir, Paulina, é claro que a coisa foi assim, e deixa eu terminar... Depois ele se levantou e me obrigou a ficar em pé na sua frente. Jura pela memória do teu pai que você não vai dizer à Teófila uma só palavra de tudo isso, jura. E eu jurei, depois ele foi embora sem dizer mais nada, já tinha falado bastante, mas para ela não deu nem um pio, é engraçado, eu fui deitar pensando que ele tinha me obrigado a jurar porque queria contar a notícia sozinho, e nem consegui dormir, pensando na encrenca que devia ter dado lá em cima, e na manhã seguinte... não é que eu vou e encontro a Teófila tinindo e alegre! Cantarolando, com um sorriso de orelha a orelha, assim ela estava, e assim ficou o tempo todinho que ele passou aqui, vivendo na penúria, convencida de que o Pedro tinha resolvido tudo, ou de que a patroa fora levada pelo diabo, quem sabe... Até pariu o Marcos com mais de quatro quilos, ela, que sempre teve bebês pequenos, a Maria não chegou a dois e meio! E assim passaram os dias, e nada, e eu esperando que o assunto estourasse de uma vez, mas patavina!, a Teófila não soube de nadica até a véspera, se é que não foi bem na hora em que ele saiu com as malas na mão que ela caiu do cavalo. Acho que não teve coragem de dizer antes, imagina, e inventou aquela história de que parecia que o bebê não acabava de se firmar só para ganhar tempo, mas não era nada disso, calcula que o Marcos já estava engatinhando quando ele foi embora, e tinha ficado muito bonito, devia ter uns quatro, cinco meses...

— Seis. O patrão voltou para casa na metade de setembro, nunca vou esquecer. Estava amanhecendo quando senti uma coisa se mexendo perto da cama, e quando abri os olhos encontrei a Magda deitada ao meu lado, torcendo o lençol entre os dedos, quase chorando... Estou com medo, Paulina, me disse, tem um homem dormindo na cama com a minha mãe, e eu dei graças a Deus, porque ele tinha voltado. Não é um homem qualquer, meu bem, respondi, é o papai, e ela ficou muito surpresa porque ainda não conhecia o pai, deixa ver, Reina e ela nasceram em 36, calcula... E no dia seguinte disse que não gostava dele, não dá para acreditar, porque depois chegaria a adorá-lo, a ter loucura pelo pai, e ficava o dia todo de birra com a patroa e sempre o defendia, com razão ou sem, a Magda não ouvia razões, para ela o patrão era Deus, e claro que não sei como, porque ele não dava nem um pio, a não ser que falasse com ela em sonhos! E no entanto, quando ele chegou não queria nem vê-lo, é verdade, porque se comportava como um fantasma, parecia até um morto-vivo, assim que entrou na casa começou a ficar que nem mudo, passava o dia inteiro trancado no escritório, com a mente em branco...

— Em branco não, Paulina! A cabeça dele estava aqui. E imagina como foi difícil para o Pedro resolver voltar a Madri, tanto que nem se despediu de mim... Agora, a coragem que ele não teve, ela teve de sobra, ah, isso sim, você tinha que ver no dia que desceu até o povoado. Parecia que a Volta Ciclista da Espanha ia passar por aquela rua, as calçadas ficaram cheias de paspalhos, alguns até saíram do trabalho para vê-la passar, um monte de safados e invejosos, isso é que são, principalmente as mulheres, cheias de merda, você tinha que vê-las, bisbilhotando e dando cotoveladas umas nas outras no meio da rua, festejando a desgraça da garota como se fosse um aniversário... Um bando de putas, mil vezes mais putas do que ela, isso é que elas são!

— Mercedes! Se você continuar falando desse jeito, pego a menina e vou embora.

— Pois vá embora! Estou pouco me lixando...

— Continua contando, Mercedes, por favor, não se preocupe comigo.

Eu sabia que ela ia continuar falando de qualquer maneira, mas insisti porque já era tarde, muito tarde, o sol tinha desaparecido há um bom tempo, e Eulalia ainda tinha que nascer, e tinha que nascer o Porfirio, e já não me restavam lágrimas, minha memória estava se saturando, como se o espaço destinado a gravar dados novos se esgotasse vez por outra, mas eu sentia uma curiosidade parecida com a fome, parecida com a sede, e a cabeça me doía com o esforço de organizar a informação à medida que a recebia, criando espaço para os desastres que eu ainda tinha que conhecer, e precisava chegar até o final, como se precisa comer quando se tem fome, como se precisa beber quando se tem sede, como se pressentisse a importância que aquela velha história, tão velha que alguns dos seus detalhes me resultavam tão difíceis de acreditar quanto os argumentos daqueles velhos filmes em branco e preto que eu havia devorado naquele verão na frente da televisão, iria ter nos momentos mais obscuros, e nos mais esplêndidos, da minha vida.

— Tesa como um lápis, assim ela desceu a ladeira, com os olhos bem abertos e o pescoço esticado, pedindo guerra, e ninguém abriu a boca, ouviu? Ninguém! Ninguém se atreveu a abrir o bico. Ela passou devagar na frente de todo mundo, com o Marcos nos braços, puxando o Fernando pela mão, e a Maria de mãos dadas com o irmão, apertando os dentes, mas inteira e muito da inteira, tanto que imagino que deve ter dado até medo em uns e outros. Eu fui com ela, porque alguém tinha que levar as malas, e é mentira o que contam no povoado, tudo mentira, ela não levou nada daqui, só a roupa. E sabe por quê? Não porque fosse mais honesta ou menos, nem porque tivesse chaves de mais portas ou de menos, ela tinha todas as chaves e isso é bobagem. Não foi por isso não, foi porque não precisava, estava convencida de que ele ia voltar, de que independentemente do que acontecesse, ele voltaria para junto dela, vê se dá para acreditar... Nessa mesma manhã ela me disse isso. Eu não a tinha visto nos últimos três dias, só os filhos, que ela mandava para cá porque queria ficar sozinha, pelo menos é o que eles contavam, e quando começamos a andar pela rua perguntei o que pretendia fazer daí em diante. Procura um bom homem, eu disse a ela, um sujeito sensato, que goste de criança, casa com ele e vai para longe daqui. Não seria difícil encontrar, ela era jovem, e muito bonita, as crianças ainda eram pequenas, e naquela época, depois da guerra, tinha tanto desesperado que eu pensei que talvez... Mas, o que é isso, Mercedes?, ela me respondeu, eu já estou casada. Puta que a pariu! Pois continuou repetindo a mesma coisa ano após ano, imagina só, vocês passando as férias em San Sebastián, enquanto nós aqui só sabíamos do Pedro o que seu Alonso, o administrador, nos contava quando trazia o dinheiro para as duas casas, esta e a da Teófila, e eu, que sempre ia visitá-la porque era muito afeiçoada às crianças, tentava convencê-la a assentar cabeça, porque tinha certeza de que nunca mais tornaria a ver o Pedro, de que eles iam acabar vendendo a fazenda, isso é o que todo mundo dizia, mas não, ela teimava que já estava casada e que agora tinha que esperar, porque ele ia voltar... E então me ocorreu que ela tinha feito qualquer coisa com ele, vai ver que sabia mais do que dizia, porque tanta calma não era normal, de jeito nenhum, mas depois, quando a Pacita nasceu, percebi que não era nada disso, mas para a Teófila deu no mesmo que a menina nascesse, ela continuava igual, dizendo que ele ia voltar, eu cheguei até a ficar cansada de tanto ouvir a mesma história... O que foi, Paulina? Você parece boba.

— Eu não estou entendendo... O que é que o nascimento da Pacita tem a ver com tudo isso?

— É que isso queria dizer que o Pedro continuava dormindo com a mulher dele.

— E daí? Por que não? Ele tinha quarenta e cinco anos! E gerou o Porfirio e o Miguel com cinqüenta, de maneira que... Isso é a única coisa que ele soube fazer direito na sua vida toda, a única, aquele desgraçado.

— É que a Teófila não tinha feito nada com ele.

— E o que ela podia ter feito, Mercedes? Quer falar claro de uma vez?

— Um trabalho... ou coisa parecida, Paulina, que mais podia ser?

— Um trabalho? Do que você está falando?

— Um trabalho, um despacho, Paulina. — Fui eu que me meti, porque já estava ficando nervosa com tantas perguntas, e tive medo de que acabassem desperdiçando o pouco tempo que me restava em outro interminável diálogo de surdos. — Todo mundo sabe o que é. Feitiço, essas coisas... Quando você está com um cara e sabe que ele está te corneando, pega alguma coisa que ele tenha usado, uma camisa ou uma calça, melhor se ele tiver acabado de tirar, e vai ver uma curandeira, uma vidente, seja lá o que for, e ela pega a roupa e faz uma reza, e depois dá um nó na fazenda...

— Depois de esgoelar um ganso — corrigiu Mercedes.

— Não — repliquei. — Lá em Madri não tem essa história de ganso.

— Então não fazem direito. O ganso representa a luxúria.

— Pois em Madri ela deve ser representada por outra coisa, porque lá só fazem a reza, jogam um pó de não-sei-o-quê enquanto dão o nó, e então é como se estivessem amarrando o cara naquele lugar, e então... — me detive para escolher as palavras com cuidado, porque Paulina já estava lívida, ouvindo como se não pudesse acreditar que era eu quem estava falando aquilo, mas não consegui encontrar um eufemismo eficaz, e acabei indo direto ao assunto — bom... se tudo der certo... durante uns seis meses a coisa só levanta se for com você, ou mais tempo, dependendo de quanto pagar.

— Pára com isso, garota, pára com isso senão te dou uma surra! — A explosão dela foi muito mais intensa do que eu esperava, porque se levantou como se fosse impulsionada por uma mola na minha direção, e se Mercedes não a segurasse a tempo teria me dado uns bons tabefes. — Onde você aprende essas coisas, sua desgraçada? Com as freiras?

— Não, eu não sei de nada, só sei o que a Angelita me contou, porque numa época, uns dois meses antes do casamento, ela deu para suspeitar que o Pepe, em vez de um trabalho de tarde, tinha mesmo era outra namorada em Alcorcón. — Parei para respirar, e observei como o braço de Mercedes acompanhava o movimento de Paulina sentando de novo ao seu lado, dando a entender que o pior já havia passado. — Então foi ver uma feiticeira dessas, depois de passar uns dois meses economizando, é claro, porque o trabalho custava três mil pesetas.

— Três mil pesetas, meu Deus do céu!

— Aqui — acrescentou Mercedes —, minha cunhada faria de graça.

— E você fica dando idéias! Você, ainda por cima, dá idéias a essa garota, era só o que faltava!

— Não, eu não tenho ninguém, não preciso fazer trabalho nenhum — esclareci —, e além do mais não acredito nessas coisas.

— Por quê? Eu acho que funcionam sim.

— Que nada, Mercedes, que nada, quando a Angelita disse para a tal mulher que o noivo tinha vinte e três anos, ela veio com uma história de que naquela idade não podia garantir nada. De qualquer jeito, o coitado do Pepe mostrou para ela os dois contracheques uns dias depois, quase provando com isso que só dormia com ela...

— Mas o que é que você está falando? Olha.... você é mesmo uma megera linguaruda!, como é que diz uma coisa dessas, se a Angelita estava na casa dela e o Pepe na pensão...

— Pensão uma pinóia! Isso é o que ela contou à babá, mas o Pepe morava num apartamento alugado, perto da praça da Cebada, com um amigo dele de Jaraíz. De qualquer maneira, dá no mesmo, os dois já estão casados...

— Minha mãe do céu! Em que país a gente vive, quem diria!

— Ora essa, e o que é que você achava? Tem cada coisa! Você já está velha, Paulina, seria melhor morrer logo, porque aquele filho da mãe não agüenta nem mais dois cortes de cabelo, e depois... pronto!, outra vez a República e a libertinagem...

— Vontade não te falta, não é?, Mercedes, vontade à beça. E vai com cuidado que já está vendo miragens.

— E o que é que tem? Diga lá... e daí? Quem faz, paga, e eu já levei bastante no lombo, de modo que agora vai ser a minha hora, porque agora vem a República, e depois a Revolução, e depois... se segura! Pimba, outra vez os conventos voando pelos ares! Imagina só como eu vou rir, vou rolar no chão de rir, já estou até me preparando, ouve só o que eu digo...

— Mas, não estou entendendo, Mercedes — dessa vez fui eu que interrompi. — Sei lá, você, que passa o dia inteiro falando de Deus e do diabo... não é católica?

— Católica, apostólica e romana, sim senhorita.

— Então, como é que quer ver os conventos voando pelos ares?

— Porque eu não quero nada com os padres, sei muito bem que eles são culpados por tudo o que aconteceu de errado na Espanha, desde que perdemos Cuba até hoje. A culpa é dos padres, e de que aqui, mesmo sendo selvagens como dizem que somos, nunca cortamos a cabeça de nenhum rei, e assim estamos...

— Cala a boca, sua maldita! Veja só... você é mesmo uma comuna daquelas, e sem cultura!

— Mas o que ela disse é verdade, Paulina, porque os ingleses apagaram um rei, os franceses, nem te conto, e os russos tiraram o último da jogada junto com todos os herdeiros, e os alemães nem tanto, mas acho que algum deles tropeçou na Idade Média, e os italianos penduraram o Mussolini no meio da rua, que era como se fosse... mas todos os reis da Espanha morreram na cama, isso é que é verdade.

— Está vendo? Esperta, que espertinha você é. A menina que já terminou o ginásio.

— Não, ainda me falta um ano, mas de qualquer maneira você não pode ser comunista e católica ao mesmo tempo, Mercedes.

— Ah, é? — E, para minha surpresa, Paulina se revelou a mais incrédula. — E por que não, pode-se saber?

— Ora... porque os comunistas são ateus, têm que ser ateus, isso é claro.

— Só se forem os russos! — exclamou Mercedes, muito indignada, e então fiquei com medo de tê-la ofendido de verdade. — Os russos, que são uns bárbaros e não reconhecem nem pai nem mãe, os russos, talvez, mas não eu... Eu acredito em Deus, na Virgem e em todos os santos, e no demônio. Imagina se não vou acreditar, sei muito bem que ele existe, porque todo dia vejo na televisão aquele empregado dele que carrega o seu rabo!

— Franco tem sido bom para a Espanha, Mercedes.

— Vai à merda, Paulina!

— Vai você, ora..., ou senão, que ganhasse a guerra!

Duas horas antes de terminar aquele mesmo ano, quando cheguei com meus pais à Martínez Campos para comemorar a que seria a penúltima noite de Natal do vovô, encontrei Paulina vestida de preto e com um lenço amarrotado na mão, e pensei que ainda estava de luto pelo general, porque daquele mesmo jeito, como uma viúva solitária dilacerada pela dor, havia assistido a todas as cerimônias, desfiles e manifestações que se celebraram no dia de sua morte, que para mim amanheceu com um concerto de gritos histéricos — minha mãe pedindo ao meu pai para ficar conosco porque era perigoso ir para a rua, meu pai saindo finalmente para a casa da vovó Soledad, de onde voltou, e bastante alto na verdade, atrasado para comer — ao compasso dos alvoroçados aplausos de Reina, que, mais esperta do que eu, relacionou instintivamente aquela tormenta doméstica com o começo de umas deliciosas férias que, com um pouco de boa sorte, emendariam nas de Natal. Tínhamos passado semanas inteiras fazendo contas com uma ânsia inédita, um entusiasmo febril pelo cálculo que me permitiria resolver sem sombra de dúvida o prosaico mistério das raízes quadradas se tivesse tempo para me ocupar dessas bobagens, e no recreio, toda manhã, comparávamos nossas previsões com as que nossas colegas haviam elaborado, tentando estabelecer a data ideal daquela morte mais do que anunciada, cuja transcendência nos parecia diretamente proporcional à sua proximidade com o dia 22 de dezembro, o último no calendário oficial de aulas daquele ano. Havíamos concordado em que seria razoável contar com duas semanas de luto oficial, talvez até três, razão pela qual, se estava tão disposto a fazer as coisas direito até o final, Franco ainda teria que se agüentar vivo por dez dias, nem um a mais, isso era o fundamental, que de jeito nenhum ele não continuasse habitando este mundo além do segundo dia de dezembro. Do contrário, essa sobrevivência prejudicaria gravemente os nossos direitos escolares, obrigando-nos a juntar os dias de férias intrinsecamente neutras com o previsível prazo do luto patriótico. Por isso, finalmente consideramos 20 de dezembro uma escolha acertada, porque, de fato, descontando a manhã que reservamos para ouvir o testamento político do finado, a que perdemos em montar o presépio, e as horas destinadas a ensaiar o recital natalino, o restante do primeiro trimestre ficou reduzido a pouco mais de uma semana letiva.

Tínhamos feito quinze anos há três meses, mas carecíamos por completo de consciência política, um tema sobre o qual nunca se discutia em casa porque minha mãe o considerava de mau gosto e porque, embora isso só fosse ser descoberto muito depois, também nesse campo ela jamais teria concordado com o marido. Eu, porém, sempre em segredo, cultivava outras expectativas, e sorria para mim mesma com certa freqüência lembrando as palavras de Mercedes, aquela profecia brutal, entretecida de violência e de esperança, que ainda ressoava em meus ouvidos como o eco de uma terrível mas alegre rajada de fogos de artifício, que venham a república e a libertinagem, aquilo soava tão bem!, pólvora é alegria, e imaginava os conventos voando pelos ares, e meu colégio primeiro, a irmã Gloria desmembrada pela explosão, seu tronco amorfo dançando no ar como o corpo de um boneco desarticulado, e a cabeça, os braços e as pernas compondo por um instante um simples e grotesco quebra-cabeça de seis peças, antes de sair voando até se perder por cima das acácias do pátio, cumprindo assim a vingança de Magda, e a minha. Todas as manhãs, quando me levantava, perguntava à mamãe o que tinha acontecido, e apesar das negações que se acumulavam em suas desconcertadas respostas — não, filha... não aconteceu nada. Por quê? —, não me permiti desfalecer no culto de uma fé tão extravagante quanto a que havia empregado tempos atrás naquele milagre que nunca recompensaria a constância das minhas orações, e aguardava a Revolução, aquela deliciosa catástrofe, com uma impassibilidade moral não isenta de certa controlada impaciência, e era incapaz de me sentir culpada por isso, porque quem faz, paga, como tinha dito Mercedes, e eu havia já levado bastante no lombo.

Mas quando tornei a encontrar Paulina, naquela noite de Natal, fazia semanas que eu esperava em vão por qualquer sinal risonho de uma explosão atroz, e me preparava para admitir por fim que tinha sido ela, e não sua opositora, quem fizera a predição mais correta do futuro. Foi isso talvez que me fez achar tão antipática a sua figura enlutada e chorosa enquanto pensava que ela ainda estava lamentando a perda do defunto mais ilustre, até o momento em que me devolveu um abraço mais intenso do que o esperado em resposta aos dois beijos protocolares com que a cumprimentei e me confiou ao ouvido que a mulher de Marciano havia morrido naquela mesma tarde, e aí sim fiquei arrependida por ter pensado mal dela.

— Uma trombose — disse —, foi uma trombose que levou a coitada, de repente. Não, sei lá se foi azar, ela tinha mesmo que morrer de uma coisa dessas, não podia apagar devagarzinho, na cama, logo a Mercedes, não... Coitada, como ela era boa, no fundo era muito boa, a coitadinha. Pelo menos, depois de esperar tantos anos, viveu o tempo certo para ver o Franco vestido de mortalha...

Então, vítima novamente do mais profundo dos pasmos, perguntei-me se devia me felicitar por ter nascido numa família onde todo mundo parecia capaz de antepor sistematicamente os sentimentos às suas mais altas e arraigadas crenças, ou se, pelo contrário, devia me compadecer de mim mesma por morar num país onde os esquizofrênicos andavam soltos pela rua, mas, antes de me decidir pela primeira opção, compreendi por fim por que Mercedes, longe de ter se ofendido com a resposta de Paulina, aquelas palavras cheias de uma soberba antiga, tão velha quanto meu pai, continuara falando naquela tarde de agosto como se não houvesse escutado nada.

— Ah!, se eu tivesse ganhado a guerra... você ia ficar por aqui, todo santo dia grudada em mim, que nem percevejo! Você é a cruz que eu carrego desde pequenininha.

— A mesma que eu carrego desde que te conheço, Mercedes, a mesminha, nem um prego a mais nem um prego a menos... E não se iluda, seria melhor você também morrer logo, eu sei o que estou dizendo, porque fui eu quem ganhou a guerra, e olha só para que adiantou, e para a minha patroa nem se fala, por mais que você diga que ela tirou vantagem da vitória dos nacionais... Quer me dizer o que foi que ela ganhou? Outros trinta anos de inferno, nem um a mais, nem um a menos.

— Porque ele não gostava dela, Paulina, não gostava mesmo, mas ela não quis soltá-lo.

— Porque estava no direito dela!

— Não digo que não, mas teria sido melhor.

— O erro da patroa foi voltar para cá, esse foi o erro, veja só... Foi ela quem insistiu, não foi ele, e não devia ter voltado, eu sabia disso e estive a ponto de avisar, mas não tive coragem, ela estava tão decidida que fiquei com pena de lhe dar outro desgosto. Porque isso foi quando Pacita nasceu, você deve lembrar que ela estava muito desanimada, muito triste, sentindo-se culpada o tempo todo. Então achou que era hora de voltar, afinal ela adorava isso aqui, era da terra, como se diz, e já estava farta de San Sebastián, estávamos todos por aqui de praia, de areia, de piche, de algas, de... ufa!, que nojo, e ainda por cima, todo dia era bacalhau para comer, como se o resto não bastasse... Ela era quem menos suportava, o bacalhau e tudo o mais, nunca se acostumou com aquilo, e quando chovia, porque lá chove à beça, ficava encolhida e muda, sem vontade de nada. Mas acho que o que mais a animou a voltar foi que o patrão ficou carinhoso com ela e com a menina depois do parto, não parava de consolá-la e repetir que não era culpa de ninguém, e até voltou a falar durante uma temporada, uns dois ou três meses, toda vez que ele abria a boca eu ficava assustada, é claro, porque já tínhamos perdido o costume de ouvir sua voz...

— Ele agüentou onze dias trancado lá em cima, onze, eu fui contando um por um, e no décimo segundo apareceu aqui, tão arrumado como quando veio falar com a mulher, esse sujeito só tem idéia de ficar elegante quando vai discutir, caramba, que homem mais esquisito... Igualzinho àquela manhã, igualzinho, foi só olhar para ele, os mesmos tremores, os mesmos suores, ainda bonitão, embora já grisalho, foi só olhar para ele e dizer para mim mesma, a coisa está feia, ainda vai render muita briga. Onde você vai tão bonito, Pedro?, perguntei naquela tarde, e já sabia direitinho para onde ele ia, como não ia saber... Ver os meus filhos, respondeu, e depois perguntou pelo Marciano, porque queria pedir a ele para levá-lo ao povoado na camionete, para chamar menos a atenção, imagino, também, a essa altura... Manda o Marciano sozinho, eu disse, ele vai e traz as crianças para cá, e assim você as vê, e elas te vêem, e todos ficamos em paz. Então ele começou a rir, mas com o maior descaramento do mundo, acredita. Como você é má, Mercedes!, foi isso o que ele me disse, e percebi que não estava me levando a sério, que ia fazer o que lhe desse na telha, como sempre, menos quando voltou para Madri. E aquela tarde foi a única vez, ouve bem o que estou dizendo, Paulina, a única vez em que eu me meti onde não era chamada, a única, porque quando o Marciano voltou para casa contei uma hora e então disse, arre! Tira a camionete e volta para o povoado outra vez, dessa vez comigo junto. E como o danado resmungou! Até agora o escuto, porque isso é muito feio, porque isso não se faz, porque se o patrão me pegar ele me despede... Um molengão, molengão mesmo, é isso, igualzinho ao outro, que cheio de doenças e achaques como está agora subiria numa árvore antes de se atrever a me despedir... Então chegamos ao povoado e eu fui andando até a casa da Teófila, adivinha só o que vi? Ah! As persianas todas abaixadas e as crianças sentadas na calçada, foi isso o que vi lá! E o Fernando sem ligar para os irmãos, jogando pedras num muro porque não podia acertar na cabeça do pai, é claro, os outros dois não entendiam nada, do mesmo jeito que você contou sobre a Magda, assim estavam eles, mas o coitado lembrava do pai sim, e de todo o resto, e acho que não vai esquecer nunca.

— Ele vem para cá esse ano, não é? O Fernando, digo.

— Isso é o que a Teófila conta, diz que está com muita vontade de ver os netos, e que Fernando, o mais velho, já é um homem feito, mas todos os anos ela fala a mesma coisa.... Acho que ele não volta mais, Paulina, ele foi embora daqui quando ainda era muito novo, sem ter nenhuma necessidade de fazer isso, só para sair de perto! Na casa não lhe faltava nada, foram todos criados como bacanas, ele poderia ter feito uma faculdade, feito os irmãos, e sabia disso, e a mãe bem que pediu, mas ele não quis ficar. E agora que está bem de vida, será que vai voltar? Acho que não, aquele sujeito não volta nem num caixão, e não o condeno, eu entendo. Com os dois menores é diferente, porque cresceram vendo o pai, por temporadas, claro, mas de qualquer maneira... Olha, pelo menos na segunda vez ele agiu melhor.

— Que nada! Acontece que a patroa já estava mais velha e cansada de tanta confusão, e com a história da Pacita, ainda por cima, porque tinha que estar o dia inteiro com ela, era pior ainda. Dessa vez, sempre que ele vinha para cá, todos nós descansávamos.

— Então agiu melhor, nem que tenha sido só por isso, você acha pouco? Ah!, eu sabia, meu Deus, eu sabia que isso não ia acabar nunca! Não tem jeito, a coisa é mais forte que ele, está escrito nos seus ossos, o maldito sangue de Rodrigo pesa mais do que a consciência dele, para uma doença dessas não inventaram remédio.

— Uma pessoa má, um mau marido, um mau pai e um grandíssimo sacana... Isso é o que ele é, Mercedes, e pára de uma vez com essa história de sangue, parece mentira que a essa altura você ainda fale desse jeito!

— Eu falo como bem entender! O que estou dizendo é verdade, a pura verdade, e se a patroa não quisesse voltar, mais cedo ou mais tarde ele teria voltado sozinho, porque tem isso no sangue, ouviu?, a Teófila sabia, e por isso ela não precisava de nenhuma feiticeira para adivinhar o futuro, porque ela também sabe que ele tem o sangue de Rodrigo, o mesmo que Tomás e Magda e Lala herdaram, antes do sobrenome...

— Magda não, Mercedes!

Já era quase de noite, e eu estava tanto tempo em silêncio, e meu protesto saiu tão parecido com um grito que as duas me olharam surpresas, quase assustadas com a minha veemência.

— O que é que você sabe? — perguntaram ao mesmo tempo, quase em coro.

— Sei de tudo o que preciso saber! — menti. — A Magda não herdou nada de errado do vovô. Nem a Lala. Por quê ? Só porque ela aparecia no *Um, Dois, Três*?

Pois a Nené também quer aparecer, fazer filmes que nem ela, e eu não entendo o que o sangue tem a ver com isso...

Minha tia Lala, a quarta filha de Teófila, era a mulher mais bonita que eu tinha visto na vida. Bem mais alta do que eu, devia ter um metro e oitenta de altura, e uns olhos castanhos imensos, puxados nas extremidades, e herdara a boca dos Alcántaras, mas o nariz dela era perfeito, como o da mãe, e perfeito o óvalo de seu rosto, ladeado por dois pômulos que sobressaíam na medida certa, não como os meus, que às vezes me dão um aspecto famélico, sob uma pele impecável, como a da Pacita, cor de caramelo. Eu só lembrava de tê-la visto no verão anterior, quando apareceu em Almansilla com o namorado depois de ter passado mais de dez anos fora, e não se falou de outra coisa no povoado até voltarmos para Madri. Parece que a chegada dela foi uma coisa espetacular, a bordo de um reluzente carro esporte vermelho que a deixou bem em frente à casa da mãe, coisa que não teria nada de especial se aquela enorme casa de pedra que o vovô mandara erguer não ficasse numa rua pela qual até então, como diziam os mais velhos, jamais passara nenhum veículo de rodas, porque os prédios antigos que sobreviviam de pé, nos dois lados da calçada, tinham umas varandas que sobressaíam tanto que qualquer carro teria destroçado o teto ali, qualquer um menos o do namorado de Lala, que passou pulcramente por baixo das vigas de madeira, incólume apesar da chuva de serragem que caiu sobre ele.

Os que já a tinham visto antes disseram que era impossível reconhecê-la, porque havia mudado muito desde que, aos dezessete anos, foi eleita Miss Plasencia e saiu de casa, e alguns afirmaram que estava pior, mais artificial, mais velha, porém eu a busquei à noite, na praça, e encontrei a mesma beleza que uma noite tínhamos visto, por puro acaso, pela televisão, quando ela começou a trabalhar como apresentadora naquele concurso que todo mundo acompanhava. Mamãe disse que não se surpreendia, e daí em diante ela e tia Conchita a chamavam de "peixinho", porque diziam que era filha de peixe, mas meu pai achava aquilo muito engraçado e não perdia um programa. Nós éramos as mais ferventes admiradoras dela, e ainda lembro de como sofríamos quando errava alguma vez, e de como nos gabávamos dela no colégio, onde ninguém sabia que tínhamos tias de dois tipos diferentes, sobretudo quando Reina encontrou numa revista a resposta precisa para cortar os comentários mal-intencionados de algumas das nossas colegas, que insinuavam, e com razão, que o que Lala fazia na televisão não era representar, e sim mostrar as pernas. Então esticávamos o pescoço ao máximo que podíamos, para olhar para a nossa interlocutora de cima, e adotávamos um ar de desdém para replicar, é que ela é atriz, os atores têm que fazer de tudo. É só um passo a mais na carreira dela.

E Lala acabou sendo atriz, e muito boa, pelo menos para mim, que nunca deixei de pensar nela com carinho. Já havia feito cinema naquele verão em que veio a Almansilla, embora só tivesse participado de dois filmes, em papéis muito pequenos e num deles de roupa íntima o tempo todo, um conjunto de sutiã, calcinha e ligas de renda vermelha, mas parece que mal falava, só gritava, no esforço de se defender de um senhor careca que tentava violentá-la dentro de um elevador. Pelo menos foi o que me contou a babá, que a odiava, como odiava qualquer coisa que tivesse a ver com Teófila, porque o filme era para maiores de dezoito anos, e por mais que tivéssemos tentado penetrar em três cinemas não conseguimos em nenhum. O tal diretor que veio com ela, porém, convenceu-a a não aceitar mais aquele tipo de papéis, e tornou-a protagonista, dois anos depois, do seu segundo filme, uma nova comédia urbana, como eram chamadas então, que fez muito sucesso. Este sim eu pude ver, e na verdade Lala estava estupenda, bonita e engraçada, à altura do filme, embora o argumento, digam o que disserem, não fosse muito diferente daquele do elevador, um cara que passava o dia inteiro que nem maluco, querendo transar e sem ter com quem, até que conheceu uma garota — a minha tia — que levou na conversa e os dois acabaram na cama, onde, ao final, em vez de fumar um cigarro cada um, compartilharam um baseado. Essa era a principal diferença, e o fato de Lala usar *jeans* e bota sem salto e por baixo uma calcinha de algodão vulgar e comum, mais nada, porque passava a metade do filme de peitos de fora, e seu companheiro de elenco, um trintão raquítico de barba e oclinhos redondos, na certa o mesmo que estava por trás da câmera, a seduzia lendo trechos de *Alice no país das maravilhas*, e eu achei tudo aquilo muito bom, real como a própria vida, e por isso acabei me convencendo de que aquele cara era um gênio, como ela proclamou aos quatro ventos em Almansilla, e como repeti insistentemente para a babá, porque fiquei com muita raiva de que ela, apesar de ter dado uma rápida olhadinha nele, no baile, sentenciasse aquilo, ora, ora, é melhor mesmo que seja um luminar porque, pelo que se vê... que merda de homem!

Depois teve que engolir essas palavras, e todas as que tinha pronunciado, com a boca permanentemente torta, a propósito de Lala, porque um pouco depois da estréia do tal filme, aquela merda de homem montou no festival de Mérida uma versão da *Antígona* de Anouilh, que estava super na moda, e uma fotografia dramática da namorada dele, mais do que recatadamente ataviada com uma austera túnica branca, que ia até os pés e mal permitia vislumbrar a forma de seus braços acima dos cotovelos, ocupou um espaço destacado nas páginas de cultura de todos os jornais e chegou até a invadir a primeira página do *ABC*, subitamente travestido naquele dia de inquisidor de virtuosos, sobretudo porque a longa crítica que encontramos no interior — uma desqualificação encarniçada, e até cruel, do coitado dos oclinhos, a quem se sugeria com bastante grosseria e maus modos que permanecesse para sempre na comédia urbana e largasse as transcendências que ficavam grandes demais nele — considerava muito positivamente o entusiasmo e a garra da atriz principal, na qual ninguém, fora nós, reconhecia mais a assanhada/bobona Jacqueline do concurso da televisão. Mas isso só aconteceria anos depois, e nem a imaginação de Mercedes, nem a de Paulina, podiam ir tão longe quando lhes confessei as aspirações da pobre Nené, já proprietária de um corpo quadrado, curto e reto, maciço, que não permitia augurar-lhe um futuro promissor como mulher-objeto.

— A Nené quer aparecer no *Um, Dois, Três*? — Assenti com a cabeça à pergunta de Paulina, que me dirigia um sinistro olhar acusador, como se a dureza de seus olhos implicasse uma ameaça suficiente para propiciar uma retratação fulminante de minha parte. — E a mãe dela está sabendo?

— Claro que sabe, e o que me surpreende é que você ainda não tenha ouvido isso por aí, porque ela fica buzinando para todo mundo.

— E o que é que ela diz?

— Quem, a tia Conchita? Nada, Paulina, o que pode dizer? Nada.

— É, às vezes você tem razão... — e Mercedes deu umas palmadinhas no ombro da amiga, como se tivesse algum motivo para felicitá-la. — Olha, é melhor nós duas morrermos ao mesmo tempo, porque era só o que me faltava ver, o vexame da Nené, na televisão, mostrando a pererecá...

— Mas que pererecá nenhuma, Mercedes! Por favor, elas usam *short*.

— Você chama aquilo de *short*? — interveio Paulina. — Pelo amor de Deus, mas que *short*!

Então tive a impressão de ouvir a voz de Reina, me chamando de longe aos berros, talvez ainda reclinada na fachada de casa, a uma distância em todo caso superior à que podiam atingir os ouvidos gastos das minhas interlocutoras, que não deram sinais de ter escutado nada além do piar de um ou outro pássaro, e não consegui calcular a hora mas adivinhei que era muito tarde porque a noite estival caíra quase por completo, e pressentindo que talvez não tivesse outra oportunidade para reunir aquelas duas infatigáveis polemistas, decidi apressar a memória no prazo, inevitavelmente breve, que transcorreria antes que minha irmã conseguisse me encontrar.

— Escuta, Mercedes... A Teófila era bonita quando jovem?

— Muito, muito, muito bonita. Como posso explicar? Bom, vendo a Lala dá para imaginar, ela saiu igual à mãe.

— Não senhora!

— Sim senhora!

— Mas, o que é isso, Mercedes? Nem pensar, ouviu?, nem pensar! A Lala é muito mais bonita do que a mãe dela jamais foi, não seja encrenqueira!

— Encrenqueira é você, Paulina! E quero avisar que estou até aqui de você, sempre do contra, porque você ficava em Madri no inverno, e no verão colada o dia inteiro nas saias da patroa, portanto não a via, a Teófila era igual à Lala, ouviu?, igualzinha... Mais baixa, sim, e menos fina, sem as pomadas que a outra passa no rosto, nem aquela roupa indecente que todas elas usam agora, quer dizer, uma garota do povo, com um roupão de flores e as mãos vermelhas de esfregar roupa na água fria, nisso era que nem todas, mas no restante, a cara da filha, claro que me lembro... Menina, mas sem esses peitos que a Lala tem agora, puxa, no ano passado quase lhe dou uma bofetada, de tão nervosa me deixou, repetindo que sempre teve muito peito, como se eu não me lembrasse, aquela sem-vergonha... Pára com isso!, disse afinal, e me deixa em paz com essas mentiras, porque mesmo estando velha, que diabo, eu nunca fui imbecil!

Reina ameaçava aparecer de uma hora para outra. Sua voz, que se aproximava e afastava em intervalos intermitentes, como se pretendesse brincar com meus ouvidos, ainda deixava registro do titubeante rumo dos seus passos, mas o prazo se esgotava, e limitei minha curiosidade, ainda faminta, a uma última pergunta, uma questão trivial em aparência mas que, por motivos que nem eu mesma compreendia totalmente, de repente considerei uma chave imprescindível para mim.

— Parem de discutir, por favor, esperem um pouco. E o vovô? Era bonito o vovô, quando jovem?

— Sim!

— Não!

— Como não? Paulina, dá para notar que você ficou viúva há trinta anos, minha filha, você está gagá, não lembra de nada...

— Olha aqui, faz trinta anos que fiquei viúva, mas toda manhã, quando me levanto e vejo o teu marido regando a grama, dou graças a Deus por ter me livrado de agüentar um chato desses, porque para dormir bem, com um saco de água quente na cama, eu me viro muito bem sozinha. E o patrão nunca foi bonito de rosto, com certeza, isso nunca, sempre teve um narigão e sobrancelhas tão grossas que nem dava para ver os olhos dele.

— E para que precisa de um rosto bonito? Nem te conto! E os homens bonitos no fundo nunca são muito homens, e, quando ele era jovem e passava por aqui, a cavalo... Mãe do céu! Bonito não, bonito era pouco, ele parecia, como posso dizer...

Ficou calada, a testa franzida, os lábios abertos, pensando, e eu mesma acabei antecipando a resposta, quebrando por um instante sua concentração.

— O próprio diabo.

— Você disse tudo, Malena! Sim, parecia o próprio diabo, a gente tinha que amarrar os pés num banquinho para não sair correndo atrás.

— Só se for você, Mercedes! Você é que gosta de cavalo, e sempre teve uma quedinha pelo patrão...

— Eu e qualquer uma, Paulina! Pergunta só no povoado, vamos ver o que te contam.

— Mas bonito de rosto ele não era.
— Claro que era bonito. De rosto e de todo o resto. Principalmente do resto.
— Não senhora!
— Sim senhora!
— Malena! — A voz da minha irmã quebrou definitivamente o feitiço, de algum lugar bem perto da minha nuca. — Mas o que você está fazendo, garota? São onze horas, há meia hora estou te procurando, mamãe está uma pilha de nervos, você vai ver o que te espera...

E com essas frases, tão poucas para uma tarde cheia de palavras, Reina devolveu num instante o mundo à sua mais decorosa normalidade. Paulina se levantou de repente, furiosa consigo mesma como sempre que perdia a hora do jantar. Beirava os oitenta, e fazia anos que quase não encostava no cabo da frigideira, mas lá em casa todos seguiam o exemplo do vovô, que toda manhã falava com ela, cumprimentando-a quando a comida estava gostosa e ralhando quando acontecia o contrário, para preservar sua dignidade e assegurar a ela, com tácita elegância, que pretendia respeitar a promessa da vovó de nunca mandá-la para um asilo, uma perspectiva tão aterradora para Paulina que com freqüência ela acordava gritando no meio da noite, presa de um terrível pesadelo em que se via sozinha em frente a uma residência de anciãos, segurando uma mala de papelão com a alça quebrada e amarrada com uma corda. Mercedes não reagiu melhor, porque só então percebeu que Marciano ainda não tinha aparecido, e quando Reina e eu enveredamos, quase correndo, pelo caminho de casa, ela continuava amaldiçoando e chamando o marido de bêbado, aos berros.

Eu disse a mamãe que me atrasara conversando com Mercedes, que sabia milhares de histórias antigas sobre o povoado, as festas, os casamentos e as mortes de todo mundo, sem especificar nomes, e Paulina, que estava presente, não me desmentiu. Naquela noite, quando fomos para a cama, tive medo de não conseguir desarmar a curiosidade de Reina, mas foi ela quem falou o tempo todo, e ainda estava recapitulando os prós e os contras de Nacho, o *disc-jockey* de Plasencia que por fim decidira se declarar naquela tarde, quando percebi que estava quase adormecendo, e por isso me atrevi a subir na garupa do vovô, que já galopava, soberbo e nu, cada vez mais depressa, ainda sem saber, como eu também não sabia, para onde estávamos indo.

Desde aquela noite, a revelação que brotou dos lábios de Mercedes ficou presente em minha consciência, porque apesar de nunca ter chegado a depositar muita fé na eficácia daquela antiga e obscura maldição, cujas origens e conseqüências desconhecia por igual, descobri logo como seus efeitos podiam ser reconfortantes e me divertia fantasiando com os poderes do gene desastrado, que tinha a virtude de transformar meu nascimento em correto precisamente por ser errado, e minha natureza em perfeita precisamente por sua imperfeição, e Reina num harmonioso delta de sangue bom e limpo, belo como a lua, mas, como a lua, redondo e inatingível para mim, ainda que em contrapartida eu viesse a engrossar a lista de proprietários do sangue catastrófico.

Mas, embora eu não acreditasse na fatal condição do sangue de Rodrigo, por algum tempo tive medo de que as marcas de minha deserção sentimental, o processo turvo, mas sincero, iniciado por aquelas lágrimas derramadas pelo vovô, com ele e para ele, tivessem ficado visíveis de algum modo, advertindo aos que me rodeavam do viés violento que eu mesma imprimira à minha vida apesar de não estar consciente de ter tomado qualquer decisão específica. Contudo nada mudou à minha volta. Reina e eu continuávamos unidas como antes, ainda que a parcela própria que cada uma de nós guardava para si crescesse no mesmo ritmo que a insubstancialidade das nossas conversas, nas quais, em geral, ela falava e eu ouvia, porque ainda não tinha grandes coisas para contar. Mamãe se desligava de mim cada vez mais, e essa atitude transformou-a numa pessoa bem mais amável, interessante e divertida, a ponto de a certa altura eu começar a gostar de ir com ela ao cinema, fazer compras ou tomar um aperitivo em Rosales nos domingos de manhã. Meu pai, que começava a ser um ente basicamente invisível, nos tratava com uma progressiva estranheza, como se já estivesse resignado a ter perdido as filhas, grudadas irremediavelmente na outra metade do mundo. Eu estava ficando mais velha, e isso absorveu por alguns meses toda a minha atenção, tomando o lugar da antiga ameaça que pendia sobre a minha cabeça como uma espada enferrujada e coberta de poeira.

Mas a lâmina estava afiada, e um leve toque bastaria para destroçar a minha testa, abrindo-me uma ferida irreversível entre os olhos. Nada me alertou, no entanto, de que a terra tremia sob os meus pés enquanto eu desperdiçava uma sufocante tarde de começo de julho no terraço da Casa Antonio, o bar que dominava a praça de Almansilla, contemplando a desolada paisagem de um povoado abandonado, com as calçadas desertas, as portas e janelas fechadas a sete chaves, os cachorros feito mortos, sombras frouxas agachadas nas esquinas escuras, porque, embora já fossem sete horas, estava tão quente que o contato com o ar dava tontura, e o simples brilho das placas da calçada, fervendo sob o sol, provocava dor de cabeça. Entretanto, lá estávamos nós, todas as vítimas da perversidade mecânica do Ford Fiesta, que naquela manhã se negara a pegar e nos mergulhou no desconcerto, porque ninguém tinha outra idéia para fazer de tarde a não ser ir de carro até Plasencia e tomar um drinque, até que, por fim, algum imbecil aclamou a iniciativa de Joserra, o melhor amigo de meu primo Pedro, que se comprometeu a deixar seu próprio carro na garagem em troca de que fosse organizado um torneio de carteado.

Eu quase fiquei em casa, mas quando pus o pé na piscina, prevendo as conseqüências de uma semana com um sol tão selvagem que, quando se punha, nunca desaparecia por completo, como se pudéssemos detectar suas pulsações no asfixiante abafamento noturno, notei que a água estava morna como o caldo feito para um doente, e no último momento juntei-me ao grupo, porque estava com sede de Coca-Cola e não encontrei nenhuma na geladeira. Haviam-se formado quatro duplas e as quatro tinham que jogar entre si, todos contra todos e eu contra nenhuma, porque nunca soube jogar cartas. Ainda estavam na segunda rodada quando o barulho oco de um motor estranho, girando a uma velocidade pouco freqüente, abriu passagem à minha direita. Segundos depois, por baixo do arco que dava acesso à praça por aquele lado, apareceu uma moto negra parecendo novinha apesar de suas linhas antigas, quase arcaicas, que identifiquei quase de imediato com as que vira em filmes passados na Segunda Guerra Mundial, porque embora não tivesse *side-car* transportava um indivíduo alto, de pernas compridas, cabelo escuro e o tímido bronzeado de quem não é bem moreno nem totalmente louro, traços isolados que, em seu conjunto, bastariam para dar aval a um passável oficial nazista se não fosse pela boca, de lábios ligeiramente grossos, de um volume inconfundível, que delatavam a impureza de sua origem. E olhando para ele, quase sem perceber, meu corpo se esticou como se todos os meus músculos ficassem rijos ao mesmo tempo, de repente insensíveis à esmagadora contundência de um calor que eu já não estava sentindo.

Ele estacionou a moto em frente à porta do bar e entrou sem nos olhar, mas não teve de nós a mesma resposta porque, enquanto os jogadores largavam as cartas em cima da mesa para ir estudar, admirar e mexer no que resultou ser uma BMW R-75, eu me encostei na moldura da janela adotando a posição mais garbosa e favorecedora que me veio na hora à mente, e afastando com a mão direita a mecha de cabelo que eu mesma tentava precipitar sobre o rosto aproximadamente a cada dois minutos para imitar um dos gestos mais proveitosos de Reina, pude observá-lo bem com o olho esquerdo, uma camiseta branca, de mangas arregaçadas, e *jeans*, desbotados de propósito num tom já perto do azul-celeste, presos por um vulgar cinto de couro, embora o tênis, de jogar basquete, fosse americano e muito caro, pelo menos na Espanha. Pediu um refrigerante e bebeu de um só gole enquanto brincava com um chaveiro, fazendo-o girar com rapidez sobre o nó do seu dedo indicador. Pediu outro refrigerante e o consumiu mais devagar, virando-se várias vezes para me olhar, deixando que eu descobrisse o seu rosto, o nariz quebrado que destruía a harmonia de uns traços quase doces, como se ainda não houvessem decidido abandonar totalmente um rosto de criança.

Experimentei então uma sensação nova e surpreendente, que poucas vezes tornou a se repetir no resto da minha vida, porque para além de um nervosismo comum, aquele familiar alicate que me torcia por dentro quando esperava, já sentada na carteira, de caneta na mão, a chegada da prova, senti que tinha me convertido numa árvore de Natal cheia de brilhantes bolas coloridas e luzes intermitentes recém-acesas piscando num ritmo enlouquecido, a intervalos cada vez mais curtos, que eu não podia controlar, e não podia me olhar em nenhum espelho, mas sabia que meu cabelo estava soltando faíscas e que minha pele brilhava e meus lábios entreabertos estavam mais vermelhos e mais úmidos que o normal e meus olhos sorriam, se cravavam na nuca dele, o chamavam, ordenavam que virasse a cabeça, e ele, surpreendentemente, obedecia, girava sobre os calcanhares e olhava para mim, contemplava o deslumbrante espetáculo que era eu, e que ao mesmo tempo me era alheio, porque meu corpo já escolhera por mim, e quando ele se virou para encarar a porta, senti que cada uma das minhas vísceras pulava selvagemente para cima e não tornava a descer, ficava ali, empurrando o diafragma para permitir que uma atroz câmara de vácuo enchesse o espaço livre entre as minhas costelas.

Eu não possuía motivo algum para separar os lábios, mas tinha certeza de que perdera a faculdade de falar enquanto o via se aproximando lentamente da moto e se encostando nela para abrir uma caixa de cigarros vermelha que não pude identificar à primeira vista. Deixei escapar um sorriso ao ver que fumava Pall Mall, uma marca tão sofisticada, tão extravagante para nós que, apesar de ainda não fumar, eu estava disposta a aceitar um cigarro, mas ele não teve a gentileza de me oferecer, e já estava com medo de que acendesse o cigarro e fosse embora sem mais nem menos, quando a Macu, que passara tanto tempo quanto eu espreitando com olhos de coruja, conseguiu finalmente distinguir uma coisa que festejou com um grito agudo de menina histérica, como se pretendesse tensionar meus poucos nervos que ainda estavam no lugar.

— Vocês viram? Está com etiqueta vermelha!

A principal desvantagem que minha prima — tão extraordinariamente insignificante que levei anos para descobrir que na realidade ela era uma boba — via em sua própria nacionalidade consistia na escassa oferta de calças Levi's disponíveis naquela época nas lojas espanholas, cheias exclusivamente de *jeans* com etiquetas laranja impressas em branco, ou brancas impressas em azul, que delatavam, apesar do legendário anagrama gravado nas travas e botões, sua miserável confecção nacional.

— Escuta, escuta um minutinho! — Ela se levantou, jogou as cartas no chão e foi na direção dele sem vacilar, porque a simples visão de uma etiqueta vermelha era superior às suas forças. — Desculpa, mas... Será que você pode me dizer onde comprou essa calça?

— Em Hamburgo. — Ele tinha uma voz grave e meio rouca, uma bela voz de homem, mais amadurecida que o rosto.

— Onde?

— Em Hamburgo... Na República Federal da Alemanha. Moro lá, sou alemão.

Embora a essa altura o nervosismo convencional já se misturasse com o resplendor das lâmpadas coloridas, deixei escapar uma risadinha curta quando o ouvi. Ainda teria que lutar contra essa risada algumas vezes, antes de me acostumar com o som de suas palavras, porque ele falava um espanhol impecável mas com um sotaque horroroso, um inconcebível apanhado de jotas aspirados e erres descomunais, monstruoso cruzamento do pesado acento da Extremadura, que eu conhecia tão bem, com a rígida pronúncia de sua língua materna.

— Ah, certo! — Macu, que não era muito dotada para distinguir peculiaridades fonéticas, sacudia a cabeça como se não se resignasse a se resignar. — Mas o que você faz aqui em Almansilla? Está de férias?

— Estou. Tenho família aqui.

— Espanhóis?

Ele não estava acostumado com a velocidade dos processos mentais da interlocutora e não se esforçou para reprimir um gesto de aborrecimento.

— Claro.

— Ótimo. E se eu te der o dinheiro e disser o meu tamanho... será que você poderia comprar uma calça feito essa e me mandar para Madri? É que aqui não tem, e são minhas calças preferidas.

— Bem, acho que sim.

— Obrigado, de verdade, obrigado mesmo. Quando você vai embora?

— Ainda não sei. Talvez eu volte com meus pais mês que vem, ou quem sabe fico um pouco mais.

— Você tem uma moto fantástica — e a intervenção de Joserra, promotor do campeonato, relegou definitivamente o jogo de cartas para segundo plano. — De onde a tirou?

— Era do meu avô — e mexeu os olhos para nos abarcar a todos num olhar desafiante, que ninguém além de mim tentou interpretar. — Ele a comprou quando a guerra terminou, num sorteio? Não... como é que se diz? Leilão, isso, num leilão de... material? — Macu, que não tinha se afastado nem um milímetro dele para salvaguardar os interesses de sua futura calça, assentiu com a cabeça —, de material militar. Era do Afrika Corps, o exército de Rommel.

— Pois parece nova.

— Agora é nova.

— Você a consertou?

— Mais ou menos... — Estava orgulhosíssimo da moto, e eu, sem direito algum, me senti orgulhosíssima dele. — Meu avô me deu de presente há dois anos, mas meu pai não quis me dar dinheiro para o conserto porque achava que a moto jamais voltaria a andar, e então comecei a trabalhar de graça numa oficina, todos os sábados. Em troca, o chefe me arranjou as peças novas e me ajudou a consertar. Terminamos faz um mês e agora corre como se fosse novinha. Eu a chamo de Bomba Wallbaum.

— Como?

— Wallbaum — e soletrou seu sobrenome materno. — Vovô se chamava Rainer Wallbaum.

— E você, como se chama? — perguntou Macu, para não deixar nenhum fio solto.

— Fernando.

— Fernando Wallbaum! — declamou Reina, com um sorriso radiante estampado no rosto. — Soa muito bem...

Então fiquei com medo, medo da minha irmã, uma sensação fria, diferente dos ciúmes, que sempre são quentes, e decidi intervir, consegui vencer o meu próprio pânico e falei, menos para chamar a atenção de Fernando do que para desviar a de Reina, desbaratar a ameaça que pendia do seu sorriso complacente, porque ela não tinha o direito de olhar para ele daquela maneira, ela não, e eu sabia que ia deixar de fazê-lo assim que conhecesse a identidade real daquele que ainda era um perfeito desconhecido para todos, menos para mim.

— Não, não se chama assim.

Ele sorriu e se virou lentamente para me olhar.

— Quem é você?

— Malena.

— Ah...

— E sei quem você é.

— Ah é, tem certeza?

— Tenho.

— Basta de segredinhos, vocês parecem duas crianças pequenas. — Meu primo Pedro era o mais velho de todos e gostava de se comportar à altura. — Como é o seu nome?

Ele então contornou lentamente a moto para subir nela. Deu o arranque com o pé, começou a acelerar em seco e sorriu outra vez para mim.

— Diz você — falou.

— Chama-se Fernando Fernández de Alcántara — recitei.

— Exato — aprovou ele, levantando o apoio que mantinha a moto fixa no chão para partir. — Como meu pai.

Adivinhei que ele tinha passado a vida toda esperando o momento certo para pronunciar aquelas palavras, no tom certo, no lugar certo, na frente das pessoas certas e, se não foi antes, devo ter começado a amá-lo naquele instante, e justamente por isso. Despedi-me com um sorriso que ele não chegou a ver, que não se apagou dos meus lábios quando finalmente desapareceu sob o mesmo arco que atravessara antes, e senti que tinha triunfado sobre o mundo quando percebi o aspecto miserável que meus amigos, e sobretudo meus primos, tinham quando me olharam como se eu acabasse de mergulhá-los à força num tanque de água gelada.

— Maravilha... — A lastimosa queixa de Macu conseguiu por fim quebrar um silêncio denso e obscuro. — Já voltei a ficar sem a calça.

Por alguns minutos ninguém se atreveu a acrescentar mais nada. Mais tarde, um comentário de Joserra inaugurou a previsível, quase tradicional, caça ao bastardo.

— Mas viram só como ele saiu? Quem ele pensa que é?

— Um imbecil — sugeriu Pedro. — Um grandíssimo imbecil montado numa moto imbecil.

— E nazista — qualificou Nené. — Vocês ouviram, com certeza ele é nazista, tem toda a pinta, um nazista danado, é o que ele é.

— Deve ter visto filmes demais — arrematou Reina. — De caubóis, principalmente. Deve saber de cor os diálogos de *Sozinho frente ao perigo*, só faltava o cavalo...

Sorri para mim mesma, porque talvez estivéssemos de acordo nisso, e cheia de uma força nova, que me elevava acima da mesquinharia provinciana dos que me rodeavam, resolvi desertar de novo, mas por um caminho que se adivinhava muito mais cômodo e fácil.

— Eu gosto dele. Gosto muito. — Percebi que todos me olhavam ao mesmo tempo, porém mantive os olhos fixos nos da minha irmã. — Lembra o papai.

— Malena, meu Deus do céu, não seja imbecil! Pára de dizer bobagem, está bem?, me faz esse favor. Este sujeito é um grosso...

— Por isso mesmo — quis replicar, mas afinal minha voz falhou, e ninguém, exceto eu, ouviu essas últimas palavras.

II

Violeta, de mais ou menos quinze anos, sentou-se numa almofada, abraçando os joelhos e olhando para Carlos, seu primo, e para sua irmã Blanca, que liam poesias, revezando-se na mesa comprida.

[...] Mamãezinha gostava de ser a guardiã de Blanca. Violeta perguntava-se por que a Mamãezinha achava Blanca tão atraente, mas a coisa era assim. Sempre dizia para Papaizinho: "A Blanquinha floresce como um lírio!" E Papaizinho dizia: "É bom que se comporte como se fosse!"

Katherine Anne Porter, "Violeta virgem",
Judas em flor e outras histórias

Eu me apaixonei pelo Fernando antes de ter outra chance de falar com ele.
Amava Fernando porque, embora ele já fosse um estudante universitário, e tivesse sido anteriormente um garoto bem-educado, teimava em carecer absolutamente de modos, porque arregaçava as mangas da camiseta até os ombros para mostrar os músculos dos braços, e porque tinha músculos nos braços, porque nunca usava *shorts* ou bermudas de tarde, e porque me atraíam as pernas dele quando o encontrava de manhã com uma sunga, porque ia a todos os lugares em cima da Bomba Wallbaum, e porque por isso não precisava montar em nenhum cavalo, porque fumava Pall Mall, e porque jamais dançava, porque quase sempre estava sozinho, e porque às vezes ficava absorto durante horas a fio, ensimesmado em pensamentos mudos que cobriam seu rosto com uma fina película de verniz transparente, capaz porém de transfigurar a enérgica pele de suas bochechas em duas cavidades profundas que sugeriam, além de cansaço, melancolia e talvez nojo. Amava Fernando porque era muito mais arrogante que qualquer outro dos outros caras que eu conhecia, e porque ele sofria enormemente naquele povoado, onde sentia seu orgulho comprometido a cada passo, porque era neto do meu avô mas não me tratava como se fosse sua prima, e porque era neto de Teófila mas também não me tratava como se eu fosse neta da minha avó, porque quando me olhava eu sentia que meus pés afundavam no chão, e porque sorria quando eu olhava para ele e então a Terra inteira se rasgava de prazer, porque meu corpo já tinha escolhido por mim, e porque quando o via avançar a pélvis para jogar fliperama como se estivesse trepando com a máquina, e alternativamente batia nela com as cadeiras para desbloquear as bolas sem jamais cometer um erro, minha espinha registrava cada investida gerando um calafrio gélido que me percorria por inteiro, ardendo ao mesmo tempo nas unhas dos pés e nos cachos que caíam sobre a minha testa, e porque ele jogava daquele jeito só para que eu o visse, porque sabia decifrar as reações que provocava em mim a seu bel-prazer, e porque gostava de me ver tremendo.

Se eu tivesse um instante para me sentar e meditar sobre as coisas que estavam acontecendo, suponho que me veria obrigada a claudicar de imediato ante a superstição, porque só um fator tão excêntrico como o sangue de Rodrigo poderia explicar uma escolha perigosa como aquela, mas eu não dispunha de nenhum instante, minha imaginação estava permanentemente ocupada com os aspectos estratégicos do ataque e, quando cansava de procurar respostas engenhosas para as perguntas mais improváveis, reconstruía o rosto dele na memória com a maior precisão possível para me deliciar com o doce estado de aturdimento em que entrava sem esforço enquanto permanecia ligada naquela imagem, olhando para ela com os olhos fechados, aparentando uma serenidade que fugia com urgência por cada um dos meus poros quando me atrevia a olhar para ele de olhos abertos. Minha alienação era ainda mais brutal porque não podia dividi-la com ninguém, apesar de não ter chegado a sentir falta da oportunidade, tantas vezes acalentada num passado imediato, de esmiuçar minuciosamente para minha irmã cada uma das etapas de um processo que ela parecia esperar com mais impaciência do que eu mesma. Fernando não despertava grandes simpatias na Fazenda do Índio, porque nunca se rebaixou o suficiente para provocá-las, e porque era o primeiro Alcántara de Almansilla que possuía coisas — a Bomba Wallbaum e várias calças Levi's etiqueta vermelha no armário — que nenhum Alcántara de Madri podia comprar com dinheiro, e muito embora nem Reina nem meus outros primos tivessem coragem de declarar abertamente o seu desdém, porque vovô ainda estava vivo, e lúcido, e nunca teria consentido isso, sussurravam xingamentos em voz baixa toda vez que topávamos com ele no povoado, coisa que acontecia com freqüência, porque o Ford Fiesta, que estava com o volante quebrado, comportou-se francamente bem, resistindo contra o conserto com tanta teimosia como o tio Pedro resistia a soltar o dinheiro para financiá-lo, e eles se divertiam inventando apelidos para evitar daí em diante até mesmo o incômodo de pronunciar seu nome.

Para mim tanto fazia, porque continuava estando ao lado deles mas já não estava com eles, e ainda que ele tenha ficado furioso quando se inteirou, eu achava até engraçado que o chamassem de Otto, apelido que triunfaria definitivamente quando Reina, em plena campanha para impor um termo mais culto, deixou-o escapar certo dia na mesa, e Porfirio, que estava sentado à sua frente, sorriu e disse que gostava de Fernando o Nibelungo e Miguel acrescentou que, além do mais, esse título caía especialmente bem no sobrinho.

Se Miguel e Porfirio não houvessem estendido, muito tempo antes, uma ponte imprevisível porém eternamente sólida entre os Alcántaras de cima e os Alcántaras de baixo, os da Fazenda e os do povoado, certamente minha paixão por Fernando nunca teria dado outro fruto senão mais um inconfessável e pesado segredo de família, mas eu tinha apenas quatro anos, e eles quatorze, quando o acaso desencadeou os acontecimentos que fariam nascer uma estranha e indissolúvel aliança, a amizade que ainda os une tão estreitamente.

Tudo começou com um célebre 5 a 1, resultado de um jogo de futebol em que os rapazes do povoado deram um banho nos veranistas. Miguel jogou como centroavante do time perdedor, que se negou a aceitar a legitimidade da derrota, acusando os vencedores, entre eles Porfirio, que costumava ser o zagueiro central, de ter comprado o juiz, uma hipótese mais do que razoável se considerarmos que o imaginário apito estivera nas mãos de Paquito, o leiteiro. Discutiu-se a possibilidade de anular o encontro e marcar um jogo de revanche, mas, afinal, os triunfadores impuseram uma solução mais direta e tradicional, levando seus oponentes para uma canteira abandonada, fora dos limites do povoado, para liquidar suas diferenças com uma drea, uma guerra de pedradas que se realizaria ao cair da tarde do dia seguinte.

Miguel não comentou nada em casa, onde todos sabiam muito bem que, em tais conjunturas, a turma dele costumava perder sempre, mas compareceu ao compromisso que muitos de seus amigos evitaram. Porfirio, que até aquela tarde não trocara uma só palavra com ele, esperava-o emboscado atrás de umas rochas, rodeado pelos seus e com o estilingue já esticado nas mãos, mas quando o viu aparecer sozinho, entrando na canteira à frente dos poucos veranistas que haviam aceitado o desafio, sentiu um estranho temor e de repente a lucidez o deslumbrou, como um trovão que fere o céu preto numa noite de tormenta. Então percebeu que sua presa era tão parecida com ele que nenhum desconhecido poderia deixar de notar o parentesco, mas explicou tudo de outra maneira, afirmando para si mesmo que Miguel era valente, valente demais para sair dali com uma fenda aberta no crânio antes de ter oportunidade de se defender e, afrouxando o braço, jogou-se instintivamente para a frente e derrubou um dos seus primos, que já calculava a trajetória da pedra que lhe escapava dos dedos, e gritou, não acerta esse, é meu irmão. Miguel, paralisado de surpresa, olhou para o rosto de Porfirio e disse obrigado. Este aceitou o agradecimento diminuindo a importância de seu ato, e ali se acabou a guerra. Os contendores, sem terem trocado uma só pedrada, giraram sobre os próprios calcanhares e cada um voltou por seu caminho.

Naquela mesma noite Miguel encontrou Porfirio no bar do Antônio e o cumprimentou. O irmão devolveu a saudação. Durante algumas semanas não intercambiaram outra coisa, até que certa manhã de domingo, quando meu tio matava o tempo na porta do bazar à espera da chegada da camionete dos jornais, uma mulher saiu chorando do açougue, com o rosto lívido e as pernas bambas, quase a ponto de desmoronar, mas antes de cair conseguiu descrever entrecortadamente a cena horrível a que acabava de assistir. Assim, Miguel soube que

Porfirio havia triturado dois dedos na máquina de moer carne enquanto atendia a um balcão abarrotado de freguesas e dava, numa expressão tão justa quanto sinistra, uma mãozinha à sua mãe.

Quando eu era criança, os dois me contaram centenas de vezes o que aconteceu naquela manhã, e eu nunca pude acreditar que a bicicleta de Miguel tenha sido capaz de subir a ladeira em menos de cinco minutos, mas em todo caso deve ter pedalado muito rápido, porque conseguiu avisar o pai, esperar que ele tirasse o carro da garagem e sentar ao seu lado sem dar ouvidos às cortantes ameaças da vovó, que por uma vez, em mais de vinte anos, condescendeu em soltar em público a venda imaginária que tão eficientemente cobria seus olhos, antes que Teófila ainda houvesse decidido o que fazer com o filho, porque encontraram os dois na porta da loja, ela presa de um ataque de nervos, ele muito pálido, mas surpreendentemente sereno, comentando que afinal tivera sorte porque a mão ferida era a esquerda. Entretanto, na angustiante viagem por estradas poeirentas e cheias de buracos, Porfirio desmaiou dentro do carro, e não se recuperou até dar entrada no hospital de Cáceres, onde só puderam suturar as feridas para dar a melhor aparência possível aos dois pequenos tocos que passariam a ocupar o lugar dos dedos indicador e médio de sua mão esquerda, uma ausência que me fascinaria durante todo o transcurso da minha infância.

A partir de então Miguel e Porfirio formaram, mais do que uma equipe, uma única pessoa, porque iam juntos a toda parte, a tal ponto que, quando alguém era forçado a se referir a um deles em particular, os que ouviam sentiam que faltava alguma coisa, como se tivessem acabado de escutar uma canção muito famosa da qual algum atrevido houvesse tirado o estribilho. A união entre os dois, que durante a adolescência parecia quase uma dependência mútua, era tão forte porque eles tiveram a raríssima oportunidade de se escolher livremente apesar de serem irmãos, e embora a relação nunca tenha sido fraternal, e sim uma daquelas férreas amizades íntimas tipicamente masculinas, sempre tiveram mais coisas em comum do que é habitual entre dois amigos, e menos do que costuma haver entre dois irmãos, porque quando se conheceram cada um já dispunha de um mundo próprio, diferente do que o outro possuía. A combinação desses fatores resultou tão explosiva que ninguém teve força suficiente para se opor ao que, no mínimo, poderia ser catalogado como uma simpatia antinatural, e por mais que durante algum tempo ambos tivessem o cuidado de preservar o outro do contato com seu próprio ambiente, encontrando-se sempre em terreno neutro ou na estreita faixa favorável que representava seu próprio pai, com quem saíam com freqüência para caçar no campo, certo dia Porfirio levou Miguel para jantar em sua casa e este, quando já era um convidado habitual na mesa da Teófila, correspondeu aparecendo com o irmão na Fazenda do Índio na hora do jantar.

Eu estava presente, mas não lembro de nada porque devia ter uns seis ou sete anos. Clara, ao contrário, lembra bem, e quando alguma das outras demonstrava estar aborrecida com ela usando o procedimento de ficar dura e não lhe dirigir a palavra, dizia sempre a mesma coisa, minha filha, por favor, você está parecendo a vovó no dia em que o Porfirio veio jantar... Mas até ela acabaria aceitando a situação, com muito menos esforço do que se poderia prever, porque antes que o verão terminasse já começara a chamá-los de "os pequenos", como todo mundo fazia no povoado, e naquele mesmo ano já havia um presente para Porfirio sob a árvore de Natal instalada no salão da rua Martínez Campos.

Mamãe, que já idolatrava um irmão adolescente e estava disposta a idolatrar outro tão parecido, sempre dizia que vovó aceitara Porfirio para não entrar em conflito com Miguel, mas acabara se afeiçoando a ele porque era um garoto absolutamente encantador, e não duvido disso, mas sempre pensei que houve mais alguma coisa, porque naquele povoado todo mundo estava já cansado de guerra e nem a vovó, que tivera Miguel com quarenta e seis anos, nem a Teófila, que na época estava com trinta, mas já passava dos cinqüenta quando Porfirio começou a passear pela casa de cima como se tivesse feito aquilo a vida toda, deviam ter muita vontade de desperdiçar as energias que lhes restavam numa agonizante prorrogação daquela luta que certa vez fora de morte, e depois só de sangue, de despeito e, por fim, de indiferença, tudo pela posse do poderoso cavaleiro que agora mal se adivinhava sob aquele velho cansado de ser bígamo, entediado de estar sozinho, e de se fingir de mudo, e de buscar na roupa mais cara que podia comprar um tipo de aprumo que nunca estaria ao seu alcance, a medalha enferrujada que penduram no peito alguns homens que são muito piores do que ele, porque além de tudo são muito mais tolos. O tempo abrira feridas demais e não se ocupou de fechá-las em sua passagem, e os lábios, flácidos, pálidos, intactos, supuravam pus e um líquido pestilento, cujo fedor não os deixava dormir de noite. E trinta e cinco anos de insônia são demais até para um homem com sentimento de culpa, até para uma esposa mal-amada, até mesmo para uma favorita que não teve, ao fim e ao cabo, melhor sorte que sua rival, de modo que a união entre Miguel e Porfirio acabou sendo mais útil do que qualquer sonífero, porque ofereceu a todos uma maravilhosa oportunidade para esquecer, e eles a aproveitaram. Esqueceram.

A partir daquele momento, os pequenos usufruíram do tratamento mais abertamente privilegiado, arbitrário e parcial que já fora dado a alguém naquela casa, porque todos os que ali moravam, exceto as crianças, tiveram neles uma válvula de escape ideal para se livrar da consciência pesada que se enquistara dentro de si ao longo de uma vida cheia de ofensas, tão dolorosas na lembrança, talvez, as infligidas tanto quanto as recebidas, e toda vez que tia Conchita, ou mamãe, as mais brigonas em outros tempos, faziam cara feia para Porfirio, fechavam uma porta, estavam saldando uma dívida, ou cobrando uma, e no povoado devia acontecer algo parecido, porque na realidade as circunstâncias permitiam que a situação fosse se prolongando até atingir a indefinida duração das coisas que sempre existiram, sem que ninguém sofresse muito com isso. Desde que Pacita morreu, Magda e mamãe, quatorze anos mais velhas que ele, eram as irmãs mais próximas em idade de Miguel. Porfirio também foi um caçula solitário durante muito tempo, porque Lala, que era só dois anos mais velha, saiu de casa antes que ele entrasse na Fazenda do Índio pela primeira vez, e Marcos, o irmão seguinte, o ultrapassava em dez anos. Todos, menos eles, já levavam uma vida de adulto, cada vez mais afastada dos conflitos que atormentaram sua infância, tão neutros agora, tão alheios, como a própria paisagem. Assim foi se forjando uma normalidade apenas aparente, uma miragem que nunca superou as fronteiras da diminuta ilha que meus dois tios habitavam, como um *iceberg* flutuando à deriva no oceano, aproximando-se tanto da costa que, em algumas ocasiões, parecia ancorar nela, ficar ali para sempre, confundindo seus limites com os da terra firme, até que um capricho da corrente o arrastasse para fazê-lo flutuar outra vez, isolado e solitário, dirigindo-se talvez, agora, para o continente oposto ao que acabava de abandonar.

Eu paguei um preço muito alto por essa ilusão, mas para todos os outros, que tiveram, ou escolheram, a sorte de viver encerrados num mundo compacto, tão distante daquele outro mundo paralelo que girava sobre eixos idênticos como dois planetas no universo, aquilo se tornou um ingrediente a mais da vida conhecida, o palco que nunca muda totalmente por mais que saltos ou acrobacias desgastem suas tábuas. E algumas vezes pensei que só Porfirio e Miguel haviam conseguido perceber a natureza essencial da verdade antes que eu me arrebentasse brutalmente contra ela, porque não podia evitar a sensação de que ambos desconfiavam, sempre desconfiavam, de cada bem, de cada sorriso, de cada carícia, de tudo e de todos, mas com o tempo descartei essa idéia, intuindo que é exatamente isso o que deve acontecer com qualquer pessoa quando a amam demais.

E nós os amávamos, é claro. Eu os amava cegamente, e Reina também os amava, e meu pai, e minha mãe, e meus primos e meus tios, todo mundo os amava, e eles nunca deixaram de merecer, porque tinham uma coisa especial, uma graça diferente na fala, um encanto diferente na risada, uma beleza diferente no rosto, puro carisma, um poder de atração irresistível, sobretudo para as mulheres. Cada uma de nós afirmava ter um motivo especial para mimá-los, mas suponho que todos confluíam num só, talvez o cálido prazer de vê-los aparecer na cozinha, recém-acordados, vestidos apenas com uma calça de pijama de algodão branco com finíssimas listras azuis, ou verdes, ou amarelas, os dois com a mesma altura, a mesma magreza, os rostos sorridentes e ainda mais bonitos pelas marcas do sono, as mesmas sobrancelhas, a mesma boca, o mesmo corpo perfeito, um trapézio impecável de pele lisa, bronzeada sem estridência, e teríamos pagado para assistir àquele espetáculo, mas não precisava, era de graça, e por isso havia que recompensá-los de outra maneira. Por isso nos parecia natural que Paulina se debruçasse como um cirurgião sobre badejos e robalos, usando o seu tempo de lazer para abrir os peixes com infinito cuidado e reconstruí-los depois, para que ninguém na mesa notasse a ausência das ovas, que já estavam na geladeira, bem camufladas em papel de alumínio, esperando que Porfirio aparecesse qualquer noite para jantar, porque o coitado, como dizia Paulina com um sorriso, gostava tanto de ovas à milanesa, bem fritinhas... E quando o primeiro prato era salada, ela se dava ao extravagante trabalho de dividi-la em pratos individuais, de servi-la por separado, e até de responder a vovó, que não entendia de que revista sua cozinheira tinha copiado aquele ridículo método de servir salada, quando sempre a haviam posto na mesa dentro de uma travessa, mas todos, mesmo ela, sabíamos que o prato que Miguel iria encontrar ao lado do guardanapo não continha cebola, porque apesar das reiteradas proibições da patroa, que não queria frescuras na hora de comer, se o coitadinho não gostava de cebola, tinha todo o direito de não gostar de cebola, repetia Paulina com outro sorriso, e eu não vou obrigá-lo, era só o que faltava, o pobre Miguelzinho... E tinha que fazer a cama de um com o lençol até em cima, porque senão ele não conseguia dormir direito, e para o outro tinha que colocar uma almofada da poltrona da sala em lugar do travesseiro, para que descansasse bem, e tinha que passar as camisas de um com muito cuidado porque ele gostava de encontrá-las dobradas, e para o outro tinha que pendurar num cabide porque não gostava que ficassem marcadas, e tanto fazia que viessem comer tarde e sem avisar, com quatro convidados, ou que não viessem, que chegassem bêbados às seis da manhã acordando todo mundo ou que nem aparecessem para dormir, e se de manhã ofereciam trocar a vida, aos berros lá do sótão, por um copo d'água, não, não estavam de ressaca, é que tinham acordado com a boca seca porque naquela noite havia feito um calor terrível, e se qualquer um dos dois arranhava a carroceria do carro que dividiam, a culpa sempre era do outro, e quando a Antoñita da tabacaria contou para o povoado inteiro que Porfirio e Miguel tinham sido muito, mas muito atrevidos com ela, a babá, que naquela época nos chamava de putas com todas as letras cada vez que nos ouvia explicar para alguém que não podíamos tomar banho porque estávamos incomodadas, disse na cozinha, sem saber que eu estava escutando, que ela devia agradecer a Deus em vez de se queixar, porque não ia ter outra chance igual no que lhe restava de vida, e que se os meninos tivessem se assanhado com ela quarenta anos antes, aí sim poderia abrir a boca, mas agora, era só o que faltava, jogar a culpa nos coitados dos meninos, e o que ela estava querendo entrando no carro deles às quatro e meia da manhã, com todos os bares fechados...

Eu sempre concordava com quem os defendia, paparicava, favorecia ou adorava com os gestos mais fervorosos, e desde o primeiro dia de julho esperava a chegada deles com uma nervosa impaciência que os atrasos das minhas amigas exploradoras nunca me inspiraram, como se só com eles o verão fosse verão de verdade, como se as férias de verdade só começassem quando eu ouvia a ensurdecedora canção daquela buzina que começava a ressoar nos ares quando o carro estava ainda se aproximando da grade, e sentia um desconsolo impreciso, um desgosto ligeiro, mas sem deixar de ser desgosto, quando distinguia no banco do carona a figura miúda e nervosa de Kitty, a namorada que eles dividiam, alternando-se periodicamente na vida dela com a mesma risonha tranqüilidade que governava a convivência dos dois num mesmo apartamento, seus estudos simultâneos numa mesma faculdade, ou sua mancomunada propriedade de um veículo só.

Quando a conheceram ao mesmo tempo, no curso pré-vestibular, Catalina Pérez Enciso já estava decidida a ser uma cantora *pop*, e encarava o curso de Direito como um mero trâmite alimentício, o recurso transitório que assegurava seu sustento na casa paterna pelo brevíssimo período que transcorreria entre a criação de Kitty Baloo e os Perigos da Selva, o grupo musical que acabava de fundar e do qual esperava, em troca, que a impulsionasse até a condição de legenda e materializasse a fulgurante, inadiável e estremecedora fama que sem dúvida aguardava, com matemática pontualidade, a sua primeira fita demo no estúdio de algum *disc-jockey* genial. Provavelmente a rádio espanhola carecia de semelhante espécime, porque Kitty passou no vestibular, e depois terminou o primeiro, e o segundo, e o terceiro, quarto, quinto, um período completo a cada ano, sem conseguir do destino a mais mesquinha compensação pela apaixonada teimosia com que escrevia, interpretava e arranjava suas próprias criações, acompanhada ano a ano por músicos amadores, sempre diferentes, condenados a perder a fé em três ou quatro meses, no máximo. Enquanto isso, Miguel e Porfirio se revezavam em sua cama, e continuariam se revezando, algum tempo depois, na não tão agradável tarefa de acudir a qualquer hora, atendendo às chamadas de socorro que ela fazia pelo telefone do foro, levando consigo a documentação necessária para provar que a portadora daquele escandaloso topete armado com sabão Lagarto e tingido com um *spray* verde-limão, que os porteiros não deixavam entrar, era, efetivamente, quem dizia ser, e iria, efetivamente, representar os interesses de algum facínora que sem dúvida exibiria um aspecto mais apresentável que o de sua defensora. Mesmo assim, quando um delinqüente não invocava seus princípios para despachá-la de vez logo na primeira visita, Kitty era uma boa advogada, conscienciosa, meticulosa e, com bastante freqüência, triunfante, embora sua carreira não estivesse destinada a atingir as altíssimas taxas de êxito em que, após alguns anos, tão comodamente se instalaram os dois irmãos, entre os quais ela nunca conseguia escolher o homem definitivo de sua vida.

Porfirio sempre quis ser arquiteto, mas Miguel parecia carecer de uma vocação definida, de maneira que ninguém se surpreendeu quando, depois de terminar o terceiro ano na enésima tentativa, ele abandonou aquela faculdade para a qual entrara, seguindo o irmão, quase que por preguiça, ficando ancorado no título de técnico em construção civil, que obteve alguns meses antes que Porfirio terminasse o curso. Então os dois começaram a trabalhar juntos, e o filho de Teófila — que devia se sentir em dívida com o filho da minha avó pela iniciativa que ele tivera, ainda antes de formalizar a matrícula no primeiro ano, de abrir caminho, de gabinete em gabinete, até o diretor de estudos, desdobrar diante deste todos os ramos da nossa peculiar árvore genealógica, e assim obter a graça de que tanto a ele quanto ao irmão fosse permitido fragmentar em dois o primeiro sobrenome, para cortar pela raiz qualquer posterior tentação de curiosidade sobre sua origem — resolveu compartilhar os ganhos meio a meio com seu sócio, que, apesar de fazer airados protestos contra semelhante medida, nunca chegou, contudo, a se ofender totalmente. Algum tempo depois, quando Miguel finalmente descobriu no desenho industrial algo parecido a uma vocação sólida e obteve seu primeiro grande sucesso com um revolucionário modelo de máquina de vender absorventes femininos cujas linhas sugestivas ainda podem ser contempladas no mais sebento banheiro de bar nas estradas da província de Albacete, teve condições de devolver o brinde. Nessa época eles ainda trabalhavam num terceiro andar de fundos de um prédio ruinoso na rua Colegiata, ao lado da Tirso de Molina, onde sua placa, um retângulo reluzente de latão dourado ocupado por uma palavra única, ALCANTARA, escrita em rígidas maiúsculas romanas, convivia com as de duas ou três pensões de uma estrela, um retângulo de plástico vermelho no qual, em primorosos caracteres cursivos e sobre uma curvilínea rubrica de florzinhas de aspecto silvestre, lia-se "Jenny, 10, B", e o cartão de um médico que se anunciava, alardeando a mesma concisão que meus tios, com uma única palavra, VENÉREAS. Dali mudaram-se para um sobrado menor, mas de frente, na extremidade de Atocha, que logo trocaram pelo térreo de uma casa na região pouco nobre de Hermosilla. Este local em pouco tempo foi abandonado em favor de dois apartamentos unidos na zona chique de General Arrando, de onde se mudariam para o primeiro andar de uma velha mansão aristocrática na rua Conde de Xiquena, antes de conquistar um prédio inteiro só para eles, um palacete, minúsculo em relação à casa de Martínez Campos, mas muito mais gracioso, situado no melhor trecho da rua Fortuny, o estúdio do qual não creio que saiam nunca mais, porque com um mapa de Madri em uma das mãos e uma revista de cotações imobiliárias na outra, é difícil imaginar uma etapa seguinte à altura sem considerar a extremamente improvável privatização dos prédios administrados pelo Patrimônio Nacional.

Muitos anos antes, quando ainda pássavamos férias juntos, nada permitia prever que a vida, essa deusa manhosa, estava disposta a respeitar tão escrupulosamente a patente de corso concedida aos garotos no âmbito generoso da própria família. Para mim, porém, que a afirmava e sustentava acima de tudo, existiam certas compensações, porque meus tios, embora conservassem uma certa dose de vontade de se divertir e a temerária inconsciência necessárias para tomar parte em nossas brincadeiras, já haviam aprendido a invocar sua autoridade de pessoas adultas para nos explorar, como todos os adultos sempre exploram as crianças que pululam ao seu redor, e toda vez que pegavam algum de nós desprevenido mandavam ir ao bar comprar cigarros, pagando um sorvete, é verdade, com o troco, ou pediam para subir até o quarto, três exaustivos andares, para buscar um livro que tinham deixado na mesinha-de-cabeceira, ou, se estivesse passando alguma coisa interessante na televisão no meio da tarde, levantavam o sobrinho que houvesse corrido mais, ou brigado com maior ferocidade, e o obrigavam a sentar no chão para conquistar uma poltrona, e qualquer pai, ou mãe, ou tio, que passasse por ali, sancionava imediatamente seus atropelos.

Aquilo me deixava doente porque, em tais conjunturas, Miguel e Porfirio somavam ao vil exercício da tirania um odioso delito de traição, e me doía ser obrigada a desprezá-los apesar de gostar tanto deles, mas nunca cheguei a sentir como ofensa aquilo que minha irmã considerava o abuso definitivo, talvez porque, embora ambas o afirmássemos com idêntica paixão, eu estava verdadeiramente apaixonada por eles — na medida, sempre maior do que os adultos supõem, em que uma menina pequena pode se apaixonar — e ela não, ou talvez porque já nessa época pressentia que das poucas vezes que no futuro eu conseguisse me beneficiar do entusiasmo de algum incauto, minha pele se estremeceria de prazer sob o fio de suas unhas tal como aqueles ombros se sacudiam contra as gemas dos meus dedos, e me sentiria capaz de passar dias e dias sem comer nem dormir, alimentando-me só de carícias, ao passo que Reina, ao contrário, gosta tão pouco de ser tocada que sempre vai ao cabeleireiro, até hoje, de cabeça recém-lavada.

— Malena, faz cosquinhas em mim, vai... depois eu prometo que faço em você, sério.

Podia ser qualquer um dos dois, e podia ser em qualquer lugar, a qualquer hora. Talvez houvessem pedido antes a Clara, ou a Macu, ou a Nené, e uma delas tenha se negado, ou se inclinado sobre eles até cansar sem obter nada em troca além de um enfastiado tamborilar de dedos preguiçosos, que o vigarista de turno guardava no bolso muito antes que o prazo combinado se esgotasse. Mas, em todos os casos, mais cedo ou mais tarde recorriam a mim, e eu ficava feliz com isso.

— Vem, Malena, você, que é o amor da minha vida e não uma selvagem feito aquelas ali..., faz cosquinhas em mim, só um pouquinho, juro que assim que minhas unhas crescerem eu te devolvo tudo, direitinho. Hoje não posso, porque acabei de cortar e me dá muita aflição.

— Você sempre acabou de cortar as unhas — interrompia Reina, em minha suposta defesa. — Mas que cara de pau!

— Vê se cala a boca, sua anã. Por favor, princesa, faz cosquinhas aqui que eu te levo ao povoado de carro todas as tardes dessa semana.
— Lógico. Hoje é domingo e esta é a última...
— Cala a boca, já disse, que a conversa não é contigo!
E nisso eles tinham razão. A conversa não era com Reina.

Sempre, desde que eu era tão pequena que mal posso reconstruir com detalhes as situações quando resgato vagamente aquela sensação, nos momentos em que Miguel e Porfirio me pegavam pela cintura, ou me levavam nos ombros, ou brincavam comigo na piscina, fazendo-me escorregar em seus corpos molhados enquanto jogavam o meu, um para o outro, como se eu fosse uma grande bola, sentia uma espécie de estranho nervosismo, um estado impreciso de exaltação física só comparável ao arrepio que eriçava os poros dos meus braços em certas ocasiões privilegiadamente extraordinárias e felizes, como a chegada dos Reis Magos, ou minha irrupção na festa a fantasia do colégio, ou talvez, mais exatamente, a misteriosa tontura que me paralisava no portão de casa na primeira manhã de primavera, uma estação que para mim só começava no dia em que mamãe finalmente nos deixava sair de manga curta e eu pensava, triunfante, que mais uma vez tinha derrotado o inverno. Submetendo minha memória a um esforço ainda maior, intuo que antes disso devia sentir a mesma coisa quando meu pai me carregava no colo, mas ele envelheceu antes dos garotos, e quando parou de brincar comigo eu ainda não dispunha de uma memória durável. Nunca perguntei à minha irmã se ela alguma vez sentiu impulso semelhante, porque tinha certeza de que qualquer coisa que acontecesse comigo já havia acontecido antes com ela, que parecia viver mais depressa que eu, nem me detive para interpretar a natureza das minhas sensações, cuja legitimidade era garantida pela indiferença complacente com que todos assistiam àquela cerimônia que começava quando Miguel, ou Porfirio, esticava um braço na minha direção para que eu segurasse o pulso com a mão esquerda e percorresse lentamente o restante, de ponta a ponta, só utilizando as pontas dos dedos da direita, incursionando vez por outra nas zonas proibidas, fundamentalmente a face interna do cotovelo, para gerar autênticas cosquinhas, a insuportável carícia que os fazia se contorcerem e gritarem. Lembro, porém, que já naquela época me surpreendia o fato de que nunca tentassem cobrar aquele tributo de algum de seus sobrinhos homens, limitando a pressão, em virtude de um mecanismo talvez inconsciente, talvez não, às meninas da casa. Comigo eram sempre bem-sucedidos, de todo modo.

Nessa época eu apreciava sobretudo a diferença que eles estabeleciam entre mim e minha irmã, porque habitualmente não nos davam muita bola e, mesmo quando brincavam conosco, tratavam-nos a todos como se fôssemos um só, aquele misterioso ente denominado "as crianças", em vez de este menino, e esta menina, e aquela, e o outro, mas quando me pediam para fazer cosquinhas, falavam comigo, só comigo, e me distinguiam dos outros, e de Reina acima de tudo. Agora, à distância, suspeito que só me apreciavam porque eu gostava de fazer aquilo, governar sua pele, controlar suas reações, tê-los, em definitivo, à minha mercê, sobretudo quando me sentava em cima deles, que me recebiam flácidos, deitados de bruços ao lado da piscina, para me dar posse de suas costas inteiras.

Miguel falava.

— Aí, bem aí... Não, um pouquinho mais para cima, à direita, sobe, aí... Agora vai devagar, para a esquerda, não, mais embaixo, ali, no meio... Desce, desce mas não muito, certo, certo, não se mexe, por favor, não se mexe... Tenho uma espinha horrorosa, não é?, está coçando muito, vai, me coça, me coça com as unhas... Bem, muito bem, agora você pode tocar onde quiser, os ombros também... Enrola a cintura do meu *short*, só um pouco, assim... Me faz cosquinhas nos rins, por favor... Eu adoro, adoro, adoro...

Porfirio grunhia.

— Hummmm...! Ai... Não, não, ah...! Ah! Sobe... Mais... Sim... Mm, Mm, Mm... Chega. Direita... Ali, ali... Não, embaixo, fica... Bem... Hummm...! Coça, sim... Ai, ai, ai...

E assim, numa manhã de sol e de água como outra qualquer, fiz a primeira conquista da minha vida.

Já terminara a tarefa com Porfirio, que parecia ter a pele mais sensível e talvez desfrutasse mais, porém se saturava antes, e estava sentada em cima de Miguel, já bastante cansada de trabalhar e a ponto de renegar das minhas habilidades, quando escutei o barulho de um carro se aproximando pela estrada. Porfirio, que estava sentado na grama lendo o jornal, esticou a cabeça e sorriu. Eu o imitei, convencida de que em mais um instante poderia me jogar na piscina, onde os outros estavam brincando, quando distingui as passageiras do R-5 amarelo que acabava de parar junto à garagem.

— Levanta, Miguel. Vamos, as garotas chegaram.

Mas minha vítima, com a cabeça enfiada entre os braços cruzados como um travesseiro, não fez menção de mexer nem um dedo.

— Mas o que foi? — insistiu Porfirio, e chegou perto para dar-lhe um chute suave no braço. — Levanta de uma vez, cara.

Então Miguel desenterrou o rosto e nós pudemos contemplar ali, perplexos, as marcas de um ataque de riso que mal o deixava falar.

— Não posso. Não posso levantar...

Três garotas, vestidas com longas camisetas brancas através das quais se adivinhavam as silhuetas dos maiôs, aproximaram-se lentamente de nós, cumprimentando Porfirio com os braços levantados.

— E então?

— Então que não posso me levantar, porra. Estou fazendo um baita buraco aqui no chão, cara, devo ter estragado a grama toda; só por milagre ainda não fui mordido por uma toupeira, juro...

— Puxa! — O interlocutor balançava o pé direito com impaciência, mas a calidez do seu sorriso me convenceu de que não estava zangado, mas sim se divertindo com a incompreensível paralisia do irmão.

— Se eu levantar e elas me virem assim, vão sair correndo e não vão parar até chegar em Madri.

— Está bem, cara. — Porfirio estava morrendo de rir. — Você é mesmo da pesada!

— E o que você quer que eu faça? Foi sem querer. Fica lá com elas, e vai distraindo-as um pouco, está bem? Eu vou me jogar na água. Tomara que esteja gelada.

— Está gelada — confirmei, satisfeita de ter decifrado finalmente o sentido de algumas palavras daquela hermética conversa.

Os dois começaram a rir ao mesmo tempo, sincronizando as gargalhadas, como sempre. Miguel se safou de debaixo de mim e atingiu a piscina numas poucas passadas, correndo feito um possesso. Porfirio foi ter com as convidadas, que já estavam bem perto, mas antes de se afastar dali remexeu meu cabelo com a mão e, para completar minha confusão, disse uma coisa incompreensível em voz muito baixa.

— Você vai ser uma garota do caralho, Malena. Com certeza.

Pensei muito em Miguel e Porfirio, em Bosco, em Reina e em todos os seus namorados durante as primeiras noites daquele verão de 76, enquanto girava na cama sem encontrar nenhuma posição cômoda, até notar que os lençóis já estavam úmidos, encharcados num suor que nessa época comecei a produzir aos litros, para minha própria surpresa, porque não lembrava de ter suado muito alguma vez antes disso, e ficava acordada, como se estivesse velando a mim mesma, até que o céu começava a clarear através das frestas das persianas, e me assustava pensando na hora, e na obrigação de estar bem desperta no dia seguinte, e por fim o sono me balançava em doces ondas que me devolviam lentamente a verdade, a autêntica imagem de Fernando, adorável e limpa, tão diferente do monstro que alguns minutos antes eu chegara a odiar, envolvida na insônia e numa ansiedade desconhecida, uma sensação próximo à asfixia mas que, longe de apertar-me a garganta, se fixava no meu cérebro, o qual, todavia, dispunha de margem suficiente para perceber que aquilo não concernia exatamente a ele, que, apesar das aparências, não era minha cabeça que estava se sufocando, como se a verdadeira vida tivesse começado a latejar, por fim, no centro das minhas coxas.

Até aquele momento, meu sexo genérico me dera tantas dores de cabeça que eu nunca tinha prestado muita atenção no meu sexo físico. Tempos antes, aos dez, onze anos, o estudara com interesse diante do espelho, contemplando alegremente como se povoava de uma penugem à qual pretendi atribuir um certo caráter premonitório, até descobrir que ali não iria crescer mais nada, só pêlo, e deixei de freqüentar aquele espetáculo tão decepcionante. Depois, quando Reina começou a sair com Iñigo e a beijá-lo no portão, vez por outra me rendia a um breve calafrio que já havia experimentado esporadicamente em frente à televisão, ou no cinema, contemplando algumas cenas de amor que pareciam emanar uma estranha magia, obscura e violenta, mas difícil de encontrar na maioria dos filmes e, portanto, indigna de ocupar um lugar permanente em minha memória. Mais tarde, as sensações dessa natureza se diversificaram e se tornaram mais freqüentes, e então pude classificá-las e pensar, não muito, sobre elas, até que certa noite, no verão anterior à chegada de Fernando para iluminar o mundo, me senti mal de verdade.

Voltávamos de Plasencia no Ford Fiesta e eu ia sentada no centro do banco traseiro, para separar Reina de Bosco, que haviam tido uma escaramuça das habituais na saída do bar, quando meu primo se jogou para cima da minha irmã disposto a beijá-la onde pudesse, e ela, como sempre, um ou dois minutos depois do momento certo, custando a reagir diante de uma manifestação de amor tão visceral, deu um berro e se soltou do abraço com um movimento enérgico. Agora os dois estavam calados, feito mortos, e Pedro, Macu e eu começamos uma conversa trivial na esperança de que as tensões se afrouxassem. Não me lembro do assunto de que estávamos falando, acho que quando saí do carro já havia esquecido, mas ainda lembro, e com uma precisão surpreendente, de como a mão direita do motorista largou o volante, incertamente seguro da consistência da escuridão, e de como se perdeu sob a roupa de sua acompanhante, que naquele momento estava me contando alguma coisa, e continuou contando enquanto meus olhos escoltavam o trajeto daquela mão que às vezes se afundava entre suas pernas, desaparecendo da minha vista para reaparecer um minuto depois, saindo primeiro dois, três dedos, e depois os cinco, a palma aberta que subia e descia no corpo da minha prima, esfregando sua anca, sumindo em sua cintura, subindo até o peito esquerdo e o agarrando com força, para depois fazer o polegar oscilar como se pretendesse dar brilho ao mamilo, que crescia, obediente, até se tornar também visível, e os dedos afrouxavam a presa para iniciar um movimento circular, sem encontrar nenhum obstáculo no vestido mexicano de algodão verde, bordado com flores coloridas acima da pala, e descer outra vez, devagar, até as coxas, e acariciá-las por baixo da fazenda, e desaparecer um instante para reaparecer depois, completando um circuito limitado, sempre parecido mas nunca exatamente igual ao anterior, enquanto ambos se dirigiam alternativamente a mim no neutro, simpático tom com que tinham falado comigo milhares de vezes. Eu estava com calor, e suava, mas sobretudo estava furiosa,

furiosa com meu corpo, com minha sorte e com o universo inteiro, porque Reina ainda passava, com Reina era quase certo, mas que aquela bobona ficasse ali, na minha frente, desfrutando da posse de uma terceira mão enquanto eu olhava, torcendo com dedos impotentes os dois cantos do estofamento que forrava o banco da frente, tão perto deles e ao mesmo tempo tão cosmicamente distante, me parecia simplesmente atroz, horrivelmente injusto, e não parei para pensar que eu jamais deixaria o tapado do Pedrito me roçar sequer com a beirada de uma unha, não me ocorreu refletir sobre esse ponto, porque aquilo não tinha a menor importância naquela noite, nada tinha importância a não ser que não era direito, simplesmente não era direito que acontecesse o que estava acontecendo naquele momento.

Quando sentei para jantar, estava tão zangada que nem me incomodei em disfarçar meu aborrecimento, e na terceira vez que deixei o copo d'água cair sobre a mesa como se quisesse espatifá-lo em cima da toalha, minha mãe me disse que, se eu pretendia continuar daquele jeito, era melhor ir para a cama. Para surpresa de todos, aceitei o conselho. Escorreguei nua entre os lençóis, mas disposta a não mexer nenhum músculo do corpo, nenhum mesmo, repeti, porque aquilo seria uma intolerável demonstração de fraqueza, seria a rendição mais vergonhosa que o covarde mais nojento poderia ter planejado, e Macu jamais iria conseguir de mim tal satisfação. Era o que pensava, mas acabei fazendo, e fiquei atônita, como sempre, ao extrair daquela breve descarga uma dose de paz tão completa. Depois, sorridente e relaxada, despreocupada da minha carne e dos meus ossos, felizmente leves, pensei que, afinal, Macu nunca ia se inteirar, e sucumbi a um breve ataque de riso. Quinze minutos depois atravessei a porta da sala pedindo desculpas a todo mundo e me sentei no chão para ver um filme que já ia pela metade cujo começo, no entanto, consegui reconstruir bastante bem.

Descobri aquele método pessoal de conhecimento do mundo quando ainda era menina, e tudo aconteceu por puro acaso, dentro de uma calça do ano anterior que já estava apertada, muito apertada, mas foi a única que mamãe conseguiu achar no armário em certa manhã de maio escura como um anoitecer de janeiro enquanto os vidros, repentinamente inseguros nas molduras metálicas das janelas, tremiam sob o impacto de uma chuva tão grossa que parecia que cada uma das gotas, insatisfeita com o estrondo que provocava ao colidir com a superfície, a estivesse rasgando para sempre com unhas afiadas, porque era impossível distinguir os contornos das casas e árvores que estavam do outro lado, um mundo fofo, de ângulos arredondados e molengas, como o que engana os olhos de quem contempla um quarto através de um espesso vidro esmerilhado. Fazia uma semana que estava chovendo daquela maneira, dia e noite, e embora mamãe dissesse que era normal, porque acabavam de inaugurar a Feira do Livro no Retiro, e faltavam poucos dias para que o tempo impedisse as corridas de San Isidro, com o terreno de Las Ventas transformado em lamaçal, como todos os anos, eu não lembrava de ter padecido uma chuva tão colérica e, já naquela época, não a suportava. Reina dizia que de uma hora para outra iam nascer cogumelos em nosso cabelo, mas apesar de tudo estávamos dispostos a ir para o campo naquela manhã de sábado, porque meu pai queria entrar para o conselho de administração do banco antes de fazer quarenta anos e o secretário, sobrinho-neto do presidente, nos convidara para um almoço em sua fazenda de Torrelodones, nada mais simples.

O tamanho das minhas calças deu o toque detestável particular a uma jornada detestável em geral. Com os pulmões inchados como uma bola quase a ponto de explodir, sem me atrever a respirar para manter o diâmetro da minha barriga nos limites do inexistente, tentava conservar alguma esperança olhando de esguelha para mamãe que, ajoelhada à minha frente, esticando o cós com todas as forças, lutava para fechar o botão que escorregava uma e outra vez entre seus polegares, como se fosse dotado de vontade própria e esta o fizesse rejeitar o ilhós, talvez em benefício da imutabilidade de mais de uma lei física. No entanto, num agônico gesto de desdém pelo prestígio da ciência, mamãe enfiou o botão no lugar, levantou o fecho ecler e me autorizou a tornar a respirar, numa voz palpitante de triunfo. Quando tentei, soltei um berro, tentei negociar por todos os meios, mas não havia jeito. Mamãe me aconselhou a fazer meia dúzia de flexões para que o algodão cedesse. Não é nada, concluiu, não seja manhosa.

Consegui dobrar os joelhos fazendo um esforço considerável, mas quando finalmente fiquei de cócoras não fui capaz de manter o equilíbrio. Desmoronei no chão, e só consegui me levantar de novo quando tirei as botas de borracha, me sentei de lado e dei impulso com as mãos. Sentia uma pequena dor, constante como o efeito de uma queimadura leve, na cintura, no ventre e nas cadeiras, mas o pior era a costura central, que me espetava ao menor movimento, apertando minha carne como se fosse uma corda e me arrancando verdadeiros uivos de dor da garganta, um tormento a que eu só podia me antecipar beliscando a fazenda e puxando-a para baixo com todas as minhas forças, e repeti essa operação a cada passo, apesar da crescente luz de alarme que iluminava os olhos do meu pai, que devia estar pensando, não sem certa razão, que tais manipulações não contribuíam em nada para construir a imagem exemplar da encantadora filha de onze anos que convinha para seus propósitos publicitários.

Sentei no carro com o mesmo ânimo com que subiria ao patíbulo, mas enquanto me contorcia como se estivesse cheia de pulgas, em busca de uma postura que atenuasse a pressão daquela terrível mortalha, quase pude ouvir um clic!, e de repente senti que alguma coisa havia se encaixado em algum lugar, desencadeando uma misteriosa harmonia entre meu corpo e a costura da calça. A dor trocou de sinal e, apesar da persistente sensação de queimadura, aquele precário contato adquiriu, se não a qualidade de uma carícia, pelo menos uma isolada tonalidade brilhante cuja natureza me era impossível definir, mas que estava carregada de uma potência suficiente para anular, por si só, o resto das sensações que eu percebia ao mesmo tempo, absorvendo-as um segundo antes de que realmente chegassem a se produzir. Era agradável, muito agradável, mas difícil de reter. E então, quando já estava tão abstraída no mecanismo da minha secreta união com a dobra de fazenda que nem lembrava mais onde me encontrava, meu pai não conseguiu evitar um buraco e os generosos amortecedores de seu carro me elevaram por um breve instante e depois me deixaram cair no mesmo lugar, provocando uma viagem tão breve quanto reveladora.

Tenho que pular, disse para mim mesma, desconfiando instintivamente até dos meus próprios lábios, assim que consegui me recuperar da surpresa que despontava no rastro de outra surpresa. Claro, de repente parecia tão simples, é só isso que tenho que fazer, é só pular, é fácil...

— Mas que diabos está acontecendo com essa menina?

A airada voz do meu pai, que me contemplava boquiaberto pelo retrovisor enquanto eu supria a ausência de buracos na estrada com a técnica, ainda titubeante, de imprimir às minhas pernas um tremor contínuo que me fazia quicar sem parar em cima do banco, não conseguiu arrebatar o sorriso dos meus lábios, e nem me induzir a responder.

— Você quer ficar quieta? Parece que está com o bicho-carpinteiro!

— Não — respondi finalmente. — O que foi? Será que não posso fazer isso? Estou gostando.

— Mas o que é que você está fazendo? — perguntou minha irmã, que até aquela hora tinha se dedicado a olhar pela janela.

— Pulando — respondi. — Experimenta só. É fantástico.

Reina me lançou um olhar carregado de desconfiança e por fim resolveu me imitar, mas não obteve resultados comparáveis aos meus, talvez porque sua calça de algodão azul-marinho, com duas pinças de cada lado do fecho, era nova e ficava quase grande nela.

— Ai, que bobagem! — replicou por fim, num tom quase de censura. — A única coisa que você vai conseguir com isso é uma baita tonteira.

— Chega! Já! As duas! Quietas! Agora! Mesmo!

Os entrecortados gritos da minha mãe, que serrava as frases como se fosse gaga quando queria nos dar a entender que estava definitivamente furiosa, me persuadiram de que talvez fosse mais conveniente adiar a experiência até encontrar uma conjuntura mais favorável, basicamente qualquer uma que me deixasse longe do alcance de sua vista. Não precisei esperar muito.

Quando chegamos à tal fazenda de Torrelodones, as gotas caíam com tanta força que pareciam arrancar escamas transparentes da pele de todas as coisas. Já não chovia, agora o céu escorria avidamente a si mesmo, e o som das gotas que explodiam contra todas as coisas perdera qualquer ressonância metálica e se transformara no surdo chapinhar que a água gera quando é vertida sobre mais água. O jardim estava inundado, e a varanda, salpicada de poças que haviam nivelado a superfície irregular das lajotas de granito, parecia uma lagoa em drenagem. O anfitrião e uma das empregadas vieram nos buscar na porta do carro com dois guarda-chuvas, e corremos para o interior, onde uma pequena multidão de eleitos, um punhado de pessoas vestidas com uma elegância absurda, mulheres penteadas, maquiadas e cheias de jóias como se estivessem seguindo as instruções de um demente que pretendesse se divertir vendo-as sair de casa daquele jeito num dia daqueles, apinhavam-se em torno da lareira vazia, desmentindo, mas só parcialmente, a vitalidade daquela catástrofe que de vez em quando nos dava uma piscadela do outro lado da janela. Quando meu pai e minha mãe tiraram suas capas, pareciam tão ridículos como todos os outros, todos menos o tio Tomás, a quem eu nunca poderia imaginar de outra maneira, porque Tomás não era exatamente elegante. Tomás era a elegância.

Consideravelmente mais velho que meu pai, a quem apoiava e ajudava a tal ponto que o protegido não se acanhava em reconhecer isso de público, o irmão mais velho da mamãe era membro do conselho de administração do banco desde que, alguns anos antes, ocupara o lugar do seu tio Ramón, um primo do vovô que tinha morrido sem deixar filhos nem outros herdeiros. Nessa época, e embora eu já soubesse que era muito próximo do papai, e sobretudo de Magda, que o adorava e recebia em troca um amor idêntico, ele não me caía muito bem, porque era um personagem inquietante, avassalador, excessivamente irregular para o mundo simples de uma menina, como a solitária peça sobrevivente de um brinquedo perdido durante muitos anos que já não cabe direito em nenhuma caixa. Lembro de ter olhado com receio para sua figura silenciosa, de contornos quase escorregadios, que sempre transmitia mensagens ambíguas, como se pudesse estar e não estar entre nós ao mesmo tempo. Tomás via tudo, olhava para tudo, e quase nunca dizia nada, mas seu silêncio tinha um som diferente daquele que escapava por entre as fendas que seu pai cuidava de deixar abertas entre os lábios mudos. Quando eu era pequena, tinha a sensação de que ele não falava porque nos odiava, e o vovô não, mas anos depois desmenti a mim mesma, porque Tomás tinha a boca triste, um ricto profundo, que parecia um sulco duplo de arado, unindo seu nariz com as comissuras dos lábios, num gesto perpetuamente insatisfeito que traduzia um sofrimento abismal e íntimo, talvez, até certo ponto, deliberado, ou mesmo prazeroso, como o que espreita o espectador no olhar grave daqueles pavorosos cavaleiros toledanos que El Greco retratou. Era, no entanto, um homem amável, escrupulosamente educado, que nunca incomodava ninguém e, pelo contrário, tendia a se mostrar generoso com todo mundo, mas não me caía bem, acho que até me dava um pouco de medo, porque também era o único membro da família que se atrevia a dizer com naturalidade que detestava crianças, e porque desde que nasci o conhecia e no entanto não sabia nada, absolutamente nada sobre ele, exceto que gostava de canelones e que dedicava todas as suas energias a uma luta tão esgotadora quanto estéril, sem colher outro triunfo além de algum tímido rasgão na pele de um inimigo que já o havia derrotado, e para sempre, no instante exato da sua concepção.

Tomás era, e continua sendo, e sempre será, apesar dos cremes, e da ginástica, e do bronzeado artificial, e dos gestos estudados na frente do espelho, e dos trabalhosos esforços de seu cabeleireiro, e da elegância espontânea sugerida por cada objeto que lhe pertence, um homem feio. Nunca é justo nascer feio, porque mais cedo ou mais tarde alguém obriga você a pagar por seus defeitos, e a feiúra é uma das deformidades mais injustas, e ao mesmo tempo a mais difícil de ocultar, mas essa desgraça, cuja intensidade se modifica como a pele do camaleão em contato com o ambiente, pode chegar a ser uma tragédia se quem a padece está rodeado de gente bonita. E os Alcántaras, como os membros de quase todas as famílias que misturaram muito o seu sangue, são, em geral, bonitos. Minha avó Reina especialmente, porque herdara, junto com uma altura inusual entre as mulheres de sua geração, os olhos esverdeados e o cabelo cobreado de sua mãe, a minha bisavó Abigail McCurtin Hunter, uma esbelta donzela escocesa que, apesar do seu frágil e úmido aspecto, adaptou-se tão espetacularmente bem à mudança de clima que, pelo visto, toda vez que caíam quatro gotas de chuva, ficava de péssimo humor, e quando envelheceu, e seu cérebro começou a acusar certas deficiências de irrigação sangüínea, se distraía insultando num espanhol de sotaque impecável o Deus presbiteriano de sua infância, a quem perguntava aos berros se não concordava que já havia chovido o suficiente em cima dos dois em sua maldita aldeia natal — um lugar de nome endiabrado, perto de Inverness, que quando seu pai morreu ela abandonou em direção a Oxford, berço da família materna e cenário do seu apaixonado encontro com meu bisavô, que na época, além de se dedicar a aperfeiçoar seu estilo de toureiro de salão para a alegria da namorada, tentava extrair o máximo possível do disparatado capricho de seus progenitores, que o mandaram estudar ali como expressão do mais histriônico delírio de grandeza que um latifundiário de Cáceres jamais se permitiu —, concluindo em seguida que havia feito muito bem em ter se convertido ao catolicismo, uma religião seca e ensolarada, para poder se casar, igualzinho a Victoria Eugenia. Seu sobrinho Pedro, o meu avô, que não era exatamente bonito de rosto, mas que quando jovem parecia o próprio demônio e como velho continuava sendo um homem garboso, engendrara em sua prima alguns filhos — a minoria — nos quais se reproduzia a exótica combinação de pele bronzeada e olhos claros que acentuava a beleza da mãe, e outros — a maioria — em que a herança escocesa diluía-se entre os traços de uma mestiçagem mais antiga, com a emblemática boca peruana em primeiro lugar, porém com Tomás deve ter se extraviado, ou talvez tenham se extraviado os dois, porque o filho mais velho nunca teve nada a ver com nenhum dos irmãos.

Tomás tinha os olhos muito redondos, quase arregalados, e um diminuto nariz arrebitado que resultaria pequeno demais em qualquer rosto de homem, mas que no dele — fachada frontal de uma cabeça enorme que ninguém sabia de onde havia saído, assim como era indefinível a origem de sua pele branca, delicadíssima, que o tépido sol de abril fazia explodir num milhão de pústulas rosadas, pregoeiras do eritema que o martirizaria durante os meses de verão mesmo que não ficasse nem um segundo sob o sol — chegava às raias do grotesco. Suas sobrancelhas eram finas e seu cabelo frágil e caprichoso, porque em vez de ficar grisalho, como aconteceu com o pai e os irmãos mais velhos, e como já está começando a acontecer com Miguel e Porfirio, optou por sumir de seu crânio, de forma gradual até os trinta e cinco anos, vertiginosamente depois. O resto do corpo teve melhor sorte que a cabeça, mas a passagem do tempo executou a detestável tarefa de encurtar essa distância, e o fraco do seu proprietário por canelones desembocou em um perfil inadequadamente feminino, cheio de curvas plenas, que arredondavam seu ventre e o dotavam de uma potência branda, parecida com a dos grandes bebedores de cerveja e portanto até certo ponto desculpável, e também sua bunda, onde construíam um volume especificamente intolerável para um cavalheiro, mesmo que já beirasse os quarenta e cinco anos.

Essa idade, mais ou menos, era a que Tomás devia ter naquela manhã de sábado, quando percorria com passos tácitos, escorregadio e cortês como o mais perigoso cardeal renascentista, o imenso salão em que a chuva nos confinara, levantando vez por outra uma sobrancelha para encarar algum dos estrondosos detalhes de mau gosto que se alinhavam com precisão aritmética entre as paredes daquele aposento, que parecia destinado a integrar um futuro museu etiológico sob um rótulo que preparasse os visitantes para contemplar uma coleção representativa das perversões estéticas desenvolvidas, como a prenda mais brutal de seu poder, pelos plutocratas espanhóis da segunda metade do século XX.

Eu, semi-escondida atrás de uma cortina, explorava ao máximo minha mais recente descoberta em cima de um banquinho de madeira e couro, três pés sustentando uma delicada almofada triangular e se cruzando, num ponto eqüidistante, já perto do chão, um desenho esquemático para objeto tão admirável, não só por carecer da cor dourada que unificava o estilo de todos os móveis e apetrechos daquela casa, mas também pela funcionalidade que demonstrava em relação aos meus propósitos. Era evidente que aquele assento fora concebido para que seu ocupante se sentasse de maneira tal que dois daqueles pés ladeassem seus quadris, enquanto o terceiro, localizado atrás, lhe sustentasse o peso, mas era igualmente evidente que ninguém se ofenderia muito se uma menina resolvesse sentar justamente ao contrário, com as pernas ladeando um dos pés do banquinho, enquanto os outros dois, inúteis, faziam contrapeso no ar ao desequilíbrio intermitente que eu mesma imprimia à minha montaria, quicando o corpo enquanto me esfregava contra a torneada superfície daquela diagonal que acentuava de maneira deliciosa a correta pressão da costura do meu *jeans*, sobretudo quando deixava meu peso cair todo para a frente ao me balançar.

Eu não estava vendo Reina, que me deixara naquele canto para se atirar sobre o bufê, muito surpresa de me ver disposta a sacrificar sem mais nem menos uma comida daquelas, e meus pais deviam ter seguido a corrente dos convidados em direção aos outros salões, porque me parecia tê-los perdido de vista várias horas antes, quando, de repente, meus olhos tropeçaram numa calça de flanela verde-oliva, e continuaram um percurso ascendente por uma faixa aveludada, o setor central de um colete de camurça cor de mel que aparecia entre as lapelas de uma jaqueta grossa de lã inglesa, *pied-de-poule* verde — o mesmo verde-oliva da calça — e bordô com fundo creme, para atravessar o colarinho de uma camisa de seda selvagem em tom cru, e encontrar finalmente os olhos de Tomás, que brilhavam com uma expressão de inteligência.

— Está fazendo o quê, Malena?

Levei alguns segundos para responder, e como o considerava um chato, não achei necessário parar.

— Nada.

— Nada? Tem certeza? Achei que você estava se mexendo.

— Bem, sim — admiti. — Estou me mexendo. Eu gosto disso.

— Dá para ver.

Então ele sorriu, e acho que foi o primeiro sorriso que me dedicou na vida, antes de desaparecer, e nem naquela época, nem depois, comentou com meus pais a nossa breve conversa.

Consegui aperfeiçoar aquela técnica tão intensamente, e num período tão curto, que eu mesma, âmbito circular em que tudo começava e terminava, não podia me furtar a uma certa perplexidade quando reconstruía um processo que, partindo do acaso mais circunstancial, produzira um saldo infinitamente positivo, sobretudo porque, embora não tivesse muita certeza do sentido daquela operação nem da natureza de seus resultados, tinha certeza absoluta, em contrapartida, de que minhas manipulações eram essencialmente incompatíveis com o triste e feíssimo conceito de vício solitário. Este, como repetiam as freiras do colégio nas raras ocasiões em que se sentiram encurraladas pela inflexível tenacidade das nossas perguntas, era uma coisa horrível que os meninos faziam quando perdiam a graça de Deus. Sobre as meninas, pelo contrário, nunca disseram uma só palavra. Vantagens da educação católica.

Aos quinze anos eu já havia descoberto a verdade, graças à proverbial lentidão das funcionárias do salão que minha mãe freqüentava, e a um número antigo da edição americana da *Cosmopolitan* que fiquei folheando para matar o tempo, mas a verdade é que não me serviu de muito. Nada me servia de muito naquela época.

    Tinha me apaixonado como uma verdadeira besta selvagem, e agia por puro instinto, dando cabeçadas no vazio, arfando com o focinho aberto e seco, a língua branca e doentia para fora, e me sentia tão incapaz como o mais desajeitado dos inválidos, um animal que poderia ver mas que estava cego, que poderia ouvir mas que estava surdo, idiotizado por uma paixão angustiante, que era o famoso amor, mas que doía, e eu não conseguia pensar, não conseguia descansar, não conseguia dizer chega, tirar aquilo nem mesmo por alguns minutos do centro do meu cérebro, a inexpugnável guarita em que se fortificara, o castelo de onde me tiranizava sem jamais me conceder um respiro, presente em todas as minhas palavras, em todos os meus gestos, em todos os meus pensamentos, ao longo de intermináveis noites de insônia e de dias estéreis, curtos e velozes, que se amontoavam cruelmente em minha memória, seu número em si mesmo uma ameaça, o presságio de um verão que se esgotaria antes mesmo de ter começado.

    Nunca me considerara capaz de passar por uma convulsão daquelas. Pronunciava o nome dele por qualquer motivo, até a propósito de qualquer outro Fernando, só para desfrutar do duvidoso prazer de ouvi-lo, e o escrevia em toda parte, no chão, nas árvores, nos livros, no jornal que lia de manhã e depois devolvia, com as minhas próprias inscrições recobertas por uma camada tão espessa de tinta de caneta que cobria completamente as letras, e escrevia, e depois riscava, com tanta força, que muitas vezes rasgava o papel. Quando, certa manhã, Miguel comentou casualmente que achava ter ouvido que Fernando namorava uma garota de Hamburgo, me joguei na piscina e nadei quase cem raias, engolindo cloro e engolindo água, para que ninguém me visse chorar. Disfarçava bem, dava um jeito de me comportar com normalidade, e embora minha mãe tenha comentado algumas vezes que eu estava ficando um pouco esquisita, concluiu sozinha que minha repentina falta de sociabilidade, como aquelas ondas de euforia trufadas de amargura, não eram mais que o tradicional fruto da idade difícil. Disfarçava bem quando ele não estava por perto, mas algumas vezes, quando me olhava por dentro, distinguia a sombra de uma mulher histérica, uma pobre maluca estúpida, pesarosa e solitária rabiscando paredes e paredes com palavras sem sentido, e me reconheci nela, mas não podia fazer nada para evitar, e já intuía que aquele não era o caminho, que deveria me mostrar fria, esquiva, inacessível, uma mocinha, enfim, mas não era isso o que saía de dentro de mim, e identificava meus erros um instante antes de cometê-los, mas meus lábios se curvavam num sorriso de pura fraqueza toda vez que cruzava com Ele na rua, e se sorrisse quando olhava para mim, minha garganta emitia uma risadinha chiada que me dava muita raiva, porque tinha certeza de que, aos olhos dele, eu parecia uma retardada mental que bate palmas porque acaba de chegar do passeio, e eu não era aquilo, eu era uma garota legal, não tinha mais remédio, e pensava nisso quando o encontrava mas não conseguia acreditar, sou uma garota legal, sabia?, mas não achava a maneira de lhe dizer isso, até que Reina, que o contemplava sem os tapa-olhos com que o desejo recortava a minha vista, uma tarde me fez uma advertência muito séria quando chegamos ao povoado.

— Toma cuidado com o Otto, Malena.
— Por quê? Ele não fez nada.
— É, mas não gosto de como olha para você.
— Mas ele não olha para mim.
— Ah, não?
— Bem, só às vezes, quando joga na máquina de flíper ou quando se embebeda um pouco...
— É disso que estou falando. Não é que olhe para você o tempo todo, só estou dizendo que eu não gosto do jeito que ele olha quando olha para você.
— Olha aqui, Reina, cuida da tua vida e vê se me deixa em paz.

Não fiquei menos surpresa ao pronunciar essas palavras do que Reina ao escutá-las, porque nunca antes tinha falado com ela naquele tom. Respondeu com um olhar esquisito, no qual se combinavam humilhação, desconcerto e alguma outra coisa, um ingrediente que não consegui identificar, e como resposta murmurou uma despedida que não ouvi direito, antes de acelerar o passo e se afastar de mim. Quando chegamos à praça e distingui a silhueta do carro de Nacho, o *disc-jockey* de Plasencia que já se perfilava como o único namorado dela que duraria dois verões, corri para alcançá-la.

— Desculpa, Reina, eu sinto muito, não queria dizer aquilo.

Minha irmã girou a manivela com um gesto preguiçoso até o vidro desaparecer por completo em sua capa de metal vermelho. Depois pôs o braço para fora da janela e sorriu.

— Não faz mal, Malena, não estou zangada. Você tinha razão, não é problema meu, e nem mesmo chega a ser nada importante, porque..., bem, o Porfirio me contou outro dia que o Otto está caído pela namorada, sabia?, parece que os dois estão juntos há pouco tempo e ele nem queria vir, tentou ficar lá de qualquer jeito, e além do mais, enfim, não acho que ele fica olhando para você porque está interessado, deve ser porque você chama muito a atenção. Na Alemanha não deve haver muitas garotas assim... com essa... cara de índia.

Fiquei em silêncio, grudada no chão, hipnotizada por seu sorriso límpido e franco e por sua voz, que chegava rotundamente aos meus ouvidos, ainda abertos apesar do meu desejo de fechá-los para sempre.

— Não é que a tua cara tenha nada de errado — prosseguiu —, eu acho você bonita, não é verdade que minha irmã é bonita, Nacho? — O namorado assentiu, balançando a cabeça. — Mas acontece que lá naquele país... bom, você sabe como eles são com as pessoas morenas. Toda vez que você aparece lá no povoado, o tal nazista pensa que o circo chegou! — Ambos comemoraram estrondosamente aquela admirável mostra de sutileza. — Mas minha querida, pelo amor de Deus, não fica me olhando assim, não sou só eu, todo mundo diz isso, parece mentira que você ainda não tenha percebido... Eu sei que no começo você gostava um pouquinho dele, mas não vale a pena, acredita, ele não chega à altura da sola do seu sapato, de qualquer maneira, um garoto a mais ou um garoto a menos, tanto faz, não é? Afinal, o mundo está cheio de homens. Vem com a gente, se anima. Não vai me dizer que está ligando para o que Otto pensa de você, não é? Vamos, entra no carro, levamos você para Plasencia...

— Não — respondi finalmente. — Não vou.

— Mas por quê? Malena! Malena, vem cá!

Comecei a andar sem rumo, saindo da praça pelo portal oposto ao que escolhera para entrar, uma entradinha tão estreita que não dava passagem para carros, e continuei andando, saí do povoado em direção à estrada, mas a poeira que os carros faziam quando passavam ao meu lado me incomodava, e me desviei para pegar um caminho de terra, a trilha do pavilhão, uma pequena plataforma escavada no coração da serra de onde se contemplava toda a várzea, aquela paisagem doce e grandiosa ao mesmo tempo da qual eu só distinguia as arestas agudas de rocha viva, afiadas como as palavras de Reina que ainda estavam zumbindo entre as minhas têmporas. Então, quando dobrei a última curva, vi primeiro a Bomba Wallbaum encostada num poste, e depois o vi, por inteiro, através de uma camiseta branca sem mangas, e antes que eu resolvesse se devia ficar ali, ou, em prol de minha hipotética dignidade, renunciar ao encontro que vinha sendo a única meta da minha vida nas últimas, eternas, semanas, Fernando olhou para trás e me descobriu.

— Oi! O que está fazendo por aqui?

Fui me aproximando bem devagar, para que não se notasse demais que a cada passo eu fazia oscilar levemente as cadeiras, tentando ampliar o volume do meu vestido branco, até que consegui que a parte de baixo se enrolasse algumas vezes em volta das minhas pernas, satisfazendo um impulso oculto que de repente se tornou consciente e me fez sentir duplamente furiosa, com ele e comigo mesma.

— Isto — respondi, sentando-me num banco, ao lado dele. — A partir de agora, a mesma coisa que você.

— Muito bem, eu estava precisando mesmo de um pouco de companhia...

Pegou uma pedrinha e jogou-a ao vazio com um gesto enérgico. Depois se voltou para mim, apoiou bem as costas e ficou me olhando com uma expressão risonha. Sustentei o olhar, tentando carregar ao máximo minhas baterias, e, quando não agüentei mais, explodi.

— O que foi? Você não gosta do meu rosto, não é? Acha que eu pareço um macaco, que tenho cara de bife na brasa? Meio torradinho, não é?

— Não, eu não... Não estou entendendo... Eu... vem cá, mas por que você está me dizendo uma coisa dessas?

Se eu houvesse olhado para ele, teria visto em seu rosto sinais de um estupor tão genuíno como a minha cólera, mas não o fiz, e nem aquilo poderia me deter.

— Pois saiba que meu pai é mais louro que você, seu panaca, e minha bisavó era ruiva e tinha sardas pelo corpo todo!

— Sei disso, mas o que não...

— Além do mais, não é para te aborrecer, mas não sei se você sabe que o sobrenome da sua avó é judeu, judeu até dizer chega, porque... Como te explicar? Chamar-se Toledano na Espanha é como se chamar Cohen em qualquer outro lugar, mais de um infeliz foi queimado só por isso.

— Eu sei, claro que sei!

Segurou nos meus ombros e me sacudiu várias vezes, depois afrouxou os braços de repente, como se lamentasse ter perdido o controle. Endireitou-se no lugar e jogou outra pedrinha. Falou outra vez, agora sem balbuciar. Sua voz era dura, serena.

— Quando terminar, me avisa.

— Já terminei. — Eu quase havia concluído lembrando que não era andaluza nem sabia dançar flamenco, para o caso de ele ter imaginado alguma coisa desse tipo, mas à medida que olhava para o seu rosto percebia que gostava tanto dele, mas tanto, tanto, que minhas pernas começaram a tremer e fiquei sem forças para continuar.

— Então, quer me dizer afinal que diabo está acontecendo com você? O que foi que eu te fiz? Será que te maltratei, disse alguma coisa ruim, insultei você, como acaba de me insultar? Nada disso, não é? Vou te dizer o que está acontecendo. É que você não passa de uma porra de uma menina mimada, feito todos os que moram naquela merda daquela casa.

Levantou-se bruscamente e se virou para mim, e nesse instante compreendi com uma precisão aterradora que até aquele momento minha vida tinha sido apenas a ausência dele.

Essa revelação me deu uma espécie de estranha serenidade, e a saboreei devagar, consciente de que finalmente havia chegado a algum lugar, e que agora finalmente podia vislumbrar, ainda que entre as nuvens, o pedaço de céu que me cabia, mas quando levantei a vista minha tranqüilidade morreu tão magicamente como havia nascido, porque eu nunca sairia incólume daquele olhar, e nunca tornaria a contemplar um fogo como o que alimentava aqueles olhos que ardiam para me ferir e para me curar ao mesmo tempo. Fernando tremia de ira, o queixo empinado, e ofegava com a boca entreaberta, inflando as narinas, os braços tensos, os punhos apertados, e fazia menção de partir mas não se ia, e eu me perguntei que estranha força o conservava ao meu lado, mais poderosa que sua rançosa honra de jovem bastardo, uma paixão tão debilmente alemã, e então a verdade me partiu ao meio, como se um machado de ferro tivesse sido enfiado no centro do meu crânio para dividi-lo em duas metades iguais, e abaixei as pálpebras para me encerrar em mim mesma compreendendo em que tosca armadilha de crianças eu me deixara capturar.

Senti a disparatada tentação de me jogar ao chão, me ajoelhar diante dele e golpear minha testa contra a rocha, tão miserável, tão imbecil me sentia, mas limitei-me a me arrastar pelo banco até conseguir enganchar a mão no cós de sua calça, para dar a entender que ele não devia partir ainda.

— Não, eu não sou uma porra de uma menina mimada... — Estava nervosa como um doente que contempla a própria vida se apagando na tela de um monitor, mas escolhia cada palavra como se a combinação correta de todas elas pudesse gerar uma milagrosa fórmula capaz de parar o tempo. — E além do mais é você que me despreza.

— Eu? — O estupor marcou dois novos acentos sobre seus olhos. — Eu te desprezo?

— É, você... Me despreza porque acha que sou uma menina mimada e... e porque... bom, quando você olha para mim, às vezes tenho a sensação de que... bom, de que... me olha como se eu fosse um bicho esquisito, ou porque... — arfei, e larguei de uma só tirada — porque despreza o meu rosto de índia.

— Ah! Quer dizer que é isso o que você pensa...

Tentei ler o seu rosto e não gostei nada do que vi. Retardada mental, pensei, é isso: deve ter ouvido falar da Pacita e agora percebeu que eu sou igual a ela, outra retardada, só pode ser.

— Não, não penso isso — arrisquei, com a impassibilidade do jogador que já sabe que tudo está perdido. — Mas é o que todo mundo diz.

— Quem é todo mundo?

— Minha irmã... e os outros.

— Quem é a sua irmã, aquela magrinha que sempre está de rabo-de-cavalo? — Assenti, não porque gostasse da idéia de que Reina continuava magra, mas não havia outra com aquelas características. — E você, o que acha? Porque de vez em quando também deve pensar, não é?

— É, eu também penso. Na realidade, penso muito... — Sorri em silêncio, até obter um sorriso em troca. — E também percebi que você me olha esquisito, mas vai ver não é porque eu tenha cara de índia, e sim por outra coisa.

Ele se mexeu devagar e sentou novamente ao meu lado, sem fazer menção de retirar minha mão da sua cintura, mas antes de se deixar cair sobre o banco tirou um maço de cigarros do bolso e me ofereceu um sem dizer nada. Então aceitei o primeiro cigarro da minha vida.

— Puxa, acabou o Pall Mall!

— Foi... — E inclinou-se para me dar fogo, e por um instante meu braço roçou no dele, e a hiperbólica sensibilidade que minha pele desenvolveu durante um contato tão breve me deixou perplexa. — Nada dura eternamente.

— Este cigarro é muito bom. — Dei uma tragada no Ducados e senti uma vontade terrível de tossir, apesar de não saber tragar a fumaça. — Além do mais, embora seja fabricado nas Canárias, o tabaco é cultivado aqui, na região.

— Certo, isso é o que todo mundo diz, todos aqui parecem muito orgulhosos dessa bobagem... Por que é que você acha que olho esquisito para você?

— Não sei. — A fumaça me ajudou a disfarçar uma daquelas penosas risadinhas chiadas. — Talvez você me ache diferente, porque na Alemanha não se vê garotas que nem eu, ou quem sabe eu lembro a sua namorada.

— Não. Minha namorada é loura, magra e baixinha. — Reagi bem, sem mover um músculo do rosto. — Eu gosto das garotas pequenas e... como é que se diz quando uma coisa não fica chamando a atenção?

— Insossas? — sugeri. Tentava me aproveitar da situação, mas ele percebeu e me desautorizou com um sorriso.

— Não. Tem outra palavra.

— Certo. Você quer dizer discretas...

— Isso, pequenas e discretas.

— Ótimo, você não imagina como isso me deixa contente. — Eu continuava disfarçando bem, em todo caso ele ria. — E como se chama?

— Quem? Minha namorada? Helga.

— É... bonito. — Em espanhol parecia horroroso, rimava com acelga, mas nos filmes as atrizes sempre dissimulavam sua decepção com comentários parecidos.

— Você acha? Eu não gosto nem um pouco. O seu, pelo contrário, é muito bonito.

— Malena? É sim — e estava sendo sincera, sempre gostei muito do meu nome. — E também é o título de um tango, uma canção muito triste.

— Conheço. — Esmagou a guimba no chão e fez uma pausa bem longa antes de recomeçar a jogar pedrinhas para cima. — Você não sabe por que olho tanto para você?

— Não, e bem que gostaria de saber.

— É que... — Mas adotou uma expressão ainda desconhecida para mim, estranhamente séria apesar do sorriso que ameaçava despontar entre seus lábios, e por fim balançou a cabeça, improvisando um gesto de desânimo. — Não, não posso dizer.

— Por quê?

— Porque você não entenderia. Que idade você tem?

— Dezesseis.

— Mentira.

— Bom, faltam poucos dias para o meu aniversário...

— Duas semanas.

— Está bem, duas semanas, mas não é muito, não é?

— Para o que eu quero dizer, é.

— E você, que idade tem?

— Dezenove.

— Mentira.

— Bom... — e começou a rir comigo. — Faço em outubro.

— Pronto, ainda falta muitíssimo. Dezoito anos é muito pouco para dar uma de homem feito.

— Depende. Aqui, sim, na Alemanha não. Lá, sou maior de idade.

— Vamos fazer um trato. Eu te convido para a minha festa de aniversário e você me dá de presente o segredo. Combinado?

— Não.

— Por quê?

— Porque não tenho a menor vontade de ir a nenhuma festa de merda neste povoado de merda, e porque, além do mais, você continuaria sem entender.

— Você não gosta muito daqui, não é?

— Não. Não gosto nem um pouco.

Seu olhar se perdera no vazio. Estava rígido, e muito distante de mim, mas eu ainda teria que me acostumar às suas bruscas solidões, e diante de meus olhos se estendia uma paisagem esplêndida, doce na planície semeada de hortas e de águas, e nas ladeiras suaves, plantadas com árvores frutíferas, e grandiosa na altura daquelas montanhas cinzentas e severas que nos olhavam de bem longe, como se fossem as gigantescas nutrizes da Terra.

— Eu não entendo. É um lugar maravilhoso, olha só.

— Isto aqui? É feito o deserto. Vazio e seco.

— Porque já estamos em julho e tudo está murcho e ressecado! Aqui sempre é assim, pelo clima, mas se você visse na primavera as cerejeiras todas brancas, como se houvesse caído uma neve de flores...

— Eu nunca mais vou voltar.

Nesse instante eu teria dado uma bofetada nele, para machucar. Iria sentir a mesma coisa outras vezes, até que a certa altura consegui distinguir o ruído do fecho ecler invisível que ele subia quando queria criar ao seu redor um vazio compacto e completo, que lhe permitia excluir de si todas as coisas, menos o ar que respirava, e também a mim, embora não aceitasse que eu saísse de perto dele. A partir daquele momento o que me doía era a expulsão, e não a irritante arbitrariedade de suas afirmações, a taxativa estupidez daquelas sentenças radicais, muitas vezes injustas, e até absurdas, que pareciam ser suficientes para explicar o mundo, mas naquela tarde, no pavilhão, suas palavras conseguiram me enfurecer, porque estava se comportando como um idiota e não o era, e porque um vácuo de natureza muito diferente ao dele reconquistou meu corpo quando o ouvi dizer que nunca mais voltaria.

— Ah, não? Pois teus compatriotas, assim que se aposentam e juntam dois tostões, se mudam para morrer aqui.

— Aqui, não.

— Bom, em Málaga, mas é a mesma coisa, faz o mesmo calor e os campos ficam secos no verão do mesmo jeito.

— Não. Aqui não tem mar.

— Mas eu não tenho culpa disso, Fernando.

Então ele se inclinou para diante, cobriu o rosto com as mãos e o esfregou com as palmas, de cima a baixo, durante um bom tempo, até que sua cabeça se sacudiu num espasmo seco, como se fosse um calafrio, e quando se reclinou outra vez no encosto e olhou para mim, compreendi que sua crise, da espécie que fosse, tinha passado.

— Já sei, índia. — Riu enquanto me dava uma batidinha no ombro. Estava outra vez de bom humor.

— Não me chame desse jeito.

— Por que não? Vocês me chamam de Otto.

— Eu, não. Eu não sou como os outros.

Adquiri a natureza dos fenômenos inexplicáveis, porque alguém tinha ligado em algum lugar uma centena de fios alinhavados com lâmpadas coloridas, e a árvore de Natal brilhava com uma intensidade enceguecedora, da estrela dourada presa na ponta até o papel prateado que forrava o vaso vulgar de plástico escuro. Nunca, em toda a minha vida, eu fora menos discreta, e ele percebeu isso. Estava com a boca aberta e inclinava lentamente sua cabeça em direção à minha. Fechei os olhos e, num murmúrio, pronunciei a única coisa que nós dois precisávamos saber.

— Eu não, sabe? Eu sou uma garota legal.

Mas ele não me beijou. Seus lábios se afastaram dos meus quando eu já não os via, e só se abriram para adotar um tom jocoso que me sacudiu violentamente como uma ducha fria.

— É, acho que para ser espanhola você não está mal.

Cheguei para trás a fim de vê-lo melhor, e não demorei muito até sorrir junto com ele. Tinha conseguido me desorientar, mas também suspeitei que, ao mesmo tempo, estava começando a se defender.

— O que há com as espanholas?

— Nada. Só que elas são... um pouco... conservadoras, se diz assim?

— Depende.

Eu deveria esperar alguma observação desse tipo, porque quem com ferro fere... e aquele era o troco justo pelos meus insultos anteriores, a última referência folclórica, uma réplica inevitável ao estigma congênito que naquele momento, quando estava começando a me esmagar como a lápide do meu próprio túmulo, considerei que não merecia. Mas tentei encontrar uma saída digna usando o procedimento de explorar os titubeios dele, as pequenas confusões que ainda cometia, apesar de não ter grandes esperanças, porque ele já falava um espanhol muito mais flexível e preciso do que no dia em que o conheci.

— De quê?

— Do sentido em que você usar. É um adjetivo muito confuso, serve para definir muitas coisas... — Ele ria alto, mas eu não quis encurtar a comédia. — Você está se referindo à moda? Quero dizer à roupa, ao estilo com que as pessoas se vestem?

— Não.

— À educação?

— Não.

— À religião?

— Não.

— À família?

— Não.

— À política?

— Não.

— À pátria, talvez?

— Não.

— Então não sei...

— Estou falando de sexo.

— Ah, claro! Então você tem razão.

Respondeu com uma longa série de gargalhadas, mas eu me esforcei para continuar falando. Sentia-me levemente ofendida, embora o riso me escapasse entre os dentes.

— E você, como sabe? Quero dizer, com certeza não deve estar se baseando na sua a...

E quando estava se preparando para pular da ponta da minha língua, consegui segurar a tempo a palavra "avó", mastigá-la e engoli-la.

— Na minha quê?

— Na sua experiência.

— Minha? Claro que não. Eu não namoraria uma espanhola nem doido.

— Claro... Puxa, vocês alemães fazem tudo melhor!

— Pois é, muito melhor.

— Menos jogar basquete.

O sorriso apagou-se completamente dos seus lábios enquanto pensava. Estava perplexo.

— É... — admitiu por fim. — Nisso a coisa ainda não anda muito bem.

— Já para nós, sim, e para os italianos, e para os iugoslavos, e para os gregos... Você sabe por quê? — Fez que não com a cabeça, e agora era eu quem ria sozinha, mas ele logo estava rindo comigo. — Porque para jogar basquete direito é preciso pensar rápido.

— Muito engraçado! É uma piada?

— Não, acabo de pensar.

— Ah, é? Está bem, vou contá-la por lá quando voltar. Quer dizer que, afinal, você pensa — confirmei, toda satisfeita —, apesar de não trepar...

— Eu não disse isso.

— Ora, Malena!

Fez uma pausa para acender dois cigarros e me passou um, antes de submeter-me a um exame tão descaradamente fácil que consegui tragar a fumaça sem tossir uma só vez.

— Sabe que em Hamburgo tem uma rua inteira de puteiros com umas janelas enormes na fachada, e as mulheres se sentam peladas do outro lado e passam ali o dia todo, lendo, ou vendo televisão, ou olhando as pessoas que passam, para que os clientes as vejam e possam escolher? Em cada ponta da rua tem uma cancela, porque é proibida a entrada de mulheres, e quando alguma entra as putas abrem as janelas e jogam em cima dela tudo o que tiverem à mão, tomates, ovos, verduras podres... até lixo. Helga entrou uma vez comigo e atravessou correndo, quer dizer, não viu nada mas saiu com a capa tão manchada que teve que jogar fora. Minha mãe nasceu em Hamburgo e nunca as viu, mas eu, há alguns anos, quando ainda estava no colégio, dava umas voltas por lá com meus amigos todas as tardes, na saída da escola.

— E traçavam seis ou sete cada um, não é? — Ele captou a minha pequena ironia, é claro, mas surpreendentemente continuou falando sério.

— Não, só ficávamos olhando, não podíamos fazer outra coisa... nenhum de nós parecia, mas éramos todos menores de idade. Não nos deixariam entrar em nenhuma das casas.

— Pois é, e agora que pode, você não vai porque se chateia, não é?

— Claro, porque olhar, no fundo, não é lá muito divertido. Além do mais, elas tampouco são grande coisa. Não me fazem a menor falta.

— Certo. Você tem garotas para dar e vender.

— Não, também não é assim. — Sorriu. — Mas não posso reclamar.

— Muito bonito, gostei muito.

— De quê?

— Da história que você acabou de contar. Agora, por favor, uma de piratas, mas tenta incluir uns tubarões, fica mais animado.

— Não está acreditando, hein, índia?

— É claro que não estou acreditando! Se quiser, pode me chamar de conservadora, mas não pense que sou babaca.

Eu estava quase ofendida pela magnitude da lorota que ele tentara me fazer engolir, e no entanto a qualidade do seu riso, progressivamente desenfreado, agudo ao final, como um alarido vitorioso, me deixou em dúvida.

— É verdade? Responde, Fernando. Você estava falando sério? — Ele finalmente confirmou, mais sereno. — É assim que acontece de verdade?

— Claro que sim, e é a mesma coisa na Bélgica e na Holanda, e num monte de lugares onde ninguém joga basquete direito.

— Puxa, que barbaridade!

— É que vocês espanhóis são uns caipiras, Malena. Com certeza você só saiu de Madri para vir para cá.

— Mentira. Estive na França.

— Bom, deve ter ido a Lourdes com as freiras.

— Ah, é? — Fiquei gelada. — E como você sabe?

— Passei por lá uma vez, numa excursão do colégio, e vi. Os arredores da gruta estavam repletos de ônibus da Espanha, eram tantos que eu nem consegui contar. Abrimos a janela e eu comecei a me engraçar em espanhol com algumas meninas de véu e missal nas mãos. Elas ficaram assustadas e saíram todas correndo, dando pulinhos — então começou a parodiar a Macu com uma perfeição de que não era consciente —, e me xingavam com aquela vozinha, seu imbecil, idiota, grosso, vai à eme, eu rolava de rir. Em poucas palavras, aquilo parecia El Escorial numa tarde de domingo.

— Quando foi isso?

— Deixa eu pensar. Foi há três, não, quatro... Por que pergunta? Você estava por lá?

— Não — e aquilo era verdade, eu fora dois anos depois dele. — Nunca estive em Lourdes, não gosto desses lugares.

— Muito bem. E onde você esteve na França? Em Paris?
— Não, Paris não... Mais para o sul.
— Em que lugar do sul? — Ele sorria, não confiava em mim.
— Não lembro bem. Perto da Itália, viajávamos o tempo todo ao lado do mar.
— Costa Azul?
— É, deve ser isso. Acho que esqueci os nomes, esqueci de tudo, é incrível...
— Mas deve ter passado por alguma cidade importante, não é?
— Claro que passei.
— Qual?

Não me ocorreu Nice, mas cheguei perto de Marselha, estive a ponto de dizer esse nome, até que lembrei de ter lido em algum lugar, com certeza num livro de Asterix, que aquela outra cidade era chamada de capital do sul.

— Lyon.
— Há! Você foi é para Lourdes com as freiras, aposto o meu saco...
— Está bem, chega! — Levantei num pulo. Não estava aborrecida com ele, e tive que engolir um sorriso quando desfigurou a expressão favorita de Porfirio ("possto o meu ssaco"), mas me sentia incômoda numa situação que parecia piorar progressivamente, sem dar qualquer fruto. — Se você já sabe de tudo, então não precisa de mim. Vou-me embora.

Girei sobre os calcanhares e comecei a caminhar devagar, mas não devia ter me afastado nem dez passos quando uma pedrinha caiu ao lado do meu tornozelo esquerdo. A segunda atingiu o direito. Virei, esfregando a perna com gestos exagerados, como se o impacto tivesse doído terrivelmente.

— O que foi agora?
— Tem uma coisa que ainda não sei. — Ele olhava para mim com uma expressão que não prometia nada de bom. — O que você deixa fazer, índia?
— Ah! — fingi surpresa, por mais que na realidade estivesse adorando. — Não me diga que você se interessa por aquilo...

Ele não achou oportuno responder, e eu recapitulei brevemente. Um primo de Angelita quase que me beijou no casamento dela, um ano e meio atrás. Depois, em meados daquele semestre, arrumei um namorado, um amigo do Iñigo que não me atraía muito, mas disse que sim porque considerei que já estava na hora. Ficávamos nos beijando e uma vez, no final, ele meteu a mão no meu decote, mas o larguei logo porque era chato ficar com ele. Fora disso, no primeiro arrasta-pé daquele mesmo verão, Joserra estava bêbado e deu em cima de mim, como sempre. Enquanto dançávamos, ficou passando a mão na minha bunda o tempo todo, mas afinal se empolgou e levantou minha saia por trás. Então dei-lhe uma joelhada no saco. Todos disseram que me comportei como um animal, mas eu considerei que ele tinha merecido. Não era um balanço exatamente cosmopolita, mas desde que

Fernando apareceu eu não conseguia dormir bem, e pensei que aquilo devia ser suficiente para equilibrá-lo.
— Deixo fazer quase tudo.
— Quase?
— Quase. Tudo menos cosquinhas. As cosquinhas me deixam nervosa, sabe?

Girei novamente sobre os calcanhares, e contive a vontade de olhar para o rosto dele. Andava depressa, deixando-me impulsionar pelo vento, que soprava a meu favor, ladeira abaixo, e me sentia tão satisfeita que nem tinha vontade de analisar o resultado daquele combate, decidir se havia ganhado ou se me perdera por completo, mas antes de chegar à metade do percurso, quando ainda não podia distinguir por entre as árvores a estreita fita preta que indicava a estrada, escutei o ruído seco de um motor estranho, girando numa velocidade pouco freqüente, e senti o cheiro de poeira que a Bomba Wallbaum fazia ao arar o chão de terra batida. Não quis ainda virar a cabeça, mas ele freou a moto quando chegou ao meu lado, e eu respondi me detendo.

— Aonde você vai?
— Para a merda da minha casa. Se você não se opuser, é claro.
— Vem — sorriu. — Eu levo você.

Subi na moto com alguma dificuldade porque minhas pernas tremiam como se tivessem vida própria, mas alguns segundos depois estava atrás dele, colada nele, e percebi pela primeira vez a frágil consistência da realidade, a fugacidade insuportável que desbota, quando mal acaba de se produzir, a cor de um instante tão desejado como havia sido aquele instante. Mas apertei o corpo dele com os dois braços, até meus dedos lerem através do pano o relevo de suas costelas, invertendo estritamente a ordem dos ossos que os dedos de uma senhorita deveriam ter adivinhado, e notei como meus peitos se achatavam contra as omoplatas dele, e o anômalo estremecimento de umidade fria que havia assinalado a irrupção do suor que já me encharcava por baixo da roupa se transformou numa tepidez ágil e confortável, como a que uma lareira acesa exala numa noite de inverno para acolher um convidado que ninguém espera.

— Você não se incomoda que eu me segure desse jeito, não é? É que andei poucas vezes de moto, fico com um pouco de medo.
— Não. Você tem mesmo que se segurar forte, eu corro muito.
— É... Já imaginava.
— Bom, eu também.
— O quê?
— Que você ia ficar com medo de andar de moto.

Acelerou várias vezes em seco e depois levantou com o pé, sem me avisar e sem que eu percebesse, a alavanca que fazia os pneus girarem no ar. Saímos disparados pela ladeira e por um instante achei que havíamos decolado, que saíamos do chão, como se a Bomba Wallbaum pudesse voar, e berrei, como berrava na montanha-russa quando era pequena, mas quando desembocamos na estrada aquela sensação de gozo irracional cedeu ante uma rápida seqüência de imagens que me inundaram. Primeiro pensei que qualquer dos carros vermelhos que cruzavam conosco, numa velocidade muito superior à que me permitiria distinguir a marca e o modelo de cada um, poderia ser o carro de Nacho, e minha irmã estar dentro dele. Depois parei de pensar e comecei a desejar isso. Mais tarde me perguntei até que ponto Fernando tinha acreditado na minha última afirmação e se, nesse caso, ele me levaria para casa de verdade. Ainda não me definira em relação a qualquer possível conseqüência dessa última hipótese quando notei que a velocidade diminuía alarmantemente. Não podia acreditar que o pavilhão estivesse tão perto.

— Chegamos.

— Ai, não, por favor... Se não for muito trabalho, dá a volta pelo jardim e me deixa na porta dos fundos. Assim ando menos.

Abracei-o um pouco mais forte, para o caso de ele resolver mudar de idéia e, por exemplo, se desviar para tomar uma aguardente no povoado, uma iniciativa, aliás, das mais comuns, mas eu não tive coragem de assumi-la e ele não teve a idéia, ou não quis, e antes que eu tivesse tempo parou em frente à grade sem ter encostado um dedo em mim. Não tive coragem de analisar os motivos de tal abstinência, um enigma que antes de ser formulado já sugeria um panorama apavorante, e num ataque de pura demência concebi um novo medo, insólito, e pensei que se ele não me agarrasse eu morreria, e não seria uma morte amável de romance, e sim uma agonia lenta e irreversível, porque dali por diante iria viver com a condenação da minha própria morte nas costas, e quando a encontrasse, já velha e cheia de rugas, esgotada e vazia, compreenderia com horror que jamais tinha começado a viver. Meus pensamentos evitavam as fronteiras do desejo para mergulhar num abismo muito mais fundo, a curva de um sorriso sarcástico, uma tristeza densa e cheia de grumos, o miserável destino que me esperava de braços abertos na outra margem, como um bicho-papão sempre à espreita que apertaria suas garras ao redor do meu pescoço se eu não fosse capaz de arriscar minha pele naquele instante. E entrei em pânico quando percebi que não tinha coragem suficiente para fazê-lo, mas aproveitei o zumbido surdo do motor para me queixar, num murmúrio que considerei perfeitamente inaudível.

— Me beija, seu babaca.

O ruído cessou, eu afrouxei os braços com preguiça, mas Fernando virou a cabeça como se uma vespa houvesse mordido sua nuca e me olhou com os olhos muito abertos.

— O que foi?

— Não, nada.

Minhas miragens se desfizeram em moléculas infinitesimais de fumaça ao entrarem em contato com a poeira da realidade concreta, e agradeci intimamente ao prefeito por nunca ter prolongado a iluminação pública até aquela ruela, apesar das reiteradas ameaças da vovó, que o responsabilizava por qualquer desgraça que a escuridão trouxesse a seus netos, porque eu estava vermelha até a última camada do couro cabeludo.

Desci devagar da moto e avancei alguns passos até a porta.

— Muito obrigada pela carona, a gente se vê.

— Espera um pouquinho. — Ele se deslizou sobre o assento até ocupar a posição que eu acabava de abandonar e apontou para a frente com o dedo. — Sobe aí, vai...

— Eu? Mas não sei dirigir!

— Nem eu vou deixar. Sobe, mas ao contrário. Olhando para mim.

Meu coração deu uma reviravolta e rodou várias vezes sobre si mesmo, e lembrei que os caminhões carregados até o topo costumam dar muitas voltas antes de se incendiar, mas me fiz de rogada por alguns minutos, como se precisasse pensar antes de me decidir. Depois cheguei até a moto e ele me ajudou a subir, mas a potência repentina do meu pensamento metafórico não conseguiu sobreviver dessa vez a um contratempo dos mais vulgares, porque tive que me concentrar na busca de um lugar adequado para as minhas pernas, que batiam constantemente nas dele, e não consegui encontrar num espaço tão exíguo, de modo que afinal as estiquei para trás, apoiando os pés nas porcas da roda dianteira e adotando uma postura tão incômoda como favorecedora, que me obrigava a ficar erguida, com as costas arqueadas e o peito escandalosamente projetado para a frente. Quando tentei modificar este último detalhe, em busca de um ângulo menos agressivo, quase caí no chão. Fernando me segurou a tempo com um sorriso astuto e resolvi que seria melhor ficar quieta.

— O que foi que você disse antes, índia?

Mas aquela era a minha brincadeira favorita.

— Ah, acho que disse antes que não tinha dito nada antes.

— Não — sorriu. — Estou falando do que você disse antes de que eu lhe perguntasse o que você tinha dito antes...

— Ah! — Devolvi o sorriso e imprimi velocidade à minha resposta. — Você quer dizer, o que eu disse antes de te dizer que não tinha dito nada antes, antes de que você voltasse a me perguntar o que tinha dito antes para que eu respondesse que não tinha dito nada antes.

— É, porque isso é o que eu queria saber antes, quando... perguntei o que tinha dito... — ele hesitou de novo e suspirou, aquilo estava dando trabalho —

antes de que eu perguntasse... e você me respondesse antes... não, antes não... — deu um tapa violento na coxa para punir o próprio erro —, e você me respondesse que não tinha dito nada... antes.

— Um pouco lento, mas para ser estrangeiro não está de todo mal. Você é bom em jogo de palavras.

— Não tanto quanto você.

— Não, isso de jeito nenhum. O pessoal me chama de Malena, a da língua vertiginosa.

Soltou uma gargalhada ruidosa, talvez celebrando um duplo sentido que não estava nas minhas intenções incluir, mas o riso dele ajudou a me sentir melhor.

— Então é hora de usá-la.

— Quer dizer, você quer que eu te diga o que disse antes de que você me pergun... — Ele tapou então minha boca com a mão, e tive a sensação de que sua palma ficou comprimindo meus lábios durante mais tempo do que seria necessário.

— Isso.

— Bom, a verdade é que eu não disse nada. Aliás, para ser exata, sussurrei. E é importante que sejamos exatos, porque não é a mesma coisa, sabe?, muito pelo contrário, na verdade é até bem diferente... — Acho que ele sorriu outra vez, mas só consegui interpretar os olhos, porque estava esfregando o resto da cara com as mãos, numa cômica paródia de desespero. — Não sei se em alemão existe a diferença entre falar e...

— Sussurrar — interrompeu com impaciência —, claro que existe. O que foi que você sussurrou?

— Antes de...?

— É.

Fiz uma pausa. Não havia outra alternativa a não ser pular da moto e sair correndo, e isso era a última coisa que eu tinha vontade de fazer.

— Acho — suspirei — que te chamei de babaca.

— É, foi isso que me pareceu ouvir.

— Você não escutou mais nada, não é?

— Por que me chamou de babaca?

— Ah, sei lá! É como um tique, uma maneira de falar. Digo isso até para meus pais, o tempo todo, babaca, babaca... Não leva a mal, na verdade eu não queria dizer isso... Não tem a menor importância.

— Por que você me chamou de babaca, Malena?

Deixei o tempo transcorrer de novo e resolvi negociar um compromisso.

— Posso sussurrar?

— Pode.

Mas então compreendi que não deveria sussurrar, porque seria como cobrar uma entrada, por mínimo e simbólico que fosse o preço. Por isso levantei a cabeça devagar, olhei dentro dos olhos dele e falei com voz clara, me esforçando para pronunciar com nitidez e marcando as pausas adequadas entre as palavras.

— Eu não chamei você de babaca. Eu te pedi para me beijar. O xingamento veio depois, porque estou esperando há horas e quando nós paramos aqui pensei que você não ia resolver nunca. Ou então que não me beijava porque tem namorada. Ou porque não se interessa por mim, o que seria o pior.

Foi tudo muito fácil. Eu falara sem medo e sem vergonha, e ele não fez nada para mudar as coisas. Estendeu os braços na minha direção e deslizou as mãos por trás dos meus joelhos para me atrair bruscamente para si. Minhas pernas se cruzaram sozinhas ao redor do seu corpo e joguei os braços no pescoço dele para manter o equilíbrio. Ele apertou minha cintura com os dedos como se tivesse medo de que eu fugisse, e me beijou.

Daquela vez a realidade foi generosa. Simplesmente, se evaporou.

Quando me esforço para evocar aqueles dias, sinto dificuldades em distinguir o real e o imaginário, e às vezes não consigo estabelecer as coisas que aconteceram de verdade e as que nunca existiram fora dos meus sonhos, talvez porque, de tanto voltar sobre elas, eu já tenha desgastado essas lembranças, ou talvez porque a realidade e o desejo nunca tenham estado tão próximos quanto nessa época, quando se confundiam numa coisa só.

Já não tem sentido chorar, e já não choro, mas continuo estremecendo cada vez que recupero alguma imagem solta, como em velhas fotografias desbotadas, exiladas numa gaveta remota, que parecem retomar o brilho e o esmalte do papel intacto quando pouso meus dedos em sua borda, e minha pele se altera lentamente, estica-se até reconquistar a elasticidade gratuita cuja paulatina mas implacável deserção está começando agora a me preocupar, e olho para as bases das minhas unhas e as vejo mais brancas, e este é o sinal de que chegou o momento de começar a pensar em outra coisa. Com o tempo consegui cultivar uma disciplina tão rigorosa que já consigo me concentrar na lista de compras só com me propor a isso, mas algumas vezes me dá um trabalho infinito desprender-me da imagem daquela garota que o tempo transformou numa personagem ainda mais comovente para mim que o jovenzinho que aparece ao seu lado em toda parte, porque eu ainda era uma menina mas nunca vivi tão a sério, e porque nunca, também, viver me deu menos trabalho.

Depois, quando tudo já dava no mesmo, alguns detalhes soltos, palavras e gestos secretos, preciosos, que nunca vou poder transmitir a ninguém, se confabularam para me revelar que Fernando — Uau, garota, você não sabe o que é isso! — era quase tão criança como eu, mas na época eu não percebia, e quando conseguia encará-lo sem que ele me devolvesse o olhar, sobretudo quando estava possuído por um daqueles obscuros ataques que o transformavam por alguns minutos em adulto, colando um véu opaco diante dos seus olhos e suavizando as linhas daquele queixo quase quadrado que daria ao seu rosto, assim que voltasse a estar acordado, um certo toque animal que eu também adorava, perguntava a mim mesma como era possível que ele, Ele, um homem de verdade, com moto, e ainda por cima alemão, houvesse reparado em mim. E, apesar disso, nunca antes me sentira tão adulta.

    Lembro da surpresa que me assaltou ao contemplar meu próprio rosto no pequeno espelho do cabideiro quando, após reunir penosamente as forças necessárias para descer da Bomba Wallbaum e da remota nuvem em que Fernando me instalara, resolvi voltar para casa, chegando tardíssimo para o jantar. Ia depressa, rezando para não encontrar minha mãe de mau humor, mas parei um instante no vestíbulo para estudar meu aspecto, à espreita de qualquer sinal que pudesse revelar o meu novo estado aos que me esperavam atrás do vitral colorido, e o meu próprio reflexo me deslumbrou. Não me reconhecia naqueles olhos resplandecentes, naquela pele suave e brilhante, naqueles cachos quase azulados que expeliam uma espécie de umidade metálica, como se estivessem impregnados do óleo espesso que fazia reluzir o cabelo das virgens da Bíblia, nem nos meus lábios, inchados como duas esponjas embebidas de vinho, mas sem chegar a ultrapassar a linha da boca. Também não me reconheci naquela ferida e, apesar de tudo, senti uma vontade inexplicável de chorar, compreendendo que aquela imagem era a minha, e que aquela criatura radiante era eu.

    Limpei às pressas, com o dedo molhado de saliva, um rastro de baba tão seca quanto uma mancha de cola que atravessava a minha face esquerda, e entrei em casa. Quando cheguei à sala de jantar, havia convidados. Todos estavam se acomodando ao redor da mesa, ainda não tinham começado a servir o primeiro prato, e minha mãe, com um sorriso revelador mostrando que para ela o tempo também passara voando, me apresentou a não sei quantos parentes distantes e me mandou jantar na cozinha, porque ali não iam caber todos. Enquanto percorria os poucos metros do corredor, tive a sensação de que meus pés se livravam do chão como se fosse um lastro indesejável, e senti que não precisava mais andar porque estava levitando, avançando sem esforço alguns palmos acima do nível das lajotas de cerâmica. Quando divisei Reina atrás da porta de vidro, senti o impulso suicida de desafiá-la, de avisar a ela que desconfiasse dos seus sentidos, porque, por mais que acreditasse estar me vendo andar, o movimento dos meus pés era um simples efeito óptico, mas nem sequer cheguei a começar, porque ela me recebeu com um sorriso.

    — O que aconteceu com você, menina? Onde estava metida? Só espero que não tenha ficado zangada.

    Suas palavras me fizeram regressar de repente aos domínios da gravidade. Enquanto meus calcanhares se chocavam contra uma superfície dura, decidi que seria melhor deixar as coisas claras desde o começo.

    — Estou de caso com o Fernando. Você não precisa dizer nada, não quero saber sua opinião. Está claro?

— Malena!

O sorriso dela se alargou até atingir as proporções de uma careta, mas não vi nada de suspeito nessa expressão, nada que a tornasse diferente de qualquer uma das explosões de júbilo com que Reina celebrava minhas notas boas quando estávamos no colégio. Minha irmã ficava contente por mim, era só isso.

— Parabéns, menina! Que bom, não é? Já estava mais do que na hora de você aparecer com um namorado.

— Espera aí. Namorado, mesmo, não sei se é.

— Claro que é. Puxa, que mudança... Antes era uma madalena e agora virou hambúrguer!

Dei umas boas risadas com aquela piada imbecil. Nessa noite, teria morrido de rir até com as cotações da bolsa no telejornal.

— Conta tudo, rápido! — Reina apertava os dedos no meu braço. — Quero saber tudinho... Por favor...

— Não, deixa para lá.

— Mas, por quê?

— Porque você não vai com a cara dele.

— Ora, eu nem conheço o Otto direito, menina! Nem vou nem deixo de ir com a cara dele. O que eu te disse antes foi porque não tinha confiança nele... achava que ia magoar você, sério, mas não tenho nada contra ele, eu não podia nem imaginar... Mas se vocês estão namorando a coisa é diferente, juro, Malena.

— Está bem, mas mesmo assim...

— Conta tudo, vai! Você não imagina como estou doida para saber, conta, vai, juro que não volto a chamá-lo de Otto nunca mais.

Ela cruzou os dedos sobre os lábios, mas eu preferi olhar dentro dos seus olhos, aproveitando a pausa imposta pela entrada de Sagrario, que se aproximou para pôr à nossa frente dois pratos de salada russa, e minha sentença foi favorável a ela. Estava morrendo de vontade de contar tudo, e ela morria de vontade de saber, e era minha irmã, estava no mesmo barco que eu, podia confiar nela, mas de qualquer modo preferi me assegurar com certas garantias.

— Se você contar à mamãe uma só palavra do que vou dizer, eu digo a ela que você vai sempre de carro a Plasencia sozinha com o Nacho.

Mamãe tinha pânico de que andássemos na estrada com qualquer outro que não Joserra ou meu primo Pedro, e Reina fora especificamente proibida de entrar no carro de Nacho, não só por seu caráter de potencial recinto pecaminoso, mas também porque no verão anterior um outro R-5 se espatifara contra uma mureta, num acidente que o seguro indenizou como perda total.

— Malena, pelo amor de Deus. Como você pensa que eu vou fazer uma coisa dessas?

Então comecei a falar, e contei tudo, tudo, até a batalha de palavras, omitindo apenas minha declaração final e o que aconteceu depois, mas Reina me olhou com o cantinho do olho enviesado, como se desconfiasse da sinceridade do meu relato.

— E o que mais?
— Mais nada.
— Nada?
— Bom, enquanto me beijava, ele estava me abraçando, é claro... — Improvisei um tom experiente e não pude reprimir um sorriso ao notar que era a primeira vez que precisava improvisar um jeito desses. — Imagina só, em cima da moto... é um pouco difícil, sabia?
— Lógico. Você não vai comer a salada?

Abaixei a vista até meu prato, repleto de um apetitoso amálgama de pedacinhos de comida de cores diferentes. Eu adoro salada russa, principalmente a que Paulina inventou, misturando às batatas fervidas, em vez de legumes, camarão, ovo cozido, pimentão e azeitonas, e minha paixão era pública, veemente, o que levava Reina a parecer tão assombrada. Eu mesma não me assombrei menos quando, apesar de saber que obviamente estava deliciosa, percebi que não tinha vontade de comer. Peguei um pouco de maionese com a ponta do garfo e experimentei. Estava boa, mas foi muito difícil engolir.

— Não, não está descendo. Você tem um cigarro?

Reina fumava em casa desde o começo daquele verão, e eu assumi que a permissão também me incluía.

— Claro. Desde quando você fuma? — perguntou, sua surpresa aumentando enquanto procurava na bolsa pendurada no encosto da cadeira.
— Há quatro ou cinco horas.
— Certo. Pall Mall? Porque este aqui é de fumo escuro.
— Fumei cigarros pretos a tarde toda. O Pall Mall já acabou.
— Que pena — sorriu. — É muito mais bacana.

Concordei com um sorriso. Ela girou a cabeça para me dar fogo e não pude ver seu rosto quando finalmente fez a pergunta que eu esperava desde o começo.

— Você não deixou ele passar a mão, não é?
— Claro que não — respondi, procurando evitar qualquer ênfase suspeita.
— Não, não é que eu ligue para isso, você é quem sabe, só estou dizendo porque não acho bom deixar logo. Eu sempre faço esperar...
— Eu sei, Reina, eu sei.

Eu sabia até demais, conhecia com uma precisão exaustiva cada uma das etapas do calendário que minha irmã tinha elaborado para si mesma, com uma liberdade de espírito parecida com a que Paulina esbanjara ao reinventar a receita de salada russa, um cronograma que avançava de duas em duas semanas até completar seis meses de namoro, uma autêntica colação de grau após a qual, geralmente, mas nem sempre, o sofrido sujeito bolinador adquiria certos direitos de se converter em objeto apalpado. De tanto ouvir, eu tinha aprendido aquilo tudo de cor, com a mesma técnica que empregara quando pequena para reter a tabuada, por simples repetição, só que começando pelo final, que era o mais fácil.

— Além do mais — insistiu —, sendo alemão, é melhor colocá-lo no seu lugar desde o começo, porque você já sabe como são as garotas de lá. Bem assanhadas. Não se privam de nada, você sabe, lá dormir com um cara é feito tomar uma birita aqui.

— Não, de novo não, por favor — sussurrei —, meu Deus do céu, de novo não...

Naquele instante, eu teria trocado minha alma por um passaporte francês, mas minha irmã não estava mais me escutando, porque Pedro tinha acabado de entrar na cozinha, já mandando que ela se apressasse.

— Você combinou alguma coisa? — perguntou ela num tom quase maternal, e eu neguei com a cabeça. Naquele verão já nos deixavam sair de noite, mas quando me despedi de Fernando estava tão alterada que não fui capaz de lembrar disso. — Então vem com a gente, vem.

— Não me dá vontade. Estou muito cansada.

E estava mesmo. Meia hora depois cairia na cama como um peso morto e dormiria logo, pela primeira vez em muitos dias.

Mas antes de deitar cedi à tentação de me trancar no banheiro para me observar no espelho, e aprendi pouco a pouco que aqueles olhos, e aquela pele, e aqueles cachos, e aqueles lábios eram os meus, porque eram o reflexo do rosto que ele quis olhar, e minha repentina beleza era apenas a marca mais profunda do seu olhar. Fiquei me estudando atentamente, e estremeci ao compreender que o importante não era me ver bonita, mas simplesmente me ver, ou, talvez, me ver com os olhos dele, ser capaz de me desprender de mim mesma para me observar desde um coração alheio, e gostar de mim, e então decidir que podia voltar a ser uma coisa só. Jamais tinha me sentido tão à vontade com o que a sorte me reservou, e jamais tivera tanta certeza de ser, não alguém valioso, mas simplesmente alguém.

Tirei a roupa devagar e contemplei meu corpo no espelho como se nunca o tivesse visto antes, e compreendi que era belo, porque ele me dissera que era belo. Fechei os olhos e o percorri lentamente com minhas mãos tépidas, tentando repetir os caminhos que seus dedos haviam calcado antes, e sucumbi a um fantasmagórico tremor quando recuperei o contato de suas mãos frias ao se deslizarem sem se anunciar por baixo da minha roupa, subindo pelos lados para desenhar caminhos paralelos que não se apagariam nunca, desvendando para mim, à medida que avançavam, a qualidade da minha pele, como se eu nunca a houvesse sentido, como se ignorasse que ela existia e que a sua função consistia em recobrir minha carne, trazendo ao mesmo tempo de volta, mesquinho e grotesco, o episódio do Ford Fiesta e meu próprio e simplório desespero, uma lembrança ácida que não sobreviveria ao forcejar de seus polegares, que tropeçaram em meu sutiã e se detiveram, indecisos, antes de se enfiar por pressão entre o tecido e as minhas costelas e puxar para cima, num gesto enérgico, a presilha incólume, forçando uma tensão insuportável sob minhas axilas enquanto seus dedos se aferravam em meus peitos como um exército de crianças desesperadas e famintas, e então me afastei dele, e senti medo ao ver como me olhava, mas pedi que me aliviasse da dolorosa pressão que ameaçava separar meus braços do tronco e ele sorriu antes de fazer minha vontade, você é uma garota muito esquisita, índia, e eu sorri quando ouvi aquilo, enquanto meu sutiã caía no chão como um cadáver de pano, e achei que meu vestido iria pelo mesmo caminho, mas ele extraiu com delicadeza meus braços das mangas e o arregaçou inteirinho ao redor do meu pescoço, descobrindo o meu corpo para contemplá-lo devagar, e foi nessa hora que os olhos dele me disseram que meu corpo era belo, mas não consegui viver essa emoção porque suas mãos agiram com rapidez para arrebatá-la de mim e me precipitar numa emoção nova, segurando bruscamente minhas cadeiras e me puxando com urgência para a frente, como se quisesse privar-me de qualquer apoio, e aquele gesto destravou uma mola automática lá no fundo do meu cérebro, e embora eu me visse obrigada a esticar os braços para trás e segurar no assento para não cair, ainda tive tempo de ver sua surpresa, o estupor que se estampava subitamente em seus traços enquanto eu me esfregava placidamente no seu corpo, interpretando corretamente aquela dureza, você é uma garota muito esquisita, Malena, repetiu, e aquilo foi o suficiente, deixei minha cabeça cair para trás quando ele inclinou a dele sobre mim, e uma lufada de vento fez meu vestido branco ondular como a capa de uma princesa medieval enquanto seus lábios conseguiam capturar um dos meus mamilos, e mesmo de olhos fechados pude divisar com clareza aquela imagem, dois cavaleiros dementes, sozinhos no mundo, no lombo de uma moto da Segunda Guerra Mundial, na fronteira exata entre um bosque de carvalhos mais do que centenários e a frágil muralha de um palácio plebeu, levantando pedra a pedra por uma dinastia de aventureiros malditos com o mesmo dinheiro que lhes apodrecera o sangue.

Na manhã seguinte, quando entrei na cozinha para preparar meu café, dei com Nené à minha espera, com o braço direito rigidamente esticado, a palma reta, os dedos apertados, assobiando o melhor do seu repertório.

— Isso é a marcha de *A ponte do rio Kwai*, sua imbecil — disse quando passei ao seu lado, com o sorriso característico que alguns deuses condescendentes reservam para um eventual encontro com os simplórios mortais.

— Claro — replicou, muito segura de si. — O que foi? Não gosta?

Pus o leite para esquentar e respondi sem virar a cabeça.

— Essa era a canção dos prisioneiros ingleses, e se você acha que ela me incomoda, é porque está no limite, quer dizer, no limite não, já passou, é uma verdadeira e completa toupeira, e é bom ficar sabendo de uma vez que não tem nada a...

— Nené! Abaixa agora mesmo esse braço, sua idiota! Era só o que faltava, será que você é retardada?

Os gritos introduziram na cena um ingrediente que finalmente a tornou digna de ser contemplada, e então me virei devagar, me perguntando se ainda seria possível que alguma voz naquela casa conseguia me enganar.

— Fora daqui! — De fato, minha memória auditiva era impecável. — Vai para a varanda! Tenho que falar com a Malena.

Macu se aproximou de mim com um sorriso de enorme complacência que não consegui interpretar. Depois, com uma paciência insólita para uma cultivadora tão especial de silêncios, esperou que eu terminasse de preparar meu desjejum e me ajudou a levar as torradas para a mesa. Lá, sentou à minha frente e sorriu de novo, ainda hesitando em dizer alguma coisa.

— O que foi, Macu? — O café da manhã era a minha refeição favorita e eu não estava disposta a sacrificá-la escrutando os traços de uma esfinge tão simples. — O que você queria me dizer?

— Eu... — começou ela, como se apostasse a vida em cada sílaba. Depois compreendi que na realidade punha em jogo muito mais do que a vida. — Eu queria te pedir um favor.

Fiz que sim com a cabeça, mas meu gesto não deve ter lhe parecido suficientemente expressivo.

— O quê?

— Eu... Quer dizer... Se você... Se você pedisse ao Fernando...

— O quê?

Macu de repente se levantou, deu um soco na mesa e me fez uma expressão de súplica tão intensa que fiquei assustada.

— Eu quero uma calça Levi's etiqueta vermelha, Malena! Não há nada neste mundo que eu deseje mais do que uma Levi's etiqueta vermelha! Você sabe, estou há anos atrás de uma, minha mãe não me deixa pedir a ninguém porque diz que sou uma estúpida, mas eu não tenho culpa de que não exista nada neste país de merda, e eu quero, eu...

Sentou-se outra vez. Parecia mais serena e sorriu para me tranqüilizar, mas enquanto falava ia retorcendo uma mão com a outra como se pretendesse esfolar os dedos.

— Para o Fernando não ia custar nada comprar uma para mim. Na Alemanha tem de tudo, e mamãe nunca saberia. Isso não significa que eu não queira pagar, é claro que pago, você sabe, o que ele me pedir, tiro o dinheiro de onde for. Então, se você não se importar de me ajudar, eu... Eu vi como ele olha para você, e ontem à noite, a Reina me contou, bom... acho que se você pedir ele me manda uma, tenho certeza.

Levantei a mão para pedir uma trégua. Jamais a paz foi negociada por um preço tão barato.

— Pode contar com a Levi's, Macu.
— Tem certeza?
— Tenho. Se houver algum problema, peço para mim mas digo o teu tamanho. Mas não vai ter problema nenhum. Você vai conseguir a calça.
— Obrigada. Ah, Malena, obrigada! — Chegou mais perto e me deu um beijo na bochecha. — Superobrigada. Você... nem imagina como é importante para mim.

Depois, quando meus dentes se enfiavam com ânsia na casca do pão torrado, pensei que, mesmo se Fernando nunca mais voltasse a olhar para mim, ele já havia me proporcionado aquela cena e ninguém jamais poderia tirá-la de mim. Eu me sentia enorme como o cedro do jardim e invulnerável como a pedra verde que tinha passado de mão em mão durante séculos só para que um belo dia o vovô me desse de presente, e apesar disso, apenas umas horas mais tarde, naquela mesma noite, essa sensação gloriosa me pareceria tão distante e improvável como se a tivesse vivido no meu próprio berço.

Estávamos avançando bem devagar pela margem direita da estrada e o mundo ainda se dobrava aos meus pés, como se abaixo deles surgissem as pontinhas de uma lua minguante e humilde, igual à que a desdenhosa Virgem do colégio pisava, quando Fernando soltou minha mão direita de sua cintura, empurrou-a alguns centímetros mais para baixo e a apertou contra a braguilha da sua mítica Levi's etiqueta vermelha.

— Você sabe o que é isso aí?
— Sei, claro.

Na realidade eu só tinha uma idéia aproximada, mas ainda me sentia segura, e risonha, e ainda confiava em minhas catastróficas faculdades para o cálculo mental, que me levaram a induzir, com uma margem de erro que julguei desprezível, que Fernando, basicamente, era um mentiroso tão ingênuo como eu, sobretudo porque, caso contrário, não teria aceitado na noite anterior as desculpas apressadas que dei ao descobrir que a hora excedia em quarenta e cinco minutos a mais flexível das convocatórias para o jantar. Nesse momento, se o que ele tinha me contado fosse verdade, não me deixaria partir com tanta facilidade, teria me violado ali mesmo, em cima da moto, segundo as leis universais do comportamento masculino que nem eu mesma sabia onde aprendera, mas que, como era de se esperar, vigiam igualmente na

Europa Central. Entretanto só me perguntou o que iria me acontecer se eu chegasse mais tarde ainda, e respondi que na certa minha mãe me deixaria de castigo sem poder sair, e quando quis saber a duração do castigo e eu disse que, dependendo da dose de mau humor que mamãe houvesse acumulado durante o dia, podia oscilar, mais ou menos, entre uma semana e um mês, embora geralmente a sentença fosse comutada antes do prazo, balançou a cabeça e murmurou que então não valia a pena, e me deixou ir. Depois, o que aconteceu naquela mesma tarde confirmou a minha primeira impressão. Tínhamos percorrido abraçados a metade dos bares de Plasencia, falando muito, e nos beijando quando não falávamos de aviões — ele fazia um curso na faculdade equivalente ao de engenharia aeronáutica —, de irmãos — tinha dois, uma menina da minha idade e um menino pequeno —, de amigos — também tinha dois, pelo menos íntimos, e um deles, que se chamava Günter, era filho de uma espanhola nascida no exílio —, sobre Franco — contou que o pai decidira voltar para tentar compreender o que se sentia aqui depois de sua morte, embora ele próprio pensasse que uma outra morte iminente, a do vovô, era o verdadeiro motivo desse regresso —, de como as bebidas eram baratas na Espanha, do filme *A dança dos vampiros*, de Jethro Tull, de The Who e de outras paixões em comum. Quando voltou à meia-noite para me buscar, superado o desagradável trâmite do jantar familiar, por um instante tive a sensação de que seu sorriso era diferente daquele que me dera quando se despediu, no mesmo lugar, às dez e meia, mas atribuí o ambíguo toque de perversidade que brilhava num de seus caninos às travessuras da luz do luar que emanava de uma lua quase cheia, envolvendo sua figura numa névoa incerta de prata temperada, e só quando afastou minha mão com suavidade e depositou-a sobre a própria coxa, e alguns segundos depois a recuperou e introduziu com um gesto pausado no interior de sua calça, senti uma onda de autêntico terror.

— O que você acha?

— Ah! Bem... — Gostaria de poder parar e pensar no assunto, mas entre meus dedos latejava a prova de uma velha e poderosa intuição, a mágica potência do desejo dos homens, que escapa de seu interior como o espírito de um demônio estrangeiro e é capaz de se materializar para dizer com soberba que está vivo, impondo uma imprevista e fascinante metamorfose num corpo autorizado a contradizer todas as regras, e se retorcer, e se alterar, e crescer a qualquer hora, para dar a si mesmo uma egoísta exibição de plenitude que sempre seria vedada às invisíveis dobras do meu próprio corpo. Tentei juntar a ponta do meu polegar com as dos outros dedos e não consegui, mas senti que o sangue dele latejava em minha mão, respondendo à pressão que eu fazia, e fui sincera. — Eu acho ótimo.

Fernando soltou uma gargalhada e saiu da estrada principal para entrar num caminho de terra que eu não conhecia. Íamos tão devagar que até hoje não entendo como não caímos.

— Fantástico... Porque eu não sei o que fazer com ele.

Eu também não, poderia ter respondido, mas não encontrei lugar para a ironia no confuso campo de batalha que se desdobrava dentro da minha cabeça, e o medo, um impulso cada vez mais impreciso, ainda me paralisava as pernas, mas não conseguia governar os dedos da minha mão direita, capitães da poderosa aliança que o combatia com ferocidade, desarvorando seu escudo de sensatez para obrigá-lo a retroceder lentamente para trás de suas linhas, ferido de morte pela imaginação, pela idade, pela curiosidade, por minha própria vontade e pelo sangue de Rodrigo, que fervia ao redor, e no centro exato, do meu sexo, e entre as paredes do sexo do meu primo, que me chamava e me respondia, impondo ao pulsar das minhas mãos o ritmo de suas próprias pulsações.

Quando Fernando parou o motor, eu estava mais assustada com a idéia de decepcioná-lo do que de sair mal daquela pequena clareira oculta, defendida por uma muralha de rochas e atrás de uma espessa estacada de eucaliptos, como o refúgio do pirata Flint, e por isso juntei minha mão esquerda à direita, e segurei o membro com força, e finquei em seu dorso as pontas rombudas de oito dos meus dedos para dar a meus movimentos o ritmo de uma carícia deliberada, e então ele deixou a cabeça cair, de pálpebras fechadas, negando-me os seus olhos, e apoiou a nuca no meu ombro, e nunca estivera tão belo, e eu não podia deixar de olhar para ele. Ainda estava olhando quando entreabriu os lábios para deixar escapar um soluço curto, e embora esse eco do meu próprio poder tenha me sobressaltado, compreendi que daria a vida para ouvi-lo gemer outra vez, e que ele, nem no pior dos casos, iria me exigir tanto em troca.

Depois, rolando em cima de um enorme cobertor de lã que parecia novo — é novo, confirmou Fernando, quando o tirou de trás da pedra onde o escondera antes, a sua avó vai ficar contente, respondi entre risos, e ele encolheu os ombros —, eu nua, ele ainda meio vestido, o fantasma de Rodrigo, seja quem for que tenha sido, e quaisquer que tenham sido seus pecados, a ligeira carga escrita no relevo dos meus lábios, me revelou que não existiam segredos que eu não conhecesse e me inspirou a serenidade exata para não pensar, e então minha cintura ocupou o lugar do meu cérebro, suas intuições deslocando meus pensamentos e guiando minhas mãos e minha boca, até que Fernando se livrou desajeitadamente do resto da roupa e aquela sombra antiga, que podia escolher, me deixou para mudar de lado.

Ele estava sentado sobre os calcanhares e provavelmente me contemplava com um sorriso divertido, mas eu, acocorada em frente aos seus joelhos, cautelosamente separada dele, como se seu corpo fosse um recinto sagrado em que não me atrevia a tocar, não lhe dirigia o olhar.

— Isso aqui é um peru... — eu dizia para mim mesma, como se precisasse afirmar a realidade que estava contemplando, nem que fosse para quebrar o feitiço, a insuportável tensão que fazia vibrar, de tão tensionado, o fio invisível estendido entre meus olhos avermelhados pela surpresa e aquele pedaço de carne mineral que os atraía como se pretendesse desprender de seu lugar minhas pupilas para se enfeitar com elas.

— Está impressionada, hein, índia?

— Estou — admiti, me resignando a demolir minha trabalhosa impostura até os seus alicerces —, é bastante impressionante.

Aquilo era um peru, claro, mas eu levaria algum tempo para aprender que a mesma palavra designa conceitos muito mais pobres do que aquele milagroso cilindro violáceo, que se insinuava por trás de uma capa úmida de pele viscosa e me sugeria a imagem de uma cobra enfurecida quando ergue o corpo, revelando à vítima a ameaça que palpita em seu pescoço apenas um instante antes de encher a garganta e circundar-lhe a cabeça como a corola de uma flor venenosa. Eu não conseguia afastar o olhar daquele prodígio que me reclamava por completo, tão fascinada, tão comovida estava por um mistério que parecia crescer à medida que se revelava, que eu não reagi a tempo quando Fernando o tirou suavemente de minhas mãos para segurá-lo nas dele, que sustentavam uma espécie de baba amarelenta e enrugada que não consegui identificar.

— O que é isso?

Parou e levantou os olhos para me encarar, mas não quis registrar meu estupor.

— Uma camisinha.

— Ah...

MeuDeusmeuDeusmeuDeusmeuDeus, pensei, meuDeusmeuDeusmeuDeus, e minhas mãos começaram a suar, meuDeusmeuDeus, e minhas pernas começaram a tremer, meuDeus, e vi o rosto da minha mãe, meu Deus, recortando-se contra o sol, um sorriso de amor dulcíssimo que faria até uma pedra chorar, mas ao mesmo tempo meus ouvidos renderam-se ao trovejante galope de um cavalo distante, que se aproximava depressa, e pressenti que não acharia nenhum banquinho onde prender meus pés, os dedos já se mexendo, nervosos, para impedir que saíssem correndo atrás dele.

— É... espanhol. — Fernando, mesmo negando a si mesmo a capacidade elementar de decifrá-la, tentava dissipar minha confusão, e o som tosco de suas palavras, carregadas de uma doçura imensa que eu não conseguia identificar e que no entanto consegui receber, como o golpe definitivo, em alguma víscera que não possuía, decidiu minha sorte naquele instante. — Peguei no armário do banheiro da tia Maria.

— Fernando, eu... Eu preciso te dizer... — tinha que dizer, mas não me atrevia, e por isso não achava as palavras certas —, eu não gostaria que você...

— Eu sei, índia — e empurrou-me suavemente até me deixar estendida no cobertor, e se deitou ao meu lado. — Eu também não gosto, mas é melhor assim, não é? Não vale a pena se arriscar, a menos que você tome alguma coisa e... bem, não acredito que você tome.

Neguei com a cabeça e tentei sorrir, mas não consegui. Quando se colocou em cima de mim, soube que ficaria devendo aquilo a ele para sempre, e jamais conseguiria lhe dizer, e enquanto meu corpo rangia sob o seu peso, e duas lágrimas graves e redondas rolavam em meu rosto para selar a ausência que dissolvia o meu segredo, e assim desterrando a angústia, lhe ofereci em troca outras palavras.

— Eu... eu gosto tanto de você, Fernando!

Todo o resto foi fácil. Rodrigo cuidava de mim.

— Você se saiu bem, índia. — O dedo indicador improvisava arabescos circulares na pele da minha barriga. Estava deitada de costas sobre o cobertor, completamente exausta, mas encontrei forças suficientes para unir um sorriso satisfeito àquele que via num rosto tão esgotado quanto o meu, porque eu concordava, tinha mesmo me saído bem, melhor do que poderia ter imaginado. — No começo você me assustou, porque não se mexia.

— É que você estava me machucando — interrompi, e pensei que aquele seria um bom princípio para uma confissão, mas ele outra vez interpretou mal minhas palavras, como se naquela noite que já ia para o fim nós estivéssemos condenados a falar num idioma essencialmente inútil, capaz de desdobrar-se numa maliciosa língua bífida somente quando sua integridade era vital para mim.

— É, sempre acontece comigo. Você não vai acreditar, ninguém acredita, mas uma vez fiz amor com uma mulher casada e ela também reclamou... Acho que ficou nervosa, mas às vezes não sei se isso é uma vantagem de verdade.

Passei meus olhos pelo corpo dele e achei no fundo um apêndice pequeno e encolhido que parecia tentar se resguardar na curva de uma coxa.

— Eu não reclamei — protestei, e era verdade. Eu enfiara os dentes numa quina do cobertor até que uma dor nas mandíbulas me fez desistir, mas não tinha reclamado, ele sorriu.

— É verdade. Você se comportou bem. Muito bem. Muito, muito bem.

Então comecei a rir e não fui capaz de controlar as gargalhadas, era histeria demais acumulada, mas tive o temor de que Fernando pudesse estar pensando que eu ria dele, e aquela simples idéia bastou para me acalmar.

— De que você está rindo? — Sua voz, porém, era risonha.

— Ah, estava pensando que deve ser inato... porque na realidade, embora eu venha de uma família com tradição... bom, a verdade é que não transei muito.

— Não? Quantas vezes?

— Quer dizer... algumas.

— Com quantos caras? Só por curiosidade, se te incomodar, não precisa me dizer.

— Não, não me incomoda. Só transei com um cara.

— Ah é? Um cara de Madri?

— Não, um estrangeiro. — Então percebi que ele, por algum motivo que eu não conseguia compreender, em vez de sorrir estava começando a ficar nervoso.

— Quando? Neste inverno?

— Não, no verão.

— Neste verão! Mas não foi em Almansilla, não é?

— Bom, exatamente em Almansilla não... — Então lembrei da genial expressão com que Marciano se referia às terras que nos rodeavam. — Mais precisamente na zona rural de Extremadura.

— O que é isso?

— Brincadeira. Só quero dizer que foi por aqui mesmo. No monte. Em cima de um cobertor novo, quadriculado... — me levantei um momento para observar as cores —, verde, azul e amarelo.

— Você não está dizendo que... — e a voz dele se quebrou. — Não me diga uma coisa dessas, Malena, por favor, não me diga.

Observei-o com atenção e seu rosto desarrumado me inspirou um pânico muito mais intenso do que refletia. Antes de tentar abrir os lábios, pressenti que minha garganta se negaria a emitir qualquer som articulado. Ele se levantou de repente e, de joelhos sobre o cobertor, segurou meus ombros, me puxou para cima e me obrigou a ficar de joelhos diante dele. Então, vítima de um delírio imprescindível, mantive a calma e imaginei que ia me beijar, mas não foi isso o que ele fez. Começou a berrar, e seus gritos quebraram o silêncio da madrugada, assim como um silêncio muito mais fundo dentro de mim.

— Mas você disse que...!

A dor que suas unhas me produziam, enfiadas com força em meus braços, agiu como uma alavanca sobre a minha língua.

— Eu não disse nada, Fernando.

— Mas deu a entender.

— Não. Você entendeu o que quis entender, mas eu não disse nada, e além disso agora não tem mais importância, tudo correu bem.

Mas as veias do seu pescoço engordaram, o rosto dele ficou um pouco mais vermelho, e eu compreendi que havia recebido meu último comentário como um golpe mais difícil de absorver que os anteriores.

— Você está doida, garota! Completamente doida. É uma irresponsável, uma irracional, uma... uma imbecil. Meu Deus do céu, eu nunca tinha transado com uma virgem! — e continuou para si mesmo, num murmúrio —, sempre tive um medo terrível...

— Bom, eu não sou mais virgem — sorri, e tentei me acalmar de novo, porque em algum lugar devia haver um erro, um dos dois estava errado, e com certeza não era eu, porém minha oferta de paz pareceu enfurecê-lo ainda mais.

— Mas você não percebe? Não está entendendo? Isso pode ser fundamental para você, pode marcar a sua vida toda, e eu não quero saber de nada, ouviu? Você me enganou, eu não aceito essa responsabilidade.

— Fernando, por favor, não seja alemão. — Eu estava quase chorando, aquela rejeição me era mais amarga que o meu próprio desconcerto. — Tudo é muito mais simples, eu...

— Não estou de brincadeira! Ouviu? Por que você não me disse? — Escondeu o rosto entre as mãos, e o volume de sua voz baixou de novo, mas de repente adquiriu uma certa doçura. — Eu... eu não era a pessoa certa para isso, será que você não entende?

— Não, não entendo.

— De qualquer jeito, eu... tinha o direito de saber.

— Mas tentei dizer! Só que você achou que eu estava reclamando da camisinha.

— Devíamos ter conversado, Malena, devíamos ter discutido isso, é uma coisa que não pode ser feita desse jeito.

— Claro que pode — protestei, mas minha voz estava tão delgada que tive dificuldade para ouvi-la —, e correu tudo bem.

Ele então me soltou e desviou a cabeça para não olhar para mim, e meu desconsolo retrocedeu lentamente sob a pressão da minha inocência, e um estranho rancor, entretecido com fiapos de cólera, cresceu em seu lugar, porque eu não era culpada de nada, não fiz nada errado, eu só o desejara, e desejara tanto que por algum tempo meu próprio desejo tinha invadido todos e cada um dos elementos que me integravam, até conseguir dissolvê-los em suas mais ínfimas raízes para me suplantar por completo, um triunfo absoluto que era o meu próprio triunfo. Quando compreendi isso, me joguei contra ele de surpresa, e com os punhos fechados esmurrei seu peito gritando com todas as forças.

— Você deveria gostar de ser o primeiro!

Mas nem aquela fúria o comoveu. Quando se recuperou da perplexidade em que meu ataque o deixara, afastou os meus punhos do peito e me segurou pelos pulsos, apertando na medida certa para não machucar, mas, quando abriu a boca, sua voz ainda estava asquerosamente equilibrada e serena.

— Ah, é? E quem acha isso?

Aquele tom de descansada curiosidade roubou-me até o último átomo de amor-próprio, e quando respondi o choro não me deixava articular as palavras com clareza.

— Eu... a...cho....

Minha opinião não tinha mais valor do que o lamento imperceptível de uma lagarta, tão diminuta que ele poderia tê-la esmagado com a sola do sapato sem nem mesmo perceber o motivo de uma morte tão ridícula, mas seus braços se fecharam em torno do meu corpo e me apertaram contra o dele, e seus lábios me beijaram muitas vezes, na boca, no rosto, no pescoço, no cabelo, e meu sangue começou a recuperar o antigo calor de sangue humano enquanto o escutava.

— Malena, por favor, não chora... Não chora, por favor... Meu Deus, eu já sabia, estou me comportando horrivelmente!

Apertou um pouco mais forte e flexionou as pernas para me arrastar para baixo junto com ele. Quando estávamos deitados outra vez, esticou um braço para pegar a ponta do cobertor e o dobrou sobre nós, antes de limpar minhas lágrimas com os dedos. Por fim abri os olhos, mais serena, e só vi o rosto dele, que aparecia por cima do improvisado envelope de lã, e então aprendi o que é ter medo, medo de verdade, e afastei os pequenos temores que tinham me assaltado um após outro ao longo daquela noite infinita como se desfiasse as contas de um rosário feito de fumaça, e tive que respirar fundo antes de me debruçar sobre o terror na beirada de um sorriso amável e fraternal, porque Fernando havia retrocedido anos inteiros em poucos minutos, havia recuperado a aceitação fácil com que as crianças se adaptam a qualquer contratempo, e nunca vi tão claro que ele queria o meu bem, mas nunca, também, rejeitei com tanta veemência qualquer demonstração de amor de pessoa alguma. Eu não era capaz de expressar o que estava sentindo, nem ele teria entendido se eu houvesse pedido para deixar de bancar o simpático, o compreensivo, o solidário, o imbecil generoso que nunca pensa em si mesmo, mas senti que preferiria qualquer coisa, uma bofetada, uma gargalhada, uma cusparada densa e quente, à carícia desbotada daquela mão percorrendo mecanicamente a minha cabeça, o mesmo gesto que as meninas esboçam quando brincam de casinha com suas bonecas, sabendo que essa criatura de plástico colorido não é um bebê de verdade. A ternura dos fracos é uma virtude barata, e eu, que rejeitava sistematicamente uma fraqueza em que nunca me permitiram refugiar-me, não queria dele aquela espécie de ternura. E me ensinaram que era precisamente aquilo, generosidade, simpatia, compreensão, solidariedade, o que deve ser valorizado nos meninos, mas eu pressentia que alguns minutos antes tivera nas mãos uma coisa muito maior, muito mais antiga e mais valiosa que qualquer das normas do decálogo dos companheiros complacentes, porque eu lhe arrancara a vida para segurá-la entre os dedos, e só meus dedos a preservaram da morte, e agora os códigos cifrados daquela ternura autêntica, a única que conta, escorriam pelas brechas das minhas palmas abertas, dançando perversamente ao redor das minhas chagas para recompor uma equação modernamente enganosa, tão fácil e tão falsa ao mesmo tempo.

Eu não era capaz de exprimir o que estava sentindo porque não era capaz de ordenar o que pensava, mas podia adivinhar que era muito mais do que o amor de Fernando o que estava em jogo. Era meu próprio amor, e eu não podia permitir que os dois fossem derrubados juntos. Segurei o pulso dele para deter o movimento do braço e o mantive no ar enquanto encarava seus olhos.

— Diz que não é verdade.
— O quê?
— O que você disse antes. Diz que mentiu, que não se importa, que não é problema seu, que eu já sou grandinha para saber onde estou me metendo, que também não concorda com o que te ensinaram, que para sair de um aperto você recitou um papel que te obrigaram a decorar, diz logo.
— Por que você quer que diga tudo isso?
— Porque eu quero ouvir a verdade.
— E qual é a verdade?
— Não sei.
— Então, o que é que você quer ouvir?
— Eu quero ouvir que quando você encontrou este lugar já sabia para que ia vir aqui, que quando trouxe o cobertor já sabia para que ia usar, que quando foi me pegar essa noite já sabia o que ia acontecer, e quero ouvir que você não fez perguntas para não ouvir respostas que não te interessavam, e que cruzou os dedos para que eu não cruzasse as pernas, e que não agüentava mais, que aquilo era mais forte que você, que estava com tanta vontade que se eu tivesse implorado aos prantos para me respeitar você teria feito a mesma coisa comigo, é isso o que quero ouvir.

Seus olhos focalizaram o meu rosto a partir de uma plataforma muito distante, e o volume de sua voz baixou até apenas roçar em meus ouvidos.

— Você é uma garota muito esquisita, índia.
— Já sei, sempre soube disso. Mas essas coisas são assim mesmo. É pegar ou largar, e eu já cansei de tanto largar. Quando era menina, chegava a rezar para a Virgem Maria pedindo que ela, se não pudesse me fazer igual à minha irmã, pelo menos me transformasse em menino, porque eu achava que sendo menino as coisas ficariam mais fáceis. Até que encontrei a Magda... Você conhece a Magda?

Fez que sim com a cabeça mas não respondeu.

— Magda me disse que a solução não era me tornar menino, e tinha razão. Passei por maus momentos, mas agora não rezo mais. E acho que já não gostaria de virar homem.

Ele mergulhou durante alguns instantes num daqueles seus abismos portáteis, a bagagem invisível que sempre tinha à mão, mas seu silêncio me acariciou com uma eficácia que sua mão não conseguira me transmitir, porque adivinhei que estava tentando calcular o que devia fazer comigo, e intuí que o prazo da decisão já estava vencido.

— Você seria um homem horrível, índia.
— Por quê?
— Porque não me atrairia... Onde meti os cigarros?

Quando se inclinou para me dar fogo, estudei disfarçadamente seu rosto à luz do isqueiro, mas não consegui descobrir o que estava pensando.

— Você está com tempo? — perguntou, e continuou falando sem esperar a resposta. — Vou te contar uma coisa. Você merece.

Deitou-se de costas e, passando um braço sobre os meus ombros, me obrigou a fazer a mesma coisa. Depois se saiu por onde eu menos esperava.

— Em Hamburgo tem muitos clubes de espanhóis, sabia?, quase todos de imigrantes e alguns de republicanos exilados. São casas onde se reúne todo tipo de gente, de velhos a crianças, para falar espanhol, comer tortilla de batata no bar, jogar baralho, conversar... Meu pai nunca me levou a esses lugares, porque não lamenta ter saído daqui. Vive entre alemães desde que chegou, e fala alemão perfeitamente, e não quer saber nadinha da Espanha, nada, nada, lá em casa nem sequer tomamos vinho espanhol, porque ele jura que gosta mais do italiano, apesar de todo mundo saber que é pior. Continua dizendo "coño" toda vez que se machuca, mas às vezes diz que se arrepende de ter falado com a gente na língua dele quando éramos pequenos. Edith fala pior do que eu, e Rainer, que tem treze anos, só se soltou aqui, neste verão, porque o velho já não lembrou de lhe ensinar. Não sei, é um homem esquisito, mas eu gosto muito dele... Há uns anos Günter me falou de um clube de espanhóis com umas mesas de sinuca fantásticas e quase sempre vazias, onde podíamos jogar de graça. Ele fala muito bem, quase que nem eu, e a gente tinha se acostumado a usar o espanhol quando queria que ninguém mais entendesse no colégio, principalmente com as garotas e tal, de maneira que uma tarde fomos até lá e nos deixaram entrar sem nenhum problema, e jogamos sozinhos o tempo todo. Ficamos sócios, voltamos lá muitas vezes e acabamos conhecendo todo mundo; acho que foi por isso que aqui se surpreenderam tanto com o meu espanhol quando cheguei. No bar do clube tem um sujeito, o garçom, que se chama Justo e é andaluz, de uma aldeia de Cádiz. Chegou à Alemanha já maduro, há quinze anos, e veio sozinho porque tinha acabado de ficar viúvo. Ele adora contar coisas daqui, porque ainda não se acostumou a morar em Hamburgo...

— Faz muito frio lá? — interrompi. Nada do que ele dizia tinha sentido para mim, mas eu gostava de ouvir.

— Faz, mas não é isso que chateia. O pior é que está sempre nublado e chove o tempo todo, ou melhor, como diz o Justo, está começando a chover o tempo todo, porque quase nunca chove mesmo, é sempre uma chuvinha fina, mas que te ensopa todo e enche o ar de umidade.

— Um chuvisco.

— É, ele também fala assim. Bom, o caso é que Günter e eu sempre vamos visitá-lo. Ele enche os nossos copos um pouco além da conta e a gente fala, ou melhor, escuta, às vezes durante um bocado de tempo. Uma tarde, há uns seis ou sete meses, quando estávamos dizendo para ele parar de ficar reclamando, como sempre, acabamos conversando sobre as mulheres. Nós já sabíamos que ele diz que não gosta das alemãs, mas isso não é verdade, porque sai com um monte delas.

— Ele é bonito?

— Não, mas é muito engraçado, e canta as donas todas contando umas histórias incríveis num péssimo alemão, já assistimos uma ou duas vezes. Naquela tarde, ele disse que na Espanha tem mulheres com mamilos roxos e a gente não acreditou. Günter insinuou que deviam ser bordôs, como as indonésias, ou marrons bem escuros, feito as árabes, mas ele respondeu que não, que disse roxo e era roxo mesmo, e que era disso que ele sentia mais falta. Eu continuava sem acreditar, porque todas as mulheres que já vira peladas tinham mamilos rosados, alguns tão claros que quase não se distinguiam do resto, fora uma ou outra tailandesa ou uma ou outra preta que vi na Reeperbahn, mas essas não contam, porque nunca cheguei a saber se eram mulheres de verdade, então disse que gostaria de ver, e ele respondeu que tinha pena de mim, porque eu era um desgraçado e acabaria me casando com um cavalo, como todos os alemães, mas não me ofendi porque ele sempre fala desse jeito. Quando cheguei aqui ao povoado, toda vez que via uma garota ficava tentando adivinhar de que cor seriam os mamilos dela, e mesmo sem nunca saber se tinha acertado ou não pensei que o Justo me enganara outra vez, e que as mulheres como as que ele falou não existiam. Até que te vi, índia, e soube que você era roxa, que tinha que ser roxa. Por isso olhava tanto para você, te olhava tão esquisito... E por isso você está aqui, agora já sabe.

Afastei o cobertor para olhar meu corpo e, apesar de a enganosa luz do amanhecer mal estar começando a se insinuar entre as gretas de uma noite ainda compacta, estremeci ao descobrir em mim mesma uma coisa que nunca tinha visto.

— São roxos...

— Claro que são.

Virou-se por cima de mim, segurou um deles com os lábios e sorveu forte, como se pretendesse arrancá-lo.

— Gosta mais assim?

— Gosto. Muito mais.

Paralisada entre uma emoção inédita e o estupor em que uma transformação impossível me submergira, a pele que viajava do castanho ao violeta como um novo testemunho da vontade avassaladora dos olhos dele, tentei corresponder àquela confidência com um gesto igualmente singular e poderoso, mas como não imaginava ter nenhum segredo de tipo semelhante, peguei sua cabeça entre as mãos e o beijei, e ele respondeu enrolando de novo uma perna ao redor da minha cintura para pressionar-me o ventre com o seu, e enquanto eu sentia que estava perdendo terreno, que cedia parcelas cada vez maiores de espaço ao amável monstro que me devorava, meu desejo despertou o dele, e uma ereção fulgurante, implacável, devolveu-me a paz. Cruzei uma das pernas sobre a que ele mantinha em cima de mim e o procurei com a mão. Apertei os dedos e notei como ia crescendo. Gostaria de lhe dar mais, mas não sabia por onde começar, e só me atrevi a usar palavras para restabelecer uma vulgaridade imprescindível.

— Isso aqui é um peru... — repeti — e o quero dentro de mim... — ele sorriu — e quero já.

Ele riu com muito ruído e afastou minha mão para substituí-la pela dele e, enquanto mirava no fundo do meu ventre, entrou no jogo.

— Como quiser, mas se você se afeiçoar a este aqui, nunca mais vai sentir o de homem nenhum.

— Que nada, Fernandinho! Em que livro você leu essa história?

— Pára com isso, garota, desse jeito vai amolecer...

Mas esgotamos nosso riso até o final e tudo voltou a ser como no começo, as brechas se fecharam, os gritos se apagaram, e o frio desapareceu, e desapareceu o chão, porque nada existia exceto eu, que flutuava, e Fernando cravado em mim, me segurando para não me deixar cair, e o resto girava em círculos, cada vez mais rápido, circulando veloz entre o rosa e o laranja, conquistando lentamente o vermelho, e a cor do mundo era cada vez mais quente, o amarelo o inundava de chamas fugazes que se apagavam depressa, mas sobreviviam minutos inteiros na pele chamuscada das minhas coxas, e antes não havia sido dessa maneira, não chegara tão longe, e ele foi a última vítima das inconcebíveis exigências de uma solidão nova para mim, porque eu o amava infinitamente, mas o desterrei para um lugar infinitamente distante, e então ficou só vermelho, como todas as outras coisas, mais uma pequena partícula que viajava até o núcleo de uma cor cada vez mais intensa, cada vez mais perfeita, que se tornou circular, e depois espessa, e alguns segundos mais tarde, de repente, estourou.

Quando compreendi o que tinha acontecido e recuperei Fernando com um rosto explodindo de prazer, lamentei não ser capaz de lembrar se havia berrado o suficiente, porque apesar da cor dos meus mamilos seus olhos ainda traduziam um alívio profundo. Sorria. Devolvi o sorriso e engrossei a voz para imitar a dele.

— Você se comportou bem, Otto.

— Mas você devia ter falado antes.

— Bem, na realidade — pensei que não teria importância mentir um pouco mais para consolá-lo, mas não foi fácil resolver inventar semelhantes pretextos —, estive a ponto de fazer duas ou três vezes antes, foi quase, quase, e para dizer a verdade um deles chegou a meter um pouquinho.

— Dá no mesmo — murmurou, e achei que estava ficando vermelho. — Se eu soubesse teria tentado ser... um pouco... um pouco mais terno...

— Ah, não!

Abracei-o com tanta força que fui obrigada a machucá-lo, mas ele não reclamou, e eu mesma puxei o cobertor para nos cobrir com ele, porque senti sua vergonha muito mais intensamente do que ele mesmo.

— De qualquer forma, se amanhã ou depois você se sentir mal, conta para mim.

— Você vai me largar?

— O quê? — Ele me lançou um olhar tão puro de estranheza que achei que não tinha ouvido direito.

— Perguntei se você vai me largar, se pretende sumir, se mandar, bancar o maluco quando se encontrar comigo...

— Não. Por que eu faria isso? — Ele estava completamente assombrado, e me arrependi da minha fraqueza.

— Então, por mim tudo bem.

A luz se infiltrava devagar pelas frestas de um céu a essa altura já cinzento. Começava a clarear e eu nunca tinha visto o sol nascer, mas mesmo que quisesse ficar ali a vida toda, contemplando em silêncio o espetáculo da noite que se desvanecia, tinha que ir para casa, desafiar a sorte nos degraus da escada, e estar na cama antes que Paulina se levantasse, o que não era fácil porque ela concorria com todos os galos do povoado. Era um esforço até mesmo pensar nisso, mas, quando estava a ponto de dizer, Fernando o fez sem olhar para mim.

— Devíamos pensar em voltar. São seis da manhã.

Quando subi na moto e ele arrancou, eu desejava sinceramente chegar em casa, porque, por mais que não sentisse um pingo de sono, estava assustada. Nunca voltara tão tarde, nem nas festas, mas mesmo assim, e correndo o risco de prolongar consideravelmente aquele momento, fiz uma última pergunta, porque não podia deixar que ele partisse sem saber de tudo.

— Escuta, Fernando... E a Helga, como ela é?

— Ah, a Helga! — Tive a sensação de que o havia pego de surpresa, e ele me fez esperar alguns minutos antes de terminar a resposta. — É... com ela é bom, mais ou menos.

— O que quer dizer mais ou menos?

— Bom, ela... — Parou novamente, como se precisasse escolher as palavras com cuidado. — A família dela é católica.

— A minha também.

— Certo, mas aqui isso não conta. Vocês não dão muita bola para isso.
— E na Alemanha, não?
— Não. Lá os católicos são uma minoria, e levam as coisas muito a sério.
— Você é católico?
— Não, sou luterano, ou melhor, minha mãe é luterana. Meu pai não põe o pé numa igreja desde que eu o conheço.
— Certo. E daí que a família da Helga seja católica?
— Nada, nada mesmo, só que ela, bem... é como todas as garotas católicas.

Eu estava começando a ficar cansada de percorrer um caminho tão longo, e até me perguntei se não deveria interpretar todos aqueles vaivéns como uma ligeira demonstração de censura, um sinal de que minha curiosidade beirava perigosamente o terreno da indiscrição, e portanto ameaçava se voltar contra mim, mas, como eu ainda não fizera dezesseis anos, quando já estava a ponto de desistir pensei que naquela noite havia adquirido certos direitos.

— E como são as garotas católicas?

Ele fez uma pausa e riu entre os dentes.

— Bem... esqueci a palavra.
— Que palavra?
— A do outro dia.
— Que dia? Não estou entendendo nada, cara. Quer falar claro de uma vez?

Ele não respondeu e dei uma tapa no seu ombro, mas a situação estava começando a me divertir porque eu já me atrevia a suspeitar a verdade.

— As alemãs católicas, em geral... — deu um suspiro de resignação —, são muito parecidas com as espanholas, em geral.

Não foi difícil reprimir um alarido prematuro, mas tive que me esforçar seriamente para adotar um tom suspicaz.

— Você não está dizendo que não transa com ela, não é?
— Bem... — Soltou uma gargalhada. — Ela não deixa.
— Você é um filho da mãe, Fernando! Eu vou te matar...

Acho que nunca antes o xingara tão forte, mas minhas risadas desvirtuaram tanto o insulto que este só serviu para aumentar as risadas dele, e quando comecei a bater nas suas costas, meus punhos leves chegando sem força ao seu dorso, protestou com uma inofensiva voz sufocada, tão falsa como a minha indignação.

— Pára, índia... Vamos acabar nos ferrando num acidente, é melhor ficar quieta... Além do mais, a culpa não é minha. Se você tivesse me falado a tempo com certeza ainda seria virgem, e além do mais não parece muito arrependida.

Nunca me arrependi, nem naquela noite, nem no dia seguinte, nem nos sucessivos, e jamais tive tanta certeza de ter feito as coisas que tinha que fazer, nem de fazer as coisas direito, por mais que outras sombras, ocultas nas dobras daquelas horas que encheram o verão como se fosse uma gigantesca bola capaz de vestir o céu e ao mesmo tempo de contê-lo em seu interior, escapassem com freqüência do meu controle e empreendessem um crescimento frenético que multiplicava milhares de vezes o seu tamanho, até ultrapassarem em todas as direções o espaço destinado aos remorsos comuns e continuarem se espalhando, desenfreadas, para beirar as fronteiras de um território sobre o qual eu não possuía domínio algum. Nessas horas, Fernando, que era o único objeto do meu pensamento, passava para segundo plano, e era eu quem me preocupava a mim mesma, eu quem desgostava de mim mesma, eu quem, mais uma vez, mergulhava voluntariamente num pântano do qual supusera que os olhos do meu amante haviam conseguido me livrar para sempre, e duvidava das velhas verdades, mas não duvidava menos das verdades novas.

Desenvolvi um sentido especial para compreender coisas que não conhecia, e talvez essa ignorância tenha alimentado minha angústia com mais firmeza que suas próprias causas, porque eu achava sinceramente que era a única criatura no mundo que experimentava, que tinha experimentado alguma vez, os efeitos de paixões tão intensas e tão contraditórias, e ficava apavorada com a certeza de que Fernando não me amava tanto quanto eu o amava, porém ficava mais apavorada ao reconhecer que não era a lealdade dele o que me atormentava, mas a minha própria dependência. Sentia falta dos componentes do romantismo convencional, porque nunca ficamos nos olhando arrebatadamente com os dedos entrelaçados, não nos sentávamos em nenhum banco para contemplar o pôr-do-sol, e jamais falamos sobre o futuro — um tema que ambos, igualmente conscientes das nossas circunstâncias, evitávamos com um cuidado à beira da neurose —, e os beijos, e as carícias, e os abraços, como uma frente de nuvens carregadas de chuva, nunca se esgotavam em si mesmos, e eu pensava que aquilo não era certo, que estávamos condenados a permanecer para sempre no degrau imediatamente inferior ao sublime êxtase espiritual que resume teoricamente o amor, mas ao mesmo tempo algumas vezes, enquanto Fernando se remexia dentro de mim, um sentimento ambíguo, próprio e alheio, feito metade de emoção e metade de culpa, descia de um nível situado muito acima do prazer comum para me proporcionar uma espécie de estado de graça que me devolvia às parcas manifestações de fervor religioso que haviam marcado minha infância, embora minha alienação crescesse até altitudes que eu nunca atingira antes, e no entanto não era essa conexão pagã o que me angustiava, mas a certeza de que se Fernando houvesse me confessado num desses momentos que tinha muita vontade de me matar, eu lhe pediria que me estrangulasse com a mesma alegria que embriagava os mártires ao se precipitarem nas mandíbulas dos leões famintos do circo. Cheguei a ficar tão obcecada com essa questão que muitas vezes, quando estava sozinha fingindo que estava assistindo televisão, ou lendo uma revista, ou nadando ou comendo, na verdade me dedicava a calcular quantas horas das que passamos juntos tínhamos empregado em transar, e quantas em fazer qualquer outra coisa, e o balanço me dava pânico, porém o que eu mais temia não era a ânsia dele, mas a minha própria, inesgotável, avidez.

Eu me perguntava todos os dias se no brutal processo do meu amor por Fernando teria influído ou não, e em que medida, o fato de que ele fosse o primogênito do primogênito de Teófila, porque esse detalhe aparentemente secundário matizava com uma destreza prodigiosa as arestas da minha paixão, lixando algumas e afiando outras para me precipitar alternativamente na virtude e numa vergonha paradoxalmente deliciosa. Tentava reconstruir-me a mim mesma como se trabalhasse em uma personagem de ficção, e me via diferente, ao final de uma vida oposta à minha, para descobrir, presa de um cético estremecimento, que se eu tivesse sido como a minha irmã, se eu nunca houvesse sentido a incompreensível necessidade de querer, de saber, de apoiar e de justificar todos que, entre os que me rodeavam, desertaram antes ou depois do posto que lhes fora atribuído no lado correto, talvez nunca tivesse reparado nele. Pensava com freqüência no sangue de Rodrigo.

Algum tempo depois do nosso primeiro encontro, Fernando escolheu uma estrada insólita para sair do povoado, e logo depois abandonamos o asfalto para entrar num caminho de terra que ia até o campo de futebol. Perguntei algumas vezes para onde nos dirigíamos, mas ele respondeu que não podia me dizer porque se tratava de uma surpresa. Era noite fechada e eu não conseguia identificar os lugares por onde circulávamos, mas com quase toda certeza já tínhamos ultrapassado há um bom tempo o desvio em que eu entrara outras vezes para incentivar o time dos meus amigos, quando a moto parou na beira do rio.

— Desce — mandou Fernando. — A ponte fica longe demais e já estamos perto. Vamos andando.

Atravessamos a água por uma fileira de pedras dispostas em linha reta e atingimos sem esforço o topo de uma ladeira que ocultava dos olhos de qualquer pessoa que viesse pelo caminho que acabáramos de deixar uma pequena construção retangular. Fernando aproximou-se e deu uma batida na parede.

— Vamos ver... O que será isso?

Comecei a rir diante daquela pergunta tão absurda. Enfiei meus próprios dedos num dos buracos da parede feita de tijolos e ar, e respondi no tom cantado que as crianças empregam para recitar uma lição difícil mas já aprendida de cor.

— Um secadouro de fumo.

— E o que mais?

Olhei com atenção e não vi nada de estranho naquele frágil tabique perfurado, erguido com fileiras de tijolos que se sucediam, gerando em sua alternância uma retícula de furos que proporcionavam a ventilação do interior, onde as folhas de tabaco, penduradas nas vigas do teto como lençóis sujos, iam secando lentamente.

— Só isso. É um secadouro de fumo como qualquer outro, só que eu não sabia que houvesse um aqui. A maioria está rio acima.

— A resposta não está certa — respondeu, com um sorriso que não consegui interpretar. — Olha bem. Se você descobrir o truque, ganha um prêmio. Se não descobrir, certamente também...

Eu me aproximei da porta, que estava trancada com um cadeado, e percorri devagar o espaço em volta do prédio à espreita de alguma armadilha, mas não descobri qualquer detalhe suspeito.

— Desisto — admiti, quando voltei para o seu lado.

Fernando ficou então de cócoras no chão e enfiou os cinco dedos da mão esquerda em quatro dos buracos que se abriam entre os tijolos, e a princípio não entendi o que estava fazendo, porque puxava a parede para si como se pretendesse que caísse em cima dele, e eu sabia que isso era impossível, mas mesmo assim a parede estava se mexendo. Ajoelhei-me ao lado dele no momento exato em que se virava para me olhar, segurando entre os dedos um considerável pedaço de parede de forma rombóide.

— Bem-vinda à casa — murmurou. — Não é um palácio, mas é muito melhor do que um cobertor.

— Incrível... — Acariciei a massa inútil de cimento que já não aderia o tijolo superior a coisa alguma. — Como foi que você fez?

— Com uma lixa.

— Que nem os presos.

— Exato. Queria fazer um buraco maior, mas nunca imaginei que dava tanto trabalho, e na verdade me cansei bem antes do que pensava. Você quer entrar?

Atravessei a parede engatinhando, sem nenhuma dificuldade, e me vi num aposento retangular, com três quartos do espaço vazio. À esquerda, a colheita recente, de folhas ainda úmidas, com a pele viscosa e flexível gotejando ritmicamente sobre o chão, estava pendurada em umas vigas. À direita, grandes pilhas de folhas mais escuras, a colheita do ano anterior, amontoavam-se contra a parede, com exceção de duas que repousavam no chão, sugerindo a imagem de uma cama vegetal. Fiquei em pé no centro, um grande âmbito vazio que não devia estar assim em seus melhores tempos, quando as folhas de fumo ocupavam o teto, o chão, todos os centímetros, todos os milímetros de ar, e Fernando, que entrara depois de mim, repôs a portinhola no lugar e se aproximou das minhas costas. Senti em seguida suas mãos fechando-se em torno dos meus peitos, impulsionando-me bruscamente para trás, e seus lábios se esmagando contra a minha nuca.

— De quem é?

— Do Rosário.
— Mas ele é seu tio!
— E daí? Já está muito velho, vendeu quase todas as chácaras, planta muito pouco e além do mais... isto aqui vai ser moído do mesmo jeito, não é?
— Vai, mas não é certo. É como roubar.

Ele não me respondeu, não conseguia mais. Aquele repentino silêncio iria se tornar o preâmbulo da solene liturgia que inauguramos naquela mesma noite, o ritual do tabaco, o presente daquele claustro úmido e perfumado, tépido e escuro como o útero imenso de uma mãe descuidada, essencial e doce ao mesmo tempo. Fernando ficou em silêncio enquanto me despia com dedos entorpecidos pela violência que os percorria, um fluido mais impetuoso, mais veloz que seu próprio sangue, e eu me deixava despojar até do último dos meus véus transparentes e emudecia com ele, e então seu dedo indicador, molhado com o espesso xarope marrom que o nosso calor e o nosso suor fizeram surgir na superfície macia das folhas prensadas, começava a passear sobre a minha pele, desenhando listras e círculos para compor uma impossível paisagem geométrica que chegava a me recobrir por completo. Eu, às vezes, me atrevia a escrever meu nome no peito dele e depois o apagava com a língua, encontrando um prazer inexplicável no tenacíssimo amargor daquela substância em que se confundiam o sabor de Fernando e o sabor do fumo. Ali terminava o percurso. Depois voltávamos a falar, a rir e a nos comportar como dois imbecis, ensaiando timidamente palavras e ações daquele amor que se aprende no cinema, ou nos livros, e que nos pareciam cafonas e ridículas, porque ficavam grandes em nós de tão pequenas que eram, mas lembro pouco de tudo aquilo, porque só me empenhei em conservar um gesto de Fernando, a senha da nossa pureza, uma palma aberta se apoiando em minha barriga e puxando a pele para trás enquanto suas pupilas se dilatavam imperceptivelmente, traindo um instante de angústia intensa e passageira. Os olhos do meu primo ancoravam em meu sexo com uma complacência mórbida que dá vertigem, e simulavam uma neutralidade impossível ao espreitar de uma distância ainda segura o buraco em que seu dono se perderia às cegas alguns segundos depois, mas que ainda lhe inspirava um terror instintivo, digno do mais tenebroso dos pântanos, e eu tomava seu medo como uma garantia, porque jamais iria possuí-lo como nessa hora, quando ele encarava meu corpo como um destino turvo e perigoso, ao qual, entretanto, sabia-se irremediavelmente encaminhado.

Meu poder, contudo, jamais seria tão ambíguo como na primeira noite, quando eu precisava fazer esforços para respirar, me sobrepondo com decisão à atmosfera sufocante daquele tanque de ar ensopado onde o bochorno do vento ausente parecia ativar um gás tóxico e lento, e a pressão dos dedos de Fernando se tornava mais intensa à medida que ele avançava devagar em minha direção, ainda me olhando, com a outra mão segurando seu sexo num gesto casual, quase descuidado. Então eu também olhei para ele, e vi uma coisa insuportavelmente familiar em sua expressão, e mais uma vez a silhueta ambígua de um fantasma cresceu entre nós.

— Sabe, Fernando? Nós dois temos o sangue de Rodrigo.

Ele não respondeu logo, como se não considerasse necessário registrar o sentido das minhas palavras, mas quando eu já não esperava qualquer resposta, levantou os olhos para enfrentar os meus e sorriu.

— Ah, é? — disse afinal, um instante antes de me penetrar com um golpe seco, e quando minhas vértebras começavam a se chocar umas contra as outras, acusando o ritmo bárbaro de suas investidas, e minha cabeça pendia para trás, como morta, desprendida do resto do meu corpo, acrescentou: — Não brinca...

Mas embora a parcialidade da minha memória, desde a infância atraída sem cessar, talvez em virtude de uma enganosa casualidade, pelos personagens e acontecimentos que estavam fabricando, sem a nossa intervenção, o mundo em que algum dia habitaríamos a sós, me incomodasse porque me impedia de afirmar o meu amor como um sentimento essencialmente puro, descontaminado de qualquer ingrediente que não contivesse em si mesmo, isso não era o pior. Muitas vezes Fernando me beijava como se estivesse faminto, cravando-me os dentes com tanta força que, quando nos separávamos, minha língua se assombrava ao não encontrar um gosto de sangue na pele do meu lábio inferior. Uma noite ele chegou a me machucar tanto que abri os olhos, e surpreendi os dele fechados, desmentindo um de seus princípios mais intransigentes. Havia censurado muitas vezes que eu não quisesse encará-lo quando começava a gozar, achava isso cafona, mas às vezes se empenhava em dar àquele impulso trivial uma transcendência que me desconcertava. É como se você não quisesse ver, como se não quisesse saber quem eu sou, disse um dia, no entanto fechava os olhos quando me mordia, e a partir daquela descoberta acidental comecei a suspeitar que as raízes de sua paixão não deviam ser menos impuras que os alicerces da minha.

Agora sei que naquele ponto convergiam minha força e minha fraqueza, e no centro exato do risco pulsava a maior das minhas vantagens, porque havia milhões de garotas no mundo, mais bonitas, mais espertas, mais engraçadas que eu, mas nenhum instrumento tão perfeito para um desafio tão intensamente desejado, e no entanto aquela idéia me atormentava, e eu me dilacerava por dentro, presa da violência de um ciúme universal que me reduzia, na minha própria ordem do mundo, a um nome e um sobrenome, a um berço de origem e uma casa. Indagava com freqüência o que aconteceria comigo quando Fernando cansasse de botar para quebrar.

Minha angústia crescia à medida que os dias de agosto transcorriam, enquanto uma voz opaca sussurrava em meus ouvidos, toda noite, que nunca mais haveria outro verão. Para afastar a maldição, eu tentava dar às minhas palavras e às minhas ações toda a solenidade que elas admitiam, até onde eu considerava como a própria fronteira do ridículo. Nunca me atrevi a perguntar se ele iria voltar, mas uma tarde, no terraço do bar do Suíço, segurei sua mão direita, estiquei os dedos, um por um, e tapei meu rosto com ela, disposta a lhe dar tudo o que tinha. Olhando-o por entre as frestas, senti que a carne das minhas faces começava a inchar, e que minha língua estava ardendo de calor, meus olhos coçavam, a saliva não conseguia franquear a fronteira do meu palato, e no entanto fiz aquilo, e ouvi a minha voz, segura e firme, no instante supremo do suicídio.

— Amo você.

A expressão de seus olhos não mudou, e os lábios esboçaram um sorriso que me pareceu intoleravelmente breve, mas sua mão deslizou sobre meu rosto e o percorreu devagar, como se quisesse apagar de sua superfície os traços da minha vergonha.

— Eu também amo você — disse finalmente, com voz neutra. — Quer tomar mais alguma coisa? Vou pedir outra aguardente.

Em outras ocasiões se mostraria ainda menos generoso. No começo de setembro, a Bomba Wallbaum nos surpreendeu com um ruído novo e inquietante, que sugeria, sem margem de dúvida mesmo para uma profana como eu, que alguma peça se desprendera do motor e estava solta, batendo no interior do chassi. Fernando ficou de péssimo humor, e quase chegou a me culpar pelo defeito, proclamando aos berros que aquela moto tinha sido fabricada para andar na estrada e estava se destroçando de tanto terreno baldio e de tanto caminho de pedras. Só podia estar se referindo à trilha que usávamos quase todas as noites para ir ao secadouro do Rosário, e não achei justo que dissesse aquilo, mas nunca o tinha visto tão furioso, de modo que me sentei num banco sem abrir a boca e fiquei tomando conta da moto enquanto ele ia até sua casa buscar ferramentas.

Quando voltou, continuou resmungando em voz baixa o tempo todo, dizendo para si mesmo que estava bancando o imbecil, porque era impossível consertar a Bomba naquele povoado de merda, onde na certa as porcas não giravam no mesmo sentido que no resto do mundo, e prevendo que seu pai ia matá-lo, que se negaria a engatar o reboque, e que afinal ia perder a moto, e por que diabos resolvera sair de Hamburgo, até que de repente ficou quieto, deixando uma frase pela metade, e me passou um pequeno cilindro de cobre entre dois dedos sujos de graxa preta.

— Vai correndo até a oficina Renault da esquina e pergunta se alguma vez eles viram uma peça parecida com essa. — O mais estúpido dos sargentos se dirigiria a uma turma nova de recrutas com mais consideração. — Se eles responderem que sim, pergunta onde. Então vai lá e compra uma. Rápido.

Saí dali sem objetar que eu mesma, baseada na experiência acumulada em minha vida inteira, duvidava muito de que em Almansilla as porcas girassem, não no mesmo sentido que no resto do mundo, mas sobre si mesmas. Mas, quando o mecânico da Renault viu a peça, deu uma olhada rápida, meteu a mão numa gaveta e tirou dali um punhado de réplicas exatas e reluzentes.

— Pode pegar a que você gostar mais.
— Mas vai servir para uma moto alemã?
— Até para um avião australiano, Malena, mas que merda... O que é que esse espertinho acha? A rosca é universal.

Os olhos de Fernando se iluminaram quando entreguei a peça, e o ouvi cantarolando em alemão durante os quinze breves minutos que o conserto levou. Quando apertou o último parafuso, deu o arranque e subiu na moto, mas não cheguei a perdê-lo de vista. No final da rua, fez a curva e regressou para o meu lado com uma inequívoca expressão de triunfo.

— Perfeito. Soa maravilhosamente, ouve só...

Não sentiu falta da peça defeituosa até fechar a caixa de ferramentas e esquadrinhar o chão, para ver se havia esquecido alguma coisa.

— E a outra porca? Você deixou na oficina?
— Não, está aqui.

Estendi a mão direita. A peça, que eu estivera limpando com um pano molhado em saliva enquanto ele trabalhava de costas para mim, brilhava agora sobre o meu dedo médio, como se fosse nova. Gostaria de usá-la no anular, como as alianças, mas ficava grande. Quando estava quase dizendo isso, uma estrondosa gargalhada sugeriu que aquele não era o melhor momento para uma confissão.

— Veja só a jóia!
— Eu gosto dela, mas se você precisar devolvo agorinha mesmo.
— Não, pode ficar. De qualquer jeito, não deve valer nem dois e cinqüenta...
— E, no entanto, fechava os olhos quando me mordia.

O final do verão trouxe a prova que iria confirmar definitivamente minhas suspeitas. Fernando me comunicou que a data do seu regresso à Alemanha já estava marcada no mesmo tom despreocupado e otimista com que costumava perguntar o que eu estava com vontade de fazer, e a partir dali vivi amarrada ao tempo. Primeiro só faltavam dez dias, depois nove, mais tarde oito, eu contava nos dedos cada hora, tentava ser consciente de cada minuto, explorá-lo até o fim, esticá-lo, dobrá-lo, enganá-lo, e toda manhã nos encontrávamos um pouco mais cedo, e toda noite nos separávamos um pouco mais tarde, e quando saíamos do secadouro não íamos para Plasencia, não púnhamos os pés no povoado, não íamos beber, não perdíamos tempo jogando baralho ou indo ao cinema. Eu me forçava a planejar uma despedida deslumbrante, uma coisa que ele não pudesse esquecer, que me instalasse para sempre em sua memória, e procurava em toda parte uma linha capaz de costurá-lo à minha sombra, um gesto grandioso, um sinal comovente, uma garantia, um tesouro, uma estrela, mas por mais que espremesse os miolos quando estava ao seu lado, deitada junto a ele, desfrutando daqueles breves silêncios, densos e profundos como horas, ainda não tinha conseguido arquitetar nenhum plano concreto quando de repente, numa noite igual às outras, sem avisar nada, ele começou a falar.

— Na sua casa, bem na entrada, tem um vestíbulo quadrado, pequeno, não é?, e à direita um cabideiro de ferro, pintado de verde, com um espelho e uns ganchos para pendurar os agasalhos, não é?

— É — murmurei, e mal consegui me fazer ouvir. — Mas como é que você sabe de tudo isso?

Sabia muito mais coisas, e as enunciou com voz segura, nenhum titubeio, nenhuma dúvida, sua voz renunciando a qualquer roupagem de interrogação ao dizer que, mais adiante, uma porta com vidros coloridos, vermelhos, azuis, verdes e amarelos, dava para uma espécie de grande vestíbulo, de onde saíam a escada e um corredor que imediatamente se bifurcava para conduzir, do lado esquerdo, à grande sala de estar, e, do lado direito, à área de serviço, instalada ao redor da cozinha, e então olhou para mim. Aquiesci novamente com a cabeça, muda de surpresa, e ele deve ter interpretado o gesto como um convite a prosseguir, e continuou falando, descrevendo com uma precisão pasmosa uma casa em que nunca havia pisado, detendo-se em minúcias que só estavam ao alcance dos olhos de um menino entediado numa tarde chuvosa, como a silhueta de elefante desenhada por uma fenda acidental numa das lajotas que revestiam o chão da despensa.

— É incrível, Fernando — disse afinal, perplexa. — Você sabe de tudo.

Ele sorriu sem girar a cabeça para me olhar.

— Meu pai me contou. Morou lá até os sete anos. — Então lembrei a história que ouvi de Mercedes e tentei dizer que já sabia, mas ele continuou falando. — Quando eu era pequeno viemos três ou quatro vezes passar férias na Espanha e, algumas tardes, nós dois subíamos nas rochas que ficam ao lado da represa e chegávamos até a mais alta de todas para observar de lá a casa. Eu perguntava como era tudo por dentro, e ele me descrevia. Lembrava direitinho. Dizem que as crianças têm muita memória, e deve ser verdade porque eu também me lembro de tudo o que ele contou nessa época, você viu.

Meu cérebro então se inundou de luz, e num segundo intuí qual era o único gesto, a mais difícil das façanhas que estava ao meu alcance, e fiquei tão nervosa que custei a tirar a corrente do meu pescoço, e meus dedos tremiam ao liberá-la do peso de uma pequena chave metálica, e meus olhos ardiam quando a depositei na palma de sua mão e a apertei depois entre seus dedos.

— Toma — disse apenas.

— O que é isso? — perguntou, abrindo a mão para olhar a chave, e depois para mim, com idêntica expressão de desconcerto.

— É uma esmeralda, uma pedra preciosa quase do tamanho de um ovo de galinha. Rodrigo, aquele do diabo no sangue, fez um broche com ela, que o vovô me deu de presente uma tarde dessas. Vale muito dinheiro, mais do que você pode imaginar, foi o que ele me disse, e pediu que eu a guardasse, e que jamais a desse a ninguém, porque algum dia poderia salvar a minha vida. Não dá de presente a nenhum garoto, Malena, isso é o mais importante, foi o que ele me disse, que não a desse a ninguém, mas eu te dou agora, para você saber quanto te amo.

Tomou alguns segundos para refletir, e quando levantou a cabeça e olhou para mim tive a sensação de que não havia acreditado numa só palavra da história que acabava de ouvir.

— Isso aqui não é um broche — disse, num tom altivo, quase desdenhoso —, é uma chave.

— Mas é a única chave que abre a caixa onde está guardada a esmeralda, e isso significa que ela é sua, não está entendendo?

— Você quer fazer uma coisa importante de verdade para mim, índia? — perguntou à guisa de resposta, olhando nos meus olhos depois de jogar a chave em cima de seu *blue-jeans*.

— Claro que sim — afirmei. — Faria qualquer coisa.

— Então, deixa eu entrar de noite na casa do meu avô.

Estava amanhecendo quando escondi o rosto embaixo da axila dele e o movimentei devagar, como se pretendesse beber seu suor, e ele, que nunca antes me permitira fazer aquilo, não fez nada para impedir. Então tive certeza de que Fernando, de alguma maneira, estava me usando, mas isso também não era o pior.

O pior, e o melhor, era que eu gostava daquilo.

Despedimo-nos de pé, ao amanhecer, em frente à grade traseira, na mesma entrada que ele havia forçado duas noites antes quando o meti de contrabando na Fazenda do Índio, e então vi minha chave, a minúscula chave prateada do meu cofre, no chaveiro dele, presa num aro que tintinava entre muitas outras chaves. Não dissemos nada, nem mesmo adeus, e voltei a me comportar bem, muito bem, porque ele havia sugerido que não queria me ver chorar, e eu não chorei. Quando a moto desapareceu na estrada, fiquei ali parada, sem saber o que fazer, como se dispusesse de todo o tempo que havia até a sua volta, e afinal, para fazer alguma coisa, entrei em casa, fui até a cozinha e me sentei à mesa, sem qualquer intenção de comer nem beber nada. Já estava pensando em ir embora dali, para nenhum lugar em concreto, quando distingui a figura do meu avô por trás da cristaleira da copa.

Ele se aproximou da geladeira sem dizer nada, como se não estivesse percebendo que só eu estava lá, e de que comigo ele falava, e dando um olhar apressado à esquerda e depois outro à direita abriu a porta, tirou uma cerveja gelada e a abriu pondo o gargalo na beira da bancada e dando um soco na chapinha. Sorri, porque há anos haviam-no proibido de tomar cerveja, e só então tomei consciência de ter traído a minha promessa. Na certa, pensei, ele faria a mesma coisa se estivesse no meu lugar, e então, como se pudesse ler meu pensamento, o vovô veio sentar ao meu lado e sorriu.

— Ele vai voltar, Malena — disse, quando deixei a cabeça cair no seu ombro.

Nunca me permitira falar sobre Fernando, não quero saber de nada, disse na única vez que tentei lhe passar a grande notícia, sem me dar tempo nem de entrar no escritório, já tenho muitos problemas por aí, é melhor você se virar sozinha, e faça bom proveito, e até que na hora me pareceu sincero, não queria saber de nada, faria qualquer coisa para não escutar nenhum boato, não se inteirar do que estava acontecendo, mas naquela manhã, na cozinha, compreendi que já devia saber de tudo, porque ele, que não falava, que não ouvia, que não olhava, sempre sabia de tudo, porque era sábio.

— Não fica com essa cara — acrescentou, e eu comecei a rir —, pode acreditar, esse aí volta, com certeza.

𝒱oltar para Madri acabou sendo, ao contrário do que eu mesma havia previsto, uma novidade quase reconfortante, e não só porque a enorme saudade de Fernando, que me assaltou a cada passo na semana que passei sozinha em Almansilla depois de sua partida, se diluiu entre os limites imprecisos de uma inquietação mais complexa, como um tempo de espera ativa e isenta da indolente passividade da melancolia, mas também porque aquele outono introduziu notáveis novidades no até então monótono ritmo invernal da minha vida.

Meus dias, antes rigorosamente iguais, começaram a oferecer particularidades bem diferenciadas, estreitas margens de variedade que aos meus olhos adquiriam o trepidante desnível das rampas de uma montanha-russa, porque o colégio havia terminado e, com ele, o uniforme, e o mês de Maria, e as aulas de prendas domésticas, e a matemática, e o mesmo ônibus de todas as tardes e todas as manhãs. Quando eu soube, seis meses antes, que as freiras haviam adiado *in extremis* seu velho propósito de incorporar o pré-vestibular aos cursos que tradicionalmente ofereciam, não pudera nem sonhar com uma liberdade como aquela. Até mesmo o metrô que me transportava diariamente até o velho, sujo e desarrumado curso onde eu tinha aulas me parecia um lugar maravilhoso. E não podia reprimir um sorriso ao lembrar daquele nojento odor a desinfetante nas lajotas polidas de pedra rosada que pareciam gigantescas fatias de mortadela de Bolonha, um castigo do qual meu nariz se livrara para sempre.

No dia seguinte ao nosso regresso, ainda sem terminar de desfazer as malas, Reina e eu fomos correndo consultar as listas e constatamos que nos haviam dado turnos diferentes. Ela, que queria estudar Economia, uma carreira com bastante popularidade, fora inscrita num dos muitos grupos de 25 alunos que tinham Matemática, Inglês Especial e Princípios de Economia como matérias complementares. Eu, por minha vez, escolhi Latim, Grego e Filosofia, uma combinação muito exótica, ao que parece, porque meu nome figurava num grupo único de apenas 18 alunos. A maioria dos candidatos à faculdade de Filologia, a que eu aspirava, escolhera uma língua estrangeira junto com as duas imprescindíveis línguas mortas, mas descartei essa possibilidade porque meu nível de inglês já era muito superior ao denominado especial. Em conseqüência disso, o meu grupo, como todos os estranhos, tinha seu horário à tarde, enquanto o de Reina, em sua condição de mais solicitado, usufruía do teórico privilégio de um horário pela manhã.

Por isso, um fator aparentemente trivial como a escolha das matérias optativas daquele curso mudou o sentido da minha vida em mais de um aspecto. A partir dali, só me encontrava ligeiramente com minha irmã no jantar, porque tinha que almoçar antes que os outros para chegar pontualmente à primeira aula, mas a ausência dela em si mesma não me surpreendia tanto quanto o fato de estar sozinha, e mais ainda, de ser sozinha, porque ainda lembro do pavor que senti ao perceber que nenhum dos meus professores, e nenhum dos meus colegas, e nenhuma das pessoas com quem eu cruzava nos corredores ou no bar, todas as tardes, tinham algum motivo para suspeitar que eu tivesse uma irmã gêmea e, de fato, não suspeitavam.

Essa foi a maior surpresa daquele começo de curso, mas não a única, porque, embora eles pudessem ser contados nos dedos de uma mão, e ainda sobrava algum, havia na minha sala alunos homens, detalhe que afinal recompensava a minha histórica — quase histérica — reivindicação de ensino misto, uma causa que de qualquer modo a aparição de Fernando havia privado de toda transcendência. Mas a mera presença daqueles anões, tão apavorados pela abrumadora superioridade do elemento feminino que se protegiam mutuamente sentando-se sempre juntos, na última fileira, era tão reconfortante quanto à legalidade das faltas, que eram anotadas mas não acarretavam um imediato telefonema à casa paterna. E só deixei de assistir a alguma aula duas ou três vezes no curso todo, mas me deliciava com a simples segurança de numa tarde daquelas poder ir ao cinema sem me acontecer nada. Fazer amigos foi, contudo, a melhor das surpresas.

No primeiro dia de aula, ao transpor a soleira de uma sala cheia de desconhecidos, sentindo no estômago o formigamento das estréias importantes, percebi que, na realidade, eu nunca tivera amigos próprios. A companhia constante de Reina tinha me liberado da corriqueira preocupação infantil de fazer amizades no colégio, e o grande número de primos e primas que conviviam comigo na Fazenda do Índio havia tornado desnecessário o não menos comum e trabalhoso recrutamento de uma turma para as férias de verão. Nunca tivera que pedir para alguém me aceitar, nem fazer um bom papel para ser admitida em algum grupo, e por isso, perdida entre estranhos, escolhi uma carteira encostada na parede e fiquei várias semanas sem falar com ninguém, percorrendo sozinha os corredores quando saía nos intervalos para fumar. Eu tinha consciência de que minha ignorância de um código vulgar como o que regula a vida social num ambiente como aquele podia ser mal-interpretada por meus colegas, vista como demonstração de um desdém arrogante e injustificado, sobretudo porque eu não podia me refugiar numa timidez que minha voz e meus gestos desmentiam a cada passo, mas, por outro lado, estava usufruindo tanto daquela pequena solidão que a perspectiva de que se prolongasse nunca chegou a me inquietar realmente.

 Minha atitude terminou chamando a atenção de uma garota que costumava sentar no extremo oposto da sala, rodeada por três ou quatro colegas que devia conhecer há muito tempo, porque todas elas pareciam se dar muito bem entre si. Uma tarde sentou ao meu lado e, pedindo desculpas pela curiosidade, perguntou o que era que eu estava usando no dedo. Festejou a história da porca com grandes gargalhadas desprovidas de sarcasmo, e eu gostei daquele riso. Chamava-se Mariana, e no intervalo seguinte me apresentou às amigas, Marisa, que era baixa e gordinha, Paloma, loura e com espinhas no rosto, e Teresa, que era de Reus e falava com um sotaque muito engraçado. As quatro me receberam com muita naturalidade, porque elas mesmas nunca tinham se visto até o primeiro dia de aula, e em pouco tempo me apresentaram a seus primos, e seus irmãos, e seus namorados, que também tinham primos, e irmãs, e amigos do colégio, que por sua vez tinham outras namoradas que tinham primas, e irmãos, e amigos do colégio, e assim, sem perceber, eu também ganhei amigos, mas nunca me preocupei em apresentá-los à minha irmã.

 Nunca vivera dias tão agitados. Tinha aulas de inglês pelas manhãs, e quase todas as noites ia ao cinema com Mariana e Teresa, porque jamais nos cansávamos de ver filmes, e quando algum nos fascinava de verdade repetíamos a dose três ou quatro vezes, sem nos chatear. Parava pouco, ria muito, e procurava não pensar demais no Fernando de segunda a sexta, mas só conseguia dormir lembrando dele, e lhe dedicava, inteirinhos, os fins de semana. Todo sábado, depois do café, começava a escrever-lhe uma carta compridíssima que não conseguia terminar até a tarde do dia seguinte, depois de ter jogado fora um monte de rascunhos. Antes de fechar o envelope, enfiava nele qualquer bobagem plana que pudesse parecer um presente, uma plaquinha, um chaveiro, um cartão, um recorte engraçado de jornal, um adesivo ou uma flor ressecada, com um bilhete pedindo desculpas por mandar coisa tão piegas. Ele espaçava as respostas, mas suas cartas eram ainda mais extensas que as minhas, e depois de atender à minha única encomenda — a calça que tinha prometido a Macu — começou a me mandar pacotes pelo correio com presentes de verdade, camisetas, pôsteres e uns discos que iriam levar meses e meses até aparecerem na Espanha.

 O tempo transcorria devagar, mas eu suportava essa preguiça melhor do que tinha previsto, até que, no começo de novembro, Reina contraiu uma doença estranha.

Os primeiros sintomas haviam se manifestado exatamente um mês antes, mas não lhes prestei muita atenção porque se deram poucos dias depois de outros mais cruéis, os que anunciaram a desenfreada corrida da esclerose que consumiria o querido e pecador corpo do vovô em pouco mais de três meses. Quando me levantei certa manhã e vi Reina ainda na cama, dobrada sobre si mesma, apertando a barriga com os braços como se seus intestinos fossem se esparramar pelos lençóis, fiquei um pouco assustada, mas ela me tranquilizou dizendo que a menstruação tinha vindo. Nenhuma de nós duas costumava sofrer muito em tais circunstâncias, mas interpretei aquela exceção como um contratempo natural. Não continuei achando o mesmo, contudo, quando a encontrei igualmente prostrada e retorcida ao regressar de noite e saber que não tivera forças para se levantar durante o dia inteiro.

Também não o fez na manhã seguinte, e quando acordou estava com um aspecto tão ruim que resolvi faltar à aula para ficar com ela. Como os analgésicos não pareciam fazer efeito, dei-lhe um copo de gim para que fosse bebendo aos golinhos, e aquele remédio caseiro lhe caiu muito melhor. Almoçamos juntas, e de tarde fez questão de me levar ao cinema, um filme a que ela estava com muita vontade de assistir, mesmo sabendo que eu havia combinado com minhas amigas de vê-lo no fim de semana seguinte. Afinal, vi o filme duas vezes e tudo voltou à normalidade. Já havia esquecido das dores da minha irmã quando, vinte e cinco dias mais tarde, reproduziu-se um processo idêntico, só que muito mais intenso, a julgar pelos uivos da enferma.

Então comecei a me preocupar de verdade, e falei com minha mãe, mas ela, que um mês antes, esgotada pela internação do vovô no hospital, mal se inteirara do que aconteceu, não quis me dar ouvidos. Todas as mulheres do mundo, disse, enfrentaram alguma vez regras dolorosas, e isso não tinha importância nenhuma. Eu insisti, porque Reina já estava há três dias na cama, e às vezes dizia que se sentia inchada, como se alguma coisa estivesse crescendo dentro de seu ventre, mas mamãe se negou até a admitir a possibilidade de que sua filha mais fraca, aquela criatura que havia estado tão perto de perder a vida quando lutava para conservá-la, recaísse agora no risco de ter alguma coisa grave, esse destino aparentemente inevitável que com tanto esforço, e tanta sorte, conseguira driblar durante a infância, e descartou qualquer possibilidade de doença em minha irmã com a mesma fria inconsciência que a induzira a sempre vesti-la com roupa grande na infância, como se seus olhos, que na época não puderam ver que o corpo dela não crescia, se negassem agora a ver que naquele corpo, finalmente adulto, alguma coisa não ia bem.

Reina, que tinha aprendido a não preocupá-la nas sombrias salas de espera daqueles especialistas que várias vezes a reviraram pelo avesso quando era criança, não se queixava diante dela, mas quando ficávamos a sós me descrevia os detalhes de um sofrimento atroz. Sentia umas alfinetadas muito agudas, como se houvesse engolido um alfinete afiado e caprichoso que agora estivesse viajando sem rumo entre suas vísceras e sem avisar fosse espetando um lugar ou outro, e depois repousasse durante horas para em seguida multiplicar seus ataques, atormentando-a até ficar exausta, e essa dor, concreta e brilhante, se superpunha a uma moléstia mais surda, porém constante, uma pressão implacável que comprimia sua barriga e se expandia às vezes até o peito, gerando ali uma angustiosa sensação de sufoco. Eu não sabia o que fazer, mas sentia muito medo e, apesar de não querer assustar minha irmã com histórias sinistras, toda noite ia para a cama temendo o pior, após ter fracassado em minhas tentativas de aliviar sua dor mediante todos os procedimentos imagináveis. Tentei substituir o gim, cujos efeitos pareciam ter diminuído, pelo conteúdo de todas as garrafas que consegui encontrar em casa, porém não obtive mais sucesso que a precária melhora proporcionada à doente por algumas boas bebedeiras, antes que os conseqüentes enjôos a deixassem num estado ainda mais penoso. Eu passava toalhas com o ferro a vapor na temperatura mais alta, e quando o calor se mostrava inútil, enchia a pia de pedras de gelo e as metia lá, até notar que o frio também não adiantava. As massagens na barriga e nos rins a princípio serviam para aliviar, mas suas virtudes se esgotavam logo, e os banhos mornos não tinham nenhum efeito. Minha imaginação não chegava além, e o resultado era sempre o mesmo, está doendo muito, Malena.

Quando ela finalmente se levantou, após cinco dias de repouso, minha mãe suspirou aliviada e me repreendeu por tê-la assustado por tão pouco, mas eu não fiquei tranqüila, porque Reina não conseguia mais andar completamente erguida e se cansava muito quando fazia qualquer esforço, mesmo um esforço pequeno como subir as escadas de uma estação de metrô. Por isso, apesar de a tarefa não me corresponder, e de ela afirmar que se sentia bem há mais de uma semana, eu me ofereci para ir comprar o jornal numa manhã de domingo, mas ela fez questão de me acompanhar, e afinal saímos juntas, como fazíamos quando crianças, porque sua doença, fosse ela qual fosse, havia provocado o milagre de juntar-nos outra vez, num momento em que nosso afastamento já parecia tão definitivo. Estávamos passeando devagar pela calçada, aproveitando a luz do sol de inverno, quando ela, sem nenhum aviso, dobrou-se em duas, acusando uma pontada tão intensa que durante alguns segundos, longos como séculos, ficou sem fala.

De tarde deixei-a na sala vendo televisão e me tranquei no quarto com o pretexto de escrever para Fernando, mas nem cheguei a tirar o papel da gaveta. Precisava pensar, e tinha todos os elementos precisos para avaliar a situação, calculando seus possíveis desenvolvimentos com uma exatidão matemática. Nunca tinha enfrentado um dilema parecido, porque nunca me vira obrigada a assumir responsabilidade tão grave. Se eu não interviesse, minha mãe não levaria Reina ao médico até vê-la se arrastando pelo corredor, e então talvez já fosse tarde demais. Minha irmã, que tinha pena do medo culposo de mamãe mais do que de si mesma, não iria pedir nada até sentir que estava morrendo, e então com certeza seria tarde demais. Mas se eu pressionasse as duas, e podia fazê-lo, entraria com meus próprios pés na boca do lobo, porque, desde que a questão do crescimento foi resolvida, toda vez que minha mãe foi obrigada, sempre contra a sua vontade mais íntima, a levar Reina ao médico, eu tive que ir com elas, e nunca escapei de ter meus ouvidos, ou meus dentes, ou minha garganta, ou as solas dos meus pés examinados imediatamente depois dos seus. Podia até prever, palavra por palavra, a frase que ela pronunciaria para me animar — Vai, Malena, você também vai... Para eu ficar completamente tranqüila —, num tom que revelava tanto a absoluta despreocupação em relação à minha saúde quanto o verdadeiro propósito do meu exame, que era o de confortar Reina, dar à sua doença, fosse qual fosse, a aparência de maior normalidade possível.

Eu sabia que qualquer pessoa sensata teria ficado absolutamente à margem dos acontecimentos, exercendo talvez, e de longe, uma discreta vigilância sobre sua evolução, mas não me sentia capaz de semelhante neutralidade, e a angústia que havia acumulado era tanta, e tão funda, que comecei a ter visões, belas miragens, como as que seduzem os náufragos do deserto quando estão a ponto de morrer de sede. Porque, mesmo tendo certeza de que mamãe escolheria um médico particular, na certa o ginecologista da família — se houvesse, e haveria, porque em minha família havia de tudo, de marceneiros a veterinários, de cuja freguesia os Alcántaras faziam parte até onde chegava a memória —, em vez de procurar um anônimo, provavelmente apressado e até grosseiro especialista da Previdência Social, que disporia, não obstante, de uma ilimitada variedade de meios técnicos totalmente inacessíveis ao primeiro... que diabos interessava a esse homem o que eu fizesse ou deixasse de fazer? Por outro lado, Reina e eu já estávamos tão crescidinhas que não seria despropositado pensar que até minha mãe perceberia o absurdo que era perder tempo e dinheiro em consultas desnecessárias, porque naturalmente, a essa altura, ninguém ia atender às duas pelo mesmo preço. Além do mais, pensei, os médicos são um pouco como os padres, porque eles também têm normas que os obrigam a guardar segredos.

Quando eu estava já concluindo que em ambas as direções o risco era imenso, retifiquei a tempo, porque, de qualquer ponto de vista, minha irmã corria um perigo muito maior do que o meu. Então agüentei firme, e a primeira coisa que fiz no dia seguinte foi ir com meu pai ao trabalho dele para poder conversar no carro.

— Ah, não, não, não! Não me venha com coisas sanguinolentas de mulher — avisou —, porque essas coisas me dão um nojo terrível.

Mas afinal prometeu convencer minha mãe, só que usou um tom tão despreocupado que não pressagiava nada de bom. A presumível ineficácia da minha gestão não me desanimou tanto, porém, quanto o fracasso que colhi ao voltar para casa, quando finalmente me atrevi a falar sobre o assunto com a interessada. Ela, que poucos dias antes parecia se deleitar descrevendo a coloração de suas dores com a fanática precisão de um miniaturista, levantou as sobrancelhas para sublinhar sua surpresa proclamando que jamais tinha se sentido tão mal como eu afirmava, e empregou uma insólita veemência para rejeitar, um por um, todos os meus argumentos, sem se preocupar em substituí-los por outras razões. Por um segundo tive a impressão de que estava se sentindo acuada, mas quando já diminuía a pressão, suspeitando que meu discurso só servia para alimentar o medo que suas férreas negativas delatavam, Reina soltou um comentário tão frio e sereno, tão próprio da maquinária bem lubrificada de seus arrazoados, que terminei duvidando se não seria mesmo eu quem estava fora de sintonia.

— Tudo isso é imaginação sua, Malena — disse com doçura, encostando fugazmente sua cabeça na minha. Você continua obcecada com a minha saúde, feito quando a gente era criança, é como se você se sentisse culpada de tudo o que me acontece. Mas, por mais que você se preocupe, eu sempre vou ser mais baixa que você, não tem jeito, da mesma forma que, enquanto você nem liga para a menstruação, eu fico arrasada com ela. Você não pega nem um resfriadinho no inverno e eu fico tossindo e fungando até a metade de maio! Você é muito mais forte do que eu e pronto, mas isso não é culpa de ninguém.

Essa breve declaração me trouxe de volta o juiz da partida, a frágil manipuladora de consciências que caía suavemente no chão e me falava dali, encolhida sobre os próprios joelhos, a Reina de que eu menos gostava, e desconfiei dela, de sua misteriosa e volúvel doença que só eu sabia apreciar, e de suas intenções, mas naquela mesma noite um grito me acordou de madrugada e, quando acendi a luz da mesinha, encontrei-a com as pálpebras franzidas e os dentes enfiados no lábio inferior. Seu braço direito terminava num punho que se afundava na barriga, como se pretendesse empurrar a dor para dentro, e sua expressão refletia um sofrimento tão intenso que só podia ser sincero.

— Está bem, Malena — sussurrou, quando a crise passou. — Vou ao médico. Mas com uma condição.

— Qual?

— Você vem comigo.

— Claro que vou! — respondi com um sorriso, engolindo saliva. — Que bobagem!

Alguns dias mais tarde, mamãe por fim decidiu marcar hora com um tal doutor Pereira, que de fato era o ginecologista dela da vida inteira, o mesmo que havia trazido ao mundo nós duas e a metade da família. Agora Reina voltava ao assunto, para dar ao futuro um tom muito mais negro do que eu mesma ousara prever.

— Mas por que você quer que ele me examine também? — protestei. — Não estou sentindo nada!

— Eu sei, mas é que fico com vergonha...

— Não seja bocó, Reina, pelo amor de Deus. É só um médico.

— Pois é, garota, mas contigo é diferente, você não tem vergonha, mas eu fico que nem um pimentão por qualquer coisa, você sabe. Além do mais, estou com medo, imagina se ele encontra uma coisa horrível, sei lá.... Não gosto da idéia de um cara me futucando enquanto você e mamãe ficam só olhando, tranqüilas. Se ele te examinar primeiro e eu ver que não machuca nem acontece nada, então... fico menos nervosa, com toda certeza. Mas se você não vier eu também não vou, juro, Malena...

Terminei aceitando, curvando-me ao destino antes do tempo, e não só porque todas as palavras de Reina, muito mais pudica, e mais apreensiva do que eu, fossem verdade, nem porque eu já tivesse aceitado, reunindo toda a calma que pude conseguir, que a sorte estava lançada, mas porque sentia muito mais medo do que ela. Eu estava tão apavorada com a certeza de que iriam encontrar uma coisa terrível dentro dela que não dediquei um só minuto a pensar em mim mesma quando iniciamos aquela expedição, que nos conduziria, através do sinistro corredor de um imenso andar da rua Velázquez, à presença de um dos seres mais desagradáveis que conheci na vida inteira.

O doutor Pereira devia medir, no máximo, um metro e meio. Tinha os dentes amarelos, três ou quatro verrugas na careca e um bigodinho repulsivo que parecia uma listra pintada à mão com marcador de ponta fina e pulso trêmulo. Não parecia um médico, porque quando nos recebeu ainda não colocara a bata branca sobre o terno grosso de *tweed* com colete, e sua idade, somada à da vetusta enfermeira que estava segurando a porta, ultrapassara a marca de um século em pelo menos vinte anos. Mas enquanto eu suportava com um sorriso estóico as suas brincadeiras, suas palmadinhas e seus que coisa!, você já é uma mulher feita!, pensei que aquele paternal baboso ia curar minha irmã, e quando, destruindo todos os planos de Reina, insistiu em ver primeiro a doente e reapareceu de trás do biombo branco mais de meia hora depois para afirmar que tudo estava em ordem e ela perfeitamente bem, quase simpatizei com o doutor.

Enquanto ele explicava à minha mãe, num tom que sublinhava a sua perplexidade, que não entendia qual poderia ser a fonte daquelas moléstias e que, pelas dúvidas, era melhor fazer uma bateria de exames para descartar qualquer problema que houvesse escapado à sua exploração, minha irmã uniu-se a nós, com olhos chorosos e o susto pintado no rosto, e eu a abracei quando sentou ao meu lado. Mamãe já estava se levantando para sair, quando ele, que devia ter seus honorários bem gravados na cabeça, interveio apontando para mim.

— Não quer que examine a outra também?

— Não é preciso — disse eu. — Estou muito ótima, não sinto nada com a menstruação.

— Mas já que está aqui... Não custa nada — insistiu ele, dirigindo-se outra vez à minha mãe.

— Sim, Malena, é melhor... Só para eu ficar tranqüila.

Quando aquele porco se colocou à minha frente, fechei os olhos para não encontrar nos dele um reflexo do olhar de Fernando, e consegui manter o ânimo intacto durante aquela provação. Na saída, quando Pereira deteve a minha mãe na porta depois de ter se despedido de nós, tentei conservá-lo concentrado na idéia de que Reina estava bem, e que essa era a única coisa que importava. E não me doeu a bofetada que mamãe me deu assim que chegou perto de mim, nem que tenha gritado que não ia querer saber mais de mim pelo resto da vida numa sala de espera cheia de gente desconhecida, nem que haja me chamado de puta aos berros em plena rua. O que me doeu foi que, quando parou um táxi e abriu a porta para que minha irmã entrasse na frente — vamos, filha! —, nem sequer se virou para me olhar.

Comecei a andar devagar pela rua Velázquez e segui em frente até a esquina com Ayala. Então virei à esquerda, atravessei a Castellana e subi pela Marqués de Riscal até chegar a Santa Engracia. Dobrei a esquina, dessa vez à direita, e continuei andando até Iglesia. Só quando cheguei a essa praça percebi que, abandonando-me ao instinto, havia traçado com os meus passos o caminho dos réprobos.

Não me sentia capaz de pensar em nada, e me vi tocando a campainha da casa da Martínez Campos sem ter preparado qualquer justificativa para a visita. Paulina, que deve ter achado que meu único propósito ali consistia em ver o meu avô, não ficou surpresa. Enquanto eu respondia às suas tradicionais perguntas sobre o estado de saúde de todos os habitantes da minha casa, incluída a babá, buscava desesperadamente um argumento ao qual me agarrar como a um cipó salvador em plena selva, mas não encontrei nada porque minha imaginação, exausta, estava em branco. Então Tomás topou com nós duas quando atravessava o vestíbulo.

Ele era o único irmão da minha mãe que continuava morando naquela casa e, a partir da doença do vovô, a única autoridade vigente entre as suas paredes, porque alguns meses antes, e só depois de que o doente desmantelasse seus planos, destinando suas últimas energias a exigir que o tirassem imediatamente do hospital porque queria morrer em sua cama, todos os filhos concordaram em que seria melhor contratar três enfermeiras para tomarem conta do doente, em turnos consecutivos, vinte e quatro horas por dia, do que cuidar dele pessoalmente, decisão que Tomás aplaudiu com entusiasmo porque garantia sua tranqüilidade. Desde então, ele cuidava do pai, mas a tarefa de organizar as enfermeiras e receber o médico todos os dias não o absorvia a ponto de isolá-lo temporalmente do mundo, e como era mais esperto, ou mais desconfiado, que Paulina, só precisou de uma olhada na minha direção para adivinhar que a minha aparição naquela casa se devia a causas mais complexas do que meu interesse pelo vovô.

Mas se comportou como se não suspeitasse de nada, e quando Paulina me trouxe uma Coca-Cola que eu não pedira e se afastou, deixando-nos sozinhos na sala, ele se limitou a fixar em mim seus olhos arregalados e não quis fazer pergunta nenhuma. Prolonguei a espera por alguns minutos, e descartei uma meia dúzia de prólogos antes de pronunciar suavemente o nome dele.

— Tomás...

Ele sustentava um copo de conhaque entre os dedos e aguardava, hermético e distante como sempre. Nunca o achei muito simpático, mas seu pai me fizera prometer que não iria confiar em ninguém, fora ele, se algum dia precisasse vender aquela pedra que me salvaria a vida, e Magda gostava dele, Mercedes tinha juntado os nomes dos dois quando recitou a breve lista dos filhos do Rodrigo. Fiz um esforço e lembrei que uma vez ele teve oportunidade de me trair, e não quis. Fiz um esforço maior e percebi que não me restavam muitas alternativas, de modo que lhe contei tudo, das primeiras etapas da doença de Reina até o pânico que me atava na poltrona em que estava sentada naquele instante, impedindo-me de sequer pensar em voltar para casa.

Terminei de falar, ele se jogou para trás, encostando-se melhor na poltrona, e olhou para mim por mais alguns segundos, cobrindo a boca com a mão, para depois revelar um sorriso que me deixou pasmada, não tanto por sua intensidade mas pela pouca freqüência desse gesto naquele rosto.

— Não se preocupe, pode ficar aqui o tempo que quiser... E não tenha medo, não vai acontecer nada. Nunca acontece nada.

Quando escutei essas palavras, senti que a tensão havia detonado uma válvula misteriosa alojada em meu interior, e quase consegui ouvir o assobio do ar saindo a toda velocidade enquanto meu corpo se desinflava por dentro. Meu estômago ficou flácido, minha língua perdeu o sabor, minhas palavras se livraram do sotaque rígido, solene, em que eu me refugiara até então, como um escudo enferrujado e sem qualquer utilidade.

— Não, só que minha mãe vai me matar.
— Que nada! Aposto que até o Natal já passou tudo.
— Não, Tomás, é sério, com certeza não. Você não conhece a mamãe.
— Você acha? Eu só morei com ela... uns vinte e cinco anos.
— Mas você nunca passou por uma coisa parecida.

Então o sorriso dele se abriu e acabou explodindo numa série de gargalhadas desconcertantes, que se extinguiram por completo quando meu tio continuou a falar, num tom diferente, risonho e grave ao mesmo tempo.

— Olha para mim, Malena, e escuta. Eu vivi quase meio século, passei por coisas muito piores, e aprendi que só duas coisas contam. Uma, e isso é o mais importante — inclinou-se para a frente e pegou minhas mãos para apertá-las entre as dele —, é que ninguém vai poder tirar de você o que já viveu. E a outra é que, apesar das aparências, nunca acontece nada. Ninguém mata ninguém, ninguém se suicida, ninguém morre de pena, ninguém chora mais de três dias seguidos. Duas semanas mais tarde todo mundo volta a engordar e a comer com apetite, estou falando sério. Senão, a vida teria acabado neste planeta há vários milênios. Pensa nisso, você vai ver que eu tenho razão.

— Obrigada, Tomás. — As mãos dele, agora frouxas, continuavam segurando as minhas. Apertei-as com força e apoiei minha testa nas suas palmas. — Muito obrigada, você não sabe...

— Eu sei de tudo, senhorita — ele se apressou a me interromper, como se minha gratidão o ofendesse, e, para a minha surpresa, conseguiu me fazer sorrir. — E agora, vai avisar a Paulina que você fica para a janta, mas não conta nada a ela, eu conto depois. Vou ligar para a sua casa, falar com a sua mãe... — interrompeu-se um momento, como se não gostasse muito da idéia —, ou melhor, com o seu pai, e digo a ele que você está aqui, não se preocupe.

Paulina ralhou comigo porque eu não a avisei com mais antecedência, porque adorava brilhar diante dos convidados, por mais comuns que eles fossem, mas o jantar foi maravilhoso. Tomás não quis me contar muitos detalhes da conversa com meu pai, mas me convenceu de que tudo estava resolvido e mentiu, tenho certeza de que mentiu, ao garantir que papai tinha comentado que Reina parecia muito preocupada por minha causa. Depois se submergiu na conversa com um entusiasmo que eu não conhecia, e falou sozinho durante quase todo o jantar, como se estivesse aproveitando a minha presença para se exercitar num prazer raro e difícil de obter, embora não pudesse deixar de se interromper vez por outra para me olhar e sorrir.

— Você está achando muito engraçado tudo isso, não é? — perguntei quando chegamos à sobremesa, animada pelo presente que a Providência me dera conservando intacta para mim, na geladeira, uma porção de suspiro com creme flutuante.

— Minha filha, ano que vem vou fazer cinqüenta anos, o que você quer, que eu fique chorando?

— Nãooo! — consegui pronunciar, com a boca cheia de suspiro.

— Pois é. De qualquer maneira, você tem um pouco de razão, acho mesmo engraçado ter você aqui exilada. Devo estar um pouco biruta, porque na verdade isso me recorda que estou ficando velho, mas... sei lá, também sinto que me rejuvenesce, como diziam naquele filme. Vamos tomar um drinque para comemorar.

Até Paulina aparecer na sala de jantar com um carrinho cheio de garrafas e uma expressão azeda como o creme talhado, evidência de que minha mãe já havia falado com ela pelo telefone, não acreditei na autenticidade daquele oferecimento, como jamais teria acreditado que meu tio fosse um bebedor tão pertinaz se não houvesse visto com meus próprios olhos.

— Muito bem... — insistiu, depois de servir um conhaque. — O que você quer beber?

— Posso mesmo tomar um drinque?

— Bem, você é quem sabe, se tiver coragem...

Não demorei mais de que três ou quatro segundos para examinar o estoque do carrinho, mas meu silêncio ofereceu um intervalo suficiente para que uma nova interlocutora ingressasse na conversa.

— Essa aí? Deve ter tido coragem para coisas bem piores!

— Deixa a menina em paz, Paulina! — A reação de Tomás foi fulminante. — Não vê que ela não está bem? Não a deixa mais nervosa, que diabo.

— Isso mesmo! Fica do lado dela, e tua pobre irmã que se dane.

— Minha irmã não tem nada a ver com isso.

— Ah, não!

— Não tem mesmo, nada em absoluto!

A voz do meu tio, que sublinhou sua última intervenção, quase um grito, soltando o punho na mesa à maneira do vovô, assustou Paulina, que cobriu o rosto com as mãos.

— Claro — sussurrou depois, com os olhos úmidos —, feitos um para o outro...

— Você conhece o ditado — disse Tomás com suavidade, estendendo o braço para segurar a cintura dela num gesto de reconciliação, e deu um jeito de disfarçar num tom de brincadeira o que, dito de outra maneira, pareceria a pior das provocações. — Honra merece quem com os seus se parece.

Ela se sentou conosco para beber um copinho de anis e, no que interpretei como um ritual cotidiano, passou o jornal para Tomás lhe contar o que ia haver essa noite na televisão, porque nem com óculos ela conseguia decifrar aquela letrinha tão pequena.

— Puxa vida! — exclamou ele, num alvoroço quase infantil. — Olha só o filme de hoje! *Brigadoon*, bem do que você está precisando, Malena. Um filme ótimo, Paulina, você vai gostar.

— Eu não quero estragar a sua noite, Tomás — avisei —, se você tiver alguma coisa para fazer...

— Combinei de ver uns amigos, mas, como sempre vamos ao mesmo lugar, saio quando o filme terminar. Devo ter visto esse filme pelo menos umas vinte vezes, mas não o perderia por nada neste mundo.

Tomás se empolgou como uma criança com a fantástica história do povo escocês, e me contagiou a tal ponto esse entusiasmo que, quando me despedi dele, que já estava meio bêbado, e eu completamente, quase nem lembrava mais do motivo da minha presença naquela casa. Mas antes de entrar no quarto de Magda, onde Paulina resolveu me alojar, girei sobre os meus passos e me dirigi sem fazer barulho ao quarto do vovô. Mamãe nunca me deixava acompanhá-la em suas visitas quase diárias, e Tomás, que saiu da sala várias vezes para ver como ele estava, também não me deixou, com argumentos parecidos. Você não vai reconhecê-lo, disse, ele está que é puro osso, completamente prostrado e com a cabeça perdida, é melhor você lembrar dele como era antes. Hoje teve um dia péssimo, disse por fim, mas mesmo assim eu abri a porta em silêncio e me deslizei para dentro, porque não poderia ir embora sem vê-lo.

No começo me arrependi de não ter seguido o conselho do meu tio, porque o corpo que repousava numa cama de hospital cuja cabeceira, talvez por acaso, ou por expressa vontade do doente, estava encostada na parede presidida pelo retrato de Rodrigo o Açougueiro, pareceria um cadáver se os tubos de plástico esverdeado que perfuravam os orifícios do seu rosto não indicassem que pertencia a um homem ainda vivo. A dor que senti ao vê-lo assim dissolveu até a última gota do álcool que navegava em meu sangue, dando lugar a um sofrimento mais fundo e, imaginando a inconcebível tortura que era para o arrogante cavaleiro de antanho viver os breves momentos de consciência em que se reconheceria como eu o via agora, me perguntei se haveria coragem suficiente dentro de mim para arrancar de vez todos aqueles tubos, mas a suspeita de que talvez não lhe desse com isso uma morte mais doce, e sim alguns segundos da pior agonia, ajudou a pôr em ordem os meus pensamentos, trazendo-me para uma calma mais amarga.

Aproximei-me devagar da cama e só então vi a enfermeira, sentada numa poltrona junto à janela, lendo um livro, ao qual retornou logo depois de trocar uma breve saudação comigo. Queria que ela saísse do quarto, deixando-me a sós com vovô, mas não tive coragem de pedir e me limitei a colocar uma cadeira de um jeito que me permitisse ficar de costas para ela. Observei-o dormindo, e cada uma de suas inspirações, longas e trabalhosas, doeu em meu peito como uma ferida. Quando seu sono me pareceu mais sossegado, estiquei a mão para tocar na dele, sem suspeitar que esse pequeno movimento pudesse acordá-lo, e apesar de vovô ter aberto os olhos durante uns instantes, fechou-os tão rápido que eu pensei que continuava dormindo. Sua voz, consumida pela doença, soou aguda e leve como a de uma criança.

— Magda?

Escondi o rosto na cama, me aferrei à colcha com as duas mãos, enfiando as unhas nas palmas através do pano, e comecei a chorar nesse momento.

— Magda...

— Sim, papai.
— Você veio?
— Vim, papai. Estou aqui.

Quando tornei a levantar a cabeça me senti muito mais viva, e mais forte, como se houvesse dedicado cada uma das minhas lágrimas, todas as minhas lágrimas, a absorver a energia de um corpo que já não precisava. Vovô estava tranqüilo, tão tranqüilo que parecia morto, e se percebeu que eu me levantei, e me afastei dele para abrir a porta com todo o sigilo de que meus passos eram capazes, não o demonstrou com o menor gesto. Por isso me assustei tanto quando senti a pressão de uns dedos sobre o meu ombro, e ao me virar meu coração quicava nos quatro cantos do peito como a pesada bolinha de aço bate nas laterais de um fliperama, preparando meus olhos para enfrentar a presença espectral de um fantasma.

— Por que você mentiu?

Meu avô, ainda vivo, continuava dormindo na cama, e quem falava era a enfermeira, de cuja existência eu me esquecera por completo.

— Por que você mentiu? — insistiu, diante da ausência de resposta. — Você se fez passar por filha, mas é neta dele, não é? Tomás me disse antes que você estava por aqui, e que na certa viria vê-lo.

Olhei para ela um pouco mais devagar e vi um rosto vulgar sobre um corpo vulgar, uma mulher comum, dessas iguais a milhares, milhões de outras, com uma infância feliz, uma casa modesta mas alegre e cheia de crianças, uma mãe terna e amantíssima, um pai trabalhador e responsável, um verdadeiro cartão-postal suíço surgindo por baixo do rímel, as rugas na medida certa e a língua limpa. Não respondi.

— Não se deve mentir aos doentes... — acrescentou por fim, resignada ao meu silêncio.

Vai à merda, pensei, vai à merda, deveria ter dito isso, mas não disse. Jamais consigo dizer essas coisas. Não tive a oportunidade de merecer uma vida de mocinha bem-educada, de modo que a educação que recebi não serviu para nada, afinal

𝓜as afinal Tomás tinha razão, e mais do que eu havia desejado admitir, porque a volta à normalidade culminou com a milagrosa recuperação de Reina, cuja doença, invisível nos resultados de uma boa dúzia e meia de exames, foi arquivada, sob a etiqueta de doença psicossomática, em alguma pasta da qual nunca mais tornaria a sair, e minha irmã se livrava para sempre daquela misteriosa tortura mensal. Mamãe não chegou a explodir em mil pedaços e, fiel a si mesma, preferiu vagar pela casa feito uma alma penada, com um ricto de dor permanentemente preso aos lábios, que apenas entreabria para se dirigir a mim, evocando um enorme cansaço nas ocasiões imprescindíveis, sem aludir diretamente à minha traição mas sublinhando-a com a velha linguagem de suspiros e gestos, um código cuja aplicação me parecia, quando criança, mais brutal do que qualquer castigo e que agora, pelo contrário, me dava absolutamente no mesmo. Meu pai também brigou comigo, e a reação dele me pareceu ainda mais violenta pela surpresa de sua origem.

— O que mais me aborrece, filha — reclamou aos berros, mal pôs os pés no vestíbulo da casa da Martínez Campos —, o que mais me aborrece é ver como você é boboca, que diabo, não entendo como não fica babando o dia inteiro pela casa que nem uma imbecil.

Paulina escapuliu para a cozinha correndo, como fazia sempre que assistia ao prólogo de uma escaramuça familiar de qualquer tipo, e eu, que já estava quase tranqüila, fiquei em pé, na porta do salão, tentando processar as palavras que acabava de ouvir enquanto minha calma se evaporava.

— E então? Agora você não diz nada, não é? Bem que ficou martelando outro dia no meu ouvido que a Reina estava morrendo.

— Mas, papai — respondi —, eu achava...

— E você acha o quê? Que os burros voam?, bem que você acreditaria se alguém lhe dissesse isso, não é? Puxa vida, Malena, você não imagina que noite a sua mãe me fez passar, vocês não me deixam viver em paz, caramba...! Estou de saco cheio das mulheres, é bom você ficar logo sabendo, de saco cheio! — Então virou-se para Tomás, que havia observado a cena em silêncio, com um copo na mão, até que resolveu festejar a última afirmação do meu pai com uma sonora gargalhada. — E não sei qual é a graça, porque toda vez que olho pela janela do banheiro e vejo duas cuecas soltas, perdidas no meio de quinhentas calcinhas penduradas uma ao lado da outra, começo a tremer, pode acreditar.

O riso do cunhado foi ficando mais sólido, até que ele por fim sorriu. Tentei aproveitar aquela trégua.

— Reina estava passando mal.

— Reina é uma chata, uma histérica, e você é uma idiota, e acabou-se o assunto! — Ele estava berrando de novo, mas sua voz se abrandara. Depois se aproximou de mim e pôs um braço no meu ombro para me guiar. — Vamos embora.

— Já? Por que vocês não ficam para jantar?

Havia uma certa urgência maldisfarçada na voz de Tomás, e aceitei aquela oferta com a cabeça, imaginando que a nossa companhia seria uma pequena festa para ele, mas papai não quis me ajudar.

— Não, olha, prefiro ir embora. Se tenho que encontrar de novo aquela sua irmã com a cara com que ela estava ontem à noite, é melhor encontrar de uma vez...

Ele não me disse mais nada, absolutamente nada, e então, pela primeira vez, enquanto agradecia infinitamente por sua despreocupação, perguntei a mim mesma se por trás daquela atitude não haveria alguma coisa além da imensa indiferença que eu mesma lhe censurara intimamente outras vezes, talvez não respeito, mas sim um certo pudor e a consciência pesada dos bons depravados, que nunca incorrem na imoralidade de condenar os pecados alheios. Nos antípodas disso, Reina me recebeu muito calorosamente. Mal apareci na porta, ela se pendurou no meu pescoço e se trancou comigo no quarto. Durante mais de uma hora travamos uma conversa desigual, ela falando sozinha o tempo todo enquanto eu me limitava a anuir ou negar, sem espaço nem sequer para mexer os lábios. Brigou comigo por não ter lhe contado minha situação quando ainda estávamos próximas, e pôs em ação toda a sua eloqüência para me convencer de que não tinha qualquer responsabilidade naquele assunto. Eu não duvidava exatamente de sua inocência, mas quando olhava para trás podia ver as pontas, cortadas, dos finos cabos que haviam se desprendido da corda grossa que antes nos unia, e quase pude ouvir, destacando-se acima do som de suas palavras, o estalo de outra corda se destacando do feixe, incapaz de suportar a tensão que mais cedo ou mais tarde converteria aquela sólida amarra num frágil e delicado barbante. De qualquer modo não liguei muito, porque uma só idéia zumbia em meu cérebro desde o minuto em que acordei naquela manhã, ocupando o espaço anteriormente destinado às previsíveis conseqüências daquela grande catástrofe que agora já não tinha importância e depois invadindo todas as áreas restantes, numa direção que excluía radicalmente a minha irmã, com tudo o que ela significava.

    Sempre achei esse ditado desprezível. Parecia-me a expressão do egoísmo mais brutal, e nunca me sentiria capaz de afirmar com a minha própria atitude a verdade, mil vezes repetida, encerrada numa sentença tão cruel. Eu amava o meu avô, e sabia que ele estava muito doente, mas não recebi a bofetada selvagem da realidade até não tê-lo diante de mim, e não quis saber que ele ia morrer, que morreria na certa, e muito em breve, até meus olhos pousarem em suas ruínas. A partir daí, a morte dele se transformou num acontecimento calculável, certo, mensurável, uma data fria, como a do velho ditador que poucos anos antes nos dera de presente duas semanas de férias, e eu não podia fechar os caminhos em que minha imaginação se perdia, não podia impor a mim mesma a minha própria tristeza. Eu amava meu avô, e mais do que o ancião elegante e misterioso de quem herdei uma pedra preciosa e uma verdade atroz, amava o homem que ele foi alguma vez e que não conheci, homem para sempre entre os homens. Eu o amava, amava seus silêncios e seus gestos, amava seus amores, sua estranha devoção pelo bebê monstruoso, sua fidelidade à freira renegada, sua paixão por uma mulher vulgar, e ele sabia disso, e todos sabiam, por isso minha mãe não se surpreendeu com meu interesse pela sorte do enfermo, e quando aceitou voltar a falar comigo passou a responder com detalhes a todas as minhas perguntas, calculando ela também, comigo e para mim, a distância que nos separava de uma morte que não parecia lamentar.

    Eu, em compensação, a odiava e a temia, porque não queria ver meu avô morrendo, não queria que meu avô morresse. Quando alguns de seus filhos, os que achavam que não deviam nada a ele, deixaram de visitá-lo para se pouparem do penoso espetáculo de sua decadência, eu continuei indo vê-lo duas tardes por semana, às vezes três, e olhava para ele, e ficava com ele, para mentir-lhe todas as vezes que quisesse me ouvir, mas meu avô nunca mais voltou a acordar. Até que certa noite de fevereiro o telefone tocou às dez e meia, e vi a ansiedade pintada no rosto da mamãe, e ouvi o som entrecortado de uma conversa sufocada, e esperei meus pais saírem. Então me tranquei no quarto e disquei o número mais longo entre todos os que estavam anotados na minha agenda. Enquanto esperava que alguém atendesse na outra ponta do continente, repeti para mim mesma aquelas palavras, rei morto, rei posto, e pedi perdão ao vovô por comemorar sua morte no lugar mais profundo do meu coração. Depois, Fernando disse *allô*.

    — Vovô está morrendo — eu disse a ele. — O médico acha que não lhe restam nem quarenta e oito horas.

    — Eu sei. Acabaram de telefonar. Meu pai está de malas prontas.

    — Você vem?

    — Estou tentando, índia. Juro que eu estou tentando.

Fernando só ficou em Madri três dias, prazo suficiente para devolver a cada hora a gravidade que o tempo parecia haver perdido desde a sua partida, porque os minutos voltaram a passar depressa, mas passavam inteiros, sem a doentia inconstância que os congelara naquele inverno, dando-lhes apenas o impulso mínimo para escorregarem lentamente, imitando o angustiante ritmo do goteamento no braço de um enfermo. Sua visita compensou de sobra a ausência de Magda, a quem esperei até a própria manhã do enterro, se bem que, no fundo, e ao mesmo tempo, nunca mais desejasse vê-la em qualquer das tristes cerimônias comemorativas de uma derrota que ambas, de algum modo, compartilhávamos. E no entanto nada alheio a mim mesma poderia me induzir a pensar que todas as pessoas que me rodeavam naqueles dias se congregaram para chorar uma morte, porque ninguém jamais contemplou tanta concórdia, tanta amabilidade e tantos detalhes de bom gosto como nessa época, até o instante preciso em que foi aberto o testamento do vovô, quando os ganhadores perceberam que não o eram tanto assim e os perdedores souberam-se ganhadores, muito embora na realidade todos tenham ganhado e todos consideraram que haviam perdido. Ali começaram os problemas, e a insólita harmonia que tanto beneficiara Fernando e a mim naqueles três dias, quando nós dois nos extraviávamos pelos corredores da Martínez Campos sem que ninguém se atrevesse a criar o menor conflito acusando a nossa ausência, e os adultos, de calculadora na mão, ocupados demais por outro lado em insistir todos juntos em fazer café, desfez-se como por artes de mágica.

Aqueles que supunham que a morte do pai os tinha livrado para sempre da obrigação de se encontrarem, e de amarrarem a cara toda vez que isso acontecesse, tiveram que se olhar reciprocamente nos olhos como nunca haviam feito, enquanto Tomás ficava reduzido a um fio de voz sem conseguir o mais mínimo avanço numa arbitragem impossível. A raiz do conflito consistia simplesmente em que não havia dinheiro para contentar a todos. Os Alcántaras de Madri sempre pretenderam ficar com as duas casas, compensando os filhos de Teófila, aos quais não atribuíam nem em sonhos a mesma porcentagem da herança de que pensavam usufruir eles mesmos, com uma quantia em espécie cuja cifra final acabou ultrapassando em várias magnitudes o saldo de todas as contas bancárias do vovô. Os Alcántaras de Almansilla — com exceção de Porfirio, que se aliou a Miguel, como sempre, numa facção estritamente neutra — queriam a Fazenda do Índio. Eu sabia disso desde o começo, porque Fernando me contou enquanto me apertava contra si no estreito divã do escritório da vovó, acariciando minhas costas lentamente como se precisasse me olhar também com as mãos depois de tanto tempo. Vovô ainda repousava em sua cama, e o pai dele e minha mãe deviam estar lá, junto com os outros, estudando-se discretamente enquanto se esforçavam por deixar cair alguma lágrima decorativa. Eu, que conhecia aquela casa como a palma da minha mão, havia arrastado meu primo para o recanto que me parecia mais seguro, um quarto que sua proprietária jamais usara para outro fim que não fosse colocar jarras sobre paninhos de crochê em todos os cantos disponíveis, e cuja localização, bem em frente ao patamar do primeiro lance da escada, nos permitiria escutar qualquer chamada daqueles que na certa nos procurariam primeiro nos dormitórios do segundo andar, mas ninguém nos incomodou, de modo que quando já havíamos nos vestido a toda pressa, tão depressa como fizéramos tudo, nos despimos outra vez, devagar, para ressuscitar o ritmo lento e pesado do secadouro, e até imaginei que recuperava por um instante o cheiro do tabaco enquanto o sangue golpeava minhas veias, retesando prazerosamente suas paredes.

— Sabe de uma coisa? — disse Fernando depois. — É engraçado. Passei a vida toda esperando esse momento, e agora não quero que meu pai herde aquela casa, porque nesse caso você não vai mais a Almansilla, e eu não vou te ver tanto como no ano passado. Senti muito a sua falta, índia, lembro de você todos os dias.

Essas palavras, presságio da guerra que se anunciava, deveriam ter me alarmado, mas não conseguiram, não só pela tímida declaração de amor que meu primo se atreveu a adendar como conclusão, mas sobretudo porque eu, bem ou mal, era uma Alcántara de Madri, e a figura de Teófila presidindo a mesa de carvalho da sala de jantar, sentada na cadeira da minha avó, ultrapassava consideravelmente a capacidade que minha imaginação possuía de se instalar no território dos delírios mais duvidosos. Cheguei até a me compadecer levemente da ambição que ampliava mais ainda aquelas espantosas ninharias que eu amava tanto, um sentimento contudo tão desagradável que à medida que a primavera transcorria, enquanto o rosto da minha mãe viajava entre a lividez do escândalo e o vermelho da cólera, sem conseguir optar por uma cor definitiva, terminei ficando satisfeita de que Fernando tivesse razão, porque qualquer negociação razoável passava necessariamente por aquela partilha, a casa da Martínez Campos para uns, a Fazenda do Índio para os outros, até que alguém, acho que foi meu tio Pedro, trouxe à baila a questão dos bens em comunhão, e se travou um pleito judicial que fez as vezes de uma trégua.

Os advogados de Madri advertiram que o caso estava perdido, e os advogados de Cáceres garantiram que o caso estava ganho, porque minha avó, para poder legar em vida todos os seus bens aos filhos, firmara anos antes uma espécie de contrato particular com seu marido. O ponto a que se agarravam agora os que impugnavam o testamento consistia em que aquele papel não constituiria formalmente uma separação de bens, razão pela qual cada um deles teria direito a duas partes da herança — uma pelo pai, outra pelo regime matrimonial da mãe —, enquanto aos filhos de Teófila só corresponderia uma parte por cabeça, mas aquele truque era tão sujo que alguns dos Alcántaras de Madri, como Tomás, que se manifestou também como representante de Magda, e Miguel, comprometeram-se a declarar a favor dos reclamados, e outros, como a tia Mariví e minha própria mãe, que apesar da imensa raiva que a perda da Fazenda do Índio lhe produzia conservava em seu interior equanimidade suficiente para não castigar os filhos pelos pecados dos pais, abstiveram-se à última hora de figurar como reclamantes. Afinal, quando fizemos as malas, todos sabíamos que aquele verão seria o último, mas ninguém pareceu lamentar muito o fato.

Para minha própria surpresa, me vi pensando como adulta, quer dizer, levando em conta exclusivamente os meus interesses pessoais, e como se meu destino já houvesse se desprendido, e para sempre, da sorte que estivesse reservada para o resto da família, julguei que o balanço era positivo, porque a tristeza que poderia me inspirar a perda daquela casa nunca seria comparável ao espaço que meus pulmões conquistavam quando eu calculava as conseqüências daquela mudança, que me traria Fernando de volta todos os verões. Em agosto eu completaria dezessete anos, uma idade sem retorno, já na beirada do talismã dos dezoito, e em outubro iria para a universidade. Eu não havia falado com ninguém, mas planejava tentar cursar a especialidade na Alemanha. Trabalhei muito para passar na seleção com uma nota bem alta, 8,8, e mesmo que meus pais se negassem a custear a viagem, poderia conseguir uma bolsa. Os três primeiros anos do curso eram praticamente comuns, e, se não houvesse outro jeito, estava até disposta a passar para línguas germânicas no quarto.

A hipótese de que meu futuro não incluísse Fernando me parecia grotesca como uma piada de mau gosto, e durante o primeiro mês daquele verão o indefinível conjunto de pequenas circunstâncias, detalhes e matizes, muito mais significativos que os grandes fatos, a que se costuma aludir quando se diz "tudo" pareceu me dar razão. Depois, Mariana telefonou uma tarde para avisar que as fotocópias da ficha escolar que eu incluí no envelope de inscrição não estavam completas, e que não a deixariam fazer minha matrícula sem apresentar as que faltavam junto com o original do formulário de seleção, do qual eu só enviara uma fotocópia. O prazo estava se esgotando e não havia outro remédio senão ir a Madri. Não dei nenhuma importância àquela viagem, que em princípio só deveria demorar um dia e uma noite, e afinal se prolongou por mais uma noite porque fecharam o guichê da faculdade nas minhas ventas depois de ter passado a manhã inteira fazendo fila, mas quando o ônibus da tarde me deixou no mesmo ponto em que o pegara exatamente quarenta e oito horas antes, tudo havia mudado. Treze dias depois, o mundo afundou.

Não consegui adivinhar o que estava acontecendo com Fernando, mas nunca cheguei a imaginar um desenlace daqueles. Avaliei sozinha todas as hipóteses razoáveis e uma longa dúzia de suposições disparatadas, porém num momento ou em outro, durante aquelas estranhas semanas prenhes de inquietações e silêncios que eu não soube interpretar, ele mesmo foi me induzindo a descartar todos os motivos capazes de explicar sua misteriosa metamorfose. Não tornei a vê-lo sorrindo, e não deve ter pronunciado nem duas frases seguidas de mais de dez palavras. Passávamos as tardes sentados em volta de uma mesa do terraço da praça, o freqüentadíssimo ponto de reunião que com tanto cuidado havíamos evitado até então, bebendo a secas, sem falar, sem rir, sem encostar um no outro, até que algum conhecido passava por ali e ele o convidava para sentar, e mergulhava imediatamente em conversas intermináveis, sobre temas tão absurdos e distantes dos seus interesses como o semi-racionamento de caça que começaria no dia 15 de agosto ou a praga de aranhas vermelhas que estava dizimando as hortas de todo o vale. O secadouro do Rosário, onde terminávamos de madrugada, era o único cenário dos bons tempos que conseguiu sobreviver àquela morte lenta, mas nossa cama úmida de folhas de fumo estava dura e fria como uma lousa de granito, e os olhos de Fernando não refletiam mais aquele calafrio assombrado, o breve espaço onde conviviam a armadilha do medo e a astúcia do desejo, como se, prematuramente envelhecidos, estivessem resignados à esperança fugaz e apressada dos velhos amantes que toda noite se despedem do futuro.

Eu quis saber se ele estava cansado de mim, se havia se apaixonado por outra, se não se sentia bem, se tivera uma briga em casa, se tinha entrado numa briga com alguém e não me contou, se o estavam pressionando para vender a moto, se havia acontecido alguma coisa terrível com um amigo, se estava sendo processado por qualquer delito, se fora reprovado em muitas matérias e não tinha coragem de contar ao pai, se estava pensando em largar o curso, se eu o ofendera sem querer, se estava zangado por alguma coisa que lhe contaram sobre mim, se sua atitude tinha a ver com o famoso processo da herança, mas recebi sempre a mesma resposta, não, não, não está acontecendo nada comigo. Não tive coragem de perguntar se ele havia percebido de repente que era homossexual, ou se estava militando num grupo terrorista, mas cheguei a imaginar coisas até piores enquanto engolia as lágrimas com dificuldade e lhe pedia para falar comigo, para me tocar, para me olhar, assim voltaria a ser como era antes, como sempre havia sido, risonho e melancólico ao mesmo tempo, brusco e divertido, profundo. Fernando franzia as sobrancelhas como se eu falasse numa língua que ele não entendia, e me pedia para não dizer bobagens, afirmando que não tinha mudado, que não estava acontecendo nada com ele, era só uma temporada ruim, simplesmente, como qualquer pessoa pode ter. Nunca consegui nada além disso, mas também nunca esperei um desenlace semelhante, não esperava aquilo nem mesmo quando ele se despediu de mim nessa noite, embora captasse em sua voz um tremor insólito que nunca quis aceitar.

— Adeus, Malena.

Apressei um pouco meus passos para chegar rapidamente à grade, e lá me virei e respondi como todas as noites.

— Até amanhã.

Girei de novo o corpo, para passar a tranca na porta de ferro, e enquanto movia os dedos na maior velocidade possível contava os segundos em silêncio, porque já pressentia que aquela última conversa não havia terminado e cada instante de silêncio crescia em meus ouvidos como uma garantia.

— Acho que a gente não vai se ver amanhã.

Eu também reagi com lentidão, e antes de abrir os lábios me aproximei dele devagar, construindo por dentro falsas predições, como se precisasse me ancorar na ilusão de que no dia seguinte ele iria caçar antes de me defrontar com a verdade.

— Por quê?

— Acho que a gente não vai se ver mais.

— Por quê?

— Porque não.

— Isso não quer dizer nada.

Deu de ombros, e só então percebi que não tinha olhado uma só vez nos meus olhos desde que parou a moto na porta de casa.

— Olha para mim, Fernando. — Mas ele também não quis dessa vez. — Olha para mim, por favor, Fernando... Olha para mim!

Finalmente levantou a cabeça num movimento brusco, como se estivesse zangado comigo, e quando berrou quase cheguei a comemorar a violência daquele grito.

— O que foi?

— Por que a gente não vai se ver mais?

A pausa seguinte foi mais longa. Tirou um maço de cigarros do bolso, escolheu um e acendeu. Já havia fumado mais da metade quando enterrou novamente a vista no chão para pronunciar uma sentença indecifrável.

— Não fala em alemão, Fernando. Você sabe que não entendo.

— Escuta, índia. — A voz lhe tremia como se estivesse doente, apavorado, agonizando de fome, ou de medo. — As mulheres não são todas iguais. Existem garotas para transar e garotas para se apaixonar, e eu... Bem, percebi que o que você tem para me dar não me interessa mais, portanto...

Se eu não sentisse que estava me sufocando, teria explodido num pranto esgotador e misericordioso, mas aos moribundos não resta nem mesmo esse consolo.

— Isso não soa muito alemão, não é? — consegui dizer por fim, quando ele deu o arranque na moto e levantou o suporte do chão com o pé direito, como tinha feito milhares de vezes na mesma hora, no mesmo lugar.

— Com certeza não, mas é a verdade. Sinto muito. Adeus, Malena.

Eu não lhe disse adeus. Fiquei absolutamente quieta, como se tivessem cravado meus dois pés no chão, e olhei para ele se afastando, e nem mesmo então tive a coragem de admitir que ele ia embora, que estava partindo.

Depois entrei em casa, me cansei infinitamente subindo as escadas, passei pela porta do banheiro, caí na cama sem escovar os dentes e dormi logo, dormi direto, a noite inteira.

De manhã, quando acordei, não lembrava que Fernando tinha me abandonado. Recordo que abri os olhos e os dirigi para a esquerda, verificando com uma única olhada que eram quinze para as dez e que a cama de Reina estava vazia. Então me levantei, abri a persiana e constatei que fazia um dia bonito, um esplêndido dia de começo de agosto. Só então me lembrei, e pus as mãos na cintura e a apertei com força antes de me dobrar completamente para a frente. Fiquei assim, de cabeça para baixo, por mais de dez minutos. Depois, enquanto notava como o sangue descia lentamente criando a ilusão de que o meu rosto estava ardendo, sentei numa ponta da cama e tentei reconhecer figuras de animais na rugosa superfície da tinta texturada que recobria a parede, ressuscitando a técnica que empregava para me serenar quando, na infância, minha mãe me botava de castigo trancada no quarto. A empregada que entrou para fazer a cama às onze e meia me encontrou na mesma posição e fazendo exatamente a mesma coisa, mas o que ela viu no meu rosto deve tê-la impressionado tanto que, em vez de me chamar de preguiçosa e me mandar descer para tomar o café com exemplar indignação, como fazia sempre que me pegava na cama numa hora daquelas, me pediu que por favor deixasse o quarto livre.

Enquanto tomava um café com leite e me assombrava com seu estranho sabor, decidi que o que havia acontecido não podia ser verdade. Fernando jamais escolheria espontaneamente aquela fórmula horrível para terminar, porque era artificial demais, elaborada demais, sinistra, injusta e nojenta demais. Eu não a merecia, nunca fiz nada para merecer palavras como aquelas, e ele não podia ter dito aquilo a sério porque eu o amava, e ele não iria desperdiçar tão bobamente o meu amor. Eu jamais conseguiria renascer de um fracasso tão completo, não podia permitir que isso acontecesse, olhar-me no espelho toda manhã e ver que a pele das minhas faces era marrom e tingia-se de cinza ao redor dos olhos, como a vira alguns minutos antes. Tinha que haver alguma outra coisa, uma razão oculta, sensata, admissível, capaz de salvar pelo menos a lembrança dele, de dissolver o lixo nauseabundo que o envolvia e devolvê-lo limpo. Tinha que haver alguma coisa a mais, isso era a única coisa que me importava naquela hora, porque para chorar sempre haveria tempo, eu dispunha da vida inteira para chorar.

Quando toquei a campainha estava quase convencida de que tudo aquilo havia sido uma confusão, um mal-entendido, nada que não pudesse ser discutido, mas a demora com que vieram abrir a porta, só depois da terceira série de campainhas, me fez suspeitar de que nada mais seria fácil para mim.

A mãe de Fernando mostrou a cabeça por trás da porta, sem chegar a abri-la totalmente.

— Bom dia, queria ver o seu filho.

Ela respondeu com um sorriso exageradamente bobo, que uniu a um lânguido movimento da mão direita, como se pretendesse me pedir desculpas antes de negar com o indicador.

— A senhora entendeu perfeitamente. Diga ao seu filho Fernando que desça, por favor. Preciso falar com ele.

Representou a mesma comédia, repetindo os gestos um por um. E ainda repetiria uma terceira vez, depois que eu, mesmo sabendo que estava sendo ridícula, me dirigi a ela em inglês. Depois fechou a porta.

Mantive o dedo firme na campainha pelo menos por uns três minutos, até que parou de tocar, na certa porque alguém havia desconectado o mecanismo no interior da casa. Eu estava tão furiosa que por alguns instantes recuperei a capacidade de raciocinar, e com a parcimônia do espião que sabe que está sendo vigiado mas ainda conserva uma carta na manga, atravessei a rua devagar e me sentei, bastante escandalosamente, na calçada oposta, bem em frente à porta.

Dentro de mim já não havia nada que valesse nem sequer o preço da comida que iria comer naquele dia, eu já não tinha nada a perder. Olhei disfarçadamente para as janelas do segundo andar, e quando a proximidade da luz desmanchou as sombras que distinguira no começo e revelou silhuetas inequivocamente humanas, comecei a berrar com toda a força que meus pulmões podiam desenvolver.

— Fernando, desce! Preciso falar com você!

Todas as persianas desceram de repente e senti uma leve pontada de prazer, embora soubesse que, entre todos os habitantes daquela casa, meu primo era quem padecera menos intensamente os efeitos da minha rudimentar vingança.

— Fernando, sai! Estou te esperando!

Duas mulheres, com dois bules de leite na mão, surgiram na esquina da rua para averiguar as causas da gritaria, e sua aparição me estimulou a introduzir um novo elemento no espetáculo. Peguei uma pedra pequena e a joguei contra a fachada da casa de Teófila, enquanto gritava sem parar, controlando de esguelha as janelas para o caso de que Fernando, vencido pela tentação de assistir à representação da minha ruína, aparecesse por um instante através dos vidros.

Em pouco tempo reuni uma pequena multidão de espectadores, eu os via e ouvia suas vozes, eles sussurravam meu nome, mas sua presença logo deixou de me consolar, porque por mais que as bochechas da mãe de Fernando fossem arder quando ela não tivesse mais remédio senão sair outra vez à rua, por mais que sua irmã estivesse sofrendo ao ver suas amigas fofocando na calçada, por mais que aquele episódio pudesse empanar o triunfal regresso ao povoado de um homem tão orgulhoso e tão zeloso de sua reputação como o pai dele, a única coisa certa e perdurável era que antes eu o tinha, e agora o havia perdido, e pouco a pouco comecei a compreender que nada diferente do nada, do indolente vazio que ia conquistando lentamente e sem estardalhaço o interior do meu corpo, transformando-o num simulacro falso de plástico e papelão, tinha agora qualquer importância. Então perdi as forças necessárias para gritar e para jogar pedras, e só não levantei da calçada porque pressenti que minhas pernas não me sustentariam, e porque tanto fazia sair ou ficar, ir em frente ou voltar atrás. Não posso calcular o tempo que estive ali sentada, abraçando minhas pernas com as mãos, escondendo o rosto entre os joelhos para não permitir que ninguém o visse, enquanto meu público, decepcionado, se desagregava, até que o eco de uma voz desconhecida destruiu a suave ilusão de insensibilidade em que eu mesma me ninava.

— Que pena que a sua avó não esteja aqui para ver você aí jogada na calçada, em frente à minha casa, implorando que nem uma cadela!

Levantei as pálpebras e meus olhos, embaçados pela escuridão da qual emergiam, ficaram doloridos com a luz antes de decifrar lentamente a figura de Teófila, uma velha ainda imponente que olhava para mim do centro da rua, com duas sacolas de náilon cheias de comestíveis ao lado de seus calcanhares.

— Eu não sou feito a minha avó — respondi. — Eu sou dos outros, portanto nem pense que vai me fazer levantar daqui dizendo umas besteiras.

Minhas palavras explodiram no rosto dela como uma granada de mão, e a hostilidade que lhe acentuava as rugas, franzindo aquela pele sarmentosa e morena como a cortiça de um azinheiro, cedeu lentamente sua cara ao estupor. Até eu não ficar em pé sua boca não se fechou totalmente, e nem quando me plantei à sua frente o olhar dela recuperou a dureza metálica que possuía antes.

— Eu não sou como eles — disse, sem me atrever ainda a tocá-la. — Eu era a neta favorita do meu avô, pode perguntar a qualquer um, todo mundo sabe... Ele me deu a esmeralda de Rodrigo, a tal pedra que todos estão procurando feito loucos, eu a tenho, vovô me deu, só que não é mais minha, eu a dei para o Fernando no ano passado.

— Eu sei — e balançou lentamente a cabeça, sem me deixar adivinhar se naquele gesto havia mais de compaixão ou de raiva. — Ele me contou. O que não deve ter contado a você, com certeza, foi a bofetada que recebeu quando eu soube.

— Você bateu nele? — perguntei, e ela confirmou com um gesto. — Mas por quê?

— Essa é boa! — exclamou, acentuando uma ironia que eu não pude compreender. — Ora, por quê? Por tentar cafetinar a neta do seu avô! Que coisa, menina... O que mais você está querendo, acabar que nem sua mãe?

— Se ele tivesse me pedido as duas mãos — continuei, liberando as lágrimas que já doíam na beirada dos meus olhos —, teria cortado e dado para ele.

Ela não disse nada, mas me passou a mão na cabeça e baixou os olhos para me olhar, como se minhas palavras a estivessem machucando. Eu, contudo, continuei.

— Entra na sua casa e diz a ele para sair, por favor, só quero falar um pouco com ele, sério, não vou demorar nada, é que eu preciso falar com ele, sério, ele tem que me explicar uma coisa, diz que saia um pouquinho e depois eu vou embora e não incomodo nunca mais, só preciso vê-lo, de verdade, nem que sejam só cinco minutos, isso vai ser suficiente, eu lhe peço por favor, por favor, entra lá e diz a ele para sair.

— Ele não vai sair, Malena — respondeu, depois de um tempo, enquanto a compaixão conquistava claramente o seu rosto —, mesmo que eu mandar ele não vai sair. E sabe por quê? Ora, porque, por mais neto meu que seja, ele não tem colhões para olhar para a sua cara. Simplesmente isso. E é sempre assim, eles são todos iguais, muito colhão e coisa e tal, mas, no fim, nenhum deles serve nem para tocar punheta.

Olhei para ela, e na misteriosa harmonia que vi em seu rosto aprendi que estava me dando a única verdade que guardava consigo.

— Acredita em mim, é uma pena que você tenha que aprender isso tão cedo, ainda tão jovem, mas não tem jeito, veja só o seu avô. Esse sim, tinha mais colhões que ninguém, e de que lhe serviram? Para estragar a vida da sua avó e a minha ao mesmo tempo!, ouviu bem?, duas melhor do que uma, e depois ainda por cima pegava umas putas em Madri! E você fica aqui, choramingando por um igualzinho? Não, filha, não, por esse caminho você não chega a lugar nenhum, estou te dizendo. Não olha para mim, olha para a sua tia Mariví, que se casou aos vinte e um anos com um embaixador de cinqüenta que já ia dar pouco trabalho, ou para a minha filha Lala, que começou a sentir enjôos e desejos no mesmo dia em que parou de tomar a pílula, elas sim que entenderam, entenderam muito bem, essas duas... — e então fez uma pausa, porque seus olhos estavam ficando vidrados, e olhou para mim pela última vez, como se estivesse se olhando num espelho. — É claro que para isso é preciso ter nascido corajoso.

Pegou as duas sacolas e girou sobre os calcanhares para percorrer o curto trecho que a separava da sua casa.

— Diz ao Fernando para sair, por favor.

Assentiu com a cabeça à minha última súplica, abriu a porta com a chave e fechou-a atrás de si sem se virar para me olhar.

Eu voltei para a calçada e me sentei lá, e permaneci lá por muito tempo, enquanto o sol cruzava lentamente o firmamento sobre a minha cabeça, derretendo o asfalto da rua, até que alguém da casa teve piedade de mim e ligou para a minha pedindo que viessem me buscar.

Quando me sentei no carro ao lado do meu pai, girei a cabeça pela última vez, querendo ver se Fernando se debruçava para me ver partir, como nos filmes, mas nem sequer nesse momento ele se aproximou da janela.

Minha avó Soledad tinha então sessenta e oito anos, e estava começando a deixar de ser a mulher magra, enérgica e tesa como um maestro de orquestra com quem, somente dez anos antes, Reina e eu apostávamos corrida no Paseo de Coches nos domingos de manhã. Seus ossos estavam cansados de tanto se esticarem e seu espírito sucumbira fazia tempo às reclamações de um palato perpetuamente atormentado, de maneira que quando encontrei aquela que sempre havia proclamado que nunca permitiria a si mesma o pecado de se tornar uma velha previsível, desastrada e rechonchuda ela parecia um pouco mais gorda, e mais encurvada, do que quando a vira pela última vez, naquela primavera.

Mas estava com ótimo aspecto, porque acabava de voltar do mar. Todo ano, no fim de junho, ela ia para Nerja, onde minha tia Sol tinha uma casa, e lá ficava, completamente sozinha, durante mais de um mês, até voltar a Madri dois ou três dias depois de ver sua filha, após desembarcar um marido, um cachorro e dois adolescentes, puxar o freio de mão do carro bem em frente à grade, com a vã pretensão de passar as férias em sua companhia. Sempre dizia que adorava a cidade em agosto, quando ficava deserta como um velho burgo sitiado pela peste negra, mas para além daquela extravagante comparação, que era capaz de apoiar numa centena de fossilizados topônimos centro-europeus que só ela conhecia, todos nós sabíamos que minha avó assumia o próprio nome como uma vocação e nunca gostou de morar com ninguém.[1]

Apesar disso, e de não estar nos esperando, ela nos recebeu com um alvoroço genuinamente sincero, talvez porque desde que tinha se aposentado, três anos antes, ia para a costa quase dois meses antes e chegava a sentir saudades de nós, ou talvez, simplesmente, porque notasse que a passagem do tempo era mais forte que ela e, contra a sua vontade, estava ficando velha. Mas a idade não conseguira

---

[1] Soledad, em espanhol, significa solidão. (*N. do T.*)

alterar alguns dos traços primordiais do seu caráter, e nunca seria mais forte que eles.

Quando éramos pequenos, ela não ligava muito para os netos. Nunca vou esquecê-la andando depressa, alisando as mechas de cabelo fino, lisas como as folhas de uma alface passada, que lhe escapavam constantemente do coque, com um cigarro aceso pendurado no lábio inferior e alguma coisa, qualquer uma, de um volume de *Os touros*, de Cossío, que tinha começado a ler quando era uma fã adolescente apaixonada por Juan Belmonte e pretendia terminar antes de morrer, a uma colcha de crochê pela metade, entre as mãos, um lugar que o corpo das crianças raramente ocupava. Mas jamais esquecia o que cada um de nós gostava de comer e nunca ralhava quando fazíamos coisas que tiravam os outros adultos do sério. Na casa da vovó Soledad, as crianças podiam correr, gritar, chorar, brigar, quebrar um copo ou falar sozinhas, e não acontecia nada, a menos que alguma pretendesse se grudar lacrimejantemente em sua saia, porque isso era a única coisa que ela não tolerava. E se algum de seus filhos, biológicos ou por casamento, ou um amigo ou convidado de qualquer espécie, se atrevesse a nos meter medo com histórias de bruxas e fantasmas, ou a rir de nós de outra maneira, contando-nos, por exemplo, que nossos pais não eram nossos pais e sim umas pessoas boazinhas que nos recolheram em uma carroça de ciganos, ela virava uma autêntica fera. Certa tarde chegou a expulsar de casa um amigo do seu filho Manuel que, sabendo que na geladeira havia mais, tirou das minhas mãos um bombom de sorvete e o engoliu em duas mordidas só para me ver chorar um pouco. Pode ser que eu não goste muito de crianças, disse ela então, com o rosto vermelho de indignação e os punhos crispados na ponta dos braços rígidos, mas se há uma coisa que abomino neste mundo é ver adultos se divertir fazendo-as sofrer injustamente. E enquanto eu me perguntava em vão pelo significado do verbo abominar, o amigo do meu tio explicou que estava ficando tarde e saiu de fininho antes que pudéssemos perceber.

No dia 12 de agosto de 1977, recluída em seu minúsculo escritório, enquanto ouvia através da porta alguns retalhos da difícil conversa que ela mantinha com meu pai, percebi que continuava sendo a mesma. Por trás da cortina, um cigarro mal apagado agonizava entre outros muitos, na beira de um enorme cinzeiro daqueles que, como dizia, guardava só para as visitas desde o dia em que lhe diagnosticaram um maldito enfisema pulmonar. Sorri pela primeira vez em muitas horas ao ver que vovó continuava fumando escondida, e a expressão não se apagou do meu rosto quando escutei alguns gritos isolados, testemunhas da indignação que abalou aquela anciã ao saber que meus pais haviam decidido dar fim prematuramente às minhas férias só porque eu estivera seis horas jogada na rua, chorando, berrando e atirando pedras na porta de uma casa, o que, em sua opinião, e afinal de contas, não passava de um contratempo sem maiores conseqüências, uma birra bem própria da minha idade.

Depois, quando ficamos a sós, vovó Soledad demonstrou um respeito pela minha dor que eu ainda não recebera de ninguém. Foi comigo até o único quarto de visitas da casa, um pequeno apartamento antigo, sem nada de especial mas com muita luz, e me deixou lá para desfazer a mala. Joguei-me na cama e não me levantei até a manhã seguinte. Então, quando a encontrei na cozinha, ela sorriu e me perguntou o que eu queria.

— É bom você comer bastante — foi a única coisa que me disse. — Manteiga, pão com miolo, chocolate, batata frita... Vai por mim, come. Não há outra coisa que console de verdade.

Segui o conselho, comi como um condenado meia hora antes da execução, e me senti muito melhor. Ela, sentada à minha frente, me observava mastigar como se estivesse satisfeita com a velocidade com que eu fazia desaparecer do prato dois ovos fritos e meia dúzia de fatias de toucinho defumado, um café da manhã com que não me deleitava há anos. Depois, quando meu estômago provou, contra as minhas próprias previsões, que ainda tinha espaço para alguns *croissants* molhados no café com leite, ela tirou do bolso sem disfarçar um maço de cigarros de fumo preto e acendeu um deles com os fósforos da cozinha.

— Você não vai me pedir para não fumar, não é?
— Não — respondi. — Ficaria com vergonha.
— Ótimo — ela aprovou, rindo. — Se isso te faz sentir vergonha, é sinal de que você tem, ao contrário do que sua mãe falou.

Depois sentou-se à mesa para ler o jornal, um hábito que não perdoava nunca. Assinava todos os jornais de Madri, e levava quase duas horas escrutando-os metodicamente, seguindo sempre a mesma pauta. Primeiro buscava a notícia do dia e, se houvesse, comparava a informação que se desprendia das manchetes. Quando pressentia discrepâncias sérias, lia primeiro todos os artigos de fundo, mas se as primeiras páginas avaliassem em termos parecidos o tema em questão arrumava os jornais em ordem cronológica, de acordo com a data de sua fundação, e os ia lendo um por um, começando pela seção Nacional, continuando depois pela Internacional, Madri, Cultura e Eventos, que nos jornais mais modernos estava englobada em Sociedade. No resto, nem sequer dava uma olhada, e nunca, mas nunca mesmo, jamais, lia as colunas de Opinião, pelas quais passava por cima murmurando à boca pequena que, para opinar, ela sozinha era mais que suficiente.

— Para que então esses sujeitos acham que vou gastar meu dinheiro em tanto papel? — disse um dia, justificando a rapidez com que passava as páginas. — Para poder opinar, naturalmente.

Naqueles dias de agosto, morando com ela, minha avó me ensinou a ler os jornais, filiando-me espontaneamente à sua mania. Todas as manhãs eu me sentava ao seu lado e esperava em silêncio a entrega. Assim estava, alguns dias depois da minha chegada, quando tocou o telefone. Reina, de Almansilla, me anunciou que Fernando havia acabado de voltar para a Alemanha.

— Ontem de manhã foi para Madri, sozinho. O vôo saía às seis da tarde, parece, mas o resto da família ficou aqui. Soube de tudo no povoado, agorinha...

Então desmoronei. Deixei minhas costas escorregarem contra a parede, fechei os olhos e disse para mim mesma que nunca mais nada mudaria, porque eu seria incapaz de mexer um só músculo pelo resto da vida. Alguns minutos depois, como se pretendesse me demonstrar o contrário, alguém tirou com delicadeza o fone das minhas mãos e desligou. Mesmo com as pálpebras soldadas entre si, pressenti a proximidade da vovó, que estava em pé ao meu lado.

— Eu sei que você não entende — murmurei, como explicação. — Papai também não entendeu, disse para eu deixar de ser imbecil, para economizar as lágrimas porque elas iam me fazer falta outras vezes, porque tenho muita vida pela frente e ainda posso me apaixonar por uns vinte caras no mínimo, mas mesmo assim...

Ela interrompeu meu discurso me abraçando muito forte e me balançando contra o corpo, ao mesmo tempo que encostava a cabeça na minha, como nunca havia me ninado quando eu era criança.

— Não, filha, não — sussurrou entre os dentes, depois de um tempo. — Eu nunca vou te dizer isso. Quem dera que eu também pudesse...

Na semana seguinte essas palavras foram ganhando espaço na minha cabeça, enquanto me fartava de escutar *Sabor a mí* num velho disco que vovó, com indulgência sobre-humana, me deixava colocar uma e outra vez na sua rudimentar vitrola de plástico cinza, e cheguei à conclusão de que meu pai tinha razão pelo menos numa coisa. Chorar é realmente tedioso, e ela, que tecia num lado da varanda procurando não olhar diretamente para os meus olhos, deve ter descoberto isso muito antes que ele, porque, à medida que eu me chateava de tanto me apiedar de mim mesma, a preocupação ia se apagando do seu rosto. Então, quase para me distrair, comecei a observá-la, estudando-a de longe, como ela fazia comigo, mas não consegui chegar a grandes conclusões porque me faltavam muitas informações.

Eu nunca tinha notado, mas, até onde eu sabia, minha família paterna carecia de história. Da mulher que estava à minha frente, só lembrava que nasceu em Madri, que o pai dela havia sido juiz, que tinha três filhos e, até se aposentar, aos sessenta e cinco anos, uma matrícula de professora de História num Instituto de Ensino Secundário do subúrbio. Daquele que foi seu marido eu só sabia que também nasceu em Madri e que morreu na guerra, mas nunca cheguei a me inteirar se o mataram na frente ou caiu num bombardeio, se esteve na cadeia ou num campo de prisioneiros, se chegou a combater ou nunca lutou. Vovô Jaime tinha morrido na guerra e ponto final, e em função de algum comentário isolado eu me atrevia a suspeitar que só a morte o salvara da derrota, mas nem sequer isso, de que lado ele lutava, quem o matou, eu sabia com certeza.

Meu pai nunca falava em casa sobre suas origens, e via seus próprios irmãos com muito menos freqüência do que os irmãos da minha mãe. Mamãe detestava profundamente a cunhada, que era apenas alguns anos mais velha que ela mas parecia morar numa outra galáxia. Minha tia Sol tinha tentado ser atriz antes de se transformar na alma de uma companhia de teatro independente em que trabalhava como gerente, produtora, costureira, adaptadora de textos, diretora, ponto e qualquer outra coisa que pudesse fazer falta. Vivera com três homens e seus dois filhos tinham uma diferença de apenas três anos, mas eram de pais diferentes. Mamãe se referia a ela como a mais arrogante e presunçosa das mulheres, mas eu mal a conhecia, como não conhecia meu tio Manuel, um homem obscuro cujo filho, quase dez anos mais velho que eu, não conseguiria identificar se o encontrasse na rua. Quando éramos crianças, meu pai nos levava de vez em quando à casa da vovó, mas lá, ao contrário do que acontecia na Martínez Campos, poucas vezes coincidíamos com nossos primos, talvez porque nunca íamos no Natal. Depois, os contatos foram se espaçando, e em vez de visitá-la no apartamento da rua Covarrubias, começamos a nos encontrar em El Retiro, ou em algum restaurante onde ela não deixava o filho pagar. Mamãe quase nunca vinha conosco, e meu pai costumava levar a conversa a nunca se afastar das trivialidades — o colégio, as notas, as piadas do Mingote, o clima, o trânsito, o preço dos aluguéis, o câmbio do dólar etc. —, em que ele sempre se sentiu à vontade. Às vezes, naquelas refeições, eu tinha a sensação de que vovó era um estorvo para o meu pai, e de que ela, por sua vez, tinha um pouco de vergonha dele, mas nunca, nem mesmo nesses instantes, deixei de notar o quanto eles se gostavam, da mesma maneira que meu pai gostava dos irmãos apesar de só os ver de quando em quando, com um amor discreto, quase secreto, do qual sempre excluíra, por vontade própria, sua mulher e suas filhas, necessariamente alheias àquela aliança.

Quando eu buscava algum fio na meada, alguma chave que me ajudasse a decifrar o sentido daquelas estranhas palavras, *quem dera que eu também pudesse*, vovó uma noite me pediu para ir fechar a varanda do seu quarto, porque o cheiro do ar havia mudado e anunciava que estava chegando uma ventania, o clássico prólogo das tempestades de verão, e então, enquanto eu lutava com uma tranca que não queria se mexer, olhei pela primeira vez com atenção para um quadro que já vira centenas de vezes, e pela primeira vez o quadro me devolveu o olhar.

Uma mulher bem jovem, vestida com uma túnica branca, estava sentada em perspectiva sobre uma coluna cujo capitel coríntio adivinhava-se entre as pregas da vestimenta. Na cabeça, em cima de uma testa bordada de cachos castanhos, usava um barrete frígio de cor vermelha, e sorria com os lábios e com os olhos, iluminados por um brilho impossível, quase febril, que denotava uma certa imperícia técnica do autor. Os dedos da mão direita rodeavam o mastro de uma grande bandeira republicana, vermelha, amarela e bordô, que parecia firmemente fincada no chão, porque a garota, mais que hasteá-la, parecia apoiar-se nela. Sua mão esquerda, estendida, segurava um livro aberto do qual emanava uma luz que projetava raios em todas as direções, como o peito de Jesus nos retratos do Sagrado Coração. Eu estava olhando tudo aquilo, fascinada, quando vovó se juntou a mim, intrigada pela demora.

— É você, não é? — disse, reconhecendo em seus traços sem grande dificuldade a modelo daquele quadro.

— Lógico que era eu — respondeu com uma risada. — Aos vinte anos certinhos.

— Quem foi que pintou?

— Um pintor muito amigo meu, naquela época.

— E por que pintou você desse jeito?

— Porque não é um retrato. É uma alegoria, chama-se *A República guia o Povo em direção à Luz da Cultura*, está intitulado e assinado atrás. O autor me escolheu como modelo porque estava apaixonado por mim, mas não pintou por conta própria, foi uma encomenda do Ateneu... — Então franziu o cenho e ficou me olhando. — Claro, você não sabe o que é o Ateneu.

— Acho que sim, me parece familiar.

— Certo, mas agora não é a mesma coisa. Mas tanto faz, o caso é que ele nunca chegou a entregar o quadro, porque o seu avô o viu quando estava quase terminando e gostou tanto que meu amigo lhe deu como lembrança. Foi seu presente de casamento, porque Jaime acabava de entrar na Junta Diretiva... Não tem nenhum valor, mas eu também gosto dele.

— É muito bonito, e parece muito com você. A única coisa que não tem a ver é o penteado. Por que te pintou com esses cachos? Você usava permanente, ou será que ele não gostava de cabelo liso?

— Nada disso. É que eu tinha o cabelo desse jeito.

— Ah, é? Mesmo? — E comparei a espessa cabeleira ondulada do quadro com as duas mechas lisas que caíam, sem vida, sobre a testa da minha avó desde que eu a conhecia.

— É... Ficou liso de repente, da noite para o dia, quando acabou a guerra. Aconteceu com muita gente, acho que foi o medo, sabia?

— Vocês eram comunas, não é, vovó?

Levantou a vista do prato de sopa e concentrou em meus olhos um olhar congelado de estupor.

— Nós? — disse, depois de um tempo. — Quem?
— Ué, você... e o vovô, não é?
Eu já estava quase arrependida de ter cedido à minha curiosidade, penetrando num terreno a que não sabia se tinha sido convidada apesar da naturalidade com que me contara, poucos minutos antes, o porquê de não usar mais cachos na testa, quando vovó levantou a cabeça e olhou para mim com um sorriso ambíguo, reservado e astuto ao mesmo tempo.
— Quem te disse isso? Foi sua mãe?
— Não. Mamãe nunca fala de política. Pensei porque, como o vovô morreu na guerra mas vocês nunca contaram nada sobre isso, sei lá... Se fossem franquistas, estariam muito orgulhosos, não é? Quer dizer... — eu titubeava e apertava as mãos com força, tentando encontrar as palavras adequadas para não escorregar —, se tivesse morrido em defesa de Franco, o vovô seria um herói, e eu saberia disso, vocês teriam me contado, porque ter um herói na família é muito importante, mas em compensação... Por isso acho que deve ter sido ao contrário, vocês eram contra Franco e teu marido foi um morto do outro lado. Esses mortos não contam, não é?, ele parece não contar, é como... se estorvasse um pouco o papai, como se fosse melhor que ninguém soubesse de nada, nem mesmo nós, está me entendendo?
— Sim, claro que entendo.
Enquanto eu me levantava para deixar os pratos fundos na pia, ela serviu o segundo prato, um bife de porco à milanesa que ninguém comeria, e imediatamente afastou o seu e começou a fumar.
— Além do mais — acrescentei, aceitando um cigarro antes de me sentar outra vez —, tem esse quadro, com a bandeira republicana e o barrete tão típico. Eu não conheço muito de política, mas até aí dá para entender.
— E no entanto — interrompeu com doçura — nós nunca fomos comunistas.
— Não?
— Não. A gente era... vejamos, não sei se você vai captar, porque é claro que não entende nada de política, ninguém na sua idade pode saber nada de política neste país, deixa eu ver como faço para explicar... Em primeiro lugar, éramos republicanos, é claro, e seu avô tinha se filiado ao partido socialista ainda muito jovem, mas saiu logo, ele se encheu daquilo bem antes de eu conhecê-lo. Em segundo lugar, éramos de esquerda, no sentido de que sempre apoiávamos as reivindicações tradicionais da esquerda, reforma agrária, abolição dos latifúndios, ensino obrigatório e gratuito, lei do divórcio, Estado laico, nacionalização dos bens da Igreja, direito de greve e coisas assim, mas sempre fomos independentes, e nunca chegamos a ser marxistas, sempre nos faltou disciplina para isso. Nossos amigos nos chamavam de livres-pensadores ou de radicais, até que Lerroux fundou o partido dele, que não tinha nada a ver com a gente. Desde aquela época nós

éramos, no máximo, livres-pensadores radicais, mas na realidade, se tínhamos a ver com alguém, era com esses que agora chamam de anarquistas, mas com matizes, muitos matizes, porque já naquela época ser anarquista era quase sinônimo de ser tolo, ambíguo, desorientado, e nós, modéstia à parte, não tínhamos um pingo de nenhuma dessas três coisas. De qualquer maneira, éramos muito independentes, nunca nos casamos com partido nenhum, a gente concordava com uns em algumas coisas e com outros em outras, pelo menos eu, porque o Jaime era ainda mais radical.

— Mas votavam nos comunas.

— Nem pensar. Seu avô, quando lhe dava na telha, votava nos anarquistas, só de sacanagem, dizia... Eu só pude votar poucas vezes, desde que concederam o direito de sufrágio às mulheres, mas em 36, é verdade, votei na Frente Popular, e seu avô ficou até um pouco zangado comigo.

— O que ele fez?

— Se absteve. Ele não confiava nem um pouco nos comunistas. Jaime era um homem muito especial, tão lúcido que às vezes parecia incoerente, contraditório. Quando alguém o criticava por isso, perguntava onde está a coerência da natureza, quem já havia visto, e quando, ordem nas pessoas e no mundo... e ninguém era capaz de responder. Então fico com o defeito de Deus, concluía ele afinal, deixando todo mundo de nariz comprido — e minha avó soltou uma risadinha, como se estivesse a ponto de se pendurar no braço do marido e girar sobre os calcanhares, batendo com o salto para sublinhar sonoramente o seu triunfo. — Embora essas virtudes geralmente se excluam, ele era um homem muito brilhante, muito sagaz e muito inteligente ao mesmo tempo, e por isso chegou a ser um advogado tão famoso. Foi o catedrático de Direito mais jovem da Europa, sabia?, no mesmo ano em que Franco foi promovido a general, também o mais jovem da Europa. Mas na época alguns jornais destacaram mais a ascensão do seu avô do que a do outro, veja só, quem poderia imaginar então o que viria depois.

— Como vocês se conheceram?

— Ah!.... — então um brilho impossível, quase febril, mas autêntico, iluminou os olhos dela, e a alegoria ateneísta da Segunda República Espanhola, com apenas vinte anos de idade e o cabelo todo cacheado, apoiou a cara entre as mãos para me fazer entre sorrisos uma confidência extraordinária —, foi numa noite de farra, no Gijón... Eu estava dançando *charleston* meio nua em cima de uma mesa, e ele se aproximou para me olhar.

— O queeê?

Suas gargalhadas fizeram coro com as minhas, mas as pupilas dela, risonhas, mantiveram-se dentro das órbitas, ao passo que eu sentia meu rosto se transfigurando com o assombro.

— Não acredito — murmurei, enquanto meu riso, que também nascia da alegria de ter de repente minha avó tão perto de mim, resistia a se apagar.

— Posso imaginar — balançava lentamente a cabeça —, porque você viveu tempo demais num país seqüestrado, e faz muitos anos que se cortaram de golpe todos os fios. Às vezes penso que, afinal, o maior delito do franquismo foi esse, seqüestrar a memória de um país inteiro, tirá-lo do tempo, impedir que você, que é minha neta, filha do meu filho, possa considerar verdadeira a minha própria história, mas foi assim mesmo, juro...

Durante um instante suas faces se apagaram e seus olhos deixaram de arder e ficaram graves e reflexivos, como eu sempre os conhecera, mas o combate foi breve, e quase pude ler debaixo de suas pálpebras a determinação de regressar àquela distante noite impossível, e adivinhei que não o fazia por mim, mas por si mesma.

— Naquele tempo, e acredita em mim ainda que te pareça incrível, porque é verdade, Madri era um lugar bastante parecido com Paris ou com Londres, menor e mais provinciano, era esse o seu encanto, mas muito divertido de qualquer maneira, os alegres anos vinte, você sabe. Eu não costumava ir muito ao Gijón, porque, mesmo estando na moda, era um lugar feito o salão do Ritz, muito... muito de velhos, sabe?, e eu preferia ir com meus amigos aos salões de baile ao ar livre, em La Guindalera, ou em Ciudad Lineal, onde sabia que meu pai nunca me encontraria, mas naquela noite, não sei por quê, terminamos lá e bastante altos, aliás, pelo menos eu, que nunca mais consegui me lembrar de onde vínhamos. Naquela época... Deixa eu calcular, estava com dezenove anos, então devia ser em 28, quer dizer, naquela época havia uma artista de cor muito famosa, chamava-se Josephine Baker, você deve ter ouvido falar.

Hesitei um instante, porque vovó pronunciou aquele sobrenome como se lia em espanhol, Báquer, e tive que escrevê-lo mentalmente para conseguir identificar sua proprietária.

— Lógico que ouvi falar.

— Claro, claro... Bom, acontece que essa garota dançava *charleston* pelada, só com uma saia de bananas, e uma vez veio a Madri e fez o maior sucesso. Todo mundo falava dela o tempo todo, principalmente os homens, e por isso, naquela noite.. O caso é que não lembro direito, e seu avô nunca quis me contar, ele me provocava muito com essa história, sabe? Cada vez que eu perguntava, vamos ver, o que foi que aconteceu realmente?, ele tapava o rosto com as mãos e respondia, é melhor você nem saber, Sol, você não ia suportar... — Ela se interrompeu para rir de novo, e sua expressão era tão doce, e tão divertida, e tão profunda ao mesmo tempo, que tive vontade de me aproximar dela e abraçá-la. — Mas onde eu estava mesmo? Me perdi.

— O vovô não queria contar...

— Isso, ele nunca quis me contar o que aconteceu. Mas recordo que, seja lá o que eu tenha feito, o que queria mesmo era impressionar o Chema Morales, um idiota que era o amor da minha vida e não me dava bola, sabe? Flertava com todas as minhas amigas e nem olhava para mim, e ainda por cima me chamava de quatro olhos, apesar de eu ainda não usar óculos, porque era a única garota do grupo que freqüentava a universidade e ia muito bem no curso. Na época não era comum as mulheres fazerem faculdade, mas meus pais sempre disseram que eu tinha que estudar, e para mim isso era natural. E como na verdade nunca fui bonita de rosto...

— Você é, sim.

— Não, deixa disso. Eu sou sua avó, Malena, mas bonita não sou, não fala bobagem.

— Papai sempre disse que você era uma mulher muito interessante, e acho que ele tem razão, vi muitas fotografias.

Eu não tentava adulá-la, estava dizendo a verdade. Nas poucas fotos que habitavam nas gavetas da minha casa, vi certa vez uma mulher esbelta, de altura média, cuja cabeça descoberta destacava-se entre os chapéus das mulheres que a acompanhavam, atingindo a duras penas a altura dos ombros do homem que estava sempre ao seu lado, porque meu pai não quis conservar nenhuma imagem da mãe sozinha, depois da guerra. Nessas fotos, ela nunca estava de chapéu, mas sim de saltos altos e, como quer que estivesse vestida, alguma coisa em seus gestos a transformava na mais elegante das mulheres. O cabelo preso, esticado, revelava um rosto longo e afiado, onde se destacava principalmente o nariz, reto e grande demais, claro, como a boca, muito larga e mesmo assim bonita, mas também eram enormes os seus olhos, no tom verde-escuro que os do meu pai herdariam, tão grandes, e tão doces, que quase chegavam a destruir a ilusão grega daquele rosto de donzela arcaica, cuja beleza, abrupta mas inegável, ela continuava se recusando a lembrar.

— Isso já é diferente, mas, vamos ver... quando é que se diz que uma mulher é interessante? Quando não é bonita, e não faz essa cara porque tenho razão. Talvez agora seja diferente, mas na minha época... Quando eu era jovem se usavam lábios bem pequenos, boca de pinhão, diziam, e nariz pequeno, tudo pequeno, era isso que se apreciava na mulher, e nisso eu não podia fazer nada, mas, isso sim, do queixo para baixo era outra coisa, muito diferente. Eu tinha um corpo magnífico, e sabia disso, sabia que ficava muito mais bonita nua que vestida, e por isso devo ter feito a tal gracinha naquela noite...

Uma perplexidade total, fruto de um enigma mil vezes delineado e nunca resolvido, apoderou-se do seu rosto para forçar uma longa pausa. Depois, resignando-se para sempre a ser incapaz de explicar o que aconteceu, agitou as mãos bruscamente, como se pretendesse desarmar o ar, e continuou falando.

— Deve ter sido para impressionar o Chema Morales, com toda certeza, mas não lembro bem. Eu nunca tinha feito nada parecido, apesar de na época não ser precisamente uma menina bem-comportada; eu era, imagina só, supermoderninha e bebia feito um cossaco, mas me atrever a tanto, sei lá, devia estar tão alegre que nem sabia o que fazia, até hoje não entendo, na certa foi o destino. O caso é que avisei ao pessoal que ia subir na mesa e dançar que nem a Baker, e você pode imaginar a bagunça que foi. O café estava meio vazio, já era muito tarde, e quando começamos a pedir bananas os garçons quase começaram a chorar, porque os coitados não viam a hora de ir para a cama. Então seu avô assumiu o controle da situação. Eu só soube do final, porque estava bêbada e não tirava os olhos do Chema Morales, mas Marisa Santiponce, que era muito amiga minha e não tomava nem um gole de álcool, porque era modelo na Escola de Belas-Artes e sempre posava na primeira aula, viu tudo e me contou no dia seguinte, que um cara de uns trinta anos, mas vestido feito um velho, se levantou da mesa em que estava com dois amigos e, depois de convencer o garçom do balcão a fechar o bar, foi a todas as mesas que ainda estavam ocupadas, menos à dele e à nossa, e conseguiu que os fregueses, mesmo os que não conseguiam nem andar, se levantassem e fossem embora.

— Ele os conhecia?

— Imagino que sim, pelo menos muitos deles, porque ia ao Gijón todos os dias, e continuou indo até o fim.

— Ah, é? E conhecia os de 27?

— De vista, na certa, mas não acredito que tenha falado com eles, porque seu avô ia ao Gijón para jogar xadrez e sempre ficava com os outros jogadores, todos amigos dele, que tinham formado uma espécie de clube e organizavam torneios, partidas simultâneas, exibições e coisas assim.

— Bem, e o que aconteceu?

— Quando?

— Na noite do *charleston*.

— Ah, sim! Ainda não acabei... Não aconteceu nada. O caso é que o seu avô sabia quem eu era, porque tinha me visto com meu pai no Fórum. Desde que morreu a minha mãe, que todos os dias ia buscá-lo no trabalho, eu passava lá quando podia, para pegá-lo e voltarmos juntos, e parece que uma vez me apresentou ao Jaime, num corredor. Eu não me lembrava dele, mas ele lembrava de mim e por isso mandou todo mundo embora, até os próprios amigos, mas ficou lá dentro.

— E convenceu você a não dançar, não é?

— Que nada! Nem sequer veio falar comigo. Seu avô era um jogador de xadrez, já te disse. Ele nunca dava um passo em falso, nunca se precipitava, nunca jogava sem analisar antes todos os movimentos possíveis. Só errou uma vez, e esse erro custou-lhe a vida. — Fez uma pausa para me olhar. Depois sacudiu a cabeça e encontrou forças para continuar sorrindo. — Não, não veio falar comigo. Ficou ali, à espreita, sentado em sua mesa, na expectativa... Então os garçons avisaram que não havia bananas e, pelo que me contaram, eu disse que não acreditava e quis ir até a cozinha procurar, mas não me deixaram entrar e, afinal, quando todo mundo achava que eu não ia ter coragem, tirei o vestido, a combinação, a camiseta e comecei a dançar em cima da toalha só de sapato, meia, liga e calcinha.

— E o sutiã?
— Que sutiã?
— As mulheres do seu tempo usavam sutiã, não é?
— Muitas sim, mas eu não. Nunca usei, porque minha mãe achava que era um artefato anti-higiênico, perigoso para a saúde e insultante para a dignidade das mulheres.
— O quê?
— Isso mesmo que você está ouvindo. Minha mãe era sufragista.
— Mas na Espanha não existia isso...
— Claro que existia! Três. E tua bisavó era a que gritava mais.
— Puxa, que sorte a sua, não é?
— Pois é, mas não porque mamãe fosse sufragista, e sim porque era uma mulher inteligente, boa e respeitosa com todo mundo. Vivíamos muito felizes quando eu era criança, sabe? Meus pais se davam bem, concordavam em quase tudo, e fazíamos muitas coisas juntos, eles, minha irmã e eu, e mamãe era tão engraçada... A imbecil da Elenita dizia que gostaria de ter tido uma mãe comum, que tocasse piano em vez de discutir aos berros com as visitas, e que não fizesse ginástica sueca de manhã, nem distribuísse panfletos pela escada, nem tomasse banho com as crianças nos poços dos rios, mas eu gostava muito da minha mãe, e papai também gostava, apesar de mais de uma vez ela quase lhe ter dado algum desgosto.
— Por quê?
— Porque ele era juiz, e ela, a mulher menos indicada para ser esposa de um juiz, de um representante, gostasse ou não, do poder estabelecido. Mas meu pai nunca renegou minha mãe, e os colegas dele foram se acostumando pouco a pouco com suas extravagâncias, e acho que afinal até acabavam lendo os folhetos que ela distribuía em todas as reuniões sociais, sempre a favor do voto feminino, naturalmente... Morreu quando eu tinha quinze anos, e olha, apesar de tudo o que eu passei depois, ainda lembro de sua morte como um golpe terrível, um dos piores momentos da minha vida. Foi tanta gente ao enterro dela que os últimos carros chegaram quando já estávamos recebendo as condolências. Só faltou o meu pai, que se negou a ir e ficou trancado no quarto durante quase uma semana. Nesse mesmo dia, Elenita voltou a botar um sutiã que guardava escondido e que usava sempre que mamãe não via, porque dizia que sem ele sentia-se indecente, mas eu nunca usei.

— Quer dizer que você dançou de seios de fora...
— Esse era o programa, não é?

Então caiu numa gargalhada rotunda, a marca de uma pessoa que sabe rir, que riu muito, e aquele som fresco e estridente acabou me convencendo de que tudo era verdade, aquela mulher havia sido outra, em outro tempo, não apenas jovem, mas diferente, provavelmente incapaz de pressentir a professora enérgica e frugal em que a vida a obrigaria a se transformar, e eu, como ela fizera antes, várias vezes, não quis ainda me instalar nas trevas de um renascimento tão odioso, e desejei ficar para sempre no relato daquela prodigiosa noite de excessos.

— E deu resultado?
— Depende... O Chema Morales nem reparou. Acho que nem me viu, sabe, porque ficou o tempo todo beijando uma garota num banco do fundo. Mas seu avô se levantou da mesa onde estava sentado, se aproximou para me olhar, e ficou ali o tempo todo, em pé, segurando um cigarro que se consumiu inteirinho, porque ele não fumava, nem se mexia, só respirava e ficava olhando para mim com os olhos fixos, como se suas forças não dessem para mais do que isso. Foi o que a Marisa me contou no dia seguinte, porque eu, naquela hora, só distinguia vultos, até a hora em que dei um giro sem nenhuma intenção especial, dançando, e o vi. Então tropecei, mais pelo susto do que por outra coisa, eu ainda tinha miolos para perceber que não conhecia patavinas daquele homem que estava olhando para mim daquele jeito tão, tão... selvagem, e teria caído de bruços no chão se ele não me segurasse pelos braços. E só ficamos assim uns minutos, eu com os joelhos fincados na beira da mesa e o corpo jogado para a frente, ele em pé diante de mim, segurando-me logo acima dos cotovelos, mas ainda teve tempo de... Beeem! nada.

Quando olhei para ela com atenção, tive que voltar ao seu rosto uma segunda vez antes de acreditar no que meus olhos estavam vendo, porque a vovó Soledad, renunciando aos seus sessenta e oito anos de experiência e à autoridade que eles lhe outorgavam sobre mim, havia enrubescido como uma criancinha.

— O que aconteceu? — insisti, mais divertida pelo ardor que coloria seus pômulos do que pela história em si.

— Nada, é uma bobagem... — respondeu muito baixinho, negando com a cabeça.

— Vai, vovó, conta, por favor.

Enquanto o rubor continuava aumentando, conquistando lentamente parcelas do seu rosto, já quase púrpura, eu me perguntei que detalhe nímio, certamente insignificante, poderia ser tão precioso para que aquela mulher, que me levara para vê-la dançar nua sobre a mesa de um café, se negasse tão teimosamente a compartilhar comigo, apesar de envolver limpamente cada negativa num sorriso.

— Muito bem — disse eu afinal, jogando a última cartada desesperada. — Se você não me contar, vou ter que imaginar que o vovô violou você em cima daquela mesa, ou coisa pior...

O truque deu certo. Embora o tom dessas últimas palavras devesse deixar bem claro que eu não estava falando sério, a reação da minha avó foi fulminante.

— Nunca diga uma coisa dessas, Malena, nem de brincadeira, está ouvindo? Nunca passaria pela cabeça do seu avô uma coisa parecida, ele não seria capaz nem de pensar nisso.

— Bom, então me conta o que aconteceu.

— Mas não aconteceu nada, só uma bobagem.

— As bobagens são alguma coisa.

— Nisso você tem razão, mas não vou contar, sabe por quê?

— Não.

— Porque não estou com vontade.

— Por favor, vovó, por favor, por favor, por favor... Se você não me contar, eu continuo dizendo por favor até amanhã de manhã.

— Mas... Sei lá... Bem, o caso é que em determinado momento, porque tudo foi muito rápido, quer dizer, ele... bem, ele tocou em mim... — e então, no instante da confissão suprema, seu rosto atingiu finalmente a tonalidade escarlate —, ele encostou nos meus mamilos com a ponta dos polegares, foi só um segundo, e poderia ter sido um toque casual, pela posição em que estávamos, mas percebi que ele encostava de propósito, e ele percebeu que eu estava percebendo, mas não abri a boca, e ele percebeu que se não disse nada era porque não queria dizer, e pronto... Sei que você vai achar que estou mentindo, mas foi só isso.

Antes de destruir essas suspeitas, percebi que minha resposta tinha que ser capaz de anular qualquer dúvida, e me apoiei numa fórmula infantil para demonstrar que eu também não mentia.

— Tororó, tororó, acredito na minha vó.

— Tem certeza?

— Tenho, claro que acredito — e ela suspirou, suas faces retornando à neutralidade. — Acho que foi uma história maravilhosa, vovó.

— Foi sim... — concordou com os olhos baixos e um sorriso manso, quase tolo, entre os lábios, como se tivesse sido capturada por um invencível e benigno feitiço. — Um pouco estranha, quase incrível, mas a melhor história que já tive.

— E o que aconteceu depois? Levou você em casa?

— Não. Ele se ofereceu, mas eu não quis ir com ele, e não porque tivesse medo de que fosse me violar, nada disso, era só porque tinha que voltar para casa com o mesmo pessoal com quem saíra, os irmãos Fernández Pérez, um rapaz e uma moça, filhos de um amigo do meu pai que lhes emprestava o carro. Senão meu pai ia saber, e eu ficava sem sair de noite durante alguns meses.

— Então, como foi que você o encontrou de novo?

— Três dias depois, quando voltei da faculdade, às duas da tarde, encontrei-o sentado na saleta. Tinha dado um jeito de se incorporar a um grupo de amigos do meu pai, todos juristas, que costumava almoçar em casa uma vez por semana. Meu pai nos apresentou muito formalmente, ele estendeu a mão e eu a apertei. Ainda estava com medo de que a história do *charleston* se espalhasse por aí, alguém poderia contar a papai, ou a Elena... Meus amigos não eram perigosos, quase todos estudantes de Belas-Artes, como Alfonso, o autor do quadro que está no meu quarto, e aspirantes a poetas, e jornalistas, e coisas do gênero, gente boêmia, como se dizia na época. Éramos todos da pá virada, e quase todos ainda moravam com as famílias, de modo que ninguém contava nada, pelas dúvidas, você sabe, uma mão lava a outra, mas quando vi o Jaime em casa, naquele dia, na frente do meu pai, tive um ataque de pânico tão brutal que precisei me sentar antes de terminar de cumprimentar todo mundo.

— Mas ele não ia te entregar, não é? — Vovó sorriu, notando a angústia que flutuava na minha voz.

— Não, ele nunca entregou ninguém, nunca, pelo contrário... No começo ficou me olhando com um sorriso um pouco cínico, que acabou me deixando nervosa, mas depois, aproveitando um daqueles momentos em que todas as conversas morrem ao mesmo tempo e de repente se faz um silêncio, essas horas em que se costuma dizer que um anjo passou, sabe?, ele falou em voz alta, alta até demais, que estava muito feliz de me encontrar naquele dia, porque queria me conhecer desde que meu pai lhe contou sobre a minha paixão pela Idade Média, que ele sempre considerou o segmento mais interessante da história da Espanha, e disse segmento, assim, com a voz um pouco empolada... Papai interveio para lembrar que já tinha nos apresentado uma vez, no Fórum, mas ele negou com a cabeça e disse que não recordava ter me visto antes. Então olhei para ele e sorri sozinha, sem perceber que estava sorrindo, e fiquei assombrada por não me compadecer dele, porque sempre, sei lá por quê, senti um pouco de pena dos homens que se esforçam para se comportar como cavalheiros. Depois de almoçar, nos cruzamos no corredor e ele me falou ao ouvido. Espero que não se ofenda se eu confessar que você está me parecendo um pouco pior, disse, não sei por quê, mas acho que gostei mais da última vez que te vi, é como se hoje alguma coisa estivesse sobrando... Caí na gargalhada e olhei para ele, e tornei a me assombrar ao ver que suas palavras não me davam vergonha, porque sempre senti um pouco de vergonha alheia dos homens que abordam diretamente as mulheres. Quando ele foi embora, me tranquei no quarto e pensei, nem pena nem vergonha, Solita, esse aí tem que ser o homem da sua vida.

Meu avô Jaime também não era um homem bonito no sentido mais convencional da palavra, e no entanto, estudando-o atentamente nos velhos álbuns que a vovó trouxe de um esconderijo que não me deixou ver, consegui reconhecer no rosto dele alguns dos traços mais perfeitos do rosto do meu pai, como se esse filho póstumo tivesse conseguido aperfeiçoar misteriosamente aquele que nunca o conheceu, extraindo da sua única herança uma beleza que não chegara a se manifestar por completo no original. Muito alto, e de ombros muito largos, proprietário de um corpo chamativo, bem-proporcionado mas excessivamente maciço para o meu gosto — mas não para o da minha avó, considerando o entusiasmo com que comentou que ele sempre rondava os cem quilos sem nunca estar gordo —, meu avô parecia qualquer coisa menos um intelectual apaixonado pelo xadrez em seus momentos livres. Com o cabelo escuro e quase cacheado, a testa grande e as mandíbulas decididamente quadradas, tinha um desses rostos que parecem esculpidos em pedra dura, e o pescoço comprido, mas ao mesmo tempo grosso como o de um animal de carga. Era um homem atraente, contudo, graças a essa contradição que aflorava em sua pele, um paradoxo que foi se intensificando com o passar do tempo, quando uma expressão cética, de desencanto controlado, somou-se aos cabelos grisalhos que salpicavam sua cabeça para equilibrar as forças e revelar por fim sua rara condição de pensador atlético.

— Ficou melhor com os anos, hein?

— Você acha? — Sua mulher não parecia concordar comigo. — Pode ser, mas não sei o que dizer... Aqui — disse, apontando para uma das últimas fotos —, já tinha problemas demais. Havia se tornado um homem triste.

De novo, uma tragédia cada vez mais iminente flutuou sobre as nossas cabeças, e de novo tentei afastá-la, porque ainda não tinha me saciado do riso da minha avó.

— Antes não era?

— O quê? Triste? — Confirmei com um gesto. — Que nada! Jaime era o homem mais engraçado que conheci em minha vida, você não pode imaginar. Eu ria tanto com ele que no começo fiquei até um pouco assustada, não sabia se estava apaixonada de verdade ou se era outra coisa, porque tudo estava, como dizer?, meio fácil demais. Minhas amigas sofriam, choravam e se desesperavam, não tinham do que falar, se chateavam com seus namorados, mas eu... Eu me divertia à beça com seu avô, sério, nunca havia conhecido um homem daqueles. Ele me levava a lugares onde eu nunca tinha estado, quermesses, festas de boiadeiros, quadras, romarias, piqueniques, touradas, jogos de futebol, campeonatos de bolinha de gude, bailes de bairro... E para beber água, simplesmente, nessa ou naquela fonte, sempre famosas porque o manancial de onde brotavam era milagroso e curava a impotência, ou a esterilidade, ou o reumatismo, e ríamos até dizer chega. Ele era muito correto falando, muito engraçado, falava muitíssimos palavrões, mas sempre do jeito certo, sabe?, só quando vinham ao caso, e ditados estranhíssimos, muito grosseiros mas divertidos, sempre de sexo, como... prometer até meter, e coisas do gênero. Ele tinha muitos amigos, pessoas esquisitas para mim, bandarilheiros, coristas, operários que já estavam com cinqüenta anos e continuavam sendo aprendizes de algum ofício...

— E de onde os tirava?
— De lugar nenhum. Conheceu a maioria ainda criança, na taverna.
— Que taverna?
— A que o pai dele tinha.
— Ah! Eu não sabia. Achava que era um filhinho de papai.
— Quem? — e olhou para mim como se eu tivesse acabado de cometer um sacrilégio. — O seu avô?
— Bem... — desculpei-me —, na verdade nas fotos não parece, mas como ele estudou, era advogado...
— Certo, mas a coisa foi assim. Meu sogro era o quinto filho de uma família de agricultores aragoneses, bastante ricos, porque tinham muitas terras, mas numa região onde ainda se respeitava a tradição do morgadio, de modo que o filho mais velho herdou todas as chácaras, o segundo estudou, o terceiro virou padre, e os dois menores ficaram com a roupa do corpo e olhe lá. Este, que se chamava Ramón, foi mandado a Madri para trabalhar na taverna de uma irmã da mãe dele, que enviuvara ainda jovem e não tinha filhos, na rua Fuencarral. Ali seu bisavô começou a trabalhar, aos quatorze anos, com a esperança de algum dia herdar o negócio, e o coitado não saiu de trás do balcão durante toda a vida, mas a taverna nunca foi sua. A tia, que era muito beata, deixou a propriedade para umas freiras que têm um convento ali perto, na esquina do Divino Pastor, e o sobrinho teve que se conformar com o usufruto, mas dividindo os benefícios com as proprietárias.
— Mas que droga de vida, não? Desde que nasceu não pararam de fazer sacanagens com ele.
— Pois é, não pararam, mas não fala assim, você não é seu avô... O caso é que Jaime começou a freqüentar, ainda pequeno, uma escola paroquial, e como aprendeu a ler e a escrever muito depressa, o professor arrumou uma vaga para ele num colégio gratuito daqueles que o sindicato pelego criava, a Obra Social da Igreja, não sei se você sabe o que é isso... — Neguei com a cabeça. — Bem, tanto faz. Lá só havia curso primário, mas seu avô era muito inteligente, já te disse, ele se destacava, e por isso lhe ofereceram uma espécie de bolsa, que não era bem isso, não passava de vaga gratuita e mais nada, para fazer o secundário num colégio que os jesuítas tinham perto da Puerta del Sol, e lá se foi ele, forçado pelo pai, porque tinham dado a entender que dali emendaria com o seminário, e ele, que cresceu entre a taverna e a rua, não tinha nenhuma intenção de virar padre. Mas meu sogro havia planejado tudo muito bem. Jaime era seu filho único, porque a mulher morreu de febre logo depois do parto, e o pobre homem, desde que lhe disseram na

escola paroquial que o menino tinha valor, começou a economizar um pouco de dinheiro todos os meses para algum dia mandá-lo à universidade e assim vingar-se do irmão mais velho. Os filhos dele vão ser camponeses, costumava dizer à noite para o seu avô, enquanto lavavam juntos os copos, mas você vai ser advogado, que é muito mais importante...

— Por que advogado? Podia ter sido médico, ou engenheiro, ou arquiteto.

— É. Mas ele queria que Jaime fosse advogado porque, dentre todos os fregueses da taverna, o único que tinha carro e trocava de modelo a cada dois ou três anos era, justamente, um advogado, de modo que nem sequer cogitou em estudar outra coisa, e fez muito bem. Por um lado, decepcionar o pai teria sido um crime e, por outro, não havia nada nesse mundo de que ele gostasse mais de que preparar uma causa. Conclusão, se despediu dos jesuítas à francesa, nunca entrou no seminário mas, em compensação, fez o curso de graça, sem deixar de trabalhar à noite na taverna. Costumava contar que muitas tardes seu bisavô o mandava para o quarto, dizendo que não precisava de ajuda, para incentivá-lo a estudar, porque estava preocupado, via o filho com os livros na mão pouco tempo em relação ao que esperava. Então ele ia para o quarto e resolvia problemas de xadrez, ou escrevia cartas, ou lia, na época se acostumou a ler, Baroja, *Orgulho e preconceito* e *A cartuxa de Parma* sobretudo, que eram seus livros favoritos, podia recitar capítulos inteiros porque tinha uma memória de elefante, nunca vi ninguém com tanta memória como seu avô, que decorava textos para sempre depois de lê-los duas vezes. Além disso, na verdade ele teve sorte, uma vez na vida, sorte de verdade.

— Pela cátedra?

— Não, isso foi depois, no primeiro ano de casados. Ele ficou dando aulas na faculdade porque não tinha dinheiro para abrir um escritório de advocacia, mas o ensino não o fascinava, ele queria exercer, e por isso, apesar de teoricamente ser um desprestígio para um professor com um currículo brilhante como o dele, se inscreveu como defensor público. Ganhou meia dúzia de casos obscuros e perdeu dois, que eram insalváveis, mas o nono, aparentemente tão vulgar quanto os outros, lançou-o para a fama. Sua cliente era uma empregada acusada de roubar o colar da patroa, uma entre as dez mil empregadas ladras de jóias que acabavam na cadeia todos os anos, mas com uma particularidade muito interessante, porque a patroa, nesse caso, era a mulher de um vigarista, um sujeito muito bem situado e de muito boa família, mas de qualquer jeito um vigarista, cuja vítima favorita era o Estado. A empregada acabou sendo considerada inocente do roubo, mas culpada de indiscrição. Acontece que ela havia escutado algumas coisas por trás das portas, e Jaime arriscou. Levantou o tapete, e lá embaixo descobriu um monte de sujeira. Fez um escarcéu danado, o caso saiu em todos os jornais e seu avô conseguiu a condenação virtual de um indivíduo que nem estava sendo acusado, além da liberdade da defendida. Quando o processo acabou, ele pôde escolher que escritório preferia. Quando o conheci, já era sócio.

— E rico.

— Bom, ricos, mesmo, como eram os ricos daquela época, o seu avô Pedro, por exemplo, nós nunca fomos. Não tínhamos fazendas, nem casas, nem vacas, nem rendas. Vivíamos do trabalho, como meus pais sempre viveram, mas vivíamos bem, isso é verdade. Quando nos casamos, alugamos um apartamento lindo, na rua general Alvarez de Castro, em Chamberí, um terceiro andar bastante amplo, com quatro varandas e muita luz, e contratamos uma empregada, porque eu ainda não tinha acabado a faculdade, faltava um ano.

— E depois de casada você continuou estudando?

— Continuei, durante muitos anos, todo o tempo que pude. Se naquela época alguém me dissesse que eu acabaria virando uma dona de casa, teria morrido de rir. Nunca gostei de cuidar da casa, sabe?, nem de crianças, bom, isso você já sabe, porque dá para notar, não é?, quer dizer, não tenho paciência nem gosto de segurar, e mesmo com os meus, quando eram bebês, eu morria de nojo toda vez que vomitavam em cima de mim... Antes, quando eu era mais jovem, ficava com um pouco de vergonha de reconhecer isso, mas agora penso que, afinal, o instinto materno é como o instinto criminoso, ou o instinto aventureiro, para dar um exemplo mais suave. O caso é que não se pode esperar que todo mundo os tenha.

— E por que você teve filhos?

— Porque quis, uma coisa não tem nada a ver com a outra. Jaime adorava crianças, tinha entusiasmo para agüentá-las, e para ler histórias, e para levá-los a cavalinho pelo corredor. Além do mais, se você quer saber a verdade, nessa época ter filhos era muito fácil para mim, porque tínhamos duas empregadas, uma costureira e uma passadeira, de modo que eu só me ocupava das coisas que me davam vontade. Claro, eu comprava a roupa deles e resolvia diariamente o que iam comer, a que hora tinham que ir para a cama e coisas do gênero, mas se eu fosse viajar, ou se estivesse muito ocupada, ou chateada, simplesmente, a casa funcionava sozinha, entende? Eu amava meus filhos, é claro, muitíssimo, sempre os amei demais, sou a mãe deles, eles sabem disso e, que eu saiba, nunca reclamaram, mas, por exemplo, se me atrapalhassem quando eu estava trabalhando, era só tocar a sineta e eles sumiam. Quando estava com vontade lhes dava de comer, botava no banho e os levava para passear, na praça ou em alguma quermesse. Ficava com raiva quando os via entediados, de modo que saía bastante com eles, com os dois mais velhos, é claro, porque quando seu pai nasceu, coitado, já era tudo muito diferente e eu não tinha tempo para nada. Conclusão, eu de fato passava muitas horas com eles, mas não por obrigação, entende?, isso é que era ótimo. Vez por outra tirava uma folguinha de uns dias e isso parecia sensacional, não vou negar...

— Mas isso não tem nada a ver com instinto maternal.
— Ah, não?
— Não. As crianças são muito chatas, chatíssimas, é verdade, embora algumas também sejam muito engraçadas, mas ficar grávida e tudo o mais é maravilhoso.
— E como é que você sabe?
— Eu... sei lá. Todas as mulheres dizem.
— Eu não.
— Você não gostou?
— De ficar grávida? Não. Quer dizer, não gostei nem deixei de gostar. Às vezes me fascinava, sentir os pontapezinhos do feto e essas coisas, mas em geral achava aquilo meio esquisito, e algumas vezes um estorvo. E sentia medo, sempre, medo de estar daquele jeito, porque percebia que não podia controlar nada, que meu próprio corpo escapava de mim, que aconteciam coisas lá dentro sem que eu soubesse, às vezes penso que por isso as minhas gestações foram tão ruins, sei lá... É um estado de ânimo muito especial, sabe?, é difícil contar para alguém que não passou por isso, mas eu não me sentia nem mais bonita, nem mais feliz, nem nada do que se fala por aí. E os bebês nunca me atraíram. Sei que há mulheres que se grudam neles como se fossem ímãs, que quando vêem um bebê não conseguem resistir à tentação de pegar no colo, e ninar, e tentar botar para dormir, mas isso nunca aconteceu comigo, eu sempre me disse, deixa a mãe dele botar para dormir... Se vou a uma praça, não fico rindo das gracinhas das crianças ao meu redor, nem passo a mão na cabeça de qualquer uma que cruze comigo na rua, isso não é comigo, de verdade. Eu sei que tem gente que pensa que ser uma boa pessoa e sentir carinho por todas as crianças do mundo são a mesma coisa, mas acho que uma não tem nada a ver com a outra. Eu fui mãe dos meus filhos, e isso já é suficiente, não pretendo ser mãe de todo mundo, nem é preciso. Aliás, se você quer saber, acho que dessas já existem até demais, sei lá...

Ainda lembro bem de como essas palavras da vovó me escandalizaram profundamente, de como lamentei tê-las ouvido, de como as relacionei, sem chegar a analisá-las, com todas aquelas outras coisas desagradáveis, erradas, injustas, que embaçam a memória daqueles a quem eu sempre havia amado por instinto, as figuras solitárias, arrogantes e quebradas, dos únicos espelhos que me refletiam. Mas essa vergonha se dissipou logo, porque meu pai era alheio à estirpe de Rodrigo, e minha avó ignorava a sua lei. Por alguns anos eu ainda dedicaria muitas horas a esmiuçar aquela desalentadora confissão, e ficaria dolorida por ela como por uma infecção perigosa, concentrando-me em isolar o vírus e matá-lo antes de me expor ao seu contágio. Pensava em Pacita, que me dava medo e me dava nojo quando eu era uma menina um pouquinho mais alta e mais nova que ela, mas, se continuava associando esse temor à figura da minha avó, não era pelo caráter anormal dos seus sentimentos, mas pela certeza de que eu nunca estaria à sua altura.

Nunca pensei que Madri chegasse a tanto. Ela escolheu essa frase para começar um relato que desde o começo perdeu a brilhante qualidade do primeiro dia. Pouco a pouco, e sem eu pedir, foi desvelando para mim um epílogo longo e opaco, como um muro feito de blocos de pedra cinza, severa e lisa, sem pranto nem heróis, apenas o ritmo esmagador dos dias que se sucedem para dissolver-se na profundidade de um buraco infinito, eternamente oco. Eu lhe pedi que me ensinasse a tecer e ela concordou. Uma tarde fomos fazer compras e ela me ajudou a escolher dois tipos de lã gorda, de pêlo longo e muito suave, e enquanto guiava meus dedos desajeitados nos cabos das agulhas, suas palavras entrechocavam-se com o rítmico rangido do metal novo. Então escolheu aquela frase, nunca pensei que Madri chegasse a tanto, para evocar o desconcerto que veio após a derrota, e eu pude divisar com facilidade a imagem de uma mulher jovem e sozinha, lastreada com um menino em cada mão, outro dentro do corpo, penetrando num bairro tão distante, tão diferente da cidade em que supunha ter vivido até então, que nunca poderia suspeitar que aquilo também fosse Madri.

A partir daquele momento, pensei que vovó tinha todo o direito do mundo de negar qualquer instinto. No primeiro dia comprou quatro batatas e não soube o que fazer com elas. Jogou-as numa panela cheia de água e não pensou em enfiar um garfo para verificar o ponto de cocção, de modo que as comeram ainda duras. No dia seguinte tornou a comprar quatro batatas, e tornou a fervê-las, e não as tirou da panela até se certificar de que a pele havia arrebentado em vários lugares. Então cortou-as pela metade, e jogou sal em cima, e um pouquinho de azeite. Estavam gostosas, e isso era pior, porque à medida que o pequeno desespero das coisas práticas ia cedendo, o grande desespero de uma vida quebrada ia ocupando lentamente o seu espaço.

Ainda esperava pelo marido, porque nunca chegou a ver seu cadáver. Sabia que havia morrido e que o enterraram numa vala comum, ao pé do parque do Oeste ou sob o que agora é uma calçada qualquer, os vencedores devem ter trabalhado depressa para esconder o troféu hediondo do seu cadáver, mas ela jamais o vira e esperava, se embalava toda noite na fantasia infantil de uma carambola de rebotes infinitos, sonhava com um prisioneiro astuto, uma identidade falsa, uma condenação longa, o regresso. Gastou muito mais dinheiro do que custava uma ração de batatas num véu preto de renda barata, porque tinha medo, muito medo. Toda manhã cobria a cabeça, escondendo o cabelo que ficara tão feio, pobre e liso, para ir à missa, porque tinha medo e queria que a vissem, que todos naquele bairro miserável, do outro lado do rio, soubessem que ela ia à missa toda manhã, apesar de não saber rezar, porque ninguém nunca lhe ensinara a rezar. Por isso se sentava na beirada do último banco, e deixava pender a cabeça, escondendo-se no véu para que ninguém adivinhasse que ela mexia os lábios em vão, fingindo articular uma oração enquanto ficava repetindo para si mesma uma única palavra, locomotiva, locomotiva, locomotiva. Sentia medo, muitíssimo medo, mas de vez em quando voltava ao seu antigo bairro, onde todos a conheciam, onde todos sabiam quem tinha sido o seu marido e de que lado havia lutado, para perguntar por ele. Desafiava o porteiro, o vigia, o padeiro, os cachorros daquela repulsiva turma de delatores que florescera entre as cinco rosas, para perguntar pelo marido, e ninguém nunca lhe disse nada, mas também ninguém a delatou, porque embora Jaime Montero, cujo cadáver jamais foi identificado, estivesse oficialmente inscrito nas listas de busca e captura, todos sabiam que meu avô estava morto. Todos achavam que minha avó estava maluca.

Ela também chegou a acreditar nisso durante algum tempo, mas tudo começou como uma piada íntima, um desafio particular, uma coisa para contar a ele quando voltasse. Antes ela não sabia rezar e agora tinha aprendido, antes nunca ia à missa e agora não faltava uma só manhã, mesmo que o mundo acabasse, para ela tanto fazia. Custou a resolver comprar as velas, porque eram caras, tudo era caro na época, e escolheu duas, não muito compridas, mas o suficiente para arderem durante um mês inteiro, talvez mais, porque as acendia somente por meia hora, de noite, quando as crianças dormiam, para recuperar uma migalha daquela liberdade que ela tão ingenuamente havia suspeitado ser eterna. Então terminava uma comédia, a diária representação da mãe abnegada que era na realidade, e começava outra, a farsa de um amor que já não tinha espaço suficiente no coração, e lhe dilacerava as tripas, e lhe esvaziava os ossos, e lhe intumescia a vontade e o pensamento. Minha avó Soledad, com o véu negro preso por dois pregadores na cabeça, armava um altar na mesa da sala com três fotos do marido, acendia uma vela de cada lado e se afastava respeitosamente do tampo para se ajoelhar no chão, depois sentar sobre os calcanhares e, de mãos cruzadas, falar sozinha, como se fala com os mortos. Como é que eu vou sair dessa, Jaime?, dizia, e lhe contava o que havia acontecido durante o dia, e sempre lhe parecia muito pouco, porque ele havia partido e os dias plenos haviam partido junto com ele. Por que você me deixou sozinha?, perguntava, até que, afinal, ele deu uma resposta.

Seu avô fez um milagre depois de morto, ela disse, como El Cid, e eu não quis corrigi-la, não quis lembrar que o que o Cid fez foi ganhar uma batalha, que milagres, depois de mortos, só os santos fazem, porque ela não o queria santo, e nem eu. Ele fez um milagre, insistiu, antes de rejeitar qualquer mérito próprio, antes inclusive de mencionar a sorte que colocou logo ali, do outro lado do pátio, uma senhora tão fofoqueira, tão piedosa e, sobretudo, tão compassiva. Vovó não a conhecia, não sabia quem era aquela anciã de véu que uma tarde teve coragem de tocar uma campainha que até então só seus filhos tinham apertado, mas ela se apresentou, eu sou a vizinha da frente, e entrou na casa antes de ser convidada, balançando a cabeça, como se pretendesse dar razão a si mesma, comprovando uma pobreza que não se podia ocultar de seus olhos nem de ninguém.

Aquela mulher sabia quase tudo. Tinha adivinhado no rosto da minha avó, em seus gestos, em sua maneira de falar e de se arrumar, em seu esforço para caminhar erecta, em suas desesperadas tentativas de manter a dignidade, essa mania, de que zombavam todas as crianças do bairro, de obrigar as crianças a comerem sardinhas com talher de peixe e a escovarem os dentes duas vezes por dia, para que neles restasse alguma coisa da vida que poderia ter sido e não foi, para que isso, pelo menos, não se perdesse. A tal mulher disse à minha avó que a via na missa todas as manhãs, mas não dava muita importância àquele detalhe, porque ela conhecia muito bem alguns comunas que agora adoravam os santos para disfarçar. Só que, acrescentou, eu vejo você rezar também aqui, a sós, todas as noites, e faz um tempão que venho me dizendo que gostaria de ajudá-la, que não é justo que alguém como você, com três crianças, o menor ainda no peito, tenha perdido tudo.

Graças à vizinha da frente, que foi sua avalista, minha avó conseguiu seu primeiro emprego como professora de pré-escolar numa escola gratuita financiada pela paróquia, um colégio igual àquele que acolhera seu marido quando era criança. Diariamente içava a bandeira no pátio, e a arriava toda tarde, cantando *Cara al sol* a plenos pulmões, e em troca, além de almoçar, começou a jantar todas as noites, até que por fim conseguiu reconquistar Chamberí. Mas eu ignorava aquele detalhe quando escutei a primeira parte da história, que ainda me autorizava o desacordo e o escândalo, e suponho que uma leve intenção de censura aflorou em minha voz quando lhe perguntei como era possível que aceitasse dar aulas para crianças alheias, deixando as suas em mãos de outras mulheres, sendo que ela não gostava de crianças em geral.

— Mas na época eu não dava aula — disse com doçura, sem registrar minha tácita censura.

— Então, o que você fazia?

— Escrevia minha tese de doutorado, *A Reconquista: a questão do repovoamento*. Comecei logo depois de terminar a faculdade e não me dediquei a outra coisa até estourar a guerra, algumas vezes eu passava mais horas na Biblioteca Nacional do que em casa.

— E chegou a publicar?

— Não, mas quase. Em 1936 já havia terminado, só faltava escrever o capítulo das conclusões e checar alguns dados, mas depois, com tudo que aconteceu, deixei a tese de lado e nunca cheguei a ler. Acabaram me plagiando, sabe?, trinta anos depois, é engraçado. Eu estava esperando me aposentar para voltar a trabalhar nela, era uma ingenuidade, claro, porque alguém tinha que pensar, mais cedo ou mais tarde, em escrever um livro sobre esse tema, mas como a Reconquista é um assunto tão delicado, e durante o franquismo era sempre enfocado de uma ótica tão... franquista, utilizando-a mais ou menos para justificar a Guerra Civil, pensei que com um pouquinho de sorte... Mas não. Em 1965 vi no jornal o anúncio de um livro que se chamava mais ou menos igual, *A questão do repovoamento na Reconquista*. Era a tese de doutorado de dois garotos barbudos, muito espertos e simpáticos, que no entanto careciam dos dados que eu havia pesquisado em alguns arquivos paroquiais e em outras fontes que já estavam perdidas, de modo que arrumei o telefone deles na universidade e os procurei, para pôr meu material à sua disposição, e assim, pelo menos, o trabalho de tantos anos não se perderia totalmente. Eles vieram me ver logo, logo, e se comportaram muito bem comigo, embora tenham ficado bastante decepcionados com que eu nunca tivesse sido comunista, porque eles eram e... enfim, uma vítima da repressão sem partido não é rentável, isso já se sabe. De qualquer maneira, trabalhamos juntos muitos meses, e na segunda edição do livro deles meu nome já aparecia na capa, mas não como autora, tenho que reconhecer que isso me decepcionou um pouco, e sim em letra menor, embaixo dos nomes deles, com a colaboração da professora Soledad Márquez. Fiquei muito feliz, de qualquer maneira, porque já havia me acostumado à idéia de perder o bonde outra vez, afinal, tenho perdido todos os bondes.

— Você também não teve muita sorte, não é, vovó?

Ela franziu o cenho, como se precisasse meditar uma resposta tão simples, e seus lábios duvidaram várias vezes antes de se movimentar numa direção supreendente para mim, que ainda não tinha compreendido, maravilhada e aturdida ao mesmo tempo pela torrente de dados que se vertia em meus ouvidos, a verdadeira força da minha avó, a potência inesgotável daquele corpo quase esgotado que todavia conservava, como marca de casta, a juventude de um espírito privilegiado e universal, aquele que anima os que nasceram sobreviventes.

— Pois é... não sei o que dizer. Do ponto de vista dos livros de história, é claro, não tive sorte, porque perdi tudo. Perdi minha família, perdi meu trabalho, perdi minha casa, meus amigos, minhas coisas. As coisas são muito importantes, os objetos pequenos, os presentes, os vestidos preferidos, as lembranças de uma viagem ou de um dia especial... A gente sente muito a falta deles, é incrível, mas quando você deixa de ver as suas coisas em cima da mesa, é como se sua memória se esvaísse, como se sua personalidade se desintegrasse, como se você deixasse de ser você, para ser uma pessoa qualquer, daquelas com que cruza todo dia na rua. Eu perdi uma guerra e você não sabe o que é isso, ninguém sabe até que acontece, parece uma coisa tão impessoal, tão fria, perder uma guerra, ganhá-la, dito desse modo, e no entanto... Com a guerra perdi a cidade em que nasci, o país em que vivi, a época de que fazia parte, o mundo a que pertencia, tudo se derrubou, tudo, e quando olhei à minha volta, já nada era meu, não podia reconhecer coisa nenhuma, no começo me sentia como um soldado extraviado, sabe?, quando percebe que não está entre os seus, que atravessou as linhas sem saber, e está no centro do campo inimigo. Eu perdi meu marido e preferiria ter morrido junto, isso não é uma frase feita, juro pela memória dele, que é a única coisa sagrada para mim, e juro a você, que é sua neta, que escolheria morrer a ter que sobrevivê-lo, eu só tinha trinta anos, mas se ele me deixasse eu teria ido morrer com ele, mas me coube viver. Vivi sem vontade um monte de anos, levantei da cama milhares de manhãs e regressei a ela milhares de noites sem esperar nada, sabendo que o presente estava oco e o futuro também vazio, que só poderia comer, digerir e dormir, sempre a mesma coisa, até o dia da minha morte, e no entanto... Agora que estou ficando velha percebo que se perdi o Jaime, é porque o tive, e acho que não trocaria minha vida pela de ninguém. Acho que, se trocasse, voltaria a perder.

Então seus olhos, que por alguns minutos haviam passeado pelo teto do quarto sem escolher nenhum lugar concreto, se detiveram na surpresa que dilatava os meus, e vovó, mais longe do que nunca da tristeza em que seu discurso deveria tê-la enterrado, sorriu para mim.

— Você não entende, não é?
— Não — admiti.
— Você é muito nova, Malena, nova demais para isso, apesar do desgosto que acaba de ter, e por mais que você pense que sabe de tudo. Quando tiver a minha idade, vai compreender. Há gente que nunca é feliz na vida, sabe?, com a sua idade não dá para acreditar nisso, haveria suicídios coletivos se cada um pudesse olhar o seu futuro por um buraquinho, mas há gente que nunca tem sorte, nunca, nem mesmo nas coisas mais estúpidas, se gostam de açúcar, são diabéticos, e desgraças do gênero. Eu, apesar de tudo, não sou como essa gente, eu tive sorte, muita sorte, e minha queda só foi tão brutal, e me machuquei tanto, porque quando me estatelei no chão eu vinha lá de cima. De muito lá de cima.

Não gostei dessas palavras, não esperava tanto conformismo de uma bailarina tão intrépida, de uma estudante tão teimosa, de uma tão decidida saltadora de obstáculos.

— Isto não soa um pouco a resignação cristã?
— Eu não acho — e soltou uma gargalhada. — Parece mais uma avó velha falando com uma neta jovem.

E então eu ri junto com ela.

— Olha, Malena, não acredito que alguém no mundo, em tempo algum, tenha estado mais apaixonado do que eu quando me apaixonei pelo seu avô. Igual, sim, na certa muita gente, mas não mais, e estou falando sério outra vez. Foi ótimo, principalmente porque nós dois sabíamos que o nosso caso, no fundo, era um luxo, o pessoal não costuma namorar assim, sem reservas, sem dúvidas, sem esforço, atrasando toda noite o próprio sono para dar vantagem ao sono do outro, só para olhar para ele e ver que está dormindo ao nosso lado. E a gente conversava muito, sério, éramos muito modernos, eu já te contei, às vezes discutíamos o que aconteceria se algum de nós se apaixonasse por um terceiro, ou se de repente se desapaixonasse do outro, o amor não é eterno, e nós contávamos com isso, sabíamos que podia acontecer, fizemos uma espécie de pacto e prometemos um ao outro que, qualquer mudança que houvesse, nenhum dos dois seria mesquinho, nem malvado, nem desagradável com o outro, mas nada mudou, durante onze anos seguidos, nadinha. Eu todos os dias esperava a catástrofe porque Jaime me parecia bom demais para mim, isso acontece sempre que a gente se apaixona, e se passassem mais de três dias sem que ele me amassasse de surpresa contra a parede, mesmo que houvesse muita gente olhando, eu começava a tremer, mas esse terceiro dia não chegava nunca, e tudo era fácil e delicioso, como se estivéssemos brincando de viver, mesmo. Não que o seu avô nunca tenha me dado algum desgosto, também não era assim, porque durante algumas temporadas, e por mais que eu também trabalhasse muito, chegava a sentir saudades dele. Jaime ficava no escritório até bem tarde, e quando se metia num campeonato era insuportável, andava pela rua com um caderninho e a cada dois passos parava para anotar, cavalo pelo bispo, sacrifício de dama, mate em dois e... bobagens desse tipo, para dizer a verdade, porque eu nunca entendi como um simples jogo podia obcecá-lo daquele jeito, mas mesmo nessas épocas ele fazia coisas maravilhosas, me dava surpresas o tempo todo. Às vezes aparecia em casa sem avisar, nos horários mais inesperados, ao meio-dia, ou às seis da tarde, e me empurrava para a cama, mesmo com os meninos pequenos brincando no corredor, mesmo com as empregadas limpando a casa, mesmo com visitas, para ele nada disso interessava. Depois se vestia e saía correndo, e eu ia com ele até a porta de roupão, éramos o mexerico de todos os corredores, e até isso nos parecia engraçado, porque ríamos de qualquer coisa.

— Ele te dava presentes todo dia, não é? — perguntei, resgatando repentinamente de um canto poeirento da memória a única informação interessante que tinha sobre aquele homem. — Acho que papai me contou uma vez.

— É. Sempre voltava com alguma coisa nos bolsos para mim, mas muitas vezes não eram presentes, eram bobagens, sei lá, vinte centavos de castanhas assadas no outono, por exemplo, ou um galho de amêndoa na primavera, e às vezes nem isso, coisas ainda menores, dois amendoins que ele guardara no bolso enquanto tomava o aperitivo, ou um panfleto de propaganda com um desenho que ele tinha apreciado por qualquer motivo.

— E você ainda tem tudo isso guardado?

— Essas coisas sim. As que tinham valor não, vendi todas depois da guerra, todas menos um broche de ouro e esmalte que ele me trouxe de Londres uma vez, a única jóia da qual realmente gostava. Eu o dei de presente à Sol quando ela fez quarenta anos, talvez você já a tenha visto com esse broche, porque ela sempre usa, é uma menina de asas, vestida com uma túnica branca, em frente a uma vitrine... Sininho, a amiga de Peter Pan. Tentei guardar um objeto valioso para cada filho, mas não consegui. Acabei vendendo uma Montblanc que ganhei dele porque depois da guerra, com o bloqueio, essas coisas eram muito bem cotadas, e um isqueiro de ouro que o reitor da faculdade lhe deu, pelo mesmo motivo. Também tive que vender um jogo de xadrez muito bonito, pequeno, de peças Staunton feitas com mogno e marfim, que me custou praticamente todo o dinheiro que herdei do meu pai, foi o presente mais caro que dei a ele. Pagaram uma miséria em relação ao que tinha me custado, mas comemos com isso vários meses, a gente se virava com pouca coisa, naquele tempo, e todo dia, na hora de servir as batatas, porque quase sempre comíamos batata, eu pensava, estamos comendo a dama preta, ou o peão branco do rei, porque esse era o tipo de comentários que seu avô faria. De maneira que, afinal, Manuel ficou com *Orgulho e preconceito*, e seu pai com *A cartuxa de Parma*, não havia outra coisa. Mas o Baroja continua comigo, porque são nove volumes e me dá pena separar, e ainda guardo os amendoins, ah, isso não!, nunca quis comê-los.

— E sempre foi igual? Vocês nunca brigaram?

— Mais ou menos, o Jaime... Bem, ele era muito inteligente e muito honesto, era sensível e justo, mas era um homem espanhol nascido em 1900, de modo que, enfim, às vezes ele mancava da mesma perna que todos os outros, imagino que não podia evitar isso.

— Era machista?

— Vez por outra, mas não em relação a mim. Nunca me proibiu nada, nem se meteu nas minhas coisas, nem tentou modificar minhas opiniões, muito pelo contrário. Cheguei a ser famosa no Fórum, quase uma atração turística, porque, de todas as mulheres de juízes, promotores e advogados de Madri, eu era a única que não perdia um processo, e os acompanhava como se faz com um jogo de futebol, batia os pés, aplaudia, assobiava, levantava... Quando ganhávamos, durante algum momento em que o juiz não estivesse olhando, Jaime me cumprimentava com os braços esticados, as palmas para dentro, desse jeito... — e esboçou a clássica saudação dos toureiros em suas tardes de triunfo —, como se me oferecesse as duas orelhas. Foi repreendido algumas vezes e uma vez o cliente dele ficou zangado, porque aquele gesto parecia uma falta de respeito, mas também houve o caso de um juiz que, quando se levantou, depois de dar uma sentença absolutória que chegou a parecer muito difícil, olhou para mim, sorriu e me disse em voz alta, parabéns, senhora, e a metade do público, que eram colegas e amigos do meu marido, começou a bater palmas, e Jaime me obrigou a levantar e cumprimentar. Eu sabia as causas dele de cor, ele me contava tudo desde o começo, e muitas vezes seguia as minhas sugestões, nós éramos muito unidos, muito, mas vez por outra... — Ela marcou uma pausa quase dramática. Parou de falar, olhou para mim com uma atenção especial, como se pretendesse conquistar ainda mais o auditório mais entregue que alguém já teve, e sorriu antes de prosseguir. — Vez por outra ele me corneava, não posso negar.

Aquela revelação me deixou gelada, não tanto pelo conteúdo, mas pela tranqüilidade inaudita que flutuava na voz da minha avó quando imprimiu ao seu plácido relato uma direção tão inesperada.

— Você não parece se importar muito — murmurei, desconcertada, e ela soltou uma gargalhada.

— E o que é que você quer, que eu vá quebrar pratos agora, depois de tantos anos? Na verdade, às vezes na hora também não me importava, isso dependia da mulher em questão.

— Ele teve muitas amantes?

— Não, na realidade nenhuma, porque nunca foram exatamente amantes. Eram casos, quase sempre muito curtos, muitas vezes de um dia só, se bem que esses dias sozinhos, isolados, se repetiam vez por outra. No começo me contava, porque para ele essas coisas não tinham importância, eram clarões instantâneos, arrebatos que se esgotavam em si mesmos, desejos repentinos que só passariam a ter importância se fossem frustrados, pelo menos era o que ele dizia, e eu acreditava, porque se dissesse que a Lua é quadrada também acreditaria. Teoricamente, eu estava livre para fazer a mesma coisa, sabe?, manter minha própria identidade. Ele repetia o tempo todo que um casal são duas pessoas inteiras, não uma coisa só feita de duas metades. Você não pode imaginar como me atazanava com essa conversa e depois, se alguém olhasse para o meu decote numa festa, ficava com um mau humor que não havia quem o suportasse, e se me desse na telha dançar com qualquer pessoa, porque ele não dançava nunca, nem se fala, mas apesar de ficar roxo, de seus lábios tremerem, ele engolia os ciúmes, porque sabia que eram injustos. Eu nunca fui para a cama com outro, simplesmente porque nunca tive vontade de ter outro, e ele sabia disso. Depois lhe disse que, se tinha casos por aí, eu preferia não saber, mas continuei percebendo, sempre percebia, e passei por maus momentos, mas, pensando bem, afinal ele tinha razão, porque nenhuma daquelas mulheres afetou a nossa vida em nada... Eu nunca te traí, me disse no final, quando já era um morto ambulante, e eu entendi o que queria dizer e respondi que eu sempre soube disso, e era verdade. Eu o adorava, adorava, adorava, e o perdi, mas antes o tive por inteiro.

Então parou, como se não tivesse mais nada a dizer. Olhou para os dedos e começou a levantar as cutículas da mão esquerda com as unhas da mão direita, um gesto instintivo que eu já vira muitas vezes, uma técnica de distração a que ela recorria quando se sentia incomodada com alguma coisa, ou alguém, ou algum lugar. Estávamos no fim do trajeto, não havia mais escapatória, ela sabia disso e eu também.

Enquanto eu procurava a melhor fórmula para articular aquela pergunta, percebi que só o acaso, e um acaso doloroso, terrível, cujas conseqüências em minha própria vida eu ainda não era capaz de calibrar, me permitira tomar posse de um legado que me correspondia e que, de outra maneira, nunca me teria sido transmitido, um bem cuja existência eu nem sequer imaginava, a memória daquele que sempre fora o obscuro, o duvidoso, o outro avô. Mas antes de pensar em criticar meu pai por aquele roubo injusto e deliberado senti um momento de pânico e a tentação de voltar atrás, vencida por um temor absurdo, medo de ouvir e de saber, de terminar entendendo esse silêncio, de perder, na ficção ainda serena que a voz da minha avó criava só para mim, aquele homem adorável que suas palavras pintaram de luz, de riso e de carne. E passariam muitos anos até que eu por fim percebesse que, enquanto o verão agonizava nos braços de uma noite tormentosa, era vovó quem estava certa, demorei anos a fio para descobrir que nessa época eu era jovem demais para saber, jovem demais para entender, que a pior das desonras teria sido mais fácil de aceitar do que o caminho que meu avô escolheu para morrer entre duas enormes montanhas de homens mortos. Sozinho e à toa, como morrem os heróis.

— Vovó, quem o matou?

— Todos — respondeu, e nunca mais tornei a contemplar um rosto mais sombrio. — Todos nós o matamos. Eu, seu pai, o gabinete de guerra, o ministro da Justiça, a Segunda República Espanhola, este maldito país, minha irmã Elena, meu cunhado Paco, e um soldado de Franco, ou dois, ou três, ou um regimento inteiro disparando ao mesmo tempo, isso eu nunca vou saber...

Não tive coragem de perguntar mais nada. Ela ficou em silêncio por alguns minutos, e depois continuou falando, ou antes, vomitando sua mágoa ácida e compacta, que aos poucos foi amolecendo, se inchando de raiva, ficando úmida e fresca, mais preta e mais pesada, e por fim se esgotando, morrendo de exaustão, para então me mostrar o rosto do vazio, a pura desolação, aquela que não abriga mais nenhuma esperança, nenhuma tentação de violência inútil, nenhum objetivo, nenhum sentido além da arbitrária condenação dos que padecem sua existência. Eu aprendi de longe, no começo, prestei atenção e gravei, como uma aluna aplicada, perguntando a mim mesma se tudo aquilo teria servido para alguma coisa, tentando descobrir por que, de repente, aquela morte estranha me era tão necessária, por que preenchia um oco, por que aumentava o caudal das minhas veias, por que me enrijecia e completava, mas só quando pude vê-lo, quando distingui a silhueta de um homem andando sozinho pela rua, chorando o choro de uma primavera morta, e o vi chegar até a esquina de Feijoo, e virar à direita, e perder-se para sempre, só então percebi que aquele caminhante era o pai do meu pai, um quarto do meu sangue, e era eu, e essa resposta foi suficiente para mim.

— Não quis me dar ouvidos, dessa vez ele não quis. Costumava seguir meus conselhos, já te disse, ele sempre prestava atenção nas minhas opiniões, e eu avisei, não sei por quê, mas dessa vez vi tudo claríssimo, vi que aquele caminho só nos levava à ruína, e lhe pedi por favor, implorei mil vezes, não aceita essa nomeação, Jaime... Ele não respondia, e eu ficava falando sozinha, atirando minhas palavras contra os seus ouvidos como se atira uma bola contra a parede e logo depois recuperando-as, intactas, uma vez, e outra, e mais uma, e mais outra. Mas será que você não percebe que ninguém está querendo?, eu dizia, você não lhes deve nada, deixa que nomeiem um deles, um dos que prosperaram à sua sombra, e não você... Ele não devia ter aceitado, sabia disso, nunca podia ter aceitado, tinha milhares de justificativas para recusar, nem sequer era promotor, sabe?, e eu faria qualquer coisa para impedir, qualquer coisa, pedi de joelhos um monte de vezes... Mas que nada, ele nem olhava para mim, não dizia nada, nada, até que ficou em pé e gritou, gritou com violência, como nunca havia gritado comigo. Você não percebe?, disse, ou será que você acha que estamos brincando de cabra-cega? Isso aí é uma guerra, e o que estão matando não é exatamente a República, esquece isso e pára de chorar pela República, eles estão matando é as pessoas, estão matando as pessoas... As palavras dele me deram vergonha, e calei a minha boca. Ele pediu desculpas, me abraçou e me beijou, e então adivinhei que ia aceitar, sabendo direitinho onde estava se metendo. Três ou quatro meses antes, numa noite comum, já deitados, ele me disse em voz bem baixa, quase sussurrando, que a guerra estava perdida e que só nos restava esperar um milagre, porque não havia mais nada a fazer. Eu não quis acreditar, porque as notícias não eram lá muito boas, mas também não eram completamente ruins, estávamos em 38 e eu achava, sinceramente, que íamos ganhar a guerra, todo mundo tinha certeza, e as coisas ainda não estavam que nem mais adiante, quando eu me levantava de manhã e me forçava a ter fé, para não precisar pensar no que a derrota significaria, principalmente desde que o seu avô aceitou aquela nomeação maldita.

— Mas que cargo era esse, vovó?

— Promotor Especial dos Tribunais de Guerra. Com direito a tratamento de excelentíssimo senhor, ah, isso sim, estava muito bem especificado na nomeação, olha como eram cínicos aqueles desgraçados, um bando de covardes de merda, tiveram que pedir a ele, logo a ele, que brigou comigo quando votei nessa turma em 36. Porque ele era independente, foi o que lhe disseram, porque mantinha o seu prestígio íntegro, porque nunca prevaricou, porque era o melhor, que imagem desgraçada... Ele era o único capaz de realizar uma missão tão delicada, só ele podia moderar os excessos da justiça militar, manter a honra da justiça civil, zelar pela legalidade até o seu restabelecimento, foi o que lhe disseram, e ele não acreditou mas aceitou, aceitou sabendo que tudo estava perdido, mas aceitou... E se tornou o único civil ligado aos processos de guerra, aos mais sujos. Supervisionava os processos contra civis por delitos de jurisdição militar, principalmente espionagem, mas também mercado negro, contrabando e coisas parecidas, e nem sequer precisava acusar ninguém, ele só estava ali em nome do Ministério, era o representante da justiça civil, não chegou a fazer nada porque não tinha que fazer nada, só olhar, ouvir e informar, mas mesmo assim... Você precisava ler o que aqueles filhos da puta escreveram sobre ele mais tarde, quando afinal ganharam esse país de merda, que é exatamente o que eles mereciam, um monte de merda. Ele foi chamado de carrasco e de criminoso e de assassino dos heróis da quinta-coluna, assassino... — Então ela se levantou. Iria se levantar muitas outras vezes naquela noite, para cair poucos segundos depois, desmoronando sem forças sobre o sofá, com o gesto de quem joga na água um peso morto. — Eles mataram poucos, ouviu bem, poucos! Eu teria matado bem mais, com minhas próprias mãos, e dormiria tranqüila pelo resto da minha vida, juro, sem acordar nem uma vez. Assassino... Assassinos são eles, filhos da puta, desgraçados! Ele estava morto, desde o começo de 39 ele estava morto, era um morto que andava, que comia, que se levantava e se deitava, mas estava morto, morto, morto... Aí, como ele costumava dizer, acabou-se a brincadeira.

Ainda lhe restavam lágrimas, e duas, gordas e desajeitadas, se desprenderam lentamente de suas pestanas e rolaram rosto abaixo, percorrendo preguiçosamente as bochechas para me impressionar muito mais do que as palavras, mais do que os gestos, mais do que a raiva e que as maldições assassinas em cuja autenticidade nem ela acreditava, porque eu podia conceber o rancor, depois de tanto tempo, podia imaginar a dor, e o ímpeto de vingança, e o valor das dívidas que não se recebem nunca, mas não o desamparo desse pranto lento e silencioso, a aterradora mansidão desse choro infantil que deveria ter se esgotado antes que eu nascesse, transformando-se em força, em vontade, que agora fugiam do seu rosto e a entregavam ao gesto desconexo e frágil de uma menina solitária, que não sabe por que terá sido justamente a sua bola, entre as milhares de bolas que há no mundo, que caiu no rio, que está vazia e perdida para sempre, esse pranto tremendo dos inocentes que minha avó chorava, ainda.

— O que não entendo — tive coragem de dizer muito tempo depois, quando ela pareceu ter se acalmado — é por que vocês não se foram, para a França ou a América...

— Também disse isso a ele — respondeu, balançando a cabeça muito lentamente. — Milhares de vezes. Que fosse embora enquanto era tempo, que saísse com os dois mais velhos e me esperasse em algum lugar, eu iria depois, quando o neném nascesse, eles iam acabar me deixando sair, mais cedo ou mais tarde, porque

não tinham nada contra mim, mas ele não quis me ouvir, porque confiava no Paco, eu não, nunca confiei nele, mas ele confiava no Paco...
— Quem é esse Paco, vovó?
— O marido da minha irmã. Era deputado, socialista. Na última fase da guerra foi nomeado diretor, ou gerente, sei lá, o maioral, o chefão do Canal de Isabel II. Ficou em Madri quando o governo saiu, tinha que ficar, para garantir o abastecimento de água até o fim, e Jaime o esperou. Esperou quando seus próprios chefes lhe aconselharam a ir embora, esperou enquanto nossos amigos nos ofereciam lugares em seus carros para atravessar a fronteira, esperou o Paco, nós só vamos embora quando o Paco for, dizia.
— E o Paco não foi.
— Claro que foi! Mas sem o seu avô.
— E você...
— Eu estava grávida.
— Do papai.
— É... Na verdade não o queríamos, coitadinho, porque dois já eram suficientes, e quando a Sol nasceu eu quase morri, mas naqueles tempos todo mundo lembrava de tomar cuidado... Demos azar, mesmo, muito azar, porque se chegamos a transar vinte vezes em seis meses foi muito. Era tudo tão triste, tão negro, que a gente não tinha vontade de nada, e quando acontecia, e funcionava bem, nós não ficávamos de embromação, porque era tão raro, como tudo, tudo tinha se enrarecido tanto, que uma coisa que nos recordava os bons tempos... Enfim, fiquei grávida, e das outras vezes tinha passado muito mal. Com o Manuel fiquei três meses de cama, perdendo sangue, e com a Sol foi pior, muito pior, o parto se complicou, a menina estava atravessada e eu quase vou embora numa hemorragia. Quando me disseram que estava grávida outra vez, em plena guerra, comecei a chorar, chorei durante a consulta com o médico, e depois andando pela rua, muito tempo, e não disse nada ao seu avô, porque estávamos quase no Natal. A gente nunca festejava o Natal, mas comemorava o Ano-Novo, quando éramos jovens dávamos presentes às crianças na noite de Reis, veja só que absurdo, no fundo aquilo era estúpido, porque nós não éramos religiosos e as crianças não entendiam nada, mas todo mundo achava bonita a noite de Reis, e antes da guerra a gente costumava festejar, de maneira que eu não disse nada. Além do mais, um ordenança do Fórum tinha prometido ao seu avô que ia arrumar um frango, um frango inteiro, agora não parece muito, e olha que lá em casa eram seis pessoas para jantar, porque as empregadas não tinham aonde ir, mas naquele tempo era uma loucura, um frango inteiro para o Ano-Novo, eu pensei, bom, primeiro a gente come, e depois se verá... Mas não houve frango, jantamos arroz com açafrão, lembro muito bem, e peras de sobremesa, e nessa hora também não disse nada ao seu avô.

Fez uma pausa para acender o milésimo cigarro, mas estendeu-a mais do que o necessário, e quando continuou tive a sensação de que cada palavra que pronunciava lhe doía.

— Nesse ponto errei, reconheço, meti os pés pelas mãos, porque devia ter contado, tudo iria acabar melhor, talvez pudéssemos ter partido, mas eu... Pensei que seu avô já tinha problemas demais, por isso voltei ao médico sozinha e disse que queria abortar, e ele me respondeu que era impossível, que ele, naturalmente, não podia fazer, e todos os hospitais estavam bloqueados, toda a anestesia sob intervenção do Estado, só havia camas, medicamentos, sangue e anti-sépticos para os feridos de guerra, e que talvez ele concordasse se fosse outra mulher, mas comigo, com a história que eu tinha, e com o que havia acontecido no meu último parto, sinceramente não iria fazer isso. Além do mais, eu já estava de quase três meses, a coisa não seria tão fácil, havia esperado tempo demais, estava tão segura de que aquilo era impossível, de que, o que quer que fosse, não seria outro filho... O médico, que me conhecia há dez anos, disse que era melhor eu aceitar a idéia de uma vez, me meter na cama e esperar, e tinha razão, ele me avisou, não tenta outro caminho, Solita, você não, você não escapa. Mas não liguei, e tentei assim mesmo.

— Como?

— Por intermédio de uma vizinha, uma que tinha sido atriz de teatro de revista antes de se casar e era muito engraçada. A gente não era exatamente amiga, mas se dava muito bem, tomava um cafezinho de vez em quando juntas, ela já havia abortado duas ou três vezes, me contou alguns anos antes, e então fui procurá-la. A mulher disse para não me preocupar, que conhecia uma parteira maravilhosa, uma senhora da aldeia dela que passara a vida toda fazendo abortos, ia tentar localizá-la e não haveria nenhum problema, mas ela ia querer receber. Eu disse que pagava, que não se preocupasse, venderia o que fosse preciso para pagar... Combinamos tudo e marquei um dia às nove da manhã, para que Jaime não soubesse de nada. Mandei uma empregada com os meninos para a casa da minha irmã e fiquei com a outra, que era de confiança, e ela me salvou a vida. Nessa manhã houve um bombardeio, lembro perfeitamente, as sirenes começaram a tocar antes da hora normal, ao meio-dia mais ou menos, e às três da tarde, quando pararam, a coitada foi correndo buscar o seu avô e levou uma hora para achá-lo, porque não sabia ler e tinha que perguntar tudo. Quando Jaime chegou em casa, às cinco e quinze mais ou menos, eu estava inconsciente na cama, com os lençóis molhados, me esvaindo. Aquela mulher tinha evaporado, saiu correndo no meio do bombardeio quando viu o estrago que havia feito e a garota, que estava nervosíssima, a ameaçou dizendo que meu marido era advogado. Nem sei o que ela me fez, não quis nem olhar, mas às vezes, em sonhos, ainda escuto a voz dela, tranqüila, bonita, dizendo, agüenta um pouquinho mais, muito bem, querida, muito bem, agora vai doer um pouco... Pelo sotaque era andaluza, é a única coisa que sei. Jaime a procurou por toda Madri durante três longos meses, os que lhe restavam de vida, para metê-la na cadeia, mas não encontrou.

— Por isso vocês não foram embora.

— Por isso, sim, entre outras coisas. Eu fiquei muito fraca depois daquilo, o médico achou que não era bom me movimentar, não pela criança, que estava bem, parecia impossível mas estava bem, e sim por mim... Eu te avisei, ele me disse em voz baixa, aproveitando um instante em que ficamos sozinhos, porque seu avô não podia nem desconfiar de uma coisa dessas, você precisava ver, ele estava furioso, eu nem o reconhecia. Quando acordei, em vez de me acalmar, me deu dois tabefes, foi a única vez em que ele encostou a mão em mim. Também estava muito nervoso, levou um susto tremendo, estava com medo, foi por isso que não quis ir embora. Vamos todos juntos quando o Paco sair, dizia, você já estará melhor, não vai acontecer nada, você vai ver... Eu pedi para ele ir sozinho, que fizesse aquilo por mim, porque se alguma coisa desse errado a culpa seria minha e eu nunca iria me perdoar, mas ele respondeu que entendia perfeitamente o que tinha acontecido, que se estivesse em meu lugar teria feito a mesma coisa, e que nunca mais queria ouvir falar desse assunto. Não tornei a falar, mas até hoje não me perdoei.

Não vi o rosto dela enquanto pronunciava essa última frase, nem consegui ouvir suas palavras com clareza, porque havia se dobrado pela cintura e apoiado a testa nos joelhos, abraçando as pernas com as mãos.

— Mas você não teve culpa, vovó.

Primeiro não respondeu, e continuou encolhida feito um novelo em torno de si mesma, só mexendo as pontas dos pés. Depois se esticou muito lentamente, como uma criança se espreguiçando, até recuperar a postura de sempre, as costas muito erguidas contra o assento, e por fim olhou para mim.

— Tive sim.

— Não. A culpa não foi sua. Você fez o que achava que devia fazer, a mesma coisa que ele, quando o nomearam. Você foi valente, vovó, e ele sabia, sabia que você não era culpada de nada, com certeza. A culpa foi daquele Paco, que se mandou sem avisar.

— Todos nós fomos os culpados, todos. Eu, é claro, por mais que você diga que não, e ele também, porque estava procurando isso quando aceitou a nomeação. Porque se não aceitasse não aconteceria nada. Teríamos perdido a guerra do mesmo jeito, sem dúvida nenhuma, e teríamos empobrecido, e seríamos obrigados a ir para o exílio, ou talvez não, mas não teriam nada contra ele, não poderiam lhe fazer nada e, vai ver, ainda estaria vivo, quem sabe... Mas no fundo você tem razão, se meu cunhado não houvesse nos traído, talvez ainda estivéssemos todos juntos, e vivos, em outro lugar, ou teríamos voltado para cá, como eles voltaram agora, entre aplausos e bênçãos, e ainda por cima com uma pensão do Estado. Outro dia, faz quatro ou cinco meses, a Elena telefonou, teve a coragem de tirar o fone do gancho e discar o meu número. Passou tanto tempo, ela disse, desde a última vez, você é a única pessoa da família que eu tenho, fiquei tão feliz de voltar para Madri... No começo eu fiquei calma, sabe?, já estava esperando, desde que li no jornal que o Paco ia voltar, e fiquei tranqüila, mas de repente subiu à minha boca um gosto muito antigo, um gosto a podre que eu já tinha esquecido, foi um minuto só, parecia uma náusea, mas percebi que minha língua estava com gosto de lentilha, lentilha, você deve ter lido, ou viu no cinema alguma vez, a última coisa que acabou em Madri foi a lentilha, comíamos lentilha todos os dias, durante meses inteiros... Então perdi a calma. E olha que eu sempre soube que ela queria ligar, que não tinha sido a principal culpada, que muito pior foi o marido. A empregada, que não quis ir junto com eles, me contou depois que minha irmã já estava com o telefone na mão para nos ligar, mas o marido tirou-lhe o aparelho. Não, Elena, disse, não liga para eles. Jaime é famoso, a cara dele já apareceu muitas vezes na imprensa, alguém pode reconhecer, qualquer um. É perigoso, pode acontecer qualquer coisa, seria perigoso demais, correríamos um risco mortal. E minha irmã pôs o fone no gancho. E então foram para a França. E depois do último carro que saiu na coluna deles, nossos soldados se retiraram, abandonando a única estrada que continuava aberta para nós. E Madri virou uma ratoeira, enquanto seu avô e eu estávamos dormindo.

— E o que foi que você disse para Elena, vovó?

— Uf! Nada. Besteiras. Disparates, sei lá, fiquei histérica, reconheço, histérica até dizer chega. A empregada, que estava escutando, não podia acreditar... Será que você não pode nos perdoar?, ela afinal perguntou, e eu respondi que não, nunca, jamais, nem se vivesse uma centena de séculos. Vou morrer amaldiçoando vocês dois, disse, e amaldiçôo você agora, viu, Elena Márquez, sua desgraçada, porque é indigna do seu pai e da sua mãe, dos sobrenomes que lhe foram dados quando nasceu, e do morto que você tem na consciência... Ela começou a chorar, e a mandei à merda. — Fez um biquinho, como as crianças, mas conseguiu se conter antes de explodir. — Sempre teve facilidade para chorar, a Elenita, sempre foi muito chorona, sabe?, terna, fofinha, e depois, por trás, pam!, uma cacetada, é sempre igual.

— E por que você não conta isso?

— O quê?

— O que aconteceu. Você é historiadora, conhece muitos professores, não é?, os que escreveram o livro com você, se eram comunistas em 65, agora devem ser importantes, devem conhecer políticos, jornalistas, pessoas desse tipo. Conta, vovó, delata essa gente, a guerra agora está na moda, há histórias daquela época em todo lugar. Manda uma carta para os jornais e todos eles vão publicar, com certeza, e acabam saindo artigos sobre os dois, eles vão aparecer nas revistas, com fotos e tudo, e ninguém vai aplaudi-los de novo, e o Estado vai tirar a pensão deles. Vão ter que voltar para a França, vovó, voltar para a França ou ir para o inferno, vão lhes cuspir na cara, e ninguém vai falar com eles, nem os franquistas, porque são uns covardes de merda, covardes e traidores, eles mataram o seu marido. Conta tudo, é bom que todo mundo saiba, que se saiba a verdade. Ferra os dois ainda vivos, vovó, arrebenta logo, agora que você pode...

Ela olhou para mim com estranheza, como se não me reconhecesse, não entendesse a imprevista troca de papéis que de repente alterava aquela cena tão longa e tão estável, porque agora era eu quem estava inclinada para a frente, levantando a voz, dando socos na mesa, com o rosto vermelho de raiva, as veias tesas, enquanto ela olhava para mim, extraindo serenidade de minhas palavras desenfreadas.

— E para que fazer isso? E ainda por cima agora, depois de tanto tempo...

— Ora, para quê? — e então, por um instante, minha indignação voltou-se contra ela. — Para vingar o meu avô!

Ela balançou a cabeça lentamente, de um lado para o outro, como se estivesse muito mais cansada do que antes, quase a ponto de morrer de cansaço, e quando tornou a falar foi em outro tom, frio, mecânico, como se alguém a houvesse posto em funcionamento introduzindo uma moeda na fenda imaginária da memória.

— Não vai adiantar nada, Malena, não tem jeito mesmo, este país está podre, o Jaime já dizia, é condenado desde que foi feito, então não adianta nada, mas de qualquer maneira vou te contar, vou te contar finalmente como foi que seu avô morreu... Franco estava aqui, todo mundo sabia. Minha irmã tinha viajado há duas semanas, o inverno ia acabando, e a guerra também. Certa manhã, quando acordei, não vi o seu avô na cama. Todos os tribunais, claro, estavam fechados, ninguém trabalhava, e eu fiquei muito assustada, não sei por quê, foi como se pressentisse o que tinha acontecido. Levantei e me vesti depressa, e dei com Margarita, a garota que estava comigo no aborto, sentada numa poltrona da sala, chorando. Seu avô tinha ligado ao amanhecer para um amigo dele e sem querer a acordou. Ela ouviu a conversa aos pedaços, e a princípio não queria me dizer nada, mas acabou contando tudo, estava com medo demais, a coitadinha, ainda posso ouvir... O Jaime disse ao outro que nenhum filho da puta iria encostá-lo num muro em frente a um pelotão de filhos da puta. Ele já estava morto, sabia disso, mas queria morrer arremetendo, como os touros bravios. Era isso o que pretendia fazer, e foi exatamente isso o que fez. Foi para o Clínico, você acredita?, para a frente de batalha. Enquanto todos fugiam correndo, em debandada, ele chegou até as trincheiras, pediu uma metralhadora e começou a atirar. Calculo que disparou durante uns quatro ou cinco minutos, talvez nem isso, até que o mataram. Foi assim que seu avô morreu. Um mártir da razão e da liberdade. Um verdadeiro herói de guerra. Você pode ficar orgulhosa.

— Estou mesmo. Porque era um homem íntegro, feito ae uma peça só. E porque é melhor morrer de pé...

Não cheguei a terminar a frase. Minha avó se levantou da poltrona com uma agilidade que eu jamais suspeitaria, e atravessou a sala em duas passadas para me dar uma bofetada a tempo.

Depois, de costas para mim, começou a juntar suas coisas. Ajeitou a poltrona, esvaziou o cinzeiro, juntou o isqueiro e os cigarros, desapareceu um instante na direção da cozinha e voltou com um copo d'água. Era a sua maneira de me punir, de avisar que íamos para a cama. Eu também me levantei, fui para perto dela e a abracei, pronunciando umas desculpas que não tinham nenhum sentido para mim, me arrependendo em falso de um erro que não acreditava ter cometido.

— Sinto muito, vovó, sinto muito — e então menti. — Não sei por que disse aquilo.

— Não faz mal. Você é jovem demais para perceber. É você quem tem que me desculpar. Eu não devia ter batido em você, mas é que nunca suportei essa frase, nunca, não consigo ouvi-la com serenidade, fico com os nervos à flor da pele... Seu avô e eu costumávamos fazer uma brincadeira parecida, ríamos das palavras de ordem dos legionários, ninguém que grite "Viva a morte!" merece vencer uma guerra, dizíamos, calcula agora, olha só como fomos espertos.

Abraçadas pela cintura, fomos até a porta da sala.

— O pior foi ele não ter se despedido de você, não é? — perguntei quase para mim mesma, pensando em voz alta.

— Despediu, sim. Eu não percebi, mas ele se despediu. Quando Margarita me contou o que aconteceu, fui para a rua buscá-lo, mas não me deixaram chegar até a frente. Havia uma confusão enorme, todo mundo gritando ao mesmo tempo, ouviam-se muitas ordens e logo depois contra-ordens que as anulavam, e novas ordens, contraditórias, ninguém sabia mais o que fazer, como se salvar, eu até hoje não entendo como ele conseguiu se infiltrar lá dentro... Eu queria vê-lo ainda que estivesse morto, olhar para ele, mas não consegui. Fui andando e voltei para casa andando, também, uma caminhada longuíssima, mas não me cansei nada, lembro muito bem, depois me perguntei muitas vezes, como foi que consegui andar tanto, grávida de seis meses, sem me cansar, e não sei, não entendo. As ruas estavam vazias, mas cruzei com duas ou três pessoas que olharam para mim como se eu estivesse maluca, porque tinha começado a sangrar sem perceber, estava com a saia molhada de sangue, ia deixando uma poça a cada passo, e não sentia nada, nada, era quase agradável andar enquanto todos corriam para os refúgios. As sirenes tocavam em falso, já nem havia bombardeios, não era necessário, mas eu não sabia disso, agora vão jogar uma bomba em mim, pensei várias vezes, agora vai explodir uma bomba em cima de mim e eu vou cair no chão, mortinha... Mas nenhuma bomba me atingiu e cheguei bem em casa. Margarita me pôs na cama vestida e tudo, porque eu não tinha forças nem para tirar a roupa. Chorei durante muito tempo, depois adormeci, e dormi quase três dias inteiros. Acho que me davam alguma coisa, um calmante qualquer, para me apagar, e eu obedecia, porque era o mais fácil, dormir. Acordava de vez em quando, mas como estava tudo fechado eu não podia saber se do outro lado da varanda havia sol ou escuridão, eu estava exausta, cansadíssima, e tornava a sentir sono, e dormia outra vez... Até que um alarido enorme me acordou, parecia que não ia acabar nunca. Ouviam-se gritos, e canções, e os carros circulavam outra vez, eu ouvia o ruído de um motor, o eco de rodas sobre o asfalto, e corridas, e risadas, como se as pessoas estivessem voltando a ir para a rua... Franco entrara em Madri, a guerra tinha acabado. Levantei, abri a varanda, olhei para fora e quis tornar a dormir, mas já não pude. Então vi um papel no chão, e antes de ler já sabia que era a despedida do Jaime, porque as letras estavam desfiguradas, como se as houvesse escrito com o pulso tremendo. Era uma mensagem muito curta, sem assinatura. Adeus, Sol, meu amor. Você é o único Deus que conheci.

Afinal uma insuficiência respiratória, filha daquele enfisema pulmonar cuja existência ela nunca quis levar a sério, levou minha avó Soledad com um cigarro entre os lábios e setenta e um anos nas costas, na ignorância de que, assim como havia perdido todos os bondes, perdia também a última guerra, rendendo-se poucas semanas antes que seu cunhado Paco morresse repentinamente de infarto. A notícia nos pegou de surpresa enquanto tomávamos café, e a televisão se encheu de bandeiras vermelhas, gestos de dor, sinceros ou teatrais, e rostos graves, profundos dos políticos profissionais. Elenita, que eu nunca tinha visto em pessoa, chorava copiosamente, cobrindo o rosto com as mãos, num interminável primeiro plano. "A Almudena está cheia de gente", comentava uma voz em *off*, destilando essa cafonice barata a que os meios de comunicação da época recorriam sempre que achavam rentável acrescentar uma coroa de louros ao carro fúnebre, "que acorreu para dar o último adeus ao amigo e companheiro, ao trabalhador incansável e lutador tenaz, a um dos mais destacados defensores da justiça e da liberdade..." Então meu pai puxou a toalha, e o estrépito das xícaras de porcelana se estilhaçando no chão silenciou por um instante o monótono eco da homenagem oficial. Reina, que não estava entendendo nada, se levantou e saiu, reagindo como sempre fazia diante das explosões de violência do meu pai, mas minha mãe, que se levantou depressa com o pretexto mudo de salvar um açucareiro de prata que tinha se amassado ao passear pela sala aos pulos, não disse nada. Quando se sentou, a voz em *off* ainda não terminara. Após diminuir amavelmente a importância de uma brilhante carreira política no Comitê Executivo de seu partido no exílio, concluiu afirmando, como resumo, que "aquele que foi sepultado esta manhã na cidade que tanto amou era, sobretudo, um homem bom..."

O enterro da minha avó não foi notícia em lugar nenhum. Numa bela manhã de inverno, fria e cheia de sol, uma pequena caravana de cinco carros acompanhou seu último rastro até o cemitério civil, onde a enterramos entre árvores velhas e túmulos florescidos, sem cruzes nem anjos, apenas lápides nuas, como um jardim de mármore. Não houve cerimônia, exceto os gestos rituais, punhados de terra e flores frescas sobre o caixão e, além dos seus filhos e netos, só compareceram dois historiadores barbudos de meia-idade, o diretor do instituto onde ela lecionara, três ou quatro ex-alunos de diferentes épocas, um dos dois homens com quem minha tia Sol convivera antes de se casar com o terceiro, e uma mulher muito velha, que viera de ônibus. Era a única vestida de preto, e fazia o sinal-da-cruz o tempo todo. Meu pai a reconheceu logo, disse que era Margarita, uma antiga empregada da mãe dele.

Elena não foi. Tampouco ligou, nem mandou uma carta, embora certamente tenha tropeçado alguma vez antes de morrer, quase dez anos depois, com o túmulo da irmã, junto ao terreno onde repousavam seus próprios pais. Se esteve lá, deve ter lido um epitáfio simples, "Aqui descansam Jaime Montero (1900-1939) e Soledad Márquez (1909-1980)". A mentira foi idéia do meu pai. Sol acrescentou, embaixo, o último verso de um soneto de amor de Quevedo.

III

Preto e branco, sem qualquer mancha de cor, o quarto da minha mãe, preta e branca a janela: a neve e os rebentos daquelas arvorezinhas, preto e branco o quadro — *O luto* — em que, por cima da brancura da neve, ocorre um fato obscuro: o eterno fato obscuro da morte de um poeta nas mãos da plebe.

Pushkin foi meu primeiro poeta, e meu primeiro poeta foi morto.

[...] e todos eles prepararam perfeitamente aquela menina para a espantosa vida que lhe era destinada.

Marina Tsvietáieva, *Meu Pushkin*

$\mathcal{N}$as fotos estou bonita, bonita de verdade, o que não deixa de me parecer assombroso toda vez que as olho, porque além de nada fotogênica, como sempre me achei, poucas vezes me senti pior do que naquela tarde. O rosto não deve ser, pensando bem, o espelho da alma, porque saí bem em todas as fotos mas em compensação sei qual era a idéia insolente, única, obsessiva, que zumbia entre as têmporas bordadas de flores falsas daquela mulher jovem e risonha, da qual os fotógrafos ambulantes só quiseram se aproximar pelo lado bom. Lembro perfeitamente. Saí da igreja e a luz me ofuscou. Ouvi alguns gritos isolados, histéricos, e uma tempestade de gotas de arroz tingiu o céu de branco em cima da minha cabeça. Então pensei, você está ferrada, garota, agora sim que está ferrada.

A noite anterior ainda foi para Fernando. Uma semana antes, somente, eu mandara um anúncio em espanhol à redação do *Hamburguer Rundschau*. Vou casar, Fernando, e não quero. Liga para mim. Meu número é o mesmo. Malena. Sabia que ele não ia ligar, sabia que não ia vir, sabia que nunca o voltaria a ver, mas pensei que não ia perder nada se tentasse. O risco não era mínimo, era nulo. Já tentara milhares de vezes, fazia sete anos que vinha tentando, e nunca deu certo.

Santiago, quase sempre ao meu lado, está maravilhoso em todas as tomadas, de frente, um perfil, o outro, posando ou pego de surpresa, mas não há nada de estranho nisso, porque meu marido era, na época, um homem impressionante, tão bonito ou mais que meu pai, só que a passagem do tempo o tratou com uma crueldade mais intensa do que a misericórdia que este último, adentrando os cinqüenta, ainda merece. O que apresentei como minha conquista definitiva quando finalmente Macu se casou, e não com meu primo Pedro, naturalmente, mas com o filho único de um criador de gado de Salamanca, foi comemorado com grandes demonstrações de entusiasmo pelo elemento feminino da família. Reina, que desde o começo me pareceu especialmente impressionada, aproveitou a pequena confusão dos convidados procurando seus nomes ansiosamente em cada mesa nos cartões colocados em frente aos copos para me levar a um canto e me cumprimentar com ironia por ter sido uma irmã tão malvada.

— Se você tivesse se comportado como Deus manda, e o apresentasse a mim ainda a tempo, juro que sairia com ele a tiracolo, pode acreditar, não ia ter dó.

Porfirio, com as sobrancelhas grossas demais, o nariz longo demais, cabeça grande e boca de índio, cada dia mais parecido com o pai, não deu muito valor, em contrapartida, à rara perfeição do rosto do meu noivo. Depois do jantar, enquanto eu estava fazendo fila no balcão para pedir um drinque, aproximou-se de improviso e me destroçou em voz baixa.

— Me diz uma coisa, Malena. Esse rapaz que você trouxe... vai mesmo casar com ele? Ou será que, por algum motivo que me escapa, só está querendo comer o cara?

Olhei fundo em seus olhos, e me senti capturada. Há muito tempo eu estava evitando Porfirio, e Miguel junto com ele, raramente os via, eram como uma lembrança fóssil da minha infância, um irritante lembrete de tempos melhores, mas aquelas palavras me machucaram como se meu velho amor por ambos não houvesse morrido ainda.

— Não tem graça nenhuma.

— Eu sei. Mas daqui a dez anos vai ter menos ainda, por isso estou dizendo.

— Bem — disse eu, apertando os dentes. — Também não seria o primeiro caso, não é? Você, por exemplo, um homem admirável que se fez sozinho, acabou casando com uma boa moça que só fez, na vida inteira, duas dúzias de fotos ruins.

Ele procurou Susana com os olhos, e eu segui seu olhar até localizá-la, me arrependendo de cada uma das palavras que acabava de pronunciar. A mulher do meu tio, que terminou se situando atrás da câmara depois de tentar inutilmente, durante anos, posar com graça diante da lente, não era uma boa fotógrafa, nem uma interlocutora espirituosa, nem uma conversadora brilhante, nem, aparentemente, um ser interessante em aspecto algum além do esplendor do seu corpo, mas era bem-intencionada, doce e amável. Miguel, antes de gostar dela, costumava dizer que a moça não tinha um pingo de maldade, porque os miolos não davam para isso, mas a mim, excetuando aquele preciso instante, ela sempre tinha parecido simpática.

— É possível — disse meu tio lentamente, seus olhos abandonando quase com preguiça as luxuosas pernas que se prolongavam em dois saltos altos e finíssimos, e se cravando nos meus. — Mas eu, pelo menos, adoro transar com ela.

Poderia ter mentido, seria fácil dizer, está vendo, com você acontece a mesma coisa, mas na última hora não tive coragem porque eu mesma não queria me ouvir. Levantei a mão e deixei-a cair de imediato, desenhando no ar o sinal desajeitado de uma violência frustrada, que contagiou meu tom de voz.

— Não preciso de você, Porfirio, sabia? Posso passar perfeitamente sem a sua opinião.

— Eu sei — e segurou a mesma mão que o ameaçara e a apertou com violência. — Mas eu te dou de qualquer jeito, porque gosto de você.

Eu me soltei violentamente e levantei a voz sem perceber, chamando a atenção dos convidados em volta de nós.

— Vai à merda, seu idiota!

Ele, sem se alterar, respondeu num sussurro.

— Não tão depressa como você, índia.

Não tornei a vê-lo até o dia do meu casamento, seis meses depois, mas então tudo mudara. Soube disso quando vi seu presente, que também era do Miguel, o mais espetacular de todos que ganhamos. Meus tios, aproveitando todas as vantagens e descontos a que o trabalho deles dava direito, planejaram, escolheram e pagaram a cozinha completa da minha casa, com os eletrodomésticos e tudo. Achei errado, quase um abuso, aceitar tal presente, e tentei convencer Santiago de que deveríamos pagar no mínimo os móveis, mas ele, com um senso prático que naquela época eu ainda achava admirável, negou-se rotundamente, e minha mãe, feliz com a generosidade dos irmãos, que tinham se livrado da Macu com um simples sofá, compartilhou sua opinião. Quando liguei para agradecer, falei com Miguel, porque Porfirio estava fora de Madri. Voltou para o casamento e, fazendo uma moldura em meu rosto com as mãos, falou comigo num tom muito diferente do que empregara na última vez.

— Você está muito bonita, Malena, maravilhosa. Isto significa que na certa eu é que estava errado. Desculpa.

Sorri, e passei a vista pelo salão em vez de responder. Meu marido festejava com grandes gargalhadas os comentários da minha irmã, que estava ao seu lado. Reina, embutida num vestido de renda preta que deixava seus ombros à mostra, tinha um aspecto muito esquisito. A roupa era bonita, mas ficaria melhor em mim. Em compensação, pensei, Santiago ficaria melhor na minha irmã. Não houve transição entre os dois pensamentos.

Os berros da porca cavalgavam no ar gelado estragando, com um matiz discordante, quase grotesco, a idílica paisagem que ancorou em meus olhos assim que ultrapassei a última casa do povoado. A neve transbordava a ingênua fronteira dos muros de pedra e se espalhava por ambos os lados da estrada para se vingar, tardiamente, das cerejeiras nuas, cujos galhos se dobravam finalmente sob o peso da neve autêntica, a triste e fria neve de verdade. Elas, no entanto, não duvidavam da primavera.

Foi só andar dez passos que um carro parou ao meu lado. Eugenio, um dos filhos de Antonio, do bar, se ofereceu para me levar, e foi um custo convencê-lo de que eu preferia chegar ao moinho andando. Minhas orelhas ardiam de frio e eu mal sentia os dedos dos pés, mas enquanto avançava, tentando dissipar o mau presságio oculto nos berros da porca, a cada passo mais estridentes, mais agudos, mais trágicos e simultaneamente absurdos, o tempo ainda corria a meu favor. Mas o moinho do Rosario ficava há dois séculos no mesmo lugar, já estava perto. Quando me desviei pelo caminho de terra que conduzia até o rio, senti a tentação de voltar sobre os meus passos, regressar ao povoado e esperar lá, e cheguei a parar no meio do caminho como se estivesse desorientada, perdida naqueles campos que conhecia palmo a palmo, morro por morro, árvore por árvore, mas desisti logo da idéia, porque sabia muito bem quantas horas aquela festa podia durar.

Apertei o passo quando percebi a silhueta do secadouro, e passei por ele rápido, quase correndo, sem olhar. Não tinha previsto que aquela data selecionada com tanto cuidado, repassando o calendário uma e outra vez para calcular as vantagens e os inconvenientes de cada um dos últimos dias de dezembro, pudesse coincidir com o dia escolhido por Teófila para matar a porca, e nem suspeitei quando o táxi me deixou na praça, em frente ao açougue, fechado por uma festa familiar, como anunciava em cima da porta um cartaz escrito à mão. Então quis interpretar aquela ausência como o melhor dos augúrios. Nunca me ocorreria que Teófila incluísse a matança entre as festas familiares.

Fernando ainda vivia nas minhas retinas, seu rosto aparecia em minha memória sem esforço quando terminei de tecer os dois pulôveres de lã grossa, um pêlo longo e suave, que vovó Soledad tinha começado por mim. Reina, que num arrebato de solidariedade atrasada quis se reunir conosco em Madri alguns dias antes de que meus pais voltassem, pensou que aqueles pulôveres seriam para mim mesma, e ficou furiosa quando viu como eu os enrolava em papel de embrulho, colava as bordas com cuidado e firmava o pacote com um cordão. Onde está a sua dignidade?, perguntou, e eu não quis responder. Dentro, entre a lã vermelha e a lã azul-marinho, colocara um bilhete breve, Fernando, estou morrendo.

Nunca mais vi esse embrulho. No correio me garantiram que o destinatário o havia retirado, e esperei alguma resposta durante longos meses, mas não recebi nenhuma. Depois soube da existência daquele jornal, uma publicação local que se vendia exclusivamente naquela cidade, onde todo mundo o lia. Meu informante, um aluno de línguas germânicas com quem vez por outra me encontrava no bar da faculdade, demorou mais tempo do que prometera para me conseguir um exemplar, mas finalmente me entregou, e então comecei a pôr anúncios.

Escrevia sempre em espanhol, mensagens muito breves, de duas ou três frases no máximo, e só assinava com meu primeiro nome. O conteúdo, sem nunca deixar de ser o mesmo, foi variando ligeiramente com o tempo. No começo, quando ainda dispunha da força necessária para me sentir magoada, redigia recriminações enérgicas, que algumas vezes chegavam a violar as fronteiras do insulto, sem jamais ocultar meu manso desespero. Depois, enquanto os meses passavam em vão, o buraco foi crescendo, devorando os indolentes restos da ofensa, lavando minha memória, e então, assustada eu mesma com os secretos limites de minha degradação, a insuspeitada profundeza da minha falta de escrúpulos, comecei a rastejar por correspondência, a oferecer tudo em troca de nada, a me rebaixar à condição infra-humana de uma lesma ínfima, sem pés nem cabeça, e aprendi a extrair certo prazer, uma satisfação malsã, da minha própria ruína, mas também chegou uma hora em que pude escrever "se eu só sirvo para trepar, me liga. Vou trepar com você sem fazer perguntas" com a mesma apatia cinzenta que meses antes me obrigara a abandonar os "você sabe que o que me disse não é verdade". Eu já tinha atravessado esse e outros pontos de não-retorno quando a Fazenda do Índio, que pela primeira vez ficou fechada durante um verão inteiro, foi definitivamente entregue aos filhos de Teófila. Quando recebi a notícia, elaborei um plano muito ingênuo, cujas possibilidades de êxito residiam em sua própria simplicidade, e depois de permanecer em silêncio durante três semanas, publiquei um anúncio radicalmente diferente dos anteriores, uma despedida definitiva, "estou apaixonada, Fernando, e virei adulta. Não vou voltar a te incomodar. Agora sei que você é um porco".

A porca berrava, e seus guinchos já eram pura raiva, sem forma, sem força, porque acabara de perceber que a estavam matando e não podia fazer nada para se salvar. Quando a proximidade de outras vozes finalmente quebrou seu monótono lamento, só então me perguntei o que estava fazendo ali. Recapitulei por última vez a magnífica cadeia de deduções à qual ainda gostaria de poder me agarrar como a um dogma de fé — a Fazenda do Índio é para os filhos de Teófila; logicamente, seu filho mais velho vai querer tomar posse de sua parte na herança; logicamente, sua família virá junto com ele; logicamente, não podem viajar antes do Natal porque só nessa época vão ter férias; logicamente, Fernando, seja ou não leitor do *Hamburguer Rundschau*, deve pensar que já se passou quase um ano e meio desde a última vez que nos encontramos e deve saber que, no verão passado, nem eu, nem meus pais, nem ninguém da minha família, foi a Almansilla no verão; logicamente, vai deduzir que não há perigo algum; logicamente, se um belo dia eu aparecer no povoado sem avisar ninguém, vou pegá-lo de surpresa — e não fui capaz de achar nela sentido algum. Dei um passo, depois outro, e outro mais, e minha silhueta ficou visível para os que rodeavam a grande artesa de madeira onde a porca, seu sangue ainda desmentindo a neve imaculada, por fim havia parado de guinchar.

Não vi Fernando, nem seu irmão, nem sua irmã, nem seu pai, nem sua mãe. Em compensação, todos me viram, e me reconheceram logo. Rosario, o primo de Teófila, ficou me olhando sem compreender, esgrimindo molemente no ar uma faca ensangüentada, mas ela, que distribuía entre o seu pessoal uns pratinhos de cerâmica cheios de batatas guisadas com torresmos, nem tanto para recepcioná-los, mas para ajudar a combater o frio, entendeu logo e, deixando a bandeja no banco de pedra que corria ao longo da fachada, começou a andar bem devagar, fazendo menção de se aproximar de mim. Porfirio se adiantou, correndo para me alcançar, e seu gesto despertou em mim uma gratidão automática, infinita, desmedida, porque naquele lugar, àquela hora, eu só tinha a ele, porque ali, entre tantas pessoas, só ele era dos meus.

— O que está fazendo aqui, índia?

Porfirio e Miguel começaram a me chamar assim quando eu ainda ouvia essa palavra dos lábios do Fernando, e na época não me importei. Agora me doía mas não reclamei, não disse nada, mas me assombrava com a imprevista impassibilidade com que suportava aquela cena, como se a estivesse contemplando de algum morro vizinho, como se nada do que ali ocorria tivesse a ver comigo, sentindo-me totalmente alheia ao chão que pisava, e ao ar que respirava, e àquela mão quente que tocava no meu rosto, deixando-me sentir, no rastro dos dedos ausentes, o contato rugoso de dois dedos amputados.

— Você está gelada...

Não esperou mais tempo por uma resposta. Pegou minha mão e me arrastou até o moinho, guiando-me sem pedir minha opinião por entre as paredes estufadas do corredor que se enroscava no interior da casa. O gigantesco cone da chaminé, mais alto do que eu, ocupava a maior parte do espaço da cozinha, permitindo que três bancos de madeira desenhassem um U em torno do fogão. Eu me sentei no canto mais próximo do fogo e, ainda muda, nem sequer agradeci o cobertor que meu tio jogou em cima de mim depois de puxar o colarinho do meu agasalho e soltar meus braços das mangas. Então pegou uma cumbuca e a encheu com um líquido transparente, amarelo de açafrão, que descansava num caldeirão pendurado sobre o lume, sua alça enganchada numa fina varinha de ferro.

— Bebe isso. É caldo. Está bom.

Era verdade, estava bom, tanto que, enquanto bebia aos golinhos, como as crianças, tentando absorver o calor sem queimar a língua, apertando os dedos contra as paredes de cerâmica como se tentasse fundi-los nelas, dissolver ali outra coisa além do frio, recuperei o controle do meu corpo, a consciência que pensava ter perdido.

— Está muito bom — disse por fim. — Quem fez? Sua mãe?

Anuiu com a cabeça e se aproximou de mim. De cócoras no chão, seus cotovelos repousando suavemente sobre meus joelhos, olhou-me com uma expressão esquisita, e tive a sensação de que estava preocupado.

— Por que você veio, Malena? Fala de uma vez.

— Vim ver o Fernando.
— Fernando não está aqui.
— Eu sei, mas achei que ele viria... No Natal, as pessoas... Bem, não tem problema, vim encontrá-lo e ele não está, então volto para Madri e tudo em paz.
— Em paz... — repetiu ele muito devagar, como se custasse a encontrar algum sentido no que eu dizia. Depois se levantou e percorreu o quarto várias vezes, fingindo que fazia alguma coisa enquanto trocava de lugar uns cacarecos escolhidos ao acaso. — Como você veio?
— De ônibus.
— Sua mãe está sabendo?
— Não, nem precisa. Olha, Porfirio, sou adulta, sabe? Tenho dezoito anos, na Alemanha já seria maior de idade...

Então notei que tinha começado a chorar, sem soluçar, sem abrir a boca, sem conter a meleca, nenhum sufocamento, nenhum ruído, enquanto as lágrimas se soltavam de minhas pestanas como se tivessem tomado sozinhas a decisão de cair, como se não fosse eu quem chorasse, só os meus olhos chorando. Meu tio olhou para mim e por um instante, pressentindo que eu me tornara alguém completamente estranho para ele, foi também alguém completamente estranho para mim.

— E o que pretende fazer? — perguntou, sobrepujando pelos dois aquela terrível sensação de desalento.
— Vou voltar para Madri, já disse.
— De ônibus?
— Sim, calculo que sim.
— Então vai ter que dormir aqui.
— Não.
— Vai sim. Não tem ônibus de volta até amanhã de manhã.
— Então vou de trem.
— Como?
— Pego em Plasencia, vou achar alguém que me leve até a estação.
— Espera aqui um minuto. — Ele se levantou e desapareceu da minha vista, mas escutei sua voz, ressoando no corredor. — Não se mexe daí.

Contei até dez, e eu também saí da casa. Havia começado a nevar sem insistência, os flocos brancos, raquíticos, pareciam avejões enlouquecidos pelo vento. Encostei na moldura da porta, tentando não estorvar os movimentos das pessoas que giravam ao redor da artesa, derramando baldes d'água fervendo no interior da porca, que haviam aberto pelo meio. A água, que eles mesmos espalhavam esfregando as vísceras e os ossos do animal com panos limpos, lavava o sangue, revelando uma carne branca, inocente, que já era coisa só para os homens.

Contemplei minha primeira matança de mãos dadas com meu avô, quando tinha dez anos, e suportei aquela cerimônia pagã até o fim. Ele disse que eu ia ver uma coisa de que eu não ia gostar, ele sabia disso, mas algum dia, quando fosse mais velha, ia compreender por que ele resolveu me levar, e eu acreditei. Daquela vez a vítima era um macho, e quando começou a berrar, meu avô apertou forte a minha mão e se inclinou para me falar no ouvido. Os que matam são homens como nós, ele disse, mas o porco é só um animal, entende?, nós o matamos porque queremos comê-lo, é muito simples. Concordei com a cabeça, embora não entendesse nada, os guinchos perfurando meus ouvidos, ressecando minha boca, dilacerando meu cérebro. Abre um porco e verás o teu corpo, murmurou depois, e me obrigou a chegar perto da artesa, e me mostrou meu coração no coração do porco, e ali meu fígado e meus rins, porque você é assim por dentro. Não olha com nojo, avisou, porque você é assim por dentro. Lembra sempre como é fácil matar, e como é fácil morrer, não precisa viver com medo da morte, mas não a desconsidera nunca. Você vai ser mais feliz.

Naquela manhã gélida, enquanto me ensinava de que lado eu devia estar, meu avô me sugeriu como seria complicado para mim aprender a me comportar como uma pessoa, mas não entendi. Por isso procurei Reina com o olhar, e fiquei assustada ao não encontrá-la por perto. Vovô me disse que ela saiu correndo, com os olhos banhados em lágrimas, assim que se deparou com o primeiro ato do massacre. Quando voltamos para casa ela ainda estava com a angústia pintada na cara, mamãe a consolava porque tinha acabado de vomitar, e eu tive tanta vergonha da minha crueldade, do instinto selvagem que sustentou meu ânimo diante daquela bárbara apresentação, que subi a escada às pressas para me trancar no quarto, a sós com meu arrependimento. Vovô só estava tentando me dar pistas que me colocassem no caminho da verdade, mas na hora não entendi, e no entanto, quando Teófila se aproximou para me oferecer um copo de vinho, no final de outra manhã de neve e sacrifício, já tinha descoberto por conta própria como é duro o destino do animal humano. Porfirio sorriu quando me viu bebendo junto à porta.

— Levo você a Madri — disse. — Pretendia partir de tarde, mas dá no mesmo sair agora. Aqui não tenho nada para fazer, este ano tudo deu certo.

Nesse instante achei que estava salva. Daria qualquer coisa para ir logo embora daquela paisagem traidora, que havia pagado a fé com uma moeda falsa, mas quando entrei no carro e antevi o cenário inevitável dos dias que me restavam, os dias que seriam todos iguais, de casa para a faculdade e da faculdade para casa, condenados para sempre ao desamparo do morno delírio que acabava de escorrer por entre meus dedos, a mais velha das perversas sereias cantou para mim.

— Não me leva para a casa, Porfirio, por favor, não quero ir para casa.

Ele me olhou com estranheza, mas não disse nada, como se minha vez de falar ainda não tivesse se esgotado.

— Não quero voltar para Madri — insisti. — Se voltar agora, vou passar três dias jogada na cama chorando, e não quero. Prefiro ir antes a outro lugar, voltar de outro canto, qualquer um que não seja este aqui... Pode me deixar em Plasencia, ou em Avila, que estão no teu caminho. Eu pego um trem.

Girou a chave de contato e o motor arrancou, mas não percorremos nem cem metros. Quando já não éramos mais visíveis para os que ainda cantavam e bebiam no pátio do moinho, ele se desviou levemente para a direita e o carro parou. Sem me consultar, tirou do porta-luvas um guia rodoviário e o estudou durante um bom tempo. Depois virou para mim.

— Sevilha. Está bem?
— Sevilha ou o inferno, para mim tanto faz.
— Então, melhor Sevilha.

A neve nos escoltou por um bom trecho, derramando-se em campos que a desconheciam, e quase pude vê-la flutuando sobre os muros brancos da cidade hirta, encolhida de frio. Sevilha estava gelada e era absurda, como o sotaque do recepcionista do hotel, aquele canto antigo e melodioso, tíbio de um calor que me faltava e brilhante de um sol que estava morto. Não devia ter aceitado Sevilha, pensei, assim que fiquei sozinha no meu quarto. Sevilha, jamais.

— Devíamos ter ido para Lisboa — disse ao meu tio quando o encontrei no vestíbulo. — Esta cidade não fica bem no frio.

Ele balançou a cabeça e me pegou pelo braço. Passeamos algumas horas pelas ruas desertas, esvaziadas por um vento que cortava a pele e sorvia lentamente o tutano dos ossos, sem falarmos de nada importante. Porfirio comentava com minúcia exaustiva as construções que admirávamos, usando muitos termos técnicos, herméticos, cujo significado nem me preocupei em descobrir, embora agradecesse o eco de cada sílaba. Durante a viagem não havíamos trocado meia dúzia de frases, mas a música conseguia disfarçar o silêncio com um acolhedor efeito de normalidade. Mais tarde, quando paramos para almoçar, tentei convencê-lo a não ir comigo, ou pelo menos a me deixar sozinha em Sevilha, nem tanto para não incomodar, mas porque sua companhia me parecia um bem questionável, mas ele insistiu várias vezes, obrigando-me a aceitar pouco antes da chegada do segundo prato. A partir desse momento nos dedicamos a comentar as virtudes e os defeitos da comida. Receei que o jantar não fosse muito diferente, e tive quase certeza disso quando Porfirio me antecedeu ao interior de uma taverna num horário ridículo, porque ainda faltavam cinco minutos para as nove. Mas lá dentro fazia calor.

O garçom trouxe dois copos e uma garrafa de vinho branco, que colocou na mesa antes de entregar-nos o *menu*. O vinho estava gelado, e a primeira dose, ao contrário de ajudar a me aquecer, provocou-me um leve calafrio, mas o salão estava cheio de pessoas que falavam e riam, espremidas nos estreitos bancos de madeira. Num canto, um homem entoava uma canção com os olhos fechados, e a melodia era tão bela, e sua voz áspera a cantava tão docemente, que os ocupantes das outras mesas começaram a pedir silêncio, e um garçom saiu correndo para apagar a música ambiental, uma monótona sucessão de sevilhanas comerciais. Aquele homem cantou apenas duas canções, com o acompanhamento exclusivo dos prodigiosos nós de seus dedos, que tiravam da madeira música autêntica ao golpear no tampo da mesa, e quando terminou a última caiu no chão, mais bêbado pelo vinho do que pela emoção de um público que aplaudia com frenesi. Só então percebi que a garrafa em nossa mesa estava vazia. O garçom que nos atendia, e que até então permanecera imóvel, escutando, de costas contra a parede e uma expressão de fervor quase religioso iluminando seu rosto, voltou de repente à vida e trocou a garrafa vazia por outra cheia, enchendo a nossa mesa de tira-gostos, e enquanto comíamos liquidamos aquela garrafa, e depois outra, e outra mais, quando só uns grãos dourados de farinha espalhados pela louça branca revelavam que aqueles pratos haviam estado transbordantes de peixe frito. O primeiro terço da quinta garrafa deslizou pela minha garganta como se fosse água, mas não fui capaz de chegar até a metade. Porfirio bebeu sozinho enquanto eu olhava, rindo sozinha de nada em especial, tonta e contente como não me sentia há muito tempo. Ele parecia mais sóbrio do que eu, mas quando foi pagar a conta errou e, por um momento, diante do compreensivo sorriso do interlocutor, ficou olhando para a nota de mil pesetas que havia dado a mais como se não fosse capaz de diferenciá-la da nota de cinco mil que descansava na mão do garçom. Depois olhou para mim e começou a rir, e não parou até sairmos para a rua, e eu o empurrei contra uma parede e o beijei.

    A idéia tinha me ocorrido enquanto jantávamos, ou melhor, bebíamos, quando percebi que Porfirio e eu não tínhamos parado de falar desde que esvaziamos a primeira garrafa. Então, quase brincando, comecei a flertar abertamente, e ele foi atrás, olhando para mim de um jeito especial enquanto me contava um monte de histórias de Almansilla que me fizeram morrer de rir. A partir daquele momento, todas as referências à família se esvaíram da conversa, e nos comportamos como se tivéssemos acabado de nos conhecer. Ele só tinha dez anos mais do que eu, e o fantástico ser que ele compunha meio a meio com Miguel foi o primeiro homem que me atraiu na vida, mas sabia que não ia me deixar chegar ao final, e essa certeza, muito mais incômoda que confortável, impregnava de inocência todos os meus gestos. Quando nos levantamos da mesa, eu já era capaz de admitir sem enrubescer que adoraria transar com ele, e que estava disposta a tentar. Sabia que ele ia dizer não, que não seria bom para mim, que eu estava bêbada demais para saber o que estava fazendo, que o que me empurrava para ele era a decepção de não ter visto Fernando, que não ia gostar de acordar na cama dele na manhã seguinte, que tinha vivido muito mais do que eu e sabia disso, que eu era sua sobrinha, que tinha me visto nascer, que nunca poderia me tratar como uma mulher normal, sabia que ele me diria tudo isso, e me preparei para rebater todos esses argumentos, mas nem cheguei a abrir a boca.

Porfirio foi comido sem discussões.

Deitada de costas na cama, recuperando pouco a pouco a consciência mas decerto inconsciente do sorriso aberto que meus lábios desenhavam, peguei a mão esquerda do meu tio e, segurando seu braço no ar, observei-a por um longo tempo. O dedo anular fora cortado na altura do nó, e o mindinho ligeiramente acima. O indicador e o médio eram longos e finos, perfeitos. Dobrei-os sobre a palma para ficar a sós com os pequenos tocos, e depois os escondi, para imaginar como teria sido aquela mão antes do acidente. Porfirio me deixava fazer, em silêncio. Finalmente, sustentei seu dedo anular entre os meus, apoiei a extremidade, uma gema calosa de perfil horizontal, em um dos meus mamilos e a afundei um pouco na minha carne.

— O que você sente?
— Nada.

Passei o dedo pelos meus dois seios e o deslizei entre eles, guiando-o depois ao longo do meu corpo, até o umbigo, onde parei.

— E agora?
— Nada.

Segurei um pouco mais forte aquele dedo sofrido, aplicado e dócil como um aluno atrasado e voluntarioso, e o contemplei escorregando devagar, seguindo o rastro da tênue linha castanha que desembocava numa escuridão cacheada onde não lhe permiti nenhuma pausa. Quando o introduzi por fim no meu sexo, bloqueando seu pulso com a que era até então minha mão livre, olhei em seus olhos e voltei a perguntar.

— Não sente nada? Tem certeza?
— Tenho.
— Deve pensar que eu sou uma tarada... — murmurei, sem deixar ainda que escapasse.
— Não, nada disso. Quase todas fazem a mesma coisa.

Soltei-o às gargalhadas e ele me fez coro. Depois, deitada de lado, meu nariz quase roçando o seu, compreendi que o impulso de me acariciar com o dedo cortado trazia um epílogo definitivo àquele estranho episódio de sexo acidental, e na hora não lamentei. Porfirio, sorrindo, beijou minha testa e reencarnou no delicioso irmão mais novo da minha mãe, a metade exata do meu primeiro namorado platônico. Senti uma pontada fraca dentro do peito, como se até minha dor houvesse desanimado, e fiz um esforço para lhe devolver o sorriso.

— Me diz uma coisa, Porfirio. Por que o Fernando me largou?
— Não sei, índia. — Parecia sincero. — Juro que não sei.

Quando acordei, na manhã seguinte, percebi a mim mesma como um gigantesco espaço em branco. Senti, com uma nitidez desconhecida, beirando a alucinação, que meus dedos estavam vazios, e vazia a minha cabeça, e meus ossos, vazio meu cérebro, a enrugada e escorregadia membrana que não escondia nada, apenas um vazio a mais. Levantei da cama, lavei o rosto e escovei os dentes, me vesti e saí do quarto como se alguém me tivesse dado corda e, com a mesma ilusão de uma existência mecânica, comi e bebi, perguntando-me em que remoto e familiar vazio se acumulariam as xícaras de café com leite, as torradas e os churros que haviam desaparecido entre os meus lábios. Porfirio, à minha frente, não levantava os olhos do jornal que estava lendo em silêncio, e tive que sorver o último resquício de interesse pelo mundo que ainda me restava para perceber que não se sentia bem, que estava com vergonha, provavelmente arrependido, do que acontecera naquela noite. Senti uma inveja longínqua, com um sorriso gélido. Eu não podia me sentir mal, porque nem sequer me sentia.

Por muito tempo vivi numa terra de ninguém, uma tênue linha limítrofe entre a existência e o nada. Tudo ao meu redor se movia e se expressava, as pessoas, os objetos, os acontecimentos, o sol e a lua, tudo partia de um ponto e chegava a outro, tudo respirava, tudo existia, exceto eu, que não duvidava de nada a não ser de mim. Os outros pareciam andar de verdade, falar de verdade, rir ou gritar ou correr de verdade, mas eram eles, os outros, que sustentavam por completo o peso, a responsabilidade da realidade. Eu havia perdido a faculdade de ser igual a eles e de me tornar um elemento a mais dos mil milhões de elementos que eles manipulavam, um de seus pretextos, de seus materiais, um ingrediente a mais de suas receitas, como o vinagre numa salada. Quando não tinha mais remédio, respondia, quando não tinha mais remédio, cumprimentava, mas não me sentia capaz de identificar essas ações automáticas com o exercício de uma vontade que desconhecia em mim. E embora procurasse não pensar nele, para me poupar do fio agudo de uma ferida concreta, sempre aberta, nem sequer tinha certeza de que Fernando fosse exatamente o responsável pela minha misteriosa incapacidade para perceber que estava viva.

Quase não lembro da viagem que me levou a Madri, quase não lembro de nada daquela época. Quando paramos em frente ao portão da minha casa, Porfirio desceu do carro e subiu comigo, para ver o pessoal. Beijou minha mãe, aceitou uma cerveja, sorriu e tagarelou com decisão, e nenhum titubeio, enquanto seus lábios encadeavam comentários triviais com a fluidez fácil que tingiria as propostas de um velho caloteiro, o vigarista que já se sabe impune, vitorioso de antemão. Então aquele breve acidente se agigantou em minha consciência até encarnar um presságio cruel, e, embora o desprezo que meu tio me inspirou nesse momento tenha sido o mais intenso dos pálidos sentimentos que seria capaz de gerar em muito tempo, não fui capaz de situar a minha própria imagem fora de uma reação que viria a piorar com o tempo antes de se dissolver completamente nele, porque daquele dia em diante, e durante alguns meses, não só os olhos de Porfirio, mas também os de Miguel, me procuraram de uma maneira diferente, fazendo com que eu me achasse muito menos uma mulher desejável do que um desses paninhos jogados numa gaveta para as emergências domésticas.

Ninguém chegou a descobrir como eu me sentia. Todos os habitantes da casa se deixaram enganar por meu apetite, por minha tranqüilidade, pela aparentemente plácida regularidade de ações que só fizeram as frágeis mulheres que me rodeavam suspeitarem de um remansar natural, a precoce aplicação da lei adulta. Porque eu acertava o despertador todas as noites, e me levantava todas as manhãs, me banhava e me vestia, tomava café e pegava o ônibus, ia para a aula e me sentava numa carteira. Quando Reina passava por um período ruim, não se levantava da cama durante o dia inteiro, mas eu sim. Eu vivia o suficiente para me sentar numa carteira. A partir daí, tudo que eu dissesse, pensasse, o que eu opinasse e o que me acontecesse, tudo era por puro acaso. A carteira em que estava sentada era o único objeto real, valioso e importante entre todas as coisas ao meu redor.

Eu não lia, não estudava, não passeava, não ia ao cinema, já nem sequer ia ao cinema, não tinha vontade de engordar com mentiras alheias agora que havia ficado sem forças para me alimentar com as próprias. Reina estava ao meu lado. Via como seus lábios se mexiam quando ela falava comigo, quando comia, quando ria, quando a via estudar, e dançar, e se arrumar para sair de noite, e a ouvia, registrava com indiferença o relato de todas essas ações vulgares que tinham se tornado tão estranhas para mim, tão remotas. Um dia me falou que estava feliz porque havia mudado e voltado a ser a de antes, e não reagi. Ela me beijava e abraçava com freqüência, e quando chegava em casa, de madrugada, vinha à minha cama fazer um balanço da noite, como quando éramos crianças. Assim fui conhecendo todos os seus amigos, todos os seus bares, todos os seus rituais, todos os seus namorados. Quando ela considerou que havia reunido todas as garantias necessárias para prescindir do hímen, me informou generosamente das conseqüências e eu não entendi nada, mas suas palavras, um inquietante relato encavalgado entre a dor e o desconcerto, uma decepção na qual me foi impossível reconhecer-me, não soaram em meus ouvidos com os ecos do triunfo. Tudo me importava o mesmo. Nada.

Agora sei que Fernando era a origem e o fim daquele desmoronamento, e não tenho vergonha de reconhecer, não me sinto fraca, nem frouxa, nem boba por isso. Levei anos para compreender que tinha perdido muito mais do que seu corpo, mais do que sua voz e seu nome, mais do que suas palavras, mais do que seu amor. Com

Fernando se dissolvera uma das minhas vidas possíveis, a única vida possível que eu fora capaz de escolher livremente até então, e por ela, por aquela minha vida que já nunca seria, eu guardava aquele luto sombrio e manso, o patético desterro numa ilha com cabeceira e quatro pés, confortável como um calabouço minúsculo de paredes mofadas, úmidas e frias, sobre cuja janela um carcereiro compassivo houvesse me deixado colocar umas cortinas alegres de algodão florido. Vivia para ficar sentada numa carteira, até que numa das poucas noites em que me deixei arrastar por meus amigos, já sem justificativas, o namorado de Mariana tirou do bolso uma caixinha metálica e me ofereceu o conteúdo com um sorriso ambíguo entre os lábios.

— Pega duas — disse. — Das amarelas. São um barato.

A primeira coisa que reparei nele, bem antes de me surpreender por ter escolhido precisamente este termo para classificar seu rosto, foi a beleza. Acho que nunca antes tivera a tentação de associar o conceito de beleza com a cabeça de um homem, mas ainda hoje, quando evoco aquele momento, é difícil achar outro termo capaz de descrever com precisão o que vi e o que senti na hora. Santiago encarnava a perfeição, mas, longe da grotesca paralisia que costuma congelar os rostos muito belos, escravizando para sempre cada um de seus traços às exigências sobre-humanas de uma harmonia essencialmente estática, a dele parecia uma perfeição capaz de se expressar.

Fiquei observando-o durante um bom tempo, emboscada na pequena multidão de autômatos sociais que se moviam em círculo com um copo na mão, executando periodicamente os rituais de um prazer programado, e sucumbi de longe à imprevista linha de suas sobrancelhas negras, e aos olhos redondos e rasgados ao mesmo tempo, imensos, que escrutavam tudo com um fundo de medo oculto atrás de ávidos clarões de curiosidade. Seu nariz era perfeito, e seus lábios, quase tão grossos como os meus, desenhavam uma boca tão consciente de si mesma que nesse momento conseguiu me parecer obscena. Estudei lentamente o corpo dele, usufruindo da impunidade que o barulho e o anonimato me forneciam em partes iguais e, enquanto apreciava sua rara qualidade, esperei o veredicto do meu próprio corpo, que dessa vez mostrou-se teimosamente distante, porém, e se negou a manifestar-se. Mas meus olhos o desejavam, e por isso me dirigi a ele, que, sozinho e isolado, destoando daquela festa absurda como um violino de uma corda só numa orquestra de câmara, devia ter ido lá só para que eu o encontrasse.

Eu já estava há quase sete horas naquela casa, e me restavam umas seis horas e meia. O chalé, uma construção vulgar de tijolo aparente — dois andares e porão com garagem e lareira num terreno de mil metros, cercada e arborizada com coníferas, um grande terraço retangular com corrimão metálico, aberturas duplas de alumínio e grande salão de jantar com lareira francesa, armários embutidos e portas de estilo castelhano —, era propriedade do namorado da amiga de um amigo meu, um médico bastante sinistro, que se negava a cheirar com um desdém suspeitamente veemente. A idéia de fins de semana com tudo incluído — sexo, drogas e *pop* decadente, porque o *rock and roll* fora rebaixado à categoria de um argumento proletário transbordante de energia comum, mais desprezível por ser energia do que por ser comum — era a última das grandes idéias que explorávamos nessa época até a exaustão. O único problema consistia em que já não me parecia grande, nem idéia.

No começo tudo era diferente, excitante, divertido, emocionante e, sobretudo, novo. No começo, muito antes de que a esmeralda de Rodrigo mostrasse a sua eficácia, as anfetaminas haviam salvado a minha vida. E se é verdade que, quando a primeira noite agonizava nos braços do dia seguinte, me senti esquisita quando caí na cama, como se meu próprio corpo fosse um objeto necessariamente alheio à ação com a qual estivera associado, uma sacola ou um embrulho que meus amigos tivessem sido obrigados a levar com eles, arrastando pelas calçadas de bar em bar, também aprendi logo, logo a pertencer àquelas madrugadas e a fazer com que elas aceitassem tornar-se minhas. Então, tomava aquelas pilulazinhas coloridas — amarelas, vermelhas, brancas, alaranjadas, circulares, limpas, potentes, perfeitas — como se toma um remédio, e quando haviam descido poucos centímetros no interior do meu esôfago, antes ainda de atingir as fronteiras do meu aparelho digestivo, corria para o balcão de qualquer bar e bebia dois drinques seguidos, como se bebe água depois de ingerir um analgésico, para ficar numa boa. Essa era a expressão que usávamos, ficar numa boa, e essa era a verdade, ficávamos numa boa, porque a partir daquele instante a realidade trepidava, os objetos e as pessoas, as paredes e a música tremiam, se entremesclavam, se uniam e separavam na mesma velocidade que o sangue desenvolvia nas rápidas pistas das minhas veias. Meus olhos se abrandavam, meus poros se abriam, meu corpo rendia-se de antemão ao menor assalto que viesse do exterior, a vida valia em dobro, o riso era fácil e eu, levíssima. Rejeitava as drogas contemplativas e as que incrementam a lucidez, e por mais que o álcool, à margem dos seus efeitos, sempre tivesse me proporcionado um prazer considerável por si mesmo, parei de beber por beber, limitando-me às doses necessárias para otimizar os resultados daquelas substâncias que diminuíam, em vez de aumentar, minha importância. Eu não queria ressuscitar à luz da embriaguez, contemplar-me em seu reflexo deslumbrante e doloroso, quando podia ser ágil, veloz e inconsistente, um cristal opaco, impenetrável até para meu próprio olhar. Subi muito rápido por aquela ladeira e descobri uma cidade nova, patética e gloriosa, no coração da cidade onde sempre havia morado, mas quando cheguei ao topo olhei em volta, e tudo o que vi me pareceu velho, cansado, doente, talvez ferido de morte pela viciosa rotina do ritual. Quando conheci Santiago, ainda não tinha vinte e dois anos, mas já não me divertia mais.

Um par de anos antes tudo era diferente. Perdi um ano letivo inteirinho no primeiro andar dos Saldos Arias, no porão da Sepu, percorria as seções de Ofertas de todos os grandes magazines de Madri, semana após semana, e atravessava a cidade de ponta a ponta só para achar rímel de tom verde-garrafa, ou esmalte preto, ou qualquer tipo de gel para o cabelo misturado com purpurina prateada, dourada ou colorida, porque tudo era válido, tudo dava no mesmo desde que prometesse provar sua eficácia no momento estelar da noite, garantindo o clarão mágico de uma glória efêmera, obtida ao atravessar o limiar profano do templo da temporada e comprovar, com um violento calafrio de prazer, que todo mundo me olhava, que todo mundo, pelo menos naquele preciso instante, estava olhando para mim ao mesmo tempo. Eu não me esforçava para estar bonita, para ser atraente ou desejável, e no entanto nunca investi tanto tempo em mim mesma, nunca me cuidei com um esmero tão obsessivo como nessa época, quando aspirava, toda noite, a me tornar o mais completo dos espetáculos vivos que pudessem ser contemplados na cidade. Qualquer extravagância me parecia discreta demais, qualquer exagero, indesejavelmente convencional. Lavava o cabelo todo dia e passava horas e horas me penteando, fixando cachos exageradamente rígidos com modeladores a vapor ou desembaraçando-o para fabricar sobre o meu crânio vários andares de coques verticais. Por uns tempos dei para sair de casa com o cabelo enrolado em grandes bobes de plástico colorido, como uma dona de casa descuidada e provinciana, e apesar daquilo não me favorecer nem um pouquinho, consegui dar o bote de uma vez. Começava a me vestir no meio da tarde, esvaziava o armário em cima da cama para experimentar todas as combinações possíveis antes de decidir, tinha centenas de peças, de todas as cores, de todos os tamanhos, de todos os estilos, de uma qualidade péssima, baratas mas vistosas, e milhares de meias, pretas, vermelhas, verdes, amarelas, azuis, marrons, laranja, estampadas, de malha, com costuras, com bolinhas, com palavras, com círculos, com música, com manchas de sangue, com marcas de batom, com silhuetas de sexos masculinos bordadas em relevo. Às vezes eu ficava assustada com tanta frivolidade, e então me pintava. Também levava horas me pintando. Depois, olhava no espelho e gostava do que via.

Aquela febre durou muito tempo e demorou muito mais para se apagar. Quando se extinguiu por completo, fazendo-me cair numa ilusão mais consistente, a de ter recuperado o controle sobre a minha vida, senti o peso daquelas horas perdidas sobre meus ombros como um lastro insuportável, e me arrependi de tê-las desperdiçado investindo-as em pura diversão. Depois cheguei a compreender que o tempo nunca se ganha nem nunca se perde, que a vida simplesmente se gasta, e às vezes, já responsável e amadurecida, dona dos meus próprios atos, ainda sinto enormemente a falta daqueles dias provisórios, estrito preâmbulo de noites eternas que eu mal sabia como, quando e onde começavam, sempre ignorando, um preceito sagrado, as circunstâncias de seu final. Agora penso que aqueles excessos me foram necessários, e sei que existem infernos piores que os túneis brilhantes percorridos por aqueles que, cegos e surdos, perpetuamente encadeados a seus trilhos, pretendem em vão escapar do tédio, que talvez seja a roupagem mais vulgar, e a mais astuta, do destino humano, mas de qualquer maneira foi difícil, porque nunca cheguei a desterrar totalmente a consciência, nunca aprendi a me desligar totalmente, e não quis ceder à suspeita de que com todo mundo acontecia a mesma coisa que comigo, preferia acreditar que os outros jogavam com vantagem.

Naquela densa tarde de sábado, naquela horrível casa de Cercedilla, essa vantagem ainda me esmagava, e se alguns gestos isolados, como a impaciência com que dirigia olhares ao seu redor, procurando alguém de quem se despedir, não houvessem me avisado que aquele desconhecido, o único ator prometedor de um elenco tão extenso, tinha a intenção de nos deixar de uma hora para outra, eu talvez não reagisse com tanta rapidez.

— Dá licença, escuta, um minuto só... — Pousei dois dedos em seu ombro quando ele já encarava a porta, de costas para mim. — Você vai voltar para Madri?

Confirmou lentamente com a cabeça, olhando para mim, e por um instante me senti ridícula, apesar de ter consciência de estar oferecendo um aspecto bastante comedido, quase sóbrio, em relação ao que me era habitual dois ou três anos antes, ou talvez precisamente por isso.

— Você está de carro?

Tornou a responder afirmativamente sem mexer os lábios, mas sorriu, e pensei que eu tinha exagerado. Estava de cabelo solto, sem um pingo de laquê, com as unhas curtas e os lábios pintados de vermelho comum. O resto podia ter sido uma fantasia de Robin Hood, botinhas baixas de camurça cor de caramelo combinando com a saia, muito curta, e uma espécie de cabeção de reminiscências medievais, preso de um lado do pescoço por dois colchetes, em cima de uma camiseta larga de malha preta, igual às meias, sobreposto a uma espécie de sutiã de *lycra*, também preto, tudo muito *new romantic*.

— Pode me dar uma carona?
— Tudo bem. — Sorriu de novo.

Fui atrás dele até um Opel Kadett cinza metalizado, novo, impecável, que não era seu, mas da empresa, como esclareceu imediatamente, com certa premura pudorosa.

— O que você faz? — perguntei para falar alguma coisa, enquanto juntava coragem para suportar o trajeto na companhia dos Roxy Music, reconhecendo seu refinamento desgastado, aquela indolência supostamente elegante, inequivocamente rústica, nos primeiros acordes de uma gravação que se fez ouvir antes mesmo do ruído do motor de arranque.

— Sou economista. Trabalho numa companhia de seguros, mas faço estudos de mercado.

— Ah! Feito a minha irmã.

— Ela faz estudos de mercado?

— Não, mas é economista. Agora está terminando um curso de pós-graduação no Instituto... de Empresa, será isso? Bom, nunca lembro do nome, mas é um instituto de alguma coisa.

— E você?

— Eu estudo filologia inglesa. Termino este ano.

— Dá aulas de inglês?

— Não, não posso, até não ter o título não...

— Quero dizer, particular.

— Aula particular? — fiz uma pausa, porque ele me olhou dentro dos olhos pela primeira vez desde que entramos na estrada, e sua beleza, por fim tão próxima, explodiu na minha cara. — Não, nunca dei, mas calculo que mais cedo ou mais tarde vou ter que começar, e poderia ser já, é claro. Por que você quer saber?

— Estou procurando um professor particular de inglês. Na teoria me defendo, porque comecei a estudar no colégio e continuei depois, na faculdade, leio com facilidade mas não falo muito bem, e tenho que me soltar. Não é que precise agora, mas se algum dia trocar de trabalho... Na minha profissão é importante.

— Mas para treinar conversação seria melhor um nativo — objetei, e antes de terminar a frase pensei que gostaria de esbofetear a mim mesma com o maior prazer.

— É, mas... Não entendo o que eles falam. — Eu ri com vontade, e ele me acompanhou. — Não tenho ouvido.

— Eu também não. Quando era criança, minha mãe quis que eu estudasse piano junto com a minha irmã, e não consegui terminar o primeiro ano de solfejo. Ela, em compensação, terminou o curso.

— Por que você fala tanto da sua irmã?

— Eu? — Olhei para ele com uma surpresa menos fingida do que gostaria.

— É. Não faz nem quinze minutos que estamos conversando e você já falou nela duas vezes. Primeiro disse que é economista, e agora que toca piano.

— Certo, você tem razão, só que não sei por quê... Foi por acaso, imagino, mas na verdade a Reina é muito importante para mim porque somos gêmeas e não temos outros irmãos, deve ser por isso.

— Vocês são iguais?

— Não, a gente não se parece. — Ele esboçou um pequeno gesto de decepção, e eu sorri. — Sinto muito.

— Ah, não, não! Isso é bobagem. — Ele estava vermelho feito um pimentão, e me surpreendeu, porque não esperava que fosse tão tímido. — Sempre gostei muito de gêmeos, não sei por quê, me... me atraem muito, mas não é por nada em especial.

Tomei nota daquela informação na memória, mas não quis insistir, porque ele parecia estar sem jeito e porque, a essa altura, já tinham me confessado tantas fantasias sexuais com gêmeas que a previsível fixação do meu interlocutor não me despertava muito interesse.

— Você tem muitos irmãos? — perguntei por minha vez.

— Três, duas mulheres e um homem, mas o que vem antes de mim tem uma diferença de doze anos, de maneira que sou praticamente filho único.

— Eles são seguidos?

— São, eu... Bom, digamos que nasci quando não devia. Minha mãe já tinha quarenta e três anos.

— Um garoto mimado.

— Nem tanto.

Um bonito garotão mimado, repeti para mim mesma, certa do meu juízo, além de divertida, antes de me atrever a esclarecer a única incógnita que realmente me interessava.

— E o que você estava fazendo lá?

— Onde? Em Cercedilla? — Confirmei com a cabeça e ele franziu os lábios num gesto de indecisão. — Bem... na verdade ainda não sei. Acho que me chateando. Na realidade, quando o Andrés me convidou eu já imaginava uma coisa parecida, mas como ele insistiu tanto, e nesse fim de semana eu não tinha nada melhor para fazer...

— Você é amigo do Andrés? — Tentei vincular meu acompanhante ao dono da casa onde nos conhecemos e não consegui descobrir um único ponto em comum entre ambos.

— Sim e não. Agora a gente só se encontra de vez em quando, mas no colégio éramos íntimos, inseparáveis, que nem irmãos. A coisa típica, você sabe...

— Mas que idade você tem?

— Trinta e um.

— Trinta e um, que loucura!

Sorriu da minha perplexidade, profunda e sincera, enquanto eu concentrava a minha vontade na tarefa de acreditar que aquele rapaz moreno, magro, flexível, tivesse realmente aprendido a multiplicar na companhia daquele homem esgotado, molenga e barrigudo, velho, a cuja hospitalidade nós dois acabávamos de renunciar em uníssono.

— Pois não parece. — Observei-o com atenção e tropecei numa leve rede de pequenas rugas na desembocadura de suas pálpebras, e nem esse detalhe modificou minha primeira impressão. — Nem sonhando, cara, pode crer.

— Obrigado — sorriu.

— De nada. E agora, um favor por outro. Você se incomodaria de trocar a fita? Não suporto o Bryan Ferry, não dá, de verdade, com esse jeitinho de grandeza intelectual e essa transcendência que não passa de cafonice, pura viadagem barata...

Fez o que eu pedi às gargalhadas, me julgando num murmúrio.

— Você é uma típica garota de letras.

— Eu? Por que você diz isso?

— Porque é verdade — e a maneira como me olhou nesse momento me fez pensar pela primeira vez que estava gostando de mim. — Porque você é uma típica garota de letras.

Quando chegamos a Madri, já havíamos conversado sobre um monte de coisas. Eu estava me divertindo, e embora aquele breve lapso de tempo já tivesse me permitido detectar alguns aspectos do caráter do Santiago que eram certamente irritantes, como a mania de se apegar à literalidade das minhas palavras, que pareciam perpétua e universalmente incapazes de sustentar qualquer intenção metafórica assim que penetravam em seus ouvidos, um defeito, não sei se dele ou meu, que com o passar do tempo acabaria me tirando do sério, anotei outros detalhes que trabalhavam a seu favor, porque me pareceu um indivíduo sóbrio, seguro de si mesmo e sobretudo, e cada vez mais, terrivelmente bonito. Seu comportamento na primeira metade daquela noite só fez reforçar essa impressão.

Levou-me até o centro pelo caminho clássico, e na Plaza de Oriente virou à esquerda para avançar, com uma habilidade surpreendente, através da intrincada rede de ruelas que, nem tanto por seu vetusto traçado quanto pela insânia com que as autoridades municipais se obstinam em inundar suas calçadas de sinais de trânsito, dificultam o acesso à Plaza Mayor com uma eficácia que talvez um labirinto antigo, cuidadosamente previsto e desenhado, não conseguiria atingir. Pouco depois de entrar numa das ruas principais, ligeiramente mais larga que as outras, diminuiu a velocidade e deslizou para a direita, até que a porta ao lado da qual eu estava sentada quase raspou na parede de uma casa. Então parou e desligou o motor.

— Você vai ter que sair pelo meu lado — disse sem olhar para mim, apalpando os bolsos da jaqueta, como se precisasse checar o conteúdo deles. — Você consegue sair?

— Claro.

Levantei a perna esquerda para passá-la por entre a embreagem e o freio de mão, e a saia subiu pelas minhas meias até parar, tensa e enrugada, na articulação das coxas com os quadris. Pude vislumbrar a costura central das meias e, consciente da deselegância daquela postura, dei logo um impulso com a ponta do pé para transportar, primeiro meu corpo, depois minha perna direita, até o banco contíguo, mas olhei para ele por um instante antes de me mover. Com um braço apoiado na beira da porta aberta e o outro repousando no teto do carro, o olhar de Santiago parecia preso à rede de fio preto que despia minha pele mais do que a cobria, e seus lábios desenhavam um sorriso parecido com o que ilumina o rosto de uma criança ao entrar na sala, numa manhã de Natal, para se regalar com uma realidade que supera todas as suas expectativas. Ele, que se dedicava a estudar grandes mercados, havia calculado bem, e se regozijava intimamente por isso. Eu me deixava capturar, uma vez mais, na armadilha do desejo alheio, que tantas vezes se comportou como a mais incitante, porém a mais traidora isca para o meu próprio desejo.

Segui seus passos pela calçada e esperei junto à fachada de um restaurante enquanto ele deixava as chaves do carro na mão de um porteiro uniformizado. Depois segurou a porta para me dar passagem e só quando passei ao seu lado pronunciou com naturalidade a frase que eu esperava desde o momento em que o carro ultrapassou as fronteiras da cidade.

— Vamos, convido você para jantar.

Enquanto ele avançava para procurar o *maître*, dei uma olhada no local, uma espécie de taverna repleta de pretensões instalada numa imensa sala abobadada que, em sua origem, com certeza havia abrigado os estábulos de uma mansão senhorial. Achei que era uma escolha estranha, não exatamente genial mas tampouco desacertada. Eu gostaria mais de jantar em qualquer das originais, autênticas, antiqüíssimas adegas espalhadas por aquele bairro e cujo estilo, forjado ao longo de alguns séculos de funcionamento ininterrupto, esta imitava com uma meticulosidade artificial, sem conseguir um resultado muito diferente daquele que os decoradores de Hollywood costumam obter quando pretendem ter recriado um interior medieval europeu, mas, por outro lado, aquele lugar prometia certas vantagens em relação aos restaurantes que eu freqüentava na época, nem que fosse porque, para começar, lá era de se esperar que servissem comida.

Quando sentei à mesa, a total ausência de rendas, babados e toalhinhas de papel recortado acabou me reconfortando, mas só quando tive nas mãos o cardápio levantei a vista até o rosto de Santiago com verdadeiro entusiasmo.

— Tem moleja! Que bom! Adoro moleja, e é tão difícil achar...

Pensei notar um ligeiro gesto de desagrado no retesamento repentino das comissuras de seus lábios, mas ele respondeu ao meu comentário mudando radicalmente de assunto, e esqueci sem qualquer esforço esse detalhe. A expressão que apareceu em seu rosto quando viu um prato cheio de deliciosas molejas de vitela recém-feitas, tenras e douradas, deliciosas à minha frente, não podia, porém, me passar despercebida.

— O que foi? Você tem nojo?

— Tenho — sua voz vacilou —, para dizer a verdade, tenho um nojo tremendo não só de moleja, mas de qualquer víscera. Eu não... não suporto, de verdade.

Uma voz muito profunda, desconhecida porém furiosamente leal, soou de repente dentro de mim, e ouvi suas palavras com a mesma clareza transparente com que as teria captado se alguém as sussurrasse em meu ouvido.

— Mas é só carne — não trepa com ele, dizia aquela voz, vai ser horrível —, como as outras coisas. Se você experimentar, vai ver.

— Não, não é a mesma coisa. Para mim não é a mesma coisa, nunca foi. Quando eu era criança, minha mãe me obrigava a comer bife de fígado e só o cheiro me dava náuseas, eu vomitava antes de mastigar o primeiro pedaço, juro. Por isso não posso nem ver, não suporto.

— Sinto muito. Se soubesse teria pedido outra coisa.

— Não — ele se forçou a sorrir —, tudo bem, come.

Não trepa com ele, Malena, porque ele fica tremendo de nojo só de ver umas molejas e não percebe que é assim por dentro, a voz se agigantava, retumbava em minhas têmporas, gritava, mas eu não queria escutá-la e não a escutava, ela repetia uma e outra vez, não faz isso, Malena, porque ele não quer reconhecer que é um animal, e por isso nunca vai ser capaz de se comportar como um homem, não vai dar certo, você vai ver, você vai acabar também lhe dando nojo, as suas vísceras macias e rosadas já lhe dão nojo, ele rolaria no chão de nojo se parasse para pensar...

— Quer tomar um drinque na minha casa? — perguntou, enquanto eu tentava sufocar aquela voz sincera e odiosa na doçura divina de uma barriga-de-freira feita no lugar. — Eu detesto ir aos bares sábado de noite, todos eles estão cheios, a gente demora um século para chegar até o balcão e tem tanto barulho que não dá para falar. Mas, se você preferir, podemos ir a outro lugar...

— Não — sorri. — Vamos para a sua casa, está bem.

Ele morava bem perto, na rua León, ao lado da Antón Martín, em um edifício muito moderno, cuja fachada estreita, de funcional vulgaridade, destacava-se como uma espinha purulenta nas calçadas ladeadas por grandes casas de cômodos dos séculos anteriores que pareciam tubarões ferozes, dispostos a devorar aquela intrusa tão mesquinha com as fauces profundas e escuras emboscadas em seus portões. Quando usou um pequeno controle remoto para abrir a porta da garagem, ainda de dentro do carro, pensei que aquele lugar não me agradava — acharia mais interessante se morasse na casa contígua —, mas também não me desgostava especialmente — um apartamento na rua Orense seria muito pior —, e disse para mim mesma que tal ambigüidade ameaçava tornar-se a única norma vigente naquela noite. Não foi assim, porém.

Os acontecimentos se desencadearam segundo uma pauta tão previsível, que fiquei com a sensação de já ter lido tudo aquilo numa dessas revistas femininas que costumava folhear no salão de beleza quando ia com mamãe cortar as pontas. Estacionamos o carro numa vaga reservada especialmente, com a placa pintada na parede em grandes caracteres de molde, e subimos num elevador que levava diretamente aos apartamentos. Ele apertou o botão do sétimo e eu estremeci, sempre estremeço quando estou sozinha num elevador com um homem que me atrai, mesmo que seja um vizinho e o veja todos os dias. A partir daí, teve oito andares para se jogar em cima de mim sem dar explicações, oito andares para me beijar, para me abraçar, para me bolinar, para levantar minha saia até a cintura e me apertar contra a parede, oito andares, oito, e os desperdiçou, um por um. Eu, com o corpo tenso, erguido, quase desafiante, colado no espelho, poderia ter dado o primeiro passo, como outras vezes, mas não dei, porque não sentia necessidade de fazer isso e porque, embora na época eu preferisse cortar a cabeça e sangrar lentamente antes de admiti-lo, já sabia que, por uma razão extremamente irritante, não achava a menor graça quando era eu quem começava.

— Você quer dançar?

Foi tudo o que lhe ocorreu dizer quando, depois de me introduzir no apartamento, uma miniatura muito bem distribuída em relação à superfície, que não devia ultrapassar os quarenta metros quadrados, e depois de ter cumprido os inevitáveis procedimentos prévios — pendurar o casaco no cabideiro, acender as luzes indiretas, apagar as diretas e pôr música — percebeu que então, inevitavelmente, tinha que dizer alguma coisa.

— Não — respondi, e fiquei com vontade de acrescentar, você vai ter que espremer um pouquinho mais esses miolos, meu bem.

— E um drinque? — Sorria apesar de suas faces terem enrubescido, mas falava baixinho, quase num sussurro. — Quer...?

— Claro. — Eu também sorri. Estava disposta a facilitar as coisas. — A gente veio para isso, para beber um drinque, não é?

Não havia má intenção na minha ironia, talvez uma sugestão suave, amável, um convite para qualquer sinal de cumplicidade, mas ele enrubesceu mais ainda, e então me perguntei se não estaria pedindo demais. Quando voltou com os drinques, sentou-se ao meu lado no sofá e bebemos em silêncio. Eu estava a ponto de confessar que adoraria dançar quando, num traço de inusitada audácia, ele se agachou para segurar meus calcanhares e, sem considerar que estava me desequilibrando, pôs minhas pernas atravessadas sobre as dele.

— Não deixam marcas? — perguntou, enfiando o dedo num dos buracos da malha e puxando o tecido para si, como se pretendesse olhar através dele.

— Deixam sim. Quer ver?

Ele concordou, e eu tirei as meias sem deixar que me ajudasse. Lembrei de uma situação parecida, uma trepada acidental, imprevista, não me lembro do nome do sujeito e nem sequer tenho certeza de que soubesse na época, quando fui com ele para a rua, uma hora depois de tê-lo conhecido, três quartos de hora depois de notar como o ar ficava denso, como se transformava numa espécie de fluido gasoso, irrespirável de tão espesso, quando minha cara se aproximava da dele, um quarto de hora depois de ter respondido à sua provocação, a insolência satisfeita com que parecia estar me esperando, de cotovelos apoiados no balcão, com o corpo dobrado para a frente e o salto de uma horrorosa — deliciosa — bota roceira de couro repuxado batendo ritmicamente no chão de linóleo, até que me joguei em cima dele para beijá-lo, era músico, só lembro disso, e quando entramos em sua casa me perguntou se a costura das meias deixava marcas e eu respondi que sim, e ele disse que queria ver e eu tirei as meias sem ajuda, como agora, e então se ajoelhou na minha frente, eu estava sentada numa poltrona sem saber direito o que fazer, e levantou meu pé direito do chão, esticando completamente minha perna para acompanhar com a ponta da língua a marca da costura, da coxa até o calcanhar, e eu me derreti, me derretia. Mas Santiago, afinal, não prestou muita atenção à colméia geométrica que a rede de fios de algodão havia estampado em minha pele, e eu mantive a temperatura sem dificuldade enquanto ele abordava a conquista do meu corpo com espírito de opositor, arriscando o mínimo, medindo suas forças, conservando enfim a compostura, a tal ponto que quando desmontou, com a mesma educação com que me cavalgara, eu não entendi direito o que estava acontecendo. Até aquela hora eu fora capaz de destrinchar ponto por ponto o trilhado código que regulava seus gestos, seus milimetrados e calculados avanços, da cintura para cima, em pé, na sala de jantar, da cintura para baixo na cama, sem falar, sem rir, sem perder tempo, mas agora nem sequer podia adivinhar em que ponto do dever ele tinha parado.

— O que foi? — perguntei, e ele se virou lentamente para me sorrir.
— Nada. Por quê?
— Não vai gozar?
— Eu? Já gozei.
— O queeeê...?

Nunca me acontecera algo parecido, e fiquei com vontade de dizer isso, de gritar, de jogar em sua cara como uma luva de ofendida, mas minha raiva deve ter se materializado, porque Santiago ficou me olhando com uma expressão tão desamparada, tão equilibrada de angústia e ignorância, com tamanho desvalimento em seus olhos que provocou em mim a que seria a primeira de uma longuíssima série de derrotas.

— O que há com você? — Tive a sensação de que sua voz chegava até meus ouvidos por um milagroso acaso, de tão fraca.
— É que eu não percebi nada.

— Bom, eu também não percebi quando você gozou.

— Acontece que não gozei. — Se eu tivesse gozado, seu babaca, você teria percebido, além do vizinho da porta ao lado, do padeiro da esquina e de um caminhão de bombeiros que passasse pela rua tocando a sirene... Foi o que pensei, mas não disse nada.

— Puxa! Sinto muito, mas acho que não tem muita importância, não é?, no começo essas coisas acontecem bastante.

— É.

— Está zangada comigo?

— Olha, cara — sentei-me na cama e comecei a mexer violentamente as mãos, como se assim pudesse expulsar, num instante, os sapos que estavam passeando pelas minhas tripas —, a essa altura a gente já está resignada a não ter entre as pernas a gruta de Ali Babá, sabe?, mas é bastante desagradável... Agora estou me sentindo como uma máquina de fichinhas dessas que tem nos bares, é como se... — Olhei para ele, e desisti. — Bom, deixa pra lá, você não pode entender!

— Você preferiria que eu berrasse? — Ele disse isso como se não conseguisse acreditar.

— Claro! Preferiria que você berrasse, que gemesse, que chorasse, que rezasse, que chamasse a sua mãe, que me desse um chute, que gritasse gol do Real Madri!, qualquer coisa, cara, será que você não entende?

— Não — confessou, e mudou de posição, deitando primeiro de lado e depois se ajeitando como um novelo ao redor do meu corpo, sua cabeça repousando em minha barriga, seus braços abraçando-me a cintura. — E além do mais não considero muito importante. Gosto muito de você, Malena, gosto de estar aqui com você...

Às vezes, quando terminava com um cara ou quando afinal voltava para casa depois de uma noite daquelas, rasgava com todo cuidado o papel de um cigarro fabricado nas Canárias com tabaco cultivado em La Vera de Cáceres, despejava o conteúdo na palma da mão e aspirava seu cheiro, e então me perguntava por que tudo estava tão difícil. É o que devia ter feito naquela noite, enquanto Santiago se apertava contra meu corpo com um ar de órfão repentinamente recuperado, mas seu silêncio me devolveu as palavras do Fernando mais heróico, mais adorável, o mais duro e o mais doce, e fechei os olhos, apertei as pálpebras com todas as forças até que uma ardência nas pupilas me obrigou a abri-las de novo, repetindo por instinto o gesto com o qual fui buscar coragem em uma remota madrugada de verão, antes mesmo de pular da cama para fazer o que devia fazer, o que sentia que devia fazer numa hora quente e calma, tal como era eu naquele tempo.

Desloquei-me com sigilo, nas pontas dos pés, para não acordar Reina, e puxei a maçaneta tão devagar que meus dedos quase ficaram dormentes. Deixei a porta aberta, para não correr riscos, e levei uma eternidade descendo a escada, evitando com cuidado os degraus que rangiam, mas errava algumas vezes porque era preciso contar ao contrário, em sentido rigorosamente inverso ao que todas as noites guiava os meus passos. Quando cheguei ao vestíbulo me vi no pequeno espelho do cabideiro de ferro pintado de verde. Estava com uma camisola branca sem mangas, comprida até os pés, e o cabelo todo embaraçado, de tanto rolar durante horas na cama, fingindo dormir. Enfiei uma pantufa no vão da porta para evitar que se fechasse e lamentei antecipadamente a sua ausência, mas saí para a varanda, e desci os cinco degraus, e andei na grama, sem notar o fio cortante de uma só pedrinha, como se caminhasse em cima de uma nuvem.

Fernando estava me esperando na porta de trás. Quando distingui sua silhueta por trás da grade, pensei que era tudo uma loucura. Não havia motivo nenhum para correr tantos riscos, não era sensato adotar um plano tão disparatado em prol de um benefício tão trivial. Quando, em troca da pedra de Rodrigo, que no entanto já era dele, prometi solenemente metê-lo dentro da Fazenda do Índio, da maneira que fosse, eu estava pensando num ato público, talvez anunciado com a devida antecedência, um almoço de surpresa, como aquele que Miguel organizara para Porfirio, ou uma vulgar manhã na piscina, apenas um pretexto, tão inocente que não admitisse nenhuma oposição, mas ele se negou, rejeitou todas as minhas propostas e se manteve firme no propósito de roubar essa visita em nossa última lua cheia, para fazê-lo com premeditação, noturnidade e perfídia. Desde que ele tinha fixado a data, quarenta e oito horas antes, eu vivia acuada de medo, e por mais que evitasse deliberadamente calcular o que aconteceria se surgisse qualquer contratempo, um imprevisto banal como alguém que acordasse com dor de cabeça no meio da noite e resolvesse buscar uma aspirina, estava aterrorizada, paralisada, enlouquecida de pavor. No entanto, quando abri a porta e o deixei entrar, o pânico cessou de repente, e uma emoção enorme ocupou seu lugar, assim como todos os espaços livres que ainda restavam dentro do meu corpo.

Fernando roçou minha testa com os lábios e avançou em direção à casa, mas quando eu ainda não tinha me movido, assombrada com a ligeireza daquela saudação, uma recompensa mesquinha demais para o meu arrojo, ele voltou sobre os próprios passos, olhou para mim e me beijou na boca. Então percebi que estava nervoso, e até suspeitei que, embora por motivos bem diferentes, ele talvez sentisse tanto medo como eu. Não dissemos nada ao começarmos a andar, e quando empurrei a porta, concentrando a alma em não fazer barulho, trocamos um olhar tão profundo que tampouco foi necessário dizer nada. Convidei-o para entrar com um gesto, ele transpôs a soleira na minha frente e continuou andando, detendo-se a cada passo para reconhecer um ângulo, uma fenda, uma moldura, todos os detalhes, os objetos que seu pai lhe descrevera na infância, nas excursões que faziam ao monte para lhe mostrar de longe aquela casa na qual estava condenado a não entrar. Eu o seguia em silêncio, inclinando a cabeça vez por outra para contemplar seu rosto à luz do luar, e não conseguia decifrar sua expressão, mas se ele houvesse olhado para mim provavelmente teria interpretado sem muito esforço o tremor que agitava meus lábios de índia, porque estava a ponto de cair no choro sem saber por quê.

Vou recordar para sempre aquele pranto íntimo, morno e obscuro, antagônico ao aprumo de Fernando, a decisão com que ele abria portas, a segurança com que se orientava às cegas nos corredores internos, a arrogância que envolvia todos os seus gestos, como se estivesse em sua própria casa e não na minha. Fomos à cozinha, segui-o até a despensa, rodeei com passos lentos, de turista perplexo, a grande mesa de mármore em que eu tomava café todas as manhãs, entrei na varanda traseira como se nunca a tivesse visto, e, sempre atrás de seus passos, desandei o caminho que havia andado até que, em frente ao salão, ele me cedeu a passagem, como se não tivesse coragem de pôr a mão naquela porta, a única que podia esconder algum objeto pessoal dos moradores da casa, porque combináramos de forma tácita que aquela excursão se limitaria forçosamente ao andar térreo, o único em que não dormia ninguém.

Quando franqueei seu ingresso aos três grandes e imponentes aposentos, que cimentavam a fama de grande mansão que a Fazenda do Índio gozava em toda a comarca, pensei que o aspecto deles não devia ter mudado muito desde 1940, quando o pai de Fernando brincava de soldadinhos de chumbo entre os pés das cadeiras, porque os móveis, que em sua maioria pareciam pelo menos tão velhos quanto o nosso avô, não mudaram de lugar uma só vez até onde registra minha memória, e os toques modernos eram mínimos. Talvez esse detalhe, responsável pela atmosfera irrespirável daquele ambiente, tivesse mais culpa pela paulatina metamorfose da grande sala de jogos do primeiro andar em autêntica sala de estar da casa do que a cortante oposição da minha avó a instalar um aparelho de televisão naquele salão, entre as cadeiras maciças de carvalho e os leves abajures de madeira marchetada que Fernando percorreu com um olhar de desdém, como se sua beleza decepcionasse a nostalgia de uma criança expulsa do Paraíso ou como se, talvez, contra toda expectativa, fosse capaz de superá-la brutalmente. A luz se filtrava pelas janelas que, a intervalos de poucos metros, substituíam por completo um trecho de parede, revelando-me um cenário magnífico que até então eu jamais havia contemplado naquela penumbra lunar. Sentei no encosto de um sofá e segui com o olhar a figura do meu primo, percebendo que nunca, também, pelo menos até aquela noite, fora tão consciente de que Fernando era meu primo de verdade. Ele avançava devagar, registrando cada detalhe, por ínfimo que parecesse, com mais atenção do que demonstrara antes, e, apesar de a porta dupla que separava o salão da biblioteca estar completamente aberta, deteve-se por um instante e passeou seus olhos pela moldura, como se precisasse ter certeza de que existia antes de continuar. Depois de examinar o conteúdo de algumas estantes, girou à esquerda e desapareceu durante algum tempo. A disposição do espaço fazia da biblioteca o vértice de um imenso L, em cujos braços estavam respectivamente localizados o salão e a sala de jantar. Deduzi, pelo eco amortecido das solas de borracha de seu tênis, que meu convidado se dirigira para este último aposento, e esperei serenamente o seu regresso. Ainda não registrara qualquer indício de que mais alguém pudesse estar acordado àquela hora dentro da casa, e me abandonei à vertigem prazerosa de uma pirueta com rede, desprovida de perigo, como se seus riscos tivessem se dissolvido para sempre no silêncio que havíamos invocado com silêncio.

Fernando reapareceu pelo mesmo ângulo que escolhera para desaparecer, parou no eixo do meu campo visual apoiando-se na tábua que projetava para a frente um sólido armário de origem peruana, cruzou os braços e olhou para mim. Esperei alguns segundos, e quando tive certeza de que ele não tinha a intenção de se mover, levantei-me e me aproximei dele, traindo o firme propósito que havia determinado em sua ausência, alguns minutos antes, quando decidi dar fim à aventura no mesmo instante em que ele regressasse daquele lugar que era o único canto dos que tínhamos combinado que ainda não conhecia. No entanto, adivinhando que não se aproximaria até mim, me levantei e atravessei lentamente o salão, e quando cheguei ao lado dele apertei meu corpo contra o seu e inclinei a cabeça até receber a pressão de sua cara na minha, porque não queria tocar nele de outra maneira, não queria senti-lo na gema dos meus dedos, recorrer ao tosco procedimento de que me servia para conhecer uma realidade à qual, naquele momento, Fernando tinha deixado de pertencer. Mas ele segurou minha mão e me obrigou a acariciar meu próprio rosto antes de guiá-la ao longo do seu corpo, e por fim fechou-a sobre a aguda dureza do seu sexo, e então adivinhei que em minha vida inteira jamais voltaria a sentir uma emoção tão intensa.

Deixei-me cair no chão e nem percebi a dor quando meus joelhos bateram no piso de madeira. Quando minha testa pousou no lugar que minha mão acabava de largar, notei sobretudo calor. Não era exatamente consciente do que fazia, e no entanto sabia que todos os meus sentidos estavam acordados, quase podia perceber sua urgência de sentir. Nunca, depois, nunca mais estive tão drogada como naquele instante. Nunca fui tão incapaz de governar a mim mesma.

Ele tinha mencionado aquilo muitas vezes, normalmente em relação àquela mulher de Lübeck que substituiu durante algumas semanas o psicólogo titular do colégio em que cursava o último ano do secundário. Ela era casada, sabe?, esclarecia sempre, como se eu não houvesse tido oportunidade de aprender de cor aquela gloriosa façanha, tinha vinte e oito anos e era casada, repetia, um pouquinho velha, não é?, eu costumava replicar, e ele fingia se surpreender, quem, a Anneliese?, e olhava para mim com a mesma estupefação que congelaria seu rosto se eu lhe confessasse que tinha acabado de fofocar um bocadinho com a Virgem, que nada!, dizia depois, a Anneliese tinha um corpo do caralho... E vinte e oito anos, e era casada, e foi ela quem começou, que eu não pensasse que teve o trabalho de seduzi-la, nem se fala nisso, foi ela quem começou a deslizar naquele tobogã, soltando insinuações ambíguas, foi ela quem o provocou levando a conversa para aquele assunto, que o Fernando estava numa idade muito perigosa, que talvez suas dificuldades em literatura fossem causadas por uma excessiva preocupação com o sexo... Nesse ponto, minha consciência de classe me obrigava a interromper, mas é claro, cara! como se ficar com tesão não afetasse as equações de terceiro grau, não me venha com essa!, mas ele se limitava a me dirigir um olhar de desprezo e continuava falando, que a famosa Anneliese confessou que até certo ponto lhe parecia lógico que fosse assim, pois vivemos numa sociedade que penaliza a atividade sexual na fase mais álgida da libido humana etc. etc. Ah, é? Então para ela está durando bastante!, objetava eu às vezes, e pensava para os meus botões, aquela piranha... Mas então Fernando adotava um odioso tom de galã maduro para dizer que eu era uma criança e ele um imbecil, por se dar ao trabalho de me contar coisas que eu não podia entender, e então era pior, porque eu ficava uma fera, e ele sabia disso, e por isso me cutucava onde mais me doía, como se a coisa não fosse comigo, como se refletisse em voz alta, é claro, dizia, às vezes nem eu mesmo entendo, e ficava melancólico, como as mulheres são esquisitas!, na sua idade ainda fazem coisas normais, mas depois, quando viram fêmeas de verdade... Depois, o quê?, deixa eu ver, espetava eu, entrando no alçapão com a docilidade de uma vaca domesticada, e Fernando tornava a me contar tudo, do começo até o fim, desde a surpresa que teve quando ela, no próprio consultório de psicologia, sem nem sequer levantar-se da cadeira giratória, puxou-o para si enfiando o dedo indicador na presilha de sua calça até o esgotamento que o fizera dormir no meio da aula da manhã seguinte, enquanto ela, que também tinha permanecido acordada a noite inteira, trepando numa cama de hotel, galopava alegremente pelos corredores como se nada houvesse acontecido, sem jamais omitir o grito de dor que ela, vinte e oito anos, casada, um corpo do caralho, não pôde reprimir quando a penetrou pela primeira vez, porque, como ele próprio concluía implacavelmente de tais premissas, seu marido, sem dúvida, tinha um instrumento muito menor. Ainda bem, terminava Fernando, que de tarde, no colégio, ela só fez com a boca, senão na certa teriam nos descoberto, você não sabe como ela berrava, e olha, tive a sensação, não tenho certeza, é claro, mas me deu a sensação de que aquilo a excitava mais do que trepar, que quase gostava mais daquilo, você tinha que ver a cara que ela fez quando eu gozei, ela engoliu tudo, e de olhos fechados, como se adorasse o sabor, por isso eu digo que vocês mulheres são muito esquisitas, realmente é incrível, eu não entendo. Dizem que faz muito bem para a pele, engolir, quero dizer, mas de qualquer maneira é impossível entender uma coisa dessas, ela... Porra nenhuma!, eu gritava, ouviu, Fernando? Porra nenhuma, cara! Não acredito numa só palavra, você pode continuar falando até o dia do Juízo Final que não vai me convencer. Eu?, perguntava ele, com o candor de um anjo de açúcar, estou tentando convencer você de alguma coisa?, e balançava a cabeça devagar, como se alguma coisa no meu rosto, na minha voz, lhe desse muita pena, eu só estou te contando uma coisa que é muito importante para mim, estou tentando compartilhar essa coisa com você, nunca te pedi isso, índia, você sabe, nunca tentaria uma coisa dessas com uma garota da sua idade... Muitas vezes eu pensava que Anneliese, uma trepada de prestígio, nem sequer existia, que seu nome, e sua idade, e seu estado civil, e seu corpo do caralho, opulento mas firme, adulto mas elástico, experiente mas capaz de sucumbir ao mesmo tempo às inocentes investidas de um menino alienado, nunca havia morado em Lübeck, nem em Hamburgo, nem em qualquer lugar diferente do febril território demarcado pela imaginação do meu primo, mas outras vezes tremia de verdade, porque Fernando jamais usaria termos como "penalizar", ou "álgida", ou "libido" para fazer um relato parecido, e eu já não sabia o que pensar, exceto que adoraria tirar os olhos daquela putona com meus próprios dedos, mesmo se ela não passasse de um fantasma. A pálida Helga, pobre e boa garota católica, nunca me inquietara, mas a simples evocação daquela única, incerta fada madrinha comprometia a tal ponto a solidez das minhas convicções que mais de uma vez tomei uma decisão irrevogável que, afinal, meu bom senso conseguiu revogar sem grande esforço. E o que eu ganho com isso?, exclamava então, elevando involuntariamente a voz para destruir a potência retórica daquela pergunta cuja única resposta ambos conhecíamos de sobra, o que eu ganho com isso, hein, quer me dizer?, e ele tapava a cara com as duas mãos, como se acabasse de perceber que não eram moinhos, não, nada disso, eram gigantes, mas eu continuava minha investida, sem me deixar impressionar pela pequena farsa de sua amargura, então vou te dizer, não ganho nada, absolutamente nada, ouviu?, nadinha de nada. Mas como você é burra, Malena!, respondia ele por fim, como se o meu bom senso fosse o mais excepcional dos sentidos, o que é que você acha, que a gente faz esses troços para ganhar ou perder alguma coisa? Vai tomar banho!, concluía eu em silêncio, porque tudo o que as alemãs têm de bobas vocês, alemães, têm de espertos, e aí sustentava o olhar dele sem dizer nada, aprovando por dentro minhas próprias conclusões, você duvida, é?, pois eu é que sei, bonitão, você vai ver só...

Mas quando, ajoelhada no chão da biblioteca, ouvi o tênue rangido de uma dobradiça mal lubrificada, ferino como o eco ensurdecedor dos clarins anunciando a iminente entrada em cena de um terceiro personagem, eu já intuía que algum ganho me aguardava no fundo daquele labirinto barroco que nunca me repeliu tanto quanto me atraíra de repente poucos minutos antes, porque o destino engoliu meu bom senso com uma só dentada, e ainda parecia faminto. Quando alguém acordou poucos metros acima da minha cabeça, e duvidou se devia ou não se levantar, e optou finalmente por sair dos lençóis quentes e úmidos de seu próprio suor para ir buscar alguma coisa, e decidiu que tinha que sair do quarto para pegá-la, Fernando já crescera nos meus lábios, germinando uma semente tão primária, tão importante para mim, que fiquei surpresa de não ter suspeitado até então que ela existisse. A princípio identifiquei-a com uma certa vaidade, depois achei que se tratava antes de segurança, sinal de uma crescente confiança em mim mesma, até cometer o mais disparatado e reconfortante dos erros, atribuindo-lhe a equívoca natureza de alegria altruísta, aquela boa ação que outorga mais prazer do que exige esforço, uma simples prova de amor e generosidade. A certeza de me sentir bem entrava em choque com a convicção de que deveria estar me sentindo mal, e de todo modo aquilo era difícil, de maneira que me concentrei no desafio que eu mesma tinha escolhido, despreocupando-me das minhas próprias reações enquanto tentava administrar com a maior eficácia possível o sexo de Fernando e, de maneira muito mais incerta, destinava as sobras da minha atenção aos passos que ressoavam no primeiro andar, sem querer notar que estavam demorando demais para percorrer a distância que separava qualquer um dos quartos de seu correspondente banheiro.

O fiel rangido do vigésimo primeiro degrau me trouxe a uma realidade brutal. Alguém estava descendo a escada. Fechei os olhos, tentei pensar, percebi que não conseguiria, tornei a abrir os olhos e, sem me decidir inteiramente a soltar a presa, com a escorregadia tora de carne úmida soldada em minha boca, repousando ainda sobre meu lábio inferior, levantei a cabeça e olhei para Fernando. A escada rangeu outra vez porque o nosso acompanhante, quem quer que fosse, já chegara ao décimo sétimo degrau. Não pude resistir à tentação de percorrer com a ponta da língua o dorso da espada que estava a ponto de me degolar, mas meu primo não deu sinais de registrar esse detalhe enquanto passeava os olhos por todo o quarto, procurando uma solução que não existia. Um instante depois olhou para mim, sua mão direita pousou sobre minha cabeça e exerceu a pressão certa para me obrigar a baixá-la, só me permitindo contemplar como suas pálpebras iam se fechando lentamente. Depois, cega eu mesma, senti como uma carícia o contato dos seus dedos, que seguraram meu cabelo e me guiaram, estabelecendo um ritmo regular, quase no compasso do eco daquelas pisadas cada vez mais próximas, mais terrivelmente perigosas.

Não foi difícil reconstruir o processo mental que dava consistência à inconcebível audácia de Fernando. Por um lado, até aquela hora não trocáramos uma só palavra, não acendêramos qualquer luz, não deixáramos nenhuma porta aberta, nenhum detalhe que nos delatasse. Por outro lado, a partir do momento em que aquele odioso intrometido começou a descer a escada, qualquer fuga era impossível, porque a porta que dava acesso ao vestíbulo podia ser vista perfeitamente do descanso do primeiro andar. Recuperar a compostura implicaria fazer algum ruído — no mínimo o estalo de uma fechadura —, uma esmagadora porcentagem estatística permitia assumir que o destino daqueles passos era sem dúvida a cozinha, porque às cinco da manhã ninguém se lembra que deixou na sala um livro que está lendo e, além do mais, não existia uma vacina mais eficaz contra minhas presumíveis tentações de dizer alguma coisa, eu sabia de tudo isso, podia compreender tudo, e também que Fernando não estivesse disposto a renunciar a um bem absoluto, tão custoso, e tão intensamente desejado, por causa de uma ameaça tão relativa, sua arrogância incluía esse tipo de coragem, eu sabia disso também, e no entanto, se agi como fiz, acatando a vontade daquela mão com a mais rigorosa das disciplinas, foi por um motivo tão essencialmente alheio à lógica quanto à tradição, no qual nem mesmo meu amor pelo aparente, equívoco beneficiário daquela ação, desempenhava papel algum. Porque não fiz aquilo por Fernando. Fiz exclusivamente por mim.

O eco dos pés descalços já ressoavam sobre as lajotas do corredor, enfiando-se por baixo da porta do salão, quando aprendi o que é que as psicólogas lascivas obtêm dos seus ingênuos alunos desprevenidos, tão bem dispostos a cimentar seu orgulho de amantes precoces nos movediços territórios em que se assenta uma armadilha com cepo, porque sei o que eu extraí, mais valioso, mais raro do que o prazer, da esmaecida languidez do meu primo, e sei por que meus movimentos mudaram de fase, tornando-se mais bruscos, mais ávidos, mais teimosos. Eu estava convencida de que Reina entraria na biblioteca de uma hora para outra, de que tinha sido ela quem acordara e, percebendo minha ausência, estava me procurando pela casa toda, mas não sentia medo, porque já não lembrava de quando perdera a razão, e com ela a medida das coisas, por isso quase desejava que minhas predições se cumprissem, que minha irmã aparecesse, que a porta golpeasse contra a parede tornando visível sua figura ambígua, medrosa e temível ao mesmo tempo, no instante em que eu alcançasse o cume do meu poder. Porque era poder o que eu sentia, uma vantagem que nunca atingira quando minha própria carne estava em jogo, quando o prazer do outro era apenas o preço do meu próprio prazer. Poder, ajoelhada no chão, poder, me comprazendo viciosamente em minha renúncia, poder, o de um cão que experimenta o sabor do sangue humano lambendo um cadáver jogado numa calçada, poder, poder, poder, nunca me sentira tão poderosa.

O visitante noturno saiu da cozinha, onde se apagara o eco dos seus passos e, perdendo-se para sempre no anonimato, empreendeu pesadamente a subida da escada que o conduzira até nós. O corpo de Fernando se afrouxou entre as minhas mãos, que o seguravam pelas cadeiras, um instante antes de que suas coxas tremessem em meus braços. Senti um sabor áspero mas não me mexi, minha cabeça firme contra seu ventre, todas as minhas vísceras abertas para ele, até tudo terminar. Depois dirigi a vista para cima, contemplei seu rosto molhado de suor, as pálpebras fechadas, a boca aberta numa careta dolorosa, quase mística, como que doída pela rouca qualidade que sublinhara a clandestinidade de seus gemidos, cada um daqueles alaridos profundos, abortos de gritos, que arrancaram um fiapo diferente de sua garganta antes de morrer em meus ouvidos. Eu o adorava, poderia ter matado por ele, poderia ter me deixado matar quando ouvi, de seus lábios cansados e felizes, as únicas palavras que seriam pronunciadas naquela noite cheia de luzes.

— Uau, garota, você não sabe como é bom!

E então duvidei de tudo.

Fernando estava comigo na ida, mas o caminho de volta, muito mais duro, eu tive que percorrer sozinha.

Quando me considerava uma garotinha diferente das outras, um menino equivocado, uma tentativa frustrada, um pobre projeto de mulher destinado a jamais florescer, por mera carência, não podia imaginar que o que me afastaria mais adiante do modelo ideal a que aspirava com tanta veemência naquela época seria precisamente o excesso, e no entanto foi exatamente essa a verdade que aquele sujeito me revelou num intranscendente segundo de uma manhã como outra qualquer, na mesa habitual, no bar da faculdade, entre um café com leite e um copo de conhaque, enquanto minhas amigas ouviam com atenção o relato de uma ninfa pálida, delicada e sofredora, os mamilos pontudos e relevantes como uma agressão perpétua a seu peito chato, de garoto, as cadeiras estreitas, de contornos difusos, o olhar febril, tudo o que eu nunca seria. Ela se incorporara ao nosso grupo para fazer a faculdade, vinda de algum obscuro colégio universitário da província. Ele devia beirar os quarenta. De estatura e constituição medianas, não havia nada de extraordinário em seu rosto ou em seu corpo, mas sim em seu aspecto, porque cultivava um encanto muito particular que se manifestava sobretudo em seu conceito da elegância, todo pessoal, uma sobriedade britânica sempre deliberadamente estragada por algum furibundo toque meridional, luvas amarelas, óculos de plástico vermelho, um grande anel dourado em que reluzia uma falsíssima pedra oval, uma gravata que reproduzia, passo a passo, um descarado *strip-tease* do Mickey Mouse. Era professor de literatura francesa, nunca me deu aula e nunca me daria, mas de certa maneira já nos conhecíamos, e ele já sabia de mim, e eu dele, quando naquela manhã resolveu se sentar e tomar um café conosco, porque uma vez no ano anterior tínhamos coincidido no mesmo ônibus. Ele fez o trajeto sentado entre dois estudantes muito jovens, da esmerada e bela espécie que na época tanto escasseava naquele prédio, as salas repletas de todas as possíveis variações do cabeludo espécime de extrema esquerda, e eu tive que ficar em pé, agarrada ao balaústre, tão perto deles que escutaria a conversa mesmo se não quisesse.

— Mas lógico que foi difícil para mim — ele estava dizendo —, a situação era muito diferente naquela época. Imaginem que cheguei a ter um professor que todo ano, assim que se apresentava, nos contava que tivera que engolir muitos sapos para chegar aonde chegou! Dá para notar, engoliu sapos e comeu outros bichos também, dizíamos em voz baixa, na última fileira...

Todos riram, e eu não pude evitar acompanhá-los. Como única resposta à minha impertinente gargalhada, ele me olhou, e a partir daquele instante tive a sensação de que também falava para mim, porque cada uma de suas palavras se impôs na sufocante atmosfera daquele ônibus abarrotado e retumbou como um pequeno mas completo desafio.

— Quer dizer, não era nada fácil ir para a cama com garotos, e eu também não estava muito seguro, acho que nem queria pensar muito no assunto, enfim, algumas vezes, duas ou três, sei lá, dormi com garotas, e para dizer a verdade não gostei, aquilo era que nem tomar um copo d'água. — Sustentei o olhar dele, sorrindo, mas ele não se permitiu cair na tentação de responder ao meu sorriso e continuou falando. — Na época eu era muito progressista, naturalmente, feminista e coisa e tal, militante do orgasmo democrático, e elas sabiam disso, claro, eram minhas amigas e não tinham frescuras. A coisa é que a gente tirava a roupa cada um em seu canto, depois caía na cama, se beijava, se esfregava e ba-ba-bá e depois elas diziam, com o dedo, com o dedo, continua com o dedo... E assim eu matava o tempo, sentado na cama, mexendo o dedo e tentando descobrir que graça Baudelaire achava nessa babaquice para se amarrar daquele jeito...

O riso dos dois discípulos silenciou o eco dessas últimas palavras. Eu também estava rindo, mas não parava de olhar para ele. Tentava falar com os olhos, e de alguma maneira ele me ouviu, porque o último fragmento de seu discurso, quando já se vislumbrava ao longe o Arco do Triunfo, revelou-me que havia sentido o golpe.

— Talvez eu não esteja sendo justo. Vai ver que não tive sorte, ou simplesmente não merecia ter. O que eu quero dizer é que certamente não iam pegar Baudelaire pelo dedo.

Meses depois, acotovelado na mesa do bar, indiferente ao conteúdo de uma xícara que havia parado de fumegar antes que eu conseguisse tomar a decisão de levá-la aos lábios, era ele quem olhava para mim, que sorria, que compreendia e falava com os olhos, enquanto eu ouvia, com uma inefável infecção de tédio, a milésima aventura malograda daquela punheteira física e mental, que naquela mesma madrugada, depois de gastar horas a fio falando, discutindo, bolinando, apalpando, abraçando e sofrendo, principalmente sofrendo, decidira que ainda não estava preparada para enfrentar o que ela chamava de culminação física da penetração. Mariana a ouvia com uma paciência infinita, aprovando suavemente com a cabeça, como se a estivesse compreendendo, e talvez compreendesse mesmo, porque todas as minhas amigas compreendiam esse tipo de coisas. Eu me sentia estranhamente incômoda, culpada por me enfastiar e por ser incapaz de compreender a essência daquelas violentas convulsões cuja descrição também estava, em certa medida, dirigida a mim, até que em certo momento meu ânimo deve ter traído a deliberada naturalidade da minha expressão, porque ele percebeu, e quando nossos olhares se cruzaram por acaso, quase sem querer, ele me disse aquilo.

— Acontece que você é muito mulher.

Meu coração deu um pulo no peito, e forcei a vista até captar um cintilar de entendimento naqueles olhos que me estudavam com atenção, uma certa dose de inveja e, sobretudo, sob a maquiagem de uma solidariedade apenas aparente, a imensa compaixão que se reserva aos que ainda não descobriram que são vítimas.

— Muito mulher — disse para mim mesma, baixando a vista. — Muito mulher, mas que diabo...

Daquela vez não o levei a sério. Esse aí não sabe patavina, disse para mim mesma, e no entanto ele sabia mais do que eu. Não demorei muito a sucumbir ante uma evidência tão pasmosa. Muito mulher, sim, e muito mais do que muito. Demais.

Ele estava com uma capa branca, cinematográfica, de lapelas muito largas e um cinto amarrado com evidente desprezo pela fivela, pendurada como um dejeto de plástico marrom e inútil. Lá fora não chovia, fazia uma noite clara, mas uns óculos escuros de vidro fumê protegiam seus olhos mesquinhos, pequenos e achinesados da minha mórbida curiosidade. Eu olhava para ele não só porque fosse o homem mais feio que lembrava ter visto em muito tempo, aquela pele torturada, cheia de cicatrizes, os lábios sarcasticamente franzidos nas extremidades, o cabelo ralo, pobre, coroando uma cabeça de consideráveis dimensões, também não o olhava para saber se era cego, como suspeitei no começo. Já tinha percebido há um bom tempo que via perfeitamente, e no entanto continuava olhando para ele, como se olham as chamas, ou as ondas do mar, sem saber exatamente o que se busca nelas, e sua feiúra me parecia cada vez mais misteriosa, quase diria mais duvidosa. Ele se ocupou de mim muito vagamente, no começo. Depois, sustentou o olhar com tanta firmeza que conseguiu me envergonhar, e fui eu quem fugiu com os olhos, até vislumbrar com a beiradinha das pestanas alguma coisa se mexendo. Ele estava dobrando o indicador da mão direita para que eu me aproximasse. Por puro reflexo, apoiei meu próprio indicador no peito e arqueei as sobrancelhas para improvisar uma pergunta. Ele sorriu, mexendo a cabeça de cima para baixo. Sim, claro que se referia a mim.

Enquanto percorria os poucos metros que nos separavam, perguntei-me a que tribo ele pertenceria. Naquela época, a população heterossexual, mais ou menos masculina, assídua dos locais que eu freqüentava, dividia-se basicamente em três tipos: descerebrados, doentios e divinos. Os segundos eram humanos só em aparência. De resto, supriam com vantagens os efeitos das plantas de interior que decoram os bares e discotecas com mais pretensões do que as que eu via todas as noites, porque não era preciso regá-los nem se preocupar com sua temperatura. Eles cresciam sozinhos, e sempre, no inverno e no verão, usavam casacões de lã escura, cinzentos ou pretos, com as lapelas levantadas, e um cachecol afetado de pelúcia protegendo suas frágeis gargantas. Passavam pela porta em grupinhos de três ou quatro, às vezes acompanhados por alguma mulher, quase sempre mais velha que eles porém vestida com idêntica severidade, e mesmo assim algumas delas nem pareciam lésbicas, e paravam para estudar o ambiente com cara de grande pesar, até encontrar uma mesa isolada em direção à qual empreendiam uma longa marcha de passinhos cansados. Bebiam pouco, em silêncio, balançando-se languidamente na cadeira, e alternavam os drinques com aspirinas americanas — nas quais depositavam uma confiança que as espanholas jamais mereceriam, nem sequer no caso de que sua composição fosse idêntica à dos analgésicos transoceânicos —, que algum amigo sensível e compassivo trouxera para eles de Nova York, nunca de Arkansas. Todos eram artistas e, pior, todos eram dadá, apesar de Warhol exercer sobre eles uma despótica quota de fascinação. Quando estavam sozinhos passavam quase despercebidos, mas isso acontecia raras vezes, porque cada grupo dispunha de seu próprio líder de opinião, um indivíduo grisalho, ensombrecido por sua responsabilidade, que era o único que falava, enquanto seus acólitos o ouviam com tamanho fervor que qualquer espectador desinformado poderia confundir com um pensador genial aquele que era, no máximo, um poeta eternamente maldito por ser inédito, ou um medíocre bacharel em sociologia, ou um voluntarioso cantor-compositor amadorístico, e às vezes nem isso, por mais que houvesse tomado um café no bar do Algonquin e se esforçasse até tirar sangue para masturbar-se olhando para as fotos de Alicia Lidell.

Mas ele, apesar do seu aspecto, não aparentava a insignificância imprescindível para estar filiado a um desses penosos Bloomsburys caipiras, e também não parecia ter parentesco com os membros das outras duas famílias, talvez tão intrinsecamente desprezíveis quanto aquela, embora em ambas militassem alguns caras encantadores, descerebrados com senso de humor que, entre um ácido e outro, pensavam, e divinos que, de quando em quando, condescendiam em lembrar que também eles, afinal, tinham nascido de mulher, e até confessavam, num arroubo de insofreável humanidade, que a mãe se chamava Raimunda e era de uma aldeia de Cuenca. Entre os primeiros, alguns irromperam em minha vida de maneira episódica. Os segundos me atraíam, porque eram deslumbrantemente belos, mas sempre me afastei deles pela suspeita de que sua própria beleza alimentava a tal ponto o desejo dos outros que eles próprios nunca poderiam chegar a desejá-los. Não parecia ser o caso de quem escolheu, para me cumprimentar, a fórmula mais imprevista, e a mais rentável, de todas as que estavam ao seu alcance.

— Entendo que você não cruze todas as noites com caras tão atraentes como eu, mas de qualquer maneira não deveria me olhar desse jeito, não te convém. Eu sou muito perigoso.

Aquela apresentação me fascinou tanto quanto o tamanho da espinha vermelha que se erguia perto da sua orelha esquerda, desafiadora e pletórica como um vulcão a ponto de entrar em erupção, e não reagi.

— O que foi? Você é muda?
— Não — e o fiz esperar um pouco mais. — Qual é seu nome?
— E o seu?

Quando estava quase a ponto de pronunciar meu nome verdadeiro, um demônio levado pendurou outro em meus lábios.

— Índia.
— Não é verdade.

A firmeza com que rejeitou aquela mentira boba, não tão boba assim, gerou em meu interior uma raiva absurda de tão desenfreada, mas, apesar de me esforçar para endurecer a voz, meus pés não se mexeram um milímetro do lugar.

— Escuta, cara, não sei quem você pensa que é...
— Você não se chama Índia.
— Não, eu...
— Não me diga o seu nome. Não precisa. Vamos embora.
— Para onde? — consegui dizer, quando o estupor já havia descartado qualquer tentação de interpretar o que estava acontecendo dentro e fora de mim.
— Tanto faz — e esperou durante alguns segundos uma objeção que não fui capaz de pronunciar, porque não consegui identificar o filme em que ouvira um diálogo parecido. — Vamos embora daqui.
— Espera um minuto. Vou me despedir, pegar minha bolsa, já venho.

Afastei-me alguns passos apontando para o canto onde estavam meus amigos, peguei minhas coisas e disse até logo. Esperava sair sem dar maiores explicações, mas Teresa segurou meu braço quando eu já tinha virado as costas, e estava tão nervosa que começou a falar em catalão.

— Você vai sair com aquilo? — perguntou, os olhos do tamanho de dois pratos, quando por fim caiu em si.
— Vou.
— Mas olhou bem para ele?

— Olhei.
— E vai sair com ele?
— Vou.
— Mas por quê?
— Sei lá — e nessa hora achei que estava sendo sincera.
— O que foi...? — Mariana, que assistiu ao interrogatório em silêncio, interveio num sussurro. — Ele tem pó?
— Não.
— E então o que é que ele tem?
— Nada. — Liberei meu braço e continuei andando. — Amanhã telefono para vocês e conto.

Quando voltei ao balcão, ele estava pagando. Não me disse nada, mas deixou uma gorjeta descomunal, uma quantia astronômica em relação à que era habitual — rigorosamente nada — naquele bar, àquela hora, e agora sei que aquilo era uma maneira de falar comigo, assim como o gesto de parar em frente à máquina de cigarros, perto da porta.

— Me dá seu casaco — disse. — Vai na frente, eu já vou.

Deixei meu casacão nas mãos dele sem relacionar entre si as duas frases, e avancei dois passos. Estava tão surpresa de que fosse o tipo de cara que faz questão de pôr o casaco em você a todo custo quanto com o fato de não ter escutado qualquer ruído delator do funcionamento da máquina, até que entendi o que estava acontecendo, me virei bruscamente e o peguei me contemplando, de mãos no bolso, absolutamente indiferente às luzes que se acendiam e apagavam ao seu lado.

— Que história é essa? — perguntei quando saímos, depois de vestir sozinha o agasalho que ele me entregou com uma mão absolutamente desprovida de posteriores intenções galantes. — Ou será que você faz sempre o mesmo *show*?

— Não sei do que você está falando — respondeu sorrindo.

— Desse truque barato de fingir que está comprando cigarro e mandar uma garota sair na frente, só para poder olhar bem para a bunda dela.

— Você é esperta — disse entre gargalhadas.

— E você é abusado e idiota.

Ele então me segurou pelo braço, como se tivesse ficado com medo de que eu escapulisse, mas não parecia zangado.

— Agora você bem que mereceria ouvir que, assim que te vi, eu adivinhei que você era o tipo de garota que sairia daquele bar às duas da manhã com o primeiro cara que convidasse.

Até esse momento, todas as minhas resistências tinham sido puro teatro, mas aquelas palavras me doeram, e me senti ofendida, magoada de verdade. Não foi difícil me soltar do seu braço, girar e começar a andar sem olhar para trás. Imaginei que nesse momento tudo estava terminado, mas ele correu e me imobilizou contra uma parede, segurando-me com as duas mãos.

— Ah, não! Mas você não é disso... Ou é?

Olhava para mim com uma expressão desconcertada, sincera, mas incapaz de me comover o suficiente para me induzir a responder.

— Está bem, sinto muito, desculpa, sou uma besta. Tudo bem?

Tive vontade de dizer que não, mas à última hora resolvi continuar calada, porque percebi que meu silêncio possuía a virtude de deixá-lo mais impaciente do que qualquer negativa.

— Não me faz uma coisa dessas, garota... — o cara durão se quebrava, eu quase ouvia os rangidos, pressentia o eco retumbante de seu desmoronamento, já escutava os primeiros acordes de uma salmodia mágica de cujos efeitos ferozes eu jamais consegui escapar —, não se manda agora, por favor. Por favor... — a mão direita dele se insinuou para dentro do meu casacão e o polegar começou a percorrer meu seio esquerdo com o gesto de um oleiro que elimina a argila sobrante da superfície de uma vasilha recém-feita, de cima para baixo, e depois em sentido inverso, movendo-se lentamente, o pulso tranqüilo —, não vai embora, agora que você já fez a parte mais difícil...

Ele se chamava Agustín, era jornalista, escrevia roteiros de rádio e, muito a contragosto, tinha somente oito anos mais do que eu, embora se esforçasse para agir como se sua idade fosse o dobro da minha. Era um indivíduo exepcionalmente brilhante, sabia disso e se comportava em decorrência, tirando vantagens insuspeitadas de seus defeitos e criando com habilidade as situações em que suas virtudes se destacavam mais intensamente, uma eloqüência pasmosa, uma lucidez demolidora, uma corrosiva aptidão para o sarcasmo, contravalores daquele físico cruel que em pouco tempo já me parecia diferente. Tinha um único ponto fraco, e era o ponto que mais o favorecia, porque jamais conheci um misógino defensivo mais radical, um homem que se protegesse com mais ardor da paixão — segundo ele, absolutamente intolerável por ser excessiva — pelos seres que se obrigava a desprezar em estrita defesa própria, mesmo sabendo que a guerra estava perdida antes de começar a lutar. Quando decidia sucumbir a tempo ante essa certeza, tornava-se um amante irresistivelmente doce, e sempre, mesmo quando se propunha a permanecer dono de si e impassível durante todo o espetáculo, ruía em algum momento, e por mais breves que fossem os sinais de sua derrota, eu percebia que ele tinha se dobrado, e assim permaneceria até o fim, e isso era o mais importante que podia fazer pelos dois. Entretanto, não me apaixonei.

Se as coisas houvessem corrido de outro jeito, o amor, álibi supremo, bastaria para encobrir a verdade, mas, embora tivesse chegado a gostar muito dele, embora adorasse transar com ele e, de certa maneira, sentisse que me era necessário, eu sabia que não estava apaixonada por Agustín e não lhe menti, nem tentei me mentir, porque nem ele nem eu merecíamos a mentira. A gente se via de vez em quando, uma ou duas vezes por semana, às vezes mais, mas sempre para ir a algum lugar, que quase sempre figurava nas listas do que os jornais de domingo recomendavam sob o rótulo "lugares de moda", e eu também gostava daquilo, porque não sentia necessidade de me trancar com ele num lugar escondido, pequeno, secreto, como o secadouro de Rosario. Não estava apaixonada por ele, mas havia alguma coisa a mais, que levei um tempo para descobrir.

— Você tem algum programa melhor para quinta-feira à noite?

A antecedência daquela oferta não me surpreendeu tanto quanto a hora em que dei com ele do outro lado da linha.

— Não. Por quê, você vai se casar?

— Eu?

— Sei lá, como ainda é segunda-feira, e são dez e quinze da manhã... Normalmente você liga meia hora antes, no mínimo às oito e meia da noite.

— Ah, é?

— É.

— Pois eu não tinha percebido — mentia tão descaradamente que terminou por cair na gargalhada. — Bom, acabei de chegar na rádio. Na quinta à noite vai ter uma festa de arromba, depois da estréia de um filme patrocinado pela rede... Não sei por quê, o chefão deve estar de caso com a protagonista, uma bezerra jovem com um desses nomes patéticos, Jazmín, ou Escarlata, não me lembro.

— Gostosa?

— Mais ou menos, mas consegue dizer o próprio nome com certa dificuldade. — Então fui eu quem riu, e não só pela sofisticada essência daquela maldade, mas por pura satisfação, porque Agustín era o único homem que tinha conhecido até então, e não sei se cheguei a conhecer outro igual, que se confessava incapaz de desejar uma mulher burra. — Acontece que vão fazer chamada, o que significa que eu tenho que ir, e quero que você venha comigo.

— É para ir bem vestida?

— De arrasar... Vestida para arrasar.

Entendi perfeitamente o que ele queria dizer, porque esse tinha sido o assunto da nossa primeira conversa aprazível, numa cama desfeita, rodeada de pilhas de livros, jornais velhos e caixas de fitas cassete sem classificar, um currículo completo espalhado no carpete originalmente verdoso, agora estampado com centenas de queimaduras de cigarros esquecidos.

— Você deu azar, garota. — Eu estava deitada de costas, tão relaxada que não me sentia capaz nem de levantar a cabeça para acompanhar os movimentos da mão que me revelava, em cada carícia, que seu proprietário, deitado de lado, olhando para mim, já recuperara totalmente o domínio de si. — Vestida, você não parece nem a metade de gostosa do que é na realidade, porque nua, puxa vida... — senti que movia os dedos como se pretendesse sovar a carne do meu ventre —, você é gostosa demais.

O estupor me deu a força necessária para erguer o corpo e, apoiada nos cotovelos, olhar para ele, não tão gratificada pelo que interpretei como um elogio quanto perplexa pela avaliação que o precedera.

— Mas isso é dar sorte, não é?

— Você acha? — e a surpresa que seus olhos refletiram só fez aumentar minha própria surpresa. — Suponho que ao longo da sua vida você deve ter visto mais pessoas vestidas que peladas.

— É, mas... — e aí parei, porque não sabia exatamente o que dizer.

— Mas nada. O que importa é a aparência, olha só para mim, eu também fico muito melhor pelado.

— Ah, é? — Tive medo por um instante de que meu ceticismo chegasse a ofendê-lo, mas ele riu antes de responder.

— Claro. Tenho um corpo normal, não é? — Segurou com uma pinça formada por dois dedos uma dobra de pele da barriga enquanto eu caía na gargalhada. — Um pouco fofo, talvez, mas normal, e o pau dignamente situado nos parâmetros estatísticos da maioria...

Sem parar de rir, me abracei com força ao seu corpo normal e beijei sua boca anormal até que na minha se esgotou a saliva.

— Você é um cara muito interessante — disse, e desde aquele instante nunca mais deixei de acreditar nisso.

— Eu sei. Você não é a primeira a me dizer. De qualquer maneira, prefiro não prestar muita atenção, para não ficar vaidoso, você sabe. Mas seu caso é diferente. Se, para começo de conversa, você parasse de usar esses trapos...

— Que trapos?

Ele pegou no chão a roupa que eu havia tirado antes e a agitou no ar com a mão fechada, como se fosse um estandarte de guerra.

— Mas não são trapos — protestei, de novo mais perplexa do que ofendida, contemplando um *legging* de lã com fios dourados que descobri num camelô, sob o cartaz de "tudo por cem", a minissaia bordô cortada em pano de camiseta 100% algodão que comprei em Solana e da qual gostava muito porque terminava em bicos irregulares como a capa de Cruella de Ville e a blusa curta de gaze preta com brilho que encontrei na liquidação Tudo da Índia do El Corte Inglés, cujos botões de massa, redondos e discretos como botões de viúva, eu mesma trocara por outros mais bonitos, enormes e hexagonais, de plástico transparente em diversas cores fosforescentes.

— E aquilo? — perguntou depois de largar minha roupa no chão sem a menor consideração.

— Aquilo são duas botas — disse, reconhecendo imediatamente a botina sem salto, de ponta quadrada e cadarço grosso na frente (um leve toque *punk* nunca é demais, pensei quando a comprei), que eu mesma tinha melhorado com umas chapas metálicas e suas respectivas correntes prateadas.

— Claro que são. Daquelas que os sapadores de Napoleão usavam na campanha da Rússia... Mas, vamos ver, será que você tem algum problema para se vestir de mulher?

— Você quer dizer feito a minha mãe?

— Quero dizer de mulher.

Era só o que me faltava, pensei. Eu estava com vinte anos e a roupa era muito importante para mim, porque me permitia afirmar-me não apenas diante do mundo, mas também da minha mãe e, sobretudo, de Reina. Minha irmã levava uma vida absolutamente diferente da minha, e para perceber a diferença bastava dar uma olhada em nós duas. Nessa época, ela havia abandonado os ambientes basicamente chiques que freqüentou durante a adolescência para se transformar na mascote de uma seita de enfermiços e decadentes, emblemáticos da espécie humana que eu desprezava com a curva mais funda dos meus intestinos, compositores-intérpretes genuínos, cujas enfadonhas versões de Leonard Cohen — aquilo sim que é um ser humano — se ouviam no rádio, mas só de madrugada, diretores de teatro que aspiravam a reabilitar definitivamente Arrabal encenando uma peça dele na Sala Olimpia, críticos literários de obscuras revistas provincianas impressas em duas cores e refugos culturais desse estilo. Ela passava as noites sentada numa mesa do Gijón, não usava drogas de nenhum tipo e só bebia Cutty Sark, e nenhum outro uísque, com gelo e água. Sempre estava apaixonada por alguém que nunca mais festejaria quarenta anos e tinha acabado de se mudar para uma casa geminada no subúrbio com sua esposa da vida inteira, uma mulher convencional que não o entendia, mas que jamais poderia largar porque o menor dos três filhos do casal tinha problemas. Ela sim os compreendia, se dava por satisfeita com saber que era a única que apreciava suas teorias sobre Pollock e dar vez por outra uma trepada triste num quarto do Mônaco, ou na *garçonnière* de algum amigo que havia triunfado injustamente e por isso podia se dar ao luxo de ter um sótão boêmio em La Latina e, quem sabe, de não comprar a auto-estima por tão pouco.

Apesar de tudo, continuava sentindo-se segura e confiante, contente com sua trajetória, e talvez por isso não se preocupava em adotar um gosto definido para se vestir. De vez em quando ainda usava para sair de noite a roupa que mamãe, impermeável ao desânimo, continuava comprando para as duas, amaneirados conjuntos Rodier e autênticas saias escocesas recém-importadas do Reino Unido, cujas etiquetas eu nem me preocupava em tirar antes de pendurá-las num cabide e esquecer para sempre, mas também freqüentava, de maneira esporádica, outros estilos, como as saias compridas e os bonés de crochê que sustentaram a mais popular versão feminina do uniforme modernoso dos anos sessenta — a maioria de seus amantes continuava aderindo à versão masculina —, ou os ataques de *look* existencialista que ela sublinhava com meias grossas de malha preta, compactas e fúnebres, que se pareciam demais, na minha opinião, às que a babá Juana sempre usara. Quando eu conheci Agustín, Reina atravessava o primeiro, furibundo, ataque de uma nova febre mimética e, à imagem e semelhança de uma certa Jimena, que tinha sido a musa indispensável da turma de pigmaliões do Gijón quando ainda estavam na faculdade, e que possuía a idade certa, portanto, para ser nossa mãe, vestia-se de mulher que se veste de homem, com leves paletós cruzados de algodão e calças pregueadas combinando, cujas linhas ficavam ambíguas, sem chegar a ser inquietantes.

Se Reina não houvesse escolhido precisamente essa época para cultivar precisamente esse estilo, talvez eu nunca tivesse dado o pulo que me levou para o lado justamente oposto, ou talvez o desse de qualquer jeito, obedecendo a um instinto que aflorou sem minha autorização ao jantar com Agustín pela segunda ou terceira vez, num pequeno restaurante francês cujo aspecto não permitia prever grandes sobressaltos. Mas quando ela entrou no salão, empurrando com desnecessária violência uma porta entreaberta, até as moléculas do ar que respirávamos pareceram se arrepiar.

Devia ter uns trinta e cinco anos, e quando descia dos saltos altos, se é que os tirava para dormir, não devia ser muito mais alta do que eu. Estava pintada como um letreiro e tinha acabado de sair de um salão onde deviam ter ojeriza dela, porque a tingiram de um louro tão claro que os reflexos que suas têmporas emitiam sob a luz pareciam fios grisalhos, mas apesar de tudo achei-a bonita, muito, muito bonita, com grandes olhos verdes, melancólicos, e uma boca cruel, perfilada por uma fina linha de lápis num tom marrom nada sutil. Havia se enfiado por pressão num vestido azul elétrico de couro macio e flexível, caro, ao qual se poderia atribuir uma origem Loewe não fossem a escassa longitude da saia e a desmedida amplidão do decote, que exibia um bom pedaço do sulco que separava seus peitos, detalhe que me pareceu de um particular mau gosto, sobretudo porque, embora eu nunca usasse sutiã, toda vez que ia fazer compras com minha mãe e ela teimava em me comprar algum, procurava com ardor o efeito contrário, e em geral escolhia o modelo que demonstrava maior eficácia no propósito de anular o bendito canalzinho. No mais, considerando por separado os volumes daquele corpo, sentenciei que ela estava bastante gorda, e no entanto, se por algum motivo eu fosse obrigada a emitir um juízo global, e a ser equânime, não poderia deixar de lhe atribuir certa qualidade mole, esponjosa e reluzente que sugeria antes uma aveludada opulência do que a tumefação decorrente da pura obesidade. Era, em suma, uma mulher muito atraente, conquanto em mais estrita oposição aos meus critérios a esse respeito, e suponho que foi por isso que me incomodou tanto que Agustín tivesse ficado ligado nela daquele jeito.

— Você se importaria de olhar para mim? — interrompi a distraída crítica de um filme que tinha visto alguns dias antes quando senti que minha paciência se esgotava. — Não é por nada não, mas estou falando com você.

— Desculpa. — Agustín olhou para mim, sorriu, e tornou a virar a cabeça e a retificar sua posição um segundo depois. — Continua.

— Mas pode-se saber por que você olha tanto para ela?
— Claro. Olho para ela porque me atrai.
— Isso aí? Ela tem pinta de puta!
— Por isso me atrai.

Naquele instante meus olhos por acaso pousaram em minhas unhas, muito curtas e pintadas de preto, e o aspecto delas me desagradou tanto que as escondi debaixo das axilas, cruzando os braços por cima do peito. Quando peguei Agustín na porta de sua casa, naquela tarde, ele me disse sorrindo que eu estava parecendo um duende, e arquivei esse comentário como um elogio sem pensar muito no assunto, mas agora, consciente de sua exatidão — eu estava usando um pulôver de lã preta com gola rulê, uma minissaia de feltro verde com furinhos na bainha e dois suspensórios paralelos, muito largos, de forma trapezoidal, meias pretas de malha opaca com flores de veludo em relevo, e sapatos sem salto de couro verde e corte infantil, com uma fivelinha no peito do pé que se prendia de lado —, me achei ridícula e, querendo reprimir a fúria que me explodia por dentro, fiquei imóvel, ereta contra o encosto, sem fazer qualquer comentário enquanto contemplava o forçado perfil do meu interlocutor, basicamente o pomo-de-adão. Então o garçom pôs os cafés sobre a mesa e ele não teve mais remédio senão se endireitar por um instante, que eu aproveitei para protestar com um sussurro e me sentir pior ainda.

— Você tem gostos esquisitos. Eu sou muito mais jovem.
— Com certeza — respondeu, olhando para mim com uma expressão significativa de que não participava em absoluto de minha opinião —, e por isso você comete erros manifestamente juvenis, como confundir idade com qualidade. Mas eu te desculpo porque, embora ainda não tenha se dado conta, você é, também, muito mais gostosa. Por isso estou aqui jantando contigo e não com ela.

— É, cara, até parece que você conhece a dona!
— Claro que conheço.
— Gostaria de ver.
— De verdade?

Ele se levantou sem dizer nada, jogou o guardanapo na cadeira com um gesto tão preciso que parecia ensaiado, e enquanto eu tentava impor a mim mesma a disciplina necessária para não sair correndo, aproximou-se da outra mesa. Se estivesse mais tranqüila, eu emitiria um risinho displicente ao verificar que não era a ela, e sim ao homem sentado ao seu lado, que Agustín cumprimentava em primeiro lugar, mas os dois pares de beijos que trocaram, ele segurando a cintura dela, como se estivesse em perigo de se derrubar em seus braços, me deixaram tão nervosa que senti meu cérebro apitando antes de começar a ferver.

— Você viu? — perguntou quando se sentou novamente à minha frente.

— Vi, claro.

— Essa é a única vantagem do meu ofício, acabo conhecendo todo mundo... — e então esticou o dedo indicador, apontando em minha direção. — Peço outro café para você?

— Não, obrigada.

— Então não sei o que você vai beber.

Olhei para baixo e vi minha xícara praticamente vazia, e minha mão direita impulsionando a uma colherzinha que girava no vazio com uma força centrífuga tão grande que a maior parte do líquido já tremia no pires. O resto se derramara sobre a toalha.

— Que horror! — disse eu.

— É — respondeu, passando-me sua própria xícara. — Bebe este.

Mexi o conteúdo com extremo cuidado, enquanto ele pedia outro café e a conta, e esperei que parasse de fumegar antes de levar a bebida aos lábios, mas quando ainda não havia completado esse movimento, sentindo-se sem dúvida provocado pelas minhas precauções, Agustín me olhou com certa ironia.

— Alguma coisa errada?

— Comigo? — Meus dedos começaram a balançar e a xícara tremeu ruidosamente em cima do pires. — Não. O que poderia estar errado?

O líquido estava tão quente que atravessou sem dificuldade o tecido grosso da minha saia, ensopou a meia e ardeu sobre a minha coxa, mas, apesar do grito agudo de dor que me brotou da garganta, o que mais lamentei foi o descontrole que me fez derramar o café em mim mesma. Agustín, porém, achava tudo muito engraçado.

— Peço outro? — perguntou às gargalhadas.

— Vai à merda! — Me levantei tão furiosa que, de novo, fui incapaz de prever que a conseqüência imediata do meu gesto seria a queda da xícara no chão, onde se quebrou em mil pedaços.

— Agora você está parecendo Peter Pan depois de uma aterrisagem defeituosa.

As salpicaduras, de cor marrom uniforme mas de todas as formas e tamanhos possíveis, que estampavam a parte da frente da minha saia, pareciam efetivamente manchas de lama, e tive que me conter para impedir que as lágrimas que já surgiam em meus olhos não ultrapassassem a última fronteira. No entanto, quando saímos e ele adotou um tom calmo para me contar não sei que historinha de um amigo do colégio que morava por ali quando ambos eram crianças e, depois, quando dirigia em direção ao centro, tive que admitir que Agustín tivera muito pouco a ver com a origem e o desenvolvimento daquela cena, mas não quis indagar muito sobre o que tinha acontecido comigo, para além da vulgar armadilha dos ciúmes ocasionais, e também não me perguntei por que estava mudando de opinião no meio do caminho, e em vez de deixá-lo em casa e seguir para a minha sem nunca mais vê-lo, como havia prometido a mim mesma no restaurante, aproveitei uma vaga providencial para estacionar e subir com ele, usando o lamentável estado da minha saia como pretexto, e não sei por quê, nem a quem, eu pretendia demonstrar alguma coisa me comportando depois como fiz.

— Estou te magoando?

A princípio pensei que ele estava brincando, mas a preocupação que seu rosto refletia era próxima demais à angústia para ser fingida.

— Não.

— Você está bem?

— Estou — menti, porque não me sentia bem, nada bem, apesar de não estar magoada. — Por que essa pergunta?

— Não sei, você está fazendo umas caras muito esquisitas.

— É que estou adorando...! — estiquei deliberadamente a última letra para fazer um biquinho, fingindo que estava soprando, uma careta que desde que nós começamos eu exibi pelo menos tão generosamente quanto os frívolos alaridos guturais e os esmaecidos movimentos de pestana, para mentir de novo, porque, me obrigando a agir como supunha que a mulher de couro azul faria no meu lugar, eu me obrigava ao mesmo tempo a estar consciente, alerta ao que acontecia durante cada segundo e, para conseguir isso, tive que desterrar meu próprio couro, e o que há dentro dele, para o purgatório dos assuntos pouco urgentes.

— Não é o que parece.

Abaixei o volume da trilha sonora, mas não renunciei a certos gestos do repertório, e quando ele se levantou, de braços rígidos, para me olhar, belisquei-me os mamilos com dedos ostentosos e o encarei ao mesmo tempo que lambia estupidamente meu lábio superior, sem descobrir neles sabor algum. Depois joguei a cabeça para trás e deixei de notar o seu peso.

— Sinto muito — escutei à minha esquerda, e me ergui para vê-lo deitado ao meu lado. — Fiquei sem tesão. Não sei o que está acontecendo com você, não estou entendendo, mas não gosto disso.— Fez uma pausa e olhou para mim. — Não tenho nada contra a pornografia, aliás consumo bastante, mas, se você faz questão de montar um espetáculo ao vivo, no mínimo eu gostaria de cobrar entrada.

Só me movimentei com tanta rapidez para ocultar as marcas da minha vergonha, o rubor que me conquistava como um vírus contagioso, irrefreável. Sentada na beira da cama, de costas para ele, me enfiei rapidamente nas meias e calcei os sapatos sem perder tempo com o fecho, coloquei o pulôver e, completamente vestida, me senti um pouco melhor. Passei diante da cama para o banheiro, peguei minha saia, ainda molhada, no aquecedor onde a deixara secando, torci-a na pia e, sentindo muita saudade do Fernando, me perguntei pela primeira vez se amar meu primo agora seria tão fácil como naquela época, quando minha única preocupação era deixar de ser menina. Encontrei uma sacola plástica no armário que fazia as vezes de cozinha e apareci na porta do quarto para me despedir com as faces de cor púrpura, ainda ardendo.

— Até logo.

Agustín respondeu quando eu estava guardando a saia na bolsa.

— Vem cá.

Vesti o casaco devagar, respeitando o ritmo que o desgosto me impunha, mas quando ouvi barulho de pés descalços junto à cama, acelerei todos os meus gestos e não demorei mais que alguns segundos para chegar ao corredor e chamar o elevador, depois de sair da casa batendo a porta.

Eu estava esperando com impaciência que a seta vermelha do elevador mudasse de tom, quando a porta se abriu de novo, com a mesma brusquidão, e a cabeça dele apareceu, refletida nitidamente nos espelhos que forravam as paredes. Enquanto ele olhava para a esquerda e depois para a direita, para se certificar de que estávamos sozinhos, bati ruidosamente com o salto no chão para animar o elevador, mas só consegui que parasse em outro andar, acionando o botão de emergência. Então ele saiu de casa, completamente pelado, e veio até mim. Acompanhei seus movimentos pelo espelho e pude ver como me abraçava por trás enquanto me fazia notar, sem grande esforço, o relevo do seu sexo ressuscitado contra a minha nádega esquerda, e senti que me puxava, e eu ainda conseguia resistir, manter os olhos abertos, até que ele usou uma arma com a qual eu não contava.

— Vem cá, sua piranha.

Aquela palavra acabou comigo. Fechei os olhos e me deixei levar, meus pés desandaram sem querer o caminho que antes haviam percorrido, meu corpo viajou entre seus braços como um peso morto, leve para ele mas esmagador para a minha vontade, e minhas costas não tiveram consciência de estar fechando a porta quando me apertou contra ela. Escorregamos juntos para conquistar o chão e eu não abri os olhos, não descolei os lábios, não disse nada, e quase não fiz mais movimentos além dos imprescindíveis, até que meus lábios começaram a tremer e se contraíram sozinhos algumas vezes.

— Agora, sim — ouvi como em sonhos.

E então gritei, gritei muito e muito forte, durante muito tempo.

No começo não tinha a menor idéia do que estava acontecendo, não sabia como era fundo o abismo em que me precipitava tão prazenteiramente, nem intuía até que ponto eram íngremes aquelas paredes que me encheriam a alma de arranhões. No começo ainda cometia a loucura de obedecer ao meu corpo e não me sentia culpada de nada.

Pegando carona naquela palavra tão aparentemente trivial — uma simples combinação de fonemas que eu já havia dito e escutado milhares de vezes, sempre aplicada a um idêntico campo semântico que, de repente, já não me parecia o mesmo —, comecei a suspeitar que minha natureza talvez não fosse um reflexo, e sim a única e genuína origem de todas as fés, boas e más, e então, somente vinte e quatro horas depois de ouvi-la, me submeti a uma prova inocente que foi definitiva. Eu havia pensado nisso o dia inteiro e ainda não tivera coragem de resolver se aquele descobrimento seria para o bem ou para o mal, embora não pudesse ignorar o calafrio de prazer que congelava minha espinha toda vez que recuperava a voz de Agustín, consumindo-se como uma vela esgotada enquanto me chamava, vem cá, sua piranha, quando Reina saiu para dar uma volta e eu fiquei sozinha no quarto. Então, sem parar para pensar muito no que estava fazendo, vesti, de costas para o espelho, um dos conjuntos que ela havia examinado sem chegar a escolher, e que deixou jogado na cama. A calça, cinza com riscas brancas, como as de gângster, era de flanela e raspava um pouco, mas se ajustava à minha cintura muito melhor do que o paletó, que abotoei sobre uma das minhas próprias camisetas, porque eu só conseguiria entrar numa blusa de Reina num filme de ficção científica. Estava a ponto de me virar para descobrir o resultado quando percebi que estava descalça, e resolvi jogar limpo. Fechei os olhos até me aproximar do armário e enfiei os pés num mocassim preto, voltando ao ponto de partida enquanto me preparava mentalmente para a experiência e prometia a mim mesma julgar-me com imparcialidade, evitando todas as armadilhas, calça necessariamente curta e paletó, além disso, necessariamente apertado, mas não sei se consegui porque só agüentei manter os olhos abertos durante alguns segundos.

Enquanto me despia a toda pressa, tentei lembrar se alguma vez na vida tinha me visto tão horrorosa, e não consegui. Sabia que se o conjunto fosse do meu tamanho os resultados melhorariam muito, mas de todo modo sentenciei que aquele estilo não fora criado para mim, e então voltei ao armário. No último cabide, mais longe até do que as saias escocesas que me foram destinadas nas sucessivas distribuições, repousava, desde a noite dos tempos, um velho vestido de festa de Magda, que por sua cor e seu tecido — cetim vermelho —, minha mãe considerara especialmente apropriado para confeccionar a túnica de coroinha que Reina deveria ter usado num espetáculo de Natal no colégio e que afinal não foi preciso destroçar, porque na última distribuição de papéis minha irmã ficou com um papel de anjinho, como sempre, e eu, por ter esses lábios que tenho, tive que fazer o Rei Baltasar, também como sempre. Tirei-o do armário com certa apreensão, como se encostar nele fosse um ato impudico, e quando já estava com os pés em seu interior quase parei, mas prossegui, de costas para o espelho, como antes. Quando pus as ombreiras no lugar, olhei para baixo e vi que a fazenda flutuava, fofa, ao redor da minha cintura, mas à medida que conseguia ir subindo o fecho, apesar da posição forçada de meus braços, o vestido foi se ajustando ao meu corpo como um forro feito sob medida. Quando terminei, percebi que ainda estava com os mocassins pretos que pegara no armário, mas, depois de tirá-los, não fui buscar outro sapato, porque já intuía que não precisava.

O espelho me devolveu uma imagem tão esplendorosa — peitos redondos, cintura estreita, cadeiras curvas, barriga plana, pernas longas: eu — que me deu vergonha, mas apesar da pressão que torturava as minhas têmporas não me sentia capaz de parar de me olhar. O decote, um pentágono invertido, como os que Eva Perón adorava, mostrava uma fenda que parecia ter sido sombreada na pele escura com lápis grosso e a perversa intenção de proclamar que meus mamilos eram roxos, e a saia se franzia dos lados em dois enganosos drapeados que não pretendiam remediar, e não remediavam, a pressão da fazenda nas minhas coxas, e no entanto tudo estava bem.

— Ótimo — disse em voz alta, enquanto me olhava de perfil —, é só roupa, tudo é roupa... — me coloquei de cara contra a parede e inclinei a cabeça sobre o ombro esquerdo para tentar me olhar por trás —, simplesmente uns pedaços de fazenda costurados com linha para a gente não andar pelado na rua... — e repeti a operação para contemplar o outro perfil. — De qualquer jeito, tudo isso é meu, não vou amputar, e além do mais... — voltei a me olhar de frente —, tanto faz ir vestida de pós-moderna ou de antiquada, dá no mesmo, é só roupa, tudo roupa...

Peguei uma cadeira e me sentei, e depois levantei, e me ajoelhei, e me inclinei para a frente, e fiquei de cócoras, e me ergui de novo, e dei umas voltas, e abri a boca exageradamente para fingir que rugia como um tigre, tudo isso sem parar de me olhar, e por fim, com as mãos na cintura, antecipei profeticamente, sílaba por sílaba, o veredicto que um Agustín estonteado, aniquilado, quase assustado, deixou escapar entre os dentes quando afinal resolvi sair com o vestido da Magda, alguns dias depois.

— Você está maravilhosa, garota.

O baú da minha mãe superou todas as minhas expectativas, revelando-se um laboratório dotado de infinitas possibilidades ao qual, por uma vez, tive acesso sem o menor obstáculo. Deixei mamãe — que vivia na permanente angústia de que, qualquer dia, um telefonema da polícia lhe confirmasse que eu estava há anos envolvida no tráfico de drogas — simplesmente feliz quando pedi permissão para reutilizar os velhos vestidos dos anos cinqüenta que ela guardava em grandes caixas de papelão de antes do meu nascimento, porque ela só dava para as empregadas as saias e blusas informais, que chamava de "roupa da manhã", e os *chemisiers* e conjuntos correspondentemente denominados "roupa de tarde", mas nunca se desprendeu dos trajes de festa e vestidos de festa que tanto usava na época, para não ofendê-las e porque, afinal, para que iriam querê-los. Esse conceito tão pessoal de caridade foi uma autêntica bênção para mim, principalmente porque, embora tendesse a ficar ligeiramente estreita da cintura para cima, e ligeiramente larga da cintura para baixo, a roupa que minha mãe usava aos vinte anos ficava perfeita em mim, como se fosse sob medida, e quando isso não ocorria a babá Juana gastava uma paciência infinita sentada diante da máquina de costura.

— Gente, como essa menina gosta de panos — dizia minha mãe. — Aliás, minha filha, do jeito que você era virago quando criança, quem diria! Em compensação, a sua irmã, veja só...

Mas nem tudo era roupa.

Obedecendo a um misterioso pressentimento, comprei um vestido novo para ir com Agustín àquela festa que ele anunciara com tanta antecedência. Desisti de antemão de fabricar um novo requentado daqueles que tão bons resultados tinham dado no último ano, e vasculhei, uma por uma, as vitrines mais ousadas de Madri, atrás de uma coisa feita especificamente para mim. Achei naquela mesma tarde, na rua Claudio Coello, numa das lojas mais loucas que pisei na vida, uma espécie de templo da modernidade para meninas de boa família, em cujos varais conviviam vestidos de noiva barrocos bordados com pedras e cristais, e macacões boca-de-sino que pareciam recém-roubados do camarim de algum cantor *glam*, também bordados com pedras e cristais. Meu descobrimento era muito mais discreto. Preto, de piquê grosso com muito relevo, menos nas lapelas e punhos, que eram de seda sintética, parecia um fraque para usar sem mais nada, nem camisa nem calça. Fantástico.

Quando comecei a descer pelas escadas do teatro transformado na discoteca mais em moda naquele trimestre, repetiu-se uma situação à qual eu já devia estar acostumada mas que, mesmo assim, a cada nova edição me produzia a mesma estranha mistura de surpresa e satisfação. Agustín, com uma atitude digna de quem se sabe o homem mais atraente do mundo, caminhava ao meu lado, num nível aproximadamente uma cabeça inferior ao meu. Uma vez perguntei a ele se não lhe incomodava ser mais baixo do que eu, um desequilíbrio que me fazia sentir sem jeito e para o qual existia uma solução muito simples, porque, por mais que eu tivesse me afeiçoado bem depressa ao salto alto, na realidade não o ultrapassava nem em dois centímetros. Ele me dirigiu um olhar de desalento e me perguntou, com ar ofendido, por quem o tomava. Agora, quando conheço um homem maduro, só confio em dois detalhes — que exiba a calvície com serenidade, sem dividir o cabelo quase em cima da orelha e que seja capaz de andar airoso pela rua com uma mulher mais alta que ele — para discernir se é um homem de verdade, mas naquela hora não entendi, e tive que perguntar a ele o que significava aquela resposta. Disse que eu teria que adivinhar sozinha, e eu continuei, por instinto, a usar salto alto, e logo me acostumei a inclinar a cabeça em sua direção quando era preciso.

A diferença de altura não me fazia sentir superior, e sim revertia misteriosamente sobre ele, e esse era o ingrediente mais fascinante do impacto que nossa aparição causava em qualquer lugar. Quando eu estava com Agustín e notava como os outros homens olhavam para mim, especialmente os bonitos, lia em todos os lábios a mesma pergunta e sorria para dentro como resposta a mim mesma, eu estou com ele e não com vocês porque ele só precisa falar comigo e vocês nem saberiam o que dizer, e além disso porque me dá na telha e pronto. Os olhos das mulheres oscilavam periodicamente entre o meu corpo e o dele, entre a minha cara e aquela cara que mais cedo ou mais tarde se iluminava com um sorriso que queria dizer, claro que sim, eu também percebo e também gosto disso, e então, embora não estivesse apaixonada por Agustín e duvidasse de que ele estivesse apaixonado por mim, reconhecia como era forte o vínculo que nos unia, e me perguntava se não poderia viver assim durante muitos anos, recuperando a parte razoável de tudo o que perdera quando perdi Fernando, e isso já não era só roupa, mas tampouco podia ser ruim porque era bom para mim, porque eu sentia aquilo e estava sendo sincera.

Mas a sorte não quis me conceder o vírus da gripe naquela noite, não me fez rolar escada abaixo e quebrar o tornozelo, não encheu de álcool puro as garrafas de genebra, nem conspirou comigo para transformar aquilo numa festa chata, como costumam ser a maioria das festas. Quando atravessamos a sala pela milésima vez em direção ao quarto bar, o único que ainda não havíamos fiscalizado, estávamos nos divertindo de verdade, tanto que me aborreci à beça quando aquele cara levantou o braço em nossa direção e Agustín me enlaçou pela cintura e me obrigou a ir com ele até lá, com uma equívoca expressão de sinto muito, não tem outro jeito.

— Oi, Germán.
— Oi.

Levantei o queixo para devolver ainda mais de cima o olhar de um dos seres mais desagradáveis que já conheci. Aparentava ter uns cinquenta anos e, embora não se tivesse dado ao trabalho de levantar, parecia muito alto. Seu corpo projetava para a frente uma barriga disforme, que, apesar de não chegar a sobressair demais, sugeria ter chegado ao limite de explosão. Eu já tinha visto homens muito mais gordos, mas nenhum com aquela pinta de porco, e homens mais velhos, mas nenhum que estivesse tão podre de velho por dentro, e nunca um homem convencionalmente bonito, porque Germán não deixava de sê-lo, e muito, tinha me causado uma impressão como a que recebi daquele rosto murcho, de pálpebras caídas, boca enfastiada, papada fora de controle, uma sobrancelha levantada e a outra não, uma expressão enojada, nojenta, como seu jeito de olhar para mim, esbanjando o mesmo tipo de atenção que um granjeiro prestaria a uma vaca numa feira de gado.

— Você podia me apresentar à sua amiga, não é? Afinal, ainda sou seu chefe de programação.

Enquanto Agustín pronunciava meu nome, apostei comigo mesma que a mão que estava a ponto de apertar ia escorregar sem responder ao meu gesto, molenga e suada entre os meus dedos como a de um bispo afeminado, e ganhei.

— Oi — disse apesar de tudo. — Como vai?

— Malena!

Quando me aproximei, percebi que ele não estava sozinho, mas não prestei muita atenção às duas mulheres sentadas ao seu lado e que, até aquele momento, tinham permanecido absolutamente à margem da nossa conversa, uma penteando a outra e esta aparentemente dormindo em cima da mesa, a cabeça letárgica sobre a improvisada almofada de seus braços, até que se levantou bruscamente, como um mecanismo automático que somente minha voz fosse capaz de programar.

— Oi, Reina.

— Mas... Malena! O que você está fazendo aqui? — Minha irmã olhava para mim como se minha presença numa festa com setecentos ou oitocentos convidados constituísse uma coincidência milagrosa.

— Pois é, a mesma coisa que você... — respondi, levantando o copo que tinha na mão. — Tomando umas e outras.

— Vocês se conhecem? — Por razões incompreensíveis para mim, Germán exibia uma expressão de surpresa ainda mais intensa que a de Reina.

— Claro — disse —, somos irmãs.

— Gêmeas univitelinas... — matizou a única voz que até então não se manifestara e, antes de que alguém a apresentasse, me dei conta de que ela, uns quarenta anos, loura natural com uma mecha grisalha em cima da testa, de cara lavada e traços duros exceto os olhos, azuis e redondos, era Jimena. Estava com uma jaqueta cor salmão e calça fazendo jogo, um conjunto que eu vira na Reina mais de uma vez.

— Gêmeas — corrigi. — Só gêmeas... E já é o bastante.

Só a urgência com que o marido dela me pegou pelo pulso e me obrigou a fitá-lo me impediu de creditar-lhe um sorriso peculiar, quase familiar, que não tive tempo de identificar com o que costumavam estampar os sujeitos que confessavam fantasias sexuais com gêmeas, mas tudo estava acontecendo muito rapidamente, e eu não tinha atenção suficiente para dar a ambos ao mesmo tempo.

— Você é a irmã da Reinita? — Afirmei com a cabeça, mas ele continuava parecendo perplexo. — De verdade? — Voltei a confirmar. — Mas não se parecem nada.

— Não — disse Reina, com uma risadinha cujo sentido me escapou —, é claro.

— É claro que não — repetiu ele, elevando a voz como se estivesse zangado por algum motivo. — Essa aqui é um mulherão, é só olhar para ela.

— Germán, por favor, não seja vulgar. — A voz da mulher dele rangia como o fio de um serrote.

— Eu sou como me dá no saco — respondeu ele devagar, como se triturasse cada sílaba entre os dentes antes de deixá-la sair.

— Germán, deixa teu saco em paz, vai, que o coitado já deve estar tonto de tanto entrar e sair da tua boca.

— Não só da minha, meu bem, você sabe...

Peguei o braço de Agustín com a mão livre e apertei forte meus dedos em volta da manga, lamentando ter bebido o último drinque, cujos efeitos acentuavam a virulência da náusea que aquela turma de corvos veteranos me inspirava. Então ele, que talvez também tivesse bebido demais, resolveu intervir.

— Isso me lembra um filme que vi muitos anos atrás, num cineclube que freqüentava na época do vestibular, mais ou menos. Não lembro se era escandinavo... — nessa hora fui tomada por um ostentoso ataque de riso —, mas no mínimo devia ser alemão, porque todo mundo era louríssimo. — Tornei a rir, incapaz de me conter, e o arrastei comigo. — Eles diziam o tempo todo coisas desse estilo, mas ninguém mostrava o saco em momento algum... Conclusão, não era muito divertido.

Agustín e eu nos apoiávamos um no outro, incapazes de parar de rir, quando minha irmã me fulminou com o olhar.

— Não tem graça nenhuma — disse.

— Reina... — repliquei. — Você não conhecia Agustín, não é? Eu tinha vontade de te apresentar.

Ele teve que se recompor para cumprimentá-la e eu imitei seu exemplo. Estava desejando imitar de novo, seguindo os seus passos até um grupinho de conhecidos que, à nossa direita, lhe possibilitara uma retirada extremamente honrosa, quando Germán, que não tinha soltado meu pulso, me reteve à sua frente.

— Puxa vida! — e me mostrou seu lado amável, que talvez fosse o mais repulsivo de todos. — Quer dizer que você é irmã da Reina e está de namoro com o Quasímodo, veja só... E me diz uma coisa, você vai para a cama com ele?

— E que merda...? — você tem a ver com isso, eu ia dizer, mas percebi a tempo que poderia pensar que aquela frase encobria uma negativa e, em todo caso, a verdade sempre seria mais dolorosa para ele. — Vou, é claro que vou para a cama. E muito. Por que você pergunta? Não dá para perceber?

— Claro, claro, o Agustín e você, que coisa!

— Então você já pode... — E fiz força até conseguir libertar meu pulso daqueles dedos.

— O quê? — perguntou com um sorriso luminoso, incapaz de pressentir a segunda parte da frase que eu deixara pendente de propósito.

— Ir tomar no cu! — e estourei numa gargalhada violenta, cruel, deliciosa, sublime, enquanto o desconcerto tirava do lugar aquela pele cinzenta do seu rosto.

Saí correndo atrás de Agustín, e me sentia tão cheia de energia que poderia acender uma lâmpada com a boca. Quando o encontrei, lambi seu pescoço devagar antes de falar-lhe no ouvido.

— Vamos embora.

Minhas bochechas emitiam calor, meus olhos brilhavam, e um frenético formigamento percorria os ossos das minhas pernas, que me incomodavam terrivelmente, como se protestassem por ter que sustentar meu peso. Ele percebeu e, depois de se despedir dos amigos, já andando em direção à saída, começou a rir.

— Conta.

Continuava rindo quando pegamos os agasalhos e saímos. Eu estava procurando ansiosamente na bolsa o tíquete do estacionamento quando pensei numa coisa que me passara despercebida até então.

— Espero que tudo isso não te prejudique — disse no elevador que nos levava ao terceiro subsolo, repentinamente séria.

— O quê?

— Essa história da minha irmã, o que eu falei para esse cara, na rádio e coisa e tal... Ele é o seu chefe, não é?

— Quer dizer, só na teoria! — me tranqüilizou com um sorriso enquanto esperava que eu entrasse no carro da minha mãe, que pedira emprestado para aquela ocasião porque o meu estava na oficina. — Bem que ele gostaria, mas na verdade... — abri a porta por dentro e se sentou ao meu lado —, nós, roteiristas, sempre vivemos emboscados, são sempre os locutores que levam as porradas.

— Ainda bem. — Apertei o botão que regulava a posição do banco do carona, um pequeno luxo de que normalmente eu não dispunha, até que o apoio da cabeça parou na beirada do banco traseiro.

— Além do mais — continuou Agustín, que havia baixado docilmente o encosto até ficar estendido ao meu lado, enquanto eu me virava para atravessar uma perna entre as dele —, o cara é um grande sacana... Você viu o jeitão dele.

— Melhor — disse, me jogando em cima dele —, você não imagina como estou feliz...

Beijei-o e o formigamento que atormentava minhas pernas se espalhou pelo resto do corpo. Reina, Jimena e Germán ainda dançavam na minha cabeça ao ritmo daquele misterioso chavão, tomar no cu!, proporcionando-me um prazer abstrato que me exigia uma contrapartida física imediata, e comecei a me mexer de cima para baixo, bem devagar, em cima do corpo de Agustín, apertada contra ele, minha cintura descrevendo lentos círculos, cobiçosos, e o tecido se fundia ao contato com minha pele até se desfazer, porque percebi todas as etapas do processo, um montinho de gelatina rugosa quase imperceptível, inane a princípio, uma forma alongada que se destacava, impondo sua tensão ao resto, um volume regular que ainda não parecia completamente estabilizado, e um ferro vermelho, brutal, pressionando meu ventre como se pretendesse queimá-lo, erodi-lo para sempre, abrir um buraco à sua medida e se encaixar ali, deslocando minha própria carne. Só então conquistei alguma serenidade. Enquanto sentia as mãos dele subindo pelas minhas coxas, levantando a saia e arregaçando-a em torno da minha cintura, olhei-o e vi que sorria para mim.

— Vem cá, sua piranha, você é uma piranha...
Eu também olhei para ele, e sorri antes de responder.
— Você nem imagina quanto.

Na manhã seguinte acordei de excelente humor, morta de fome e sem qualquer sinal de ressaca. Deduzi, pelo fundo da xícara de louça branca em que quase navegavam três ou quatro grãos do repugnante pólen de abelha que ultimamente ela tomava como café da manhã, que Reina já tinha saído e preparei uma refeição magnífica para mim, café suficiente para encher três xícaras, seis torradas de pão camponês com azeite de oliva virgem e sal e um *croissant* na grelha com muita manteiga, pura toxina que foi absorvida por meu organismo com tanta gratidão que quase voltei à cama para dormir mais um pouco. Mas tomei um banho, lavei o cabelo e fui para a faculdade. Não vi Reina o dia inteiro. Já era de noite quando desci para comprar cigarros no bar mais próximo e a encontrei no balcão, diante de um café com leite, sozinha. Tinha os olhos inchados, como se houvesse estado chorando.

— Que surpresa! — disse ela, tentando disfarçar sua desolação na frivolidade do toque mundano. — O que você está fazendo aqui? Deveria passar um hora no banho, caprichando ao máximo para sair por aí com o Quasímodo...
— O Quasímodo — respondi sem me alterar — foi esta manhã para Zaragoza, preparar um programa especial sobre uma homenagem a Buñuel que estão fazendo não sei onde.
— E vai passar o fim de semana inteiro vendo filmes?
— Exatamente.

— Que divertido! E por que você não foi também? Do jeito que você gosta de cinema!

— É, mas o marido da sua amiga Jimena não paga despesas de acompanhante. — Era mentira. Agustín não me convidara para ir com ele, nem tinha me ocorrido propor. No verão anterior havíamos ido passar as férias juntos na Suíça, porque tivemos a mesma idéia ao mesmo tempo, mas a possibilidade de que eu fosse a Zaragoza não passou pela cabeça de nenhum dos dois, essa era a única explicação.

— Não é tão caro assim, são trezentos quilômetros de carro. Na certa o hotel está incluído na diária de qualquer jeito.

— Agustín não tem carro.

— E nunca vai ter. Pelo menos enquanto tiver você, para levar e trazer daqui para lá... É desse tipo de coisas que ele gosta, não é?

Olhei-a lentamente, tentando vincular aquelas olheiras com a lâmina afiada de sua língua, sem resultado algum.

— Não te entendo, Reina.

— Pois está tudo muito claro.

— Que você não gosta do Agustín, isso sim está claro. O que não entendo é o porquê. Você não falou com ele nem três minutos. Não o conhece.

— Mas isso é óbvio, Malena, parece até mentira! Conheci centenas de caras que nem ele, há um, no mínimo, em cada superprodução americana. Só que costumam ser mais bonitos, porque lamento dizer que teu gosto está decaindo com o passar dos anos. O Fernando, pelo menos, era gostoso.

Um sexto sentido me avisou que devia ficar imediatamente na defensiva, mas não lhe dei ouvidos, porque não fui capaz de prever o perigo.

— Fernando não tem nada a ver com isso.

— Claro que tem. Porque o Quasímodo é a mesma coisa que ele. — Fez uma pausa dramática, prolongada, experiente. — Um *chulo*.

— Ah, pára com isso, Reina! — Tentei rir, e quase consigo. — Toda vez que tenho um caso com um cara você me vem com a mesma história. Dá um tempo!

Ela escondeu os olhos na borda das unhas, fugindo dos meus, e espacejou as palavras como se preferisse não ter que pronunciá-las.

— Pois é, mas é só ver as marcas no teu corpo. Se você continuar desse jeito, não sei onde vai parar...

— O que você quer dizer?

— Não, nada não.

Então ela se virou bruscamente em minha direção e me beijou na face, e depois me abraçou.

— Desculpa, Malena, ultimamente estou muito difícil, eu sei. Ando cheia de problemas, eu... não estou passando muito bem, para dizer a verdade. Não sei o que fazer...

— Mas o que foi? — perguntei, sentindo-me culpada por não ter descoberto até aquele instante nenhum sinal do sofrimento da minha irmã. — Você está doente?

— Não, não é isso... Não posso contar. — Olhou para mim e sorriu como se ela mesma estivesse se obrigando a fazê-lo. — Não se preocupe, não é nada de ruim, mais cedo ou mais tarde acontece com todo mundo. De qualquer maneira, e por mais que o assunto te incomode, o que acabamos de falar não tem nada a ver com isso. Se eu te digo que Agustín é um *chulo*, é porque ele é. Pensa nisso. Presta atenção, pelo teu próprio bem.

Naquela noite, meu próprio bem não me deixou dormir.

Tentei em vão me embalar nas pegadas de outro homem que me atraía mas tampouco servia para mim, lembranças cálidas e acolhedoras como uma banheira cheia de água fervendo que me recompensasse de uma longuíssima caminhada sob uma tempestade de neve, retalhos de conversas surpreendentemente longas, apostas estimulantes, fulgores reluzentes, provocações, cumplicidade, afeto, dependência, além dos sinais convencionais, além das leis do namoro, da fidelidade forçada, dos presentes de aniversário e dos votos de Natal. Ainda o conhecia pouco naquela noite infernal em que Madri congelava, como havia congelado na madrugada anterior, e na anterior àquela, mas ele se vestiu para sair comigo, e quando perguntei se ia a algum lugar, respondeu que nós dois íamos até a Casa de Campo, e eu dirigi até lá, segui suas indicações sem fazer perguntas porque as surpresas sempre me excitaram muito, mas jamais me atreveria a esperar tanto. Quando passamos ao lado de um dos postes que iluminam o açude, pediu para parar, eu estacionei ali, e saí do carro com ele, fazia um frio espantoso e a temperatura parecia descer ainda mais sob os reflexos daquele feixe leitoso de luz halógena, mas então me disse sorrindo, olha para eles, estão lá fora, descobri isso anos atrás, quando congela eles saem da água, não fica nenhum lá dentro, e então entendi, e olhei com atenção, e os vi, e os reconheci, todos os patos estavam fora da água, e senti calor, e uma emoção enorme, e minha pele se eriçou, toda arrepiada, como as penas daqueles pobres bichos molhados e hirtos, e comecei a chorar, com a mesma intensidade com que havia chorado todas as lágrimas de Holden Caulfield, embora ele não fosse como eu porque tivera a sorte de nascer menino.

Aquele livro que te obcecava há uns anos, lembra?, aquele que você dizia que deve ter sido escrito por uma mulher porque o autor nunca deixou tirarem nenhuma foto dele, foi isso que Reina tinha me dito alguns dias antes, porque Jimena me contou que o título não significa nada, não tem ninguém apanhando nada em nenhum campo de centeio, é só o nome que se dá ao jogador de beisebol que fica numa determinada posição, sabia? Agora que sei, fico contente de não ter lido o tal livro. Jimena diz que não dá para acreditar que você tenha gostado tanto dele, e muito menos que tenha se reconhecido no protagonista, porque foi escrito por um homem, é claro, ela diz que é evidente, que é só ler algumas linhas para perceber... Reina não lia mais romances, só coisas mais sérias, livros de antropologia, de sociologia, de filosofia, de psicanálise, livros escritos por mulheres e editados por mulheres para serem lidos por mulheres. Se Holden se chamasse Margaret talvez até tentasse, mas ele se chamava Holden e se perguntava o que os patos do Central Park fazem durante as piores noites de inverno, quando a superfície da água fica espessa como uma pista de patinação, escorregadia como uma armadilha mortal, e Agustín quis me amparar em seu segredo, me ensinou que os patos saem da água quando congela, e então fiquei com uma dívida de gratidão para com ele que vai perdurar toda a minha vida, mas nem mesmo isso bastou para salvá-lo.

Se tivesse descoberto que os patos agonizam sob as garras de um gelo implacável em meio a grasnidos mudos de terror, se houvesse capturado dois ou três cadáveres congelados e os depositasse em minhas mãos soltando ferozes gargalhadas, tudo teria sido mais fácil, eu não teria dúvidas, mas só tinha vinte anos, não estava apaixonada por ele e não podia me esconder em nenhum álibi, porque eu não havia escolhido um homem jovem que desprezava o carro e galopava pelos campos sem camisa, e que era meu avô, nem outro homem jovem que escolheu morrer investindo contra seus assassinos como um touro bravio, e que era meu outro avô, escolhera a ele, e levada por sua mão descobri algo mais do que o feliz instinto que conserva a vida dos patos urbanos nos piores invernos, descobri um valor insuspeitado nas palavras, sucumbira a esse mistério e agora não podia mais recuar.

O fato de mamãe rejeitar Fernando sempre cuspindo aquele mesmo termo, *chulo*, não me ajudava muito, porque tinha certeza de que ela não tinha nada a ver com isso. Fora este o caminho de ida, todos os ventos sopravam a meu favor, e tinha sido fácil rejeitar o modelo caduco, defeituoso, inconcebível, a senda percorrida por uma mulher que não era tola mas parecia meio idiota, a vida inteira sendo passada para trás, da casa para o salão de cabeleireiro e do salão para casa, dando-se ao trabalho de se maquiar toda tarde e ficar elegante só para chamar a atenção do marido quando ele voltasse do trabalho, consultando com meu pai sobre a mais ínfima das despesas apesar de ser mais rica do que ele, vivendo só para nós, em nós, para poder nos chantagear, dia sim, dia não, com seu constante sacrifício, tudo aquilo me parecia miserável, ridículo, indigno. Eu adotara um código muito diferente, e fora muito fácil para mim obedecer-lhe até aquela noite, em que estava me virando e revirando na cama sem conseguir dormir, até que a implacável insônia iluminou um ponto obscuro ao qual nunca havia prestado atenção.

Não pude relacionar minha mãe com Reina, porque ainda não dispunha de vivência suficiente para isso. Também não pensei que, se houvesse nascido quinze anos antes, talvez pudesse solucionar a questão com um pé nas costas. Não supus que se tivesse nascido no Norte, onde as guerras nunca são civis, como as autoras de quase todos os livros da biblioteca da minha irmã, talvez a questão nem sequer existisse. Nem me atrevi a imaginar que, se não houvesse nascido em Madri, talvez nunca chegasse a ouvir aquela palavra, que nos outros lugares da Espanha em que se fala espanhol não faz parte da linguagem coloquial das pessoas bem-educadas, nem tem os matizes ambíguos, mais admirativos do que pejorativos, que desenvolveu na gíria local em que eu penso e me expresso. *Chulo*, comigo, não tem vez, dizia às vezes meu pai, quando voltava do trabalho, vitorioso após uma negociação em que seus opositores tinham pretendido colocá-lo contra as cordas. *Chula*, comigo, não tem vez, dizia minha mãe quando despedia uma empregada que lhe respondia com insolência. Eu aprendi, com meu pai e minha mãe, que *chulo* define uma pessoa arrogante, orgulhosa, soberba em demasia e, talvez por isso, às vezes até segura de si mesma, firme em suas convicções, coerente. Mas também sabia que *chulo* significa, mesmo em Madri, um homem que explora as mulheres, que as prostitui nas calçadas e fica rico à sua custa, e sabia muito bem que nome elas recebem. Se minha irmã e eu não estivéssemos falando em Madri, talvez Reina nem pensasse em usar aquela palavra, mas eu não podia raciocinar assim, porque tinha nascido precisamente ali, no Sul, em 1960, em plena ditadura, época e lugar em que era preciso se esforçar mais, e mais duramente, para ser uma boa moça, e nessas circunstâncias eu não podia ignorar as enganosas qualidades da propriedade comutativa, que não deve ser aplicada à toa, e à qual certos axiomas modernos nunca devem ser submetidos para não produzirem resultados indesejáveis, porque, embora seja imprescindível reivindicar que todas as putas são mulheres, é absolutamente incorreto suspeitar que exista uma só razão, à margem de certos falsos interesses concebidos sob a pressão da sufocante chantagem masculina, que leve a mulher a se comportar espontaneamente como uma puta. E então, o que sou eu?, perguntei-me, e não dei com a resposta, e pela última vez na vida desejei com todas as forças ser apenas um homem.

No caminho de ida não encontrei nenhum obstáculo. Eu não estava disposta a me vender caro, não estava disposta a tirar vantagem do desejo dos meus iguais, não estava disposta a tirar proveito dos caras na mesma medida em que eles se aproveitavam de mim. Era uma questão de princípios, e era cômoda, meu corpo era meu e eu fazia com ele o que me desse na telha, na época sim, mas agora tudo parecia diferente, afirmar agora a posse do meu corpo parecia acarretar, inevitavelmente, a obrigação de abdicar dele. E isso não se faz.

Eu me virava e revirava na cama, tentando ordenar o que pensava sem querer e nem mesmo assim entendia, e aquela frase ressoava nas minhas têmporas como uma condenação perpétua. Ouvira aquilo mil vezes durante a infância, toda vez que não cumpria uma norma, toda vez que o inimigo me pegava de surpresa, toda vez que cedia ao apelo dos prazeres proibidos, quando pulava em cima da cama, ou atacava a despensa fora de hora, ou pintava o rosto com batom, aí mamãe, ou papai, ou a babá batiam na minha mão, ou me davam uma palmada na bunda, e depois, quando já era mais velha, nem sequer isso, mas sempre diziam a mesma coisa, isso não se faz, e eu não ligava, como aconteceu depois, quando minha mãe me repetia a cada instante, isso não se faz, maquiada com a transcendência dos argumentos adultos, mas era sempre a mesma coisa, impõe respeito que os garotos vão te respeitar, eles só se divertem com certo tipo de mulheres, Reina dizia coisas parecidas numa linguagem diferente, não deixa eles passarem a mão em você, não vale a pena deixar antes de pelo menos dois ou três meses, mas era sempre a mesma coisa, isso não se faz, e eu não dava a mínima, fingia estar concentrada no que ouvia, e respondia com os lábios fechados, me protegendo atrás de um argumento mudo, mas tão sólido, ou tão fraco, quanto aqueles a que se opunha, você é uma fraude, uma fraude, uma fraude enorme, e você é que está perdendo... Naquela época era fácil, agora não.

Agustín me ensinou que os patos saem da água nas noites geladas, e isso era bom, mas também me ensinou que eu sentia prazer quando me chamavam de puta, e isso não se faz. Sentia prazer em me exibir publicamente com ele como um troféu sexual, e isso não se faz. Sentia prazer em me enfiar em vestidos traidores que, ao contrário de me cobrir, prometiam minha nudez, e isso não se faz. Sentia prazer em provocá-lo fingindo não perceber, inclinando-me para a frente quando manifestava minhas reservas em relação a Althusser, enquanto meus braços, com os cotovelos fincados na mesa de um restaurante qualquer, apertavam-me os peitos entre si, ou coçava distraída uma coxa na inauguração de uma exposição de pintura, comentando uma incertíssima influência de Klimt enquanto levantava ligeiramente a saia para mostrar o primeiro trecho de uma delicada liga preta, e isso não se faz, não se faz, não se faz. Eu procurava o sexo dele às cegas em qualquer lugar, nos bares, nos cinemas, nas festas, andando pela rua, minha mão se perdia disfarçadamente sob a roupa dele, e quando o segurava, e notava que por fim respondia à minha pressão, chamava-o pica em voz alta, e minha boca se enchia com a força daquele pê, e isso não se faz. Abdicava do meu corpo, fingia não me interessar por sua sorte, colocava-o a serviço dele para recuperá-lo depois, muito mais presente, mais meu do que antes, e isso não se faz. Interrompia bruscamente aquele longo ritual, inspirado metade na ideologia e metade na boa educação, os aborrecidos malabarismos que deveria considerar imprescindíveis e sempre breves demais, aqueles jogos tão divertidos que nunca conseguiam me divertir totalmente, e terminava implorando em voz alta, mete em mim, por favor, mete em mim de uma vez, mete em mim, e isso não se faz, não se faz, não se faz. Cobiçava o sêmen dele, dava-lhe um enorme valor, o considerava imprescindível para meu equilíbrio. E isso não se faz.

Naquela noite, meu próprio bem não me deixou dormir.

O amanhecer já pintava estreitas faixas de luz através do vidro, penetrando pelas fendas de uma persiana mal fechada, quando Reina entrou no quarto e se jogou vestida na cama. Um instante depois pronunciou o meu nome em voz baixa, como se não tivesse certeza de que eu fosse ouvir.

— Oi — respondi.
— Está acordada?
— Claro que estou.
— Foi o que pensei, quando entrei... Diz uma coisa, como está a mamãe?
— Bem, que eu saiba.
— Quero dizer, de humor.
— Sei lá... bem também, imagino.
— Ótimo, tomara que sim. Quero ir a Paris. Passar três meses.
— Para quê?
— Bem... Ofereceram um trabalho interessante a Jimena, numa espécie de escritório central de todas as galerias de arte, sabe? Ela montou um aqui, alguns anos atrás, e não funcionou, mas quer tentar de novo e precisa se preparar. Parece uma boa oportunidade.
— E você?
— Eu, o quê?
— O que vai fazer em Paris?
— Eu? Bem... não sei. Por enquanto, vou com ela. Depois posso estudar francês, por exemplo, ou qualquer outra coisa, lá vou encontrar.

E senão você pode limpar a casa, pensei, comprar flores frescas, fazer comidinhas, cuidá-la quando tiver febre, levar o cachorro para passear, fazer a vida dela, em geral, muito mais agradável, tudo isso pensei, mas não tive coragem de dizer, porque assim como há coisas que não se fazem, há outras que não se dizem e nunca se deveriam pensar.

— Você deve estar se perguntando... — Minha irmã quebrou um silêncio tenso como a corda de um arco, que parecia se prolongar, em vez de morrer, na vacilação que feria cada uma de suas sílabas.

— Deixa para lá, Reina — interrompi —, você não precisa se justificar. Afinal, fizeram cores para todos os gostos.

— Você não está entendendo nada, Malena — protestou, num tom pastoso, que pressagiava a iminência do choro.

— É claro que não — admiti. — Eu nunca entendo nada. Parece mentira que você ainda não tenha percebido.

— Estou apaixonada, você não entende? Apaixonada, é a primeira vez que acontece comigo desde que sou adulta, e é uma questão de pessoas, não de sexos, o sexo não tem nada a ver com isso. Mas acho que Jimena tem razão, sabe?, ela diz que... que não se pode... Que nunca se pode negar o corpo.

Reina foi para Paris e eu a encobri, confirmei ponto por ponto um álibi inverossímil, uma estranha bolsa que só cobria viagem e hospedagem, porque ela não queria cortar os laços, pretendia voltar para casa em algum momento, e mais de uma vez estive a ponto de perguntar que espécie de paixão era aquela que precisava tomar tantas precauções, mas nunca cheguei a fazê-lo porque o pouco que eu sabia sobre o assunto já me fazia sentir bastante mal.

Uma vez minha avó me contou uma história na qual me foi impossível acreditar, apesar de ser sua neta. Se alguma vez eu tiver uma neta e contar a ela essa história, espero que nunca venha a acreditar em mim, espero que nunca consiga aceitar que àquela altura eu continuasse me sentindo anormal, descobrindo em cada esquina um dedo me apontando, me diferenciando, me segregando do resto das mulheres. Minha irmã comentara sem dar muita importância ao caso, não é nada, acontece com todo mundo alguma hora, e na época eu achava certo, porque todos os jornais que lia, romances que lia, todos os filmes que via confirmavam as palavras dela, e nisso Holden já não podia me ajudar, porque nem mesmo ele chegou a conhecer uma mulher como eu. Quando me empenhei em justificar meus próprios sentimentos, assimilando-os aos de qualquer modelo conhecido, só consegui me reconhecer nos traços de um punhado de figurantes embolorados, elementos secundários da paisagem criada para cantar a glória do grande protagonista sem sexo e sem paixões. O que ocorria com minha irmã tinha sido descrito pelos primeiros pais da modernidade. O que ocorria comigo, não. O que ocorria comigo só aparecia num livro. A Bíblia.

Reina poderia contar sua história em qualquer jantar de gente de nível universitário, urbana, de classe média, e todo mundo a ouviria com interesse, todo mundo a entenderia, porque se tratava de uma convulsão contemporânea, filha de sua época, coerente com sua maneira de pensar e de enfocar sua própria vida. Eu nunca teria coragem de contar minha história em lugar algum porque nem sequer poderia dizer em voz alta os nomes das coisas de que eu mais gostava. Iria morrer de vergonha, e ninguém entenderia. Quem podia entender uma mulher que renegava a cada passo seu próprio bom senso, investindo horas a fio em processos que não lhe traziam qualquer benefício? Não tive coragem de contar a ninguém, mas fiz pesquisas, conversei com minhas amigas e com outras colegas de faculdade, todas elas alguma vez haviam se sentido atraídas por outra mulher, e isso nunca acontecera comigo, eu nunca me senti atraída nem mesmo pelos homens, este homem, aquele, e pronto, eu ia mais além, o que me atraíam eram as palavras que certos homens sabiam me dizer, e o pau deles, e suas mãos, e sua voz, e seu suor, e isso era terrível, mas não era o pior. O pior, eu nunca soube quem a disse, foi uma frase solta que estourou em meus ouvidos como uma bomba, fiquei tão ruborizada que não tive coragem de identificar a autora, não levantei a cabeça, não mostrei o rosto, isso parece coisa de veado, alguém disse, não sei quem, mas aquilo foi o pior. Eu sou veado, pensei, e me deu uma vontade enorme de chorar, me senti tão mal que nem tive forças para pensar.

Não precisava. Minha irmã e as outras pensavam por mim, com tanta vocação, com tanta segurança, com uma consciência de infalibilidade tão pura como eu jamais detectara em minha mãe, ou nas freiras do colégio, em todas as mulheres e todos os homens que alguma vez me disseram que eu estava errada. Então me convenci de que alguma coisa dentro de mim não estava funcionando bem, me senti outra vez como um minúsculo parafuso com defeito que range e se desgasta à toa, condenado a girar no sentido contrário ao que lhe fora destinado, impedindo o funcionamento de uma máquina perfeita, perfeitamente azeitada.

As mulheres do Norte falaram. Sujeito ou objeto, era preciso escolher, e eu por algum tempo tentei resistir, instalar-me na contradição, convertê-la num lar confortável, morar lá, com a cabeça no Norte, o sexo no Sul e o coração em algum país da região temperada, mas não foi possível, com Agustín não, porque ele já conhecia minha vertigem, e sabia provocá-la, e não estava disposto a renunciar a um tremor que apreciava mais do que o seu próprio tremor. Reina lançou a semente, a planta germinou sozinha, eu tinha apenas vinte anos, comecei a estudá-la com atenção e terminei me convencendo de que tinha a obrigação de encarar como um insulto cada uma das palavras, dos olhares, dos gestos que antes me agradavam. O que está acontecendo contigo?, ele começou a perguntar, e eu não mexia os lábios, não respondia, mas às vezes me deixava levar, porque é impossível lutar contra a própria natureza, por mais errada e miserável que ela seja. Numa dessas noites, quando estava lhe pedindo mais, e mais forte, ele ficou me olhando com um sorriso peculiar, retorcido e divertido ao mesmo tempo, e enquanto me satisfazia sussurrou entre os dentes, você é uma putona, e eu sorri, porque gostava de ouvir isso, e então percebi que estava sorrindo e fiquei séria, liberei o braço direito e dei-lhe um soco com todas as minhas forças, não me chama de puta nunca mais. Ele me devolveu uma bofetada frouxa, sem deixar de se movimentar dentro do meu corpo, eu tornei a bater, sem parar de responder às suas investidas, e ele respondeu mais a sério, rolamos em cima da cama, batendo um no outro sem parar de trepar, então mandei que me largasse, saísse de dentro de mim na mesma hora, disse que não queria continuar mas ele não me obedeceu, venceu minha fraudulenta resistência me chamando de puta aos berros, uma vez, e outra, e outra. Você gozou que nem uma vaca, é incrível, disse afinal, beijando minha testa, e era verdade, mas me levantei para esmurrá-lo pela última vez. Que merda está acontecendo contigo, hein, quer me dizer?, perguntou, me sacudindo com uma violência muito mais autêntica do que a que havia em seus socos anteriores. Você me violou, Agustín, protestei devagar. Não brinca comigo, garota, respondeu, mais ofendido que eu, não me fala uma coisa dessas. Eu te pedi para parar, continuei, dirigindo a vista para o chão, e você não ligou, me violou, sim, pelo menos reconhece isso... Vai à merda!, respondeu, você não parou de rebolar nem um segundo! Parecia furioso, mas ficou me observando e se impôs uma certa serenidade para mudar de tom, o que foi, Malena? É a maldição de um ano, não é? Já estamos há um ano juntos e você tem a sensação de estar perdendo tempo, não é isso? Neguei com a cabeça, mas ele não acreditou em mim. Quer vir morar aqui?, perguntou, mas eu respondi com outra pergunta, será que não podemos transar como amigos? Ficou olhando para mim como se não acreditasse que tinha escutado o que eu disse realmente, e demorou muito até responder, não, não podemos. Por quê? Meus lábios tremiam, desejei que meus ouvidos encolhessem até se fecharem totalmente, tinha certeza de que escutaria uma nova versão do axioma conhecido, mulheres para trepar, mulheres para se apaixonar, e estava convencida de que eu merecia aquilo, mulheres para trepar como amigas, mulheres para trepar como putas, sempre dois tipos de mulheres e eu era do pior deles. Mas ele não disse nada desse estilo, e sorriu antes de me explicar, porque nós não somos amigos, será que você não entende? Eu entendia até demais, mas não podia admitir isso em voz alta. Você quer vir morar comigo?, insistiu, e fiquei com uma vontade terrível de responder que sim, mas disse que não e me despedi dele dizendo que era para sempre. Ele não acreditou, mas foi para sempre.

    Eu tinha resolvido ser uma mulher nova, e para conseguir isso neguei meu corpo muito mais do que três vezes, me esfolei a mim mesma, trabalhosa, dolorosamente, arranquei minha pele em tiras para não sentir, porque achei que aquele era o preço que tinha de pagar, mas quando voltei para casa, naquela noite horrível, não estava orgulhosa de mim mesma, não me sentia mais livre, nem mais digna, nem mais contente, e fui para a cama chorando, e como se pressentisse o que iria descobrir anos depois, quase me atrevendo a pensar que não tinha me afastado de um *chulo*, e sim de um homem, e que talvez fosse o último, dormi aferrada a uma frase velha e sonora, acabou-se o bem-bom.

    Excepcionalmente, intuí certo. O bem-bom tinha acabado. E seria por muito tempo.

O último lastro que joguei pela borda foram as palavras.
    Santiago dava por certo que eu ficaria para dormir na casa dele. Já eu, não tinha tanta certeza, mas minha preguiça contou a seu favor tanto ou mais que sua beleza.

Ainda não tinha tomado nenhuma decisão quando ele, que se virara de costas depois de me dar boa-noite, corrigiu sua posição e ficou deitado de lado, seu rosto quase roçando no meu. Aquecido sob os lençóis, olhava para mim com um sorriso adormecido e tíbio, e era tão bonito, e eu gostava tanto dele que não me resignei a saber a verdade. Ele deve estar escondendo alguma coisa, pensei, não é possível que isso termine tão cedo, e lhe devolvi o sorriso, e beijei-o, para tentar começar outra vez, da estaca zero.

— O que você está fazendo?

O alarme, um ingrediente novo, tingiu sua expressão quando minhas unhas arranharam com suavidade a face interna de suas coxas.

— O que você acha? — perguntei, empunhando finalmente o seu sexo com a mão esquerda.

— Mas o que está acontecendo com você?

— Nada... — Sorri. — Estou que nem uma cadela.

— Malena, por favor, não fala desse jeito.

Aquele tom foi o primeiro sinal. Meu corpo se paralisou por completo, o pescoço doeu quando o ergui, os olhos doeram quando vi que suas bochechas se tingiam de cor púrpura, o rosto inteiro ardendo num calor inexplicável.

— Não diz isso — insistiu, se atrevendo a me olhar. — Eu não gosto.

— Mas por quê? — Ele não quis responder e eu insisti. — O que é que tem? É só um jeito de dizer, uma brincadeira.

— Está bem, mas a gente mal se conhece, não...

— Santiago, por favor, você acabou de meter em mim.

— Não fala desse jeito, meu Deus, que merda!

Sentei na beirada da cama e fechei os olhos, sem ânimo para lembrar o que se devia sentir e o que jamais deveria ser sentido, e senti que em toda a minha vida nenhum homem tinha me humilhado tanto.

— Isso é uma blasfêmia — disse, quase sussurrando.

— Sinto muito, Malena — ouvi às minhas costas. — Desculpa, eu não queria magoar você, mas é que...

— O que você quer? — repliquei, sem me virar para olhar. — Que eu use o verbo penetrar? Penetra em mim outra vez, vai, por favor? Isso não te dá vergonha? Pois a mim dá, e muita, nunca vou conseguir dizer uma coisa dessas.

— Não, eu... Mas há outras maneiras de dizer. Estou com vontade ou... com desejo, por exemplo, isso soa bem, li num romance, sabe? Mas eu acho que o melhor é não falar.

— Não dizer nada.

— É, acho melhor.

Não falar, pensei, mas não falar é não viver, é morrer de nojo. Mas não foi nojo o que senti quando ele me estendeu suavemente sobre os lençóis, nem quando subiu em cima de mim com o cuidado que teria para manipular um objeto muito frágil, nem quando a luz o incomodou e ele esticou o braço para apagá-la, nem quando extraiu de mim uma dose de prazer razoável, a exata para gozar sem abrir os lábios. Não senti nojo, nem qualquer outra coisa.

— Poderíamos começar na segunda-feira? — perguntou antes de dormir, entre dois bocejos.

— O quê? — respondi.

— As aulas de inglês.

— Está bem.

Durante dois ou três meses fui à casa dele às segundas, quartas e sextas. Na época eu considerava aquilo, antes de mais nada, um bom negócio. Santiago era um aluno exepcionalmente aplicado e mal-dotado para aprender idiomas, e ao mesmo tempo um cliente generoso, mas nem isso teria me reconciliado com ele se não houvesse se comportado como se comportou. Eu estava disposta a sair porta afora e nunca mais voltar diante da menor alusão, mas não a ouvi no primeiro dia, nem no seguinte, nem no outro, acho que ele pressentia que seria mal recebido e me fez descobrir isso pouco a pouco, sem mais insistência além de um ou outro olhar embaçado de intensidade suspeitamente teatral, com as sobrancelhas franzidas num ângulo ensaiado milhares de vezes diante do espelho, o melhor do que trazia dentro de si.

Sempre se mostrava amável, e era fácil de conviver. Não manifestava grandes desacordos com a realidade que o rodeava, era otimista e aceitava os contratempos com bom ânimo. Tinha um conceito muito elevado de si mesmo e não considerava a possibilidade de que em qualquer circunstância, da discussão mais irrelevante até a mais importante das decisões, a postura que defendia não fosse a mais correta, ele não tinha dúvidas. Seus interesses eram radicalmente diferentes dos meus e se centravam em campos que, como o profissional, para mim ainda nem existiam. Tinha um senso prático muito agudo diante de problemas de qualquer índole e resistia às paixões com uma força invejável, tanta, e tão completa, que às vezes eu chegava a pensar que não as possuía. Padecia de um escasso senso de humor, não era engenhoso, pouquíssimo engraçado, desconhecia os recursos do sarcasmo, desprezava os atalhos metafóricos, não amava as palavras e não brincava com elas, era pão, pão, queijo, queijo, mas, talvez exatamente por tudo isso, na época eu me sentia segura ao seu lado.

No final da nossa sétima aula, ele extraiu de algum lugar a coragem necessária para me beijar de surpresa. Não me convidou para tomar um drinque, não me pediu para ficar, não recorreu a qualquer pretexto para me reter, eu já estava com a bolsa na mão e tinha me virado para me despedir quando ele se aproximou e me beijou. Quando tornei a vê-lo nu, sua beleza me impressionou tão intensamente quanto na primeira noite, mas se as coisas funcionaram melhor não foi graças a ela. Avaliei a qualidade dos ossos, as linhas que se insinuavam levemente abaixo dos dois ombros perfeitos, sugerindo um triângulo agudo e tênue sobre o seu peito, onde os músculos sobressaíam na medida certa para alargar o tórax e tensionar o estômago, esmaecidas abaixo as últimas costelas nos contornos de uma cintura larga e maciça, uma deliciosa cintura de homem. Avaliei a qualidade da pele, e a penugem preta, escassa, que a cobria, descendo como um cordão escuro até roçar o umbigo e crescer depois entre as cadeiras quadradas e duras como duas rochas, assim como as coxas, compactas mas flexíveis sob o efeito da ligeira tensão longitudinal que as percorria. Avaliei a qualidade da carne, suas costas imensas, lisas, um trapézio perfeito, e as marcas circulares dos rins como dois buracos quase cheios, em cima de uma bunda perfeita, a melhor, a mais bela de todas as bundas que já vi, redonda e rotunda e carnosa e plana e dura e firme e elástica e clara e suave e amassável e mordível e engolível e deglutível como nenhuma outra bunda que já existiu. Avaliei a qualidade do corpo, toquei, acariciei, arranhei, beijei, mordi, recobri-o com saliva de cima a baixo, sem atender aos protestos do seu amo, como se nada latejasse sob minha língua, apenas a extensão de um animal inerte, e usufruí de cada centímetro, cada milímetro daquele festim morno e tímido, mas não cheguei a estremecer. Minha própria pele deixou de ser uma arma perigosa e se tornou o órgão dócil, domesticável e desmemoriado que nunca deveria ter deixado de ser, e minha vontade a governou com tanta facilidade que quase chegou a me convencer de que não havia se empenhado naquele assunto. E no entanto era mentira.

Eu tentei, dizia para mim mesma na volta para casa, coisa diferente eu já tentei, tudo, o amor verdadeiro, a paixão pura, o desejo desenfreado, e ia encadeando nomes, episódios, abandonos, e não achava um só resquício de dúvida, e tornava a me consolar, a me justificar de antemão, eu tentei e não consegui, essa é a verdade, comigo não dá certo. À minha frente se estendia de súbito uma vida muito diferente da que conhecera até então, um desafio diferente de todos aqueles a que eu tinha escolhido sucumbir antes, e quase podia contemplar os resultados, uma paisagem oposta à que oferecia minha própria consciência tantas vezes costurada, tantos remendos de formas e cores diferentes amontoados sobre sua superfície, superpondo suas bordas entre si com inflexível avareza, que não podia abrigar nem mais um remendo, assim como uma massa bem ligada não admite mais farinha. Nunca me senti tão cansada, tão esgotada de derrotas, quanto ao olhar para aquele lençol branco, muito branco, recém-passado, talvez ainda morno, sem um cerzido, sem uma ruga em sua extensão inofensiva, familiar e acolhedora como um mapa mudo, virgem, que espera sem temor a iminente impureza das letras. E não pressenti nada temível naquele suave mundo de fazenda branca, sem perceber que aquele resplendor não podia ser alheio à ação da lixívia.

Casei com ele, mas nunca amei Santiago em Santiago, nunca fiz isso. Amava outras coisas, amava a mim mesma, sobretudo, e me amava mal. Amava a ausência de problemas, aquela calma infinita, como uma planície exata de confins equívocos, uma pista lenta e lisa como um espelho de asfalto onde minhas pernas intumescidas pedalassem sem esforço impulsionando uma bicicleta velha mas recém-lubrificada, a ferrugem sufocada, incólume, sob infinitas mãos de tinta metalizada, brilhantes mas sempre incapazes de tapar os grosseiros poros da superfície, tão teimosamente abertos. Eu amava essa calma, precisava dela, certamente por isso a confundi com a paz. O resto não tinha muita importância, não quis prestar-lhe atenção enquanto vivia facilmente, sem atritos, sem desgostos, sem lágrimas, sem angústia. Acabou-se a tortura do telefone, porque ele sempre ligava duas ou três horas antes do limite combinado, e a tortura dos ciúmes, porque ele nunca olhava para outras mulheres quando estava comigo, e a tortura de achar sempre que se está perdendo o outro, porque ele nunca imaginou que me pudesse perder, e a tortura da sedução, porque ele era bem-educado demais para tentar me seduzir, e a tortura dos piores instintos, cuja virulência ele jamais descobriu, mas que nem seria capaz de entender se eu tivesse me dado ao trabalho de descrevê-la em detalhes. E o tempo passou, tão depressa, tão bobamente como se nada estivesse acontecendo, até que um dia, tirando de mim sem nenhum aviso o monopólio das iniciativas, ele começou a falar em casamento, e eu entrei nessa, e começamos a ver apartamentos, e móveis, e bancos que ofereciam créditos hipotecários a uma taxa de juros inferior em um quarto de ponto à que propunha a agência ao lado, e toda noite, antes de dormir, eu me perguntava se o que ia fazer estava certo, e toda manhã, quando acordava, respondia que sim, porque me sentia bem, estava calma e, por enquanto, quando estava acordada, não sentia nenhuma saudade dos erros passados.

Em compensação, virei por fim uma mulher previsível, quer dizer, alguém extremamente eficaz. Resolvi que não tínhamos dinheiro para comprar uma casa, recusei-me a me mudar para uma casinha geminada num bairro dos subúrbios, e percorri todos os apartamentos para alugar em Madri até encontrar oitenta metros de verdade, e outros dez de corredor, na rua Díaz Porlier quase esquina com Lista, de frente, muita luz, aquecimento central e um elevador perigoso, sempre a ponto de enguiçar, precisando de reformas mas baratíssimo, 34.000 pesetas por mês em 1983, e sem condomínio, uma autêntica pechincha, todo mundo dizia. Eu tranqüilizei o proprietário, contratei a obra, selecionei a empreiteira, negociei com eles, convenci Santiago a desenhar meia dúzia de projetos, expliquei exatamente o que eu queria, comprei o material, escolhi até o modelo da banheira, vivi durante meses numa loucura de preços, datas, entregas, reclamações, prazos e pagamentos à vista, resisti com um estoicismo desdenhoso às toscas propostas do gesseiro, um rapaz de Parla que me atraía tanto, e tão inexplicavelmente, que parecia que o destino tinha resolvido colocar na minha frente um sinal enguiçado piscando teimosamente o amarelo, e quando terminei de fazer tudo aquilo me senti muito bem, correta, satisfeita e orgulhosa de mim mesma.

Depois, quando a única tarefa que ainda restava era experimentar o vestido de noiva, uma terrível nostalgia me assaltou. As duas últimas semanas me precipitaram no pior dos infernos de que eu possa lembrar. Então comecei a fazer besteiras. Liguei para Agustín e uma garota atendeu. Desliguei, apesar de não saber se aquele ainda era o número dele, nem sequer tinha certeza de que aquela que conheci continuava sendo sua casa, porque tinham passado três anos desde a última vez que nos vimos. Liguei para o *Hamburguer Rundschau*, cujo velho número, é claro, não havia mudado, e pus aquele anúncio, o último, porque Fernando, que por tanto tempo parecia languidescer aprazivelmente na minha memória, me espetava a cintura em cada alfinete que a costureira prendia para endireitar a cauda.

Nem sequer me diverti na noite da despedida de solteira, apesar de minhas amigas terem transigido por uma vez e aceitado um restaurante japonês, e de uma quantidade de bebidas que só o boêmio mais resistente teria se atrevido a prever. Saindo do antro onde tomamos a penúltima, tentei convencê-las de que ainda faltava a última, mas nenhuma delas quis prosseguir. Então entrei no carro e enveredei pelo caminho de casa, mas chegando à rua Colón dei meia-volta e segui pela Goya, lutando até o fim contra mim mesma, porque estava com uma vontade enorme de ir pegar um homem, qualquer um, tanto fazia, um homem que me atraísse, que me chamasse no primeiro balcão do primeiro bar em que eu entrasse, um homem grande ou pequeno, bonito ou feio, esperto ou bobo, dava no mesmo, mas um homem, alguém que pudesse dizer sem ficar vermelho o nome daquilo que lhe crescia contra o ventre, e que usasse as palavras certas para me contar isso, era tudo o que eu queria, e mesmo assim dirigi a toda pressa até a Díaz Porlier quase esquina com Lista, estacionei quase por milagre, abri o portão com chave pela primeira vez, porque até então só visitara a minha casa de dia, no turno do porteiro, e subi de elevador até o quinto andar. O chão estava frio, havia cheiro de pintura, e de verniz, os móveis estavam empilhados uns sobre os outros, alguns ainda protegidos por uma capa de plástico recheada de bolhas de ar. Encostados numa parede imaculada, na sala, repousavam eles, de cara contra a parede, privados de luz por dois velhos cobertores de viagem, cegos e entediados, como se eu mesma lhes tivesse dado o castigo de ficar olhando para sempre a paisagem monótona daquela parede rugosa, úmida, branca, limpa demais para meu gosto, e certamente também para o deles.

Enquanto desembrulhava o menor, lembrei da última vez que o contemplara com emoção, naquela manhã em que me tranquei com ele a sós e quase não consegui conversar, porque ela entrou logo e nos interrompeu.

— O que está fazendo aqui, Malena?
— Nada. Estou só olhando para você.
— Aquela não sou eu.
— É, sim. Para mim você vai ter sempre o cabelo cacheado.

Ela então me rodeou com os braços, e me apertou tão forte que me machucou, mas só naquela dor enganosa e quente achei as forças exatas para continuar falando.

— Teu marido foi um cara bacana, vovó, tanto vivo como morto — confidenciei, ainda sem encará-la. — Estou muito orgulhosa de ser neta dele. E mais ainda de ser sua neta, quero que você saiba disso.

Achei que ela ia se zangar de novo, mas não ralhou comigo e me apertou ainda mais.

— Seu pai nunca te contou nada disso, não é? — disse afinal, e eu me remexi entre seus braços para negar com a cabeça. — Pois então não diz a ninguém o que você sabe, não conta a ninguém, nem à sua irmã, está bem? — Fez uma pausa e olhou para mim. — Na realidade não tem a menor importância, e muito menos agora, é uma história velha, mas de qualquer maneira...

Então me atrevi a lhe pedir aquele quadro, disse que adoraria tê-lo, e ela assentiu suavemente com a cabeça. Quando papai veio nos buscar, vovó disse na minha frente, e na frente de Reina, que se ela morresse antes de eu sair de casa queria que ele guardasse aquele retrato para mim, e que me entregasse quando eu tivesse paredes próprias onde pendurá-lo, e depois, quando se despediu, fez uma coisa muito maior, pegou minha mão disfarçadamente, depositou nela alguma coisa e a apertou com seus próprios dedos. Era uma caixinha pequena, de papelão cinza-claro, como o estojo de uma jóia barata, e eu não quis abri-la enquanto não ficasse sozinha. Dentro havia dois amendoins inteiros, com sua casca dura, fossilizada e poeirenta, velha como o mundo, como o mais velho e precioso dos tesouros.

Agora a República guiava o Povo até a Luz da Cultura como se ele estivesse atrás da porta do terraço com seus olhos febris, toscamente intensos e inflamados de paixão, nos quais quase não me detive, na pressa de libertar o volume maior, que levantei com cuidado e virei, alterando o ângulo que formava com a parede até que um braço roliço e masculino, coberto de veludo grená, encostou por fim no vôo da bandeira de três cores. Então atravessei o salão, me sentei no chão e olhei para eles.

Rodrigo me devolveu o olhar com um sorriso zombeteiro sob seus bigodões pretos, espessos, vaidosamente engomados e torcidos sobre si mesmos. Ele sempre me parecera um sujeito feliz, satisfeito com seus pregueados, satisfeito com suas jóias, com seu traje caro e seu aspecto elegante, com aquele cacho enrolado com cuidadoso descuido em sua testa, os dentes tão brancos, os lábios da cor da polpa dos morangos, porém nessa noite captei um matiz diferente naquele rosto que eu conhecia de cor, nos interstícios daquele sorriso amplo que de repente quis se transformar em careta, nas rugas daquele gesto que não nascia da idade, mas de uma patética vontade de indiferença, e recuperei sem querer a voz do meu avô, seu eco ressoou no ar, reverberando como um pássaro enlouquecido entre os quatro ângulos de paredes nuas, você é dos meus, Malena, dos meus, do sangue de Rodrigo, e a monótona ladainha de Mercedes lhe fazia coro, é sangue ruim e não tem jeito, quem herda fica com ele, não dá para lutar contra o diabo no sangue, então minha avó acordou e de repente se juntou a eles, suas palavras, com aquele sotaque alquebrado de fumante enfisemática, estourando em meus ouvidos e se precipitando vertiginosamente no meu interior, queimando minha garganta, arrasando meu estômago, conquistando por fim os atormentados meandros das minhas tripas, um destino muito mais profundo do que elas tiveram quando as ouvi pela primeira vez, nem pena, nem vergonha, Solita, dizia para si mesma e me gritava, quase com raiva, nem pena nem vergonha, este tem que ser o homem da sua vida, enquanto continuava procurando o Povo em algum ponto atrás do terraço, e o silêncio era absoluto, mas eu os ouvia, e segurava a vontade de colocá-los outra vez de cara para a parede porque nunca ninguém estivera tanto do meu lado, e segurava a vontade de chorar porque já sabia que não me restava espaço para isso, e avisava a mim mesma que seria melhor ter ido nessa noite pegar um homem.

Três dias depois assisti com certa curiosidade ao meu próprio casamento. Entre todas as pessoas que me importavam de verdade, a única que me felicitou foi Reina.

Quando me casei com Santiago eu já sabia que ele não comia vísceras, nem mesmo dobradinha, embora tivesse nascido em Madri. Depois, pouco a pouco, fui descobrindo que tampouco comia mariscos, nem ostras, nem amêijoas, nem caracóis, nem enguias, nem lulas, nem polvo, nem as frituras variadas dos bares. Também não gostava de carne-seca, nem de ponta de presunto, nem de orelha, cabeça ou pés de porco, nem de leitãozinho assado, nem de rabo do boi, nem de caça, com uma só exceção, as codornas de granja, porque do restante — patos, lebres, perdizes, faisões, javalis, cervos — não sabia nada, nem como, nem onde, nem quem, nem com que mãos, limpas ou sujas, teriam sido abatidos e recolhidos do chão. Por razões semelhantes, rejeitava os produtos de matança caseira, e enquanto eu, porque o que não mata engorda, devorava os chouriços e o lombinho e as morcelas e o presunto ibérico que a irmã de Marciano mandava de Almansilla para minha mãe, ele fazia sanduíches com uma lingüiça de Pamplona mecânica e gordurosa, que tingia de vermelho, apesar de todas as inspeções sanitárias que poderia ter superado com sucesso, as pontas dos dedos. Temia algumas verduras frescas, e aspargos, acelgas, beterrabas e, naturalmente, cogumelos, com exceção dos *champignons* de lata, os únicos que lhe ofereciam garantia suficiente de terem sido bem lavados, e destroçava as alfaces, repolhos-roxos e escarolas com uma precisão neurótica, colocando cada folha embaixo do jato de água fria e esfregando as manchas de terra com a escova cilíndrica que eu usava para lavar os copos, até encontrar uma minhoca, e então jogava o molho inteiro no lixo, de modo que muitas vezes ficávamos sem salada de uma hora para outra.

Odiava as coisas picantes, mesmo as mais suaves, entre as quais incluía a mostarda, a cebola e o alho, e era capaz de distinguir em qualquer ensopado os rastros de um fragmento de malagueta não maior que um terço de uma unha. Não me deixava guardar a maionese na geladeira nem sequer por algumas horas, nem sequer num vasilhame de tampa hermética, porque a única forma de prevenir a salmonela era se desfazer imediatamente de qualquer molho que sobrasse. E me obrigava a jogar fora toda frigideira, panela, molde ou fôrma metálica no instante preciso em que um garfo, ou simplesmente a borda da escumadeira, arranhasse seu revestimento antiaderente, mesmo que se tratasse de um risco ligeiro, da espessura de uma linha desenhada a lápis, para evitar que a comida se impregnasse das substâncias cancerígenas que o estanho, agora visível, iria sem dúvida exalar através daquela ferida. Só bebia água mineral porque não suportava o sabor de cloro da água que brotava diretamente da torneira e comprava uma escova de dentes nova todos os meses. Se o telefone tocasse quando estava quase na sobremesa, antes de se sentar de novo tinha que derramar o copo de suco na pia e espremer mais três laranjas, que consumia instantaneamente, consciente da efêmera vigência das vitaminas. Esfregava para valer, com sabão e esponja, até mesmo um recipiente que tivesse sido usado para ferver água, e lavava as maçãs, as laranjas e as peras, para depois descascá-las e comê-las. E esse controle não se limitava às suas próprias ações e às minhas, ao que acontecia dentro de casa, mas se espalhava em todas as direções, com a secreta ambição de englobar os pontos extremos do universo.

No primeiro dia que acordei na minha casa nova, entrei de manhã na cozinha com a intenção de terminar de arrumar as frigideiras e panelas, e dei com um bilhete escrito à mão grudado na porta da geladeira. Quando tirei o ímã que o prendia, já havia reconhecido a letra do meu marido, as maiúsculas de traço regular, generosamente espaçadas, a que ele recorria quando queria enfatizar a importância de qualquer assunto. Tratava-se de uma lista de todos os corantes, conservantes, adoçantes e gaseificantes que, apesar de atenderem às normas legais, não pareciam merecer suficiente confiança. No fim ele pedia, à guisa de p.s., que eu me certificasse de que nenhum deles fizesse parte da composição de qualquer alimento que pudéssemos consumir em nenhuma forma. Quando cheguei ao ponto final, soltei uma gargalhada franca e divertida, porque na verdade estava achando graça naquilo, pelo menos na época, apesar de ficar de péssimo humor toda vez que eu ia à feira e passava pela metade das barracas sem parar, antes mesmo de começar a desfiar o consabido rosário de ácidas discussões com a maior parte dos comerciantes.

— O que é isso aí, músculo? — O açougueiro confirmava com um sorriso. — Não quero, não.

— Mas por que não, dona? Pode tirar uns bifes ótimos!

— É, mas com nervos.

— Que nervos, o quê! Isso aqui em cima é gordura. E isto aqui, sim, é nervo, mas sem ele a carne não é macia, nem tem sabor nenhum. Vai por mim, freguesa. Leva o músculo.

— Nem pensar! — insistia eu, apesar de estar cansada de saber que tudo que ele dizia era verdade. — Meu marido não come, sério. Acho melhor levar uns bifes de acém.

— De acém? Vão ficar duríssimos, e custa quase a mesma coisa. O acém, bem fino, para fazer à milanesa serve muito bem, não posso negar, mas com músculo fica muito melhor, nem se compara.

As mulheres que faziam fila ao meu lado olhavam para mim como se eu fosse uma idiota, e mais cedo ou mais tarde uma delas, quase sempre a mais velha, resolvia intervir num tom compassivo.

— Não leva isso não, minha filha, faz o que ele diz. Os bifes de acém saem limpos, sim, e bonitos de se ver, mas para comer...

Mas meu marido não come, tinha vontade de responder. Depois eu brigava com o vendedor de frios porque pedia presunto sem gordura — então a senhora não deve querer que seja de porco, não é?, só pode ser! —, e com a vendedora de frango por causa dos famosos hormônios — sei lá, então... jogue o pescoço no lixo, ué! —, e com o peixeiro porque jogava no embrulho um ou outro camarão com a cabeça escura — agora proibiram o corante, por isso eles ficam desse jeito, mas que estão frescos, lá isso estão, é claro... olha só como a casca é difícil de tirar! —, e com a padeira porque a pobre mulher tentava me vender os amanteigados caseiros que o produtor de mel de um vilarejo de Guadalajara trazia toda semana — são gostosíssimos, de verdade, desmancham na boca da gente, é a melhor coisa que tenho na padaria —, e eu fazia questão de levar um saquinho de madalenas quadradas e absolutamente insossas, mas elaboradas sem um pingo de gordura animal.

Meu marido não comia, mas essa faceta de sua personalidade podia entrar no rol das extravagâncias legítimas, até toleráveis, especialmente a partir do dia, uns seis meses depois do casamento, em que me resignei a fazer duas compras diferentes, dois almoços e dois jantares, dois tipos diferentes de bolos para o café da manhã. Mas minha vida foi se tornando pouco a pouco um campo minado, tranqüilo em aparência, fácil de pisar, aceitavelmente fértil, até que um dia qualquer, de surpresa, sempre contra a minha vontade, tropeçava sem querer na mola certa para ativar uma carga explosiva enterrada sob os meus pés, e a bomba estourava irremediavelmente, arrancando de mim mais um pedaço, arrebentando uma nova víscera, desfigurando-me cada vez um pouco mais, e mais encarniçadamente, que a bomba anterior. Foi muito duro aceitar que Santiago não estava apaixonado por mim, e mais ainda reconhecer que, apesar disso, dependia de mim em tantas coisas, e tão estreitamente, quanto uma criança de colo. Foi ainda muito mais difícil perceber que alguém fraco, sensível e inclinado a sentir compaixão de si próprio como ele nem imaginava que eu também precisasse de mimos, e nunca me mimava, como haviam feito homens muito mais duros, mais secos, mais implacáveis comigo, e consigo mesmos, do que ele. Não gostava da roupa que eu comprava, do corte de cabelo que eu usava, dos brincos que escolhia. Você está acima dessas coisas, dizia às vezes, e eu me sentia infinitamente por baixo, porque ninguém me dava uma palmada na bunda, nem dizia que sou gostosa, nem olhava para mim com febre enquanto lutava contra os próprios dedos, retorcidos pela espontânea artrose do desejo e da pressa, e me despia quando eu saía do banheiro impecavelmente vestida, penteada, maquiada e arrumada para brilhar num jantar de negócios com senhoras. Você está bem, mas um pouco exagerada, costumava dizer. Sempre lhe pareci um pouco exagerada em quase tudo.

Numa tarde de sol, em plena primavera, fomos fazer compras, e quando saímos de uma loja carregados de embrulhos, o céu se tingiu de preto em dois minutos e desatou um temporal estúpido, daqueles que encharcam a gente até os ossos e param bruscamente antes de você perceber. Chegamos em casa com a roupa pingando e a sensação insuportável de estar criando mofo em todas as dobras do corpo, e então pedi a ele que me desse um banho. Agustín me dava banho às vezes, e eu adorava, mas Santiago olhou para mim, estupefato, e perguntou, para quê?, e nunca mais lhe pedi nada. Eu não devia pedir, eu fazia as coisas, fazia muitas coisas e, em geral, bem-feitas, mas ele nunca considerou a possibilidade de que minha maneira natural de me comportar pudesse não ser justamente aquela, de modo que geralmente não me agradecia, e quando alguma coisa falhava, quando eu tinha um dia de preguiça, ou os alunos me deixavam tão esgotada que eu passava para o dia seguinte o banco, ou a feira, ou o tintureiro, ele reagia como se simplesmente não pudesse entender o que aconteceu. Talvez minha vontade de fazer coisas tenha se esgotado, ou então, depois de conseguir montar uma casa, mobiliá-la, decorá-la, aprender a cozinhar e começar a ganhar dinheiro dando aulas de inglês três vezes por semana num curso, o fato de ser uma pessoa extremamente eficaz não me distraísse mais.

Com certa freqüência eu tinha a sensação de ser injusta com ele, porque na realidade Santiago não fazia nada, quase nada, que fosse especificamente censurável e, afora suas irritantes manias, carecia de todos os defeitos teóricos e práticos dos maus maridos, com a única exceção de sua ambição profissional, que o impulsionava a trabalhar muito mais do que as horas estipuladas em seu contrato de trabalho. Acho que só por este motivo conseguimos viver juntos tanto tempo. No mais, ele não bebia, não jogava, não se drogava, não gastava o salário por sua conta, não me corneava, não praticava nenhuma violência contra mim, nunca reclamava quando uma noite ou outra, às vezes as duas, eu avisava que pretendia sair sozinha, não opinava sobre os meus amigos por mais que positivamente não gostasse deles, nunca tentou me impor os seus, não tinha mãe, e as irmãs mais velhas, que eram ótimas, acabaram se dando melhor comigo do que com ele, possivelmente porque eu acabei sendo igual a elas, uma outra irmã mais velha, a mais próxima. Por isso ele não podia ficar longe de mim, acho que não conseguiria se virar sem a presença de alguma mulher, nunca vai conseguir, e durante alguns anos me gratifiquei com a idéia de que era tão imprescindível. Quando chegava em casa, quase sempre noite fechada, ele tirava a gravata, se jogava na poltrona e começava a falar, contando tudo, como foi o seu dia de trabalho, que decisão tomou ou deixou de tomar, onde, com quem, e o que comeu, como digeriu a refeição, que vinho escolheram, quando, em que momento exato do dia topou com um par de luvas numa vitrine que lhe chamaram a atenção, quanto tempo duvidou, como, afinal, entrou e comprou as tais luvas. Eu ouvia, e quase não contava nada em troca, porque achava que as coisas que acontecem num dia comum quase nunca são dignas de serem contadas. Gostava do meu trabalho na medida em que não me incomodava. Ficava por perto e não encerrava surpresas. Havia pedido o turno da manhã e me deram um grupinho de donas de casa ociosas que ainda estavam de meias soquetes quando pegaram num livro pela última vez, mas qualquer coisa era melhor do que voltar ao meu colégio como professora de inglês, como minha mãe me propusera várias vezes com muito entusiasmo, de maneira que, de segunda a sexta, muitas vezes tinha que inventar a historinha que iria levar para o colóquio noturno. O ruim era que, depois de cinco dias de aprazível solidão e duas horas de conversa, invariavelmente chegava o fim de semana.

Num sábado típico daquela época, com Santiago grudado na televisão, o vídeo funcionando, coroado por três caixas de plástico com seus correspondentes filmes de espionagem, me peguei pensando se não seria melhor ter um marido como o meu avô Pedro, mesmo que sua posse implicasse inevitavelmente, mais cedo ou mais tarde, dividi-lo com uma Teófila qualquer. Estava brincando com a idéia de que, apesar de tudo, preferiria a vida de Teófila à da minha avó, quando meu marido olhou para mim e me animou, com um sorriso inocente, a me concentrar no filme, acho que esse aí é daqueles em que você tem que prestar bastante atenção desde o começo, disse, senão depois não entende nada... e então não só me senti desprezível, como me desprezei a mim mesma, e tentei descartar para sempre aquela fantasia cruel e absurda. Deveria ter crescido o suficiente para entender, sem deixar de amá-lo, que meu avô não seria um bom marido para ninguém, mas às vezes tudo conspirava contra mim.

Quando aconteceu, Santiago não percebeu que aquela era a gota que transbordava o copo. Nunca disse isso a ele, não fazia sentido mencionar esse tipo de coisas, mas tenho certeza de que ele jamais poderia imaginar que aquele detalhe pudesse ter tanta importância. Não havia ocorrido antes, em quase dois anos de casamento e outros tantos de namoro, porque ele sempre exercera um controle inconcebivelmente escrupuloso sobre o meu organismo, com o qual, aliás, eu não me preocupava muito, talvez porque, há bastante tempo, para mim todos os dias eram igualmente puros. Sabia que ele não gostava, suspeitava que sob o argumento solidário que costumava orientar suas periódicas incursões à gaveta da minha mesinha — isto é assunto tanto meu quanto teu — pulsava essa razão e nenhuma outra, percebi que ele evitava antes mesmo de provocar sua violenta confissão quando declarei em público, tranqüilamente e sem nenhuma intenção especial, nem boa nem má, que eu sentia muito mais vontade de trepar quando estava menstruada, que gostava mais, que contara isso para o meu ginecologista e que ele me disse que era natural, porque as regras incrementam a produção de não sei qual hormônio. Estávamos em casa, recém-casados, tínhamos convidado dois amigos de Santiago para jantar pela primeira vez, ambos economistas e insubstanciais, e suas mulheres, uma delas seis anos mais velha do que eu, a outra só três, ambas igualmente consultoras de empresas — uma fiscal, outra jurídica — e igualmente insubstanciais, e por uma estranha norma que aquele grupo de amigos, e nenhum outro que eu conheça, aplicava invariavelmente em tais ocasiões, nos sentamos por sexo, Santiago em uma cabeceira, rodeado pelos homens, e eu na oposta, rodeada pelas mulheres, com as quais, dava-se como certo, eu teria muitíssimo mais assuntos interessantes para falar, de modo que chegamos aos anticoncepcionais, e anovulatórios sim, anovulatórios não, e minha irmã deu para engordar e está feito uma vaca, e tudo bem mas olha só, uma amiga minha usava uma esponjinha francesa que era ótima e mesmo assim vai ter neném na semana que vem. Eu nem noto, comentei, mais para ficar bem como anfitriã do que para dar minha opinião sobre uma questão que há tanto tempo me preocupava tão pouco que nem lembrava da data exata, quero dizer que não noto nada, não engordo, não emagreço, não me deprimo, nada, o único problema, claro, é que a menstruação não é de verdade. Mas isso dá no mesmo, menina, protestou a que estava à minha direita, e então eu disse aquilo, disse de passagem, sem dar muita importância, porque não tinha, mas todos, os homens também, me olharam como se eu estivesse doida, como se houvesse enlouquecido de repente, e o capítulo dos anticoncepcionais foi automaticamente encerrado. Minhas interlocutoras se incorporaram à conversa da outra ponta da mesa, a lei Boyer, acho, e eu fiquei calada pelo resto da noite, perguntando-me por que Santiago olhava para mim com aqueles olhos furiosos. Quando ficamos sozinhos, me perguntou o que eu ganhava escandalizando seus amigos daquela maneira, e eu não entendi. Depois, quando encontrou a maneira de me explicar, depois de mil rodeios e várias mudanças bruscas de cor, que para as mulheres normais transar durante as regras era uma nojeira, foi a minha vez de perguntar, e ele respondeu que não, que não podia acreditar que eu estivesse falando sério, que o que falei no jantar fosse verdade. Mas é, disse afinal, não tenho culpa, e além do mais os outros homens não se importam. Teu primo, não é?, sugeriu, com um fundo de ironia. Por exemplo, respondi, para o meu primo tanto faz. Pois eu continuo achando uma nojeira, concluiu, e então percebi pela primeira vez de que estranha maneira coincidem certas normas das mulheres normais com certas normas dos homens normais, mas de todo modo nunca mais voltamos a falar sobre o assunto.

A partir de então já sabia que ele não gostava, mas daquela vez fui inocente, porque antes de começar me perguntou se eu estava menstruada, e só respondi que não porque não estava mesmo. Ainda posso ver sua cara, vou lembrar dela até o instante da minha morte, as narinas tensas, os lábios apertados, franzidos com uma careta grotesca, os olhos, dilatados de nojo e terror, oscilando histericamente entre o seu pau manchado de sangue e meus olhos limpos. Eu queria ter cuspido no rosto dele, mas não tive tempo para convocar um catarro adequadamente grosso nas ressecadas cavernas da minha boca. Ele tornou a se introduzir no meu corpo, esticou o braço até a mesinha, pegou a caixa de lenços de papel que estava dentro da gaveta, tirou pelo menos uma dúzia, que amontoou previdente na palma da mão esquerda, e com essa mesma mão se ajudou a sair novamente de mim. Depois, quase num pulo, saiu da cama e se afastou correndo, sem usar mais de meio minuto em toda a operação, enquanto eu continuava quieta, deitada, olhando para ele.

— Isso mesmo — disse em voz alta, embora ninguém pudesse me escutar —, vai correndo para o banheiro, seu veado.

Então descobri que meus velhos terrores estavam com o prazo vencido, como acontece com um iogurte escondido no fundo da geladeira ou um remédio antigo esquecido numa estante, e quando tentei lembrar que longa e acidentada sucessão de circunstâncias tinha me conduzido até aquela cama, consegui reconstruir sem esforço os meus sentimentos, mas não encontrei neles sentido algum. Aos vinte e seis anos e meio, eu não podia mais conceber o futuro como um imenso e apetitoso embrulho que iria abrir em alguma hora, quando estivesse entediada quando me desse na telha, quando achasse melhor. Meu futuro já tinha começado, sem pedir permissão, como nesses filmes de espionagem em que é impossível acompanhar a trama se não se prestou muita atenção no começo. O tempo, sem deixar de passar, já não passava. A partir de então, me era descontado. Essa descoberta me fez mergulhar de repente num terror novo, tão potente que afastou todos os outros sem diminuir um milímetro, mas jurei a mim mesma que, a partir daquele preciso momento, jamais voltaria a ter dúvidas a respeito do tipo de homem que me convinha.

Assim começou 1986, ano de grandíssimos acontecimentos.

— Você não percebe nada diferente em mim?

Reina girou um par de vezes sobre os calcanhares antes de me dirigir um sorriso radiante.

— Não — respondi. — Quer um café?

— Quero, obrigada... — murmurou num tom apagado, quase decepcionado com a vulgaridade da minha resposta.

Eu não estava com a menor vontade de tomar café àquela hora, uma e meia da tarde, mas de repente achei que seria bom ficar um pouco a sós, nem que só fosse para me acalmar. Estava era muito zangada com Reina, mas não tive forças para demonstrar isso, como sempre me acontecia, e a atitude dela, a alegre naturalidade com que se dirigiu a mim — pô, Malena, olha eu aqui! —, quando me dispunha a abrir a porta da minha casa sem ter dado nem uma olhadela no vulto que, encostado na parede situada à minha esquerda, sugeria a imagem de uma mulher esperando alguém que não podia ser eu, me desconcertou ainda mais. Minha irmã se comportava como se poucos dias antes nós tivéssemos comido juntas. E isso, até para mim, era ter muita cara de pau.

Terminava o mês de abril daquele ano negro que perdera o fragrante frescor das novidades algumas horas depois de começar, no dia 3 de janeiro, quando meu pai, que tinha quarenta e oito anos de vida e vinte e sete de casamento, trocou minha mãe pela eterna namorada dos dois irmãos menores dela, a tal que nunca chegou a ser a famosa vocalista *pop* Kitty Baloo, que aos trinta e sete anos tinha conseguido por fim adquirir a aparência de uma advogada respeitável, e com quem tivera uma tremenda relação passional — ela dizia que todo o tempo que não passou trepando passou chorando — nos últimos dois anos. Para minha mãe foi um golpe terrível, por mais que poucas coisas na vida ela deve ter visto vindo de tão longe como essa. Ficou tão abatida que deixou passarem três dias inteiros antes de pegar o telefone e me chamar, e quando fui correndo para a casa dela, Reina, que ainda morava lá, me cochichou no vestíbulo que também tinha acabado de saber. Acho que estava esperando que ele voltasse, como sempre voltava daquelas furiosas expedições de gandaia, quarenta e oito, ou setenta e duas horas depois, exausto e silencioso, com olheiras e marcas por todo o corpo, culpado mas finalmente leal, disposto a deixar que cuidassem dele e consolassem, compassivo e digno de compaixão ao mesmo tempo, como um eterno filho pródigo. Mas dessa vez não voltou, porque já não tinha idade para voltar.

Não tive coragem de dizer isso à minha mãe, explicar que provavelmente ele tinha sentido que aquela era sua penúltima oportunidade, e que se a perdesse, talvez, nem mesmo disporia de uma última. Ela me olhou e senti que estava lendo meu pensamento.

— E agora? O que faço? Para onde eu vou, com cinqüenta anos?

Eu sabia que tinha acabado de fazer cinqüenta e dois e que, com um pouquinho de azar, não iria mais a lugar nenhum.

— Isso é uma sacanagem — respondi. — Uma enorme e asquerosa sacanagem. Não é direito.

— Não, não mesmo — confirmou. — Mas esse é meu destino, e o seu também, é o destino de todas as mulheres.

Então capturei um som muito diferente, o discurso de uma mulher que não aceitou curvar-se ante o próprio destino, e ouvi mais uma vez, por trás da opaca cortina de soluços da mamãe, as palavras da minha avó, na única vez em que se atreveu a me confiar um segredo que não era só dela, a primeira, a última vez que falou comigo sobre o meu pai, e por fim senti sua vergonha, a paixão indigna que até então não chegara a brotar nos seus lábios, como um insulto a si mesma.

— Jaime me fazia ver Deus.

Repetiu várias vezes essa frase, sempre as mesmas palavras arrumadas na mesma seqüência, num tom doce, esmaecido, um sorriso imóvel que não me permitia pressentir a direção em que sua memória se precipitava.

— Da primeira vez não encontrei outra maneira de explicar o que tinha acontecido comigo, convidei duas amigas para lanchar em casa e sentia que precisava contar, queria repetir aquilo o tempo todo, escrever nas paredes, dizer sem parar, até todo mundo ficar sabendo, mas não achava o jeito, não sabia como começar, e então deixei a mente em branco e saiu isso, ontem fui para a cama com um homem e vi Deus...

Depois ficava em silêncio, e ameaçava prosseguir mas não o fazia, como se seu hálito congelasse em contato com o ar, a voz afrouxando como o pavio de uma vela consumida, até se apagar totalmente antes mesmo de se fazer ouvir, mas eu não me importava, porque não precisava que dissesse mais nada, sabia do que ela sentia saudades e não encontrava um só minuto demais em seu silêncio.

— Mas Jaime não voltava — disse afinal. — Não podia voltar, é claro, porque estava morto. Eu tinha uns trinta anos, trinta e um, trinta e dois... Ele estava morto. Os trinta e cinco me pesaram como se fossem um século.

Não resistiu à tentação, de nada adiantaria. Amanheceu um dia qualquer de 1941, uma manhã qualquer do começo de maio, e ao meio-dia, quando saiu da escola, sentiu que a jaqueta estava estorvando e tirou-a com um gesto mecânico, incapaz de antecipar sua importância. O sol inundou seus braços nus e de súbito uma brisa quente arrepiou a penugem das pernas, desarmando o espesso escudo de suas meias pretas, aquelas grossas meias de viúva. Solita tremeu de assombro, e sorriu, porque depois de tanto tempo seu corpo voltava a ser capaz de registrar um prazer físico sem motivo algum, outra vez sentia-se bem dentro do próprio corpo, e só porque era primavera.

— Se pelo menos eu tivesse visto o cadáver, se o tivesse tocado e enterrado num lugar tranqüilo, poderia ir tirar o mato da sepultura, e cobri-la de flores, e quem sabe tudo seria diferente. É engraçado, sabia?, como as coisas mudam, passar a juventude inteirinha odiando as superstições, e depois o resto da vida ansiando uma lápide na qual apoiar a testa para chorar. Porque toda vez que lia o nome dele em algum lugar, no Livro da Família, num cartão de visita metido dentro de um livro qualquer, em alguma carta encontrada por acaso dentro de uma gaveta, toda vez que acontecia uma coisa desse tipo e eu lia o nome dele sem esperar, era como se alguém me enfiasse as unhas na garganta e puxasse minha pele para baixo com toda força, me esfolando completamente, de cima a baixo, o pescoço e o peito, e a barriga, e as coxas, e minhas bochechas ardiam como se estivesse com febre. Então dei para pensar que se tivessem me deixado chegar até ele, se eu houvesse trazido o corpo, e enterrado, e mandado gravar seu nome na pedra mais dura que encontrasse, então, pelo menos, seria mais suportável.

A primavera terminou, e minha avó deixou-se embalar pela sufocante indolência que torna o calor de agosto menos brutal numa cidade em ruínas, quando os pobres ficam mais parecidos com os ricos, porque a sombra é de graça, e a água fria sai fervendo da torneira em qualquer bairro, e a ira do sol consome até a fome, e em todo lugar se dorme mal. Nessa época meu pai estava com dois anos, e falava em tatibitate, e não se comportava bem mas era muito engraçado. Seus irmãos lhe pregavam umas peças absurdas, quase cruéis, perguntavam se ele queria banana, se queria manteiga, se queria chocolate, e ele sempre respondia que sim, embora nunca tivesse experimentado nenhuma daquelas coisas, mas se empenhava tanto em aceitar a oferta, afirmando que sim, que queria sim, que até a mãe acabava rindo junto com eles. E no entanto ainda não havia acontecido nada, e não aconteceria durante muito tempo. Jaime já não era mais um boneco molenga e adorável, e sim um garoto prematuro que aprendera a dividir antes dos seis anos e respondia sempre a mesma coisa — rico — quando alguém lhe perguntava o que queria ser quando crescesse, quando a professora Márquez aceitou a oferta triste de um homem triste, viúvo como ela, e entendeu que Deus lhe dera as costas para sempre.

— Mesmo quando seu pai cresceu, comigo continuou acontecendo a mesma coisa, e olha que eu quis lhe dar esse nome para ainda existir no mundo um homem que se chamasse igual ao teu avô. No começo, dava no mesmo, porque as crianças não recebem cartas, mas depois... No dia em que foi convocado para o serviço militar, quando peguei aquele envelope na caixa do correio brotaram umas lágrimas dos meus olhos, quase caio no berreiro ali no portão, mas ele puxou o papel da minha mão e disse, chega de drama, mamãe, você devia ter vergonha...

Porque ela ia para a cama com outros homens.

— Ele nunca me perdoou, nem tentou compreender. Com os outros foi diferente, porque eram mais velhos, sei lá, mais responsáveis, ou menos maliciosos, e entendiam melhor as coisas, nós tínhamos passado um mau pedaço juntos na época em que Jaime ainda era um bebê que só sabia comer e dormir, ou vai ver que a questão é que os mais velhos conheceram o pai, não posso saber...

A lembrança daquele viúvo ainda lhe deixava um sabor amargo na boca. Não se sentia desleal, nem infiel, nem ardilosa. Sentia-se oca e condenada para sempre a ser um oco. Não tornou a tentar, mas quase um ano depois outro homem tentou com ela. Era motorista de táxi, e sempre havia morado em Lavapiés, seu jeito de falar lhe recordava a gíria que o marido costumava usar, e ele a divertia, e soube envolvê-la bem e com vagar. Não tinha pressa. Era casado. Chamava-se Mauricio.

— Era muito... agradável.

Como um sorvete de baunilha, ou um filme emocionante, ou um romance água-com-açúcar com final feliz, agradável como uma valsa de Strauss, assim era Mauricio, e assim também os que vieram depois dele. Ela tinha medo de que se repetisse o que aconteceu uma vez, tinha medo e desejava ao mesmo tempo, mas nunca mais lhe faltaram palavras para explicar a alguém o que sentia, e sempre, mesmo no final, teve ao alcance da mão um monte de adjetivos, todos os sinônimos de agradável, que iam de simpático a encantador.

— Por isso eu não podia me casar com nenhum deles, entende? Seu pai me dizia o tempo todo, chegava a levantar a voz, ele se sentia no direito de exigir isso de mim, casa, mamãe, dizia ele, por que você não se casa? Casa ou fica sozinha. Mas até ele devia imaginar que mesmo que eu quisesse, e olha que nunca quis, não poderia fazer isso, porque quase todos já eram casados.

Ela não soube explicar a intransigência do filho caçula, desconhecia sua coloração, e suas origens, que atribuía a motivos que variavam dos típicos ciúmes filiais à pressão torturante do ambiente, o ar que todos respiravam naquele país povoado por homens tão diferentes daquele desconhecido que o engendrara, e de quem nunca suspeitaria que pudesse não apreciar esse tipo de homenagens, porque ela, temerosa pelo filho que não chegara a sentir medo, não lhe contou grande coisa sobre o pai, apenas uma coleção de episódios sem importância que ele nunca ia sentir a tentação de repetir onde não devia, e no entanto sempre acabava descartando qualquer hipótese e sentenciando que ela era a única culpada, por não ser uma boa mãe, uma nova versão da criatura imaculada — seu peito redondo, puro espírito — como tinham que ser as boas mães daquela época, a esfinge maternal inalterada que todas as mães do mundo tiveram que ser alguma vez, em qualquer lugar, em qualquer época.

— Não importa o que ele tenha pensado de mim. Sei que continuei fiel ao pai dele, tenho sido fiel durante todos esses anos, e serei sempre. Uma vez, quando ele já era adulto, conversamos sobre tudo isso e eu tive a sensação de que finalmente queria acreditar em mim, mas não entendeu, não pode entender, porque com ele nunca aconteceu uma coisa dessas. Essas coisas só acontecem com as mulheres, mamãe, isso não é se apaixonar, é enlouquecer, disse. E eu respondi que não era verdade, porque Jaime me amava assim, eu sei, e ele também sabia, que com ele acontecia a mesma coisa. Mas o seu pai não, ele não acertou e com certeza nunca vai acertar. Às vezes me dá raiva de que tenha ficado tão mulherengo, logo ele, depois de haver sido tão duro comigo, mas mesmo assim não lhe guardo mágoa, só compaixão.

Eu também estava disposta a me compadecer dele quando finalmente teve coragem de me ligar, quase quinze dias depois de bater asas, me convidando para almoçar num restaurante desses bons e caros, de toda a vida, em que se refugiava quando precisava sentir-se seguro. Ninguém entendeu aquele almoço. Para minha mãe foi uma sabotagem colaboracionista, minha irmã, mais radical, considerou uma traição, e o próprio Santiago me perguntou por que eu aceitava. É meu pai, respondi a todo mundo, mas tive a sensação de que ninguém entendia.

— Mamãe está arrasada — disse antes mesmo de me sentar, quando pressenti que vovó tinha errado, porque ele estava tão bonito que dava náuseas, parecia tão feliz que dava arrepio, tão leve que se podia dizer que, em vez de pesar, flutuava. — Você podia ter feito isso antes, seria melhor, mas agora... Ela está se sentindo um cacareco jogado fora. Às vezes penso que isso dói mais do que ter perdido você. Essa é a grande sacanagem.

— É — fixou a atenção nas unhas antes de curvar os lábios, tentando sorrir sem desmentir uma expressão calculada de amargura —, mas eu não tenho culpa.

— Pode ser que não — precisei me conter para não berrar, porque aquele sorriso estava me deixando maluca —, mas pelo menos você podia reconhecer isso.

— Está bem. — Olhou para mim, antecipando que seria sincero. — É uma grande sacanagem, enorme, monstruosa, gigantesca, mas eu não tenho culpa, e reconhecer isso não adianta nada, nem para você nem para a sua mãe. Eu também estou ficando velho, Malena, eu também. Não queria me apaixonar por outra mulher, nunca quis isso, pode ter certeza. Sei que você vai me achar um sacana por dizer isto, mas objetivamente eu estava muito melhor antes, vivendo com uma mulher que fazia tudo por mim, que nunca iria me abandonar, que me permitia tudo, eu...

— Você é um sacana, papai.

— Devo ser, mas era bem melhor para mim, bem mais fácil, não tenha dúvida. Agora é diferente... Kitty é muito mais nova do que eu. Não me sinto seguro, sabe?, nunca me sinto seguro. Morro de ciúmes, e de medo de não conseguir... Algum dia não vai mais levantar, e ela continuará sendo onze anos mais nova do que eu, quase doze. Estou assustado, outro dia adormeci vendo televisão e depois não consegui mais dormir, me sentia velho, cansado... Eu sei que ela vai me deixar, como eu deixei a sua mãe. Corro os meus próprios riscos.

— Sempre se correm riscos — sussurrei. Eu estava morrendo de inveja.

As palavras dele me deixaram um gosto ruim na boca, mas conseguimos conversar muito durante a refeição. Eu ia ficar do lado da minha mãe, porque ela precisava de mim e ele não, e lhe disse isso, mas disse também que sempre poderia contar comigo, em qualquer situação, e ele respondeu que sabia disso, que sempre soubera.

Depois do café fui direto buscar mamãe para ir ao cinema e depois lanchar tortinhas com creme. Eu gastaria muitas outras horas arquitetando, desenvolvendo e executando planos parecidos, tentando reerguê-la, encarapitá-la no alto de um trampolim do qual algum dia poderia pular por conta própria, mas não somente fui malsucedida nisso, como minha companhia terminou se transformando num ingrediente imprescindível em sua vida. De repente, aquela mulher que nunca fez nada, que nunca foi a lugar nenhum, que passou todas as tardes da minha infância costurando sem ter nenhuma necessidade de fazê-lo, sentada numa poltrona da sala em frente à televisão ligada, não podia suportar mais de doze horas sem botar o pé na rua. Então pegava o telefone e ligava para mim.

— O que vamos fazer hoje?

Vimos todos os filmes, todas as peças de teatro, todas as exposições. Estivemos em todas as demonstrações a domicílio de que tivemos notícia, *tupperware*, vaporetos, panelas para fritar sem gordura, climatizadores perpétuos, fornos revolucionários, edredons de pena nórdica, máquinas de costura sem agulha, cosméticos japoneses. Percorremos todas as promoções de janeiro, as liquidações de fevereiro, os leilões de março, em todos os grandes *shoppings*, hipermercados, centros comerciais e redes de lojas de bairro que faziam propaganda em todas as rádios. Eu propus cursos de cerâmica, de decoração, de ikebana, de jardinagem, de macramê, de ioga, de culinária, de psicologia, de maquiagem, de encadernação, de redação, de pintura, de música, de tarô, de ciências ocultas, de papel-machê, do que fosse, me dava no mesmo. Fomos conhecer juntas uma dúzia de academias, incentivei-a a entrar na universidade, a abrir uma loja, a se mudar, a escrever um livro, o que ela quisesse, percorremos todos os cursos de Madri para a terceira idade, e, por mais que a primeira visita a divertisse, sempre havia alguma coisa que não a convencia totalmente, e afinal tudo era em vão. Se não me ocorria nada de especial, ela vinha lanchar na minha casa, e isso ainda era pior, porque apesar das minhas boas intenções, de toda aquela solidariedade e compreensão com que eu me recobria como uma couraça invulnerável, a verdade é que não a suportava, nunca a tinha suportado e agora muito menos. Quando a situação não lhe permitia comprar nada, e nenhuma outra pessoa reclamava sua atenção, minha mãe só se interessava em falar de duas coisas: do infarto que, quem dera, ia acabar com a raça do meu pai enquanto ele andava por aí com aquela piranha que poderia ser sua filha, e da misteriosa vida da minha irmã.

Quanto a este último ponto, eu não tinha outro remédio senão lhe dar razão, porque também não sabia muito sobre a Reina desde que ela chegara de Paris, quase um ano e meio depois de Jimena. Na época me deu a entender que aquela experiência — estava experimentando, só isso, foi o que me disse — não tinha acabado muito bem, mas não forneceu mais detalhes, nem explicou de quê, nem como, vivera durante o tempo que esteve oficialmente sozinha, e eu também não insisti muito, por mais que às vezes as perguntas me queimassem a ponta da língua, porque sua maneira de se mover e de agitar as mãos, sua maneira de falar, e as coisas que dizia, ainda delatavam uma estranha influência de Jimena, como se houvesse rompido os laços com ela mas continuasse ligada, de algum modo, por alguma precária ponte à sua lembrança. Depois disso, só continuamos dividindo o quarto durante seis meses, até eu me casar, e para dizer a verdade, quando entrava na cama com Santiago, todas as noites, a companhia dela era a única de que não sentia falta. Mas ela parecia se divertir muito com o fato de eu ter me casado, se dava muito bem com meu marido e nos visitava com certa freqüência, um pretexto adequado em cada ocasião. Colaborou com energia na decoração do apartamento, nos deu centenas de artefatos de presente, tão nímios quanto úteis — um talher especial para servir macarrão, um utensílio para cortar ovos duros em rodelas, outro para separar as claras das gemas, um disco de vidro grosso que se colocava no fundo da panela para o leite não transbordar, uma peneira para cozinhar grão-de-bico sem perder a casca, e muitas outras engenhocas do gênero, o tipo de coisas em que só ela seria capaz de pensar —, ajudou a organizar o espaço, encheu o terraço de plantas e supriu uma por uma, à base de puro instinto, as mais graves das minhas inumeráveis incapacidades domésticas, até que, de repente, sem avisar, desapareceu por uns tempos e só a encontrava um domingo ou outro, ao meio-dia, quando ia almoçar na casa dos meus pais. Quatro ou cinco meses depois, reapareceu na minha porta com um fícus nos braços, e o ciclo tornou a se reproduzir, desde o começo. A mesma coisa aconteceu outras vezes, Reina chegava e partia, às vezes de Madri, outras só da paisagem familiar, mas agora, justamente agora, quando eu já não tinha mais segredos para lhe ocultar, com minha vida simples e chata como a de qualquer outra mulher honesta, ela começou a silenciar sobre a sua própria vida, e minha curiosidade se dissolveu facilmente na suspeita de que só assim, não sabendo de nada, sua companhia continuaria sendo compatível com o inconstante afeto que ela ainda, por vezes, me inspirava.

O que nunca me atreveria a esperar, contudo, é que Reina, que afinal sempre fora a filha favorita da mamãe, poucas semanas depois seguisse os passos do meu pai. Uma coisa dessas não podia nem me passar pela cabeça quando, certa noite, levei minha mãe para casa e a encontrei fazendo a mala.

— Para onde você está indo?
— Às Alpujarras. Vou passar uns dias na casa de um amigo.
— Agora? Deve estar fazendo um frio horrível.
— É, mas a casa tem aquecimento e tudo o mais... Estou com uma vontade danada, não conheço aquela região.

Então, enquanto procurava a maneira de dizer que talvez já fosse hora de me dar uma mãozinha com a dor da mãe dela, porque a da minha já era dor demais para mim sozinha, Reina ficou me olhando com um sorriso espetacular e se interrogou em voz alta.

— Falo ou não falo?
— O quê? — me obrigou a perguntar.
— Aposto que você não sabe onde fui parar há uns dias? — Neguei com a cabeça, mas não foi o suficiente.
— Não, Reina, não sei.
— Estive num casamento. — Deduzi pela expressão dela que a notícia era uma autêntica bomba, mas ainda não conseguia determinar em que direção iria estourar. — Por puro acaso, porque é claro que não fui convidada, mas tinha combinado jantar com um amigo, sabe?, e quando ele apareceu veio com aquela história de sempre, que era um compromisso, que tinha obrigação de ir lá por razões de trabalho, que quando marcou comigo esqueceu porque era muito distraído... Isso é verdade, ele é muito distraído, conclusão, a velha história, me pediu para ir com ele e acontece que era uma festa de casamento. E adivinha quem era o noivo?
— Não sei, não.
— Você não vai adivinhar, cara, não consegue adivinhar nem num milhão de anos! Foi incrível. — Soltou uma risadinha nervosa, e eu respondi com um sorriso

que nascia mais da expectativa que da impaciência. — Fiquei até paralisada, gente!, as surpresas que a vida dá...

— Quem era, Reina? Diz de uma vez.

— Agustín, cara! — A gargalhada dela ecoou dentro da minha cabeça como se o meu crânio estivesse forrado de cortiça. — Não é incrível?

— Que Agustín? — perguntei a ela num sussurro, enquanto perguntava para mim mesma que Agustín poderia ser.

— O Quasímodo, é claro! — Me olhou espantada. — Que Agustín poderia ser? Aquele que você namorou uns anos atrás, não se lembra?

— Lembro, lembro sim.

— Eu fiquei boquiaberta, sério, e depois caí na gargalhada. Aquilo era a última coisa que podia esperar. E achei que ele estava bastante bem, tenho que reconhecer, melhorou, ou vai ver que antes me parecia tão imbecil que eu lembrava dele ainda mais horrível do que é, porque feio continua sendo, é claro, feíssimo... — Fez uma pausa, na certa à espera de que eu avaliasse suas palavras, mas diante do meu silêncio continuou falando sem me prestar muita atenção, enquanto arrumava a roupa na mala aberta. — Muito bonita a noiva, de peito grande demais para o meu gosto, quase saía do decote, e cheinha de carnes, mas com um bom corpo. Meu amigo me contou que Agustín gosta desse tipo de mulheres. Sempre deu um jeito de arranjar mulheres gostosas, me disse, e eu respondi que aquela estava precisando era de um bom regime, porque parecia bastante gorda, mas ele ficou me olhando com uns olhos desse tamanho e saiu dizendo que de jeito nenhum, ela era gostosérrima... Enfim, você sabe como são os caras.

Não todos, tive vontade de dizer, mas desisti por preguiça. Minha irmã me olhou como se estivesse desconcertada com a minha atitude, meus lábios apertados, mas afinal prosseguiu num tom diferente, confidencial.

— Eu pensei que ele não ia se lembrar de mim, mas me reconheceu, sabe? Perguntou por você, foi muito simpático. Contei que suas coisas iam muito bem, que você tinha se casado com um cara do caralho, muito bonito... Aí pensei que tinha escorregado, mas ele levou numa boa, quer dizer, não se deu por aludido. Mandou beijos para você e me pediu seu telefone, e depois disse para não dar, que tanto fazia, e afinal voltou e pediu outra vez. Eu disse que você tinha acabado de se mudar e que ainda não tinha o número novo, porque não sabia se você... Mas disse para me dar o dele.

— Não quero.

— De qualquer maneira — sentenciou ela, fechando a mala —, não se pode negar que este mundo é pequeno.

— E está cheio de meleca — respondi, antes de interpor o primeiro pretexto que me ocorreu para sair dali.

Aquele golpe me pegou tão em baixo que nunca cheguei a propor a Reina que repartisse comigo as tardes da mamãe, como era minha intenção. De qualquer maneira, não ia adiantar muito, porque sua breve excursão às Alpujarras prolongou-se pelo resto do inverno e a maior parte do mês de abril. Durante todo esse tempo mamãe se torturou dia após dia, imaginando as possibilidades mais excêntricas, quando não as fantasias mais terríveis, para justificar a ausência daquela filha que, na minha opinião, só estava tirando o corpo fora, apesar dos silêncios significativos que ela deixava escapar quando, mais ou menos de três em três semanas, se dignava a telefonar para dizer que estava bem e que a ligação ia cair porque não tinha mais moedas. Depois te conto, me disse, na única vez que peguei o telefone, estão me acontecendo muitas coisas... Comigo também, comecei a dizer. Tive a idéia de avisar a ela que, se não voltasse de uma vez, eu mandaria a mamãe passar uma temporada em Granada para que as duas se fizessem companhia mutuamente, mas antes de conseguir formular o ultimato um assobio agudo, monocórdio, me sugeriu que eu podia me poupar daquele trabalho.

Era verdade que estavam me acontecendo coisas, além da crise nervosa provocada pela frenética batalha que empreendia contra o tédio da minha mãe, para cujo infinito tempo livre, aliás, encontrei um espaço a meados de março no clube de bridge que uma das minhas alunas dirigia, uma modesta vitória que me devolveu, de saída, as tardes de terças e quintas-feiras. Mais ou menos nessa época contrataram como titular um novo professor de alemão que há meses vinha fazendo substituições no curso. Chamava-se Ernesto, tinha quarenta anos e não era casado, mas passara dezoito anos morando com a mesma mulher. Era alto e magro, quase ossudo, e embora não chegasse a aparentar menos idade do que tinha na realidade, conservava um certo ar juvenil cuja razão me resultava difícil de expressar. Talvez fosse o cabelo, comprido como o de um poeta romântico e cuidadosamente despenteado para disfarçar uma careca mais que incipiente, ou a freqüência com que o assombro aparecia em seu rosto, como se tudo o surpreendesse, como uma criança pequena. Talvez fosse mais do que isso, quem sabe a natureza bífida de um ser que se adivinhava delicado e durão ao mesmo tempo, como costumam ser os adolescentes. Tinha o nariz fino, os lábios finíssimos e os olhos castanhos, muito bonitos, principalmente até o momento em que identifiquei as inequívocas pupilas de um alcoólatra naquilo que quis confundir a princípio com a mais inocente das miopias. Mas mesmo depois daquela descoberta continuou me parecendo um homem bonito, do tipo que poderia ter sido o modelo favorito do mais delicado dos pintores pré-rafaelitas. Não parecia nada com Fernando, e no entanto me atraía. Naquela época, a diferença ainda me parecia uma garantia.

Em compensação, nunca cheguei a ter certeza do que ele pretendia de mim, me procurando trabalhosamente pelos corredores para depois passar direto toda vez que cruzava comigo, insistindo em ir ao cinema para desmarcar pelo telefone duas horas antes do filme começar, querendo para não querer ao mesmo tempo, mas avançando sempre com a mesma intensidade em ambas as direções, enquanto eu acompanhava seus passos com um olhar de ceticismo divertido. Todas as manhãs, quando nossos horários coincidiam, íamos tomar café juntos ou bebíamos uma aguardente depois da aula. Ele era um grande conversador, embora custasse a sair do seu tema favorito, que era basicamente ele mesmo, as coisas que pensava, as que fazia, as que lhe aconteciam ou que lembrava. Também me falava muito da sua mulher, repetindo a cada minuto que a adorava com uma insistência cujas intenções eram indecifráveis para mim, apesar de às vezes, sobretudo no começo, durante o trecho mais inflamado de seu discurso, encostar uma perna na minha ou se inclinar para a frente como se, mais do que tentar roçar em mim, pretendesse cair sem nenhum aviso sobre o meu corpo. Então, quando nos despedíamos, eu me perguntava o que faria se algum dia a situação evoluísse no sentido que parecia previsível e, para a minha própria surpresa, a idéia de ter um caso com Ernesto me inspirava uma preguiça terrível, um sentimento cuja vigência durava poucas horas, porque no dia seguinte, depois de ter se deixado levar pelo entusiasmo até o limite de produzir um daqueles gestos mínimos, ele optava por ficar invisível pelo resto da semana. Sua atitude me desconcertava, mas não chegava a me incomodar totalmente, porque na realidade nunca cheguei a levá-lo a sério. Sabia que não era perigoso para mim, Ernesto se parecia demais com Santiago para sê-lo, mas a verdade é que me divertia.

A indignação que me assaltou quando vi minha irmã só sobreviveu durante os poucos minutos que levei para me transladar da sala até a cozinha. A surpresa, porém, persistia, porque eu não acreditava mais que Reina fosse voltar e muito menos que, se voltasse, me procurasse antes que à minha mãe. Enquanto acendia um cigarro para dar tempo à cafeteira, fiquei me perguntando o que seria tão chamativamente novo no visual da minha irmã que eu devesse notar à simples vista, e só me ocorreu um disparatado recurso à cirurgia plástica. Quando voltei para a sala, dei uma olhada nas suas zonas estratégicas e comprovei que o peito parecia menos plano do que antes. Lembrei dos comentários sobre o casamento de Agustín e disparei.

— Você operou os seios.
— Não! — gritou ela, rindo. — Estou grávida.
— Não brinca!
— Acredita, estou grávida, sério.

Olhava para mim com um sorriso tão largo que quase deixava as gengivas à mostra, e tive a sensação de que o rosto dela tinha se transformado num anúncio, daqueles em que a senhora Pérez revela à cunhada o segredo da enceguecedora brancura dos seus lençóis. O meu, em compensação, estava congelado.

— Não acredito — disse, e era verdade.
— Puxa! — replicou, quase ofendida pelo atraso visível do meu entusiasmo.
— Também não é tão difícil assim.
— Está bem, mas... — Me sentei na poltrona, e ela seguiu o exemplo, se acomodando na minha frente. — E de quem é?
— De um cara.
— É, costuma acontecer. Não imaginei que os cavalos combinassem contigo.
Ela não respondeu e eu servi um café que a essa altura já desejava terrivelmente, para ganhar tempo, assombrada eu mesma com a minha reação, os misteriosos efeitos daquela boa notícia que, longe de me alegrar, me angustiava tanto.
— E você pretende ter?
Não fiz essa pergunta com má intenção, as palavras brotaram dos meus lábios por obra de um mecanismo puramente instintivo. Muitos anos antes, quando ainda estava com Agustín, eu também achara que estava grávida e isso foi a primeira coisa que minhas amigas me perguntaram, e não me ofendi, achei uma questão superlógica, mas Reina me olhava agora com um sorriso condescendente, balançando a cabeça com suavidade, como se tivesse pena da minha estupidez.
— É claro que vou ter.
— Quer dizer, você foi atrás.
— Não! O que é que você está achando? — Até aquela hora eu não tinha percebido como ela estava nervosa. — Eu o conheço há muitos anos, e...
— Não falo do pai — corrigi, sem saber se classificava o erro da minha irmã entre os equívocos vulgares ou o assimilava às grosseiras traições do inconsciente.
— Estou falando da criança.
— Se eu queria engravidar, você está dizendo? — Confirmei com a cabeça. — Bem, não exatamente, mas também não evitava. É difícil explicar. Eu também fiquei surpresa com a notícia, mas logo compreendi que precisava, precisava mesmo ter um filho, entende?, era como se meu corpo estivesse pedindo, como se tivesse acabado de perceber que estava vazia por dentro, e então aconteceu, simplesmente aconteceu.
Reina sempre gostou muito de crianças, isso é verdade. Em Almansilla, onde os bebês costumavam proliferar, muitas vezes a vira dando de comer a algum deles, ninando ou pegando no colo, e quando ela própria era criança, sempre gostava mais de brincar de mãe-e-filha do que de qualquer outra coisa. Na época, no final dos anos sessenta, começavam a dominar o mercado as bonecas que faziam coisas, fofuras falantes, bebês que choravam, meninas monstruosas de tamanho quase natural que andavam, ursinhos contadores de histórias e gorduchos comilões de boca furada, em forma de O maiúsculo, que vinham junto com uma mamadeira mágica cujo conteúdo esbranquiçado desaparecia misteriosamente quando se inclinava o

recipiente depois de encaixado nos lábios de plástico. Provavelmente eram horríveis, e os mecanismos que lhes davam vida já nessa época me pareciam toscos, rudimentares, a anos-luz dos sofisticados dispositivos eletrônicos em que se esconde a alma das bonecas atuais, com aqueles alto-falantes disfarçados nas tripas do boneco, que em vez de umbigo tinha um círculo de buraquinhos, como uma mensagem em braile, no meio do corpo, e o diminuto toca-discos embutido nas costas, debaixo de uma tampinha que sempre se quebrava ou encaixava direito até ficar impossível de fechar, exibindo seu relevo por baixo dos vestidinhos e dando ao filhinho da vez a aparência de um pequeno monstro aleijado, mas eu os adorava. Minha mãe ficava furiosa por eu sempre pedir um deles, quase sempre o de aspecto mais mutante, na carta que escrevia a Papai Noel, mas nunca conseguiu me dissuadir, porque eu me interessava por bonecos com que pudesse brincar, e não pelos bebês de Reina.

Minha irmã só gostava das criações de Sánchez Ruiz, uma grande loja de brinquedos da Gran Vía que vendia exclusivamente sua própria produção de bonecos, uma gama que abarcava todos os tamanhos, de figuras pequenas que cabiam num bolso até imensos ursos brancos de pelúcia que só um adulto conseguia levantar do chão, mas sempre com um estilo característico, inconfundível, que os adultos chamavam de boa qualidade. Ao longo do que eu achava ser uma imensa vitrine escalonada, da altura de pelo menos dois andares de uma casa normal, alinhavam-se bonecas de verdade, daquelas antigas, com a mesma cara, o mesmo corpo, as mesmas roupas que nossa mãe devia ter visto no mesmo lugar quando era criança. O plástico agora substituía o celulóide e a porcelana, fios de náilon ocupavam o lugar das velhas cabeleiras de fibra, os vestidos não eram mais costurados à mão, mas cada detalhe, por menor que fosse, proclamava discretamente sua perfeição. Reina passava horas e horas no meio da calçada, de nariz grudado no vidro, olhando para elas, escolhendo a que ia pedir assim que tivesse oportunidade, e nunca se cansava delas. Como eram caras, às vezes ganhava uma à guisa de presente conjunto de vários membros da família, mas nunca se sentiu decepcionada por isso. Tinha muitas, uma chinesinha com um quimono de seda autêntica, bordado de verdade, e um coque espalhafatoso com três varinhas espetadas na cabeça, outra loura, um pouco maior, que parecia uma menina normal, com um chapéu de palha e um vestido estampado de flores e muitas anáguas armadas por baixo, um casal moreno, menino e menina, ataviados de cerimônia com uns trajes maravilhosos de veludo azul-marinho cheios de rendas e babados, e os mesmos soquetes brancos de algodão furadinho que mamãe nos punha para ir à missa aos domingos, e uma verdadeira senhorita, uma boneca de cabelo castanho e olhos cor de caramelo, um pouco maior que as outras, que viajava com um baú cheio de roupas para todas as ocasiões. Mas a estrela era o bebê, um boneco bem grande, do tamanho de uma criança de seis meses, com a cabeça enorme, calva, coberta com um delicado capuz de linho arrematado por um nó embaixo do queixo, exibindo no rosto a expressão de um recém-nascido, e o corpo mole, fofo, esponjoso, sob um fraldão autêntico, um babador todo bordado e uma jaquetinha de lã azul-celeste, com botões redondos e polidos, igual aos de verdade. No peito, um minúsculo alfinete prendia uma fita de cetim na qual se pendurava a chupeta. Quando Reina se cansou de apertá-lo, beijá-lo e abraçá-lo, eu o pedi e tentei lhe enfiar a chupeta na boca, mas não consegui porque aquele anão não abria os lábios como os meus bonecos, de modo que o devolvi à mãe não sem alguma inveja, sobretudo dos sapatinhos de lã que usava nos pés. Meus bonecos eram muito mais feios, porém faziam coisas, e além do mais o Papai Noel daquele ano tinha me trazido o que iria se tornar meu brinquedo favorito para todo o sempre, um carrinho de verdureira de plástico vermelho, com rodas de verdade e um toldinho listrado mostrando um cartaz anunciando seu conteúdo. No balcão havia uma balança e uma caixa registradora dourada com moedas e notas, que fazia barulho quando se abria. Embaixo, um monte de cestinhas brancas acolhiam o que eu interpretava como uma grande variedade de frutas e verduras, pepinos, pimentões, tomates, bananas, morangos e maçãs de plástico, além de uma sacola de linha, vermelha e amarela, cheia de laranjas, pendurada num ganchinho. Era maravilhoso, mas quando me cansei de brincar com ele Reina continuava brincando com o neném, que havia transformado em menina com o simples procedimento de vesti-lo de rosa, e lhe comprava roupa, tecia gorrinhos e pulôveres, dava banho e dormia com ele de noite. Agora, quinze anos depois, a julgar pela expressão radiante com que me olhava, estava pensando em fazer a mesma coisa.

— Não é maravilhoso?

Devia ser, mas as mulheres que pronunciavam essas mesmas palavras nos filmes sempre me irritavam, e até me davam um pouco de medo.

— Bem, se você diz...

Minha irmã se sentou ao meu lado, pegou na minha mão e falou com doçura.

— O que está havendo, Malena?

— Nada, nada. É que eu não entendo.

— Não entende o quê?

— Não entendo nada, Reina — e gritei um pouco, como se estivesse zangada. — Nada! Não entendo como a essa altura você pode ficar grávida sem querer, não entendo como pode não querer e não evitar ao mesmo tempo, não entendo como consegue descobrir que uma criança é a única coisa que está te faltando só porque vai tê-la, não entendo nada disso. Meu útero não grita nunca, sei lá, no máximo o estômago, quando passo mais de doze horas em jejum... Ter uma criança é uma coisa séria demais, ou grave demais, se você preferir, para não pensar duas vezes antes.

— É uma situação natural.
— Não. Natural é menstruar. A gravidez é um estado excepcional.
— Muito bem, como quiser. Mas eu não preciso pensar. Passei a vida inteira me preparando para isso.
— Olha que maravilha — murmurei —, que nem a Lady Di.

O desconcerto recuou sem esforço ante a evidência. Reina estava grávida e achava maravilhoso ter o filho que sempre havia desejado para dar à sua vida o sentido mais autêntico e completá-la na dimensão mais transcendental em que uma mulher pode se realizar como ser humano.

Isso, mais ou menos, foi o que ela repetiu várias vezes, recorrendo a diferentes palavras, sintaxes e expressões, sem impedir em momento algum que seu discurso desenvolvesse em meus ouvidos a essência irritante das frases feitas, diz-me de que te gabas e eu te direi o que te está faltando. Não acreditei nem por um segundo que Reina estivesse sendo completamente sincera, porque em momento algum mencionou o medo, nem a estranheza, não se mostrou desolada, nem insegura, só impaciente. Estive a ponto de lhe fazer perguntas concretas, mas não cheguei a tanto, porque isso significaria confessar meus próprios sentimentos, e intuí que não lhe pareceriam corretos, nem mesmo sensatos. Eu pretendia ter filhos, algum dia, quando desejasse fervorosamente, mas cada vez que pensava neles, nos meus futuros filhos hipotéticos, sucumbia ante uma longa série de terrores imaginários que agora, e foi ouvindo Reina que compreendi, deviam ser apenas mais uma das minhas esquisitices. Porque ela nem considerava que alguma coisa pudesse dar errado, não imaginava a possibilidade de parir uma criatura defeituosa, doente, incapaz, agonizante, e por isso devia entender menos outras questões. Eu compreendia que ter um filho é muito mais importante que manter a forma, mas não me parecia nada engraçado ficar feito uma vaca, ou toda fofa, com os peitos pendendo e a pele cheia de estrias, mas isso pertencia à categoria das verdades que eu nunca teria coragem de revelar à minha irmã. Tornar-me mãe era dar um passo gigantesco em direção à maturidade, ficar de repente muito mais velha, e essa metamorfose me inquietava, porque a partir daí, e para sempre, na mesma casa em que eu morasse haveria alguém muito mais jovem do que eu, com muito mais futuro pela frente. Ter um filho significava renunciar à irresponsabilidade que eu ainda cultivava de vez em quando como um vício secreto, gostoso e íntimo. Adeus ao álcool, adeus às drogas, aos amantes ocasionais, ao sexo acidental, às longas noites de palavras quentes e vazias com pessoas tão irresponsáveis quanto eu. Um caminhão com reboque, isso é o que eu seria por alguns anos, ponto de referência inevitável pelo resto da vida do meu filho, mais mãe do que mulher para sempre, e meu corpo, templo de generosidade e amor infinitos, um recinto sagrado que nunca mais alguém se interessaria em profanar. A mudança não me agradava, mas tudo isso contava muito menos do que a possibilidade de parir um infeliz.

Toda vez que eu via uma menina gorda, um garoto baixinho e de óculos, um tampinha tímido brincando sozinho num canto de uma praça qualquer, toda vez que escutava esses arrasadores insultos infantis, ou notava que, sem razão aparente, ninguém aceitava o menino de pulôver verde, ou vermelho, ou azul, em nenhum time, ou quando percebia que alguém ficava vermelho e gaguejava, lutando desesperadamente com as palavras que se negavam a sair inteiras de seus lábios enquanto os que estavam em volta rolavam de rir, então a idéia de ter um filho me dava pânico, como se eu pressentisse que um filho nascido de mim estaria condenado a pertencer para sempre ao bloco dos desastrados, dos solitários, dos infelizes. Mas Reina parecia estar a salvo dessa possibilidade, como estivesse a salvo de todas as tempestades que, mais cedo ou mais tarde, foram estourando nas minhas mãos.

— E o que você vai fazer? — perguntei afinal, pelo menos para cortar, de uma vez, aquela torrente de felicidade sonora.

— O que vou fazer com quê? — A surpresa dela parecia genuína.

— Com tudo, ué... Você vai se casar, vai morar com o pai, vai abrir mão de tudo? Não é por nada, não, mas acho que o ato de parir, parir, em si mesmo, é o mais fácil.

— Vou ter sozinha. O pai está de acordo.

Nesse instante adivinhei repentinamente a situação da minha irmã, aquelas duas frases encadeadas desfizeram um mistério que eu não tinha conseguido resolver dois ou três anos antes, talvez menos, numa noite em que Reina apareceu na minha casa na hora do jantar sem outro intuito aparente além de uma intenção muda de ser convidada, que eu não decepcionei. Então, sem qualquer preâmbulo, enquanto esperávamos que Santiago chegasse, com a televisão ligada e um martíni na mão, ela fez uma pergunta esquisita.

— O que você opinaria sobre um homem bonitão, bonito e charmoso, casado há muitos anos com uma lésbica, que apesar de tudo, e de não trepar com ela, gostasse dela e a protegesse e não se separasse?

— Assim, só isso?

— Não entendo.

— Quero dizer, não tem mais informações?

— Não, não precisa.

Meditei durante alguns segundos. Reina me olhava com uma expressão divertida que minha primeira pergunta logo transformou numa careta de desagrado.

— Ele é veado?

— Não.

— Ela é milionária?

— Também não.
— Então acho que ele é um babaca.
— Bem... Também pode ser que esteja apaixonado, não é?
— Claro — concordei. — Então é um babaca apaixonado.

Ela balançou a cabeça de um jeito vago e não disse mais nada. Percebi que o misterioso objeto do interrogatório se ajustava à figura de Germán, mas o perfil daquela conversa, e a serenidade com que Reina a conduziu, me levaram a enterrá-la quase instantaneamente no arquivo dos assuntos triviais. Santiago abriu a porta, eu fui para a cozinha esquentar o jantar e não se voltou a falar no assunto. Reina não tornou a mencioná-lo desde aquela época, mas eu intuí que só ele podia ser o misterioso amigo que a tinha levado ao casamento de Agustín, mas, quando confessou que planejava ser mãe solteira com o consentimento do pai do seu filho, percebi que a natureza acidental daquela gravidez descartava a possibilidade de um pacto prévio, e me perguntei que tipo de homem que não pensasse em ter um filho o aceitaria em tais circunstâncias, e concluí com desânimo que só poderia ser um babaca.

— A criança... — aventurei, quase com medo —, por acaso não é do marido da Jimena, não é?

— É sim. — Minha irmã me olhava, estupefata. — Como adivinhou?

— Puxa, Reina! — exclamei, sem me preocupar em responder. — Você não se meteria numa encrenca pior nem se tivesse jogado nos dados.

— Não sei por que você me diz uma coisa dessas. — Olhava para mim com os olhos brilhantes, os lábios trêmulos, como se estivesse a ponto de cair no choro. — Tenho um caso com Germán há muitos anos, não é uma relação convencional mas é... perfeita em vários aspectos. Ele tem sua vida e eu a minha, mas reservamos um território comum, um lugar onde conversar, onde falar das coisas que pensamos, que sentimos. Estou apaixonada por ele, Malena, é a primeira vez desde que sou adulta. A gente se entende tão bem que para fazer amor nem precisamos de palavras...

— Pára de dizer cafonices, Reina, por favor.

— Não são cafonices! — gritava mais alto do que eu tinha gritado antes, e não chorava mais, porque meu comentário a deixara furiosa. — É verdade! Acontece que você não entende porque nunca teve um caso com um cara assim.

— Sensível — disse eu com um sorriso formal no rosto, pressentindo que ela nunca iria captar minha ironia.

— É! — gritou. — Exatamente isso. Sensível!

— Não... — confirmei, fazendo o gesto de descarrego com a mão direita e procurando desesperadamente algum objeto de madeira. — Nunca tive um caso com um cara sensível, nem me faz falta...

Tive que me erguer sem esticar a mão até atingir uma mesinha sobre a qual repousava a caixa de oliveira onde guardava meus brincos, e só depois de ter sentido que os nós dos meus dedos começavam a se esfolar de tanto bater nela, terminei de explicar.

— Já é suficiente ter me casado com um deles.

Santiago usara essa mesma palavra, sensível, para definir a si próprio ao final do mais tortuoso e dolorido dos monólogos que me dedicou na vida, numa noite em que se negou a esperar o final do último ato, apagou a luz e me virou as costas.

— Malena, eu... Não sei como te dizer, mas me incomoda muito... Não, eu não queria dizer isso, não é que me incomode, me preocupa, me preocupa muito esse teu costume de não... de não gozar ao mesmo tempo que eu. Eu sei que você não faz de propósito, mas acho que tudo iria melhor se você fizesse uma... forcinha, sei lá, só quero dizer que te ver assim é muito frustrante para mim, não me sinto bem, sei que a culpa não é minha, nem tua, mas... No começo era diferente, não é?, a gente gozava ao mesmo tempo, muitas vezes, eu... Eu sou um homem, Malena, uma pessoa sensível mas também um homem, e tudo isso é muito doloroso para mim.

Quando terminou, meu corpo pesava como se minhas veias estivessem recheadas de chumbo fundido, um metal opaco, sem brilho, que no começo teria dissolvido meu sangue, quando ainda era uma torrente de fogo lodoso e cinzento, e depois esfriado, bem devagar, no meu interior. Senti que estava perfurando o colchão, me afundando em sua detestável maciez, as molas esmagadas, comprimidas, trituradas pelo meu peso, mas me levantei sem dificuldade, caminhei com naturalidade até o banheiro, abri a porta, sentei na tampa do vaso, apoiei meus cotovelos nos joelhos e me assombrei por não estar sentindo nenhuma vergonha, como se até o prazo para a vergonha já houvesse expirado. Então calculei que Fernando devia estar com trinta anos, e tentei imaginá-lo, imaginar sua vida, como estaria vestido, onde trabalharia, que moto dirigiria, como treparia com sua mulher, em Berlim, eu sabia que morava lá, que finalmente fazia aviões, que estava casado e que tinha uma filha, pensava nele muitas vezes, para me convencer de que ele também pensava em mim, de que tinha que pensar em mim de vez em quando, e gostava daquela fantasia, mas naquela noite, trancada no banheiro, tentei me convencer de que Fernando na certa não seria agora muito diferente de Santiago, ou de Ernesto, ou da maioria dos caras que eu conhecia, os homens com que me relacionava no trabalho, os meus alunos, os amigos do meu marido e os maridos das minhas amigas, era tudo manso, como tinha ouvido uma quarentona lustrosa, bonita de rosto, dizendo alguns meses antes na porta de um bar aos seus acompanhantes, se quiserem a gente entra, mas não vai adiantar nada, olha só para eles, é tudo manso.

Percebi que estava chorando pela comichão nos olhos. Por mais que me esforçasse em imaginar, sabia que Fernando nunca seria um manso, e por isso as lágrimas escorregavam obedientes, acariciando meu queixo num gesto tíbio. Naquele instante suspeitei que talvez fosse uma privilegiada, que chorar por um homem como Fernando era um privilégio, e me senti orgulhosa da minha dor, contemplei com jactância minhas feridas, todo o sangue que derramara para continuar tendo o corpo cheio de sangue, e não senti mais pena da minha mãe, nem tornei a sentir pena de mim mesma. Em compensação, quando Reina me falou da qualidade dos homens sensíveis, senti uma pena enorme dela, como não sentia desde que ambas tínhamos deixado de ser crianças.

Lembro apenas vagamente do resto da conversa, ela fazia planos em voz alta e sua história me parecia mais disparatada a cada passo, até que em certo momento deixou de me interessar, e olhei-a com uma distância que até então nunca conseguira ter dela. Então percebi que se não fosse minha irmã, mas um personagem neutro, alguém totalmente alheio à minha vida, só poderia defini-la como uma neurótica, achei que era neurótica, uma louca doente e fria, embora pudesse detectar que seu discurso era construído com códigos tão comuns, tão vulgares, tão fáceis de entender como seriam para a maior parte das pessoas os desenfreados gritos maternais de seu triste útero vazio. Não tem nada em comum comigo, só o sexo, concluí, e a princípio não reparei na aterradora verdade que um raciocínio tão simples implicava.

Quando ela se foi, seu relato permaneceu horas nos meus ouvidos, e me propus a desmontá-lo com a mesma paciência, a mesma minuciosa meticulosidade com que se abre um brinquedo de corda que se pretende reconstruir depois porque nunca deixara de funcionar perfeitamente. Esmigalhei suas palavras sílaba por sílaba, fazendo força para recriar até mesmo seu sotaque, reconstituindo seu sorriso na memória, e tentei penetrar no interior dela como se meu olhar fosse a extremidade de uma sonda provida de uma diminuta câmera de vídeo e fosse espreitar nas dobras escondidas, escalar as paredes mais íngremes, penetrar nos mais remotos resquícios de seus ocos, reconhecer seu relevo. Empreguei horas, e depois dias, semanas, recuperando os matizes de sua voz, como se nunca a tivesse ouvido, e quando consegui, me transformei em membro imparcial de um júri escolhido ao acaso, com os meirinhos escolhendo na sorte os nomes enunciados na lista telefônica.

Então ouvi-a de novo, e afinal entendi que o sexo não é mais que a pátria, a beleza ou a estatura. Puro acidente.

— Só existe um mundo, Malena...

Magda costumava me responder com essa frase quando eu enfatizava muito minha intuição de ser apenas um menino equivocado, e eu nunca a entendia. Ela não queria continuar, abandonava aquele caminho antes de chegar às etapas que só podem ser expressas em palavras simples, só existe um pensamento, só existe um sentimento, um conceito do bem, um conceito do mal, uma idéia do prazer, da dor, do medo, do amor, da saudade, do infortúnio, do destino, uma só idéia de Deus e do inferno.

Magda, que era igual a mim, insinuou isso quando eu ainda não tinha idade para entender. Reina, que é tão diferente de mim, tinha certeza de que eu a compreenderia melhor do que ninguém porque sou igual a ela, e só então descobri que ser mulher é ter pele de mulher, dois cromossomas X e a capacidade de conceber e alimentar as crias que o macho da espécie engendra. E mais nada, porque todo o resto é cultura.

Assim me liberei do insuportável assédio do código universal que me amparava a despeito de mim mesma desde que tenho memória, e não lamentei tudo o que havia sacrificado à toa em benefício do ídolo ardiloso da feminilidade essencial. Gozava de uma paz tão profunda que demorei semanas para perceber que, em flagrante contradição com as leis da gravidade, minha menstruação não descia.

*P*or muito tempo me neguei a admitir a participação do acaso no que aconteceu depois, como se somente minha indecisão, minhas dúvidas, a culposa apatia que me invadiu a princípio, o fastio com que enveredei pelo caminho que não sabia se era ou não o correto, latejassem sob a casca de um desastre que eu já havia previsto, por mais que todo mundo tentasse me convencer de sua natureza imprevisível, e vez por outra me parecia justo que aquilo tivesse acontecido, porque tudo conspirava para me obrigar a esquecer que ser mulher é ser quase nada e para me convencer de que, por ser tão pouco mulher, meu próprio corpo me castigara.

No começo, eu simplesmente não acreditava. Porque era impossível. Porque tudo o que existe neste planeta se rege pelas leis de um fenômeno cujo mecanismo os humanos ainda não desvendaram, mas que padecem sem sentir necessidade de conhecer, desde que o primeiro macaco evoluído arriou na cabeça do vizinho uma queixada encontrada por acaso embaixo de uma árvore. Porque só os pássaros renegam a atração do solo. Porque uma maçã caiu na cabeça de Newton. Porque tudo o que sobe tem que descer.

Desde que Santiago me impingiu a penosa tarefa de fingir orgasmo, já carecendo de quaisquer das rentáveis expectativas futuras que me induziram de maneira espontânea a adotar aquela técnica de *marketing* nos primeiros tempos da nossa relação, nós dois transávamos cada vez menos, expressão que já beirava perigosamente a crua inconsistência do nada quando ele teve a idéia de que talvez pudéssemos falar sobre isso. Nessa altura, meu marido já se tornara para mim um conflito exclusivamente unilateral, alguém que me pertencia como se o houvesse ganhado numa rifa, uma pessoa a quem cuidar e consolar, e também de quem gostar, porque eu gostava de Santiago, e muito, como gostaria de um irmão se o tivesse. Continuava sendo amável, fácil e otimista, um bom marido no sentido tradicional da palavra, e se alguma coisa tinha mudado entre nós a culpa era só minha. Portanto, eu podia falar com ele sobre tudo, menos sobre isso, não podia dizer a verdade, que o entusiasmo com que eu mesma havia me revestido, como num casaco de pele que uma amiga empresta a outra para um casamento, já se esgotara, que eu não tinha mais vontade de me dar palmadinhas nas costas e cochichar nos meus próprios ouvidos que tudo ia acabar bem, que nunca houvera nada além disso, uma férrea predisposição que não resistiu aos puxões da inevitável normalidade que a idade vai depositando nas margens da vida como um rio liso e tranqüilo. Porque ele era inocente como uma cobaia cujo organismo reage no sentido errado quando entra em contato com uma nova vacina, e eu ainda conservava lucidez suficiente para não me atrever a supor que ainda tinha o direito de responsabilizá-lo por alguma coisa.

Santiago sabia muito pouco sobre minha vida anterior, e sobre Fernando, só o que Reina contava, quando arremetia com ímpeto, depois da sobremesa, no que ela mesma descrevia como uma típica história de primos adolescentes, descartando antecipadamente qualquer complicação que escapasse do esquema típico, a fascinação da jovem dama pelo bastardo proibido, e a calculada, cruel e vingativa manobra de sedução empreendida por este. Eu não tinha vontade de contar a ele mais nada, de modo que resolvi que não íamos falar do assunto, porque me jogar de vez em quando em cima do meu lindo marido e soltar alguns suspiros ocos me doeria menos do que falar, e me sairia mais barato. A partir daquele momento, a perspectiva de gravidez começou a me parecer mais disparatada que nunca, e por isso fui mais cuidadosa que nunca em evitá-la, mas daquela vez considerei que não era preciso muito esforço porque, acatando a opinião unânime de todos os manuais, todos os especialistas e todas as mães de família numerosa, achei que a lei da gravidade me protegia. Estava descansando da pílula e não tinha a menor vontade de ouvir Santiago repetindo pela milésima vez que preferia não transar a usar uma borracha, outra questão de princípios que eu não interpretava como um alarde de egoísmo ou um gesto pouco solidário, e sim como pura viadagem, mais uma. E duvidei por um instante antes de começar, mas meu corpo não era feito para punhetas. Felizmente, não havia mais vestígios daquela jovenzinha insolente que costumava detonar as ternas confissões matutinas no bar da faculdade afirmando com paixão, os punhos fechados batendo na mesa, que a penetração era a coisa mais grandiosa que Deus tinha inventado depois de colocar um pau no homem. A situação da mulher que ficou por cima para não ter que falar era praticamente a contrária, porque eu chegava a me assombrar de estar gostando, apesar de não ter desejado em absoluto. Nessa hora, mais ou menos, ele costumava gozar, mas também não lamentava isso.

No mês de abril de 1986 trepei duas vezes, e nas duas fiquei por cima. No começo de junho não tive mais remédio senão aceitar que estava grávida. Nunca mais torno a acreditar na física.

Às segundas-feiras de manhã, eu estava decidida a abortar e me separar de Santiago para corrigir de uma vez todos os erros que acumulara nos últimos tempos. De noite, perguntava a mim mesma se seria sensato contrariar a vontade do destino. Nas terças, quando me levantava, pensava que, se sempre quis ter filhos, por que não dessa vez, por que não agora. Quando ia deitar, percebia que deixar meu marido seria como largar um bebê de dois meses cair no trilho central da Castellana numa sexta-feira às dez da noite. Nas quartas de manhã, parecia perceber que dentro do meu corpo havia um ser vivo, outro cérebro, outro coração, meu filho. De noite, parava de fumar. Nas quintas, antes de me levantar, só conseguia sentir um volume ameaçador e perigoso, um quisto ou um tumor que precisava extirpar a tempo. Antes de deitar, acendia um cigarro no outro e tragava os dois até o filtro. Nas sextas de manhã me perguntava por que tivera tanto azar. De noite, estava decidida a abortar e me separar de Santiago para corrigir de uma vez todos os erros que acumulara nos últimos tempos.

Quando meu filho nasceu, e nós dois sofremos tanto, prometi a mim mesma que nunca iria lhe revelar a verdade, ele nunca saberia que não foi um filho desejado. Agora acho que algum dia vou fazer exatamente o contrário e contar a ele que só nasceu porque não consegui resolver a tempo que não nasceria, porque me pareceu que era o mais fácil, porque me convenci de que tê-lo dez anos depois seria muito mais incômodo, porque estava casada e tinha um marido e dois salários e uma casa, porque talvez não fosse ter outra oportunidade, porque aconteceu, porque havia acontecido apesar de eu não querer que acontecesse. Se ele souber disso, nunca vai poder duvidar de quanto eu o quis, por mais que vez por outra esqueça o sanduíche na bancada da cozinha e ele fique sem nada para comer no recreio, porque quando o vi pela primeira vez, três dias depois do parto, tão sozinho, e tão pequeno, e tão magro, e tão inerme naquela caixa transparente de paredes lisas que mais parecia um prematuro túmulo de vidro, quando compreendi que só tinha amor para alimentá-lo e que ele não precisava de outra coisa para sobreviver, li em seus lábios a diminuta marca da casta dos Alcántaras e jurei em silêncio, detrás de uma janela branca e asséptica como a fronteira que separa do mundo os pais infelizes, que tudo acabaria bem, que eu pagaria qualquer preço, por mais alto que fosse, para que algum dia nós dois ríssemos juntos de tudo aquilo, e estabeleci com ele um pacto que minha mãe nunca teve comigo, um vínculo cuja força as mães daqueles bebês roliços e felizes que eu tanto invejei, por tantos anos a fio, nem suspeitam.

Como se a História agisse com a perversa intenção de se repetir, minha gravidez foi tão aprazível, tão serena e tão confortável como havia sido a gravidez da minha mãe, e durante meses nada permitia prever um desenlace daqueles, a tal ponto que, toda vez que eu via minha irmã, tinha a sensação de que, se o que ela ia ter era um filho, o meu certamente seria outra coisa. Reina parecia ter vários anos, e não dois meses a mais que eu, e a diferença, em vez de diminuir, parecia aumentar com a passagem do tempo. Nunca a vira com aspecto tão ruim. Vomitava quase todas as manhãs, perdeu o apetite, sentia enjôos e ataques de náusea nas situações mais inverossímeis, tinha enxaquecas e tonturas, mas ao mesmo tempo ficou enorme, engordou tão rápido que com três meses já tinha renunciado à sua roupa normal e andava fantasiada de globo aerostático. Eu tentei adiar esse momento o máximo que pude, e até o quinto mês continuei usando algumas das calças antigas. Duas ou três vezes, ao me levantar, desisti do café da manhã porque achei que não ia me cair bem, mas nunca cheguei a vomitar e, no mais, nem lembrava que estava grávida. Estava com a mesma cor de sempre, comia com apetite e dormia maravilhosamente. Engordava devagar, um pouco menos de um quilo por mês, porque me impusera um regime saudável e completo mas rigorosamente limitado a mil e quinhentas calorias diárias. Não comia doces, nem frituras, nem molhos, só carnes e peixes grelhados, legumes, saladas e frutas, mas não pulava nenhuma refeição, nem mesmo quando não sentia fome. Na primeira metade da gravidez parei de fumar completamente, e a partir do quinto mês acendia três cigarros por dia — depois do café, do almoço e do jantar — e os jogava fora na metade. Todas as manhãs fazia um exercício muito simples, mover os pés para a frente, para trás, e em círculo, para estimular a circulação das pernas e me poupar das varizes de que minha mãe padecia, e antes dos três meses entrei numa farmácia, morrendo de vergonha, e contei à vendedora que ia ter um filho e que isso me deixava muito feliz, ela não podia imaginar quanto, mas gostaria de saber se não haveria alguma possibilidade de que minha pele saísse ilesa daquela circunstância. Em vez de me fulminar com o olhar e me enxotar, com a espada ígnea que usa para as coquetes desavergonhadas, do paraíso habitado pelas doces mães universais, ela sorriu e começou a colocar frascos em cima do balcão.

— Estes são todos parecidos — disse — e são bons, mas na minha opinião o melhor é você comprar um bom creme com colágeno para o rosto e passar no corpo todos os dias, sem exceção. Não sai barato, claro, mas comigo funcionou muito bem...

Segui o conselho e terminei levando o mesmo que ela usara. Quando me deu o troco, baixou a voz para as outras freguesas não ouvirem e sorriu.

— Dorme de sutiã. Tira só para tomar banho, e não usa água muito quente. Daqui a alguns meses, começa a fazer uns abdominais de leve. Deita no chão, e levanta primeiro uma perna e depois a outra, até ficar em ângulo reto com o corpo. Só dez por dia. Todos os dias.

O simples fato de existirem tantas possibilidades me entusiasmou antes de que transcorresse um prazo adequado para apreciar os resultados. Mas nunca cheguei a vivenciar uma felicidade especificamente física em função do meu estado, e tive que dar razão à minha avó, porque em nenhum momento me senti mais bonita, nem mais saudável, nem mais forte que antigamente, mas tampouco me aconteceu o contrário. Estava como sempre, com um pouco menos de cintura a cada dia. Reina, em compensação, que às vezes apresentava o rosto francamente esverdeado, e quase sempre olheiras, porque não dormia bem, afirmava que nunca se sentira melhor, e quando lhe contei minhas descobertas, por um impulso elementar de solidariedade, ela me agradeceu com uma gargalhada estridente.

— Mas Malena! Que coisa... Como é que você pode se preocupar com essas coisas num momento desses?

— Bem, mas também não faz mal, não é? Eu só quero ficar maravilhosa, algum dia não vou mais estar grávida.

— Claro, mas aí tudo vai ser diferente.

— Não vejo por quê.

— Porque você vai ter um filho, não percebe?

— Não, não percebo. Ou será que você não pretende... — trepar, ia dizer, mas a expressão etérea da minha irmã me decantou pelo eufemismo — mais sair de casa depois do parto?

— Lógico que vou sair. Mas depois de uma coisa tão importante minha relação com meu corpo vai ter mudado para sempre.

— Que bom — respondi então —, você vai sofrer menos.

— Pára com isso, cara, você está às mil maravilhas! Não posso te dizer outra coisa...

— É melhor não dizer mesmo.

— Puxa, Malena, parece mentira você falar desse jeito, com a sorte que tem.

Quanto a isso, quase cheguei a concordar com ela, porque meu bem-estar físico era apenas uma pequena parte de tudo pelo qual me sentia muito afortunada. Santiago ficou tão feliz ao saber que ia ser pai, que por um tempo até se transformou numa pessoa expressiva e chegou a me contagiar seu entusiasmo. Então comecei a ter consciência de que a situação podia ser analisada de muitos pontos de vista tão corretos quanto o meu, mas muito menos cruéis. O mundo estava cheio de mulheres sozinhas, de mulheres abandonadas, ou maltratadas por maridos repulsivos, de mulheres estéreis, ou autoras de crianças monstruosas, existiam milhares de desgraças que eu não sofrera em grau nenhum, tragédias que nem mesmo podia imaginar. Eu vivia em paz com um homem amável, pelo qual sentia carinho, e ia ter um filho nas melhores condições possíveis, pelo menos em comparação com o romance gótico em que mais cedo ou mais tarde meu sobrinho teria que intervir.

Reina se instalara no quarto de visitas da casa de Germán, um pequeno chalé numa velha colônia à beira da M-30, e este, por sua vez, transformara o sótão numa espécie de apartamento de solteiro improvisado. O engraçado era que a mulher dele continuava ocupando o quarto principal e não tinha a menor intenção de sair dali em futuro nenhum, próximo ou remoto. Quando minha irmã me perguntou por que eu tinha feito uma careta, perguntei se era isso que ela entendia por ser mãe solteira, e me respondeu que sim, porque é o que ela era. Então soube que Germán tinha uma espécie de namorada, uma infeliz que não tinha idéia do que se aprontava naquele pitoresco bordel sentimental. Ela achava que era uma situação das mais normais nos tempos de hoje, e eu não pude deixar de concordar, mas perguntei como se arranjava para estar apaixonada por um cara que transava com outra bem nas suas fuças e não morrer de vontade de arrancar os olhos da outra em questão, e me respondeu que ela e seu amor estavam acima de um conflito vulgar como os ciúmes corriqueiros. Depois eu quis saber o que Jimena opinava daquilo tudo, e parece que ela simplesmente estava adorando, se sentia muito feliz em ter um bebê na casa. Reina me olhou com olhos alucinados quando confessei que, de qualquer maneira, eu achava desleal sua conduta para com aquela mulher por quem, não fazia tanto tempo, estivera apaixonada de verdade, pela primeira vez em sua vida de adulta e, depois de me jurar que nunca havia dito nada semelhante, me obrigou a prometer silêncio antes de confessar que, afinal, para Jimena aquela era uma derrota bastante honrosa, porque ela nunca transava com lésbicas, só gostava de mulheres. Tive que pedir para me explicar melhor, e ela repetiu que Jimena não freqüentava os circuitos *gays*, só ia para a cama com mulheres. Precisei me interrogar em voz alta se uma lésbica era menos mulher que Mae West para que minha irmã resolvesse falar claro de uma vez e dissesse que, se é para transar com uma mulher-macho, então é melhor trepar com um homem, que afinal acaba sendo mais bem acabado. Suspirei. Isso, pelo menos, eu tinha entendido.

Mas Germán me parecia o personagem mais pitoresco daquela história. Desde que Reina tornou pública sua situação, e inclusive quando ainda ignorava a minha, começou a se comportar como se minha casa fosse o único lugar do mundo onde tivesse vontade de passar o tempo, e ele quase sempre vinha com ela, de modo que o vi com muito mais freqüência do que gostaria, sem nunca conseguir determinar o que sentia, o que pensava daquela família postiça que a sorte lhe reservara. Na presença de estranhos, já que Santiago e eu não deixávamos de sê-lo, comportava-se com minha irmã como um marido solícito, quase grudento, não só por estar sempre disponível para acompanhá-la a todos os compromissos familiares, mas porque se mostrava muito mais dependente dela do que Santiago, num gesto que merece agradecimento, jamais havia sido em relação a mim, e a tratava como se estivesse doente, mais do que outra coisa, controlando o que comia, o que bebia, a velocidade com que subia as escadas e os minutos que caminhava diariamente, se bem que houvesse alguma coisa em sua atitude, talvez o jeito desagradável de brigar com ela quando a acusava de não ter parado de fumar, que me induzia a pensar que não era a mãe, e sim o filho, o que realmente o preocupava. Reina tinha me contado que quando lhe comunicou a novidade, ele reagiu dizendo que não queria saber dessa criança, mas também nunca deixaria que ela abortasse porque, afinal de contas, era a primeira vez que lhe surgia a oportunidade de ter um filho, e a metade daquele grãozinho já era dele, porque transportava seu material genético, escrito em seu sêmen e armazenado em seus ovos até o momento de manar do seu pau, que era a coisa mais sua do seu próprio ser. Perguntei à minha irmã se não lhe tinha dado dois tabefes na hora e o rosto dela se iluminou com a mais inocente das surpresas, indagando por que deveria fazer isso. Então percebi que representar o papel de incubadeira ambulante não lhe incomodava, e por mais que estivesse a ponto de dizer que, para mim, as trepadas transcendentes eram outra coisa, a partir daquele instante me abstive de fazer comentários. Afinal, a feminista sempre fora ela.

Ele continuava sendo um indivíduo particularmente desagradável, porque não tinha mudado em absoluto desde a última vez que o vira. Quando tentei encontrar algum sinal positivo, a única coisa que me chamou a atenção foi como parecia envelhecer lentamente. Ele se conserva muito bem, comentei com Reina numa conversa a sós, você acha?, respondeu, sei lá, já está com quarenta e seis anos... Isso significava que eu o havia conhecido na virada dos quarenta e lhe dera uns dez a mais, mas além da duvidosa virtude de começar a ter a idade que já aparentava naquela época, não lhe descobri qualquer outra, e surpreendentemente, porque quase nunca concordávamos nessas conjunturas, Santiago me fez saber desde o começo que tinha a mesma opinião que eu, e até chegou a sustentar sua posição com mais virulência. Dei graças por esse infrequente arrebato de decisão, porque a maneira como Germán costumava se dirigir ao meu marido acabou se tornando o aspecto mais detestável de sua presença.

Vaidoso, narcisista, indolente, obsceno, descortês, bisbilhoteiro, mal-educado e pedante ao extremo de ser piegas, ele tivera mil ocasiões para perceber que não era bem recebido, mas não ligava nem um pouco. Entrava na minha casa como se fosse a dele, ia direto para a geladeira pegar uma cerveja e se sentava em um lugar que sempre dependia do que eu tinha escolhido previamente. Então ficava me olhando com uma expressão pré-fabricada de desejo vítreo, com os lábios ligeiramente entreabertos e franzidos de um lado, até começar a criticar tudo, a casa, os móveis, um livro aberto jogado em cima de uma mesa, minha maneira de me pentear, os sapatos que eu usava, meu trabalho, minha mentalidade estreita de mulher pequeno-burguesa, a silhueta do sutiã que se adivinhava por baixo da minha blusa, as flores frescas que eu tinha acabado de colocar num vaso, ou a mais trivial das opiniões que eu pudesse emitir quase sem perceber, e Reina, ao seu lado, confirmava sem parar, balançando a cabeça como se concordasse com ele em tudo, como se ela também sempre pensasse que os lírios são uma planta medíocre. Santiago era o grande ausente daquelas sessões, porque Germán só se dirigia a ele para lhe pedir alguma coisa, como se fosse o mordomo, mas sempre procurando que eu notasse a intensidade do desprezo que meu marido lhe provocava. Eu sentia medo, porque tinha a sensação de que ele sabia tudo, de que ele e eu éramos os únicos que controlavam todos os elementos que intervinham naquela situação, e quando me esforçava para ficar do lado dos bons, beijando Santiago na boca com o mais tolo dos pretextos, ou mesmo sem nenhum, ou acariciando suas costas com um gesto descuidado enquanto conversávamos, os lábios dele se curvavam num ângulo especificamente sarcástico, em que se lia sem dificuldade que minha iniciativa, seja lá qual fosse, só havia piorado as coisas. Até que deu um passo em falso e derrapou.

Estava especialmente pastoso e bem mais do que um pouco alto quando tocou a campainha de surpresa, por volta das nove e meia da noite. Ninguém o esperava. Aquela tarde tinha sido uma das raras ocasiões em que eu saí com Reina, porque embora ela aparecesse na minha casa com muita freqüência desde a sua volta, quase sempre em horários em que não precisava avisar, nós não costumávamos sair juntas. Quando eu tinha vontade de ir beber ou rir um pouco, marcava com meus amigos antigos, com o pessoal da faculdade, com Mariana ou Ernesto. Mas nesse dia tinha combinado um cinema com minha irmã, porque faria qualquer negócio para sair de casa, e como na saída não consegui lhe arrancar mais de duas frases sobre o filme, imaginei que ela também não devia estar bem, e por isso a convidei para jantar. Estava às voltas ao mesmo tempo com um frango quase no ponto e a listrinha azul, "nitidamente marcada", como dizia o prospecto, que colonizava tiranicamente meu pensamento há algumas semanas, quando levantei a cabeça e o vi na soleira da porta da cozinha. Cumprimentei, e ele me respondeu mexendo a mão direita algumas vezes, com o mesmo gesto mole, fingido, que um presidente americano usaria para festejar sua milionésima reeleição. Quando passei ao seu lado, por fim se dignou a me dizer oi e segurou meus ombros para me beijar. Primeiro beijou a bochecha esquerda e, quando mexi automaticamente o rosto para oferecer a direita, virou de repente a cabeça para me beijar num lugar esquisito, no meio do caminho entre a comissura dos lábios e a mandíbula, e pensei que nada no mundo poderia me deixar mais irritada, mas antes de chegar ao segundo prato ele já ultrapassara generosamente esse limite.

Estava tão farta de brincadeirinhas de pés descalços que, quando me levantei para buscar o frango, acariciei por um instante a idéia de delatá-lo em voz alta, mesmo sem saber se Reina e Santiago, absortos numa daquelas conversas concentradas que começaram a proliferar nessa época, iriam prestar atenção. Decidi propor à minha irmã para trocarmos de lugar quando voltasse, e não reparei que ele vinha atrás de mim, transportando docilmente os pratos sujos.

— Deixa em cima do lava-louças, por favor — disse sem me virar, enquanto acendia a fornalha para esquentar o molho numa caçarola.

Então ouvi o ruído da porta se fechando. Olhei para ele e vi que estava vindo em minha direção, avançando devagar, com um sorriso mais amplo que o habitual. Quando chegou ao meu lado, aproximou sua cabeça da minha até eu perceber o toque daquela bochecha e o seu cheiro, um cheiro típico de homem, azedo e adocicado, que no entanto não me agradava. Um instante depois senti sua mão, que tinha capturado uma parcela de carne fronteiriça entre minha coxa e minha nádega esquerda, e me safei o mais rápido que pude, mas não esperava encontrar a parede tão perto, a menos de um palmo das minhas costas.

— Germán, você está indo longe demais — disse, repetindo para mim mesma que era ridículo me sentir encurralada na cozinha da minha própria casa como técnica para conservar a serenidade.

— Ah, é? — respondeu ele, com uma risadinha. — Por quê? Você gosta de mais em cima?

Seus dedos subiam lentamente, seguindo a curva da minha bunda, até que desarvorei as expectativas dele com uma palmada.

— Olha, cara — comecei a falar muito devagar, esticando os braços para separar seu corpo do meu —, não quero fazer uma cena, entendeu? Agora não, aqui não, com Reina na sala muito menos, entendeu? Não quero nada com você, absolutamente nada, ouviu? De maneira que faz o favor de me deixar em paz. Abre a porta, volta para a mesa e vamos fingir que não aconteceu nada, certo?

— Malena... — ele ria baixinho, estava muito bêbado —, Malena, quem você acha que eu sou? Não se faz de difícil comigo, vai...

— Se manda, Germán. — Ele não me dava medo, mas estava se jogando para a frente e eu não tinha certeza de poder agüentar aquele peso por muito tempo. O que mais me preocupava, porém, era que Reina aparecesse naquela hora, eu sofria mais por ela, por sua inevitável decepção, do que pela minha integridade física, que me sentia mais do que capaz de defender. — Por favor, se manda.

Ele retificou sua posição para segurar minha cabeça com as duas mãos.

— Mas você está a fim, gostosa! — Olhava fixamente no centro dos meus olhos, mas continuava sem me dar medo, nem mesmo nojo. Era um grandíssimo babaca, simplesmente. — Está super a fim... dá para notar, sabia?

— É claro que estou a fim — disse, e sorri enquanto esticava o braço até o fogão, considerando que já tinha conversado demais. — Você nem sabe quanto...

— Assim está melhor — aprovou, e suas mãos desceram pela minha garganta, escorregaram em minha clavícula e pousaram nos meus peitos. — Eu sempre soube que você e eu íamos nos entender bem. E não imagina como estou com tesão em você. Desde a primeira vez que te vi...

Eu estava vigiando o molho com o cantinho da vista. Ainda não tinha começado a ferver, mas já soltava fumaça. Pensei que um cara durão agüentaria sem problemas tal prova de amor. Peguei a caçarola pela alça e derramei lentamente o conteúdo no braço esquerdo do meu acompanhante.

Então, como resultado de um gesto tão breve, tão simples, tão limpo, a situação mudou radicalmente. Ele se retorcia no chão, seus alaridos de dor deviam se ouvir quatro andares mais abaixo, em plena calçada, e eu ali em pé, observando a cena. Pulei por cima do seu corpo murmurando alguma frase apropriada que já não recordo exatamente, alguma coisa como vai tomar no cu, seu imbecil, e não resisti à tentação de arrematar a jogada dando um chutezinho em seus rins macios. Quando ia abrir a porta topei com minha irmã, entrando na cozinha com uma expressão intensa de alarme e, enquanto a via correndo na direção dele, disse em voz alta a primeira coisa que me ocorreu.

— Um acidente. Ele estava querendo me ajudar e acabou derrubando o molho. Foi sem querer, mas você devia lhe dizer para beber um pouco menos. Vai ser melhor para ele.

Ninguém sentiu falta do molho desperdiçado, porque só quem experimentou o frango foi Santiago, que sempre o comia sequinho. Reina pegou Germán, untou-lhe o braço com pasta de dentes e o levou correndo para casa. Quando saíram porta afora, meu marido me olhou e começou a rir. Estava feliz da vida.

— Pois você ainda não sabe do melhor — disse, e ele me interrogou com os olhos. — Não foi ele quem jogou o molho. Fui eu.

— Mesmo? — Eu confirmei com a cabeça, enquanto suas gargalhadas agonizavam, cedendo lugar em seu rosto ao estupor. — Mas por quê?

— Porque estava passando a mão em mim.

Se eu tivesse falado em latim clássico, minhas palavras não o teriam surpreendido tanto. Esfregou os olhos como se estivesse saindo de um pesadelo, e eu optei por repetir minha última frase bem lentamente, com o tom de um hipnotizador que pretendesse acordar com suavidade seu paciente.

— Por que você não me chamou? — perguntou finalmente.

— Porque não precisava — menti. — Sabia que podia me virar sozinha, e além do mais... Você também podia ter percebido que ele fechou a porta. Ficamos quase dez minutos lá dentro, tempo demais para...

— Está bem, está bem — me interrompeu. — Mas nunca pensei que estivesse acontecendo uma coisa dessas.

E o que você teria feito, alminha de porcelana?, pensei enquanto ele se sentava à mesa e começava a comer. Então, sem me olhar, concordou comigo.

— Na verdade, acho que foi melhor, porque eu não ia saber mesmo o que fazer. Você é fantástica, Malena, incrível.

— Obrigada — respondi, sorrindo.
— Você me imagina brigando com ele? — e soltou uma risadinha aguda, divertida, quase infantil. — Se ele encosta a mão em mim, na certa me quebra alguma coisa, já pensou?

Eu ri junto, era nesses momentos que mais gostava dele, eram esses os momentos que mais me doíam quando ficava sozinha e o via exatamente daquele jeito, um rapaz bonito, saudável, esperto, incapaz e indefeso, uma espécie de menino crescidinho e contente, satisfeito com sua vida e orgulhoso de mim, que sempre me lembrava de comprar biscoitos isentos de corantes duvidosos e de proteger seu entorno contra perigos indesejáveis, a mãe ideal, incestuosa, decidida, carinhosa e solícita. Imprescindível.

— De qualquer maneira — acrescentou depois, apertando meu ombro quando já estávamos sentados no sofá —, esse cara é maluco.

— É um babaca — concordei.

— Não, é um animal.

— Um debilóide.

— E além do mais um safado, coitada da sua irmã...

— Não — afirmei de repente, sem pensar no sentido de minhas palavras, como se aquele juízo me saísse da alma —, na verdade Germán é um *chulo*, um cafetão.

Quando percebi o que tinha dito, olhei para a cara do meu marido. Ele balançava a cabeça afirmativamente, me dando razão, e por um momento achei que ia protestar.

— É claro — disse por fim. — Principalmente isso. Um *chulo*.

Aquilo não tinha graça nenhuma, mas eu sucumbi a um repentino ataque de riso que Santiago não soube como interpretar. Quando se inclinou sobre mim, lhe devolvi um beijo que não era para ele, e o abracei, e o acariciei como faria com qualquer dos homens que o destino havia me roubado. Deixei-me arrastar até a cama e trepei com uma paixão genuína, um veneno de que mal lembrava, sem abrir as pálpebras uma só vez. Quando tudo acabou, ele afastou o cabelo do meu rosto e o substituiu por sua mão terna e fria.

— Sempre deveria ser assim — disse num sussurro. — Hoje senti que era diferente. Acho que hoje... fizemos amor de verdade.

Abri os olhos e encontrei seu rosto ali, no travesseiro, a alguns centímetros do meu. Era ele mesmo, e não outro, estava suando e sorrindo, parecia feliz. Ainda está para nascer alguém tão malvado a ponto de ter coragem de lhe arrebatar da mão o globo colorido que estava segurando.

— É — confirmei, e beijei outra vez sua boca. Acho que foi aí que resolvi que meu filho nasceria.

Quase fiquei em casa, porque na realidade não tinha a menor vontade de sair para beber na minha situação de abstêmia forçada, mas Santiago ligou do escritório avisando que não vinha jantar, e Ernesto insistiu tanto, e na televisão passavam uns filmes tão ruins, e fazia uma noite tão deliciosa, com uma brisa fresca, insólita para meados de julho, apagando a lembrança do calor que nos sufocara durante o dia, que afinal pus um terninho bem leve, de linho branco, que tinha comprado numa liquidação naquela mesma tarde, com um paletó cruzado amplo o bastante para disfarçar o incipiente volume do meu ventre, e desci para a rua como se estivesse me jogando numa irresistível piscina de água fria. Quando saí do portão, tive a impressão de que o ar estava carregado de eletricidade, mas sempre me sinto assim quando mergulho de surpresa numa noite de verão. Fui andando até o lugar em que tínhamos combinado, embora aquele bar ao ar livre ficasse bastante longe da minha casa, e quando vi que Ernesto não estava sozinho tive novamente o pressentimento de que nessa noite alguma coisa aconteceria e, boa ou ruim, seria uma coisa estranha, única.

Quando se levantou para me cumprimentar, distingui a silhueta da esposa, sentada ao seu lado. Não era a primeira vez que a via. Ultimamente, ele dera para aparecer vez por outra com ela, sempre quando tínhamos marcado com mais gente, outros professores do curso, ou um grupo de alunos dele, ou meus, e então fazia um jogo que me parecia ridículo, flertando timidamente comigo, nada muito escandaloso, enquanto ela ia ficando cada vez mais aborrecida, e quando chegava ao ponto máximo, virava as costas e se concentrava em tentar seduzir algum jovenzinho. Dez minutos depois dizia que estava tardíssimo e que no dia seguinte precisava madrugar, e ele concordava e ia embora com ela, era sempre igual, pareciam dois atores condenados a ensaiar eternamente o mesmo roteiro. Mas nessa noite tive a sensação de que a presença dela o incomodava, como se não estivesse contando com isso na hora em que combinou o encontro comigo, e quando me apresentou aos outros me deu a entender.

— Está vendo, a Lucía resolveu trazer a família toda.

Ela me cumprimentou com o carinho tipicamente fingido que usava nessas ocasiões. Era uma mulher bastante atraente, e talvez fosse muito mais se não se esforçasse tanto para se vestir, e falar, e se maquiar, e gesticular como se tivesse vinte anos menos. De cabelo castanho com mechas louras, rosto expressivo, os olhos claros como traço dominante, ela era muito magra mas ninguém a chamaria de esquálida. Sempre fazendo graça, mas engenhosa só de quando em quando, gostava de fazer de conta que era ela quem dava o tom da conversa, e devia ter um conceito muito alto de si mesma, mas eu sempre a achara basicamente anódina.

Completavam o círculo outras cinco pessoas, dois casais e uma mulher sozinha. Esta, me disse Lucía, era sua melhor amiga de infância e estava passando uns dias em Madri porque tinha acabado de se separar e ainda não se recompusera, do que deduzi que devia ter sido abandonada. Não cheguei a saber, porque durante toda a noite só abriu os lábios para pronunciar a frase eu quero outro uísque, por favor... Adivinhei que outra das mulheres era irmã dela antes de ser apresentada, porque as duas se pareciam muito. O homem ao lado era seu marido, e o outro casal, por sua vez, se compunha do irmão deste e a mulher. Os dois homens, em compensação, não se pareciam nem um pouco. Nem prestei atenção ao cunhado de Lucía, que era o mais velho. Do outro, que devia ter nascido muitos anos antes que eu, gostei. Muito. Muitíssimo, e percebi isso antes mesmo de saber seu nome. Quando Ernesto me perguntou o que eu queria beber, pedi uma Coca-Cola. Ele me olhou com estranheza, e, embora eu tivesse planejado lhe dizer que estava grávida, me vi afirmando que começara a tomar antibióticos naquela mesma manhã e terminei a frase sem notar que havia mentido.

Meu copo ainda estava com mais da metade do conteúdo inicial quando ele, que se chamava Javier, se levantou e com as mãos nos bolsos, sem parar de olhar um instante para mim, disse que não tinha vontade de continuar naquele bar.

— Ficamos muito tempo te esperando — disse num tom ambíguo, entre a recriminação paternal e a brincadeira —, você chegou muuuuito tarde.

Estava com um mocassim de pelica marrom costurado à mão e um *jeans* vermelho, quase grená, que deixava à vista seus tornozelos, ossudos e sólidos ao mesmo tempo, morenos. Uma camisa branca, de um tecido adequado por ser firme, sem colarinho, só com um botão aberto abaixo do limite que se supõe infranqueável para um homem elegante, emoldurava um bronzeado muito intenso, quase espetacular para uma época em que os veranistas da primeira parte das férias ainda não haviam regressado à cidade. Era mais alto que baixo, magro, o cabelo preto entretecido de fios grisalhos, um nariz enorme, as mãos idem e uma bunda provavelmente estupenda, a julgar pela curva que desenhava no perfil da calça. Além do mais, pensei para me tranqüilizar, quando percebi que começava a suar até pelos cantos das unhas, é casado com uma mulher muito gostosa, que sai com ele, e eu estou grávida de um homem mais bonito. Era verdade, ele não era tão bonito quanto Santiago. Mas me atraía mais.

Quando começamos a andar pelo bulevar, ele se atrasou deliberadamente para se emparelhar comigo, que caminhava sozinha, com um sorriso nos lábios, mas quando estava a ponto de chegar, Ernesto o ultrapassou pela esquerda, segurou-me pelo braço e acelerou os passos até nos colocarmos na vanguarda do grupo.

— Sinto muito, Malena, eu não contava com isso. — Me perguntei do que aquele imbecil estaria falando. — Eu pensava que hoje... Enfim, que não viria mais ninguém.

Compreendi que ele tinha planejado me seduzir naquela noite, precisamente naquela, e não em alguma outra das que se sucederam ao longo daquele ano pletórico de vaivéns, qualquer uma das intermináveis noites estéreis, chatas e idiotas, as estereotipadas e previsíveis noites que passáramos juntos, e pensei que, afinal, a vida era um lugar do caralho para se viver.

— Quem é esse cara? — perguntei como resposta, apontando para Javier.

— Ah! Não sei grande coisa, conheço mais o irmão... são daqui, mas ele mora em Denia o ano inteiro, é desenhista. Ilustra histórias para crianças, artigos de revistas, cartazes de filmes e coisas assim.

— Tem muito tempo de casado?

— Não é casado. — Aquela especificação, típica de Ernesto, que era o homem mais casado que eu já conheci, me pareceu tão patética que não tive o cuidado de disfarçar uma careta de impaciência. — Moram juntos há quinze anos, ele tinha acabado de voltar do serviço militar, era um garoto... Ela também, é claro.

— Mas é mais velha que ele, não é?

— É, mas não muito, dois ou três anos. É pintora. Eles têm duas crianças. Adora a mulher.

— Certo.

Quando ia perguntar o que eles estavam fazendo em Madri, chegamos à porta do bar aonde íamos, e mal passamos pela porta um cara se jogou em cima de mim, me deu uns beijos e me cumprimentou como se fôssemos amigos de infância. Eu não o conhecia, tinha certeza, e quando vi as risadinhas e cotoveladas que sua efusão provocava entre os integrantes de uma mesa ao lado da porta, adivinhei que ele tinha mais certeza disso do que eu. Sentamos por perto, no único lugar livre, e por um bom tempo não aconteceu nada de interessante. Ernesto, sentado à minha frente, me olhava com uma fixação obsessiva. Javier, rodeado de mulheres, à minha direita, sustentava uma conversa na qual eu não me dispus a entrar totalmente. Levantei para ir ao banheiro, sem outro propósito além de chamar sua atenção, e antes de virar as costas me certifiquei com o cantinho do olho que ele estava me observando sem deixar de falar com as outras. Estava pensando se acabaria resolvendo me seguir quando o cara que tinha me abordado teve a mesma idéia e começou a andar atrás de mim. Acelerei o passo e cheguei ao banheiro. Fechei a porta, me olhei no espelho, eliminei com o dorso dos dedos a indesejável sombra escura projetada pelo lápis preto, muito gorduroso, com que desenhara uma linha na borda inferior de cada olho, pintei levemente os lábios, abri a torneira de água fria e comecei a contar. Quando cheguei a vinte, fechei a torneira e disse para mim mesma que já podia sair.

Aquele imbecil estava me esperando encostado na parede, quase obstruindo a estreita passagem que comunicava aquele corredor com o resto do bar. Fiquei parada diante dele, sem saber muito bem o que fazer, quando senti que um braço me rodeava a cintura, por trás, e notei a presença de alguém maior do que eu, e uma baforada cálida, o roçar intermitente de uns lábios na beira da minha orelha esquerda.

— Mato ele?

Não podia me ver em nenhum espelho, mas sabia que em meu rosto se desenhara uma expressão de prazer tão pura que festejei a estratégia que ele tinha escolhido sem prever que isso lhe impediria de ver minha cara. Virei bem devagar, enquanto meu ébrio acossador se escafedia discretamente. Quando fiquei de frente para ele, Javier apontou-o com um gesto de queixo, e falou no mesmo tom risonho, e ao mesmo tempo carregado de intenções, que empregara antes.

— Você quer que eu o mate?

Nesse momento, Ernesto nos fez psiu da outra ponta do corredor. Tínhamos resolvido trocar de bar, aquele estava enchendo demais. Aconteceria a mesma coisa outra vez, e outra, à uma, às duas, às três da manhã, com o grupo ficando cada vez menos compacto, mais esticado em cada calçada, gestos de cansaço, olheiras, bocejos, pálpebras murchas, exaustas, inclinadas ao sono, menos no meu rosto, terso e vermelho como uma maçã recém-colhida, e no dos dois homens que competiam tolamente para me roçar um braço ou me sorrir de frente, como se meu corpo irradiasse uma energia misteriosa, criando ao meu redor um campo magnético irresistível. No último bar, o mesmo último bar de sempre, não entramos todos. O irmão de Javier e sua mulher foram conosco até a porta, e lá se despediram. Lucía soltou sua habitual conversa, é tardíssimo, vamos embora, amanhã tenho que madrugar, mas Ernesto, sem fazer o menor gesto de acompanhá-la, escolheu um tom neutro, indiferente e cortês ao mesmo tempo, para sugerir que aproveitasse a oportunidade e fosse embora com a irmã. Ela respondeu com um olhar furioso e empurrou a porta com decisão.

Paco, do fundo do balcão, nos recebeu com grandes demonstrações de felicidade. Sempre se alegrava muito de nos ver, e seu afeto, pelo menos no meu caso, era generosamente correspondido. O local, uma espécie de porão de aparência tão pulguenta que parecia incrível que se mantivesse na lista dos bares de sucesso há mais de vinte anos, estava praticamente deserto, mas mesmo que os escassos fregueses que se alinhavam no balcão partissem logo, e mesmo que ninguém mais entrasse no que restava da noite, o proprietário não fecharia até que a gente decidisse ir embora, por mais que o sol já estivesse começando a esquentar as calçadas. Só isso já bastaria para recompensar nossa fidelidade, mas em certas noites tíbias e melancólicas, além do mais, Paco cantava *coplas* antigas, as velhas canções que aprendera quando criança, e cujas letras ele só lembrava parcialmente, ouvindo seu pai, *cantaor*.

Aquela não seria uma dessas noites, e ele percebeu à primeira vista. Enquanto as três mulheres que vieram conosco se sentavam numa mesa, Ernesto, Javier e eu permanecemos em pé junto ao balcão, mas não ficamos quietos um só instante. Mudávamos constantemente de posição, como se estivéssemos ensaiando um estranho baile, uma antiga dança galante cujos executores dessem ordenadamente as costas uns aos outros para se confrontarem um segundo depois e darem em seguida um quarto de volta, sem falar nada de concreto, sorrisos mudos e gestos mil vezes ensaiados, precisos, calculados, dedos que tiravam o cabelo da testa, sobrancelhas franzidas para acender um cigarro, mãos entrando e saindo num ritmo exato dos bolsos, a leveza de um cotovelo exausto descansando por um instante na beira do balcão, os dentes fingindo morder o lábio inferior da própria boca, a canção dos cubos de gelo se chocando com as paredes do copo de vidro, os três fazendo a mesma coisa, o tempo todo, ao mesmo tempo. O resto aconteceu muito depressa.

Finalmente pedi um drinque, talvez com a oblíqua intenção de encontrar um ponto de apoio concreto para o turbilhão espontâneo que fizera do interior do meu corpo um copo d'água inocente no qual alguém estivesse jogando, um após outro, todos os comprimidos de um tubo grande de Redoxon efervescente, e então a mulher de Javier se levantou aos bocejos e, depois de anunciar que tinha adormecido em cima da mesa sem perceber, proclamou que ia embora porque não agüentava mais. A mulher abandonada se levantou e começou a andar atrás dela em direção à porta sem nos dirigir uma só palavra. Lucía pegou Ernesto e o levou até o final do balcão, os dois começaram a discutir em voz muito baixa, eu girei a cabeça e Javier olhou para mim fazendo um arco com as sobrancelhas. Nesse instante a porta se fechou. Ernesto ficou alerta, diante dela, até pararmos de ouvir o ruído dos saltos batendo na calçada. Depois, venceu em três passos a distância que havia entre nós, inclinou-se sobre mim e me beijou, sua boca titubeante contra a minha como único contato físico. A surpresa me fez manter os olhos abertos, assim como a moleza daqueles lábios quase puros, como que isolados do resto do mundo, até que Javier entrou no meu campo visual, me olhou e, sorrindo, levantou o copo que segurava na mão direita, como se quisesse me propor um brinde. Minhas pálpebras se fecharam sozinhas, mas eu não quis me abandonar numa situação absurda daquelas, então me separei bruscamente de Ernesto e corri, quase poderia dizer que fugi para o banheiro sem dar explicações.

Quando me olhei no espelho, depois de molhar o pescoço e a nuca com água fria, xinguei com o pensamento a mulher que me olhava do outro lado, sem que ela desse sinais de se abalar em momento algum.

— Você está grávida... — proclamei finalmente, em voz alta. — E já fez barbaridades suficientes. — Me observei com atenção e, por mais que me concentrasse em me sentir grávida, não registrei nada de especial em meu interior, tampouco em meu aspecto. — Você é pior do que sua irmã — disse afinal, mas também não aconteceu nada.

Por alguns minutos fiquei em pé, imobilizada diante do espelho, sem me mexer, incapaz de pensar. Depois, apertando a maçaneta com força, decidi que pegaria a minha bolsa, diria adeus, e por fim voltaria para casa, definitivamente sozinha, mas abri a porta e nem cheguei a sair, porque Javier estava me esperando do outro lado. Olhando diretamente nos meus olhos, sem mostrar nervosismo, nem qualquer outra emoção em particular, ele primeiro me enlaçou pela cintura com o braço direito, num gesto lento, tranqüilo, e depois me segurou a cabeça com a outra mão e introduziu na minha boca uma língua enfurecida e avarenta que traiu num instante qualquer ilusão de serenidade. Só então deu um passo à frente, me empurrando com ele para o interior do banheiro, e, após fechar a porta com um chute, continuou avançando cegamente, aos tropeções, as mãos firmes contra as minhas coxas, apertando meu ventre contra o dele, fazendo-me sentir o relevo do seu pau como uma generosa advertência, enquanto me levava quase pelos ares, até me apoiar na parede do fundo e finalmente se deixar cair, aturdido e confuso como uma criança, sobre a insuportável tensão da minha pele, que recebeu seu peso como um presente.

Depois, na melhor posição que conseguimos encontrar, eu sentada a cavalo sobre ele, ele sentado por sua vez na tampa do vaso, eu recuperando a memória na brusca avidez das pontas de seus dedos enquanto as mãos dele emergiam de debaixo das minhas coxas e aferravam com um gesto ambíguo, quase violento, as lapelas do meu casaco. Os botões, novos e presos apenas por algumas voltas de linha, emitiram um tintinar agudo quando quicaram no chão de linóleo. Esse eco ainda não havia se apagado quando um som mais grave, diferente, me obrigou a prestar atenção na batalha que se travava sobre o meu corpo. Javier não reconhecera a estrutura do meu maciço sutiã pré-natal e, incapaz de encontrar o fecho na parte posterior, tentava rasgar o tecido puxando com as duas mãos e todas as forças. Desenganchei as duas presilhas disfarçadas no centro da região dianteira e meus peitos, grandes e cheios, roçaram na face dele. Vi como se afastava para olhá-los, como levantava o cabelo do rosto num gesto mecânico, como se lançava sobre mim, como abria a boca ainda no vôo, como apertava os lábios em meu mamilo esquerdo, senti o fio de seus dentes, o esponjoso contato de sua língua, o rastro espesso de sua saliva, senti como chupava, e nem assim nada mudou, e se lhe confessei a verdade não foi por temor de que acabasse descobrindo sozinho, nem para tentar voltar a mim ao ouvir essas palavras em voz alta, nem mesmo para obedecer ao impulso perverso de me saber definitivamente envilecida, pisoteada e culpada para sempre. Só confessei a verdade para ouvir aquela resposta.

— Estou grávida — disse, e ele não pareceu reagir em absoluto. — **De três meses.**

Alguns segundos depois, quando seus dentes se resignaram por fim a desprender-se do mamilo, ele jogou a cabeça para trás, me olhou, sorriu para mim.

— Me dá no mesmo — disse, e em seguida se virou para o mamilo direito.

Quando saímos dali, quase uma hora depois, não encontramos nem sombra de Ernesto. Paco estava dormindo em cima de uma mesa, e enquanto não o sacudi pelos ombros não se despertou para nos abrir a porta. Javier fez questão de pegar o mesmo táxi que eu, embora a casa de seus pais devesse conduzi-lo na direção oposta, e temi que o trajeto fosse tipicamente incômodo, a típica conversa trivial de formalidades, ou um silêncio compacto, coisa ainda mais temível, porém mal tive tempo de olhar pela janela. Antes do carro arrancar, ele já havia se inclinado sobre mim para me beijar, e não parou nem por um instante, desdobrando em cada gesto uma doçura que eu não tinha percebido antes, até que o táxi parou em frente ao portão da minha casa. Nenhum dos dois disse nada. Ele esperou enquanto eu procurava o chaveiro no interior da bolsa, e ainda estava lá quando olhei pela última vez em direção à rua, através da porta de vidro. Enquanto subia as escadas, bêbada de uma euforia antiga, me perguntei se alguma vez voltaria a vê-lo, apesar do sólido pressentimento que se instalara sem qualquer permissão no meu interior quando desci aqueles mesmos degraus, tantas horas antes.

Anos depois tentei procurá-lo. Escrevi duas vezes, deixei dúzias de recados na secretária, e ele jamais atendeu ao telefone, jamais me retornou uma chamada, não tornei a ouvir uma só palavra de seus lábios, mas ainda não podia saber disso quando me meti entre os lençóis naquela noite, e a única coisa que me preocupava era o pesadelo que estouraria na manhã seguinte, a insônia que me massacraria em noites sucessivas, a tempestade que torturaria minha consciência durante semanas inteiras, talvez meses, talvez a vida toda.

No dia seguinte, me levantei da cama na primeira tentativa, de bom humor e com muita fome. Contrariando todos os prognósticos, me sentia bem pra caralho.

*P*ela janela, só conseguia ver a copa de dois choupos cinzentos, hirtos de frio, os galhos maltratados pelo vento dobrando-se para trás como um grito doloroso, contra o fundo repulsivo de um céu impossível, marrom, exatamente da cor que o céu jamais deveria ter. Parecem árvores domésticas, pensei, se existem árvores domésticas, deveriam ser sempre como esses dois pobres choupos, nus, pobres, fracos. Então começou a chover, e as primeiras gotas gordas, carregadas de mau agouro, se arrebentaram contra o vidro e fizeram ruído, alguém abriu a porta e aquela ínfima corrente de ar balançou a guirlanda de crepe prateada presa na moldura da janela, e com ela as pequenas bolas de vidro coloridas penduradas a intervalos regulares entre suas franjas. A porta se fechou de novo e o ruído ficou insuportável. Virei a cabeça para me enfrentar de uma vez com a verdade, e o técnico em ultra-som, sem parar de girar bruscamente o botão que governava com a mão direita enquanto esmurrava o teclado com a esquerda, me lançou um olhar carregado de desânimo.

— Não sei... — disse em voz baixa. — Vou medir de novo, desde o começo.

Era a terceira vez que ele repetia essas palavras, a terceira vez que limpava minha barriga com um lenço de papel, a terceira vez que o auxiliar se inclinava sobre mim e me lambuzava com aquele gel frio e transparente, a terceira vez que sentia a pressão do sensor sobre minha barriga aterrorizado, a terceira vez que nada parecia dar certo, e de novo ergui os olhos para a janela, tentando optar pela dor dos choupos, mas duas lágrimas, mais gordas que as primeiras gotas de chuva, e mais amargas, afloraram em meus olhos sem pedirem permissão.

— Não estou entendendo — admitiu finalmente. — É claro, não cresceu, mas pode ser que os cálculos estejam errados e o tempo não seja aquele que você pensava. Se passou muitos anos tomando anticoncepcionais, é possível que tenha ovulado de um jeito louco. Não seria a primeira vez.

Mas ele sabia que isso não era verdade, e eu também sabia, porque seis semanas antes ele mesmo me fizera outra ultra-sonografia, e daquela vez uma única medição havia bastado, tudo ia bem, tudo estava perfeito para o sexto mês. É só um, disse, e essa foi minha primeira alegria, porque tinha pânico de ter gêmeos, é um menino, acrescentou depois, e eu voltei a me alegrar infinitamente, estava tão contente de que não fosse menina... Agora, enquanto vestia o casaco lentamente, como se este pesasse mais que uma armadura de ferro, sentia pena dele ainda sem conhecê-lo, e lhe pedia desculpas por carregá-lo dentro de mim.

Minha mãe estava esperando lá em cima, no quarto de Reina, mas eu não quis subir, não queria ver minha irmã, radiante, com uma das camisolas brancas com fitinhas rosa-pálido que mamãe comprara para as duas e que eu já pressentia que nunca iria usar, como se já pudesse me ver com aquela bata verde de sala de cirurgia com a qual na certa me levariam para um quarto igual ao que ela ocupava agora, só que sozinha. Eu não queria ver Reina, não queria me inclinar sobre o berço de plástico transparente que estava ao lado dela e contemplar o sono sereno daquela menina perfeita que se chamava Reina, igual a ela, e não senti minhas pernas enquanto caminhava, não senti minha mão empurrando a porta, fui para a rua e comecei a andar na chuva, desamparada sob aquele céu marrom, aquelas trovoadas furiosas, sem sequer notar o peso da chuva, como se não chovesse, ou como se a chuva, um contratempo passageiro, externo, controlável, se desintegrasse ao contato com a ruína íntima e irrevogável do meu sangue podre, vermelho, definitivo e estável como o destino.

Eu estava andando devagar, mas logo cheguei a um bairro que não conhecia, ruas sem asfaltar ladeadas por casas brancas, baixas, as calçadas de terra batida desfeitas pela chuva, um lamaçal sem limites exatos, torrentes de água escura desembocando numa praça funda como um mar falso e sujo. Avancei pelas beiras e continuei andando, anestesiada pela angústia, não sentia nada, e a sensação de já ter vivido antes essa manhã fazia tudo mais difícil. Reina tinha ingressado na clínica dois dias antes, com contrações perfeitamente normais e regulares a cada três minutos, caminhando desajeitadamente, com as pernas arqueadas sob o peso de uma barriga dilatada e latejante como a circunferência redonda de uma planeta recém-nascido, os ombros para trás, as mãos nos rins, escoltada por Germán e por minha mãe. Eu ia atrás, carregando a mala, e sabia que comigo não ia ser assim, sabia que aquela cena não se repetiria, alguma coisa ia dar errado, porque eu estava bem demais, meu corpo conservava demais sua forma antiga para estar gestando um bebê de sete meses, minha barriga projetava para a frente uma curva tímida, controlada, como uma paródia irônica do bombo que alguns meses antes anunciava com uma boa antecedência a aparição da minha irmã. Reina subiu de elevador até o quarto, se despiu no banheiro, botou a tal camisola de Barbie-mamãe, uma réplica exata daquela que eu nunca chegaria a estrear, e se deitou na cama, lhe enfiaram o soro, ela gritava, suava, reclamava, e chorava, chorava muito, chorava sem parar, como se a estivessem torturando, como se a estivessem partindo ao meio, lívida e desmaiada, histérica de dor, enfiando as unhas nos braços da mamãe, nas mãos de Germán, que, debruçados em cima dela, acariciando-lhe a testa, dizendo palavras doces, compartilhavam sinceramente seu sofrimento e não reclamavam de nada. Uma enfermeira ralhou com ela duas ou três vezes, pedindo calma, e minha irmã a insultou, você não sabe o que é isso, disse, e ela respondeu com uma gargalhada, ah não, imagina, eu só tive três.

O parto de Reina foi tardio, longo e doloroso, como devem ser os partos de todas as primeiriças. O bebê de Reina era uma menina frágil e cor-de-rosa, como deviam ser todos os bebês. O quarto de Reina parecia uma festa, buquês de flores, pessoas sorridentes, lágrimas de emoção, gritos alvoroçados, como devem ser todos os quartos em que há um berço. A cara de Reina estava tersa e úmida pelo esforço, avermelhada e satisfeita, como devem ser as caras de todas as mães recentes. Eu assisti àquele espetáculo com o mesmo ânimo que deve habitar um condenado à morte sendo obrigado a cavar sua própria tumba. Vivia apavorada desde várias semanas antes. O ginecologista ainda não estava preocupado, porque eu continuava engordando bem, aumentava regularmente de peso, mas ele não sabia que eu tinha um truque. Na metade do sexto mês, tinha alterado a dieta por minha conta, quatro mil, cinco mil calorias diárias em vez de mil e quinhentas. Enchia-me de chocolate, de churros, de pão, de tortas, de batata frita, e o diâmetro dos meus braços aumentava, o das minhas coxas também, meu rosto arredondou, obediente, e o tamanho dos meus peitos ameaçava entrar no patamar do exagero, mas meu filho não crescia, porque a barriga não se espalhava, meu perfil não se deformava, o ventre não me pesava, e daria qualquer coisa para conquistar o estado que tanto abominara nos primeiros meses, qualquer coisa, desde que me transformasse numa daquelas vacas desajeitadas e superalimentadas que tinha olhado com tanto desprezo no consultório do médico, qualquer coisa, e não importava mais meu futuro, não importava minha pele, não importava meu corpo, só queria ser uma grávida normal, gigantesca, imensa, repugnante, um globo aerostático grotesco e doentio, só queria aquilo, daria qualquer coisa para ser simplesmente aquilo, uma mulher como as outras, e comia, comia muitíssimo, me inchava de comida até a náusea, e o fazia pelos dois, mas percebia que, a ele, nada alimentava.

— E você... está de quantos meses? Cinco? Seis? — perguntou uma enfermeira no quarto, enquanto esperávamos Reina chegar da sala de parto.

— Não — respondi. — Estou quase de sete e meio.

Ela me lançou um olhar que misturava medo e estranheza, mas no instante seguinte corrigiu a expressão para me sorrir.

— Que ótimo, não é? Tão magrinha...

— É — respondi, e olhei para minha mãe, que só quis sustentar meu olhar durante um par de segundos, mas depois, quando andávamos pelo corredor, me segurou pelo ombro e reuniu coragem para dizer que ela também temia o pior.

— Nós somos péssimas gestantes, Malena, as Alcántaras, e isso a gente herda, de mãe para filha, sabia? Minha avó só teve dois filhos, papai e a tia Magdalena, de seis tentativas, e minha mãe perdeu duas crianças, e depois nasceu Pacita, que era um caso raríssimo, você sabe, acontece em um de cada cem casos e normalmente o feto morre antes do parto, mas minha irmã nasceu, você a conheceu. Comigo, que só fiquei grávida uma vez, foi com a Reina, quer dizer...

— Mas o que houve com a Reina foi culpa minha — disse, e um assombro de inesperada intensidade congelou seu rosto.

— Não. Como podia ser culpa sua? Se houve algum culpado fui eu, é claro, por não ter produzido duas placentas suficientes para alimentar as duas.

— Mas as placentas estavam bem, mamãe, o que aconteceu é que eu consumia tudo e não deixava nada para ela, os médicos disseram.

— Não, filha, não. Ninguém nunca falou uma coisa dessas...

Sim, mamãe, sim, eu poderia replicar, era o que todo mundo dizia, mas não quis lembrá-la disso porque aquela dívida estava a ponto de ser saldada. Então o telefone tocou e ela correu para o quarto, era Germán, lá de baixo, minha sobrinha acabava de nascer, com três quilos e cem gramas, quarenta e oito centímetros de comprimento, grande e gorda para ser menina, estava ótima, Reina nem tanto, se sentia muito fraca, eu continuei andando pelo corredor, uma Alcántara dos pés à cabeça, cachos pretos, lábios de índia, gestante incapaz, a ultra-sonografia não iria me revelar nada que eu já não soubesse, e quase me divisei caminhando por um bairro desconhecido, de casas baixas com paredes brancas que se tingiam de cinza sob a chuva, recapitulando uma seqüência lógica, a impecável cadeia de acontecimentos que tinha me levado até ali, naquela manhã, sangue ruim, sorte ruim, mulher ruim, mãe ruim, por não ter desejado o filho que ia ter, por tantas vezes ter desejado não tê-lo, por ter ocultado do pai durante mais de um mês sua existência, por não ter sentido prazer me cobrindo com aqueles casacos horrorosos de gola de marinheiro, por ter me olhado nua no espelho e sentido nojo, e um pouco de medo, por ainda não ter comprado nem um maldito babador, por ter me perguntado tantas vezes que diabos eu iria fazer o dia inteirinho com uma criança no colo, por não ter curvado os lábios num sorriso idiota toda vez que cruzava na rua com um bebê passeando em seu carrinho, por ter tentado eliminar qualquer marca de sua presença na superfície do meu corpo, por ter trepado com um estranho que nem uma cadela de rua quando ele já navegava placidamente em meu interior, por ainda não ter encontrado o bendito instinto em nenhum lugar, por ter adivinhado que ser mulher não é quase nada, por isso tudo agora eu precisava pagar. Poderia ter analisado a outra coluna de números, porque Reina fumou durante a gravidez inteira e eu não, Reina continuou bebendo vinho e eu não, Reina enrolava um baseado de vez em quando e eu não, Reina se negava a passear porque se cansava muito e eu não, Reina substituiu um monte de refeições pelas correspondentes caixas de bombons e eu não, Reina não sentiu vontade de freqüentar um curso de parto sem dor e eu não perdi uma só aula, suportei até as lições teóricas, que são piores que as das aulas de direção, e fiz tudo isso sozinha, mas não prestei atenção nesses números, porque já sabia que os que estavam naquela coluna careciam de importância.

O importante deve ser comprar um fraldão no primeiro dia em que a menstruação atrasa, pensei, e tentei sorrir, e só então caí em prantos. Olhei ao redor e não vi mais casas, só um descampado pouco civilizado, como se de uma hora para outra fossem construir ali uma planta industrial. Dei meia-volta e regressei pelo mesmo caminho. Não era justo. Mas era exatamente assim.

Acordei às seis da manhã, meio tonta em conseqüência de tantas horas de sono rebelde, tantas vezes interrompido por uma dor aguda, mas na minha opinião insuficiente para se tratar da mítica dor definitiva, e então, antes de entrar no banho, notei um contato estranho, grudento, entre as coxas, e enviei minha mão até lá com uma apreensão infinita. Um segundo depois meus dedos estavam impregnados de uma espécie de muco transparente, espesso e sujo. Faltavam mais de três semanas para o dia calculado, mas eu já não sabia mais em que cálculo confiar. O obstetra, um sujeito otimista, concordara com o radiologista em que não era preciso preocupar-se antes do tempo. Na certa você não está de sete meses, mas de seis, ele disse, vamos repetir o ultra-som daqui a uns dias, se a gente não gostar do resultado, provocamos o parto, mas está tudo bem, não se preocupe... Santiago, as irmãs dele, meus pais, todo mundo optou por acreditar nessas palavras. Eu não. Eu sabia que a criança não estava crescendo, mas guardava essa angústia só para mim mesma porque queria acreditar no contrário, precisava acreditar no contrário, e dizer a verdade seria como desafiar a sorte. Senti que aquela coisa, seja lá o que fosse, começava a se desprender do meu corpo, resvalando-me pernas abaixo. Era como um muco enorme, mas parecia encolhido, pobre, ressecado. Apoiei-me na parede. Agora, se tinha expulsado o tampão, precisava romper a bolsa. Esperei, porém nada mais saiu do meu corpo, como se ali dentro nunca houvesse existido nada mais. A dor crescia, mas eu não podia me permitir senti-la, porque devia estar rompendo a bolsa, e isso não acontecia, não me acontecia nada, todo o meu corpo parecia tão pobre e encolhido quanto aquele miserável muco seco.

Acordei Santiago para dizer que o trabalho de parto havia começado, que precisávamos ir logo para a clínica, e ele me respondeu com um olhar incrédulo. Impossível, disse, falta muito tempo, devem ser as tais contrações do princípio, o menino deve estar se colocando, só isso. Quando vi que ele virava as costas e se dispunha a continuar dormindo, comecei a bater em seu ombro com o punho fechado e gritei, continuei gritando enquanto se levantava, e se vestia, e me olhava com aquela cara de terror, gritei que o menino já estava colocado, que não ia ser um parto normal, que parasse de olhar para o relógio porque tanto fazia a freqüência das contrações, que a coisa não andava bem, que eu tinha expulsado o tampão mas a bolsa não se rompera, que esquecesse da respiração, que tínhamos que correr, ir de uma vez, logo, já.

Era domingo, as ruas estavam desertas. Não me lembro da dor, não posso dizer se sofri muito ou não sofri em absoluto, não seria capaz de reconstruir o ritmo daquelas marteladas que explodiam periodicamente contra os meus rins, o menino está vivo, só pensava nisso, tem que estar vivo, se estivesse morto não se mexeria, não me machucaria. Chegamos rapidamente à clínica. A recepcionista ficou alarmada quando nos viu entrar correndo, olhou para a minha cara e eu me expliquei como pude, sabia que estava em trabalho de parto e consegui lhe contagiar minha convicção, vem comigo, disse, e me conduziu para um consultório vazio onde só havia uma maca recoberta com um lençol verde, tira a roupa e espera um minuto, eu já venho. Então percebi que não havia mais ninguém, Santiago não entrara comigo. Despi-me e me joguei na maca, e me senti sozinha, suja e congelada. A enfermeira voltou com uma mulher gorda e mal-encarada, baixa e forte, que parecia ter sido talhada às pressas num cubo de pedra dura. Enquanto ela me cobria com um lençol verde, a recém-chegada pôs a cabeça entre as minhas pernas, e um único olhar lhe pareceu suficiente. Ficou em pé, me olhou com olhos de medusa e se virou para a recepcionista.

— Ela veio sozinha?

— Não — respondeu —, o marido está lá fora.

Então a parteira girou sobre os calcanhares e se dirigiu para a porta, sem me olhar.

— Alguém ligou para o doutor?

— Ligou — respondeu de novo a recepcionista. — O marido acabou de telefonar, ele disse que está vindo para cá, mas vai demorar. Você sabe, mora em Getafe.

A porta fechou e tornei a ficar sozinha. Eu mantinha certa capacidade para sentir que a dor crescia simultaneamente em várias direções, que ficava mais intensa e mais freqüente, mas só tinha consciência de manter os olhos abertos. Olhava para uma parede branca. Só fazia isso.

— Vem... — Ouvi a voz da parteira antes de a porta abrir de novo. — É bom que você o veja.

Santiago entrou atrás dela, encolhido, pálido, enfermo, avançando lentamente como se não pudesse suportar o peso de suas próprias pernas. Olhou-me com os olhos cheios de lágrimas e imagino que quis sorrir, mas não fui capaz de identificar o sentido daquela careta, só deu para perceber que estava com muito medo e uma enorme onda de compaixão me sacudiu quando percebi isso. A parteira levantou o lençol com a mão direita e falou no tom experiente de um corretor imobiliário mostrando um apartamento.

— Isso aí são os testículos do menino... está vendo? E isto as coxas. Ele vem muito mal.

— É. — Eu mal consegui ouvi-lo, mas ela considerou suficiente o volume de sua voz.

— Queria que você o visse.

— Certo — tornou a dizer Santiago, e então ela me descobriu completamente e me levantou com as mãos para introduzir meus braços nas mangas de uma camisola verde que estava fria e cheirando a lixívia, igual às lajotas do colégio.

— Está morto? — perguntei, mas ninguém me respondeu.

Rodeou a maca para se colocar atrás de mim e começamos a andar. Saímos do quarto e cruzamos o vestíbulo da clínica. Íamos muito rápido, Santiago tinha segurado minha mão e precisava correr para acompanhar o nosso ritmo, eu percebia isso e achava uma situação quase cômica, ridícula, mas não lembro de mais nada a não ser que não podia raciocinar, não podia sentir nada, nem mesmo dor, vivia aquela cena de fora, como se não tivesse nada a ver com ela, como se tudo aquilo não estivesse acontecendo comigo, contemplando a correria daquelas mulheres vestidas de verde, e o pânico que desfazia o rosto do meu marido, e o perfil daquela montanha trêmula casualmente instalada entre as minhas pernas, como se todos nós fôssemos figurantes de um filme ruim, barato, sentimental, e não protagonistas de uma parte concreta da minha vida, porque eu não conseguia compreender que estivesse viva, que estivesse ali, em cima daquela maca, a única coisa que fui capaz de pensar é que aquilo era como engolir dois ácidos de uma vez, e quando falei não consegui reconhecer minhas próprias palavras.

— Estão me levando para o quarto, não é?

— Não — respondeu a parteira, lá de trás. — Vai diretamente para a sala de partos.

— Ah! — disse, Santiago me olhou, estava chorando, e eu sorri para ele, sorri de verdade, um sorriso amplo, autêntico, não sabia por que estava sorrindo, mas tinha absoluta consciência do meu gesto. — O menino está morto, não é?

Ninguém me respondeu, e então pensei que era o momento de praticar as respirações que aprendera no cursinho, e tampouco sei por que o fiz, mas comecei pelo princípio e executei, passo a passo, todas as etapas do processo, inspirando profundamente, ofegando depois, e também não percebia que estava respirando, e me perguntei se aquela técnica funcionava, e não consegui responder, porque não sentia dor física, só uma pressão insuportável no estômago, e portanto não podia sentir nenhum alívio. A parte dianteira da maca bateu numa porta mole, duas pesadas folhas de plástico flexível com uma janelinha redonda na parte superior, e a mão de Santiago soltou a minha.

— Você fica lá fora — era a voz da mulher.
— Não — protestou ele. — Quero entrar.
— Não. Impossível. Você tem que ficar lá fora.

Havia um monte de lâmpadas em cima de mim, muitos holofotes redondos presos numa espécie de armação circular de plástico escuro, e muitas pessoas se mexendo ao meu redor enquanto eu respirava, inspirando fundo primeiro, ofegando depois, todas eram mulheres, e faziam coisas comigo, eu ofegava, e depois inspirava fundo, e não percebia nada, até que a parteira, escondida entre as minhas pernas, como antes, finalmente resolveu falar comigo.

— Vou te dar uma espetada. É anestesia...
— Muito bem — respondi, e senti a picada. — O menino está morto, não é?
— Agora vou fazer um corte com um bisturi, não vai doer.

Não doeu. Então chegou aquela outra mulher, uma médica jovem que eu não conhecia, usava um avental branco e também parecia assustada, e então começou a sessão.

— Como você se chama? — perguntou uma enfermeira situada à minha esquerda.
— Malena — respondi.
— Muito bem, Malena — disse ela. — Agora... empurra!

E eu empurrei.

— Empurra! — diziam, e eu empurrava. — Muito bem, Malena, você está trabalhando muito bem. Agora, outra vez...

Elas me diziam para empurrar, e eu empurrava, ficamos assim muito tempo, só lembro isso, aqueles gritos, e minha resposta, empurra Malena, e eu empurrava, e elas me parabenizavam porque eu tinha empurrado, isso sim que era trabalhar muito bem, então eu perguntava se o menino estava morto e ninguém me respondia, porque meu papel não era perguntar, era só empurrar, e eu empurrava, e mais tarde me perguntei muitas vezes por que não chorei, por que não reclamei, por que não me condoí naquele momento, agora que tenho certeza de que nunca vou passar por outro tão terrível na vida, e nem agora posso compreender isso, por que eu não sentia nada, não podia pensar, não podia ver, não podia ouvir, nem entender nada, só queria saber se o menino estava morto, e ninguém me dizia nada, só diziam, agora, empurra, Malena, e eu empurrava, e todos diziam, muito bem, muito bem, você está trabalhando muito bem, até que a voz daquela mulher quebrou o ritmo.

— O menino está vivo, Malena, está vivo mas é muito pequeno, está vindo mal, e está sofrendo. Isto tem que ser o mais rápido possível, pelo bem dele, você está entendendo?

Eu não entendia mas disse que sim.

— Agora vou te fazer uma extração. Vou meter o braço para pegar o menino pela cabeça e puxar para fora, entendeu?

Não entendia mas tornei a dizer que sim, e ela se inclinou em cima de mim, e de muito longe, de um corpo que não era totalmente meu, tive a sensação de que estavam me dilacerando por dentro, uma tortura atroz, as enfermeiras em silêncio, eu olhava para as lâmpadas e não dizia nada, e quase sentia falta das vozes de antes, porque agora nem sequer podia empurrar, não podia fazer mais nada, e não confiava naquela mulher, e então perguntei pela última vez se o menino estava morto, e tudo parou.

Não vi meu filho. Não me deixaram ver, mas o ouvi chorar. Então fiquei também com vontade de chorar, e me preparei para abraçá-lo, porque agora iam ter que trazê-lo, iam ter que colocá-lo em cima de mim, e eu ia tocar nele, era isso o que tinha que acontecer, o que acontecia nos anúncios, e nos filmes, ele estava vivo, então agora iam ter que trazê-lo, mas ouvi vozes longínquas, cochichos apagados, e um choro que se afastava.

— Tem uma ambulância pronta?

— Tem. Você já o pesou?

— Pesei, um quilo e setecentos e oitenta gramas.

Então percebi que não o trariam, e fiquei sem vontade até mesmo de chorar. A parteira estava terminando de me costurar quando meu obstetra finalmente apareceu, limpo, bem-vestido, impecável. Perguntei a mim mesma se teria tomado o café da manhã, e me respondi que sim, por que deixaria de tomar. Cumprimentou, disse que eu não me preocupasse, que o menino parecia estar bem, dadas as circunstâncias, que haviam acabado de levá-lo dentro de uma incubadora, que Santiago fora com ele, que aquele hospital tinha a melhor unidade de neonatologia de Madri, que devíamos esperar sem perder a esperança, e que ele também estava indo para se inteirar de tudo, e que depois voltaria e me contaria. Naquele instante tive uma sensação nova, não dolorosa, e sim amarga, mas nem mesmo agora conseguiria defini-la com precisão. Acabava de expulsar a placenta.

— Você quer guardá-la para fazer análises? — reconheci a voz da parteira.

— Não, tanto faz — disse ele. — Olha só, está completamente calcificada.

Não me explicaram mais nada. Tiraram-me da sala de cirurgia, me meteram num elevador, me levaram para um quarto, me depositaram numa cama e me deixaram sozinha. Através da janela eu via a copa de alguns choupos, cinzentos, velhos, hirtos de frio, infelizes como aqueles outros que já conhecia. Árvores domésticas, pensei quando as reconheci.

Fiquei sozinha por mais de uma hora, deitada na cama, olhando pela janela, com as pernas cruzadas, sem mexer nenhum músculo. De vinte em vinte minutos chegava uma enfermeira, descruzava as minhas pernas, me fazia uma massagem brutal na barriga, tirava uma espécie de compressa enorme encharcada de sangue e colocava outra limpa. Elas não falavam, eu também não. Para elas, tudo aquilo dava no mesmo, e para mim também. Enquanto isso, eu pensava nas árvores.

Meu marido ligou. Perguntou como eu estava, com a mesma voz que tinha empregado milhares de vezes para dizer a mesma coisa. Eu me sentia tranqüila, insensível, ausente, e no entanto não tive coragem de perguntar pelo menino, houve uma longa pausa, densa, e eu sabia que precisava perguntar por ele, mas não tive coragem. Santiago começou a falar e me contou tudo. No hospital o pesaram de novo, um quilo e novecentos e vinte gramas, esse era o peso definitivo, e parecia estar bem, haviam-no examinado minuciosamente, fizeram raios X e análises de emergência e era um menino completo, tinha desenvolvido todos os órgãos, e respirava sozinho, os pediatras disseram que isso era o mais importante, não precisava de respiração artificial, mas estava muito fraco, naturalmente, era muito pequeno, e muito magro, parece que tinha perdido peso dentro do meu corpo, havia passado muita fome antes de nascer, porque, afinal, minha placenta se transformara num trapo imprestável, ninguém sabe por que acontece o que houve comigo, ainda não se descobriu por que o cálcio se fixa na placenta, a torna dura e inútil, mas todos concordavam em que fazia semanas que não o alimentava mais, e por isso o parto se adiantou tanto, pode-se dizer que ele mesmo o provocou para sobreviver, sofreu muito e tudo ainda podia se complicar, o mais previsível seria uma lesão renal, mas por enquanto não haviam detectado nada que indicasse isso, e era perfeitamente possível que ele se desenvolvesse sem problemas, a única coisa que precisava fazer agora era comer bem e ganhar peso.

— Mais uma coisa, Malena — disse Santiago, por fim. — Que nome você quer lhe dar?

Nós estávamos quase de acordo em que se fosse menino se chamaria Gerardo, mas naquele momento adivinhei que meu filho só poderia ter um nome, só um, e o pronunciei com decisão.

— Jaime.

— Jaime? — perguntou, surpreso. — Mas eu pensava...

— É um nome de herói — disse. — Ele precisa. Não sei como explicar, mas sei que ele tem que se chamar assim.

— Muito bem, Jaime — aceitou, e nunca soube como lhe agradeci por isso.

— Preciso esperar mais um pouco para falar de novo com o médico. Depois vou para aí.

Desliguei, e pensei que devia estar contente, muito contente, mas não consegui.

Então a porta se abriu e entrou meu pai. Vinha sozinho. Não me disse nada. Olhou para mim, trouxe uma cadeira para perto da cama e se sentou ao meu lado. Eu toquei em sua cabeça.

— O menino está bem — disse-lhe.

Ele me olhou outra vez e caiu no choro, deixando a cabeça desabar no meu peito. Nesse momento adivinhei onde estavam todos os outros. Reina e mamãe foram ver o menino, tenho certeza, mas ele não. Viera primeiro me ver. Então a pele de todo o meu corpo ficou arrepiada. Era emoção, e por fim comecei a chorar, e chorei por muito tempo, minha cabeça descansando sobre a cabeça do meu pai.

Meu quarto nunca pareceu uma festa.

Eu não queria ver ninguém, como se precisasse preservar o íntimo pudor pelo meu fracasso, mas todos foram chegando escalonadamente, primeiro o obstetra, depois Santiago, depois minha mãe, minhas cunhadas, a babá, e muitos outros mais, pessoas simpáticas e educadas que falavam e se beijavam, e comiam os bombons que eles mesmos haviam me trazido e que eu me neguei a experimentar, num gesto mudo de impotência que com certeza ninguém registrou. Reina, que depois de ver meu filho saiu correndo para a casa da mamãe porque a filha dela tinha que mamar, só chegou às cinco, com Germán e com a menina no colo.

Quando a vi aparecer na porta, a fria alucinação na qual foram se integrando todos os acontecimentos que eu vivi naquele dia se desfez de supetão para me permitir finalmente compreender a realidade. Eu tinha parido uma criança fraca e enfermiça, que ainda estava sofrendo, sob ameaça de morte, dentro de uma incubadora controlada por estranhos, em outro prédio, longe de mim. Ela era a mãe daquela garotinha loura e molenga que estava em seus braços, gastando a chupeta, vestida com um macaquinho de veludo branco, "Baby Dior" bordado na frente em linha perolada de cor fúcsia. E a trouxe consigo. Para que eu a visse. Porque eu a estava vendo.

Olhei para minha mãe, e ela virou a cabeça em direção à janela. A babá, num impulso irrefreável, suponho, segurou a menina no colo e começou a sorrir para ela e a fazer caretas, e num segundo reuniu em volta de si uma pequena roda de aspirantes a carregar a pequena Reina nos braços. Santiago estava ao meu lado, sentado na beira da cama, quase não se afastara dali desde que voltou do hospital. Tranqüilo e otimista, responsável e maduro, atento à mais trivial das minhas necessidades, parecia ter extraído do infortúnio uma surpreendente bravura, ou talvez só estivesse mantendo a que sempre teve, enquanto a minha se diluía até se dissolver no puro centro da fraqueza. Quando ele chegou, pediu ao médico para nos deixar a sós por um momento e que não permitisse a entrada de ninguém, sentou-se à minha frente, olhou nos meus olhos e disse que o menino não ia morrer porque era meu filho e, forçosamente, deve ter recebido a semente dos sobreviventes e uma montanha de teimosia. Aquelas palavras me fizeram sorrir e chorar ao mesmo tempo, e ele sorriu e chorou comigo, e me amparou nos braços, deixando que eu me apoiasse nele como nunca pudera fazer antes. Nunca havíamos estado tão perto um do outro, por isso não quis ficar em silêncio, e inclinei minha cabeça em direção à dele para falar em seu ouvido.

— Santiago, por favor, diz a mamãe para tirar minha sobrinha daqui, pede que alguém a leve para o corredor, por favor, não quero vê-la.

Ele então afastou o corpo, como se quisesse tomar distância antes de olhar para mim, e respondeu num sussurro.

— Malena, pelo amor de Deus, como você quer que eu faça uma coisa dessas? Não posso pegar e dizer à sua irmã...

— Eu não quero ver essa menina, Santiago — insisti. — Não posso. Faz alguma coisa, por favor.

— Deixa para lá, Malena, vai! Parece mentira, você se comportou bem o tempo inteiro, e agora dá uma de chata.

Fiquei quieta porque me era impossível continuar, processar as palavras que tinha acabado de ouvir, como se eu pudesse escutar, mas não captar, decifrar, entender. A hora mágica havia passado, se consumira para sempre. Então Germán, que estava percebendo tudo, olhou para mim, pegou sua filha no colo e saiu com ela do quarto. Nessa tarde não voltei a ver nenhum dos dois.

Reina continuou ali durante mais de meia hora, mas não trocamos nenhuma frase até que, antes de se despedir, ela parou por um momento ao pé da minha cama.

— E então... Como vai se chamar o menino?

— Jaime — respondi.

— Feito papai? — perguntou, perplexa.

— Não — respondi com voz firme. — Feito o vovô.

— Ah...! — disse, e começou a pegar suas coisas, mas antes de ir em direção à porta, me olhou outra vez, com a marca do mais absoluto desconcerto estampada no rosto. — Que vovô?

A bóia era de borracha amarela com desenhos coloridos, uma estrela-do-mar azul, uma árvore verde e marrom, uma bola vermelha, a silhueta de um cachorro com pele cor de laranja. Eu preferiria que fosse lisa, mas Santiago, que percorreu todas as lojas de brinquedos do bairro sem nenhum resultado, disse que só havia duas, exatamente iguais, no bazar onde finalmente a encontrou. Não é fácil encontrar bóias em janeiro, nem táxis nas manhãs de chuva. Eu não devia sair de casa por mais vinte e quatro horas, mas me sentia muito bem, ou talvez mal demais para notar o cansaço do parto, os rastros daquela dor equívoca que nem agora sei se realmente cheguei a sentir, os pontos que não chegavam a me incomodar, incapazes de competir com a agonia do meu peito, que doía com atrocidade pela ausência do filho desconhecido, com o vazio da memória, que proclamava que eu ficaria oca até que pudesse vê-lo, tocá-lo, olhar para ele e lembrar dele, de modo que não disse nada quando meu marido foi trabalhar e meia hora depois desci para a rua com aquele aspecto de banhista invernal, demente e desnorteada. Naquela manhã caía um dilúvio, e fiquei mais de quinze minutos numa esquina, segurando o guarda-chuva na mão esquerda e a bóia na direita, até dar com um táxi livre.

O motorista me olhou com curiosidade, mas não disse nada. A recepcionista do hospital, em compensação, levantou a vista por apenas um segundo da folha em que estava escrevendo e me apontou o caminho com um dedo. Esperei um tempão diante da porta do elevador enquanto a cabine se deslocava monotonamente entre os andares superiores, e afinal me arrisquei a subir pela escada, bem devagar, juntando os dois pés em cada degrau. A cicatriz resistiu os três andares sem se queixar. Empurrei uma pesada porta de vaivém e penetrei num mundo branco.

Naquele mês eu iria repetir esse percurso cinco vezes por dia, sem nenhuma alteração, às dez da manhã, à uma, às quatro, às sete e às dez da noite, e logo me acostumei a perambular por aqueles corredores imaculados que cheiravam a plástico, e à textura áspera das batas verdes duas mil vezes lavadas e esterilizadas, e ao rosto dos plácidos bebês que ilustravam os calendários de vacinação que enfeitavam as paredes, e no entanto jamais conheci um lugar tão desolado. Numa sala de espera de aspecto austero, quase monástico, um grupo de mulheres de todas as idades e aspectos possíveis conversavam animadas, gerando o rumor inconfundível que se pode captar quando se passa na porta de qualquer café de um *shopping*. Imaginei que eram as mães dos recém-nascidos que faziam companhia ao meu filho, e fiquei surpresa com a frivolidade serena de suas conversas, sem suspeitar que três ou quatro dias depois eu seria mais uma delas. Avancei lentamente pelo corredor até dar com a grande vidraça que separa as incubadoras do frio implacável da realidade e me concentrei nas caixas de cristal enquanto uma angústia imprecisa me subia velozmente pela garganta. A maioria dos pequenos pacientes estavam dormindo, deitados de bruços, e não descobri nenhum jeito de distinguir seus sexos. Mas um sabor quente e amargo explodiu na minha boca quando descobri uma boca familiar e diminuta, o ocupante da incubadora central da segunda fileira, um menino moreno, muito pequeno, muito magro e completamente acordado, com olhos pretos e redondos muito abertos, olhando para o teto, os braços esticados de ambos os lados do corpo, os pulsos presos em dois ganchos fixados nas extremidades, como um precoce criminoso crucificado.

Então se abriu uma porta localizada à minha direita e apareceu uma mulher toda vestida de verde, avental, calça e uma máscara descartável no pescoço.
— O que você deseja?
— Sou a mãe do Jaime — respondi —, mas não o conheço. Nunca o vi.
Ela chegou perto mim sorrindo e se colocou ao meu lado, diante do vidro.
— É aquele... Está vendo? O da segunda fileira, no centro. Está sempre acordado.
— Por que está amarrado? — perguntei, e ouvi com surpresa a minha própria voz, neutra e serena, enquanto meus olhos se enchiam de lágrimas.
— Por precaução, para não arrancar o tubo do nariz.
Quis dizer que preferiria não tê-lo conhecido nessas circunstâncias, mas ela me pegou pelo braço e me levou até a porta que acabava de atravessar.
— Vem comigo, você vai segurá-lo no colo. É hora de mamar, já devem ter te avisado, não é?
Enquanto eu me despia, não era capaz de determinar a natureza do que estava sentindo. A culpa, a emoção, o medo, e uma estranha impressão de impropriedade, o desânimo que não deixou de formigar uma só vez nas gemas dos meus dedos todas as vezes que peguei meu filho naquele lugar, como se o menino não fosse meu e sim propriedade do hospital, dos médicos e enfermeiras que o cercavam, e eles tivessem aceitado me conceder o grande privilégio de permanecer com ele cinco meias horas por dia, o tempo exato para alimentá-lo e beijá-lo, falar-lhe, tocar um pouco nele, lutavam dentro de mim enquanto eu penetrava no cálido recinto dos nascidos sem sorte. Eu me aproximei da incubadora e inclinei a cabeça para observá-lo. Então a enfermeira levantou a tampa, desamarrou as ligaduras dos pulsos, desprendeu o tubo do nariz dele e me olhou.
— Pega — me disse.
— Não tenho coragem.
Sorrindo, ela o ergueu e o deixou em meus braços, mas mesmo assim eu não quis vê-lo.
Movimentando-me com cuidado infinito, procurando segurá-lo sem apertar, um volume quente, pequeno, mas de uma consistência assombrosa, andei devagar até um canto me sentindo a mãe mais desajeitada do mundo. Virei uma cadeira abandonada que estava perto da janela e me sentei nela olhando para a parede, de costas para a sala, sem lembrar da bóia que trouxera para evitar que meus pontos se abrissem. Não queria que ninguém me visse naquele momento, que ninguém assistisse ao meu encontro adiado com aquele menino que quatro dias antes não permitiram repousar em cima de mim, e que por isso ainda não tinha deixado de ser um simples menino qualquer. Quando tive certeza de que estávamos definitivamente sozinhos, a salvo naquele canto, afastei o lençol em que ele estava embrulhado e

olhei dentro de seus olhos. Antes de as lágrimas embaçarem os meus, achei que ele também estava me olhando, um segundo antes de cair no pranto com uma brusquidão que me assustou. Imaginei que estava com fome, mas demorei milênios para tirar meu peito esquerdo e encostar ali sua cabeça, com as mãos, o coração e os olhos tremendo ao mesmo tempo, no mesmo ritmo. Ele prendeu meu mamilo entre os lábios e começou a chupar, tão forte que me machucou. Então sorri, e lhe prometi que não ia morrer.

Cheguei em casa por volta de meia-noite, porque era quinta-feira, e encontrei todas as luzes apagadas. Entrei por um instante no quarto de Jaime, que estava respirando pesadamente, dormindo de cara para a parede, como de costume, e fiquei parada no corredor, junto à sua porta, sem saber muito bem o que fazer. Não é nada, pensei, não aconteceu nada, e me forcei a pensar em outra coisa. Estava cansada, mas sem sono, e a pilha de provas sem corrigir que me esperava há dias num canto da escrivaninha cresceu até encostar no teto assim que me lembrei de sua existência. Por fim peguei um monte de folhas ao acaso e fui com elas para a cozinha. Enquanto estava com a porta da geladeira aberta, perguntando-me o que seria razoável beber naquelas circunstâncias, me censurei pela milésima vez por não ter me acostumado a trabalhar de noite.

Aquele horário terrível era a única seqüela vigente dos frenéticos anos que sucederam ao nascimento de Jaime, o menino que não nascera virado para a lua. Da primeira etapa, mal conservo a lembrança do medo, o horror surdo, pequeno mas constante, que meu organismo aprendeu a processar, dia após dia, com a mesma naturalidade mecânica com que absorvia os nutrientes da comida que me alimentava. Depois, quando acabou a licença-maternidade, comecei a trabalhar na parte da tarde, mas não consigo identificar o número de alunos que tinha na época, nem seus rostos, nomes, nada, nada, nenhum dos livros que li, nenhum dos filmes que vi, nenhuma das pessoas que conheci, nenhuma das coisas que tive que fazer, das que certamente fiz, nos momentos que Jaime me deixava livre, sozinha com meu medo e com minha culpa. Mas em compensação me lembro, com uma precisão esmagadora, do cheiro dos corredores do hospital, da forma dos bancos, dos sobrenomes dos chefes de serviço, do número, rosto e nome das crianças doentes que com tanta freqüência via naquela época, e do número, rosto e nome dos pais delas.

— Sou a mãe do Jaime.

— Ah! Jaime... — O recepcionista de turno conferia em seus papéis e me

dava um sorriso cortês e vazio. — Está muito bem, ontem engordou quarenta gramas.
— E o que mais?
— Só isso.
Algumas vezes eu ficava ali sentada mais um tempinho, gritando em silêncio, mas como só isso?, seu filho da mãe, como só isso?, desgraçado, veado, filho da puta, só isso coisa nenhuma... Que merda você acha que isso significa? Às vezes eu tinha vontade de gritar a verdade, ele é meu filho, ouviu?, me custou muito esforço aceitar que existia, carreguei-o dentro da barriga durante nove meses, tenho um quarto preparado para ele na minha casa, eu o pari, eu o chorei, eu o amei fora de hora, imaginei milhares de vezes como seria e nunca pensei que iria vê-lo vestido de branco num desses seus estéreis berços transparentes, e quero levá-lo embora comigo, mostrar-lhe o mundo, ver como dorme e sentir seu cheiro, acostumá-lo aos meus braços e mimá-lo, e tirá-lo daqui, e vesti-lo com pijaminhas coloridos, e levá-lo para pegar sol, e comprar-lhe caixas de música, ursinhos e cachorrinhos de plástico de Taiwan que mexem os olhos e as orelhas ao mesmo tempo, e transformá-lo num bebê como todos os outros, isso é a única coisa que desejo, de modo que não vai me dizer que é só isso, diz que vou levá-lo comigo, que logo, logo vocês vão me entregar o menino, me diz isso todas as manhãs, mesmo que seja mentira... Uma ou duas vezes estive a ponto de berrar tudo isso, mas afinal sorria também, e agradecia como uma pessoa bem-educada, e me levantava, e me afastava dali, e me sentava tranqüilamente na sala de espera, porque sabia que era só isso, e que na manhã seguinte também seria só isso, que meu filho estava em observação, que eles esperavam que ganhasse mais peso para realizar alguns exames, que só tinham passado dois dias, ou três, ou quatro, desde que saíra da incubadora, e que para eles aquilo era apenas um número, porque não podia ser outra coisa.

Às vezes tinha a sensação de que todos me olhavam enviesado, sentia uma censura tácita em suas palavras, em seus sorrisos, quase podia adivinhar o que se perguntavam, o que me perguntavam sem falar, como era possível que uma mulher como eu, uma moça de boa família, cultivada e viajada, com leituras e línguas e estudos universitários, pudesse reagir como eu reagia, exatamente igual à mãe de Victoria, a do berço 16, que trabalhava numa padaria, ou como o pai de José Luis, que era caminhoneiro, mas eu não me preocupava em disfarçar o pânico, nem a raiva, nem aquele impreciso rancor universal que não deixava espaço nem mesmo para a autopiedade, e não reivindicava sua compreensão, não precisava dela, estava pouco ligando para a compreensão de todo mundo, porque ninguém jamais vai poder decifrar a espessura daquele coágulo cinzento e compacto que na época eu possuía em vez de corpo, nem adivinhar a exatidão fria de uma irremediável desolação, o gesto gélido do destino que apertava minha garganta durante cada um dos minutos em que me mantinha acordada, e a tortura do puro medo, uma paixão absoluta, desprovida de qualquer nuance, que me cortava ao meio toda vez que encontrava o berço vazio, antes que alguma enfermeira se aproximasse de mim para dizer que tinham levado Jaime para fazer um exame de rotina, ninguém jamais vai poder conhecer a brutalidade atroz daquela morte, ninguém exceto a mãe de Victoria, ou o pai de José Luis, com o coração pesado e os ombros leves de uma cultura essencialmente inútil na derrota, e um filho lá dentro, um menino solitário engordando entre estranhos, quarenta gramas por dia, a quem se pode segurar durante meia hora em cada três, às dez da manhã, à uma, às quatro, às sete e às dez da noite. Quando chegou a manhã em que por fim me disseram que todos os resultados tinham sido positivos, nenhuma lesão, nenhuma infecção, e que eu podia levar Jaime para casa, percebi que na realidade só haviam transcorrido vinte e dois dias desde o parto, e senti uma gratidão infinita por todos aqueles médicos e enfermeiras que me devolviam agora, magra e pequena porém saudável, a criança moribunda, roxa e faminta que tinham acolhido apenas três semanas antes, e esse sentimento era muito mais sincero, mas não mais intenso, que aquele que ainda alimentava em mim quando entrara no hospital, dez minutos antes, odiando-os como não seria capaz de odiar novamente a mais ninguém em minha vida.

Foram dias estranhos, longos e confusos, como as jornadas do protagonista de um velho filme de terror passado em câmera lenta. Nunca havia descoberto tantas coisas desagradáveis sobre mim mesma em tão pouco tempo, nunca me sentira tão egoísta, tão ruim, tão mesquinha, tão fraca, tão culpada, tão louca como naquela temporada, quando recebia da mãe de um menino amarelo, desses bebês nascidos com icterícia que sairiam do ninho em três ou quatro dias no máximo, o mesmo olhar de compaixão autocondescendente que dedicava à mãe de Jesus, que nascera com o esôfago e a traquéia ligados, e que esta por sua vez dedicava à mãe de Victoria, cujos intestinos estavam obstruídos por uma espécie de madeixa de fibra que se reproduzia depois das operações e cuja origem os médicos desconheciam, e que olhava exatamente do mesmo jeito para a mãe de Vanessa, que nascera com máformações múltiplas em vários órgãos, e que esta concentrava finalmente no pai de José Luis, o menino hidrocéfalo a quem sua mãe ainda não conseguira ir visitar, a grande atração daquela improvisada galeria de horrores, o pobre pai daquele monstro espontâneo que nem sequer conquistaria o favor da morte antes de doze ou treze anos, e que não tinha ninguém, além de si próprio, a quem olhar com compaixão, embora mantivesse os modos exatamente da mesma maneira que os outros.

Todos estávamos no mesmo barco, mas navegávamos tão perto das fronteiras do desespero que a suposta solidariedade que nos unia era apenas uma aparência cínica, e vez por outra, quando estava sentada ao lado dos outros pais, esperando o informe do dia, olhava à minha volta e reconhecia, nos rostos ao meu redor, a tensão das feras enjauladas, dispostas a pular ao primeiro sinal para despedaçar o domador. Eu sabia que eles sabiam que meu filho fazia parte, junto com mais algumas crianças, do time das aleatórias vítimas do cálcio, as crianças completas, normais, que só precisavam engordar um pouco mais e ir para casa, e que de noite, na hora da mamadeira, a enfermeira-chefe cedia graciosamente para as residentes recém-chegadas, as que ainda se abalavam com facilidade, para que não se assustassem, e sabia que eles me detestavam por isso, mas não podia censurá-los, porque eu por minha vez detestava as mães das crianças amarelas e todas as mulheres que passeavam com bebês gordos e rosados pelas calçadas, e também me queixava em voz alta do meu azar. Nunca me senti tão miserável, nunca conheci tantas pessoas miseráveis como nessa época. Daria tudo o que possuía para nunca mais tornar a vê-los, tenho certeza de que eles entregariam todas as suas posses em troca de não voltar a me ver pelo resto de suas vidas, e no entanto continuei encontrando-os — como vai?, muito bem, como o Jaime está grande!, é, e sua filha também, ela está com aspecto melhor, é, graças a Deus, bem, vou andando, estou com pressa, tudo bem, até mais, tchau, tchau — nos corredores, durante dois anos que pareceram eternos, sempre em companhia de nossos filhos, aquelas crianças que continuavam sendo esquálidas quando não estavam com um aspecto terrível.

Naquela época nada parecia se mexer, equilibrar ou alterar, como se o tempo brincasse de imitar perversamente a si mesmo. O que eu quis interpretar como vitória definitiva quando entrei na minha casa com Jaime nos braços, acabou não passando de uma trégua efêmera, o prólogo de uma longuíssima peregrinação que, de corredor em corredor, de consultório em consultório, de especialista em especialista, nos conduziu até os últimos recantos daquele prédio imenso que eu pensava ter abandonado para sempre. Meu filho crescia devagar demais, nunca engordava o que devia, mas estava muito bem, e no entanto, como já acontecera uma vez com minha irmã, esse estado parecia intrinsecamente incompatível com sua história clínica, e por isso decidiram revirá-lo pelo avesso, examiná-lo com as lupas mais potentes, argumentos de uma tecnologia sofisticada com a qual minha mãe nunca teve que lidar, e checavam até mesmo as hipóteses mais remotas, e buscavam e rebuscavam, e buscavam outra vez, aquelas baterias de exames que não terminavam nunca, e o pesavam, e o mediam, e o examinavam, uma vez por semana no começo, depois de duas em duas semanas, afinal uma vez por mês, e Jaime já andava, e estava começando a falar, mas eles continuavam pedindo exames, e exames, e mais exames, e voltávamos ao hospital, uma manhã, e outra, e mais outra, enquanto eu aprendia a me transformar pouco a pouco numa esfinge.

Quando um dos pediatras mais jovens e otimistas entre os que trataram do meu filho — não se preocupe, porque esse aí, quando crescer, vai nos dar uma banana lá de cima, vai terminar medindo um metro e noventa, você vai ver, costumava me dizer na despedida — lhe deu alta definitiva com mais de dois anos e meio, os músculos do meu rosto já haviam atingido um altíssimo grau de destreza na tarefa de se congelar segundo a minha vontade, para ocultar meus sentimentos com uma eficácia indecifrável para os que estavam em torno de mim. Descobri logo que precisava percorrer sozinha aquele caminho, porque Santiago decidiu não se preocupar, comportar-se como se tudo estivesse perfeito, até recriminando, com certa freqüência, a mansidão com que eu me submetia às indicações dos médicos, uma atitude que na sua opinião beirava a hipocondria. Você passa o dia inteiro metida lá, dizia, com esse menino no colo, você só pode gostar de hospital, porque é óbvio que ele está ótimo, basta ver... Isso era verdade, Jaime estava muito bem, era esperto, simpático, inteligente e sociável, até bonito, pelo menos para um bebê tão magro, mas crescia muito devagar, e não engordava como devia, e eu continuava com medo apesar de não poder compartilhar isso com ninguém, de maneira que finalmente resolvi não expressá-lo, não me expressar, e quando alguma mulher ficava olhando o meu filho na rua, na feira ou na praça, eu virava a cara para o outro lado, e se ela me perguntasse a idade, eu respondia com um sorriso rigorosamente ensaiado, o entusiasmo radiante que cortava qualquer comentário posterior, e se ela ainda tivesse coragem para me aconselhar que insistisse com a comida, porque dava para ver que ele não comia direito, ou se assombrasse de que uma mãe do meu tamanho tivesse um filho tão pequeno, então, sem parar de sorrir, eu me despedia depressa e levava o menino para outro lugar, uma rua, ou loja, ou banco onde não houvesse ninguém com tanta disposição para fazer perguntas, imaginar que vida eu devia ter levado durante a gravidez para estar agora com esse filho tão raquítico, que doença gravíssima o deixara naquele estado ou que tipo de maus-tratos os pais na certa deviam lhe infligir para deixá-lo com aquela imagem famélica. Ninguém sabe por que o cálcio se fixa na placenta das mulheres, por que a endurece e a inutiliza, mas não tive outro remédio senão admitir que ninguém tampouco se interessa em saber, e que aquela placenta imprestável, rígida, mineral, que tinha sido minha, de algum modo me transformara, para sempre, na responsável suprema pelo azar.

Às vezes, porém, eu olhava ao meu redor, para meu filho, minha casa, meu trabalho e meu marido, e me perguntava sinceramente de onde, quando, como e por que tudo aquilo me caíra em cima.

Algum tempo depois comecei a trabalhar de noite e deixei de ter tempo até mesmo para olhar à minha volta e me assombrar com o que via. Jaime completara três anos, e além de subir um pouco mais depressa — do percentil três, em que permanecia desde seu nascimento, ao oito e meio em seis meses — na faixa mais baixa das tabelas de crescimento, já parecia definitivamente livre de qualquer das suspeitas de nanismo, microcefalia e raquitismo que me atormentaram nos últimos tempos, quando as coisas de Santiago começaram a ir mal.

Na verdade, eu não acompanhava muito de perto sua trajetória profissional, à qual, após o nascimento do nosso filho, ele pareceu se dedicar ainda mais intensamente, vítima de um frenesi que eu achava bastante razoável e que cheguei a invejar mais de uma vez, ainda que fosse apenas porque diversificava eficazmente seus problemas, e por isso o estimulei sem pensar muito no assunto quando ele me consultou sobre seus projetos para esse futuro que tanto o angustiava. Ele, que nunca deixara de pensar em si mesmo, que nunca se sentiu possuído, anulado por um medo que às vezes creio que nunca chegou a sentir realmente, calculou, após subir um par de degraus na empresa em que trabalhava desde que o conheci, que ali já atingira o topo e que era hora de começar a fazer pesquisas de mercado por conta própria. Disse que as perspectivas eram muito boas naquele momento e eu acreditei, porque ele nunca tinha errado antes, e até então vivêramos bem, até mesmo muito bem, tanto que, se eu não houvesse interpretado o tempo todo meu casamento como um destino quase acidental, uma estada numa casa tão pequena que nunca, por mais tempo que transcorresse, deixaria de ser um lar provisório, eu não teria tido qualquer necessidade de trabalhar. E realmente, após o nascimento de Jaime, especulei com a possibilidade de largar o curso, e se não fiz isso, optando afinal por um horário que me liberasse as manhãs para ir ao hospital, foi só porque o trabalho me obrigava a sair de casa, ver muita gente, conversar sobre assuntos triviais, me esquecer, em suma, por algumas horas, de gramas e centímetros, e me concentrar à força em questões radicalmente diferentes, conversação e gramática, peculiaridades fonéticas, genitivo saxônico, verbos irregulares.

Quando Santiago montou sua própria empresa, eu pensei que, se as coisas mudassem, seria para melhor, mas um ano depois, apenas, enquanto guardava na geladeira a Coca-Cola Light que escolhera a princípio e preparava um drinque mais para forte, no intuito de compensar a tortura das correções madrugada afora, pensei que dificilmente as coisas poderiam ter ido pior. As dificuldades de financiamento de todas as firmas que meu marido alegremente resolveu criar para reduzir impostos resultaram muito menos fictícias do que o previsto. Não era um problema de trabalho, insistia Santiago, mas de escassez transitória de liquidez. Os fornecedores pressionavam, os funcionários tinham que receber, os clientes não pagavam quando deviam, as fichas de dominó desmoronavam lentamente, cada uma arrastando a seguinte em sua queda, e afinal, quando chegava o dia trinta, nunca sobrava dinheiro para sua própria retirada. Então, quando Jaime estava começando a me deixar respirar e eu ia recuperando o controle da minha vida, algum tempo, pelo menos, para mim sozinha, o mundo tornou a se transformar num lugar extremamente complicado. Todas as manhãs deixava meu filho numa creche agradável e higienicamente vulgar — sem psicólogo, sem fonaudiólogo, sem exercícios de psicomotricidade, sem ensino precoce da linguagem musical, só um monte de crianças e duas horas ao ar livre, na praça mais próxima, pegando sol —, que eu descobrira entre as mais baratas e que, naturalmente, ficava muito longe de casa. Depois dava aulas particulares até a hora do almoço, ia buscar Jaime, trazia-o de volta, preparava a comida, dedicava as tardes, e a maior parte dos fins de semana, a fazer todas as traduções que conseguia arranjar enquanto o menino zunia ao meu redor, e às sete e meia saía para o curso, porque o horário noturno era mais bem remunerado que os diurnos. À meia-noite, sem forças para sair com o grupo de alunos e professores que iam tomar alguma coisa depois da aula, eu chegava em casa arrasada, tirava a roupa, caía na cama e adormecia assim que Santiago parava de soluçar no meu ombro, descrevendo como tudo dera errado para ele, como se sentia infeliz, como estava cansado e sua sorte era terrivelmente injusta, um aspecto do qual devia se considerar proprietário do monopólio mundial.

Meu filho continuava me preocupando tanto que, a princípio, nem parei para lamentar minha nova situação, como um burro cego, surdo e mudo que nunca viu outro mundo a não ser a nora à qual foi atrelado no dia em que nasceu, mas, à medida que transcorriam os meses, a consciência de ter me transformado na única fonte real de ingressos de que dispúnhamos e a insuportável pressão de uma vida hipotecada, em que cada hora era destinada com antecedência a uma tarefa concreta e inadiável, fazia com que se tornasse cada vez um pouco mais difícil me levantar de manhã, e se Reina não tivesse se disposto a acorrer em minha ajuda, em algum momento eu iria me render, declarando-me incapaz de administrar, mesmo eficazmente, tantas coisas ao mesmo tempo. Entretanto, quando ela se ofereceu para ir à minha casa todas as tardes que fossem necessárias, cuidar de Jaime no intervalo entre a minha saída e a volta de Santiago, que algumas vezes por semana ficava trabalhando até bem tarde, tentei recusar, consciente de que ela já tinha problemas suficientes e não precisava acrescentar mais um, alheio, mas ela não me deixou terminar.

— Não fala bobagem, Malena. Não vai ser nenhum incômodo para mim passar algumas horas aqui durante a tarde. Além do mais, a Reina se chateia sozinha em casa, vai ficar muito melhor brincando com o primo, e... bom, uma mão lava a outra, você também me ajudou quando aconteceu a história com o Germán.

Isso não era totalmente correto, porque naquela época eu não pude lhe dar outro auxílio senão ouvi-la, ajudar a fazer a mudança e hospedá-la durante algumas semanas, o tempo que demorou a decidir que ia voltar para a casa de mamãe, uma decisão que eu nunca entendi, mas acabou coroando o processo de recuperação emocional da minha mãe, que por fim pôde voltar a reclamar que estava esgotada, exausta e cansadíssima, exatamente o que ela mais gostava de fazer.

— Acabou — disse ela um belo dia, antes mesmo de atravessar a soleira, quando abri a porta e a encontrei ali de surpresa, enfiada num vestido muito amassado, toda despenteada e sem se pintar, a pele cinzenta.

— Entra — respondi —, você me encontrou por sorte, estava saindo com o Jaime para a praça. Veio sem a menina?

— Deixei na casa da mamãe.

— Ah, que pena! Porque poderíamos... — ir juntas, eu ia dizer, mas quando tornei a olhar para ela acabei me convencendo que seu aspecto estava penoso demais para ser atribuído a um repentino surto de preguiça. — O que foi, Reina?

— Acabou.

— Acabou o quê?

Ela fez um gesto impreciso com as mãos, e eu fui ao seu encontro. Desmoronou em meus braços, e nesse instante esqueci, como antes sempre esquecia em momentos parecidos, as etapas que nos últimos tempos tinham balizado o implacável exercício de uma perfeição que agora, mais que distanciar-me dela, a tornava genuinamente repelente.

Reina atingira, como mãe, uma qualidade esmagadoramente superior à que conseguiu desenvolver como filha, mas o delicioso perfil que ela compunha não me teria incomodado se a projeção universal de seus instintos não houvesse posto meu próprio filho em seu raio de ação. Minha irmã declarava a cada passo que vivia única e exclusivamente para a filha, e no entanto isso nunca parecia ser o suficiente, porque precisava me perguntar, em voz alta, se eu não sentia a mesma coisa que ela, e me olhava com uma expressão repugnante de altiva misericórdia quando eu me atrevia a dissentir com timidez, consciente de que neste assunto sua opinião — porque nunca fui capaz de situar aquela enfadonha representação da virtude no patamar dos verdadeiros sentimentos — encarnava a vontade do poder, da razão e da sensatez. Toda vez que minha irmã via Jaime, pegava o menino no colo, ninava, melava seu rosto com beijos, cantava para ele e o apertava, mas sem nunca deixar de tratá-lo com uma delicadeza específica que não usava com sua própria filha, como se meu filho estivesse doente, como se lhe parecesse fraco, digno de pena, marcado para sempre pelo estigma de uma semana de incubadora. Já está enorme, dizia, e era mentira, é que as meninas sempre crescem mais rápido, comentava, e punha Reina ao lado de Jaime para que todos vissem que aquela cabeça loura ultrapassava em quase um palmo o nível que os cabelos pretos do meu filho atingiam, e que tamanho ele já está usando?, perguntava, e quando eu respondia que era doze, embora já tivesse um ano e meio, ou dezoito, embora fosse completar dois anos, ela improvisava uma careta antes de confessar que a roupa tinha lhe parecido muito maior.

Nessa época eu procurava evitá-la, não ficar a sós com ela, limitar nossos encontros às inevitáveis reuniões familiares de fim de semana, porque minha própria suscetibilidade me preocupava, eu suspeitava que a estava julgando com um critério injusto, padecendo de uns ciúmes malignos, dementes, perigosos, e por outro lado ninguém parecia sentir muito a nossa falta. Nunca tiravam o bebê das minhas mãos nas reuniões sociais, ninguém queria segurá-lo para sair nas fotos, nenhuma insofrível adolescente bem comportadinha se ofereceu para botá-lo para dormir, todos sorriam para ele, e o olhavam, e lhe faziam caretas, mas de longe, como se tivessem medo de que fosse se desmanchar em seus braços. Ele não percebia nada, mas eu sabia quanto amor tinha perdido, e sentia falta de Soledad, que se não estivesse morta o mimaria à beça sem jamais deixar de alternar um beijo com um xingamento, e de Magda, que se não estivesse longe o embalaria com uma piteira pendurada nos lábios, e tentava amar também por elas aquele patinho feio cuja única avó foi a de verdade, essa mulher que gostava dele, tenho certeza, mas que sempre preferiu dar colo à outra neta. E só a mãe daquela criança radiante lhe dava atenção, mas eu não podia cavalgar esse paradoxo, descartar a sensação de que Reina só pretendia sublinhar sua qualidade, enobrecer sua virtude, enfeitar sua coroa com uma jóia a mais, a mais rara, a mais difícil, a de maior mérito. Mas logo percebi que ninguém, a não ser eu, interpretava as coisas desse modo.

— Não sei, Malena — dizia Santiago no carro, quando saía da casa de mamãe soltando fumaça pelas ventas —, mas acho que ultimamente você está passando dos limites. Por que te incomoda tanto o que sua irmã faz?

— Não me incomoda — mentia, procurando desesperadamente qualquer outro assunto.

— Incomoda sim — ele insistia, sem me dar tempo de encontrar nenhum. — Toda vez que ela encosta no Jaime, você pula como se tivesse um foguete embaixo da bunda. Ela só quer o melhor para você e para o menino, tenho certeza.

Talvez por isso, toda vez que ela coçava as costas de Jaime perguntava em voz alta se eu também fazia a mesma coisa. Talvez por isso, autorizava graciosamente que ele deixasse o segundo prato sem nem sequer me consultar com a vista quando comíamos todos juntos. Talvez por isso, se apressava a me dar calças e camisetas que ainda serviam para a filha, dizendo que não podia nem tentar colocá-las nela, de tão curtas e estreitas que ficavam. Talvez por isso, em todas as festas dava um jeito de esconder uma porção de tortilla de batata e de repente aparecia com o prato na mão, feito a fada madrinha das histórias, quando se supunha que já havia acabado e as crianças choravam amargamente essa ausência, e então a filha dela continuava comendo tortilla mas o meu não, por ser filho de uma virgem néscia. Talvez por isso, toda vez que eu chegava na casa da mamãe dizendo que não agüentava mais, que estava por aqui de crianças, ela corria e abraçava Jaime, e o levantava no ar, e rolava com ele pelo tapete. Talvez fizesse aquilo tudo porque só queria o meu bem, e o bem do meu filho, mas foi nessa época, precisamente então, que decidi seguir um remoto e enlouquecido instinto, a voz de Rodrigo sussurrando em meu ouvido com uma firmeza que eu já esquecera, e peguei o hábito de dizer o tempo todo a Jaime que eu o amava, sem pretexto nenhum, sem motivo nenhum, sem relação com nada em especial, te amo, Jaime, te amo, Jaime, te amo, Jaime, e a repetição diminuía a importância das minhas palavras, mas isso não me importava, e meus beijos, tantos beijos loucos e sem causa, talvez perdessem o valor antes de chegar a seu destino, mas me dava no mesmo, eu continuava dizendo o tempo todo, te amo, Jaime, para que ele, mais do que aprender, absorvesse aquilo junto com o ar que respirava, para que meu filho, mesmo quando eu estava cansada demais para coçar suas costas, para fazer tortilla de batatas, para rolar com ele pelo tapete, sempre soubesse que eu o amava, e que meu amor era o mais valioso que eu tinha, o melhor que se poderia esperar de uma mãe que com tanta freqüência não o suportava, que não agüentava mais, que estava por aqui de crianças. Mas naquela manhã, quando Reina apareceu de surpresa lá em casa com os olhos úmidos e os lábios trêmulos, de repente esqueci de tudo isso, como sempre esqueço de tudo em momentos parecidos, e me pareceu tão frágil, tão triste, tão tibiamente desesperada, tão pobre e tão sozinha, que por um instante tive a sensação de que nunca deixara de ser a menina doentinha, e eu a irmã grande e forte que tinha a obrigação de protegê-la.

— Germán me disse que está apaixonado — sussurrou.
— Ah — disse, e mordi a língua.
— Por uma garota de vinte e um anos.
— Lógico — murmurei, e tornei a morder a língua.
— Por que você diz isso?
— Não, por nada.
— Vão se casar. E ele me disse que se eu quiser posso continuar morando em casa, você não acha o fim da picada? — Concordei em silêncio, e minha língua doeu. — Eu desconfiava de alguma coisa, é claro, porque faz meses que a gente não trepa, mas achei que era um período difícil, você sabe, e por isso insisti, ontem de noite tivemos uma briga. Pedi que trepasse comigo, para dizer a verdade, e como ele não fazia nada, disse que precisávamos conversar — eu não abri os lábios, por mais que minha língua a essa altura já fosse um amontoado de farrapos em chamas —, e então ele me veio com a história de que não tinha mais interesse em trepar, só em fazer amor, entende?

Nesse ponto explodi, porque minha língua, de tão martirizada, protestava ficando insensível.

— Que conversa é essa, será que agora ele tem entre as pernas, em vez de pau, uma prova irrefutável da existência de Deus?

Mas ela nem sorriu.

— Deve ser — disse, e caiu no choro.

Então eu a abracei, beijei, animei, consolei, e disse a ela que podia ficar na minha casa o tempo que quisesse. Nunca registrei aquele oferecimento como um favor, e por isso nunca pensei em cobrá-lo, e no entanto nenhuma jogada estudada e planejada teria me resultado tão rentável. Por mais de um ano, da primavera de 90 até o verão de 91, Reina se comportou como␣uma *baby-sitter* ideal enquanto eu estava tão ocupada bancando o chefe de família que nem reparava em tantos e tão contínuos alardes de perfeccionismo exibicionista, e a certeza de que nossa situação econômica seria ainda mais precária se tivéssemos, quer dizer, se eu tivesse que pagar a uma garota para cuidar de Jaime durante as tardes, me ajudava a passar por alto de certos detalhes que em outras circunstâncias me provocariam uma ligeira crise nervosa. Toda vez que percebia que alguém, que só podia ser Reina, tinha arrumado os armários da cozinha, eu me forçava a sorrir, toda vez que achava uma camiseta nova nas gavetas de Jaime, ou um pulôver sem usar que eu não conhecia, pensava que aquilo não ia durar para sempre, toda vez que chegava em casa à uma da manhã, morta de cansaço, e encontrava a mesa de jantar com uma toalha branca, duas garrafas de vinho vazias e Reina e Santiago bebendo a terceira no terraço, e dizia que estava com fome porque não tivera tempo de comer nada e os dois me olhavam com uma expressão de absoluta inocência, um segundo antes de anunciar em coro que eu ia ter que fritar um ovo porque não esperavam que eu chegasse tão cedo e quisesse jantar, eu me felicitava pelo excelente entrosamento que minha irmã e meu marido demonstravam, porque do contrário as coisas seriam mais difíceis ainda.

Naquela madrugada de quinta-feira, quando já era sexta e eu saboreava lentamente um drinque, sentada na mesa da cozinha, escolhi com parcimônia uma caneta vermelha, tirei cuidadosamente a tampa, peguei a primeira prova e me forcei a pensar no calor que estava fazendo, uma temperatura excessiva para uma noite de junho, mais uma técnica para me acalmar, porque não precisava percorrer a casa toda para ter certeza de que estava sozinha, quer dizer, que tinha encontrado Jaime sozinho, por mais pesado que fosse seu sono, à meia-noite. Consegui controlar um pequeno acesso de raiva, repeti para mim mesma que não havia acontecido nada e comecei a trabalhar. Quando calculei com a vista que a pilha de folhas situada à minha esquerda já atingira a altura da pilha original, que permanecia à minha direita, me levantei para buscar outra dose. Então a porta da rua se abriu. Olhei para o relógio. Eram duas e quinze.

— Malena?

— Estou aqui — respondi, desistindo de tornar a sentar.

Santiago apareceu na cozinha um minuto depois, com o aspecto de quem se dispõe a travar uma batalha que não tem certeza alguma de vencer.

Não havia nada de diferente em seu rosto, nada de estranho em seu jeito, mas intuí que estava acontecendo uma coisa especial, diferente do beijo difuso de todas as noites, e renunciei às recriminações que havia preparado, è ele renunciou à suas justificativas, não disse que tinha ido levar Reina em casa, não lhe perguntei se achava sensato deixar uma criança de quatro anos sozinha em casa, não me respondeu que deixara Jaime dormindo e que também não esteve fora tanto tempo assim, não precisei me convencer de que seria inútil prosseguir, ele não teve que pedir desculpas e me prometer que aquilo não aconteceria de novo, olhei-o e percebi que por fim tinha deixado de parecer um garoto, ele me olhou e eu me refleti nuns olhos distantes e sombrios, me sentei bem devagar e ele se sentou na minha frente, lembrei que ele já estava fazendo sua retirada há dois meses e que, nesse ritmo, sua empresa iria dar lucro em dezembro, e pensei que seria engraçado se fosse acontecer algo justamente agora.

— O que está fazendo?
— Corrigindo provas.
— Podemos conversar?
— É claro.

Algumas semanas antes, Reina tinha me convidado para almoçar dizendo quase a mesma coisa, precisamos conversar, e embora eu haja tentado me desvencilhar com uma justificativa pobre, estou dura, não tenho tempo, nem apetite, disse, ela insistiu, explicando que adoraria me pagar o almoço, que já tinha avisado a mamãe que nesse dia íamos deixar Jaime em sua casa, e que conhecia um restaurante japonês assombrosamente bom, além de novo, bonito e até barato. Eu adoro comida japonesa, e estava lhe devendo favores demais para adiar indefinidamente o assunto. Sucumbi na terceira tentativa.

O que tornava aquele almoço tão pouco apetecível era a informalidade pomposa de sua convocação. Em se tratando de Reina, aquele "precisamos conversar" pressagiava aproximadamente o pior, porque, se quando éramos adolescentes nossos respectivos códigos de conduta já divergiam em um ângulo no mínimo chamativo, e apesar de a teoria afirmar que o tempo deveria ter se encarregado de encurtar essa distância, na prática acontecera exatamente o contrário, e agora eu tinha dificuldade para concordar com ela em qualquer assunto um pouco mais complexo que as previsões meteorológicas do jornal. A maternidade, como uma droga mágica que cura tudo, tinha transformado minha irmã numa mulher tão extremamente conservadora que seu rosto ganhou um caráter de excepcional estranheza, só comparável à que um dia celebrizou o mapa neuronal de Pacita, porque ultimamente, e dando o mais valioso testemunho de uma improvável vitória da ideologia sobre a genética, ela conseguira se parecer fisicamente mais do que eu com nossa mãe, e devo confessar, ainda que me doa, que toda vez que a ouvia reclamando "dessas calçadas horríveis cheias de mendigos e de putas, de pretos vendendo bugingangas, de drogados se injetando nas praças e de bancas de jornais recheadas de pornografia bem onde as crianças passam todas as manhãs para ir ao colégio, e que merda esse governo faz, e que merda faz a prefeitura, e que merda para os cidadãos decentes que pagam seus impostos os juízes deixarem sair por uma porta os criminosos que entram pela outra, e sei lá, a liberdade não é isso aí, ah, não é não, imagina só em que monte de porcarias os nossos filhos vão crescer, e olha que eu sou social-democrata e progressista", chegava a sentir falta da influência que Germán tinha deixado de exercer sobre ela, porque aquele babaca, afinal, não deixava de ser um babaca familiar, próximo, inofensivo, um babaca dos meus, em última instância.

Não sei como você pode viver desse jeito, sempre dizia Reina, não sei como você se vira para não se indignar quando anda pela rua, e eu respondia que Santiago já se indignava pelos dois, e que ele também me representava honrosamente em outros desgostos, como a angústia pelo futuro, o valor do solo, a crítica construtiva ao sistema educacional, a corrupção inerente ao sistema de partidos, a influência dos obscuros poderes *de facto* nos meios de comunicação, o destino da peseta no sistema monetário europeu e outras quatorze ou quinze outras besteiras que ela também parecia considerar de uma importância essencial para a vida cotidiana. Em compensação, o que realmente me inquietava, se Jaime seria um homem feliz dali a vinte anos — ou, pelo menos, teria uma estatura aceitável —, a impetuosa velocidade com que estava vendo minha juventude se expirar, ou a insuperável incógnita de se a gente conseguiria chegar ao fim do mês sem pedir dinheiro emprestado de novo, pouco importava para qualquer um deles dois. Reina nunca havia trabalhado até então, e a pontual generosidade de Germán fazia bastante improvável a hipótese de que decidisse fazê-lo algum dia, dali até o dia de sua morte. Meu marido, por seu lado, trabalhava tanto que, embora não ganhasse um tostão, considerava-se isento desse tipo de preocupações. Eu nunca imaginaria que tivesse outras, até que Reina, com as costas eretas, o olhar severo, os dedos entrecruzados em cima da toalha, uma solenidade quase cômica em cada gesto, se antecipou ao *sushi* para me soltar de supetão aquela sentença prodigiosa.

— Malena, acho que chegou a hora de decidir se você ainda pode fazer alguma coisa para salvar seu casamento.

Engasguei com um gole de vinho tinto e tossi ostentosamente durante alguns minutos antes de cair na gargalhada.

— Que casamento? — perguntei.

— Estou falando sério — disse ela.

— Eu também — respondi. — Se você quer saber a verdade, eu me sinto que nem uma viúva de guerra com dois filhos, um de quarenta anos e outro de quatro. Uma vez ou outra, por pura inércia, transo com o mais velho.

— E que mais?
— Mais nada.
— Tem certeza?
— Tenho.

Foi então que ela começou a falar, e falou durante muito tempo, sobre Santiago, sobre Jaime, sobre mim, sobre minha vida, sobre tudo o que estava observando, agora que passava tantas horas na minha casa, sobre o que achava certo, sobre o que não tinha jeito e sobre o que ainda podia ser consertado, e chegou a me deixar tão nervosa que a partir de certo ponto parei de prestar atenção, e respondia exclusivamente com monossílabos, ah, é, sim, não, porque ela não parecia admitir que tudo me fosse indiferente, e eu não tinha a menor vontade de fabricar outra verdade para lhe confessar.

— E se o teu marido tivesse uma amante? — perguntou afinal.
— Me surpreenderia muito.
— Mas não ficaria magoada?
— Não.
— Nem sentiria raiva?
— Não, acho que não. Eu faria a mesma coisa se tivesse tempo. Aliás, acho que a essa altura nada me cairia melhor, mas não tenho um só minuto para paquerar, preciso de todas as horas disponíveis para levar dinheiro para casa feito um bom maridinho responsável, você sabe.
— Não seja cínica, Malena.
— Não sou. — Olhei para ela e tive a impressão de que minhas palavras a assustavam. — Estou falando sério, Reina. Não é só que eu não goste da minha vida; além do mais, acho sinceramente que não a mereço. E adoraria me apaixonar loucamente por um cara, mas um cara mais velho, um adulto, um homem, entende?, e passar dois meses boiando, esquecer o Santiago, e até me transfomar numa manteúda de luxo por uns tempos, que me mimassem, me exibissem e me enchessem de grana para gastar, e que me dessem banho... Já te deram banho alguma vez?
— Ela negou com a cabeça, e eu fiquei quieta, muda, presa a um sorriso bobo que desfiz com energia. — A mim, já, e foi ótimo. Juro que adoraria tudo isso, daria qualquer coisa para ficar boiando outra vez, mas isso não acontece comigo, nem tenho tempo para correr atrás. Da última vez que topei com um cara com quem me deu vontade de transar eu estava grávida, quer dizer, já dá para imaginar.
— E por que você não o larga?
— Quem? — perguntei. — O Santiago? — Ela fez que sim com a cabeça.
— Porque ele depende de mim econômica, afetiva, emocional e absolutamente. Largá-lo seria como jogar um bebê de dois meses no trilho da Castellana numa sexta-feira às dez da noite. Não tenho coragem para fazer uma coisa dessas sem

algum motivo concreto, e como nasci em 1960, em Madri, capital da culpa universal e dos valores eternos, não sou capaz de considerar que meu próprio tédio seja um motivo concreto, sei lá. Se tivesse nascido na Califórnia talvez tudo fosse diferente.

— Eu não vejo a coisa assim.
— O quê?
— Tudo. Para mim, de fora, teu marido é um cara supergostoso. Tem muitas mulheres que se matariam por ele.
— Então não sei o que elas estão esperando.
— Esse é o problema — sussurrou então, desenhando com o dedo na toalha —, tenho medo de que alguma deixou de esperar.

Quando nos separamos, ri de novo, e continuei rindo sozinha durante um bom tempo, andando pela rua, embora na realidade não houvesse nada especificamente engraçado na minha situação. Era a hipótese de Reina que me parecia engraçada. Nessa noite, enquanto me enfiava entre os lençóis, me perguntei se haveria alguma mulher com suas faculdades mentais em bom estado que estivesse disposta a me roubar uma pechincha daquelas, e tornei a sorrir sozinha. Depois esqueci o assunto, até a hora em que Santiago, na cozinha, resolveu abrir fogo em campo aberto.

— Estou com outra mulher — disse, olhando dentro dos meus olhos, com uma coragem que eu jamais suspeitaria nele.
— Ah! — murmurei, e não me ocorreu mais nada para dizer.
— Faz bastante tempo que estamos juntos e... — nesse ponto ele deixou a cabeça cair — ela não suporta a situação por mais tempo.
— Acho muito lógico. — Tentei me concentrar em descobrir como me sentia e nem sequer detectei meu coração batendo mais rápido que de costume.
— Eu... Eu acho que tudo isso... a gente devia falar sobre isso.
— Não há nada o que dizer, Santiago — sussurrei, me sentindo mãe dele pela última vez. — Se você está me contando é porque ela é mais importante do que eu. Caso contrário, não me diria nada. Você sabe disso, e eu também.
— Está bem, mas... Sei lá. Você está tão tranqüila que não sei mais o que dizer.
— Então não diz nada. Vai para a cama e me deixa sozinha. Tenho que pensar. Amanhã a gente fala.

Quando chegou à porta, se virou para me olhar.
— Espero... Espero que consigamos passar por tudo isso como pessoas civilizadas.

Quando percebi que ele estava decepcionado, quase ofendido por minha impassibilidade, não pude reprimir um sorriso.
— Você sempre foi uma pessoa civilizada — disse, para compensar. — E, principalmente, um homem sensível.

— Sinto muito, Malena — murmurou, e desapareceu da minha vista.

Juntei as provas, lavei o copo e esvaziei o cinzeiro, anestesiada pela surpresa e por minha incapacidade para reagir diante da cena que tinha acabado de viver. Sentei de novo em frente à mesa da cozinha, acendi um cigarro, e senti vontade de cair na risada, lembrando das amargas recriminações que fizera a mim mesma tantos anos antes, quando nem sequer me atrevia a confessar em voz baixa que preferiria a tortura de um marido igual ao meu avô Pedro às delícias da vida conjugal com aquele santinho de pau oco. Revivendo aquela angústia desajeitada, senti vontade de cair na risada, mas não consegui, porque além de ter renunciado de antemão à posse de um homem igual ao meu avô, aquele santinho de pau oco tinha acabado de me abandonar, e eu, além de perplexa, estava chorando.

$\mathcal{D}$a estrada mal se adivinhava a mancha branca, emboscada numa muralha de palmeiras e eucaliptos, à guisa de fronteira entre o mundo de casas brancas espalhadas pela planície — cortinas de miçangas de plástico em todas as portas, galinhas bicando nada em pátios improvisados de terra, canteiros bem-cuidados de adelfas, com intensas e venenosas flores vermelhas, uma ou outra minúscula bicicleta de rodinhas encostada na porta de uma grade entreaberta —, e o horizonte abrumador da montanha nua, dura e cinza, que caía abruptamente sobre um mar também nu.

De baixo, calculei que o caminho, uma fita estreita de areia, não dava passagem para o carro. Estacionei na porta de um bar em torno do qual parecia haver-se aglutinado o casario mais próximo da chácara, e comecei a andar sem perguntar, como se conhecesse aquele caminho desde sempre. Eram cinco e meia da tarde, fazia muito calor, e ainda não tinha percorrido a metade quando a ladeira começou a empinar, e eu a suar. Um pouco mais além, duas fileiras de árvores velhas prometiam refletir uma pobre sombra em meus passos. Deixei para trás algumas construções toscas, de teto muito baixo, na certa armazéns ou chiqueiros em desuso, e atravessei uma linha imaginária entre o campo e um terreno quase idêntico a ele, também salpicado de pitas e figueiras-da-índia, que entretanto já era um jardim. Não havia muro, nem grade, nem porta alguma. A trilha desembocava num larguinho redondo, grandes potes de barro, paredes caiadas arrebentando em longas tiras de trepadeiras de gerânios, marcando o círculo da terra regada há pouco tempo.

No centro, um homem de uns cinqüenta anos, sentado num banco de madeira todo desvencilhado, olhava para uma tela branca que sustentava com a mão esquerda sobre os joelhos. Nos dedos de sua mão direita, imóveis, repousava um carvão. Olhei para ele com atenção, me perguntando quem seria e o que estaria fazendo ali exatamente. Apresentava aquele aspecto acadêmico de artista boêmio que hoje só têm os *hippies* velhos que vendem pulseiras de couro pela rua nos povoados da costa. Combinando com o cabelo comprido e despenteado, entremesclado de mechas brancas, lânguidas e sujas, parecendo sem vida, e uma curta barba grisalha, ele estava usando uma camisa marrom com as mangas arregaçadas até acima dos cotovelos, e uma calça *jeans* desbotada, toda amarrotada, que lhe ficava muito grande. Talvez fosse realmente pintor. Talvez só quisesse aparentar.

Quando eu já estava há quase dez minutos olhando para ele em silêncio, girou lentamente a cabeça na minha direção e deu um pulo. Não apenas tinha me visto, mas alguma coisa em sua atitude, uma certa expressão de assombro muito próximo do alarme, me fez suspeitar que ele pensava ter me reconhecido. Levantou-se e fez um gesto com a mão, estendendo para mim a palma aberta.

— Esperar aqui um minuta, por favor.

Não me surpreendeu que fosse estrangeiro, provavelmente alemão, pela forma peculiar de arrastar os erres e fechar os us que eu ainda recordava tão bem. Ele se levantou mas não chegou a dar três passos em direção à porta antes de se deter, porque lá, encostada no batente, estava ela, e era eu mesma, vinte e cinco anos depois. Enquanto a observava, senti que meu coração começava a bater mais depressa, e meus olhos ardiam, o pêlo de meus braços se arrepiava. Não havia mudado muito, seu cabelo continuava sendo preto, formando um diadema esticado sobre a testa, e seu corpo mantinha aproximadamente o mesmo volume, embora não sugerisse mais a ambigüidade daquela linha perigosa entre a esbelteza e a opulência, e sim, como o melhor sinal de sua idade, uma acolhedora e conservada maciez. Estava usando uma camiseta branca, de manga curta, e uma calça bem leve da mesma cor, com um elástico na cintura. Tirou a mão direita do bolso e a carne de seu braço bailou por um instante em torno do cotovelo, suave e cansada. Estava muito morena, e seu rosto, ao redor dos olhos e da boca, mostrava rugas novas, profundas como feridas superficiais e mal curadas, mas mesmo assim, aos cinqüenta e cinco anos, continuava sendo uma mulher muito bonita. Estendeu os braços, veio lentamente em minha direção, e então sorriu. Lancei-me sobre ela com os olhos fechados, e ela me recebeu com os seus abertos.

— Você demorou muito a chegar, Malena...

Não sei quanto tempo ficamos abraçadas naquele lugar, mas quando nos separamos o pintor não estava mais conosco. Ela me segurou pelo ombro e começamos a andar entre as pitas, por um caminho que eu não vira antes, uma trilha que rodeava a montanha para alargar-se numa espécie de plataforma natural onde mal cabiam um banco de madeira e uma mesa. Dali só se via o mar, uma mancha imensa de água verde, ou talvez azul, porque eu, que sempre morei tão longe dele, nunca cheguei a conhecer sua cor.

— Isso aqui é maravilhoso, Magda — disse, entusiasmada. — Sabe?, muitas vezes tentei imaginar, mas nunca supus que fosse tão bonito.

— É bonito mesmo — confirmou, deixando-se cair no banco. — Que nem um cartão-postal, não é?, ou uma dessas marinhas baratas que as pessoas penduram em cima do sofá da sala de estar, para lhes dar as costas e só prestar atenção na televisão que está em frente... — Olhou para mim, respondendo ao meu desconcerto com um sorriso limpo. — Não sei, no começo eu também adorava, mas depois comecei a sentir falta da roça, principalmente do campo de Almansilla, das cerejeiras, dos carvalhos, e até da neve no inverno. E também de Madri, apesar de ter ido lá algumas vezes, quando ficava cheia do mar.

— Você foi a Madri? — Balançou a cabeça afirmativamente, bem devagar, e eu fiquei muda por um instante, como se não pudesse aceitar o que ela estava dizendo. — Mas você nunca telefonou...

— Não, eu não avisava ninguém, nem o Tomás, que sempre soube onde moro. Ficava num hotel da Gran Vía, perto da Rede de San Luis, que tem uma entrada bem comum, e dedicava meu tempo a andar, a respirar fumaça, a ouvir as pessoas falando, porque me dava raiva não conseguir entender vocês, as pessoas da tua idade, quero dizer. Quando eu era jovem também falava numa gíria esquisita, gostava muito, e além do mais isso tirava minha mãe do sério, mas o código mudou muito rápido... E não é só isso. Na verdade, acabei dando razão ao Vicente, um velho amigo meu, bailarino de flamenco, muito ruim mas muito engraçado, que era uma bicha louca e sempre me dizia uma coisa, olha aqui, minha filha, namorado só de terra seca, viu?, Huesca, Jaén, León, Palencia, Albacete, Badajoz, no máximo Orense, sério mesmo. Vai por mim, lugar de praia afrescalha até dizer chega.

— Ele sabia, porque devia ser de um lugar perto do mar.

— Que nada! — Soltou uma gargalhada. — Ele era de Leganés, mas dizia a todo mundo que nasceu em Chipiona, pela grife, você sabe, isso era o melhor da história, mas afinal eu agora sei que de certa maneira ele tinha razão, e não porque aqui haja mais homossexuais que em outro lugar, mas porque a gente sente tudo de um jeito diferente, mais suave, mais úmido. Cheguei a sentir saudade da saudade que sentia quando morava em Madri, e cheguei a me convencer de que lá eu era muito mais brusca, talvez mais cruel, mas também mais enérgica, e por isso cada vez ficava menos tempo lá, embora numa cidade grande com praia, quem sabe, talvez tudo fosse diferente, porque também sinto falta disso, do tamanho das ruas que nunca terminam. Moro aqui há vinte anos. É muito tempo, e mesmo assim ainda não me acostumei totalmente.

Olhei para ela com atenção e me surpreendi por não tê-la visto envelhecer, porque resistia a abandonar a ilusão de que ela tinha querido envelhecer comigo.

— Senti muito a sua falta — sussurrei.

Não respondeu nada porque não era preciso. Vinte anos depois, falar com ela continuava sendo tão fácil para mim como antes para ela tinha sido falar comigo, quando eu era a única pessoa a quem dizia palavras sinceras naquele sinistro curral com piso de lajotas que fedia a limpeza e àquela saudável alegria que emana de Deus.

— Mas você devia ter me ligado, Magda — insisti —, eu sei guardar segredo, você sabe disso muito bem, e a gente poderia ter conversado, eu te contaria muitas coisas. Estou casada, sabe?, quer dizer, já não estou, mas ainda sim, é complicado explicar, e tenho um filho, e...

Interrompi a frase porque ela ficou o tempo todo balançando lentamente a cabeça, como quem dá a entender que eu não estava contando nada que já não soubesse.

— Já sei de tudo — disse —, Jaime. Ele veio com você?

— Veio, está no hotel, fazendo a sesta, com as duas Reinas.

— Você veio com sua irmã? — perguntou, parecia espantada, eu confirmei.

— Vim. Na verdade não queria viajar com ninguém, mas ela fez questão de vir também, porque meu marido me trocou por outra há uma semana, e ela está convencida de que estou arrasada, enfim, a velha história de sempre, você sabe, ela se sente na obrigação de me fazer companhia, me dar um ombro amigo para chorar etc.

— Não tenho muita vontade de vê-la, mas adoraria conhecer o teu filho. Como está de saúde?

— Ah, já está ótimo! — Detectei na expressão dela uma sombra de desconfiança e sorri. — Sério, Magda... Quer dizer, não é lá muito alto, para dizer a verdade. Minha sobrinha Reina parece mãe dele, embora os dois sejam da mesma idade, mas ele tem engordado muito, seu peso já é normal, e está muito atrasado com a dentição. O pediatra tem certeza de que isso é um sinal fantástico, porque significa que o resto dos ossos vai crescer com atraso, que nem os dentes, mas vai crescer, com certeza, mesmo que terminem de se esticar quando ele tiver mais de vinte anos. Isso já não me preocupa.

— Se separar te preocupa mais? Pelo que sei, teu marido é muito atraente.

— Eu não acho — sorri. — É muito bonito, lá isso é, mas comecei a pensar em largá-lo antes de ficar grávida, sabe?, porque eu já sabia que as coisas não iam bem, e, apesar de ter me empenhado em me casar com ele, sempre soube que não ia dar certo... Eu devia ter me separado há muito tempo, mas nunca tive coragem, porque desde o princípio ele se transformou numa espécie de filho grande, durante muitos anos tive a sensação de ter dois filhos, um grande e outro pequeno, e as mães não abandonam suas crias, não é?, isso não é direito, e agora, o fato de ele me largar, e ainda por cima por outra, acho tão esquisito... Sei lá, estou desconcertada, confusa, não entendo bem o que está acontecendo. É estranho.

Magda tirou uma piteira de marfim do bolso da calça e encaixou nela o filtro de um cigarro, da mesma marca que eu sempre a vira fumar. Acendeu com um gesto lento, cuidadoso, e tragou, e tive a sensação de que o tempo não havia passado.

— E no entanto estou achando você muito bem, Malena. Em nós, as olheiras jamais caíram mal, deixam nossos olhos ainda mais pretos. — Ela riu, e eu ri junto. — Os Alcántaras felizes, afinal, sempre foram os mais feios da família. Aliás... — fez silêncio por um momento, e seu riso se desfez num sorriso incerto, que esmaeceu quase no ato —, como anda a sua mãe?

— Puxa! Bem, além de muito gorda, agora ela está ótima, pelo menos comparando com cinco anos atrás.

— Quando seu pai foi embora.

— É. Eu até entendo que aquilo foi muito difícil para ela, mas na verdade estava insuportável. Não me deixava viver, grudou em mim que nem um carrapato, passava o dia inteiro chorando, até que consegui matriculá-la num clube de bridge, que ela começou a freqüentar e lá arrumou um namorado. Agora, com isso e a filha de Reina, que está morando de novo com ela, pelo menos tem o que fazer.

— Sua mãe? — Parecia perplexa. — Tem um namorado?

— Mais ou menos. Um viúvo de sessenta anos... — fiz uma pausa para criar a expectativa adequada para o que eu ainda tinha a dizer —, coronel do exército. Artilharia, eu acho.

— Caramba! — exclamou Magda entre gargalhadas. — Podia ser pior.

— É — admiti, sucumbindo ante seu riso, e continuamos rindo juntas, feito duas meninas, ou duas mulheres bobas, até que ela enxugou uma lágrima com o dorso do dedo e continuou falando.

— E seu pai está bem, não é?

— Muito bem. E ele sim está muito bonito.

— Como sempre.

— Mas mudou muito, sabe? A mulher é bastante mais jovem e carrega ele por aqui — desenhei uma coleira com o indicador da mão direita e ela assentiu com a cabeça, sorrindo —, é assim mesmo, de verdade, você não pode nem imaginar. Agora ele bebe a metade do que bebia e não sai mais sozinho de noite. Os dois vão juntos a todos os lugares, ele a trata como uma boneca de porcelana, é incrível.

— Sim, eu já imaginava.

— Ah, é? — perguntei, surpresa. — O papai? — Ela tornou a confirmar. — Não entendo.

— Sempre acontece a mesma coisa, Malena, os homens como seu pai terminam sempre do mesmo jeito. Mais cedo ou mais tarde encontram uma mulher que os põe na linha, direitinho, e além do mais... — olhou para mim com uma cara diferente, quase levada, e sorriu —, na verdade eu já imaginava porque faz, deixa calcular... sete anos? Não, oito. Faz oito anos que ele não vem me visitar.

Depois de pronunciar essas palavras, Magda forçou uma pausa estratégica. Olhou para o mar, ajeitou uma prega na calça, tirou um cigarro, acendeu, começou a fumar. Antes de que a metade se consumisse, resolvi dar uma cutucadinha, que ela não quis registrar.

— Eu sempre soube — disse. — Sei lá, vai ver que eu só imaginava, mas imaginava muito, não sei se dá para entender...

Eu pretendia frivolizar a situação, fazê-la rir, soltar sua língua, mas ela ficou séria e, quando decidiu continuar a falar, o fez sem olhar para mim.

— Eu não o procurei, sabe? Na realidade, o encontrei. E da maneira mais boba possível, juro. Você já tinha nascido, devia estar com quatro ou cinco anos, foi uma noite absurda, uma daquelas noites estúpidas que a gente passava de bar em bar, sem parar em nenhum. Acho que não consegui tomar um só copo até o fim. A gente chegava num lugar, pedia, bebia o primeiro gole, pagava e saía...

— Quem eram os outros? — Ela olhou para mim com estranheza, e eu expliquei melhor. — Você usa o plural o tempo todo.

— Ah! Não sei se ainda lembro dos nomes. Um era o Vicente, claro, que estava com um cara que namorava nessa época, um garoto de Zaragoza que estava fazendo o serviço militar em Alcalá, no batalhão de pára-quedistas, ele não deixava o rapaz tirar o uniforme nem por um segundo, coitado. Do nome dele ainda lembro, porque se chamava Magín, imagina só. Depois tinha um cantor... era cantor?, sei lá, ou mágico, uma coisa dessas, um francês que trabalhava no mesmo cabaré do Vicente. E o meu namorado dessa época, lógico, um existencialista imbecil que me fascinava, porque me parecia muito esperto e tinha metido na cabeça que nós íamos morar na Islândia, por causa dos vulcões, veja você, na Islândia, como se não existisse nada mais perto, enfim... Agora ele é diretor-geral de alguma coisa, não me lembro de quê, mas vez por outra aparece na televisão, e parece ainda mais bobo do que antes, mas não sei, porque, sinceramente, isso é difícil. O caso é que o cantor amigo do Vicente, desse não lembro nem o nome, era cocainômano, ou talvez nem tanto, mas estava doido para conseguir cocaína de qualquer maneira, e isso não era muito fácil na época, sabe?, nem um pouco, o coitado do Magín nem sabia o que era, nos custou o diabo lhe ensinar a pronunciar o nome, então... Acontece que ele era muito burro, seja dita a verdade, era gostosão mas muito burro.

— Você está falando de 1964 — interrompi, perplexa.

— É, 64 ou 65, não sei direito. Dá no mesmo, não é? Mas por que essa cara? Você não imaginava que o pó tinha sido inventado agora por vocês, não é?

— Não, não, está certo...

— Então. De maneira que a gente passava horas e horas de bar em bar, atrás de uma pista que levava a outra pista, atrás da bendita cocaína, e cada vez nos afastávamos mais do centro, porque no Chicote não demos sorte naquela noite. Eu já estava meio bêbada e completamente exausta, quando alguém nos deu um endereço aonde só se podia chegar de carro. Pegamos o do Vicente, um Dauphine azul-celeste, mas ele não queria dirigir. Sentou no banco de trás, com Magín e comigo, e os dois ficaram tirando sarro o tempo todo, quem pegou o volante foi meu namorado, com o tal cantor ao lado. Fiquei até aqui das beijocas e chupões, e ainda por cima o Magín enfiava o cotovelo no meio do meu estômago toda vez que o Vicente se jogava em cima dele, mas acho que se não fosse por isso eu teria adormecido, porque aquela viagem não acabava mais. Eu olhava pela janela e via ruas esquisitas, mal-iluminadas, que nunca tinha visto, e se me dissessem que aquilo era Stuttgart, ou Buenos Aires, sei lá, eu acreditaria, juro, nunca tinha pisado naquela região de Madri. Passamos perto de uma estação de metrô, mas não consegui ler o nome, e um bocado de tempo depois entramos numa rua muito comprida, eterna, que da metade para o fim parecia um povoado, porque não tinha mais edifícios, nem sequer prédios de dois andares, só casas baixas, caiadas, e nas janelas, em vez de vasos, umas latas de cinco quilos de azeitonas recheadas cheias de gerânios coloridos. Quando estacionamos, perguntei onde estávamos e meu namorado respondeu, no fim de Usera, e então eu pensei, que ótimo, porque não faço idéia nem de onde fica o começo... Você sabe onde é Usera?

Tive a sensação de que me perguntava aquilo só para ganhar tempo, como se precisasse refletir, resolver o que faria depois, por que caminho enveredar. De qualquer maneira, neguei com a cabeça, sorrindo, até que lembrei de uma coisa que minha avó Soledad me disse uma vez.

— Para além do rio, calculo.

— É — confirmou Magda —, mas muito, muitíssimo além.

— E lá estava o papai...

— Bem — e parou deliberadamente de me olhar —, mais ou menos.

— Onde?

Mas não respondeu. Ficou calada, e depois de um tempo se dirigiu a mim com o mesmo tom que empregava quando eu era criança.

— Estava pensando... Você não está com sede? Não quer descer até a casa para tomar alguma coisa?

— Ah, por favor, Magda! — exclamei, sinceramente melindrada com seu melindre. — Tenho trinta e um anos. Sou uma mulher emancipada, casada, abandonada e, apesar disso, infiel. Conta logo, vai.

— Não sei... — fez um gesto de negação —, por mais que agora você pense o contrário, não tenho certeza de que depois não vá condenar.

— Mas o que é isso? Você não tem idéia de como eu já pintei o sete!

— Não é por mim — ela me interrompeu. — O que você achar de mim, tanto faz. Eu estava pensando no Jaime. Afinal, ele é seu pai.

— Eu sempre adorei o seu pai, Magda, você sabe disso. — Ela confirmou balançando lentamente a cabeça. — Não creio que o meu possa ter feito coisas muito piores.

— Não... — começou a dizer, e parou bruscamente —, ou sim, não sei mais o que dizer. Mas fez melhor, não tenha dúvida.

— Então conta.

— Muito bem, vou contar, mas não me interrompe, senão fico nervosa, e depois nada de perguntas. Você não vai tirar de mim o que eu não quiser dizer, vou logo avisando, eu já fui freira, não esquece, de modo que tenho muito mais experiência nisso do que você pode imaginar. Sou especialista em segredos.

— É a última oferta?

— Exatamente.

— Então, combinado.

Acendeu outro cigarro, ajeitou pela milésima vez o vinco da calça e começou a falar sem me olhar. Só o faria de esguelha, brevemente, enquanto rememorava sua história e eu ouvia em silêncio, fiel ao nosso eterno compromisso.

— De fora parecia uma casa como outra qualquer, de um andar só, baixa e miserável como todas. Não tinha nenhum letreiro na fachada, nem mesmo um anúncio luminoso desses de Coca-Cola, nada, e a porta era comum, uma peça única de alumínio com um vidro esmerilhado na parte de cima, e atrás dela havia uma cortina. As janelas estavam com as persianas baixas, e não se via nenhuma campainha. Vicente bateu muitas vezes com os nós dos dedos e ninguém respondeu, então começou a berrar mas nada aconteceu, e eu já estava esperando que um velho saísse de pijama e nos apontasse uma escopeta quando a porta se entreabriu de repente e apareceu a cabeça de um sujeito com pinta de palerma, e não sei o que foi que lhe disseram, mas o caso é que ele nos deixou entrar. Lá dentro parecia um bar, só que estava vazio, vi três ou quatro mesas de fórmica com as cadeiras empilhadas em cima delas, e no fundo um balcão, mas não se via ninguém e tudo estava escuro. Pensei que ali não ia acontecer nada, mas de repente os outros começaram a andar atrás do cara que abriu a porta para nós e eu entrei com eles por um arco que havia ao lado do balcão. Primeiro atravessamos um corredor pequeno, com uma porta única, à esquerda, que devia ser o banheiro, porque fedia horrivelmente a mijo, e depois entramos num quartinho que parecia um armazém, porque havia caixas de cerveja cheias de cascos vazios e coisas assim e, no fundo, uma porta de madeira pintada de marrom. O tal sujeito abriu a porta com uma chave e nos guiou por uma escada que descia até o porão e terminava numa espécie de vão, também cheio de caixas vazias e cheias, de cerveja e vinho, e dava para um arco fechado uma cortina, atrás da qual havia luz e gritos, música e risadas. Eu achava que estava sonhando, porque eram quatro da manhã, ou quatro e meia, sei lá, e tudo aquilo me parecia incrível, o fato de Usera ter um final, e a hora, e a cocaína, e aquela casa que não parecia um bar, mas era, e além do mais aquele antro escondido no porão. Quando passei pela cortina, entrei num dos lugares mais esquisitos que já vi na vida, uma espécie de caverna com estalactites de gesso no teto e mesinhas redondas, com cadeiras de madeira pintadas de cores diferentes, em torno de uma espécie de tablado central. O balcão estava no fundo, e era moderno, de madeira escura, com um corrimão de bronze e uma grande lua esfumaçada atrás, mas no chão, de cada lado, havia dois grandes vasos de barro pintados de vermelho com pintas brancas, e o pessoal que estava lá não era muito mais comum, nada disso. Havia um grupo de ciganos ainda com roupa de espetáculo, calça apertada de material sintético preto e camisa de cetim brilhante amarrada acima do umbigo, um deles com as costeletas mais incríveis que já vi, muito largas, triangulares, em forma de machado, mas os fregueses, ao contrário, mais pareciam delinqüentes de todos os ramos. Alguns conversavam com mulheres gordas, que aparentavam mais idade do que certamente tinham, vestidas com roupa vulgar apesar de cara e maquiadas, ou melhor, lambuzadas, com autêntica avareza, como se o mundo fosse acabar naquela mesma noite e elas tivessem medo de não encontrar um embalsamador a tempo. Exalavam a vários metros de distância perfume francês de marca, tão concentrado que parecia que haviam lavado a cabeça com ele. Lembro de uma que havia colado mal os cílios postiços e piscava o tempo todo até que, por fim, o do olho direito caiu no chão e, mesmo depois de procurar muito, não o encontrou, mas também não lhe ocorreu tirar o outro, era de dar dó, a coitada... Havia outras garotas, mais jovens, que pareciam independentes. Observei especialmente duas, que estavam no balcão com um cara, uma delas tinha o cabelo que nem uma escarola chamuscada, tingida até a metade de louro platinado, e a outra usava uma cabeleira compridíssima, que chegava até a bunda, tingida de um desses tons que se chamam acaju mas não lembram a cor da madeira, nem qualquer outra coisa que exista de verdade neste mundo. As duas tinham a pele muito feia, rugosa e salpicada de espinhas, isso se notava através da maquiagem, e eram atraentes só numa parte. A loura tinha umas pernas maravilhosas, uma bela bunda, alta e compacta, com os quadris combinando, bem-proporcionados, mas deixava marcar uma barriga, tão gorda que parecia inchada, por baixo de uma minissaia de lantejoulas, e seu peito, em compensação, era completamente achatado. Não era bonita de rosto, mas a de cabelo acaju sim, e muito, tinha olhos grandes e lábios bonitos, grossos como os nossos, e uns peitos ótimos, redondos e duros, mas da cintura para baixo, metida num vestido muito curto de veludo grená, parecia um tanque, larga e maciça, com umas coxas descomunais, que tremelicavam feito um pudim ao menor movimento, e os joelhos tortos, se equilibrando em cima de uns saltos altíssimos, grotescos em relação ao seu tamanho. Dava para fazer um mulherão misturando as duas, pensei, e vai ver que é por isso que estão com o mesmo cara... A princípio não vi a cara dele, porque as duas ficavam o tempo todo em cima, passando à mão e a fuça nele ao mesmo tempo, e só reparei no sapato, um mocassim inglês costurado a mão, caríssimo, incompatível com o chão que pisava, e nas mangas de uma camisa de seda crua natural, com umas abotoaduras de ouro em forma de botão, bem discretas, disso nunca vou esquecer. Em suas mãos, porém, que vez por outra surgiam brevemente, para logo a seguir desaparecerem de novo na fronteira daqueles corpos suados, não se viam jóias. Nem pulseiras, nem anéis, nem pedras engastadas, só uma fina aliança no dedo anular da mão direita e as unhas curtas, sem sinais de manicure. Um verdadeiro cavalheiro, pensei, veja você, e então parei de olhar por um instante, e quando virei outra vez a cabeça lá estava ele, com os cotovelos apoiados no balcão, dois botões da camisa abertos e o nó da gravata frouxo, o pescoço molhado de suor e de saliva, o cabelo emaranhado, sorridente e bêbado. Seu pai.

— O rei da cocada preta... — sussurrei. Podia imaginar aquela cena como se eu mesma a tivesse vivido.

— O quê? — Magda me olhou, surpresa. — O que foi que você disse?

— Disse que papai era o rei da cocada preta — falei mais alto, mas ela parecia não ter entendido ainda. — O fodão do pedaço, percebe?

— Isso mesmo. Lá estava ele, o triunfador de Usera, que nem um toureiro cumprimentando seu público, com uma orelha em cada mão... Ele me viu logo e me reconheceu assim que me viu, eu me dei conta, mas não quis me cumprimentar, não quis falar comigo, nem sequer se afastou um pouquinho do balcão, era eu quem deveria me aproximar, eu, que tinha invadido o território dele sem pedir permissão. Olhei para ele, sorri sem querer, dei outra olhada em torno e então comecei a entender tudo. Esse homem era completamente diferente daquele que eu conhecia, porque até então só o vira na casa dos meus pais, com a tua mãe, ou antes disso, com meu irmão Tomás, e naquele ambiente ele parecia pequeno, perdido, inseguro de tudo. Cada movimento que fazia, cada palavra que dizia eram antecedidos de um olhar precavido, mas não astuto, porque ele se comportava como se tivesse obrigação de pedir desculpas prévias pelo que ia fazer de errado, mas nunca fazia nada errado, e também não conseguia se convencer de que estava fazendo as coisas certas, isso é que era o mais estranho, ele não ficava mais seguro de si depois de cada acerto. Acho que só ficou quando teve um caso comigo, porque eu era a única que sabia a verdade, conhecia as suas duas metades.

— Naquela noite.

— É, naquela noite. Até então nunca tinha reparado muito nele, essa é a pura verdade, e além do mais achava que ele era um chato, um chato desses de galocha, na realidade nem sei bem por quê, porque eu não tinha motivos pessoais para odiá-lo, mas o caso é que o detestava, achava que era um bundão mais pesado que uma mala sem alça, o típico arrivista de fotonovela pronto para dar o golpe do baú, não sei se dá para entender, e olha que não se podia acusá-lo de grande coisa nesse sentido, porque Reina ficou um tempão atrás dele, dando em cima sem parar, nunca vi coisa igual, com menos de um mês de namoro já estavam indo para a cama, e então... Quando eu soube, fiquei paralisada, você pode imaginar, naquele tempo, e do jeito que a sua mãe era, ufa!, eu não conseguia acreditar... Nem eu nem ninguém, claro, porque era simplesmente incrível, nunca tive uma surpresa igual àquela, e com tudo o que eu agüentei antes, ainda por cima... Acho que meu primeiro impulso foi matá-la, juro, se ela passasse na minha frente eu bem que a mataria, tranqüilamente, no mínimo a deixava machucada.

Não reparei na violência que vibrava nessas palavras, tensas como a corda de uma besta, porque o desconcerto ocupou todo o espaço disponível que havia dentro de mim, e em seu interior, por sua vez, eclodiu o desconcerto, porque eu não conseguia pensar na minha mãe, não conseguia recuperar sua imagem, e sim a de Reina, e recordava minha irmã, e a via se mexendo, e a ouvia falando, em cada detalhe do que Magda me descrevia.

— E você, como soube?

— Como todo mundo. Porque ela ficou grávida.

— Minha mãe?!

— Espera aí...! — e por um instante o assombro de Magda transformou minha perplexidade num sentimento pálido. — Não me diga que você não sabia disso!

— Não — admiti, atônita. — Ninguém nunca me contou.

— Não mesmo? É claro... — parou um instante para refletir —, nas fotos não dá para notar. Mas tua mãe casou grávida, vocês nasceram seis meses depois do casamento. Na época muita gente também não se inteirou, porque a cerimônia foi em Guadalupe e quase não houve convidados, e depois, como vocês eram gêmeas, e aconteceu aquilo com a Reina, minha mãe disse para todo mundo...

— Então quer dizer — antecipei —, que na realidade nós não fomos prematuras.

— Não — confirmou Magda —, vocês nasceram a termo, mais ou menos a termo, como o teu filho.

Fiquei um bom tempo em silêncio, enquanto ela esperava sem pressa alguma reação, sentada ao meu lado, sorrindo.

— Lógico, mas é mesmo incrível, que coisa do cacete — admiti, e só aí ela me respondeu com uma gargalhada.

— Com certeza.

— E naquela época não se podia tomar nada, obviamente...

— Ah, ela podia! — Ergui os olhos e vi que ainda não havia parado de rir. — Fertilizantes, imagino. Para resolver logo o assunto. Estava radiante, é claro, e teu pai, nem se fala. Os dois conseguiram o que queriam. Ela o tinha caçado, que era o x da questão, e ele tinha caçado o Futuro, com maiúscula. Feitos um para o outro, pensei na época, e vai ver que foi por isso que fiquei com tanta raiva dele, sei lá... É engraçado, eu nunca tinha pensado nisso, porque no fundo considerava os dois como os dois lados da mesma moeda, e eu já conhecia de sobra o valor dela. Mas estava errada, porque não era nada disso, pelo menos comigo nunca foram iguais.

Estava quase perguntando se ela também tinha se apaixonado pelo meu pai, mas no último minuto me faltou coragem, e a decisão com que se desfez do sorriso que por um instante pairou em seus lábios de índia, tão parecidos com os meus que às vezes me dava um calafrio quando os via em movimento, me fez supor que nunca ia me contar aquela história até o fim. Mas o fez, falando mais devagar, remexendo-se com naturalidade no assento, olhando para a minha cara vez por outra, e mal começou, compreendi que nunca se apaixonara pelo papai, e fiquei feliz por ela.

— Enfim, se não o tivesse encontrado por acaso, naquela noite, naquele antro, eu nunca descobriria o teu pai, porque o bambambã que só levantou o cotovelo do balcão para nos apontar um dedo e depois fazer um círculo com a mão, dando a entender ao garçom que todos nós éramos seus convidados, aquela era a metade dele que me faltava, e quando percebi isso olhei ao redor e comecei a entender as coisas. Aquelas cópias ruins de mafiosos de filme, grosseiros porém miseráveis, arrogantes porém mal vestidos, tão artificiais que seriam cômicos se alguns, apesar de tudo, não metessem medo de verdade, eram amigos dele, tinham sido criados juntos, entende? Ele poderia ter se tornado mais um desses, outro igual a eles, ou então igual aos que naquela hora estavam quase acordando para marcar ponto na fábrica às seis da manhã com o café ainda atravessado na garganta, os garotos bonzinhos da turma, que talvez tenham dado a sorte, ou o azar, de arrumar uma noiva antes de ir para o serviço militar, uma garota boazinha ela também, que os obrigasse a economizar para dar a entrada num apartamento minúsculo em Arroyo Abroñigal ou em outro bairro de nome parecido, os montes e os vales dos subúrbios onde um belo dia havia apenas ovelhas e capinzal, a paisagem de toda a vida, e no dia seguinte, duas dúzias de prédios residenciais do programa habitacional do governo, que saíam da terra como coelhos da cartola de um mágico, sei lá... Ele era filho de uma professora, isso é verdade, e era advogado, tinha freqüentado a universidade, podia aspirar a coisa melhor que uma linha de montagem, é claro, mas não muito mais, não mesmo. Teria mudado de bairro, teria ganhado alguns processos, teria comprado um carro, e quem sabe até um apartamento, em vinte e cinco anos de prestações, e sempre iria encontrar algum porteiro para chamá-lo de doutor, porque para isso tinha estudos, mas não muito mais, não mesmo. Neste país tinham dado uma mão de pintura na merda e ficavam dizendo para as pessoas, o que foi, por acaso vocês não comem todos os dias?, então chega, caralho, o que mais vocês querem?, já estão ricos... E o pessoal acreditava, isso é o mais incrível, eles acreditavam, e se você resolvia contar a alguém como se vivia na Alemanha, te respondiam que tudo bem, só que eles não tinham nem a metade dos nossos colhões, nem tinham esse sol, glória bendita, e além do mais, se fosse o caso, Portugal sempre estava à mão, bem aqui do lado, lá é muito pior do que aqui, diziam, muito pior... E o pessoal ia levando, graças ao sol, e aos colhões, e os escriturários com dois ou três empregos levavam aos domingos as crianças até a piscina do Parque Sindical no Fiat seiscentos, mas eram todos ricos, ah, disso nem se fala, porque aqui ninguém era pobre. Todo mundo engolia, mas o teu pai não, ele não engoliu, muito pelo contrário. Ele teve uma oportunidade de cuspir na Espanha do Plano de Desenvolvimento e a aproveitou, e chegou até o andar de cima, para ser rico, mas rico de verdade, com um Mercedes importado, um apartamento de duzentos metros na rua Gênova e uma fazenda de centenas de hectares na província de Cáceres, que nem o... como foi mesmo que você disse?

— O rei da cocada preta.

— Isso. E naquela noite, quando o vi ali, naquele antro, com aquele pessoal, tentei imaginar o que ele devia sentir cada vez que voltava ao seu bairro para falar com os amigos, beber com eles, transar com uma daquelas garotas de pele horrível que ainda pareciam atraí-lo tanto, logo ele, que podia escolher entre as ex-alunas do Sagrado Coração, aquelas mulheres impecáveis, luxuosas, bem vestidas e recém-penteadas que dedicam a vida ao deus da massagem e silenciam as britadeiras quando passam pisando firme ao lado de uma obra... Não sei, eu olhava para ele e tentava imaginar como devia se sentir, e imaginar também como teria sido antes, aos quatorze anos, aos dezesseis, aos dezoito, o que teria comido, como se vestiria, que idéia fazia do próprio futuro, e comparava tudo aquilo com a minha infância, a abundância e o esbanjamento, o tédio de estrear e possuir coisas, o fastio e as boas maneiras, e então, por um instante, me senti muito próxima da tua mãe, e cheguei a invejá-la, porque ela é que o tinha recompensado pelos brinquedos escassos, pela roupa herdada, pelas sopas de alho, e a desesperança, e os ciúmes, e o rancor, tantas ausências acumuladas. Nela se concentravam todas as meninas mimadas das quais ele nem se atrevera a chegar perto durante anos, quando as admirava cheio de gana no metrô, ou numa praça, ou andando pela rua. Isso me dava inveja, o fato de que ela fosse mais do que namorada, mais do que esposa, muito mais do que isso, era uma verdadeira insígnia, uma posse vital, um trevo de quatro folhas, entende?, porque cada vez que a beijava, cada vez que a agarrava, cada vez que a fodia ele estava fazendo muito mais do que essas coisas, porque fodia o mundo inteiro entre as pernas dela, fodia as leis da lógica, e as da criação, e as do destino, ela era ao mesmo tempo sua arma e seu trunfo, entende?, e isso tudo me pareceu, naquele momento, emocionante, e forte, e maravilhoso...

— Entendo, sim — admiti num sussurro —, porque já senti uma coisa muito parecida, mas tenho certeza de que mamãe nunca entenderia, nem conseguiria ver as coisas dessa maneira, muito pelo contrário.

— Eu sei, mas já tinha parado de pensar na sua mãe, só estava pensando em mim, pensava que adoraria chegar lá com ele e sorrir com toda educação quando desfilasse comigo na frente dos amigos, me exibindo como a esposa rica, mimada e dadivosa que soubera conquistar e os outros não, e depois desafiar aquelas toscas putas de aldeia, deixá-las adivinhar que eu era muito pior que qualquer uma delas, e que ele me satisfazia muito mais do que elas podiam imaginar... — Olhou para mim de longe, e pouco a pouco desceu de uma nuvem carnal e furiosa, até chegar à minha altura. — Sei que não é exatamente o que se entende por ter bons sentimentos.

Soltei uma gargalhada e a expressão de seu rosto se relaxou.

— Isso é o de menos — consegui dizer, dominando o riso. — Além disso, nessas circunstâncias, as únicas pessoas boazinhas são as que não se divertem.

— É possível — concordou, rindo comigo —, é sim, você tem razão. O caso é que o teu pai me puxava como se tivesse uma rédea invisível nas mãos, mas eu não me mexia, estava tão absorta na imagem dele e nos meus próprios pensamentos, que quando Vicente falou no meu ouvido levei um susto danado, porque nem reconheci a voz. Você conhece esse cara?, perguntou, e eu fiz que sim com a cabeça mas não disse nada, e ele ficou quieto, passou um minuto em silêncio, e depois me perguntou o de sempre, será que é entendido?, e eu disse que não, que não era, e ele insistiu, tem certeza?, e tornei a responder que sim, que tinha absoluta certeza, mas que pena, declarou afinal, pouco tempo depois, com essa boca de tarado que tem...! Esse comentário me incomodou, como se ninguém, a não ser eu, tivesse direito de fantasiar com ele naquela hora, e por fim resolvi me aproximar do balcão. Teu pai sorriu para mim, e quando cheguei ao seu lado ele só disse, oi, cunhada, e eu respondi, oi, e então o garçom gritou, polícia, mãos para cima, e olhei para a porta e vi entrarem três camaradas vestidos de cinza, o primeiro um gordo todo suado, quase careca, e os dois que vinham atrás, mais jovens, com um pouco mais de cabelo e o terno um pouco mais puído. Se não são canas, pensei, com certeza parecem, e se parecem, devem ser, e se são, todo mundo vai entrar bem, mas depois percebi que a única que tinha ficado nervosa ali era eu, então olhei para o teu pai e vi que ele estava sorrindo para os recém-chegados, que vinham diretamente na nossa direção. O gordo nos deu a mão com toda educação e se afastou um pouco, mas o mais jovem dos três abriu os braços, mostrando o coldre de couro encaixado no sovaco esquerdo e a pistola que havia dentro, e se jogou em cima do teu pai para lhe dar um abraço, puxa vida, Pica de Ouro, disse ele, ainda bem que você ainda lembra dos amigos...

— Pica de Ouro? — perguntei, divertida. — Chamavam papai de Pica de Ouro?

— É, sempre o tinham chamado desse jeito, desde antes de se casar com tua mãe, sabe?, porque aos quatorze ou quinze anos, não sei direito, tinha trepado com a vendedora da farmácia e depois ela não quis cobrar as coisas que ele tinha ido comprar, e ainda por cima lhe deu duas caixas de camisinhas e não sei o que mais, além de dizer para ele voltar quando quisesse... Pelo menos essa era a lenda, sabe-se lá o que aconteceu de verdade, não foi nem a metade da metade, com certeza.

— Quer dizer que não prenderam vocês.

— Não, nada disso. E ainda nos venderam quatro gramas, mas isso para mim já era o de menos, porque teu pai tinha me apresentado ao seu amigo tira, e este, depois de dar uma olhada em mim e dizer que era um prazer me conhecer, comentou que ele não merecia uma mulher tão bonita, mas disse aquilo com muito respeito, como se fosse um elogio, e então ele me agarrou pela cintura, apertou forte, bem embaixo do peito, e esclareceu, pronunciando cuidadosamente cada palavra, que eu não era sua mulher, e sim a irmã gêmea da sua mulher. O tira não disse nada, mas sorriu e levantou uma sobrancelha, muito prazer de qualquer maneira, repetiu sem nenhuma vírgula, sendo assim ainda mais, não é?, replicou Jaime, e disse isso sem me olhar, como se eu não estivesse ouvindo, como se eu não fosse entender nada, como se fosse bocó. Então me virei sem avisar, joguei meus braços em volta do pescoço dele e o beijei, porque não agüentava mais, porque sentia que se não o beijasse ia morrer de ansiedade, e gostei, gostei tanto que fiquei beijando durante muito tempo. Quando nos separamos, ele me olhou com uns olhos brilhantes, como se estivesse assombrado, porque com toda certeza estava, não tenha dúvida, e depois sorriu e me disse no ouvido, que coisa, como você parece pouco com sua irmã, Magdalena, porque quando ficávamos sozinhos ele sempre me chamava assim, com todas as letras, e eu lhe pedi para me levar a qualquer lugar, aonde ele quisesse, tanto fazia, mas eu queria ir embora dali, e queria ir com ele. Quando estávamos saindo, meu namorado existencialista veio me pedir explicações e eu o mandei à merda antes dele ter tempo de abrir a boca. Não foi simples largar o cara, acredita, mas eu não me arrependi, nunca me arrependi, afinal na Islândia deve fazer um frio danado.

Ela não me contou mais nada, e nem precisava, porque fazia um bom tempo que eu tinha deixado de pensar em Reina, de recapitular a vida dela, e era a minha, a minha própria vida, que se encaixava pouco a pouco em minha memória, acompanhando o ritmo de suas palavras, dando sentido a cada uma das sílabas que pronunciava, mas Magda não podia saber disso, e talvez por esse motivo não tenha desistido de arrematar seu discurso com um colofão tão gratuito.

— Não quero que esta história mude a opinião que você tem sobre o seu pai, Malena, se acontecer isso eu nunca vou me perdoar. Sei lá, acho que não deveria ter te contado tudo isso, não sei se você vai entender direito, as coisas mudaram tanto... Casar por dinheiro sempre foi considerado feio, é claro, mas ele tinha vinte anos e era pobre. Ser pobre é injusto por natureza, mas no caso dele era ainda pior, porque a pobreza pegou a família pelas costas, à traição, eles não estavam acostumados com essa vida, e teu pai foi criado na miséria sem que a mãe dele pudesse lhe ensinar a driblá-la porque ninguém tinha ensinado isso a ela. Além do mais, nós não podíamos escolher, sabe?, não tivemos escolha. Meus pais sim, e os pais deles também, e vocês também, você pôde escolher o que queria ser, como quer viver, o que quer fazer, mas nós... Quando eu era jovem, o mundo era de uma cor única, aliás bastante escura, e as coisas eram de uma única maneira, só existia uma vida, a única que podia ser certa, era pegar ou pegar, porque não se podia largar, entende?, tanto fazia entrar no Partido Comunista, virar puta ou comprar uma pistola, dava tudo no mesmo. Os ricos iam morar no estrangeiro, mas os pobres só podiam emigrar para a Alemanha, o que não era exatamente a mesma coisa, dá para perceber... Se você não entender isso, e não tem por que entender porque não viveu a coisa, jamais vai compreender o teu pai, porque ele era um arrivista, e até, se quiser, um vigarista, mas para ele aquilo continuava sendo a guerra. Além do mais, desde crianças estávamos acostumados a fazer as coisas sempre em segredo, na moita, não digam para as outras meninas que a gente come presunto em casa, nos dizia a Paulina indo conosco para a praça em pleno pós-guerra, e depois continuou a mesma coisa, todos nós tínhamos amigos escondidos, todos nós mentíamos em casa, todos nós cedo ou tarde comprávamos alguma coisa proibida num mercado ilegal, livraria, loja de discos, farmácia que fazia vista grossa para as receitas, todo mundo enganava a polícia de um jeito ou de outro, os amigos da turminha, os colegas da faculdade, as pessoas que você ia conhecendo por aí, tudo se fazia assim, aquilo era o normal para nós, por isso ter um caso com teu pai também não me parecia tão grave nem tão arriscado nem tão excepcional como pode parecer à primeira vista, e tenho certeza de que com ele acontecia a mesma coisa. Era só mais um segredo, só isso, um segredo entre duzentos ou trezentos outros, e a gente nem corria o risco de acabar na cadeia. E agora, como estou ficando velha, não digo que nossa vida tenha sido pior do que a de qualquer outro, em qualquer outro lugar, ela pode ter sido até melhor, não duvido, mas a coisa é que nunca nos deram oportunidade de errar, foi isso o que aconteceu, a gente nem sequer podia errar. Comigo o teu pai sempre foi bom, Malena, leal, generoso, valente e sincero, o melhor amigo que tive.

— Mas você não se apaixonou por ele.

— Não, nem ele por mim. — Fez uma pausa e tentou sorrir, mas seus lábios só conseguiram esboçar uma careta amarga. — Quem sabe, em outras circunstâncias as coisas teriam sido diferentes, mas naquela época não pudemos nos apaixonar, não havia espaço para isso. Nós dois sentíamos ódio demais.

— A gente tem que ensinar as crianças a gostar dos pais, não é? É o que dizem...
O eco de sua voz me sobressaltou como o faria um som novo, estranho, que eu nunca houvesse escutado, porque não esperava que continuasse falando naquela tarde, não imaginava que quisesse continuar. Estávamos há mais de quinze minutos em silêncio, ela olhando para as próprias mãos, eu olhando para ela, ela calada e eu tentando encontrar as palavras certas para dizer que gostava dela, e que por isso entenderia tudo, e aprovaria tudo, e justificaria tudo, qualquer defeito, qualquer pecado, qualquer erro que tivesse traçado a ruga mais funda e escondida na superfície daquele rosto em que eu sempre pude me olhar como num espelho limpo e liso. Então, ainda estudando as mãos, ela disse aquilo, e depois se ajeitou no banco, acendeu um cigarro, virou-se para mim e continuou falando.

— A gente tem que ensinar as crianças a gostar dos pais — repetiu, muito devagar —, mas não foi isso o que me ensinaram. Não consigo lembrar exatamente de quando ouvi aquela ladainha pela primeira vez, mas devia ser bem pequena, talvez ele ainda estivesse na fazenda com Teófila. Paulina, a babá, todas as empregadas quase não se referiam a ele de outra maneira, pelo menos quando não havia adultos por perto, na cozinha, no corredor, enquanto faziam as camas, e procuravam baixar a voz, mas eu ouvia, o sacana do patrão, o sacana do patrão, o sacana do patrão, sempre a mesma coisa, e eu ficava vermelha, com vergonha de ouvi-las, depois sempre vinha a segunda conta do mesmo rosário, a patroa é uma santa, a patroa é uma santa, a patroa é uma santa... É complicado, ser filha ao mesmo tempo de um sacana e de uma santa, mas isso você sabe muito bem porque, é lógico, tem que escolher, não se pode gostar do mesmo jeito dos dois, e se você for menina ainda é pior, porque depois tem que saber de cor a conclusão, todos os homens são iguais, todos uns nojentos, e nós somos umas bobas, por engolir o que engolimos, e santas, principalmente santas, todas nós santas, enfim, sempre a mesma coisa. Meus irmãos podiam apreciar alguma qualidade do papai, querer ter sucesso nos negócios, ser do mesmo time de futebol, ir caçar com ele, ou até dizer que pretendiam ter um monte de mulheres quando fossem grandes, isso nunca chegava a pegar mal, mas as meninas não. Nós tínhamos que ser que nem a mamãe, umas santas, porque é assim que se deve ser, e o sacana do presente é apenas um anúncio do sacana do futuro, ou seja, o inimigo. Era como se não tivéssemos pai, como se meu pai fosse, no máximo, o pai dos meninos, foi desse jeito que me criaram, foi isso que me ensinaram.

Então a interrompi, disposta a forçá-la a completar um círculo que ainda não estava totalmente fechado.

— Uma vez Paulina me contou que quando ele voltou para casa você foi uma noite para a cama da vovó e levou um susto danado quando o encontrou lá. E no dia seguinte nem queria olhar para ele.

— É mesmo — sorriu —, não queria nem olhar, é verdade, com ele aconteceu a mesma coisa que com o teu pai, sempre acontece isso com as pessoas que depois acabam sendo importantes para mim, com você também foi a mesma coisa, imagina só.
— Você não gostava de mim?
— Pois é, nem um pouco. Porque você me fazia pensar em mim mesma quando era criança e no entanto não gostava de mim.
— Não, não gostava de você — admiti —, porque se parecia muito com a mamãe, mas era tão diferente dela que eu considerava gostar de você quase uma deslealdade.
— Essa é a palavra chave. Lealdade, deslealdade, aí se resume tudo, mas eu ainda não podia saber disso quando conheci meu pai, porque era muito pequena. A primeira vez que o vi acordado foi no desjejum da manhã seguinte, eu só tinha cinco anos mas nunca esqueci, nunca vou esquecer, se fechar os olhos ainda posso ver a cena, acho que nunca mais vivi outra situação que tenha me impressionado tanto. Mamãe nos pegou pela mão, Reina à direita, eu à esquerda, e entrou conosco na sala de jantar. Ele estava sentado na cabeceira, era um homem muito grande, imponente, de cabelo escuro, sobrancelhas terríveis, largas e hirsutas, e na boca os meus próprios lábios. Não nos viu entrar, porque estava de cabeça baixa, as mãos cruzadas soltas em cima das coxas, mas quando ela disse essas são suas filhas, Reina e Magdalena, ele se endireitou no encosto, levantou a cabeça e nos olhou de cima. Reina se adiantou para lhe dar um beijo e eu achei que ia morrer de medo quando pensei que depois ia ser a minha vez, mas ele me disse oi, e eu o beijei também, e parece que segurei sua mão, disso não lembro, viu, mas papai sempre contava, que eu não disse nada, mas apertei a mão dele enquanto lhe beijava o rosto, não sei... De qualquer maneira, tendo apertado ou não sua mão, a verdade é que eu não queria nem saber dele, porque era um estranho, e tinha pânico de olhar para ele, e mais ainda de que olhasse para mim, aí sim que eu não sabia onde me meter. Uma vez, três ou quatro anos depois, ele saiu de repente do escritório quando eu estava andando pelo corredor e a gente quase se esbarrou. Não sei por quê, pensei que ia me dizer alguma coisa, achei que ia falar, e fiquei tão nervosa que fiz xixi nas calças...
— E o que ele disse?
— Nada.
— Porque não falava nunca, não é?
— É, ele nunca falava, só dizia o imprescindível, sei lá, pedir pão na mesa, perguntar pelo guarda-chuva, coisas desse tipo, mas nunca se metia nas conversas dos outros, e fazia tudo o que podia para a gente notar que nem estava nos ouvindo. Quando parecia estar de bom humor minha mãe tentava animá-lo, mas só obtinha grunhidos, murmúrios de afirmação ou negação, e um ou outro monossílabo, no

máximo. Quando foi buscá-lo em Almansilla depois da guerra, papai jurou que se ela o obrigasse a voltar ele não voltaria inteiro, e, você sabe, cumpriu a promessa. No princípio, mal o víamos. Ele ficava trancado o dia inteiro no escritório e sempre saía sozinho, nunca dizia aonde ia, nem com quem, nem quando pensava voltar, mas se atrasasse dez minutos, se chegasse mais tarde para o almoço ou não aparecesse para jantar, a casa inteira desmoronava, porque todo mundo pensava que ele tinha ido para o povoado atrás da Teófila, todo mundo se comportava como se soubesse que isso era inevitável, que mais cedo ou mais tarde ele voltaria para lá, porque era mesmo um sacana, porque essa palavra explicava tudo, mas assim que se ouvia o rangido de uma chave na fechadura, o vestíbulo ficava deserto, os grupinhos se dissolviam, as empregadas, meus irmãos mais velhos, mamãe, todo mundo caía fora soltando fumaça, porque ele controlava a grana, sabe?, e a grana da minha família era grana que não acabava mais.

— Mas eu achava que a sua mãe era muito rica — objetei, espantada.

— E era mesmo, quase tanto quanto ele, mas não se envolvia com o dinheiro, e além do mais a versão oficial era bem diferente. Mamãe sempre se comportou como se dependesse financeiramente do marido, porque para triunfar como santa é melhor ser pobre, entende? — Assenti com a cabeça, sorrindo, mas Magda não apenas não me imitou, como pouco a pouco endureceu a expressão. — A princípio eu também achava isso, pensava como os outros, que ela era uma santa, e talvez fosse mesmo, não digo que não, porque tinha passado um mau pedaço, claro, e só vivia para os filhos, isso lá é verdade, e ela te martelava essa história tantas vezes na cabeça que a gente não podia esquecer... Nunca conheci ninguém que risse menos do que minha mãe. Quando Miguel estava começando a andar e caía de bunda no chão, quando meu irmão Carlos, que era muito engraçado, contava piadas na volta da escola, quando Conchita acabava um namoro e a gente ficava zombando até ela cair no choro, enfim, toda vez que o pessoal quase estourava de tanto rir, ela mal sorria, ficava com os lábios tensos como se estivessem doendo, porque tudo doía nela, sabe?, tudinho. Andava muito devagar, arrastando os pés, ficava alisando o cabelo sem parar mesmo que tivesse acabado de se pentear, e volta e meia falava em voz baixa, para si mesma, mas o que foi que eu fiz, meu Deus?, ou então, que cruz eu carrego com esse homem! Aí Paulina ou a babá, que pareciam sentir o cheiro desse desconsolo a quilômetros de distância, apareciam de repente e seguravam a mão dela, ou os ombros, e ficavam por ali, balançando a cabeça, com cara de tristeza elas também. Vocês têm que gostar muito do seu pai, crianças, ela dizia a toda hora, e no mesmo tom com que nos pedia boas notas, como se estivesse exigindo um sacrifício terrível, como se soubesse que a gente ia ter que fazer um esforço enorme para conseguir isso, mas nunca acrescentava que tínhamos que gostar muito dela também, porque o nosso amor, nesse caso, estava subentendido, e eu às vezes olhava para ele e achava que estava muito mais triste do que ela, e muito mais sozinho, e me perguntava que espécie de crimes ele teria cometido para que todo mundo o chamasse de sacana, e para que ninguém gostasse dele, ninguém mesmo, naquela casa cheia de pessoas e onde até os cachorros adoravam minha mãe.

Magda dobrou os lábios para dentro, até escondê-los dentro da boca, e seu rosto estremeceu por um instante. Estava com os olhos brilhantes, e também os escondeu sob as pálpebras, e ficou assim, quieta, que nem morta, tão distante de mim que me arrependi de estar falando antes de ela ter terminado.

— Até que você começou a gostar dele, não é? — disse. — E Pacita, claro. E Tomás também.

— Acontece que eu não era uma santa, Malena — respondeu, movendo a cabeça devagar —, eu não era santa, não dava para isso, e nem mesmo entendia direito, sabe?, essa história de espírito de sacrifício, e da alegria de se dar aos outros, tudo o que as freiras do colégio nos contavam, eu não entendia mesmo, nem o fato de que a vida da minha mãe fosse exemplar, sei lá, achava aquilo uma porcaria, e claro que não sonhava com uma vida feito a dela, eu gostava demais de rir... A princípio sofri muito, me sentia culpada, mas depois fui sabendo pouco a pouco da verdade, sempre pela boca de estranhos, lógico, porque ela nunca admitiu outra versão que não fosse a própria. Quando Paz ficou doente, as coisas mudaram muito depressa. Papai não tinha gostado muito de ter outra filha, lá em casa todo mundo estava doido pelo bebê, porque Reina e eu, que éramos as menores, já estávamos com nove anos, até que uma noite ela passou mal, com muita febre, e foram para o hospital, ficaram lá vários dias, e quando voltaram meu pai parecia um homem diferente. Mamãe se enfiou na cama, com o quarto às escuras, e avisou que estava destroçada, que não queria ver ninguém, e então ele tomou conta de tudo, e falava, ria, organizava a casa e cuidava da menina, mas nem isso adiantou muito, porque, embora meus irmãos lhe respondessem, claro, e precisavam se dirigir a ele o tempo todo, para pedir dinheiro, permissão para sair e coisas do gênero, nenhum deles quis se reaproximar do pai, e eu ainda estava com muito medo. Depois, quando voltamos a Almansilla e ele começou outra vez com a Teófila, as coisas ficaram de novo como antes, com a única diferença de que ele escapulia de casa vez por outra e ninguém nos dizia aonde ia, mas também ninguém parecia se assustar com isso, e até, veja só, minha mãe parecia muito mais contente, ficava mais tranqüila quando ele ia embora, todo mundo ficava melhor sem ele, isso era o mais esquisito e o mais terrível da história.

— Fizeram um pacto.

— É claro, terminaram fazendo um pacto, mas mesmo assim ele não conseguiu o que queria. Quando eu soube que Teófila existia, que meu pai tinha outra casa, outra mulher, outros filhos, perguntei a mamãe por que ela o deixara voltar, porque pensei que ele tinha voltado por conta própria, claro, era o mais lógico, e eu não entendia como ela pôde engolir tanta coisa, por que aceitou tanta humilhação. Foi por vocês, respondeu, só por vocês, e eu sorri, dei um beijo nela, mas aquilo me soou mais falso do que moeda de chocolate, pode acreditar... Depois, quando tinha quatorze anos, ouvi os dois discutindo em Almansilla, quer dizer, todo mundo ouviu, deviam ouvir até no povoado, porque os dois estavam aos berros, ele queria morar em Cáceres e em Madri, ter a casa de Almansilla funcionando o ano inteiro e se dividir eqüitativamente, mantendo as aparências, mas ela recusou, jamais, entendeu?, nunca mesmo, disse, e eu também não entendi aquilo. Mamãe, perguntei um dia, quando já tínhamos voltado a Madri, se você sofre tanto quando ele está em casa, e fica tão mal, e se sente tão infeliz... por que não o deixa ir embora? Eu ia dizer que achava que seria melhor para todos, mas ela não me permitiu terminar, começou a gritar com fúria, você falou com ele, dizia, e eu neguei, envergonhada, como se falar com meu pai fosse pecado, porque era verdade, ele não me disse nada, eu tive a idéia sozinha, afinal a vida inteira eu a vira chorando, e mostrando suas chagas, e pedindo a Deus para levá-la de uma vez porque essa vida era um martírio, de maneira que... Mas mamãe, será que você gosta de sofrer?, perguntei, e ela nem respondeu. É meu marido, disse, meu marido, ouviu?, meu marido. Se tivesse dito a verdade, se houvesse confessado que apesar de tudo estava apaixonada por ele, ou que precisava dele, ou que o odiava tanto que queria fazer a vida dele impossível, então eu teria entendido, mas ela só disse que meu pai era seu marido e que tinha que morar com ela. Mesmo que ele não queira?, perguntei, mesmo que não queira, respondeu, e então perdi a vontade de continuar lá, mas antes de sair do quarto me virei e disse, mamãe, como é isso, eu não posso falar com papai? Ela olhou para mim como se estivesse a ponto de explodir de raiva, e depois respondeu, não, não pode não, pelo menos se quiser continuar falando comigo. — Magda parou para acender um cigarro, mas antes soltou uma gargalhada breve. — Ela dormia com ele, entende?, ficou grávida de Pacita, e depois ia ficar do Miguel, isso ela podia fazer, mas eu não podia falar com meu pai, eu tinha que me retorcer de nojo e de repugnância, rejeitar completamente aquele monstro em nome do casamento, do casamento da minha mãe, naturalmente, era eu que precisava renunciar a ter pai para preservar o vínculo matrimonial da mamãe, mas ela, coitada, não só não renunciava a ter marido, mas o defendia com unhas e dentes, e continuava dormindo com ele todas as noites, e transava com ele sem se retorcer de nojo nem de repugnância, e ainda tentava me convencer de que aquilo não era mais do que a obrigação dela. Bonito, não é? E no entanto eu obedeci, segui suas instruções ao pé da letra durante alguns anos, porque estava muito confusa, e continuava achando que ela era a mais fraca, a única e indiscutível vítima daquela situação.

— Porque era uma santa — disse eu, sorrindo.

— Lógico, e porque dava pena, que nem a sua mãe. Eu não sei como elas conseguem, mas tem mulheres que sempre dão pena a todo mundo.

— É mesmo. Minha irmã, por exemplo, e mamãe também, isso é verdade. Eu me candidataria com o maior prazer, garanto — e soltei uma gargalhada —, mas não consigo, ninguém fica com pena de mim, é que nem com as raízes quadradas.

— Você sabe qual é a única diferença entre uma mulher fraca e uma mulher forte, Malena? — perguntou Magda, e eu fiz que não com a cabeça. — As fracas sempre podem subir nas costas da forte que estiver mais à mão e lhe chupar o sangue, mas as fortes não têm ninguém para subir nas costas, porque os homens não servem para isso, e quando a coisa não tem mais jeito, a gente tem que chupar o nosso, o nosso próprio sangue, e aí é que a gente se dana.

— Essa é a história da minha vida... — murmurei, apesar de ainda não saber até que ponto era verdade o que acabava de dizer.

Magda recebeu meu comentário com risadas e me deu uma palmada na coxa antes de se levantar.

— Vamos para casa — disse. — Ainda quero te contar uma coisa, e gostaria de tomar um drinque antes disso.

Mas primeiro ela me mostrou o casarão, reconstruiu para mim a história da construção, quarto por quarto, indicando as ampliações e as reformas, lembrando do quadro que havia em cada parede, do móvel em cada canto, do tapete em cada assoalho quando atravessou a soleira pela primeira vez. Depois passeamos pelo jardim dos fundos, um retângulo de lajotas vermelhas de barro cozido, quebradas vez por outra pela explosão de uma planta ainda úmida, galhos de um verde-furioso agarrando-se ao chão como os braços de um polvo, centenas de flores minúsculas, rosa, amarelas e violeta salpicando tudo, e fomos até a horta colher flores de abobrinha para o jantar.

O sol já estava cansado quando por fim saímos para o pátio, levando duas velhas espreguiçadeiras de madeira e lona branca. Magda serviu o segundo copo com gestos cerimoniosos, e só continuou sua história depois de liquidar o dela.

— O mais estranho de tudo era a obsessão do meu pai pela Pacita. Ninguém entendia isso, um homem que parecia não gostar de crianças, porque nunca se interessou pelos filhos saudáveis, mostrando tanta paciência e tanta vontade de perder tempo, para ficar o dia inteiro atrás daquele monstrengo de quem não se podia esperar nada, qualquer melhora, absolutamente nenhum progresso. No entanto, as coisas eram assim. Papai dava comida à Paz, ia passear com ela, ficava horas e horas com ela no colo, botava a menina para dormir de noite, e era a única pessoa que a entendia, a única pessoa capaz de acalmá-la e de conseguir que parasse de chorar. Mamãe contratou desde o princípio uma empregada para cuidar exclusivamente de Paz, mas quando meu pai estava em casa não deixava serviço para ela. Em compensação, toda vez que ele saía, a babá não dava conta do trabalho, porque minha irmã ficava insuportável, gritando e chorando o tempo todo, de dia e de noite, se negando a comer e a dormir até ele voltar. Sabia reconhecer o som de seus passos e se tranqüilizava instantaneamente quando o ouvia. A gente sabia disso, e muitas vezes tentou enganá-la, mas não deu certo. Paz só queria papai, era como se o resto não existisse para ela, como se nunca houvesse existido, e os dois passavam os dias sozinhos, no jardim, ou no escritório, sem ver mais ninguém. Minha mãe ficava doente. Costumava dizer que ele fazia aquilo só para mortificá-la.

— E era verdade?

— Não. A verdade era muito mais atroz do que isso. Eu a descobri numa tarde de primavera, não sei se mais alguém também descobriu, mas obviamente não deu a entender isso a ninguém... Estávamos praticamente sozinhos em casa, Pacita, ele e eu. Era quinta-feira, as empregadas estavam de folga naquela tarde e mamãe tinha ido ao teatro com minhas irmãs, talvez também com algum dos meninos, os outros não sei onde estavam. Eu fiquei em casa, de castigo por responder mal, acho, sempre me botavam de castigo por ter respondido mal, nem lembro o que disse, e além do mais isso não me importava, porque o teatro me enchia a paciência, principalmente as peças que minha mãe escolhia, ela adorava Casona. Entrei no corredor indo em direção a algum lugar e ouvi um murmúrio bem distante, um som que não conseguiria captar se a casa estivesse cheia de gente, como estava todos os dias, todos menos aquele. Percorri o corredor bem devagar e achei que o ruído vinha do andar de baixo. A princípio fiquei assustada, mas a voz continuava falando, e parecia tranqüila, de modo que tirei o sapato e desci lentamente a escada, e no patamar do primeiro andar reconheci a voz do meu pai, apesar de não tê-lo ouvido em toda a minha vida dizer nem a metade das palavras que deve ter pronunciado naquela tarde. Andando na ponta dos pés, sem fazer barulho, cheguei até o escritório e grudei minha orelha na porta para tentar distinguir com quem ele estava falando, mas não escutei nenhuma outra voz, só os berros de Pacita, então me arrisquei a empurrar a porta e os vi, estavam os dois sozinhos, ele com um prato nos joelhos e uma colher na mão direita, ela encolhida naquela espécie de cadeira de rodas com correias que continuou usando até morrer, um bebê de oito anos que não queria lanchar, e o ar fedendo a papinha de frutas...

— Mas eu não entendo — disse, sem entender tampouco as lágrimas lentas que ainda levavam mais tempo do que o razoável para percorrer a cara de Magda.

— Com quem o vovô estava falando?

— Com a Paz, Malena! Falava com ela, não está entendendo?, porque não podia falar com mais ninguém, só por isso. E é por isso que eles passavam tanto tempo juntos, nessa hora compreendi tudo, por isso ele gostava de tomar conta dela, de ficar com ela, e não a deixava sozinha um segundo, porque com aquela filha, sim, ele podia falar, e Pacita sabia ouvir lá do seu jeito, reconhecia a voz dele, ficava quieta enquanto o escutava, e ele lhe contava coisas que não podia contar para mais ninguém, porque para ela não significavam nada, porque nunca aprenderia a falar e nunca poderia repeti-las... Hoje tornei a sonhar com os paralelepípedos, sabe, filha?, ele dizia, e Pacita abria a boca, ele metia a colher e continuava falando, ultimamente tenho tido aquele sonho quase todas as noites, mas você nunca está, estão todos os outros, sua mãe e Teófila, cada uma com seus filhos em volta, numa varanda, mas você não está, Paz, graças a Deus...

Magda fez uma pausa e enxugou as lágrimas com as duas mãos. Estava tentando se acalmar mas não conseguiu, sua voz ficava um pouco mais rachada a cada palavra, e ela parecia se desfibrar toda quando a pronunciava, como se estivesse a ponto de quebrar, até que eu percebi que já estava quebrada, talvez desde aquela tarde em que decidiu sair, ela também, dos sonhos do meu avô.

— Você sabe o que meu pai sonhava, Malena? Sabe o que sonhava? Que estava na praça de Almansilla, ajoelhado no chão, e arrancava um paralelepípedo do pavimento para bater com ele na cabeça, só isso, e a gente ficava numa varanda, olhando, sem fazer nada para impedir que se machucasse, todos os filhos e as duas mulheres, todos ali menos Paz, e ele batia com o paralelepípedo na cabeça, quebrava o crânio e continuava batendo, até que chegava uma hora em que já não doía, a dor era tão intensa que não parecia dor, mas uma sensação agradável, consoladora, disse ele, quase prazerosa, mas então ficava tonto, e isso o preocupava porque não queria morrer desse jeito, não podia perder os sentidos porque no centro da praça havia uma forca, e ele tinha planejado se enforcar, mas só quando quisesse, ele mesmo decidiria o momento em que devia morrer e então iria se levantar, caminhar alguns passos, subir no banco, enfiar a corda ao redor do pescoço e dar um pontapé, e então sim, morreria, mas não antes, antes, a única coisa que queria fazer era bater na cabeça com um paralelepípedo, descê-lo nos miolos uma vez, e mais outra, e outra, até o limite da inconsciência, e eu estava na porta do escritório ouvindo aquilo e tive vontade de morrer, juro, Malena, tive vontade de nunca ter nascido, para nunca ouvir aquela história, estava toda arrepiada, sentia tanta angústia que não conseguia nem respirar, porque até o ar que aspirava me doía, e então corri até lá, o prato caiu no chão, ele ficou muito assustado, Pacita olhava para nós com aqueles olhos de boba, eu queria lhe dizer que falasse comigo, comigo, que também era sua filha mas podia entender e responder, comigo, nem que fosse porque eu também não tinha ninguém com quem falar naquela casa onde ninguém se sentia culpado de nada, isso é o que eu queria dizer, e o que deveria ter dito, mas não pude, porque quando me joguei em cima dele e o abracei, a única coisa que me ocorreu foi dizer, conta para mim, papai, para mim, que saí errada, que nem você...

Levantou a cabeça para me olhar e sorriu.

— Ele ficaria contente de saber que você também teria chorado naquela tarde.

— Ele sabia que eu era dos seus — respondi, enxugando as lágrimas na beira da manga. — Ele me disse isso uma vez.

— É, ele conhecia os filhos... Não se surpreendeu quando eu quis ficar lá com ele, nessa noite jantamos juntos no escritório, quando contei isso para Paulina ela se benzeu, e eu fiquei dando risada. Saí de lá muito tarde e não quis ver ninguém, minha mãe já estava deitada, mas quando entrei no meu quarto encontrei a sua mãe ajoelhada no chão, com os braços na altura do peito, os dedos entrelaçados, parecia uma santinha. O que você está fazendo?, perguntei, e ela me olhou com cara de pena e disse, estou rezando por você, Magda, e eu respondi, vai tomar no cu, Reina. Ela obviamente contou para mamãe, que me deixou de castigo durante um tempo indefinido sem sair de casa por ter falado aquilo, mas no dia seguinte abri a porta no meio da tarde e me mandei, e não aconteceu nada. Meu pai cuidava de mim. Continuou fazendo isso para sempre, mesmo quando a gente discutia, quando a gente se zangava, quando eu tomava decisões com as quais não podia concordar, ele continuou cuidando de mim, em troca, simplesmente, de que eu fosse sua filha, de lhe contar todas as tardes como iam as coisas, de ver um filme na televisão com ele, ou acompanhá-lo até o banco numa manhã de sábado. Tudo em troca de nada, esse era o trato, e ainda ficava preocupado de que fossem dizer que eu tinha nascido com a maldição.

— O sangue de Rodrigo — disse, e ela confirmou. — Eu também tenho.

— Não fala bobagem, Malena! — respondeu, como se eu estivesse brincando.

— Mas é mesmo, Magda! — Apertei o braço dela e fiquei séria. — Eu o tenho, ele sabia disso.

— Mas o que você está dizendo? — Olhava para mim com os olhos arregalados pelo assombro, mas estava muito mais furiosa do que perplexa. — Como é que você pode acreditar numa bobagem dessas a essa altura da vida, pelo amor de Deus?

— Porque é a única coisa que pode explicar certas coisas.

— Que é isso, Malena! Você vai acabar que nem seu avô, sonhando os mesmos sonhos... O caso é que ele era obcecado por essas histórias da carochinha desde criança, porque quando seu tio Porfirio se suicidou ele viu como foi, estava no jardim e o viu se jogando da varanda, viu o cadáver e até tocou nele, e depois disso, Teófila, que sabia de tudo porque morava em Almansilla desde criança, lhe repetiu a história milhares de vezes, que ele nunca ia poder abandoná-la, que mesmo se quisesse não conseguiria se esquecer dela e ia acabar voltando, porque era esse o seu destino, estava escrito no seu sangue, e seria assim um dia, e outro, e mais outro... Até que afinal ele também se convenceu, ou melhor, se convenceu de estar convencido, pelo mesmo motivo que você alega, porque a maldição lhe servia para explicar a si mesmo, para justificar, principalmente, por que Teófila acabou tendo razão, já que ele não conseguiu mais tirá-la da cabeça... Nunca lhe ocorreu pensar que o que acontecia com ele estava acontecendo ao mesmo tempo com milhões de pessoas no planeta. Meu pai não tinha se apaixonado por Teófila pela sensibilidade dela, nem por sua inteligência, nem por seu engenho, nem por sua delicadeza, nem pelos interesses em comum que os uniam, nem, muito menos, por conveniência. Ele foi atrás dela única e exclusivamente porque queria levá-la para a cama, e foi lá que se apaixonou, sem pensar, sem falar, quase à traição, antes de ter tempo de perceber o que estava havendo. Não sei como ele iria contar isso, mas acho que foi assim, só pode ter sido assim, e nessas circunstâncias pouco importa carregar meia dúzia de maldições ou não ter ouvido uma só praga em toda a vida, porque não tem jeito. Quando acontece, é sempre quando não convém, como não convém, onde não convém e com quem não convém, feito nessas locadoras em que se paga antes de pegar o carro.

— Ou feito uma praga — murmurei, e ela me olhou e caiu na gargalhada.

— Está bem — aceitou —, reconheço que, pensando bem, às vezes dá vontade de acreditar em pragas e maldições, mas a gente não tem o diabo no sangue, Malena, o sangue de Rodrigo era que nem o de todo mundo, líquido e vermelho.

— E o que mais?

— Mais nada. Ou, quem sabe, cor-de-rosa.

A princípio não entendi o que estava querendo me dizer. Fiquei quieta, pensando, enquanto ela se recostava na espreguiçadeira e começava a rir.

— Rodrigo? — finalmente exclamei, e minha perplexidade só fez aumentar suas risadas. — Rodrigo era homossexual?

Ela confirmou com a cabeça, sorrindo.

— Você não sabia? Meu pai não te contou isso, é claro, acho que detestava ter que contar, mas Rodrigo era veado, sem dúvida, e eu até diria... A bicha dos sete mares.

— Ele tentou fazer tudo direitinho, como meu pai tentou, como eu própria tentei, mas não conseguiu, é claro, nunca se consegue... Mas o que foi? Você parece abobalhada.

Quando ouvi isso, percebi que estava de boca aberta e apertei os dentes em seco, uma fileira contra a outra, até escutar um rangido. Depois juntei os lábios e sorri.

— Era a última coisa que podia esperar — disse. — Há muito tempo eu imaginava que a origem da maldição tinha a ver com sexo, porque era a única explicação que encaixava, mas pensava que Rodrigo tinha sido adúltero, como Porfirio, ou bígamo, como o vovô, sei lá, uma coisa dessas. Talvez um incesto, que parece ser a única coisa que nos falta.

Magda soltou uma gargalhada antes de continuar.

— É, você tem razão, incesto não teve. Mas ele foi adúltero sim, e bígamo também, dependendo do ponto de vista.

— Porque era casado.

— Lógico. Com uma mestiça, filha legítima de um fidalgo biscainho e de uma índia de família nobre, chamava-se Ramona, era um bicho-do-mato. Oficialmente os dois moravam em Lima, mas ele passava a maior parte do tempo fora, no campo. Tinha um monte de casas, um monte de terras de cultivo, um monte de escravos pretos de dois metros por dois palmos, que era o que mais o deixava maluco nesse mundo, vá lá saber de onde os tirava... Quando estava na cidade ele se comportava feito um cavalheiro, e por todos os indícios era mesmo, deixando de lado alguns detalhes, é claro, como o fato de que fazia questão de se lavar e se perfumar todo dia. Mas era um administrador hábil, ganhou muito dinheiro, e apesar disso tinha fama de homem honesto. O casamento também parecia feliz, e ele devia cumprir suas obrigações sem grandes problemas, porque sua mulher pariu dois filhos em poucos anos e, embora os dois passassem pouco tempo juntos, ele sempre teve muita consideração por ela, pelo menos isso é o que se conta, parece que Ramona fazia e desfazia com toda liberdade, sempre agiu do jeito que quis. Podia ter tido uma queda pelos pretos também, e não iria lhe acontecer nada, mas olha só que coisa, ela era uma mulher honesta, honestíssima, e muito piedosa, dedicada à família e coisa e tal, mas, é claro, com o passar dos anos acabou percebendo a coisa, e afinal o pegou, não sei como nem onde, isso nunca me contaram, mas o flagrou com um negro, os dois metendo a mão na massa até se lambuzarem, e fez o maior escândalo... Foi aí que ela rogou a praga, para ele, seus filhos e os filhos dos seus filhos, e profetizou que o sangue apodreceria em suas veias, e que isso aconteceria com todos os da sua casta, e que nenhum de nós teria paz enquanto servisse, ou cedesse... sei lá, não lembro mais como meu pai dizia exatamente, às exigências da carne, ou às suas servidões, sei lá, uma coisa assim, pelo menos é como ele me contou, vá lá saber o que aquela bruxa disse realmente, porque parece que falava meio em índio, invocando os deuses da mãe dela e soltando a dois por três uns sortilégios incompreensíveis, para deixar o Rodrigo ainda mais nervoso, imagino. Afinal ela disse que ia voltar para Lima, mas o proibiu de ir junto, e ele ficou feliz da vida, é claro, com o tempo que ia ter lá, aprontando na rua o dia inteiro com seus pretos, todo vestido de cigana, imagina só, o sonho dourado se realizando. Tudo prometia ir muito bem, mas ele deu azar, e foi aí que todos nós demos azar também, porque se Rodrigo tivesse pegado uma pneumonia, ou se ficasse vivo por mais dez anos, que praga nem coisa nenhuma, não teria acontecido nada, mas ele morreu em menos de um ano, onze meses depois da visita de Ramona, o tempo que demorou para incubar uma espécie de infecção horrível.

— Uma venérea? — perguntei baixinho, sem vontade nenhuma de acertar.

— É, uma venérea, mas não me olha com essa cara, porque com a vida que ele tinha, naquela latitude e naquela época, era o mínimo que podia pegar, e olha que demorou bastante, a metade dos espanhóis da América morreu da mesma coisa, de modo que dá para calcular que...

— O que foi? Sífilis?

— Não, pior. Se fosse sífilis também não teria acontecido nada, porque seria como pegar uma gripe agora. Não, meu pai tentou descobrir o que foi exatamente e não conseguiu, porque pelo visto a maioria daquelas infecções desapareceu antes de serem pesquisadas a sério, e os estudos da época não são muito confiáveis. Um epidemiologista com quem ele se correspondeu durante bastante tempo achava que devia se tratar de uma larva dessas que se enfia embaixo da pele, mas isso é só uma opinião, não há nenhuma certeza. O caso é que ele sofreu muito, se queixava de dores intensas, de dia e de noite, e tinha febres altíssimas, a barriga muito inchada, o pau cheio de umas coisas estranhas, amareladas, que uma noite terminaram expedindo um milhão de fiozinhos brancos, moles e pestilentos. Logo depois que brotaram, ele morreu, e os índios disseram que eram vermes, mas na certa eram focos de pus, não sei. Deve ter sido uma morte horrível, de qualquer maneira, e a partir daí começou a circular a tal história, o poder de Ramona, o sangue ruim e todo o resto. A mulher de Rodrigo ficou famosa em todo o Peru, ganhou fama de feiticeira e as pessoas tentavam evitá-la, chegavam a se benzer quando cruzavam com ela na rua. Sua filha, uma pobre criança, terminou com tanto medo do poder da própria mãe que aos quinze anos saiu do mundo para entrar num convento, e quando virou freira assumiu o nome de Magdalena, para demonstrar simbolicamente que pretendia expiar os pecados do pai. Daí vem o meu nome, e o seu, claro, mas é só isso, porque ela fez carreira na Igreja, acho que chegou a abadessa, mas não teve oportunidade, ao menos que se saiba, de sentir os efeitos da praga em sua própria carne. De modo que todo o resto vem do irmão mais velho dela, que foi um pilantra daqueles, não tinha nada a ver com o pai, nadinha, não só por ser mulherengo, mas também porque era jogador, caloteiro, bêbado e por aí afora, um autêntico sacana... Matou vários homens, entre eles o marido de uma de suas amantes, e além do mais emprestava dinheiro a juros, porém não apenas jamais foi para a cadeia, mas morreu na própria cama, sem ter que fazer sequer umas tristes purgações, imagina só, morreu de velho, com mais de oitenta anos, cheio de escapulários e com a passagem para o céu comprada de antemão meia dúzia de vezes, fazendo com a fama da mãe a mesma coisa que tinha feito com a fama das mães de sua dúzia e tanto de filhos, de maneira que, você vê, nem Ramona era feiticeira nem existe praga que funcione. É tudo conversa fiada.

Antes de terminar de falar, Magda já examinava meu rosto com uma ansiedade muito próximo do temor, e reconheci em seus olhos a fé cética com que tantas vezes me olhara quando eu era uma menina assustada mas ao mesmo tempo capaz de assustar, sempre que me exigia uma confiança que não achava necessário pedir, como se o mundo inteiro pendesse de um fio ancorado em seus lábios, e eu, uma mulher anciã e sábia, já tivesse adivinhado isso. Assentindo lentamente com a cabeça, com meu sorriso como garantia, suspeitei que aquele fosse outro sinal de sua idade, o selo de uma geração que só quis negar, nunca acreditar, e que por isso não acreditava, mas ao mesmo tempo percebi que ela precisava da maldição tanto quanto meu avô a respeitara, ou como eu mesma a tinha cultivado, mesmo que fosse apenas para rir dela, para negá-la, e assim explicar sua própria vida.

— Onde está o retrato da Ramona, Magda? — perguntei depois de um tempo, no tom mais ingênuo que fui capaz de improvisar. — Acho que nunca o vi.

— Você deve ter visto quando criança, estava na casa da Martínez Campos, na escada, acho, uma tábua quadrada, não muito grande, ela aparecia vestida de preto, com um véu transparente caindo na testa... Você não lembra? — Neguei com a cabeça. — Então nunca vai conhecê-la. Meu pai destroçou o retrato, uma tarde o atravessou com o pé para desprender a tela da moldura e o estilhaçou. Depois queimou na lareira da sala, e a casa se impregnou de um cheiro repugnante, como de morto, que durou mais de uma semana.

— E por que fez isso?

Então seus olhos fugiram dos meus. Ela os escondeu debaixo das pálpebras, e depois escondeu as pálpebras afundando a cabeça. Falou tão baixo que quase não pude distinguir as palavras.

— Nessa manhã eu tinha dito a ele que ia virar freira.

— E por que você fez isso, Magda?

Não dei importância específica àquela pergunta, há anos deixara de suspeitar que tivesse alguma, e menos ainda naquela tarde ensombrecida de respostas, mas ela a sentiu como um golpe imprevisto, encolheu o corpo para se proteger, dobrou as pernas e estendeu os braços, os punhos fechados como se quisesse se cobrir contra um inimigo invisível, antes de negar lentamente com a cabeça.

— Não gostaria de te contar isso — disse afinal. — De todas as barbaridades que fiz até hoje, esta é a única da qual me arrependi de verdade, a única, em toda a minha vida.

— Não sei por quê — protestei, mais surpresa do que decepcionada pela intensidade de sua recusa —, se eles te obrigaram, você não...

— Eles? — interrompeu, e havia alguma coisa selvagem em sua maneira de me olhar. — Eles quem?

— Sua família, não é? Sua mãe, a minha, sei lá, eu sempre achei que você tinha sido obrigada.

— Eu? — O sarcasmo distorceu seus lábios, transformando um esboço de sorriso numa careta grotesca. — Pensa um pouco, Malena. Naquela casa nunca houve ninguém com colhões suficientes para me obrigar a fazer qualquer coisa desde que eu completei dez anos. — Deu uma pausa, relaxando os lábios pouco a pouco, e sua expressão ficou mais dolorosa, porém mais doce ao mesmo tempo. — Não, ninguém me obrigou. Eu resolvi sozinha, e é disso que agora me arrependo.

— Mas por quê, Magda? Não entendo.

— Eu estava acuada, completamente acuada, e precisava de uma saída, um caminho que me trouxesse até aqui, até o esquecimento. Poderia ter escolhido outra solução, mas a tentação era forte demais e acabei cedendo. A vingança é como um amor platônico, sabe? Você a acaricia em sonhos, noite após noite, durante anos, você se excita planejando-a, pensando nela, desejando-a, você se levanta todas as manhãs com ela na cabeça, você ri sozinha pela rua antecipando o grande dia, e depois... Depois, na hora exata, a ocasião se dá e você a aproveita, se vinga, e então o momento estelar da tua vida acontece e acaba em nada, uma trepada comum, vulgar, igual às outras, ou ainda mais insossa.

Nesse momento reconheci o som de uma moto sem cano de escape naquilo que até então só identificara como um zumbido surdo e distante, e quando já podia sentir o cheiro da poeira girei a cabeça em direção ao caminho e distingui no ar uma inequívoca nuvem marrom.

— Olha que ótimo! — disse então Magda, levantando-se para ir ao encontro do visitante. — Curro chega no momento certo para me salvar, como sempre.

Curro era alto, moreno, engraçado e um pouco mais jovem do que eu. Seu corpo era magro porém fibroso, e sua pele, uniformemente colorida no tom escuro, fosco, quase opaco, de quem parece bronzeado mesmo nos crepúsculos chuvosos de inverno, tinha aquela qualidade elástica que só se consegue fazendo exercícios sem querer, como parte inseparável do trabalho de todos os dias. Calculei que devia ser pescador e não acertei, mas cheguei perto. Ele trabalhara no atacado de peixe durante muitos anos, mas agora tinha um bar no porto de lazer do povoado, um local pequeno com um terraço grande que ficava abarrotado de gente no verão e no inverno rendia o suficiente para ir levando. Magda apresentou-o como seu sócio, e a princípio não me atrevi a imaginar que fosse mais do que isso, mas aí também não acertei. Enquanto tirava essa conclusão por sua forma de acariciar as costas dela com a mão aberta, o pintor apareceu de novo, trazendo debaixo do braço a mesma tela imaculada, o carvão intacto entre os dedos da mão direita.

— Negativo, hein? — disse Magda, e ele sacudiu a cabeça e começou a rir. — Vamos preparar o jantar, certo? Imagino que todo mundo deve estar com fome. Vem, Malena, me ajuda, deixa que eles botam a mesa.

Enquanto eu cortava a alface e a punha de molho, Magda fritou as flores e me falou em voz baixa sobre os dois homens. O mais velho se chamava Egon, era austríaco e tinha sido seu namorado durante vários anos, na primeira época de Almería. Queria se casar com ela, mas ela não quis, e quando se separaram ele voltou para Graz, uma cidade muito bonita, disse ela, mas chatíssima, eu fui várias vezes e não gostei nem um pouco. Passou muito tempo sem saber nada dele, mas há vários anos ele vinha visitá-la vez por outra, e ficava longas temporadas morando no sítio. Não era pintor, e sim empresário, dirigia um laboratório fotográfico da família em sociedade com uma irmã.

— Mas nós sempre nos demos bem — disse afinal. — Tanto antes como agora, somos ótimos amigos.

— E Curro? — perguntei, sem me preocupar em disfarçar um sorriso.

— Curro...? — repetiu, e parou aí, logo depois de pronunciar seu nome. — Bem, Curro... Curro é outra coisa.

Saímos para o pátio dando risadas, e não paramos durante o jantar. Magda sentiu de repente todos os drinques que bebera ao longo da tarde, e se dedicou a lembrar em voz alta as gracinhas em que eu me especializara na infância. Comemos pouco, bebemos muito, e acabamos cantando rumbas a plenos pulmões. O tempo passou tão depressa que quando olhei para o relógio, depois da última, memorável versão de *Volando voy*, que Egon conseguiu entoar até o fim sem acertar uma só vez o gênero de qualquer palavra, notei que os ponteiros marcavam duas horas além das minhas previsões.

— Tenho que ir embora, Magda. Reina está sozinha no hotel com as duas crianças, não quero chegar tarde demais. Volto amanhã, com Jaime.

Ela me abraçou com uma intensidade surpreendente, como se não acreditasse na sinceridade das minhas últimas palavras, mas um instante depois afrouxou a pressão e me beijou suavemente na bochecha.

— Quem sabe o Curro volta agora para o povoado — disse em voz alta, olhando para ele — e pode te deixar no hotel.

— Claro — ele respondeu, e se levantou com um pulo. — Levo você com todo prazer, mas... — sua voz caiu de volume e perdeu segurança, embora eu detectasse algo de artificial, quase aprendido, naquele tom —, na verdade eu pretendia ficar aqui.

— Ah, tudo bem! — exclamou Magda, tentando disfarçar um evidente acesso de satisfação com uma expressão de surpresa que me pareceu menos fingida do que seria apropriado. — Pode ficar, é claro.

— Eu vim de carro — esclareci. — Estacionei lá embaixo, ao lado do bar. Não precisam me acompanhar, eu desço a pé, são dez minutos.

— Espera um pouco — pediu Magda, e virou-se para Curro novamente. —

Você pode ir de moto me buscar no bar daqui a... digamos, meia hora? — Ele concordou, e ela se pendurou no meu braço. — Então vou com você, Malena, vai ser bom andar um pouco, para fazer a digestão.

Caminhamos alguns metros em silêncio, mas assim que ficamos invisíveis para os ocupantes do pátio, ela apertou meu braço e soltou uma gargalhada de puro prazer.

— É um sacana, acredita... Não me trata nada bem, mas, enfim, não posso reclamar, tem vinte e nove anos, e é evidente que não vou ser a mulher da vida dele.

— Isso não tem importância. — Ela me interrogou com os olhos e eu expliquei melhor. — Tanto faz que ele se comporte como um filho da puta ou como um cavalheiro, isso é o de menos. O importante é o que acontece contigo. E você gosta, não é?

Ela então parou em seco e me obrigou a parar também, segurou minha cabeça com as duas mãos, rindo como se eu tivesse dito uma coisa muito engraçada, mas, pela primeira vez desde que nos encontramos, parecia contente, e então sorri junto com ela.

— Sabe o mais alucinante de tudo isso? É que você tenha amadurecido tanto, Malena, que me diga essas coisas, você, que ontem mesmo tinha onze anos. Por mais que o Tomás tenha me dado tantas notícias suas, e o seu pai também, para mim, no fundo, você continuava tendo onze anos, como na última vez que vi você. Sempre achei que nós duas íamos nos encontrar de novo e continuaríamos nos entendendo bem, a gente se gostava demais para ser diferente, mas agora escuto você falar e não consigo acreditar, sério.

Continuamos andando, mais devagar, freando compassadamente nossa marcha à medida que a inclinação do caminho se parecia cada vez mais com o perfil de um tobogã. Era agradável caminhar ladeira abaixo, sentindo nas costas a suave brisa de verão e percebendo o cheiro do mar enquanto não se via quase nada pela frente.

— Por que você não se casou, Magda?

— Eu? — disse, de gargalhada em gargalhada. — Mas com quem? Os caras que queriam casar comigo sempre me pareceram uns babacas, e os que valiam a pena não escolhiam justamente uma mulher como eu para se casar. Depois me casei com Deus. Onde ia encontrar melhor marido? Além do mais, não gosto de crianças. Uma vez poderia ter tido um filho, há alguns anos, e às vezes penso que foi um erro renunciar, mas nem agora, quando não tem mais jeito, tenho muita certeza disso. Eu não seria uma boa mãe.

— Seria sim — protestei. — Você foi para mim.

— Não, Malena, não é a mesma coisa. Você fez aborto alguma vez?

— Não, mas quando fiquei grávida estive a ponto de fazer. Pensei nisso muitas vezes, cheguei a pedir o telefone de várias clínicas. Eu também não sou uma boa mãe, Magda, já sabia disso antes.

— Na certa o seu filho não tem a mesma opinião.

— Por que você diz isso?

— Porque você o teve, Malena, você o escolheu, como eu escolhi você, e quando crescer ele vai dizer a mesma coisa que você me disse agora mesmo. Mas eu resolvi não ter, e por isso não seria uma boa mãe. Parece bobagem, mas é verdade, e tudo fica melhor assim.

— Bom — disse, e continuei falando sem uma pausa para analisar o que estava dizendo. — Você pode ser a avó do meu filho.

Ela deu uma risada e eu me arrependi de ter lançado uma oferta tão desastrada.

— Sinto muito, Magda, eu não queria dizer isso.

— Por quê? — interrompeu ela. — Tenho uma amiga no povoado, uma dona muito engraçada, você vai gostar, está que nem uma velha, quer dizer, não muito pior do que eu, para dizer a verdade... Chama-se Maribel e é de Valencia, mas já morava aqui quando cheguei, foi uma das primeiras pessoas que conheci, a gente se deu bem desde o princípio. Há três anos a filha dela morreu de Aids, era drogada, e ela trouxe a neta, uma menina de sete anos que se chamava Zoé, com muito acento no é, até que a avó mudou o nome. Agora todo mundo a chama de Maria e a garota está muito mais contente, porque as outras crianças não riem dela na escola. A gente sai muito, vai à praia, organiza um almoço no campo, passeia em Almería, e quase sempre levamos a Maria, e para dizer a verdade fico com um pouco de inveja da Maribel, pode perguntar a ela. Sinto muito mais vontade de ser avó do que mãe, e tenho idade de sobra para isso. Paparicar uma criança, malcriar, deixar ficar acordada até de madrugada para ver filmes proibidos, ensinar a comer salmão defumado, encher sua cabeça de idéias estranhas e subversivas, e vez por outra deixar os pais numa enrascada, acho tudo isso muito mais divertido do que educar, estou falando sério. Como ele se dá com a sua mãe?

— Muito bem, embora fique com ela menos do que a prima, é claro, que mora na mesma casa. E depois, na verdade... — sorri —, mamãe tem um conceito muito diferente do teu sobre o que é ser avó, ela é até mais rígida do que eu, passa a vida brigando comigo porque eu não sei impor uma disciplina. Para mim não faz mal se ele um dia não toma banho, sabe?, ou se cada noite janta num horário diferente, e apesar de mandá-lo cedinho para a cama, porque assim me deixa sossegada, se ele reclama porque não está com sono eu o deixo ficar lendo com a luz acesa, e nunca digo nada quando fala sozinho. Ela não entende essas coisas, nem minha irmã, mas se eu não gosto de espinafre ele também tem direito de não gostar, não é?, não vou obrigá-lo a comer para vomitar dez minutos depois, sei lá, esse tipo de coisas...

— Eu odiava as duas, Malena.

Parou no meio do caminho, e olhou para mim, e eu olhei para ela renunciando aos meus olhos, olhei-a com a memória, e com o coração, e com as tripas, até que uma gosma de emoção entupiu minha garganta, porque eu gostava dela, e a amava, e precisava dela, e precisaria tê-la conservado ao meu lado todos esses anos para aceitar a desolação como um ligeiro contratempo, mas alguém me roubara sua imagem, alguém quebrou meu único espelho, e seus pedaços me trouxeram muito mais do que sete anos de desgraças.

— Eu gosto de você, Magda — declarei em resposta. Ela se sentou numa pedra e continuou falando.

— Eu odiava as duas, por isso fiz aquilo, virar freira, e porque estava encurralada, claro, precisava pular fora, precisava me mandar de qualquer jeito, tinham me acuado, mas eu odiava as duas, as odiava mais do que qualquer outra coisa.

Sentei-me ao seu lado e a ouvi em silêncio, sem interromper nem uma vez, porque cuspir aquela história parecia exigir dela um esforço enorme. Falava aos borbotões, se atropelando, a princípio engolindo as pausas, depois algumas sílabas e, no final, palavras inteiras, enquanto eu a ouvia e vez por outra apertava sua mão, para que entendesse que nada do que tivesse feito no passado, antes ou depois do convento, jamais poderia mudar nada do que ela própria semeara em mim.

— Foi a tua mãe, eu disse a ela, pedi por favor, olha, Reina, nada do que você fizer vai mudar as coisas, então não faz nada, vai ser melhor assim, foi isso que eu disse a ela, mas foi só olhar e perceber que por mais que eu falasse não ia conseguir convencê-la, porque ela voltara a ser uma santinha, feito aquela noite, uma santinha idêntica, mas muito mais perigosa, porque agora nem precisava rezar para que eu a reconhecesse, e minha consciência?, perguntou, retorcendo as mãos, com os olhos encobertos por uma nuvem cinzenta, é uma questão de consciência, que nem aquele outro filho da puta, também lhe pedi para não dizer nada, foi esse o meu erro, com toda certeza, não devia ter pedido nada a ele porque o conhecia demais, todos os esbirros da minha mãe eram a mesma coisa, não devia ter ido, podia ter escolhido qualquer outro médico, havia milhões, você sabe para que serve o que foi colocado no teu útero?, perguntou o babaca, é claro que sei, ou será que tenho cara de imbecil?, pois não te serviu para nada, disse, como se estivesse feliz, está partido no meio mas isso não é a causa do teu mal-estar, e me olhava o tempo todo com um sorriso de orelha a orelha, como que dizendo, você sabe, meu bem, o crime sempre se paga, puta que o pariu, ele se chamava Pereira, não vou esquecer pelo resto da vida, ainda posso vê-lo, sei que tua situação é um tanto delicada, disse, porque, que eu saiba, você não é casada, então pedi para ele não dizer nada, lembrei o código hipocrático, o segredo profissional, essas coisas todas, falei horas com ele, que nem uma bocó, e afinal topei com a mesma conversa, e minha consciência?, perguntou, você não deve esquecer que os médicos também têm consciência, mas que filho da puta, que merda lhe importava tudo aquilo, isso é o que eu gostaria de saber, mas ele não foi o pior, ele não, porque poderia ter chamado a minha mãe, mas se limitou a mencionar a história na frente da tua, que estava me esperando na saleta, e foi a tua mãe, Malena, foi a tua mãe que... De quem é?, perguntou, isso era a única coisa que lhe interessava, de quem era, mas dá no mesmo, respondi, e ela continuou insistindo, outra vez, e mais outra, você tem que me dizer de quem é, de quem é, de quem é, eu podia ter falado uma coisa diferente, sabe?, podia ter sorrido, piscado algumas vezes, e dito a ela com uma cara de modéstia, uma voz terna e sussurrante, é do teu marido, querida, viu?, é quase como se fosse teu, mas não disse, é claro, porque achei que ela não merecia uma coisa dessas, e agora, depois de tudo o que aconteceu, eu tornaria a estar quase dizendo e tornaria a ficar calada, porque tua mãe tornaria a me dar pena antecipada, que é o que acontece com os santinhos, aquela desgraçada, e além do mais a criança podia não ser do Jaime, podia ter três pais diferentes, como eu ia adivinhar quando aquele troço tinha quebrado, quem vai saber, eu não estava com a menor vontade de calcular... Foi isso que eu disse ao papai, que eu não podia ter uma criança concebida por puro acaso, sem nem saber quem era o pai, mas ele não me perdoou, a gente podia criá-lo em Almansilla, ele repetia o tempo todo, você devia ter me contado antes, era isso o que mais lhe doía, que eu não tenha lhe contado, que minha mãe soubesse antes dele, que eu tenha ido para Londres sem lhe dizer nada, era isso o que mais lhe doía, porque elas ficaram com uma arma para usar contra ele, e minha mãe a usou até dizer chega, nem mesmo a puta do seu pai fez uma coisa dessas, berrava quando eu voltei, nem ela, ouviu?, e ele também ouviu, teve que ouvir, e por isso não podia entender, porque era verdade, Teófila teve todos os seus filhos, e os criou em condições muito piores que as minhas, mas acontece que a Teófila também era uma santa, uma santa do jeito dela, e eu não... Meu pai nunca pôde entender, foi para Cáceres e ficou lá seis meses seguidos, mas deixou que minha mãe me cortasse as provisões, nem um tostão, disse ela, nem um tostão, está me ouvindo?, e então eu fiquei sem dinheiro, assim, sem mais nem menos, de uma hora para outra, ela bloqueou minha conta corrente, suspendeu minha mesada, tirou meu nome de tudo o que possuía naquela altura, tudo o que era dela, dela e do meu pai, é claro, mas ele não fez nada para impedir isso, e só não me mandou embora de casa porque desfrutaria menos, preferia me ver ali, trancada no quarto, sem saber o que fazer para matar o tempo, porque eu já tinha trinta e quatro anos e não sabia viver sem dinheiro, sem o dinheiro que me caíra do céu a vida inteira, dinheiro para viajar, para fazer farra, para comprar roupa, para me divertir, enfim, era só esticar a mão e ele chovia, um monte de dinheiro, até o dia em que ela fechou a torneira e eu não sabia mais o que fazer... Até aqui, a história vai bem, dá para me entender, dá para você me acompanhar, ficar do meu lado, mas a partir de agora vai ser mais difícil, estou avisando, e o único jeito é encarar a coisa como ela é, porque eu podia ter tomado uma decisão digna, podia ter começado a trabalhar, era só sair de casa e tocar a vida como todo mundo faz, isso é o que eu devia ter feito em vez de continuar ali, agüentando, vendo minha mãe se benzer toda vez que cruzava comigo no corredor, assistindo ao seu triunfo sobre mim e sobre o papai, que de todos os filhos só conseguira conquistar uma criminosa congênita como eu, devia ter ido embora mas não o fiz, porque não tinha vontade, nem de trabalhar, de ganhar a vida, nem de me transformar numa mulher normal, virando o casaco de dois em dois anos para usar o forro e pedindo dinheiro emprestado para chegar até o fim do mês, não é que achasse desonroso, é que, simplesmente, essa vida não era para mim, eu não sabia ser pobre, porque não sou melhor, sou pior que o teu pai... Casa por interesse, ele me aconselhou, e foi quase o único amigo que me restou nos tempos ruins, eu fiz isso e me dei bem, ele disse, e até que não achei má idéia, mas não consegui encontrar um candidato, e então Tomás me deu a grande notícia, ele tinha se inteirado através do nosso cunhado, o marido de María, que trabalhava na Prefeitura de Almansilla, minha mãe estava arrumando os papéis para vender tudo, terras, granjas, casas, todas as suas posses, e nos dar o dinheiro em vida, porque queria evitar de qualquer maneira que uma só peseta do seu patrimônio fosse parar nas mãos de algum dos filhos da Teófila, e não confiava no testamento do meu pai... Foi então que comecei a ver tudo claro, a minha mãe, e veja você de que jeito, ia arrumar minha vida, o dinheiro dela ia tirar as castanhas do fogo justamente para mim, e tive a maior crise de consciência, passei uma semana trancada no quarto, enfiada na cama, fingindo que estava chorando o tempo inteiro, não queria comer, suspirava noite e dia, e quando saí pedi dinheiro para ir ao cabeleireiro, e então cortei o cabelo, fiquei que nem um recruta, e na volta me joguei aos pés dela e implorei que me perdoasse, disse a ela que os remorsos não estavam me deixando viver, que eu estava morrendo de dor e de arrependimento, que minha vida tinha se transformado num pesadelo, que levantar da cama carecia de sentido para mim, que eu precisava achar uma saída para a minha vida e que ela tinha que me ajudar, porque era a única que podia me ajudar, me livrar do peso desumano da minha culpa... Não foi nada complicado convencê-la, é engraçado, e eu já tinha pensado no convento, na verdade eu pensava nisso desde o princípio, mas quem disse em voz alta foi ela, logo ela, a mandachuva, e aí sim meu pai voltou, e voltou correndo porque não acreditou em nada, nunca acreditou, o que você vai fazer, Magda?, disse, você está maluca?, e se eu tivesse recorrido a ele nessa hora, se tivesse contado a verdade, ele teria me ajudado, eu sei, tenho certeza de que teria ficado do meu lado, mas não fiz isso porque não queria ajeitar as coisas numa boa, ao contrário, queria me vingar, romper com elas para sempre, apagar do meu futuro até a menor lembrança da sombra do seu nome, e nunca iria conseguir isso numa boa, porque mais cedo ou mais tarde as coisas voltariam a ficar como antes, por isso não contei a verdade ao meu pai, e ele não acreditou, nunca acreditou em mim, nem por um instante, e é isso que não vou me perdoar enquanto viver, ele não merecia que eu mentisse para ele, não merecia que eu o traísse, e eu traí... Teu pai também me disse desde o princípio que era uma loucura, mas é só um ano, Jaime, dizia eu, talvez menos de um ano, e ele respondia que um ano era muito tempo, que eu não ia agüentar, que não valia a pena, que iam acabar comigo, mas eu estava decidida a fazer aquilo, e fiz, mas olha que quase desisto, porque no quarto dia eu estava subindo pelas paredes, não agüentava mais de nojo, de raiva, de tédio, e morria de vontade de abrir a porta e me mandar, mesmo sendo deserdada, sem nunca mais ter um tostão, mas respirando... Eu achava que o ódio é uma paixão mais forte, achava que é tão profunda quanto o amor, não é?, isso é o que se diz, mas não é verdade, ou pelo menos eu não senti isso, talvez tenha amado demais, ou talvez não odiasse aquelas duas o suficiente, mas não conseguia tirar energia nenhuma da minha própria destruição, como aconteceu uma vez, a única vez que me apaixonei, e eu não sabia esperar, não podia me ver como a ferramenta precisa e insensível do meu próprio ódio, não podia encarar minha vida como um instrumento destinado exclusivamente a um objetivo, o amor fez tudo isso comigo, mas o ódio não, talvez eu não tenha odiado o suficiente, o caso é que, de algum modo, me livrei por pouco... Na Semana Santa mamãe me anunciou que eu receberia a herança em vida, e fui obrigada a fazer uma pequena encenação, rejeitar o dinheiro dela, reafirmar meu voto de pobreza, mas quando ela disse que tudo bem eu pensei que ia ter um troço, que ia cair para trás na mesma hora, mas meu pai recusou com firmeza, e olha que ele não sabia de nada, não tinha a menor idéia dos meus planos, mas até nessa hora ele deu um jeito de cuidar de mim, e não deixou, uma coisa é ela ser freira e outra coisa é estar morta, disse, e afinal peguei a herança e aqui estou... No dia em que caí fora do convento, me senti como se tivesse passado uma semana inteira fumando ópio sem parar, estava ao mesmo tempo excitada e tonta, desperta e adormecida, nervosa e tranqüila, tudo ao mesmo tempo, teu pai percebeu assim que me viu, e começou a rir, hoje sim você está parecendo uma noiva, disse, ele foi a última pessoa da família que eu vi em Madri, já havia me ajudado muito, correu muitos riscos, foi ele que achou esta casa, veio vê-la e assinou em teu nome ao comprá-la para mim, quando eu sentia que não estava agüentando mais, ligava para ele com um pretexto qualquer e ele me fazia rir horas a fio pelo telefone, por isso pensei que devia recompensá-lo, e além do mais tinha vontade de fazer aquilo... Naquela manhã fui direto procurá-lo, ainda de hábito, e ele adivinhou minha intenção à primeira vista, de modo que nem sequer tive que propor, ele já sabia que aquele era o dia, e que aquela era a hora, e sabia também que seu outro... digamos, projeto, nunca se realizaria, que nunca ia poder fazer com sua mulher e comigo ao mesmo tempo, por mais que tivesse me proposto muitas vezes, por mais que chateasse, por mais que preparasse armadilhas, ele sabia que aquilo nunca ia dar certo, e sabia por quê, e que a tua mãe, chegado o caso, acuada contra a parede, e veja bem o que eu estou dizendo, Malena, ele contava com que tua mãe, sob ameaças e em última instância, acabaria até aceitando, mas eu não, ele jamais conseguiria me convencer, jamais, e se alguma vez tentasse de verdade, porque não chegou a tentar, nem de brincadeira, aquela seria a última vez, pelos séculos dos séculos, amém, e ele sabia disso, mas com o hábito, que ele queria tanto, eu não estava nem ligando, de modo que satisfiz esse capricho dele, o último, e a última coisa que fiz em Madri foi transar com teu pai vestida de freira, sendo ainda freira, e depois sumi... A princípio me sentia do caralho, satisfeita e contentíssima, achava que tudo tinha corrido bem, fiz amigos muito rápido, tive dois ou três namorados de passagem, me divertia, tinha dinheiro e o gastava, era isso o que quis ter e era isso o que tinha, mas a vingança logo parou de me alimentar, porque não pude ver a cara da minha mãe lendo a carta que escrevi para ela, nem a cara da tua, e imaginar a vergonha delas, o dano irreparável que meu último pecado infligiu em sua reputação, nunca chegou a me compensar por tudo o que eu tinha passado... Depois voltei para o meu pai, é claro, também lhe escrevi, uma longa carta, contando tudo, tudo o que podia contar sem estragar ainda mais as coisas, e ele ficou horrorizado, o que foi que a gente fez com você, minha filha?, me perguntou pelo telefone, e não quis ir em frente, mas eu percebi, embora ele nunca tenha querido voltar ao assunto, e na primeira vez que a gente se encontrou, quando passamos uma semana em Mojácar, ele disse que não queria falar sobre aquilo, mas fez questão de me descrever uma por uma todas as coisas que tinha feito de errado na vida, e essa foi sua maneira de condenar os meus próprios erros... Ele me sugeriu a verdade, mas eu demorei ainda algum tempo até compreender que na realidade não tinha nada, nada além de dinheiro, e não é que o que havia deixado para trás fosse grande coisa, e sim que já não existiram coisas, nem grandes nem pequenas, diante de mim, só o mar, pelo menos foi isso que pensei durante algum tempo, até o dia em que não tive coragem de ir ao nosso último encontro, e eu também comecei a sonhar sonhos estranhos, e desde então vivo nessa companhia, toda noite sonho os sonhos do meu pai, e o vejo em Madri, absolutamente sozinho, sem Pacita e sem mim, completamente sozinho, partindo a cabeça com um paralelepípedo enquanto sorri, sentado em seu escritório, rodeado de cadáveres, os de suas mulheres mortas e os de todos os filhos, mortos também, menos Pacita e eu, que sempre faltamos, mas ele ainda vive, e chora, e está dolorido mas nunca deixa de sorrir, e vez por outra me chama, Magda, vem, Magda, vem, diz, mas eu nunca apareço, vejo o que está acontecendo e penso que preciso ir mas não consigo me mexer, nem sei onde estou, só sei que o vejo e que devia ir para junto dele, mas não vou, e ele continua me chamando, me chama todas as noites, quase todas.

— Não, Magda — protestei, gritando de raiva —, ele não te chama, não pode te chamar.

Ela se moveu com violência na pedra, me segurou pelos punhos, apertando forte, enfiando as unhas, e gritou de tão perto da minha cara que reconheci o cheiro do álcool e da culpa misturados em seu hálito.

— Ele me chama sim, Malena! Chama todas as noites, e eu não vou, não vou...

— Mas você foi sim, Magda — expliquei, tentando manter a calma —, uma noite, na Martínez Campos, quando ele estava morrendo, você esteve lá. Tomás tinha me proibido de chegar perto dele, mas eu fui, e ele acordou por um instante. Perguntou se era você, e eu respondi que sim.

Quando abri a porta do quarto, meu coração ainda batia mais rápido do que o habitual, eu estava muito cansada mas não sentia sono. Sentia-me triste e contente ao mesmo tempo, como se todas as lágrimas e todas as risadas que meus ouvidos percorreram na voz de Magda durante tantas horas tivessem por fim se fundido dentro de mim, como se houvessem desde sempre me cobiçado como um lar estável, definitivo, e ali estivessem começando a se acomodar, e no entanto eu não pensava em nada de concreto, não estava pensando em nada quando abri a porta que separava o quarto de Reina do meu, nem pensava quando peguei Jaime nos braços e o transportei aos tropeções para a minha cama, nem pensei quando escovei os dentes, tirei a maquiagem, passei creme no rosto, não pensava em nada, mas quando me olhei, e me vi no espelho do banheiro, de cara limpa, então, sem pensar, soube de tudo.

Minha irmã levou muito tempo para acordar, por mais que eu a sacudisse com todas as minhas forças dizendo seu nome em voz alta, o abajur aceso na mesinha, iluminando diretamente o seu rosto, até que ela abriu os olhos e me dirigiu um olhar apavorado.

— Quem é? O que foi? — falava de um modo entrecortado, ofegante, e piscava os olhos para se defender da luz, nunca me parecera tão indefesa. — Ah, Malena, que susto você me deu!

— É você, não é, Reina?

— Quem? Não sei, que história é essa?, devem ser umas seis da manhã, cara...

— São só duas e quinze, e ela é você, a namorada do Santiago é você, não é mesmo?

Ela não respondeu. Fechou os olhos como se estivessem sangrando de dor, desviou a lâmpada até a luz se concentrar na parede, ajeitou os travesseiros e se ergueu na cama.

— Não é o que você imagina — disse. — Eu estou apaixonada por ele, apaixonada, Malena, entendeu?, e dessa vez é sério, até acho... Acho que é a primeira vez que me apaixono desde que sou adulta.

Na manhã seguinte, Reina voltou com a filha para Madri. Eu fiquei na casa de Magda, com Jaime, até o começo de setembro.

Toda manhã, quando acordava, era um pouco mais difícil marcar a data do regresso. Estávamos tranqüilos, sem fazer nada em especial e ao mesmo tempo fazendo coisas diferentes todos os dias. Jaime se dava muito bem com Maria e logo fez amizade com os netos do dono do bar do vale, que muitas vezes subiam de tarde até o sítio para brincar com ele. Apesar das minhas tácitas previsões, e por única vez a favor dos meus desejos, seu primeiro contato com Magda desencadeou uma paixão fulminante, talvez porque ela não estivesse disposta a renunciar ao amor daquele neto tardio e imprevisto e o cultivou com todo tipo de truques, nos quais meu filho mergulhou sem vacilar, enfiando com decisão a cabeça em qualquer pano vermelho que ela agitasse. Eu me mantinha à margem dos segredos dos dois, de seus pequenos pactos, e às vezes fingia me zangar com tantos mimos, só para ver como Jaime ria das minhas reclamações. Eu gostava de vê-los fazendo coisas juntos, desenhando, comentando os desenhos animados da televisão ou lendo uma história e fazendo as vozes do bicho-papão e da princesa. Certa manhã, enquanto pegava sol na praia com Maribel, Egon e outros amigos dela, vi Magda nua, sentada na areia, e Jaime perto dela, cada um esfregando as palmas das próprias mãos entre si, num gesto cujo sentido não consegui descobrir de longe. Levantei-me, cheguei perto deles, e vi que estavam fazendo a areia úmida escorrer entre os dedos para depois deixá-la cair de certa altura sobre a praia, levantando assim, aparentemente ao acaso, as muralhas de um fantasmagórico castelo de filme de terror. Os dois não perceberam que eu estava tão perto, e me sentei ao seu lado sem fazer barulho, e fiquei olhando para eles bastante tempo sem dizer nada, só ouvindo, e nessa hora senti uma paz estranha que não poderia descrever com precisão. Olhei o corpo de Magda, amolecido e decaído, percorri uma por uma todas as rugas de seu rosto, reconheci seu sorriso no sorriso do meu filho, em seus olhos, fascinados pelo repentino poder de suas próprias mãos, e deixei de ter medo de ficar velha.

Naquela noite, antes de me deitar, disse a ela que tinha pensado em ficar ali o resto do ano.

— Posso pôr o Jaime no colégio da María, em El Cabo, Maribel me disse que ainda têm vagas, e eu com certeza consigo...

— Não — interrompeu ela.

— ... trabalho em algum lugar — continuei, sem querer admitir que tinha ouvido —, sem nenhuma dúvida, com a quantidade de estrangeiros que moram aqui.

Ela interrompeu de novo, mas dessa vez não disse nada, limitou-se a levantar a mão direita, exigindo a palavra, e eu a deixei falar.

— Chega, Malena, você não vai ficar aqui.

— Por quê?

— Porque eu não vou deixar. Sei que vou ficar com muita saudade quando você partir com esse menino, mas, mesmo que eu soubesse que não tornaria a ver nenhum dos dois no que me resta de vida, não deixaria. Você tem que voltar logo para Madri, o quanto antes, já, estou pensando nisso há vários dias, acredita, só não disse nada porque não estou querendo ver você ir embora, mas isso não quer dizer que eu não saiba muito bem que tem que ir. Você não tem motivo nenhum para ficar aqui, ou será que não percebe? Só moram aqui os que não têm lugar nenhum para onde voltar, e esse não é o seu caso, de modo que você, agora, engole em seco e volta para Madri, e juro que não vou ficar com nenhuma pena. Olha em volta, Malena. Isso aqui é uma ratoeira. Confortável, ensolarada e com vista para o mar, tudo bem, mas uma bruta ratoeira, talvez a melhor, e justamente por isso uma das piores. Além do mais, se vocês ficarem, o Jaime vai acabar se acostumando comigo — soltou uma gargalhada —, porque ele está me matando, eu não vou agüentar muito mais tempo brincando de esconde-esconde quatorze horas por dia.

— É verdade — respondi, sorrindo. — Parecem namorados.

— Por isso, por isso mesmo é melhor vocês voltarem. Ele já me prometeu que vem me visitar todos os verões, e assim nosso idílio vai durar eternamente. Além do mais, tem outra coisa, Malena... Não quero que me interprete mal, sei que você se dá bem com a sua irmã, e com seu marido também, não é?, e então, quer dizer, eu vivo afastada do mundo, mas não a ponto de não saber de certas coisas. E se não entendi mal, você fez abandono do lar, e o fato de que seja a sua irmã gêmea quem ande agora por lá não me parece o melhor presságio, sei lá, não sei bem como dizer...

Não se atreveu a falar mais nada, mas li em sua testa, e na irônica tensão em sua boca, o que latejava por trás dessa última frase inacabada, e pela primeira vez não me senti ofendida por sua suspicácia, porque entre ela e Reina já não havia nada que me fizesse hesitar.

Na noite anterior à nossa partida fizemos uma festa enorme, ninguém faltou. Jaime foi autorizado a ficar em pé até que ele mesmo resolvesse que estava morrendo de sono, e até Curro se comportou direito, chegou algumas horas antes trazendo bebidas do bar, ajudou a fazer as tortillas e se comportou quase que como um anfitrião-consorte, a ponto de nem considerar necessário anunciar que tinha pensado em ficar por lá. De manhã, imaginei que tinha sido a primeira a acordar, mas Magda e Jaime já haviam terminado de tomar café e estavam me esperando sentados no pátio, ao sol, de mãos dadas. A despedida foi muito breve, sem grandes gestos nem palavras sonoras, uma tristeza sóbria e pudorosa. Quando entramos no carro, Jaime se deitou de bruços no banco de trás e fez de conta que estava dormindo durante uns vinte quilômetros, para depois se levantar de repente e começar a falar, me fazendo deduzir pelo tom pastoso de suas palavras que estivera chorando.

— E se ela morrer, mamãe? — perguntou. — Imagina se a Magda morre. É muito velhinha, se ela morrer agora a gente nunca mais vai voltar a vê-la.

— Ela não vai morrer, Jaime, porque não é velha, tem idade mas não é velha, e está saudável e forte, não é? Você acha que a vovó Reina parece que vai morrer daqui a pouco? — Ele negou com a cabeça, e eu pensei que não haveria melhor ocasião que aquela para enfrentar o que me parecia o grande risco do regresso. — Pois é, Magda e ela são da mesma idade, elas são irmãs gêmeas, só que... Deixa eu ver, como te explicar, Magda e a vovó não se dão muito bem, entende?, há muitos anos...

— Eu não tenho que contar a ninguém que conheço a Magda — interrompeu ele —, nunca a vi e não sei onde ela mora, a gente passou as férias na casa de uns amigos seus... É isso o que você quer dizer, não é?

— É, mas não sei como é que...

— Ela me contou tudo e eu prometi que nunca ia contar a ninguém onde fica o nosso esconderijo. Não se preocupe, mamãe. — Pôs a mão em meu ombro e fixou meus olhos pelo retrovisor. — Eu sei guardar segredos.

Aquelas palavras me sacudiram tão profundamente que não consegui me concentrar em meu futuro imediato. Dirigi com prazer por mais de seiscentos quilômetros por uma estrada quase deserta, olhando de quando em quando para o meu filho e me assombrando da vigência eterna de certas alianças, e enquanto me perguntava por que eu não era capaz de lamentar que Jaime também tivesse nas veias o sangue maldito de Rodrigo, aquele cartaz — BEM-VINDOS, MUNICÍPIO DE MADRI — me surpreendeu como se nunca mais eu esperasse encontrá-lo. Tinha certeza de estar voltando, mas não sabia exatamente para onde voltava, e percebi que até aquele momento não tinha compreendido isso porque não quisera compreender. Santiago e eu havíamos falado pelo telefone algumas vezes, conversas breves e gentis, insossas e carinhosas, a gente está bem, eu também, vamos ficar até fim do mês, eu vou passar quinze dias em Ibiza, sim, teu filho te manda um beijo, dá outro nele, tchau, tchau. Não mencionou Reina, eu também não, mas imaginei que de qualquer forma deveria voltar para casa, a casa de onde tinha saído, nem que fosse somente porque, afinal, ninguém me disse que não continuava sendo minha, e embora fosse verdade que eu a abandonei, não era menos verdade que meu marido me abandonara antes.

Enquanto avaliava a improvável hipótese de que Santiago houvesse saído de lá, e a mais provável de que a permanência no domicílio conjugal, um simples apartamento alugado, afinal de contas, fazia parte dos assuntos a serem discutidos, vi seu carro estacionado a alguns quarteirões do portão. Jaime soltou um grito de alegria, é o carro do papai, mamãe, olha, olha, é o carro do papai, e então o mundo caiu em cima de mim. As ruas, as casas, todas as coisas pesaram durante um instante em meus ombros, e comecei a suar embora não estivesse sentindo calor, o volante escorregou em minhas mãos, a blusa colou no meu corpo e meu coração começou a bater entre as duas têmporas. O pânico só durou um minuto, mas foi intensíssimo. Quando abri a porta do carro e pisei na rua, verifiquei com surpresa que minhas mãos ainda estavam tremendo, apesar de ter certeza de já ter recuperado a calma.

Jaime desfiou todo o seu catálogo de gestos de alvoroço enquanto subíamos a escada de baixo e esperávamos o elevador, e o entusiasmo dele me machucou mais do que o previsto, por mais que eu soubesse que não tinha direito de condená-lo. Lembrei de ter lido milhares de vezes e em milhares de lugares que as crianças costumam ser muito mais conservadores do que os pais enquanto ele corria pelo corredor em direção à porta da casa e colava o dedo na campainha, esmurrando a madeira com impaciência até que a porta se abriu. Do outro lado apareceu Reina. Jaime se pendurou em seu pescoço e ela o pegou no colo, e o encheu de beijos até eu chegar ao seu lado, caminhando lentamente. Então disse a ele que fosse lá para dentro, brincar com a prima, e tentou fazer a mesma coisa comigo, mas eu a evitei, me enfiando direto pelo buraco que se abria entre o arco da porta e seu corpo, para entrar numa casa que, e percebi no primeiro olhar, já não era a minha.

— Você deve estar achando tudo um pouco mudado, não é?

Quando ela se atreveu a dizer isso, eu já estava no centro de uma sala desconhecida, mas vagamente familiar ao mesmo tempo, uma espécie de Los Angeles, Califórnia, lugar onde tenho certeza de nunca ter morado mas que sou capaz de reconhecer imediatamente de qualquer filme. A empresa de Santiago devia ter começado a dar lucro em junho, porque em frente dos meus olhos se estendia uma imitação barata de qualquer página central de *Nuevo Estilo*, pintura lisa de cor ocre nas paredes, rodapés e tetos tingidos de branco, cortinas drapeadas nas janelas, e um kilim turco multicolorido no ângulo formado por dois sofás de desenho vanguardista e aspecto desconfortabilíssimo, estofados, respectivamente, em laranja-claro e rosa-pálido, duas cores que, apesar de teoricamente se rejeitarem mutuamente, criavam um conjunto decididamente harmonioso. Enquanto pensava que eu jamais seria capaz de combinar duas cores como aquelas, localizei o toque especificamente feminino cujo fulgor me incomodava tanto desde que tinha posto os pés ali, na coleção de vasos tubulares de vidro soprado que repousavam em quase todas as superfícies, contendo todos uma única flor, lânguida e raquítica, cara e elegantésima. Então percebi que Rodrigo sorria para mim na parede do fundo, o mesmo lugar que sempre havia ocupado, em cima de uma falsa lareira francesa de pedra polida que, por sua vez, jamais estivera ali.

— Que barbaridade! — disse, indo ao seu encontro. — E depois dizem que em Madri é impossível encontrar operários no mês de agosto...

— É — disse Reina, sempre às minhas costas —, na verdade a gente teve muita sorte, conseguimos pintores por acaso. O que você está fazendo?

Manchei com decisão o assento reluzente de algodão amarelo-ovo de uma das cadeiras da sala de jantar, pisando em cima não com um, mas com os dois pés, e respondi enquanto resgatava o Rodrigo.

— Estou levando este quadro. É meu.

— Mas você não pode fazer isso, eu achava...

Tirei o quadro e dei uma gargalhada. Na parede se viam dois buracos suplementares e um descolamento de massa mais do que regular. O artesanato e meu marido nunca se deram bem.

— Este quadro é meu, Reina, vovô o deixou para mim — encarei-a e ela abaixou a cabeça —, você herdou o piano, lembra, você foi a única que aprendeu a tocar, e além do mais, levando-o, estou fazendo um favor a vocês. Já têm espaço para pendurar uma Gran Vía de Antonio López. É o único detalhe que está faltando aqui.

— Santiago me disse que você não gosta desse quadro, então achei que, como antes ficava na casa da mamãe...

— Isso é mentira, Reina. — Encostei o quadro na parede, repus a cadeira no lugar e comecei a andar em sua direção com os braços cruzados, enfiando as unhas nas palmas das mãos para compensar minha indignação com a urgência daquela pequena dor. — Este quadro não estava na casa da mamãe, estava em cima da minha cama, e Santiago não poderia dizer que eu não gosto dele porque não é verdade. O que eu gostaria de saber é se algum de vocês dois pensou em dizer para o outro, no meio de tanta obra, por que merda era eu que tinha que sair daqui enquanto vocês ficam com a casa.

— Foi você que saiu daqui. — Ela me olhava com cara de assombro, as pupilas dilatadas por uma inocência inoportuna. — A gente supôs que você tem outros planos.

— E tenho mesmo — menti —, claro que tenho. Onde está o quadro da vovó?
Fui atrás dela pelo corredor até o meu ex-quarto. Como a República não tinha um sobrenome altissonante, puseram-na olhando para a parede, ao lado de três malas cheias até o topo.
— Minha roupa, suponho. — Reina confirmou com a cabeça. — E as minhas coisas? Você enfiou em sacos de lixo ou vendeu para um brechó?
— Não, estão todas ali, no escritório... Pensei que você ia preferir que eu as juntasse, assim ia ser menos desagradável para você.
Meia hora depois eu estava de novo na porta. Ia com o retrato de Rodrigo sob o braço esquerdo, meu velho cofre entre os dedos e um estojo de papelão cinza contendo dois amendoins apertado na palma da mão. Meu braço direito segurava o retrato da minha avó, e pendurado na minha mão, em cujo dedo anular brilhava uma porca cilíndrica de metal dourado, vinha Jaime, resmungando porque preferiria ficar lá e dormir com a prima.
— Amanhã, depois, ou um dia desses, volto para pegar a roupa, os livros e as coisas que guardei nas duas caixas que deixei no corredor.
— Você não vai levar mais nada? — perguntou Reina, que quis me acompanhar até a porta.
— Não — respondi. — Isso é tudo o que eu quero.
Caminhei devagar até o elevador, apertei o botão e, enquanto esperava, virei a cabeça para observá-la. Então disse mais uma coisa, mesmo sabendo que ela nunca poderia entender.
— Isso — e indiquei as minhas poucas posses movendo a mão no ar — é tudo o que eu sou.

A cobertura não devia ter mais de cem metros, mas a superfície dos terraços, localizados nas duas pontas da sala e separados entre si por uma pequena balaustrada de pedra, devia superar a área habitável. Mesmo sem eles, aquela casa ainda seria maravilhosa.
— Gostou?
Fiz que sim com a cabeça e continuei passeando, com as duas mãos nas costas e aquela espécie de ambígua tristeza que costuma me atacar quando sei que estou sonhando sonhos bonitos. Fui de novo até o corredor e observei outra vez todos os quartos, um por um, me despedindo em silêncio deles, três quartos, dois banheiros, uma cozinha ótima com clarabóia no teto e uma grande copa, um vestíbulo minúsculo e um espetacular salão de desenho quase semicircular, dividido em três espaços por duas fileiras de colunas antigas de ferro forjado que sem dúvida vinham da obra original, e Madri aos meus pés.
— Eu não posso ficar com a casa, Kitty. Gostaria, mas não posso.

A mulher do meu pai, que estava me esperando no salão, me lançou um olhar tão carregado de assombro que sua expressão beirava a desconfiança.

— Por quê?

— Isso é caro demais e eu vivo do meu salário de professora de inglês, é um absurdo morar numa casa dessas.

— Mas você não tem que pagar um tostão!

— Eu sei, mas de qualquer maneira é ridículo, eu... Não sei como dizer, mas não posso ficar aqui.

— Pois eles não vão entender. Nenhum dos dois. Vão achar um absurdo, e eu também, porque eu também não te entendo.

Quando apareci de surpresa na casa dela, na noite anterior, meu pai reprimiu sem muito jeito a sua chateação, mas ela, em contrapartida, se comportou como uma anfitriã encantadora. Ajudou a nos instalar, repetiu até dizer chega que nós podíamos ficar lá o tempo que quiséssemos, e até me confessou que entendia perfeitamente que, apesar da tradição, eu não tivesse querido ir para a casa da minha mãe porque, afinal, Reina tinha morado lá até poucas semanas antes. Entretanto, eu não podia esperar que naquela mesma manhã, depois do café, ela dissesse que já havia arrumado um apartamento para mim, e se a seguir não tivesse sugerido que, no fundo, também incomodávamos a ela, teria chegado até a pensar mal daquela generosidade.

— Eu não posso esbanjar tanto dinheiro deles — expliquei por fim, segurando seu braço para obrigá-la a sair dali —, eu não me sentiria bem se o fizesse.

Ela respondeu com uma gargalhada, as sobrancelhas em arco espalhando assombro.

— Malena, pelo amor de Deus, eles estão ferrados de grana! Ganham tanto que nem fazem idéia do que têm, acredita... Não vai pensar que este aqui é o único apartamento deles, hein? Há vinte anos que os dois recebem em espécie pelo trabalho, ficam com um ou dois apartamentos de cada prédio que fazem, são donos de meia Madri, juro. Porfirio comprou um avião, você não soube disso? Tinha que fazer um hotel em Túnis e comprou um avião só para ir e voltar de lá, é incrível, e depois, quando o Miguelito disse que queria uma minimoto de aniversário, ele respondeu que nem pensar, que isso é jogar dinheiro fora e ele não ia estragar o garoto, olha só que cara de pau...

— Mas com certeza o adora.

— Claro, e a irmã também, não tenha dúvida, por mais que na verdade quase não o vejam, mas como Susana também o adora, e é ela quem fica com as crianças o dia inteiro...

— E o Miguel?

— Ah! Calculo que anda até melhor do que o irmão, porque está pensando em casar.

— A essa altura?

— É, mas não diz nada porque ainda não é oficial. Tem uma namorada de vinte e dois anos, vinte menos do que ele. — Interpretou corretamente a expressão do meu rosto e intercambiou comigo um olhar intenso de compreensão. — Bem, claro que é dessas gostosonas, você sabe, mas também não é boba, muito pelo contrário, e é muito engraçada, muito doida, enfim... Muito jovem. E o principal é que ele está caído por ela, juro. Levou-a para passar uma semana em Nova York só para impressionar, você acredita?, e desde que voltou anda babando, vai ver até tudo dá certo, quem sabe.

Fez uma pausa longa, e eu tentei me lembrar qual dos dois tinha sido namorado dela pela última vez, mas não consegui. Kitty se desprendeu da fugaz sombra de melancolia que flutuou por um instante em suas pálpebras, e sorriu.

— Bem, o que quero dizer é que a casa onde a gente mora também era deles, e eu fiquei um monte de anos lá, de graça, até que o seu pai fez questão de comprá-la. Para eles isso é normal, não vão sentir falta da grana que deixarem de receber aqui, pode ter certeza, têm até uma consultora fiscal na folha de pagamentos, de maneira que você pode imaginar que...

— E como é que você sabe de tudo isso?

— Porque eu sou a consultora fiscal — e só então tirou a chave da bolsa, abriu a porta e a fechou atrás de mim. — Vem, vamos tomar um café.

E não disse mais nada até nos sentarmos ao sol, numa das mesas do bar da praça. Depois, sem nem sequer provar a Coca-Cola que tinha pedido, apoiou os cotovelos no tampo de metal e sorriu para mim. Adivinhei que ia me contar um segredo, e me surpreendi, como sempre, por ter uma madrasta tão jovem.

— Não diz ao seu pai que te contei. Ele não gosta nem um pouco de me ver trabalhando com eles, sabe?, está obcecado com a idade que tem, acho que está com ciúmes e até certo ponto eu o entendo, verdade, porque fui namorada dos dois durante tantos anos, assim, alternadamente... de certa maneira, acho que não posso viver sem eles, e com isso não quero dizer que não esteja apaixonada pelo teu pai, não é nada disso, acho que me apaixonei por ele desde a primeira vez que o vi, mas naquela época, na casa de Almansilla, com sua mãe e vocês em volta, enfim, nem me passou pela cabeça tentar. Eu adoro o seu pai, Malena, mas Miguel e Porfirio me fazem falta, e eles sabem disso, é difícil explicar.

Levantou-se sem dizer nada e sumiu atrás do bar. Imaginei que tinha ido ao banheiro, e me perguntei se, apesar de estar apaixonada pelo meu pai, como ela confessava e eu acreditava, continuaria tendo vontade de transar de vez em quando com os dois homens de sua vida inteira, e senti inveja dela por ser capaz de fazer isso, o mesmo tipo de inveja que tinha da Reina toda vez que me confessava que estava apaixonada de verdade pela primeira vez desde que era adulta.

— Você sabe em que estive pensando? — perguntei quando ela voltou, e continuei pensando em voz alta, sem estar totalmente consciente das palavras que dizia. — Vai ver, cada um de nós nasce com uma quantidade de amor predefinida, uma quantidade fixa, que não muda nunca, e talvez os filhinhos-de-papai, essas pessoas que sempre foram amadas por muita gente, tipo Miguel e Porfirio, recebem um amor muito mais intenso do que uma pessoa como eu, que em geral deu azar, vai receber em toda a vida.
— O que é isso? — Kitty ria. — Você sempre foi adepta das sentenças solenes?
— Sei lá — ri junto com ela. — Pensei nisso agora, de repente. Foi o inconsciente, calculo.
— A força do desejo.
— Pode ser. — Estiquei a mão sobre a mesa, com a palma aberta. — Está bem. Me dá essa chave.
— Você fica com a casa? — Fiz que sim com a cabeça. — Parabéns, Malena! E boa sorte. Na verdade, está mais do que na hora.

Durante alguns meses pensei sinceramente que essas palavras encerravam um presságio destinado a se cumprir num prazo breve e inexorável, e quando me despedi de Kitty para retornar sobre meus passos em direção àquela casa que se transformara em minha pela pura vontade do acaso, enquanto a percorria devagar, apreciando cada detalhe, acariciando as paredes com a ponta dos dedos, pisando com os pés descalços numa impecável tarima de pinho cor de mel, percebi que tudo o que Reina tinha conseguido com tanto esforço fora apenas transformar aquele velho apartamento que não me inspirava nenhuma saudade numa cópia ruim do lugar onde eu ia morar dali em diante, e interpretei esse paradoxo como o primeiro sinal de que minha sorte estava destinada a mudar.

Liguei para o escritório dos meus tios a fim de agradecer e só consegui falar com Miguel, porque Porfirio estava viajando. Combinamos que nos falaríamos para marcar um encontro, e o fizemos algumas vezes, mas nessas ocasiões um dos dois acabou telefonando para desmarcar quando eu estava saindo de casa. Afinal, numa manhã de outubro, fui pegá-los no escritório, um prédio impressionante na rua Fortuny, com um vestíbulo do tamanho de uma praça de touros, dois andares inteligados por uma escada monumental que parecia flutuante e um exército de secretárias ostentosamente atarefadas. Eu pretendia levá-los para almoçar, mas eles me convidaram a um restaurante japonês caríssimo e, graças a Deus, proibiram-me taxativamente de tentar pagar.

Apesar dos cabelos brancos que começavam a matizar a cabeça de Porfirio e cobriam totalmente a de Miguel, tive a sensação de que os dois não haviam mudado muito com o passar dos anos. Continuavam parecendo dois adolescentes privilegiados, irresponsáveis e caprichosos, ricos, engraçados e felizes. Bebemos quase três garrafas de vinho e, como em Almansilla, quando eu era criança, não pararam de me fazer rir enquanto jantávamos. Porfirio gozou profusamente o iminente casamento de Miguel e este deu o troco imitando-o no ato de pilotar o avião. A sobremesa, no entanto, foi rápida, porque eles tinham uma reunião às quatro e meia e, por mais que fizessem esforço para disfarçar, ambos estavam atentos ao relógio. Depois dos doces, Miguel anunciou, pela terceira ou quarta vez, que ia um instantinho ao banheiro, e Porfirio ficou olhando para mim com um sorriso inequívoco, um ponto perverso na cumplicidade que fui capaz de sustentar sem piscar pela primeira vez em muito tempo.

— E você não gostaria de andar no meu avião? — perguntou. Eu caí na gargalhada, e ele riu junto. — É uma experiência única, você sabe... Voar, o céu africano, coisa e tal.

Miguel se juntou a nós aspirando ar ostentosamente pelo nariz, e saímos do restaurante.

— Ligo para você? — disse Porfirio no meu ouvido, enquanto me beijava a bochecha direita.

— Liga — concordei, aproveitando a conjuntura estritamente simétrica.

Não chegou a fazê-lo, mas também não senti falta, porque a mudança imprimiu um ritmo enlouquecedor ao outono, e só depois do Natal comecei a usufruir dos prazeres da vida solitária, que até então desconhecia. Retomei, com um suspiro de alívio, a turma da manhã no curso, me acostumei a abrir mão, todo fim de mês e sem chorar, da quantia necessária para pagar o crédito que me permitira montar a casa e cheguei a sentir que tinha passado a vida inteira morando ali, ao lado da Capela do Bispo, na cobertura de um luxuoso prédio tradicional reformado, com um menino de cinco anos recém-feitos que havia acabado de realizar a proeza de crescer nada mais e nada menos que seis centímetros desde o verão. Não me sentia mais sozinha do que quando morava com meu marido, e a companhia exclusiva de meu filho era menos comprometedora e muito mais gratificante do que eu mesma poderia prever, a tal ponto que, em alguns fins de semana, eu ficava com um pouco de raiva por precisar me separar dele, embora na verdade gostasse, aproximadamente o mesmo número de vezes, de ter dias inteiros só para mim, por mais que soubesse que não conseguiria usá-los para nada em especial.

Enquanto Jaime se tornava cada vez mais necessário, e sua capacidade de compreender as coisas e de se divertir com elas começava a aumentar com tanta rapidez que era raro o dia em que não conseguia me fascinar com iniciativas ou comentários inesperados, Santiago foi se apagando lentamente na minha memória, até ficar reduzido às triviais proporções de um personagem secundário, talvez porque meu contato com ele tenha terminado se transformando numa sombra acidental das minhas relações com minha irmã. A princípio, essa distância me doía, porque após o estupor inicial eu considerava seu abandono, para dizer a verdade, muito mais digno de gratidão do que de mágoa, e não podia me desprender do carinho cheio de culpa que me ligara a ele por tanto tempo, mas por mais que tentasse nunca consegui vê-lo a sós, e na segunda vez em que, depois de não ter sequer mencionado o fato quando marcamos pelo telefone, ele apareceu num almoço a tiracolo com Reina, parei de tentar. Era ela quem subia para buscar Jaime, quem o trazia de volta, quem ligava com regularidade para perguntar como eu andava, quem se oferecia para solucionar as tarefas simples — os recibos, os seguros do carro, a correspondência, as declarações de impostos atrasadas — que tantos anos de vida em comum ainda arrastaram por algum tempo. Foi ela quem me informou que eles pretendiam se mudar na primavera para uma casa geminada — que afinal acabou sendo gemida — de estilo inglês, com jardim, o eterno sonho do meu marido, num bairro novo localizado mais ou menos onde o diabo perdeu as botas, em frente à última ponta da Casa de Campo. Foi ela quem me pediu o divórcio em fevereiro, informando que os dois planejavam se casar no verão porque estavam querendo ter um filho, e quem mais tarde me convidou para a cerimônia. Foi ela quem me sugeriu em março que Jaime passasse os feriados de Semana Santa com eles, e isso foi a única coisa que não aceitei, porque nós dois tínhamos programado voltar a Almería para visitar Magda. Mas Jaime me implorou com lágrimas nos olhos para ir com eles, e eu parei de me opor, porque não podia deixar de compreender que a Expo de Sevilla o atraísse demais. Na volta daquela viagem, também foi Reina quem me devolveu um filho que não parecia diferente.

Em junho, porém, Jaime me disse que a partir do ano seguinte gostaria de morar com ela e com o pai.

Se meu filho não os tivesse escolhido nessa época, eu nunca teria ido àquele casamento onde iria atrair mais olhares, mais cotoveladas e comentários do que lembrava ter recebido no meu próprio. Mas não queria que Jaime me considerasse ressentida, ciumenta ou amargurada, e ele insistiu tanto, e Reina sublinhou tão decididamente os pedidos dele, que afinal decidi ir à festa, mesmo pressentindo que talvez estragasse a noite de Santiago. De resto, e afora a intensa sensação de ridículo que minha própria situação me inspirava, aquela aparente promiscuidade sentimental — "aqui somos todos europeus, civilizados e progressistas"—, rigorosamente falsa, que muitos convidados acidentais deduziram sem dúvida da minha presença, eu não tinha medo de sofrer realmente naquele transe, a previsível festa em que, por certo, eu não fui a única estrela capaz de eclipsar o brilho dos protagonistas.

Minha irmã organizou uma festança descomunal, da linha clássica, com aperitivos variados, jantar, com lugares marcados, baile com orquestra e bebida à vontade. O primeiro ato se desenvolveu sem sobressaltos. No segundo, já haviam comparecido alguns cargos públicos de relativa notoriedade, clientes do noivo, e uma apresentadora de televisão, ex-colega de colégio, que dividira a carteira com a noiva durante vários anos. Não reconheci o cara que fez Reina se levantar da mesa assim que apareceu na porta ali pelo começo do terceiro ato, mas percebi que grande parte dos presentes concentrava ao mesmo tempo sua atenção nele, um indivíduo moreno, chamativamente grande, alto e pesado, um rosto quase tosco, como se tivesse sido desenhado com a expressa proibição de empregar linhas curvas.

— Quem é? — perguntei a Reina, quando ela voltou para a mesa.
— Rodrigo Orozco — respondeu, assombrada com minha ignorância. — Não diga que não o conhece.
— Pois é, acho que nunca o vi.
— É primo do Raul — explicou, apontando para o melhor amigo de Santiago. — Acaba de voltar dos Estados Unidos, ficou lá vários anos, com uma bolsa de uma fundação muito importante, sabe?, agora não lembro o nome... Mas é claro que você tem que saber quem ele é, há poucos meses publicou um livro, saiu em todos os jornais.
— Não faço a menor idéia — admiti. — O que ele faz?
— É psiquiatra.
— Ah! Parece porteiro de boate...

Minha irmã respondeu com um olhar de desdém e nenhum outro comentário, mas em menos de quinze minutos me segurou pelo braço e me obrigou a ir atrás dela, atravessando o salão.

— Vem — disse. — Ele me pediu para apresentar vocês.

Eu ainda não tinha adivinhado de quem ela estava falando quando me vi diante daquele maciço, cuja semelhança com um armário dúplex desmentia o prestígio intelectual de seu proprietário quase tão eficazmente quanto o rosto de um chefe sioux. Minha irmã pronunciou o seu nome e ele estendeu a mão no instante preciso em que eu inclinava a cabeça para beijar-lhe as bochechas, e a confusão frustrou ao mesmo tempo o gesto dele e o meu. Cumprimentei sem nenhum contratempo o homem que estava ao seu lado, um americano baixo e magrinho que se identificou por si mesmo, e fiquei ali parada, sem saber o que dizer. Nesse momento, minha prima Macu me atacou por trás, puxando-me pelo braço e me arrastando até o marido, que contava piadas no centro de uma rodinha à qual me juntei com umas gargalhadas voluntariosas. Então, não sei exatamente como, senti que aqueles dois sujeitos, que não deixavam de ser dois desconhecidos por mais que Reina tivesse acabado de nos apresentar, estavam falando de mim.

Virei-me bruscamente e os peguei de surpresa. O primo de Raul apontava para mim sem nenhum disfarce enquanto se inclinava para sussurrar no ouvido do amigo algum comentário irresistivelmente esperto, a julgar pelo sorrisinho irônico que o americano me dedicava, sustentando meu olhar com tanto descaramento quanto o próprio sussurrador. Talvez numa outra época da minha vida eu tivesse interpretado a cena de outra maneira, mas naquele momento pensei que, no mínimo, estavam me chamando de gorda, e aquelas risadinhas, e aqueles olhares, perfuraram minha nuca como a lâmina de um punhal. Afastei-me dali o mais rápido que pude, resmungando insultos entre os dentes para contrabalançar a indignação que tingia as minhas bochechas, e então, quando mais do que nunca eu me sentia uma atração turística, foi Santiago quem me deteve. Meu ex-marido estava tão bêbado que não foi capaz de articular uma justificativa inteligível para me convidar a sair do salão, e afinal limitou-se a me puxar até o corredor e continuou andando uns metros, até me trancar com ele numa cabine telefônica. Lá, me olhando de frente, sussurrou meu nome, desabou em cima de mim e tentou me beijar. Livrei-me sem grande esforço do abraço, mas o brilho estranho que naquele instante impregnou os olhos dele deu um toque amargo, uma terrível marca cinzenta, ao fim de uma noite que afinal acabou sendo convencional, de tão desastrosa.

Quando me separei do meu filho senti uma dor física, concreta, atroz, uma insuportável sensação no estômago, no umbigo, no ventre, a pele perfurada queimando a carne. Ele sorriu depois de me dar um beijo, e eu lhe devolvi o beijo e o sorriso e tentei dizer alguma coisa apropriada, me liga de vez em quando, e divirta-se, mas não consegui.

Tínhamos acabado de voltar de Almería, depois de passar umas férias parecidas com as do ano anterior, mas no fundo muito diferentes. Eu queria acreditar que Jaime resolvera ir embora por critérios puramente materiais, ele os havia enumerado várias vezes, com uma tranqüilidade na voz que bastava para garantir sua inocência, e eu tinha me proposto a ficar à sua altura, voltar a ter cinco anos e meio para não ter que censurar-lhe nada, mas às vezes a tentação da chantagem emocional — eu fiz tudo por você, e agora você me larga desse jeito — era forte demais, e acho que se tivesse ficado sozinha com ele em Madri terminaria cometendo o mesmo pecado que minha mãe repetiu tantas vezes comigo.

— É que na casa nova do papai tem jardim, mamãe, e botaram dois balanços, um para a Reina e outro para mim, e se eu morar lá posso brincar com ela e ter o dobro de brinquedos, sabe?, e de livros, porque posso usar os dela e os meus, e não me chateio, porque no bairro tem muitas crianças, e deixam a gente passar para o quintal da casa ao lado, e a tia Reina me prometeu que vai pedir ao Papai Noel uma bicicleta para mim, e na nossa casa não tenho com quem brincar, nem dá para andar de bicicleta...

Magda me convenceu de que não devia haver nada por trás daquilo, além de um evidente desejo da minha irmã e de Santiago de morar com o menino, mas eu pensei muitas vezes nas minhas próprias aptidões, na minha irregular afeição pela cozinha, na minha falta de paciência para ajudar meu filho nos deveres, na freqüência com que saía de noite, deixando-o nas mãos da *baby-sitter*, na minha incapacidade para respeitar horários, minha maneira de viver, que ele comparava em voz alta, a cada dia com mais freqüência, com a maneira de viver de minha irmã, com quem já passava todos os fins de semana desde aquela Semana Santa.

— Sabe, mãe? A tia Reina vem toda noite ao nosso quarto e nos dá um beijo antes de ir para a cama, toda noite mesmo, ela nunca esquece. E a cama sempre está pronta desde cedo, ela arruma antes do jantar.

Um dia pediu para encher a banheira com espuma, porque Reina fazia assim. Na manhã seguinte, queria levar para a escola um sanduíche de tortilla de lingüiça recém-feita embrulhado em papel de alumínio e dentro de uma sacola hermética que o mantivesse quentinho, porque eram assim os sanduíches que Reina preparava para a filha. Naquela mesma tarde me pediu que fabricasse para ele um cofrinho de papelão porque Reina sabia fazer aquilo. Algumas noites mais tarde me perguntou por que eu ia jantar com uns amigos em vez de ficar em casa, porque Reina lhe disse que não saía sozinha por aí desde que a filha nascera. De repente, ele resolvia que queria dormir comigo quando pressentia que ia ter pesadelos, porque Reina o deixava dormir com ela e com o pai. Quando íamos para a praça, queria ficar brincando comigo em vez de fazer amizade com outras crianças, porque Reina sempre brincava com ele nos fins de semana. Quando íamos ao cinema, eu tinha que comprar ingressos para o balcão porque Reina dizia que as crianças viam melhor dali do que da platéia. Quando o levava para lanchar um hambúrguer, tinha que limpá-lo previamente de qualquer rastro de acompanhamento vegetal porque Reina não se incomodava de fazer isso. Ele achava errado que eu andasse nua pela casa mesmo quando estávamos sozinhos, porque Reina nunca fazia essas coisas, e não gostava de que eu usasse salto alto, nem que pintasse a boca e as unhas de vermelho, nem que usasse meias pretas, porque Reina jamais fazia nenhuma dessas coisas. Um dia me perguntou por que eu ralhava pouco com ele quando fazia coisas erradas, porque Reina sempre fingia que ficava zangada quando o pegava em qualquer falta. Outro dia reclamou que eu trabalhava muito, porque Reina lhe disse que ela não trabalhava para poder curtir plenamente a filha. Nas horas em que eu trabalho você está no colégio, respondi, de modo que dá no mesmo. Nada disso, respondeu, eu acho que não dá no mesmo. Reina, pelo visto, sempre tinha tempo.

— Você o educou — repetia Magda — e ensinou que ele pode escolher. Agora escolheu, e pronto.

Ela insistiu em que eu voltasse para a praia em agosto, depois de deixar Jaime com o pai, e eu prometi que ia voltar, achei que estava disposta a fazê-lo, mas quando cheguei em casa me senti muito cansada, e continuei cansada no dia seguinte, e no outro, e no outro. Disquei um por um todos os números de telefone que sabia de cor e ninguém me respondeu, o mundo inteiro estava de férias, e isso no fundo não me importava, eu chegava até a sentir uma estranha pontada de prazer toda vez que contava dez toques sem receber resposta, porque na realidade não tinha vontade de ver ninguém.

Nunca me sentira tão fracassada em toda a minha vida.

Ia ao cinema todas as tardes, porque as salas tinham ar refrigerado.

Abri a porta e nem olhei para ele. Levantei o botijão vazio com as duas mãos, deixei-o no corredor e tirei do bolso uma nota de mil pesetas, repetindo mecanicamente uma seqüência que realizara um milhão de vezes, mas então ele pronunciou o preço em voz alta, e seu sotaque me avisou que não era o entregador das outras vezes. Olhei para a sua cara e ele me sorriu.

— Polonês? — perguntei, para dizer alguma coisa, enquanto ele procurava o troco numa carteira presa na cintura por uma correia.

O fecho do macacão cor de butano estava aberto até quase o umbigo, e as mangas arregaçadas acima do cotovelo. Era mais alto do que eu quase uma cabeça, e seus braços davam a impressão de serem capazes de me rodear mais de duas vezes. Tinha cabelo preto, olhos verdes, pele branquíssima e um rosto muito quadrado. Fazia um tempão que eu não topava com um espetáculo daqueles.

— Não! — respondeu, com um sorriso forçado, como se minha suposição o ofendesse. — Não polonês, nada polonês. Eu búlgaro.

— Ah! Sinto muito.

— Poloneses, brrr... — acrescentou, mexendo a mão com um gesto de desprezo. — Católicos, chatos, todos igual ao papa. Búlgaros muito melhor.

— Claro.

Pegou o botijão vazio, jogou-o no ombro como se não pesasse nada, sorriu e se despediu. Nessa tarde não fui ao cinema.

Dois dias depois, vi que o vizinho deixara um botijão vazio diante da porta, e o troquei pelo que ele tinha me deixado, mas quem subiu para trocar foi o polonês de sempre, louro, baixinho, com bigode e uma corrente cheia de medalhas da Virgem pendurada no pescoço.

— E o búlgaro? — perguntei, e ele me olhou com cara amarrada, encolhendo os ombros. — Tudo bem, tome.

— Não gorjeta? — me disse apenas.

— Não gorjeta — respondi, e fechei a porta.

Voltei a vê-lo a meados de setembro, numa manhã de sábado, por acaso. Eu estava saindo pelo portão para fazer as compras, levando Jaime pela mão, e o vi na esquina, parado junto ao caminhão. Não me atrevi a dizer nada, mas ele me reconheceu e sorriu de novo, e então observei que, quando o fazia, apareciam duas covinhas em suas bochechas.

— Oi! — disse ele balançando a mão no ar.
— Oi — respondi, me aproximando. — Como vai?
— Bem, bem.

Então o chamaram, mas não entendi o nome. Ele pegou dois botijões que estavam no chão e me deu um olhar de desculpa.

— Agora, o batente.
— Claro — disse. — Tchau.
— Tchau.

Uns dez dias depois, quando acabava de me sentar à mesa, a campainha tocou, e fiquei tão irritada por ter que me levantar que cheguei a pensar em não abrir. No caminho, tentando adivinhar quem podia ser tão inoportuno, nem lembrei que ele existia, mas foi exatamente a pessoa que encontrei, sorrindo como sempre, do outro lado da porta.

— Não vai querer? — apontava para um botijão que estava no solo.
— Ih! Mas é claro... — menti, escondendo no bolso o guardanapo que tinha na mão. — Que coincidência! Justamente estou com um vazio. Já vou pegar, obrigada.

Corri até a cozinha, soltei um botijão ainda pela metade e o transportei pelo corredor o mais dignamente que pude, como se pesasse exatamente a metade do que realmente pesava.

— Você quer que eu meta dentro? — perguntou, apontando para o que ele tinha trazido, e eu caí na gargalhada.
— Quero, é claro que quero — respondi, e ele sorriu, apesar de evidentemente não identificar o sentido do meu riso. — Isso me faz lembrar de uma piada muito velha que a gente contava no colégio, quando era criança, entende?
— Colégio — disse —, você criança? — e eu fiz que sim.
— O entregador de gás chegava numa casa e a dona lhe dizia, mete até aqui, que quando meu marido chegar, ele vai meter até o fundo... É muito ruim a piada, mas a gente morria de rir.

Enquanto eu caía na gargalhada, ele tentava se juntar a mim, como se nunca tivesse ouvido nada mais engraçado, e eu achei que não havia compreendido nada em absoluto, mas estava errada, porque um instante depois, fixando o olhar na carteira onde procurava o troco durante mais tempo do que o razoável, emitiu suas conclusões num cauteloso murmúrio.

— Mas seu marido não, não é?

Eu não quis responder logo, mas meus lábios se curvaram num sorriso inconsciente. Ele levantou os olhos e continuou, olhando para mim.

— Você filho sim, eu vi, mas marido não. Certo?

Não pude reprimir uma nova gargalhada, profunda e ruidosa, e dessa vez ele riu comigo, e nós dois sabíamos do que estávamos rindo.

— É isso aí — respondi num sussurro, sem tentar conter o riso —, é a mesma coisa em qualquer lugar, aqui, na Bulgária, na Papua-Nova Guiné, não tem jeito, cara.

— Não entendo — respondeu.

— Não faz mal. O caso é que tudo está certo — admiti, e senti vontade de acrescentar, quer dizer, você pensa que eu devo estar subindo pelas paredes de tanto assanhamento, e eu sei que é verdade.

— Divórcio?

— É.

— Então, podemos marcar alguma coisa. — Assenti com a cabeça. — Hoje à noite? — Tornei a assentir. — Oito e meia.

Continuei assentindo em silêncio, mas ele não deve ter considerado garantia suficiente, porque quando já começava a descer a escada virou-se e ficou me olhando.

— Combinado? — perguntou.

— Combinado.

Naquela noite, às oito e trinta e três minutos, estava tocando o interfone. Quando eu disse que descia num minuto, respondeu que não, que estava subindo, e subiu muito rápido, com os saltos de suas botas pretas batucando em cada degrau. Usava um *jeans* estrepitosamente apertado, marcando o relevo, e uma camiseta de algodão cinza-claro, sem mangas.

— Vamos sair para tomar uns drinques? — propus quando ele entrou no vestíbulo, tentando resgatar o plano que eu tinha traçado previamente, uma seqüência convencional, drinques, jantar, mais drinques, destinada a revestir a situação com um certo verniz de normalidade.

— Não — respondeu, abraçando-me pela cintura. — Para quê?

— Também é verdade — sussurrei, deixando a bolsa cair no chão, um segundo antes de beijá-lo.

Ele se chamava Hristo e foi a primeira coisa intrinsecamente boa que me aconteceu em muito tempo.

Nascera em Plovdiv, vinte e quatro anos antes, mas fazia tempo que morava em Sofia quando o Muro caiu, e alguns meses depois já tinha se mudado para um vilarejo localizado ao lado da fronteira com a Iugoslávia para se mandar na primeira oportunidade, pelas dúvidas, explicou, sei lá se não se arrependem e fecham de novo antes de me dar tempo de atravessar a grade. Cruzou a metade da Europa antes de entrar na Espanha, mas não gostava da Alemanha pelo clima, na Itália as coisas não tinham corrido bem e na França havia refugiados demais quando ele chegou. Estava em Madri há dezoito meses e se sentia à vontade, apesar de terem lhe negado o estatuto de asilado político meia dúzia de vezes, com o argumento razoável de que ele não tinha saído da Bulgária por motivos políticos, uma tese que interpretava como uma desculpa imunda porque, como repetira insistentemente para uma dúzia de funcionários em outras tantas ocasiões, em seu país não havia nem liberdade nem comida, e portanto não precisava de nenhum outro motivo para dar o fora.

— Além do mais — acrescentou —, eu dizia que o rei nosso mora aqui. Mas nada. Eles que não, que não, que não.

Seu plano inicial consistia em emigrar o quanto antes para os Estados Unidos, mas quando chegou, seus compatriotas lhe informaram que a Cruz Vermelha espanhola dava um subsídio mensal para cada refugiado do Leste, ao passo que, no extremamente hipotético caso de que o deixassem entrar na América, lá não lhe dariam nem bom-dia, de modo que mudou de planos sem dor e sem demora. A princípio, porém, as coisas não foram fáceis para ele. Dividia com outros quatro búlgaros um quarto sujo e escuro numa espelunca cuja dona lhes extorquia tudo o que podia, sabendo que precisavam de um endereço fixo, preferentemente o mesmo, para renovar o visto de residência todos os meses, e trabalhava como peão numa obra, em condições não muito melhores. Depois, quando por fim lhe deram um visto anual, saiu dali e começou a se virar por conta própria.

— Agora tenho negócios — disse, muito enigmático.

Há um mês ele entregava gás, e não pretendia ficar muito mais tempo fazendo isso. Estava guardando o lugar para um irmão, que sofrera um acidente de carro, mas já estava farto. Perguntei em que trabalhava quando morava na Bulgária, e ele riu.

— Na Bulgária só mulheres trabalham — disse. — Homens fazem outras coisas.

— Ah é? — perguntei, atônita. — O quê, são cafetões?

— Ganhar dinheiro.

Pedi para me explicar esse mistério e entendi que ele só empregava o verbo "trabalhar" para a execução de qualquer tarefa legal, um campo para o qual não se encaminhavam precisamente as suas preferências. Na Bulgária fizera de tudo, desde importar ilegalmente uma grande variedade de objetos originários da Alemanha Oriental até passar dinheiro falso, que era sua ocupação habitual na época em que saiu do país. Não consegui que me confessasse em que espécie de negócios estava envolvido agora, mas quando lhe avisei que aqui as coisas são ligeiramente diferentes e que com dez mil pesetas não se sai da cadeia, ele disse que não era bobo e que sabia muito bem o que estava fazendo, e eu percebi que estava falando sério. Não queria viver como o irmão, trabalhando dez horas por dia, sem contrato nem benefícios sociais, ganhando pouco e economizando tudo para trazer a mulher e os dois filhos, como se fosse um polonês, acrescentou. Ele não era casado e não tinha a menor intenção de virar polonês. Quando se estabeleceu em Madri, escreveu um cartão para a namorada com três linhas, estou bem, não pretendo voltar, nem pense em vir, adeus.

— Ela chora dias e dias — explicou —, mas coisas são assim.

Sentia muita falta da mansidão das mulheres do seu país, porque elas não exigiam nada em troca de obedecer aos homens.

Na primeira noite que passamos juntos, contou que pouco tempo depois de ter chegado arranjou uma namorada andaluza que morava em Carabanchel, uma garota solteira, jovem e bonita, que transava bem, mas não tanto quanto eu — um detalhe que especificou como um aspecto extremamente importante, o que não deixou de me agradar —, e que estava disposta a se casar com ele, mas que não o deixava em paz.

— Sempre dizia, aonde você vai, e depois, agora você não vai, agora trepar, trepar, sempre trepar quando eu ia sair.

— Claro — expliquei, às gargalhadas —, para te esvaziar, porque a gozada que você dava com ela, depois não dava por aí.

— Eu entendo — afirmava balançando a cabeça; entendia mas não gostava.
— Uns dias eu dizia, não, trepar, não, eu embora, e ela dizia, eu me mato, me mato, vou me matar. E sempre trepar antes de eu ir embora.

Apesar disso, ele ainda tinha fôlego para combinar a companhia da namorada com a de outra refugiada, uma garota romena que trabalhava como faxineira diarista e de quem não fazia segredo porque não considerava necessário. Quando a andaluza foi informada da situação por um outro búlgaro, que aspirava a pedir sua mão, ficou uma fera e fez um escândalo terrível no meio da rua, e depois jogou a roupa e todas as coisas dele pela janela diante do olhar indiferente dos passantes, um detalhe que o deixou fora de si.

— E documentos... puff! Tchau.

— Claro, porque você é um sacana — dizia eu, rindo. — Como foi fazer uma coisa dessas com a coitada da guria?

— Fazer o quê? Para ela dava no mesmo. Eu comportava bem com ela. Melhor do que com a outra. No meu país, mulheres não são assim. As espanholas muito diferentes. Aqui, ser homem é mais difícil. Mulheres dão mais, com mais paixão, mas ciumentas, proprietárias...

— Possessivas.

— Isso, possessivas. Querem saber aonde a gente vai, sempre aonde vai, onde mora. Dão tudo, mas pedem tudo. Dizem que se matam, sempre dizem que você está matando elas, que ela vai se matar. Prefiro búlgaras, mais fácil estar contentes. Você ganha dinheiro, dá a ela, trata bem, e pronto.

— Isto aqui é o Sul, Hristo.

— Eu sei.

— O Sul, aqui as guerras quase sempre são civis.

Eu nunca sabia com antecedência quando íamos nos ver. Não havia maneira de localizá-lo porque ele não parecia ter um endereço fixo e quase nunca ligava para mim, mas ficava terrivelmente zangado quando vinha à minha casa e não me encontrava. Era engraçado, esperto, enérgico e assombrosamente generoso à sua maneira. Quando tinha dinheiro, me levava a lugares caríssimos e me dava presentes espetaculares. Quando não tinha, me pedia como se fosse a coisa mais natural do mundo e, como era mesmo, eu emprestava e ele me devolvia religiosamente poucos dias depois, com um ramo de flores ou uma caixa de bombons, qualquer detalhe discreto à guisa de juros. Sempre que a gente se via, acabava na cama, aliás muitas vezes começava nela e não ia a nenhum outro lugar. Como no fundo não deixava de ser lógico, ele carecia de todos os sintomas da síndrome do homem ocidental contemporâneo. Mostrava-se esmagadoramente seguro de si mesmo, não tinha medo de dizer o que sentia, não precisava bancar o durão à toa, nunca parecia cansado, nem sem vontade, e me tratava com uma espécie de condescendência irônica — como se dissesse, sem falar, e agora vou te comer porque você está querendo — que me divertia muito, sobretudo porque, em linhas gerais e apesar das aparências, nossa relação era exatamente o contrário. Era ele quem me procurava e quem me contava sua vida, era ele quem me pedia apoio e compreensão, era ele quem, entre os dois, parecia sempre estar fazendo o melhor negócio.

Numa sexta-feira ele apareceu na minha casa muito irritado, num horário inédito até então, quase às duas da manhã. Estivera numa festa, contou, outros búlgaros o tinham levado mas nenhum deles avisou em que estava se metendo.

— Era uma festa de homem sozinho. E o que aconteceu eu não gosto. Com um espanhol — explicou.

— Não me surpreende nada, Hristo — eu disse, adivinhando o resto da história —, com essa pinta.

— Não entendo.

— Vem cá, dá uma olhada no espelho.

Levei-o pelo cotovelo até o vestíbulo, acendi a luz e o coloquei exatamente na frente do espelho. Nessa noite ele tinha saído de casa com todas as suas propriedades penduradas, meia dúzia de correntes no pescoço, duas pulseiras no pulso direito, um Rolex e outra pulseira no esquerdo, e diversos anéis em seis dedos, um carregamento de ouro puro de vinte e quatro quilates.

— O que é?

— Pelo amor de Deus! — exclamei. — Mas será que você não vê? Está parecendo a amante do meu avô... — Percebi que daquele jeito ele não me entenderia, e expliquei melhor. — Aqui os homens não usam jóias, nenhuma jóia. Não é coisa de macho, entende? Os machos não usam ouro. Ouro é para mulheres.

— Certo — disse. — Eu já sabia.

— E então?

— Não posso ficar dinheiro. Se ficar dinheiro e me mandam embora, na Bulgária dinheiro espanhol vale pouco. Ouro vale muito lá.

— Mas não vão mandar você embora, Hristo! Você não. Se fosse palestino, ou gambiano, seria outra coisa, mas vocês, ninguém vai mandar embora.

— Não sei não.

Olhei-o e ele virou a cabeça. Nessa altura já tinha me confessado, de má vontade, que comerciava com toda espécie de coisas, de moedas até peças de carros roubados, tudo menos drogas, a única mercadoria que achava perigosa demais nas suas circunstâncias.

— Bem, olha, vamos fazer uma coisa. Você tem confiança em mim? — Fez que sim com a cabeça. — Então, se isso te deixa mais tranqüilo, continua comprando ouro, mas não leva no corpo, porque fora o fato de te pedirem preço na rua, você está parecendo propaganda para assalto, cara. A gente compra um cofre com uma chave só e você fica com ela, mas o guardamos aqui, na minha casa. Você pode abrir todas as vezes que quiser para checar o que tem dentro, eu não vou tirar nada, e no dia que você for mandado embora, se isso acontecer, você vem e leva tudo, combinado?

— E se não dá tempo?

— Então, eu pego um avião e levo o ouro para Sofia. — Ele me olhou com estranheza e eu fiquei séria. — Juro, Hristo.

— Por filho?

— Por filho. Juro pelo meu filho.

— Você faz isso por mim?

— Claro que sim, que bobagem.

— Eu pago passagem sua.

— Isso é o de menos.

— Sério, você viria a Sofia?

— Sério.

Olhou para mim como se nunca tivesse ousado esperar uma oferta parecida e começou a tirar as correntes devagar, deixando-as cair na concavidade das minhas mãos, como se minha atitude o houvesse emocionado de verdade.

— Esta posso ficar? — perguntou, apontando para a mais grossa. — Gosto muito dela.

— Claro que pode, e também o relógio, e um anel — disse, quando compreendi que também não precisava parecer um cavalheiro.

Transportei o tesouro para o meu quarto e o guardei na gaveta da mesinha-de-cabeceira. Ele veio atrás de mim e me derrubou na cama antes de me dar tempo para perceber o que estava acontecendo.

— Você gosta de mim? — perguntou depois, quando eu ainda podia sentir os restos frescos do seu sêmen escorrendo em minhas coxas.

— Claro — respondi, e o beijei nos lábios —, claro que gosto de você.

— Mas não sente a minha falta, não é?

Escutar uma frase tão impecavelmente articulada me surpreendeu tanto que suspeitei que talvez ele a houvesse trazido pronta, e no entanto lhe disse a verdade.

— Não, Hristo. Não sinto a sua falta. Mas gosto de estar contigo, é isso o que impor...

— Eu sabia — interrompeu-me bruscamente. — Você nunca diz me mato quando vou embora.

Tive a sensação de que ele havia ficado triste, e me irritou muito a idéia de que aquele idiota tivesse se apaixonado por mim. Enquanto eu procurava desesperadamente o que dizer, ele começou a falar numa língua desconhecida, mexendo a mão direita no ar, brincando com a expressão da voz, como se recitasse um poema. Quando terminou, ficou me olhando, e achei que estava chorando.

— Pushkin — disse apenas.

Depois se jogou sobre mim e começou a foder como se alguém houvesse lhe soprado no ouvido que o mundo só teria mais dez minutos de existência.

Na manhã seguinte parecia completamente recuperado. Não se levantou da cama até eu sair do banheiro, enxuta e vestida, mas tomamos juntos o café da manhã, e então ele comentou que falava russo porque tinha estudado no colégio. Achei que não voltaria ao assunto, mas na rua, quando nos despedimos, disse antes de me dar um beijo.

— Tudo igual?

— Claro que sim — respondi, devolvendo o beijo. — Tudo exatamente igual.

Ele sorriu e eu fui trabalhar.

Naquela mesma tarde, Reina ligou para me perguntar o que eu estava planejando fazer no Natal e, antes de me dar tempo para responder, contou que ela havia pensado que podíamos jantar todos na casa dela, eles, as crianças, papai e mamãe com seus respectivos parceiros, e eu sem nenhum.

— Quer dizer, entende — disse —, isso é o que a gente imagina, mas você pode vir com quem quiser, naturalmente.

Faltavam mais de quinze dias para o Natal e na verdade eu ainda não pensara em nada de concreto. Tinha certeza de que Hristo iria comigo se eu pedisse, mas achava sacanagem levá-lo. Por fim, liguei para Reina e aceitei, propondo em troca que Jaime passasse o Ano-Novo comigo. Foi então que ela me perguntou se eu não estava achando meu filho meio estranho ultimamente.

— Não — respondi, sem necessidade de parar para pensar. — Me parece normal, como sempre. Por que você está perguntando?

— Não, por nada.

— Negativo, Reina, por nada não pode ser. O que há?

— Sei lá... — sussurrou. — Ele está muito quieto e briga muito com a prima. Vai ver que é porque a gravidez já está dando para notar.

— Mas que conversa é essa! Outro dia mesmo ele me disse que estava feliz por ter uma irmã.

— Você acha?

— Lógico, não teria por que me dizer outra coisa... Além do mais — lembrei, como fazia toda vez que tinha oportunidade —, você não é a mãe dele. Será que aconteceu alguma coisa no colégio? Mas ele tirou notas ótimas neste trimestre...

— É... tudo bem, deve ser uma fase.

Não disse mais nada, mas eu também não precisava ouvir mais nada para ficar preocupada. Vigiei Jaime com o cantinho do olho durante o fim de semana e o achei bem-humorado, contente, e até especialmente comunicativo. Na semana seguinte, um dia o apanhei no colégio e fomos ao cinema e depois lanchar, e no final ele me perguntou se podia dormir na minha casa, e quando eu disse mas é claro que sim, que podia fazer isso sempre que quisesse porque a minha casa era a casa dele também, ele me contou que Reina às vezes lhe dizia que eu não podia levá-lo ao colégio antes de ir para o trabalho porque era muito longe e eu ia chegar tarde às minhas aulas.

— Mas será que você se importa de chegar ao colégio quinze minutos antes de tocar o sinal? — perguntei.

— Claro que não.

— Então pode vir dormir aqui sempre que quiser. É só telefonar que eu vou te buscar.

Naquela noite, quando o levei para a cama, fiquei um pouquinho com ele.

— Está acontecendo alguma coisa, Jaime?

— Nãooooo! — respondeu, balançando a cabeça.

— Tem certeza?

— Tenho.

— Ótimo! — disse, sorrindo.

Depois lhe dei um beijo, apaguei a luz e saí do quarto, mas antes de fechar a porta ouvi que estava me chamando.

— Mãe!
— O quê?
— Nessas férias a gente pode ir para Almería?
— Acho que não, meu bem — disse, voltando para perto dele —, porque estas férias são muito curtas, a gente tem que jantar com a família toda no Natal, e depois no *réveillon*, e depois chegam os Reis Magos e eles não vão te trazer nenhum presente se você estiver fora de casa. Mas a gente vai no primeiro feriado comprido que houver no ano que vem, combinado?
— Combinado. — Fechou os olhos e se remexeu no travesseiro. Parecia cansado.
— Boa noite — eu disse.
— Boa noite — respondeu, mas depois me chamou outra vez. — Mãe!
— O quê?
— Eu não contei a ninguém, sabe? Sobre o nosso esconderijo...
Dois dias depois, Reina me ligou de novo para comentar como estava achando Jaime tão estranho, e dessa vez menti deliberadamente quando respondi que não tinha notado nada diferente.

O alto com bigode se chamava Petre, mas Hristo me disse no ouvido que se fazia chamar Vasili porque na Espanha ninguém esperava que um búlgaro se chamasse assim. Foi enumerando o nome de todos os outros enquanto nos apresentava, Giorgios, outro Hristo, Nikolai, outro Hristo, Vasco, Plamen, um Petre sem complexos, um Vasili autêntico e um par de Hristos mais.
— Meu nome muito famoso na Bulgária — disse, como se quisesse se desculpar.
Fazia muito frio, mas era difícil senti-lo. A Puerta del Sol estava cheia de gente apressada e sorridente, as luzes coloridas brilhavam sobre nossas cabeças, e a desenfreada megafonia de um *shopping* espalhava uma monótona sucessão de cânticos tradicionais cujo eco venenoso explodia no ar, impregnando-o de uma nostalgia artificial e melosa. Pouco a pouco, foram chegando mais convidados àquela estranha festa de Natal, quase todos búlgaros, mas também romenos, russos e até poloneses, sempre muito jovens e na maioria homens, alguns acompanhados de garotas espanholas, outros com suas mulheres e uma ou outra criança, até formarem uma multidão ao redor do chafariz em cuja borda Hristo e eu encontramos por milagre um espaço para sentar. Logo começaram a circular garrafas de dois litros de Coca-Cola recheadas de genebra até a metade, e nenhum copo. Bebíamos do gargalo, limpando-o com a palma da mão antes de levar a garrafa à boca e passando-a para a esquerda depois do primeiro gole, até receber outra igual pela direita, e então alguém começava a cantar numa língua esquisita, alguns lhe faziam coro por alguns momentos,

depois paravam e riam, todos pareciam estar muito contentes, eu disse isso ao Hristo e ele me olhou com cara de estranheza, claro que a gente está contente, respondeu, amanhã é Natal. Então comecei a rir e ele me beijou, e eu me senti melhor por estar ali, com aqueles milionários despossuídos, que não tinham absolutamente nada mas esperavam do futuro absolutamente tudo, porque estavam vivos, e repletos de coisas por dentro, e no dia seguinte era Natal, e não fazia falta mais nada para ficar contente. Eu os acompanhava e bebia com eles, sem intenção de perder o controle mas sem fazer nada para evitar isso, olhando de esguelha para o relógio e amaldiçoando de antemão o espetáculo que me esperava, como se não pudesse conceber nada mais odioso do que a obrigação de me encerrar nessa noite na casa da minha irmã, para jantar, sorrir e me comportar direitinho, uma tortura da qual, pelo menos, já tinham se liberado, e por muitos anos, aqueles miseráveis otimistas que me rodeavam. Brindei por aquilo sem dizer nada, e continuei bebendo, e rindo, e beijando as faces dos que se aproximavam de mim, e me deixando beijar também, feliz Natal, feliz Natal, feliz Natal para todos, porra.

Eles me viram antes de que eu pudesse distingui-los entre os rios de gente que se cruzavam e entrechocavam como formigas na boca do formigueiro, empurrando-se mutuamente em direções opostas em frente à saída da rua Preciados. Caminharam alguns passos em minha direção e pararam, atônitos, diante da roda de refugiados, que imediatamente se abriu para lhes dar passagem, seus integrantes de repente coibidos pela sempre impressionante e universal aparência das pessoas de bem. Cheios de embrulhos, prósperos e bem-vestidos, pareciam uma dessas famílias-modelo que aparecem nos anúncios de televisão exibindo a maravilhosa bicicleta de onze marchas que ganharam do seu banco de toda a vida pelo simples fato de abrirem uma poupança a sete e pouco por cento de juros, incrível mas a pura verdade, e você, o que está esperando?

Reina estava completamente coberta com um visom reluzente, comprido até os pés, e fedia a laquê como se tivesse acabado de sair do cabeleireiro. A filha dela parecia uma réplica exata das meninas que nós duas éramos nessa idade. Santiago vestia um sobretudo marrom de pêlo de camelo, e por baixo terno escuro e gravata, como não podia deixar de ser numa data como aquela, e Jaime tampouco tinha se livrado. Por baixo da parca, percebi de relance um *blazer* azul-marinho com botões dourados que eu nunca tinha visto.

— Oi, mamãe!

Meu filho foi o único que me cumprimentou com serenidade, e se não tivesse se mostrado tão contente de me encontrar talvez eu nunca tivesse tomado plena consciência da minha situação, mas o cumprimento dele me desanuviou na hora, e só então pude me ver de fora, como se não fosse eu mesma, uma mulher de meia-idade abraçada com um homem oito anos mais jovem que ela e rodeada por uma escolta de maltrapilhos, estrangeiros sem documentos, ilegais, de aspecto inquietante, que trocavam de calçada toda vez que divisavam um guarda ao longe, e tudo parecia normal, mas essa mulher era eu, e era a mãe do menino baixinho com lábios de índio que estava balançando a mão no ar, me cumprimentando como se ele também achasse normal aquilo, e de repente senti que aquele sorriso significava tudo para mim, e tentei tocar nele, mas minha irmã, que o puxava pela mão, deu um passo atrás.

— Você vem para o jantar? — perguntou.

— Claro — respondi, sem conseguir impedir que minha voz soasse pastosa.

— Então seria melhor passar antes em casa e trocar de roupa, porque você está um nojo.

Inclinei a cabeça e distingui a marca de vários regueiros de Coca-Cola na minha blusa branca. Estava tão furiosa que não descobri nada digno para dizer. Quando tornei a olhar para a frente, eles já tinham se virado e se afastavam depressa, me dando as costas.

— Jaime! — gritei, com uma horrenda voz de bêbada. — Você não vai me dar um beijo?

Meu filho se virou para me olhar, endireitou a cabeça, e a girou para trás outra vez. Então fez um gesto com a mão, me pedindo para esperar, e apesar da distância pude ver perfeitamente como ele tentava se soltar da mão de minha irmã, e como Reina agarrava a mão dele com mais força, fazendo-o tropeçar. Um instante depois, Jaime se virou e me olhou pela última vez, levantando os ombros para demonstrar sua impotência, enquanto me mandava um beijo na ponta dos dedos.

Hristo, que tinha presenciado tudo sem entender nada, me segurou pelos ombros quando comecei a chorar, e depois me abraçou, e começou a me beijar, a me acariciar o rosto e a limpar minhas lágrimas, e eu lhe agradeci em silêncio por todos esses cuidados, e senti vontade de explicar que nem ele nem ninguém poderia cortar, com nenhum gesto, aquela brutal hemorragia de choro, mas não conseguia falar, só conseguia soluçar em voz alta, deixando escapar soluços longos e profundos, o som estridente da desolação, até que alguém, de algum lugar, me estendeu uma garrafa quase cheia para que eu entornasse de um só gole a metade do conteúdo, e a reação que o álcool disparou em meu interior me permitiu por fim abrir os olhos e mexer os lábios.

— Pushkin — disse, e ele concordou, balançando a cabeça.

Depois, tornou a me abraçar pelos ombros com as duas mãos, me apertou contra o peito, e eu continuei chorando.

Acordei vestida, jogada num sofá, na sala de uma casa que eu não conhecia. Enquanto permanecia com os olhos fechados, só sentia o zumbido de uma serra cortando minha cabeça ao meio, mas assim que levantava uma pálpebra, um braço invisível dava uma martelada bestial na cabeça de um prego muito grosso que me atravessava o cérebro na diagonal. Lembrava vagamente de como tinha ido parar ali na noite anterior, mas não conseguia lembrar a que outro lugar eu devia ter ido em vez de terminar jogada naquele apartamento cheio de pessoas dormindo no chão. Quando consegui conectar todos os fios, me levantei e, abrindo os olhos o mínimo possível, consegui driblar sem dificuldade todos os corpos que se interpunham entre o meu e a porta, localizei meu casaco no cabideiro do vestíbulo, coloquei-o e saí para a rua.

Não esperava encontrar um táxi tão depressa, na manhã de Natal e no que me parecia ser o bairro de Batán, mas dei com um vazio antes de chegar à entrada do metrô. Quando cheguei em casa, joguei dois envelopes de Frenadol em meio copo d'água e, sem esperar que fizesse efeito, preparei um suco de tomate com muita pimenta e um bom jato de vodca. Depois me sentei ao lado do telefone com uma toalha encharcada de água fria em cima dos olhos e disquei um número que sabia de cor.

— Está ligando para se desculpar? — perguntou Reina quando atendeu.
— Não. Só quero falar com meu filho.
— Tudo bem, espera um minuto.

Jaime veio logo, e eu pedi desculpas por não ter ido ao jantar na noite anterior.
— Não se preocupe, mamãe. Foi um jantar muito chato e o peru estava duro. Com certeza você se divertiu mais com Jesus Cristo.
— Quem sabe a gente pode almoçar juntos hoje... — propus sem muitas esperanças.
— Não dá, porque hoje a gente vai almoçar na casa da tia Esperanza.
— Claro — disse, lembrando que Santiago sempre almoça com as irmãs no dia de Natal. — Está bem, então vou te pegar amanhã.

Ele disse que sim e desligou, depois de me avisar que estavam passando desenhos na TV.

Caí na cama, na escuridão, e dormi duas ou três horas. Quando acordei estava muito melhor. Tomei um banho, me vesti e fui para a rua com uma sacola plástica na mão esquerda. Fazia um dia frio, mas o céu estava azul e o sol, límpido. Achei que era um bom presságio e resolvi ir andando, apesar da distância.

Em cima da porta, o cartaz anunciava consertos de urgência, vinte e quatro horas, mas o local que se adivinhava por entre as persianas penduradas atrás da porta parecia deserto. Toquei a campainha sem grandes esperanças, mas na segunda tentativa apareceu um operário jovem, de macacão azul, que não apresentava um aspecto muito melhor que o meu. Em seu rosto lia-se a raiva intensa que o invadia quando pensava que tinha que trabalhar num dia que era feriado até para os padeiros. Fui atrás dele em silêncio até o balcão, abri a sacola para mostrar-lhe o conteúdo e quase antecipei alguma justificativa pela banalidade do meu problema antes de explicá-lo. Mas ele me sorriu abertamente. Levantou a caixa no ar, levou um instante para estudar a fechadura, desapareceu com ela pela porta do fundo e logo voltou, depois de produzir um ruído seco.

— Que bom! — exclamei, guardando novamente a caixa já aberta na sacola, com a tampa deformada pelas marcas da alavanca. — Que rápido! Quanto é?

— Nada, moça — respondeu. — Como vou cobrar por uma bobagem dessas?

Insisti brevemente mas ele se manteve firme no propósito de não querer receber.

— Não é nada, de verdade.

— Obrigada, e desculpa outra vez. Sinto muito ter incomodado por tão pouca coisa.

— De nada — bocejou, preparando-se para retomar o sono que eu havia interrompido. — E feliz Natal.

— Feliz Natal.

Continuei meu caminho pensando em como proliferavam os bons presságios no brevíssimo tempo daquela manhã, e cheguei a curtir o passeio que me levou até meu destino definitivo, mas quando já estava com o dedo no interfone pensei que devia ter ligado antes para avisar, porque eu nunca ia lá, até então sempre fora ele quem vinha à minha casa. Mas ele abriu a porta logo e não pareceu se incomodar com minha visita. Imaginei que estava sozinho e entediado, como quase sempre.

— Malena, que alegria! — Se aproximou para me abraçar e me estampou um beijo sonoro, beijos de verdade, em cada bochecha. — Como você está?

— Arrasada — admiti. — Por isso vim, você sabe que eu só apareço quando estou péssima.

— É mesmo... — ele ria —, assim são vocês, mulheres, umas ingratas, não se pode fazer nada.

Sentamos num grande salão onde se respirava um inequívoco ar familiar que ia muito além da presença de alguns móveis arquiconhecidos por mim.

— Este apartamento é seu, não é? — Ele confirmou com a cabeça. — Mas parece casa de Porfirio.

— Porque foi ele que construiu, minha filha, como todas. — Soltou uma gargalhada e eu o acompanhei. — Muito bem, o que você quer beber?

— Nada, absolutamente nada mesmo, estou com uma ressaca de matar.

— Bem, como quiser. — Serviu dois dedos de uísque, se esparramou numa poltrona, aqueceu o copo com as mãos e olhou para mim. — Então conta.

Eu abri a sacola plástica que tinha levado comigo e sem pronunciar uma só palavra pus na mesa o cofre recém-aberto. Ele se aproximou para olhar o interior dele, e quando viu o conteúdo soltou um assobio de admiração muito parecido com o que eu tinha dado um dia. Depois tirou-a com muita delicadeza, se endireitou e foi até a varanda para vê-la sob a luz.

— Que coisa! — disse um instante depois, sorrindo. — Eu achava que nunca mais ia tornar a vê-la.

— Quero que você a compre, Tomás — pedi. — Por favor, compra. Teu pai me disse que algum dia ela salvaria a minha vida, e não agüento mais. Estou na pior, de verdade.

Ele se sentou ao meu lado, colocou-a no interior da caixa e segurou a minha mão.

— Não posso comprá-la, Malena, porque não tenho dinheiro suficiente para isso. Precisaria vender tudo que eu tenho, e já não estou em idade de me meter nesse tipo de aventuras, mas conheço alguém que certamente vai se interessar, e que pode arranjar muita grana em pouco tempo. Se você quiser, ligo para ele amanhã de manhã, só que não sei se vai poder vir logo, porque mora em Londres... Mas, pensando bem, a gente também pode ir até lá. Você vai fazer alguma coisa especial no *réveillon*?

— Jantar com o meu filho.

— Ótimo! Vamos os três juntos. Podemos levá-lo à Torre, passear no Tâmisa e ir ao Museu Britânico, para ver as múmias dos egípcios, ele vai adorar.

Sorri diante de tanto entusiasmo, negando ao mesmo tempo com a cabeça.

— Não posso, Tomás, é impossível. Eu gostaria, falo sério, principalmente pelo Jaime, mas já gastei quase todo o décimo terceiro e ainda não comprei nem a metade dos presentes, agora não vai dar para pagar duas passagens de avião, e o hotel, e... — A violência das gargalhadas dele me interrompeu no meio da frase. — Mas do que você está rindo?

— De você, minha filha, de você. Eu pago tudo, e você vai me devolver muito antes do que pensa, não se preocupe. — Fez uma pausa para se acalmar e me falou em voz séria: — Você vai ser uma mulher muito rica, Malena, é melhor ir se acostumando com a idéia.

IV

O tio Griffith estudou-a durante alguns segundos, em silêncio. Depois disse:
— E onde está o seu marido?
Com voz fraca, Júlia respondeu:
— Bem... Pensei que você sabia... Eu me separei dele. Ultimamente era impossível conviver.
— Era um mau sujeito.
Com tristeza, Julia disse:
— Não, não era.
— [...] Mas o que você está dizendo? Ele se casa contigo e te larga, e você ainda diz que não era um mau sujeito?
—[...] Quando ele tinha dinheiro era muito generoso comigo — e acrescentou em voz baixa:
— Me dava presentes, presentes muito bonitos, realmente bonitos.
Teimoso, o tio Griffith disse:
— Nunca ouvi tantas bobagens na minha vida.
De repente, e por causa do tom em que o tio Griffith dissera essas palavras, Julia sentiu desprezo por ele. Pensou: "Te conheço. Aposto qualquer coisa que você jamais deu um presente bonito a ninguém. Aposto que jamais deu alguma coisa bonita a ninguém em toda a sua vida. Você é incapaz de apreciar uma coisa bonita, mesmo que a ponham diante do teu nariz."

Jean Rhys, *Depois de deixar o senhor Mackenzie*

Enquanto lhe vestia o pijama sem nenhuma ajuda de sua parte, pensei que havia dormido em pé, encostado na beira da cama. Estava tão cansado que parecia um bêbado em miniatura, mas mesmo assim sorriu por um instante e me fez uma pergunta com os olhos fechados.

— Escuta, mamãe, você acha que vou me lembrar disso quando crescer?
— Ah, acho que sim, se você tentar.

Ele não respondeu, e imaginei que tinha caído no sono. Apoiei-o no meu corpo para ficar com as mãos livres, abri a cama e o empurrei para dentro com a maior suavidade possível. Ele se deitou sobre o lado esquerdo, como sempre, e ainda sussurrou duas palavras, na fronteira dos sons inteligíveis.

— Eu vou tentar — pensei distinguir.

Quando fechei a porta e me vi sozinha no salão, deixei de experimentar, pela primeira vez desde que havíamos chegado, a penosa sensação de impropriedade que a disparatada suíte que Tomás escolhera me inspirava, os dois quartos duplos, com seus correspondentes banheiros, dispostos em ambos os lados do salão de forma ovalada ao qual se entrava por um vestíbulo independente, uma coisa de louco, num dos mais antigos, tradicionais e prestigiosos hotéis de luxo de Londres. Ele não quis me dizer quanto ia sair aquela brincadeira, e eu também não consegui me informar por conta própria porque, por mais que tivesse procurado, não fui capaz de encontrar em lugar algum o habitual quadro com o preço das acomodações, um detalhe de tremendo mau gosto, imaginei, em relação aos critérios que deviam orientar a direção de um estabelecimento daqueles. Eu estava convencida de que tudo daria errado, de que aquele libanês baixinho, com barba de bode, jamais admitiria soltar a brutal montanha de milhões que meu tio havia fixado como preço da esmeralda, aquela cifra de ficção-científica que Tomás enunciou sem se alterar em absoluto, enquanto eu me sentava em cima das minhas mãos para que não se notasse que estava tremendo feito vara verde depois do ataque de nervos que me sacudiu quando a ouvi. Nessa noite, porém, me afundei no sofá de almofadões recheados de penas de ganso como se tivesse passado a vida inteira fazendo isso, e acendi um Ducados com desembaraço e um pequeno isqueiro Bic que ganhei na taverna da esquina da minha casa — "Casa Roberto, Comida Caseira, Tira-Gostos Variados, Produtos Extremenses"—, manchando graciosamente de cinza, a seguir, o impoluto cinzeiro de prata, uma xícara de perfil baixo sustentada por três tritões, que, sem qualquer motivo especial, eu até então ainda não tivera coragem de usar. Estava convencida de que tudo ia dar errado, mas Jaime continuaria se lembrando da viagem até muitos anos depois, e isso significava que tinha valido a pena.

Ouvi ruídos na porta e não me mexi, nem mesmo quando cumprimentei Tomás, que entrava sorrindo no salão.

— Como foi o teatro?

— Muito bom! Você não pode imaginar, ele adorou, tanto que a partir da metade da peça me pediu para parar de traduzir, porque minha voz o distraía. Nunca tinha ido ao teatro, e o espetáculo era maravilhoso, os atores, e a música, tudo fantástico. O chato é que quando voltarmos a Madri vou ter que levá-lo todas as semanas, mas...

— Um minuto, um minuto — interrompeu, pedindo-me calma com a mão. — Primeiro o que vem primeiro. Você jantou? — Neguei com a cabeça. — Bem, então vamos pedir alguma coisa, onde está o cardápio?

Mergulhou a vista na pantagruélica lista do serviço de quartos e levantou o fone para pedir, sem me consultar, um copioso jantar frio.

— Ah! — disse por fim, em seu inglês bastante aceitável. — E uma garrafa de champanhe, por favor...

Quando o ouvi pronunciar o nome daquela marca com um sotaque francês horroroso, me arrependi de não ter intervindo antes.

— É uma pena — avisei —, eu não gosto de champanhe.

— Eu também não — respondeu. — Mas ritual é ritual, e você tem uma coisa para comemorar.

— Ah é? — perguntei, e só então percebi como estava nervosa desde que ele voltara.

— Naturalmente — disse, sorrindo. — Nosso amigo aceitou.

Não tive consciência de haver aberto a boca, mas da minha garganta brotou um alarido tão profundo que três minutos mais tarde um homem encantador e terrivelmente educado ligou, da recepção, para se interessar amavelmente por nossa saúde.

— Não foi nada — explicou Tomás, enquanto eu pulava e ao mesmo tempo dedicava desconexas orações de gratidão a nenhum deus em concreto, com os olhos úmidos e os punhos apertados, sem parar de abraçá-lo. — É que minha sobrinha recebeu uma boa notícia. Nós, latinos, como todo mundo sabe, temos sangue quente.

Depois, quando desligou, se afastou de mim, foi até o bar e serviu uma generosa dose de gim num copo, que me estendeu num gesto autoritário.

— Muito bem — disse —, é como na guerra. Bebe tudo de um só gole. Assim... Está se sentindo melhor?

— Estou, mas ainda não acredito.

— Mas por quê? Nós a vendemos mais ou menos pelo preço de mercado. O consultor me disse que devíamos aumentar dez por cento, porque, afinal, é uma pedra histórica, e parece que nesses casos sempre se costuma pagar um pouco mais. E até poderíamos ter vendido melhor, segundo ele, mas seria preciso dispor de muito tempo para negociar, talvez anos... Ah, o jantar!

Tentei engolir algumas garfadas enquanto o via comendo com apetite, mas me sentia como se alguém tivesse se divertido fazendo um nó de marinheiro nos meus intestinos. O vinho, ao contrário, descia bem, e foi só graças a ele que consegui fazer uma pergunta que me perseguia desde antes de sair de Madri.

— Você não teve pena, Tomás?

— De vender a pedra? — perguntou, e eu confirmei. — Não. Por que teria?

— Porque era do seu pai, e deviam ter sido você e seus irmãos os vendedores, e não eu, isso para começar, e depois porque é a última coisa... como posso dizer, a última coisa grande que restava da fortuna do Peru, não é? Sei lá, fiquei até sem graça de ter que pedir isso a você.

— Eu sempre soube que você estava com ela, Malena, sempre, desde o princípio. Meu pai me contou naquela mesma tarde, que tinha descoberto que você era como nós, como ele e eu, e principalmente como a Magda.

— O sangue ruim — murmurei, e ele assentiu com a cabeça.

— Isso mesmo, e ficou com muita raiva, porque já estava muito velho e às vezes se perdia um pouco, sabe? Não é justo, ele dizia, quando é que isso vai terminar?, qual é o preço que a gente tem que pagar, meu Deus?, enfim, esse tipo de coisas...

— Por isso me deu a pedra? — perguntei, entre decepcionada e confusa. — Porque já não estava bem da cabeça?

— Não! — se apressou a corrigir. — Quando ele te deu estava totalmente lúcido e bem consciente do que fazia. Nada disso, eu só queria dizer que, naquela época, a mera menção do nome de Rodrigo o tirava do sério, cada vez que ele o ouvia era como se estivessem lhe cortando os nervos. Não, ele não te deu a esmeralda assim sem mais nem menos, foi justamente para que você a vendesse num dia feito hoje, quando estivesse sentindo que sozinha não dá mais. Vocês ainda me têm, foi o que ele me disse, e eu sempre tive o dinheiro, mas vou morrer logo, antes que ela vire adulta, e então quem vai cuidar dela? Por isso te deu a esmeralda, para que esse tesouro cuidasse de você, para que te protegesse dos outros e, principalmente, de você mesma, entende? Ele era sábio e há muito tempo vinha te observando em silêncio, conhecia você muito bem e queria te distinguir dos outros, fortalecer você, para que se sentisse uma pessoa poderosa e importante, assim ninguém poderia te magoar. Ele pretendia que você gostasse mais de si mesma, e de um jeito melhor do que antes, porque te ouviu dizendo a mesma frase que a Magda falava sempre quando era criança.

— Que frase? — perguntei. — Não me lembro mais.

— Eu, sim — sorriu. — Você disse a ele que sua irmã Reina era muito mais boazinha que você.

Só na garupa daquelas palavras que eu já não lembrava de ter pronunciado consegui por fim voltar atrás, ao escritório da casa da Martínez Campos, quando o sol caía devagar, do outro lado das vidraças, iluminando o soberbo indicador que assinalava num mapa a minha origem, nas fronteiras de um mundo inexistente, e o amor que senti na época se espalhou de novo por cada recanto do meu corpo, enquanto eu me perguntava se ele, o morto amado, já conheceria então, como eu conhecia agora, a qualidade bendita de algumas velhas maldições.

— Eu gostava dele, Tomás, gostava muito. Sempre gostei, desde que tenho memória penso nele, e nunca soube bem por quê.

— É esquisito, porque ele era muito difícil de ser amado. — Ficou em silêncio por um instante, olhando para o teto, pensando. — Mas, enfim, nesse mundo tem que haver de tudo. Foi isso o que eu disse quando lhe contei a verdade.

— Que verdade?

— A única.

— Não estou entendendo... Você sempre me pareceu um sujeito misterioso à beça, sabe? Quando eu era criança, até me dava medo. Ficava o tempo todo calado, que nem o vovô, e muito sério. Nas festas de família, tipo Natal e coisas assim, você não cantava e nem ria.

— Nunca me divertia — completou a rima com uma gargalhada e eu ri também.

— Eu nem sei o que você tem de diferente.

— Para pertencer ao grupo dos malditos, é o que você quer dizer? — Confirmei com a cabeça e ele permaneceu quieto por alguns segundos.

Depois estendeu a mão até o paletó, tirou um maço de cigarros do bolso, abriu-o com cuidado, acendeu um cigarro e se inclinou para a frente, apoiando os cotovelos nos joelhos para me olhar.

— Tudo — disse suavemente. — Tenho tudo, Malena, mais créditos a meu favor do que todos vocês juntos. Sou homossexual. Pensei que você sabia.

— Nãooo... — murmurei, com a boca muito aberta, e só consegui fechá-la quando tentei me desculpar. — Sinto muito, eu... Imagino que devia ter percebido, sei lá...

— Mas por quê? — Olhei para ele e vi que estava sorrindo. Parecia bastante divertido e nada ofendido comigo. — Não dá para notar, nunca deu. De vez em quando ainda encontro colegas de colégio que também não sabem, tem até um que há anos está convencido que sou viúvo, e sempre que me vê pergunta se ainda continuo com saudades dela. Magda foi a única que se inteirou na época, porque me pegou em cima do morro bolinando um sobrinho do Marciano que me deixava maluco, o sacana, que horror, as loucuras que fiz com aquele rapaz, quando me lembro... Depois disso, nós dois costumávamos fazer a piada. Lógico, se você tem quatorze filhos, dizíamos, acaba aparecendo um pouco de tudo, um emigrante, uma miss, um vegetal, um maneta, uma freira, um veado, um procurador do Tribunal, um ejaculador precoce...

— Quem? — gritei, presa de um alvoroço absurdo, quase infantil.

— Ah! — respondeu, desenhando uma interrogação no ar com um dedo que, a seguir, pousou sobre o próprio peito num gesto comicamente grandiloqüente. — Eu, é claro que não.

— O Pedro, na certa — aventurei. — E seria bem merecido.

— Não vou dizer que sim nem que não — respondeu, rindo —, mas também não faz a menor diferença, acredita. Papai gastou uma fortuna com putas, que afinal deram um jeito nele ainda jovem, parece que ficou bom...

— E em você, ele não tentou dar um jeito?

Moveu lentamente a cabeça de um lado para o outro.

— Não, porque não pedi. Além do mais, já estava com vinte e sete anos, era bem grandinho e nunca fui bobo. Acho até que ele já sabia bem antes de que eu lhe contasse, embora nunca dizia nada, nem num sentido nem no contrário, ele simplesmente não mencionava o sexo nas conversas que tinha comigo. Podíamos ter continuado assim a vida inteira se minha mãe não tivesse chateado tanto, mas no dia em que fiz vinte e oito anos ela me disse, meu filho, não vou te deixar em paz até você desencalhar, e cumpriu a palavra, naturalmente... Ela não suspeitava de nada, suponho, pensava que eu era muito complexado, e por isso não tinha arranjado nenhuma garota, porque aos vinte e cinco eu já era feíssimo, vamos falar claro, e então resolveu me arranjar uma namorada, e você não imagina o carnaval que ela fez. Da noite para o dia a casa se encheu de garotas, amigas das minhas irmãs, das minhas primas, das namoradas dos meus irmãos, filhas das amigas da minha mãe, louras e morenas, gordas e magras, altas e baixas, assanhadas e tímidas, nem sei mais, um catálogo completo, para todos os gostos, algumas bem bonitas, outras até simpáticas. Com duas delas me dei especialmente bem e ficamos amigos, saíamos juntos, íamos ao cinema ou jantar fora, mas contei a verdade para as duas antes de que tivessem tempo de criar ilusões. Uma ficou muito zangada, disse que não queria me ver mais e afinal a perdi rapidamente de vista, mas a outra, María Luisa, que se casou depois, duas vezes, e tem um monte de filhos e outro tanto de netos, continua sendo muito amiga minha, e, veja só, é até engraçado, imagino que se minha mãe soubesse na certa daria pulos no túmulo, mas com ela transo de vez em quando, durante todos esses anos, quase quarenta, e eu nem sei por quê, porque isso não me aconteceu com nenhuma outra mulher, mas de repente, um belo dia ela sentia vontade e eu também, e depois podíamos passar dois anos, ou três, sem encostar um no outro, até que em determinado momento tornava a acontecer a mesma coisa, temos sido dois amantes bem estranhos...

— Ou seja, vocês poderiam ter se casado.

— É claro. Na época ela me viu tão mal, tão angustiado, que estava disposta a aceitar, levando a sua vida e me deixando levar a minha, mas oficialmente morando na mesma casa. Por isso eu fui falar com meu pai, porque não podia fazer uma coisa dessas com ele. Passei semanas matutando o assunto, preparei um discurso e até escrevi antes de sair do quarto, mas depois, no escritório, cheguei perto da mesa dele, me sentei, e então minha mente ficou em branco. Ele ali, me olhando em silêncio, me incentivando a falar, até que afinal soltei tudo de uma vez, que nem um trator, eu nunca me meti na sua vida, papai, não sei o que aconteceu com a Teófila, nem me interessa, mas você tem que me compreender, sei que vai ser um desgosto terrível para você ter um primogênito assim como eu, mas não posso fazer nada, papai, eu não tenho culpa, eu gosto de homens... ele fechou os olhos, jogou a cabeça para trás e não abriu os lábios. Aquela resposta me impressionou tanto que eu disse a ele que me casaria se me pedisse. Não, respondeu, sem abrir os olhos, nem se fala nisso, para você seria uma tortura e para a sua mulher uma sacanagem. Eu agradeci e ele se levantou, percorreu o quarto duas ou três vezes e depois veio andando até ficar atrás de mim, colocou uma das mãos no meu ombro, apertou forte e me pediu para deixá-lo sozinho. Preciso pensar, disse, mas não se preocupe, e não diga nada à sua mãe, eu falo com ela, vai ser melhor assim.

— E ela? O que ela disse?

— Nada. Absolutamente nada, foi como se de repente ela e meu pai tivessem intercambiado os papéis. Nunca mais a gente pôde falar de nada que não fosse trivial, por essa eu não esperava, juro, porque sempre tinha achado que ela aceitaria a coisa melhor do que ele, que iria sentir menos. Afinal, tinha motivos de sobra para desconfiar dos garanhões, havia passado a vida inteira sofrendo por causa de um deles, e no entanto ele se acostumou a viver comigo, embora nunca tenha chegado a me compreender, mas minha mãe jamais me perdoou. Jamais.

— Porque era uma santa.

— É, imagino que sim, por isso. Ainda lembro, acho que nunca vou esquecer, o olhar de triunfo que ela me deu no dia do noivado da sua mãe. Ainda lembro como me doeu aquele olhar, e os comentários dela, azedos, soberbos, implacáveis. Estava casando uma filha grávida, mas isso era o de menos.

— O de mais era o meu pai.

— É. Ou então, se você preferir, o grande fracasso da minha vida — e soltou uma gargalhada rotunda, que me soou tão falsa que adivinhei que nem ele mesmo acreditava nisso. — Pelo menos era o que eu pensava na época, agora não tenho mais tanta certeza. Seu pai não topava, nunca topou, e não faça essa cara porque estou falando sério, se tivesse acontecido alguma coisa eu também te diria, porque para mim, você compreende, não é nada demais, não é ofensivo nem injurioso, muito pelo contrário, mas seu pai não me dizia nada, nem que queria nem que deixava de querer, mas no fim das contas sempre dava um jeito de escorregar entre as minhas mãos sem que eu percebesse e, claro, de certa maneira ele me usou, se aproveitou descaradamente para entrar na minha casa e seduzir a sua mãe...

— Magda diz que foi ao contrário, que foi mamãe que o seduziu.

— Ah é? Eu não tive essa impressão, para dizer a verdade, mas vai ver que ela tem razão, sei lá, no fundo nada disso interessa mais. O caso é que o seu pai jogueteou comigo, mas depois disso eu sempre pude contar com ele, sempre ficou do meu lado. E me tirou de lugares muito piores do que a procissão balcânica em que viram você no outro dia, acredita...

— Você já soube? — Ele afirmou com a cabeça, sorrindo. — Puxa, como correm as notícias!

— Esta espécie de notícias não corre — ele estava rindo —, voa. Mas as coisas sempre podem ser vistas de outro ponto de vista... Afinal, em certos círculos, esse episódio só faria aumentar o seu prestígio, porque está na última moda, é o que está fazendo furor na temporada.

— O quê? — perguntei, sorrindo.

— Os namorados búlgaros — respondeu, e nós dois rimos juntos.

— Búlgaros não, brrr... — disse Hristo, balançando a mão num gesto de desprezo —, para trabalho, melhor poloneses. Casados, católicos... Gostam de trabalhar. Melhor todos poloneses, eu escolho.

— Ótimo, como você quiser.

A princípio, eu tinha pensado em abrir um curso de idiomas, mas, quando falei com Porfírio, ele me perguntou por que eu estava com tanta vontade de me arruinar e propôs um negócio muito melhor.

— Agência de mensageiros — me disse ao pé do ouvido entre duas mordidas, com desprezo flagrante pela romântica cúpula do céu africano, enquanto eu me acariciava lentamente com os cotos de seus dedos no terraço do apartamento dele, uma cobertura no mais novo complexo hoteleiro tunisiano. — Isso é o que você tem que montar. Miguel e eu gastamos um dinheirão em mensageiros todos os meses, e tenho certeza de que seu pai faz a mesma coisa. A partir de agora você é que vai lucrar com isso e pronto, não seja boba.

Não me perguntou de onde havia saído a grana, nem mesmo quando liguei para lhe pedir que me vendesse o apartamento onde eu morava, e não lhe contei nada, nem mesmo na hora de pagar à vista, porque nós dois tínhamos aprendido que essas coisas não se perguntam nem se contam nunca. Desde que voltei de Londres, passei a observar escrupulosamente as tradicionais normas de conduta da família, e depois de morar durante dias inteiros no escritório de um escrivão, seguindo ponto por ponto as indicações de Tomás, que se divertia muito em ter de repente tantas coisas para fazer — criar sociedades, fazer doações, nomear testas-de-ferro, adquirir propriedades sob toda espécie de pseudônimos legais —, minha fortuna era tão inescrutável como fora nula antes de partir para Londres. Eu me sentia uma autêntica Fernández de Alcántara e, quando consegui que Hristo aceitasse a direção da minha futura agência de mensageiros, parei de trabalhar. Depois disso, comprei o maior balanço que consegui encontrar e mandei revestir um dos terraços do meu apartamento com grama artificial. Pensei que era o momento de devolver golpe por golpe, empunhando as mesmas armas de que só o inimigo dispusera até então, mas Jaime voltou para mim com feridas mais profundas.

Eram nove e meia da noite de uma horrível sexta-feira de março, fria e escura como o mais desalentador presságio de primavera, quando Santiago apareceu na minha casa sem avisar. A princípio achei que estava sozinho, mas Jaime emergiu bruscamente da sombra dele e começou a caminhar devagar, até seus pés atravessarem a soleira da minha porta. Depois começou a correr e se estatelou contra meu corpo com uma violência branda e trêmula.

— Vamos ver se você entende o que está acontecendo com este menino! — gritou meu ex-marido, com voz ríspida. — Não agüento mais, ele está insuportável, não consigo entender que merda ele está querendo... Passou a tarde inteira chorando que nem um histérico, dizendo que tinha que vir para cá, que tinha que ver você, e quando eu disse que este fim de semana não era o seu, ele respondeu que se eu não trouxesse ele vinha andando, eu...

— Chega, Santiago! Ele tem seis anos — gritei também. Jaime estava tremendo e chorando, a cabeça apertada contra o meu estômago, parecia apavorado. — Tudo bem, vai, eu fico com ele, depois a gente conversa.

Ele ainda ensaiou alguns gestos ortodoxos de indignação e depois girou sobre os calcanhares sem dizer nada. Enquanto o perdia de vista, me perguntei de onde tirara de repente tanto caráter. Depois fechei a porta, levei Jaime para o salão, sentei com ele no sofá e o deixei chorar pelo tempo que quis.

— Você está cansado? — Fez que não com a cabeça, mas eu insisti, tinha a impressão de que estava exausto. — Não quer ir para a cama? Posso te levar um copo de leite, a gente conversa lá.

— Mamãe, me diz uma coisa — perguntou ele, como resposta —, Iñigo Montoya não é um herói?

— Iñigo Montoya...? — repeti em voz alta, desconcertada.

Ele percebeu a minha ignorância e, esboçando um gesto de impaciência, ficou em pé, foi andando até a outra ponta do salão, estendeu o braço direito com o punho fechado, como se estivesse brandindo uma espada, e veio na minha direção, repetindo um estranho sortilégio com a voz mais profunda que pôde arrancar da garganta.

— Olá! Meu nome é Iñigo Montoya. Você matou meu pai. Prepare-se para morrer.

Deu um passo para a frente e aumentou ligeiramente o volume de suas palavras e o dramatismo de seus gestos. Se eu não tivesse visto as lágrimas que turvavam seus olhos e rolavam pelas bochechas, teria rido com vontade daquela emocionada atuação.

— Olá! Meu nome é Iñigo Montoya. Você matou meu pai. Prepare-se para morrer.

Depois se aproximou um pouco mais e seus gritos ressoaram no ar.

— Olá! Meu nome é Iñigo Montoya. Você matou meu pai. Prepare-se para morrer.

— *A princesa prometida* — sussurrei, identificando por fim aquela salmódia.

— Claro — respondeu, suspirando como se minha reação o tivesse libertado de uma carga insuportável. — Ainda bem que você lembrou.

Tínhamos visto juntos aquele filme na televisão e tínhamos chorado ao mesmo tempo quando o malvado cavalheiro dos seis dedos rasgava os braços de Iñigo Montoya com o fio de sua espada, humilhando-o tão vilmente como já havia feito uma vez, muitos anos antes, quando marcara o seu rosto, tirando sangue das faces de uma solitária criança órfã alimentada pelo orgulho e pelo desespero. Tínhamos chorado juntos, sofrendo a impotência do esfarrapado fidalgo toledano que parecia condenado a perder sempre, e tínhamos nos vingado ao seu lado da mais atroz das afrontas de ficção, quando contemplamos como conseguia, desalentado e malferido, solitário e desenganado pelo destino, transformar sua raiva em força e extrair da dor as energias necessárias para vingar finalmente a morte do pai. Nós dois escolhemos ser Iñigo Montoya e nós dois vencemos junto com ele. Depois desliguei a TV. Era um filme muito bonito, mas era só um filme, uma história como qualquer outra, e no entanto agora Jaime me segurava pelas mãos e chorava, implorando um consolo inconcebível, como se minha resposta fosse absolutamente vital para ele.

— Iñigo Montoya não é um herói, mamãe? Me diz que sim. Não é um herói para você também?
— Claro, Jaime. — Olhei para ele com atenção e me assustei, porque nunca o tinha visto tão assustado. — Claro que é um herói. Feito o pirata e o gigante, os três são os heróis do filme.
— Reina diz que não.
— Qual Reina?
— As duas. Dizem que ele não é um herói porque perde o duelo com o pirata Roberts, e depois torna a perder, quando o mau lhe corta as mangas. Elas dizem que no final ele só ganha por acaso, e que o pirata também não é um herói, porque os maus o matam, e os amigos dele o fazem ressuscitar, e como ninguém ressuscita de verdade, então nenhum deles é herói... Elas dizem que os únicos heróis são os que ganham as guerras.
— Isso não é verdade, Jaime.
— Eu sei, mamãe, porque eu me chamo que nem um herói que perdeu uma guerra, não é?, você sempre me disse isso, e eu disse a Reina, mas ela não acredita...
— Qual Reina? — perguntei, enquanto as lágrimas deslizavam sem controle pela minha cara, prendendo-se nos cílios, percorrendo a linha do nariz, cruzando depois meus pômulos para irem morrer nas ressecadas comissuras dos lábios.
— As duas. As duas dizem que não dá para ser herói quando se perde no final.
Eu o abracei com tanta força que fiquei com medo de machucar, mas ele não reclamou. Sentado nos meus joelhos, segurava o tecido da minha blusa com os dedos crispados enquanto eu me balançava, ninando-o como quando era bebê, e ficamos assim bastante tempo, mas ele recuperou a calma antes que eu, levantou a cabeça para olhar nos meus olhos e depois formulou a pergunta mais difícil de responder que já me fizeram na vida.
— Me diz outra coisa, mamãe, essa é mais importante... Não é verdade que os Alcántaras conquistaram a América?
Adivinhei que ele esperava receber uma confirmação imediata e senti que meus lábios congelavam, minha língua ressecava até se transformar numa esponja esfiapada e inservível, e o ar de repente se solidificava para produzir o fluido espesso que por um instante inundou minha garganta. Então meu filho, decidido a combater a imprevista decepção, se afastou de mim, levantou-se bruscamente e buscou proteção no retrato de Rodrigo, apontando para aquela reluzente espada de teatro com um dedo encolhido e trêmulo.
— Me diz que sim, mamãe, me diz que sim... Foi esse aí, não é?, e os irmãos dele, e o pai, foram eles que conquistaram a América. Reina diz que não, mas é verdade. Não é mesmo, mamãe, não é verdade?
Magda sempre tivera o pai, meu avô sempre tivera o dinheiro, eu sempre tivera

a esmeralda, e agora compreendi que minhas mãos não estavam vazias, porque meu filho sempre me teria. Fui para o lado dele, peguei-o no colo e sorri.

— Claro que sim, Jaime. No colégio vão te dizer que foi Francisco Pizarro, mas muitos Alcántaras estavam com ele. Nós conquistamos a América... — apontei para o quadro com o queixo e olhei para ele, não estava mais chorando —, Rodrigo e todos os seus filhos.

Em cima da bancada havia um pote de madeira cheio de uma espécie de fiapos de estopa transparente com um aspecto verdadeiramente nojento. Peguei um com a ponta dos dedos, olhei, mordi, e então Jaime, que não quis ficar lá fora, esclareceu o mistério.

— Alfafa — explicou. — O vovô me disse um dia que ele nem sonhava em provar, porque isso é comida de cavalo, mas a tia Reina fala que é muito gostoso. Eu não suporto.

Então ela entrou na cozinha. Já no sexto mês de gravidez, estava tão enorme como na primeira vez, mas ali acabava a semelhança. Observei-a minuciosamente e decidi que qualquer espectador incauto pensaria com tanta convicção quanto equívoco que aquela mulher de aspecto entediado — cabelo castanho e liso com mechas louras e pontas viradas para dentro, sobrancelhas depiladas demais, rosto resplandecente de creme hidratante recém-aplicado, unhas curtas e pintadas com brilho, correntinhas de ouro no pescoço, meias transparentes e mocassins marrons sem salto — tinha pelo menos uns quatro ou cinco anos mais do que eu, mas afinal, pensei, é sempre este o preço que se paga por determinado tipo de felicidade.

— Malena! — Ela se aproximou, me deu um beijo a que eu não consegui corresponder e tentou pegar meu filho, que a evitou apertando mais forte a minha mão. — Você veio trazer o Jaime?

— Não. Vim falar com você e seu marido.

— Ah é? — Parecia perplexa. — Mas acontece que convidamos mamãe para almoçar, e também uns vizinhos, e ainda nem tivemos tempo de preparar a churrasqueira.

— Churrasco? — exclamei. — Mas está fazendo um frio quase de inverno!

— É, mas de qualquer maneira, como fez um tempo tão bom até ontem, a gente planejou e... não pode ser outra hora?

— Não. Não pode ser outra hora.

Mandei meu filho ir brincar no jardim e saí atrás de Reina até o salão. Ela foi buscar Santiago e regressou com ele um instante depois.

— O que eu tenho que dizer a vocês é muito breve — anunciei —, não vou lhes roubar muito tempo. Levo o Jaime para casa porque ele não quer morar mais aqui. Como não coloquei nenhum obstáculo quando ele disse que queria se mudar, espero que agora vocês não tornem as coisas difíceis. — Olhei para a cara do meu ex-marido e não notei nada de especial, mas minha irmã parecia estar atônita, e por isso me dirigi expressamente a ela. — Seria a coisa mais justa, afinal, quando Santiago e eu nos separamos, nós três concordamos em que ele ia morar comigo. É só isso.

— Eu já imaginava — disse ele, num sussurro.
— Não estou entendendo! — Reina protestou. — O que você disse para...?
— Nada — interrompi, consciente de que naquele momento não seria conveniente ficar furiosa. — Absolutamente nada. Foi ele quem resolveu e, aliás, quero deixar bem claro que eu sempre supus que vocês também não lhe disseram nada quando ele resolveu da outra vez.

Foi esse o momento que minha irmã escolheu para mostrar as garras, pela primeira vez em toda a sua existência.

— Se um juiz soubesse das companhias em que você anda, provavelmente não acharia que você é a pessoa mais indicada para educar um...
— Chega, Reina! — Santiago, mais escandalizado do que furioso, continuou gritando com um rosto púrpura. Eu sorri por dentro quando finalmente descobri onde ele teve que aprender a mostrar tanto caráter, embora na realidade não houvesse nada de divertido naquela exibição impudica. — Por favor, cala a boca!
— Era só um comentário — se defendeu ela.
— Claro — disse ele. — Mas é um comentário repugnante.
— Eu concordo com isso, veja só — acrescentei.

Fez-se uma pausa breve, mas densíssima, enquanto nós três nos controlávamos mutuamente com o olhar. Minha irmã quebrou o silêncio e, assim que pronunciou a primeira palavra, deduzi pelo tom que havia mudado de estratégia.

— Seja como for, Malena, não é tão fácil, sabe? — Mamãe Ganso olhava agora para mim com uma expressão mais de acordo com o seu apelido. — Trocar o menino de colégio a três meses do final do ano vai prejudicar o...
— Ninguém falou em trocar o menino de colégio.
— Não, claro, você pode trazer de manhã, e depois ele fica aqui até...
— Não é preciso, Reina. Tem um ônibus que pára na porta de San Francisco el Grande.
— Claro, claro, fica pertinho, mas eu também estava pensando, sei lá... O psicólogo infantil acha que...
— Estou pouco ligando — cortei pela terceira vez, achando que já era suficiente. — Se te interessa saber, na minha opinião todos eles deveriam ser enforcados, esses psicólogos infantis.

Nesse ponto, Santiago lembrou que tinha muitas coisas para fazer.

— Vocês podem continuar sem mim — murmurou, e nós duas concordamos.

— Muito bem — continuei —, se tem uma coisa neste mundo que me tira do sério são os padres laicos, e como agora o Jaime vai ficar comigo, ano que vem vou tentar encontrar um colégio sem psicólogos, um troço comum, sabe, nem agnóstico nem progressista nem alternativo, sem aula de ecologia e com aula de latim. Mas isso é uma simples questão de estética, pode acreditar, nada de pessoal.

— Você pode continuar falando as bobagens que quiser — alegou Reina com uma expressão dolorida —, mas o psicólogo diz que o menino não está equilibrado.

— Naturalmente — concordei, e estava sendo sincera. — Senão, como ele ganharia a vida?

Antes de se levantar, minha irmã deu uma palmada nos joelhos, num gesto de impotência, e começou a andar sem olhar para mim.

— Vem comigo — disse. — De qualquer jeito, acho bom você ver os relatórios...

Estava na primeira gaveta da escrivaninha de Reina, mas era o mesmo caderno, irreconhecível de tão velho, a lombada torta, desprendida do resto, o feltro gasto nas pontas deixando visível a armação de papelão, um diário de criança forrado de tecido verde, parecia uma jaqueta tirolesa com um bolso diminuto num canto.

— Você vai ver, estão por aqui... — Reina estava falando ao meu lado, mas eu não a ouviria menos se estivesse na outra ponta do mundo. — E olha, quero te pedir desculpas pelo que eu disse antes, sobre o juiz, mas acho sinceramente que o menino ficaria melhor aqui, conosco.

Estendi a mão e toquei nele sem que ela percebesse. Reconheci seu tato e o tirei da gaveta, depois o abri ao acaso, para buscar, por puro instinto, as páginas que escrevi nos dias de glória. Comecei a ler e meus lábios desenharam o sorriso da época, redondo e pleno, meu coração batia mais rápido e minha pele protestava, se arrepiando, por aquela agressão cheia de gozo. Fechei os olhos e quase pude sentir o cheiro de Fernando. Quando os abri novamente, dei com a primeira anotação em caneta vermelha, umas palavras que eu não tinha escrito.

— Além do mais, você sempre diz que não gosta de criança, e eu adoro, sei lá...

Havia muitas frases em vermelho, comentários sarcásticos a meus próprios escritos, traços que incorporavam venenosos textos alternativos, sinais de admiração nas margens, interrogações e exclamações, gargalhadas soletradas com cuidado meticuloso, rá, rá, rá e rá.

— O que você está lendo? — perguntou minha irmã. — O que é isso?

Virei as costas e continuei lendo, até que uma pontada de dor puríssima, uma morte abreviada e autêntica, bateu no centro do meu peito, e para suportá-la me dobrei para a frente, e continuei lendo, e continuei morrendo daquela morte seca que estava me matando há tanto tempo, e celebrei cada golpe como uma carícia, cada mordida como um beijo, cada ferida como um triunfo, e continuei lendo, e minha boca se inundou de um sabor tão amargo que espantou a minha própria língua, o hálito atroz da podridão corroendo meus dentes, roendo minhas gengivas, decompondo minha carne, eu poderia jurar que não estava chorando apesar de sentir minha pele arder, e continuei lendo.

— Pobre meu amor — ouvi-me sussurrar, minha voz doente, meus lábios dilacerados, minha alma agonizando, quase evaporando —, você só tinha vinte anos. Você, que se achava tão adulto, e afinal foi enganado como um bobalhão...

— Não lê isso, Malena. — Minha irmã estava ali na frente, de mão aberta. — Me dá, é meu, eu o encontrei.

Sem consciência suficiente para perceber a fabulosa eficiência daquele gesto isolado, derrubei-a com um soco único e a vi cair no chão, com as pernas abertas e o terror pintado na cara, e depois se levantar depressa, buscando uma saída, mas dessa vez eu cheguei antes na porta.

— Você é uma filha da puta — disse, passando a tranca.

— Malena, eu estou grávida, não sei se você notou...

— Uma filha da puta! — repeti, e não conseguia prosseguir. — Você é...

A ira havia trancado os meus lábios, e ela percebeu. Começou a andar para atrás, bem devagar, falando com ternura, no tom hipnótico que tão bons resultados lhe dera tantas vezes, as mesmas palavras, o mesmo ritmo, a mesma expressão delicada de fragilidade em seu rosto lívido, mas tomado finalmente por um medo autêntico.

— Foi pelo teu bem — dizia com suavidade, os braços ingenuamente rígidos e esticados para a frente, como se acreditasse que assim podia fabricar uma muralha eficaz contra a minha cólera. — E não me arrependo, ele não servia para você, tenho certeza, ele pertencia a outro mundo, tudo o que fiz foi pelo teu bem.

Comecei a andar em sua direção, movendo-me também muito devagar, mas caminhando de frente, sempre para adiante.

— Você teve um caso com ele?

— Não, que história é essa? Você não está pensando que...

— Você teve um caso com ele, Reina?

— Não. — Chegou até a parede, se encostou nela e ficou parada, com os braços cruzados sobre a barriga. — Juro, Malena, juro.

Eu estava tão perto dela que ouvia a sua respiração, e meu olfato registrava o pânico que emanava de seu hálito como um consolo mudo. Apoiei as palmas das mãos na parede, emoldurando-lhe a cabeça, e ela começou a chorar.

— Você teve um caso com ele?

— Não.

— Por quê?

— Ele não quis.

— Por quê?
— Não sei.
Bati na parede com o punho fechado, a uma fração de milímetro da cabeça dela, e todos os seus traços se contraíram por um instante, relaxando depois apenas parcialmente.
— Por quê, Reina?
— Ele disse que não gostava de mim.
— Por quê?
— Não sei, porque eu estava muito magra, imagino.
— Isso não é verdade.
— Devia estar apaixonado por você.
— Por que ele não gostava de você, Reina?
— Não sei.
Tornei a bater na parede, e dessa vez o golpe foi tão forte que me machucou a mão.
— Por quê?
— Vou abortar, Malena, se você continuar eu perco a menina, você está maluca, eu não...

Seu olhar se deteve sobre a minha mão direita e meus olhos o acompanharam até ali, percorrendo depois o fino regueiro de sangue que brotava da minha mão, já maltratada e esfolada. Lancei-a de novo com toda força contra a parede e sorri quando vi surgir uma manchinha vermelha, diminuta, na impecável pintura branca.
— Vou deixar sua casa de pernas para o ar.
— Me larga, Malena, por favor, estou te pedindo, me lar... — O estrondo de um novo soco impediu-a de terminar a frase.
— Por que ele não gostava de você, Reina?
— Disse que eu lhe dava nojo.
— Por quê?
— Não entendi bem, eu...
— O que foi que você não entendeu?
— Disse que eu lhe dava nojo.
— Por quê?
— Pelo que eu era.
— E você é o quê, Reina?
— Uma masturbadora.
— O quê?
— Uma masturbadora.
— Soa bem — sorri. — Diz outra vez.
— Uma masturbadora.
Afastei-me dela e por um instante nós duas ficamos juntas, lado a lado, ombro

contra ombro, nossas costas apoiadas na mesma parede. Escorreguei lentamente até me sentar no chão. Percebia meu rosto como uma massa compacta, uniforme, sem relevo, e a pele morta, insensibilizada pelo choro. Nunca sentira um cansaço parecido. Dobrei as pernas e abracei os joelhos com as mãos. Pousei ali minha testa, e até mesmo o contato com a fazenda me doeu. Não percebi que minha irmã havia chegado até a porta até o instante em que a ouvi.

— Eu me apaixonei por ele ao mesmo tempo que você, Malena — disse. Levantei a cabeça e olhei para ela, sem ter consciência da expressão do meu rosto, e então percebi que meu olhar fazia renascer o seu medo. — Foi a primeira vez que me....

Não teve coragem de terminar a frase, eu estava rindo.

Meia hora depois descia pela escada, já totalmente recuperada. Quando cheguei ao jardim, percebi que minha irmã não havia comentado com ninguém nenhum pormenor daquela cena. Os vizinhos tinham chegado, e minha mãe também, acompanhada por seu namorado militar. Todos conversavam animadamente, fingindo sem sucesso atitudes próprias de quem aproveita o sol de um dia quente, como se não estivessem endurecidos de frio. Mamãe se levantou quando me viu e me deu um beijo. Depois cumprimentei todos os presentes, e Reina, que estava assando salsichas na churrasqueira, de costas para mim, não virou a cabeça uma só vez para me olhar. Peguei Jaime pela mão e já havia dado alguns passos em direção à grade quando compreendi que não podia ir daquele jeito, porque meus ombros já carregavam dor demais, medo demais, silêncios demais, e tanto amor, e tanto ódio, que nenhuma vingança seria capaz de me alimentar. Fechei os olhos e vi Rodrigo transformado em um milhão de vermes, Porfirio sorrindo enquanto se atirava pela varanda, meu avô mudo, sempre tão elegante, rachando a própria cabeça com um paralelepípedo, Pacita amarrada na cadeira de rodas, Tomás bêbado, a língua ácida, e Magda sozinha, vestida de branco, caminhando lentamente até o altar. Na porta, apertei mais a mão de Jaime e chamei minha irmã.

Ela se virou devagar, limpando os dedos no avental, e demorou uma eternidade até levantar a cabeça e seus olhos encontrarem os meus.

— Maldita seja você, Reina — disse em tom sereno, pronunciando com cuidado cada sílaba, a voz e a cabeça igualmente altas —, e malditas sejam as tuas filhas, e as filhas das tuas filhas, e que pelas tuas veias corra sempre um líquido perfeito, transparente, claro e limpo como a água, e que jamais, na vida toda, nenhuma de vocês saiba o que significa ter uma gota de sangue podre.

Então, sem me deter para pesquisar o efeito que minhas palavras tinham provocado na destinatária, caminhei alguns passos, pedi ao meu filho que fosse para o carro e abaixei a voz.

— Ramona, sua grandíssima filha da puta — murmurei, olhando para o céu —, agora você e eu estamos quites.

Enquanto eu dirigia de volta para Madri, Jaime me perguntou do banco de trás como conseguia fazer aquilo. Eu disse que não estava entendendo, e ele explicou que era a primeira vez que via alguém chorar e rir ao mesmo tempo.

— *A*lô? — disse, levantando o fone.
— Malena — afirmou um homem.
— Pois não.
Estava me perguntando quem poderia se dirigir a mim daquele jeito sendo ao mesmo tempo proprietário de uma voz tão definitivamente desconhecida, quando ouvi uma coisa que fez o fone pular em minhas mãos como se tivesse vida própria.
— É o Rodrigo. Faz muito tempo que a gente não se vê, não sei se você lembra de mim.
Tentei responder que não, mas fui incapaz de dizer qualquer coisa. Olhei para o espelho à minha frente e os meus olhos me devolveram o olhar de um rosto assombrosamente pálido, mas ele ainda demorou um pouco para quebrar a pausa.
— Está me ouvindo?
— Estou.
— Bem, fomos apresentados uma vez, num casamento, mas...
— Qual o seu sobrenome? — disparei de repente, incapaz de respeitar por mais tempo a etiqueta.
— Orozco.
— Ah, sim! — e ele deve ter me ouvido suspirar do outro lado da linha. — O primo do Raul...
— Exato.
— É, claro, agora me lembro — murmurei, pensando que aquele imbecil era a última coisa que estava me faltando. — Ótimo. E a que devo a honra?
— Bem — de uma soprada —, é um pouco longo para contar. Ontem à noite estive na casa de Santiago. Sua irmã me convidou para jantar e me contou o que aconteceu no sábado passado, ela parecia muito preocupada...
— Certo — afirmei, no tom mais duro que sou capaz de cultivar —, não precisa continuar, posso imaginar perfeitamente o que ela disse.

Fiquei muito satisfeita com a adequada secura das minhas palavras, mas ele me respondeu com uma risadinha estranha, significativa de que minha advertência não o havia afetado em absoluto.

— Se você me prometer que vai ser discreta, te conto um segredo.

— Você é psiquiatra? — perguntei, indignada. — Bem, isso eu já sei, e sei também por que está me ligando...

— Não — cortou ele. — Não se trata disso. Eu também acho que os psicólogos infantis merecem a forca.

— Ah! — sussurrei, e não fui capaz de acrescentar mais nada, porque aquela virada me deixou atônita.

— Olha, Malena — disse, e começou a falar de uma forma diferente, suave e risonha, quase sedativa, mas tensa ao mesmo tempo, ele está utilizando seus recursos de psiquiatra em ação, pensei —, eu não corto a doideira de um drogado com aspirinas, sabe?, não trato de donas-de-casa neuróticas, nem de executivos impotentes pelo estresse, não sou desse tipo. Eu só estou interessado em psicopatias criminosas, sou absolutamente especializado nesse campo e, como você pode imaginar, não trabalho com clínica particular. Na verdade, vivo pulando entre a cadeia de Carabanchel e o Hospital Geral Penitenciário. Sei que isso não deve soar muito bem, mas nesse negócio a gente não tem outro remédio, precisa ir às fontes de matéria-prima, você sabe, e nesses lugares eu vejo mais assassinos em série num mês do que um crítico de cinema na vida inteira. — Não pude deixar de rir, e minha risada lhe caiu bem, porque quando continuou falando me pareceu mais relaxado. — Jogo baralho com um deles todos os dias, depois do almoço. Já havia retalhado sete mulheres quando o encararam, caso típico, começou com a própria esposa, e pouco a pouco foi pegando gostinho pela coisa. — Tornei a rir e ele riu comigo. — Estou te contando isso tudo para você perceber até que ponto sua irmã me despreza. Só me chamou porque sou o único psiquiatra que ela conhece e, é óbvio, nem em sonhos me pediu que eu te tratasse, queria que eu desse a ela o endereço de alguém para procurar, o consultório de outro tipo de psiquiatra, qualquer coisa do estilo terapeuta familiar, mas não disse assim, é claro, porque nem deve conhecer o termo.

— Mas para quê?

— Não sei. Talvez tenha a intenção de pedir uma avaliação da sua personalidade.

— E por que iria fazer uma coisa dessas?

— Não tenho a menor idéia, mas isso é uma prova bastante freqüente em certo tipo de processos, acho até que alguns juízes de varas de família se excitam muito com essas histórias. Apostaria o meu salário que são justamente estes que defendem que as maldições estão fora de moda há vários séculos.

— Muito bem — disse alguns segundos depois, sem ter encontrado uma resposta proporcional à sua elegância —, mas, para dizer a verdade, não entendo por que você está disposto a ter tanto trabalho comigo.

— Olha, Malena, ontem eu vi a sua irmã furiosa, absolutamente descontrolada, sério, estive a ponto de injetar nela um coquetel de morfina para apagá-la por alguns dias. E não confio nos meus colegas da clínica particular. Nem um pingo. Se eu deixasse você nas mãos de uns e outros que conheço e acontecesse alguma coisa... digamos, irregular, eu me sentiria pessimamente, sobretudo porque não seria a primeira vez que acontece. Como normalmente eu só trato de assassinos, violadores múltiplos, fanáticos religiosos e automutiladores compulsivos, posso me permitir esse luxo com uma pessoa recomendada feito você. Além do mais... — fez uma pausa significativa e diminuiu o volume —, sempre simpatizei contigo.

— Comigo? — Ele confirmou fazendo hmmm com o nariz, e eu me perguntei pela primeira vez de onde havia tirado a intolerável idéia de que aquele cara era um babaca. — Mas você nem me conhece.

Ele não quis se opor à minha objeção e a linha ficou muda durante alguns segundos.

— Eu sempre pensei — prossegui — que no dia em que a gente se conheceu você me achou gorda.

— Gorda? — perguntou, e soltou uma gargalhada. — Nada disso, por quê?

— Sei lá, você ficava me olhando o tempo todo enquanto conversava com aquele baixinho, e apontando para mim...

— É, mas não estávamos te chamando de gorda.

— Ah — disse, e sucumbi sem motivo a um breve ataque de riso —, mas as aparências enganam.

— Mais do que você imagina. Podemos nos ver depois de amanhã? De tarde?

— Tudo bem. Onde?

— Ufa! Isso é o mais difícil... Bem, eu não tenho consultório, e não creio que você vá gostar de vir até aqui e entrar na fila das namoradas para encontros frente a frente, quem sabe podemos marcar na minha casa.

Anotei um endereço no bairro de Argüelles e prometi ser pontual. Depois de desligar, percebi que nem sabia por que tinha combinado aquilo com ele.

Ele sempre diz que no primeiro momento eu o cheirei, que percebeu que o estava cheirando, mas não consigo acreditar nisso, mas deve haver alguma explicação para o que me aconteceu quando o vi do outro lado da porta, com a mesma altura e o mesmo peso, a mesma cara tosca, os traços desenhados sem uma só curva, o mesmo aspecto desconcertante de porteiro de clube noturno que, entre um soco e outro, lê um livro.

— Oi — disse, e tentei lhe dar um beijo em cada bochecha no instante preciso em que ele se inclinava para mim com a mesma intenção, mas não chegamos a um acordo e afinal decidimos desistir ao mesmo tempo.

Estava com uma camisa preta de manga curta e um *jeans* clássico, de marca saudavelmente comum e da mesma cor. Claro, pensei, tomando uma precaução elementar sem nenhum motivo específico, ele quer disfarçar que está um pouco gordo, mas depois olhei bem e tive que me corrigir, porque na realidade não parecia estar exatamente gordo, e além do mais, se estivesse, pensei, usaria a camisa para fora e não para dentro. Eu estava muito confusa, mas não cheguei a nenhuma conclusão mais firme porque ele já havia começado a falar.

— A casa está uma bagunça — dizia —, minha empregada teve filho na semana passada e ainda não tive tempo de procurar outra, eu só venho aqui para dormir, e nem todas as noites... Vamos para o escritório. Quase nunca entro lá, por isso é o único lugar mais ou menos arrumado da casa.

Nesse momento recuperei vagamente uma informação armazenada anos atrás no último compartimento da minha memória.

— Mas você não era casado?

— Era — confirmou, e quando chegou à porta que dava acesso ao corredor se fez de distraído e deu um jeito de me deixar passar na frente, e eu percebi isso, e um calafrio bobíssimo me percorreu na vertical, dos rins até a nuca, a distância mais extensa das minhas costas. — É a porta de trás. Minha mulher me abandonou há cinco anos. Agora está casada com outro psiquiatra. Esperto. Milionário. Têm um filho e ela está esperando outro. Querem uma menina. Para formar o casalzinho.

Duas das paredes estavam forradas de livros, do chão até o teto. Em frente à terceira, decorada com três quadros muito estranhos, se via uma escrivaninha com uma cadeira de cada lado. Na quarta havia duas janelas, e junto a elas, em cima de um tablado, um divã forrado de couro castanho. Apontei para lá, e ele começou a rir.

— O presente de aposentadoria do meu pai.

— Ele também é psiquiatra?

— Não, é representante de produtos médicos. — Afastou da mesa a cadeira destinada às visitas e a indicou com um gesto. — Senta, por favor. Quer beber alguma coisa?

Aceitei com a cabeça, lançando ao divã um olhar nostálgico, e estendi a mão para receber um copo com dois dedos de uísque.

— Sinto muito, não tenho gelo, nem mais nada... Sou bastante descuidado com as coisas da casa. — Sentou na minha frente e sorriu para mim. Eu gostava de como sorria.

— Foi por isso que tua mulher te largou?

— Não, se bem que isso a deixasse muito nervosa, porque ela era exatamente o contrário, mas não, não foi por isso... Uma noite, mais ou menos às três da madrugada, um paciente me ligou de uma cabine da Praça de Castilla. Violei a condicional, cara, o que faço?, perguntou. Primeiro acordei o advogado, depois falei com o juiz de vigilância penitenciária, e por fim fui atrás dele, trouxe-o para aqui e lhe fiz a cama no sofá da sala. Minha mulher não entendeu aquilo. Na manhã seguinte, eu mesmo o levei para a cadeia, mas dois meses depois ele tornou a me ligar de madrugada, na mesma hora, do mesmo lugar, era um indivíduo muito metódico. Devia ter voltado exatamente doze horas antes, portanto tinha violado a condicional outra vez. Ela então me disse que havia chegado o momento de escolher, e eu escolhi.

— O maluco?

— Lógico, e olha que era um bom rapaz, mas não um caso especialmente brilhante. Mas qualquer estuprador homossexual reincidente com episódios depressivos me pareceria mais interessante do que ela nessa época, de maneira que para dizer a verdade não lamentei muito.

— Você sempre exagera tanto? — perguntei rindo.

— Não — respondeu, rindo por sua vez —, posso exagerar muito mais, e a natureza sempre vai exagerar mais do que eu.

— E você continua gostando de malucos mais do que de mulheres?

— Não. Gosto menos, mas eles são mais generosos comigo.

— Quer dizer que você não tem namorada.

Não supus que tivesse feito essa pergunta com alguma intenção especial, mas ele me deu uma olhada de esguelha, risonha e sagaz ao mesmo tempo, e olhou para as mãos antes de me responder.

— Bem, tenho uma espécie de... digamos... mais ou menos. Em Tenerife.

Soltei uma gargalhada ruidosa, enquanto ele me vigiava com ar divertido.

— Não deu para encontrar uma que more um pouquinho mais longe?

— Infelizmente não, mas a vejo de quinze em quinze dias, sabe? Tenho um supermacho internado lá.

— Um quê?

— Um supermacho, um indivíduo com dois cromossomos Y, uma autêntica maravilha. Há meses que venho tentando trazê-lo para cá.

— Você fala dele como se fosse seu.

— Porque é. Ninguém mais o quer, é um indivíduo perigoso, difícil de tratar, tem uma alteração genética muito rara. Os jornalistas a batizaram como o gene assassino, porque são casos extremamente agressivos por causa da hiperatividade sexual produzida por sua produção anormal de hormônios masculinos. Nas mulheres não acontece.

— Puxa! — comentei sorrindo.

— É — continuou, interpretando corretamente o meu pensamento —, eu também pensei nisso várias vezes, deve ser uma trepada inesquecível. O problema é que as estrangula enquanto goza, e depois fode com o cadáver duas ou três vezes. Mas, enfim, não existe amor perfeito.

    Rimos em dueto durante alguns minutos e, seguindo um impulso inconsciente, me cocei no decote com as unhas da mão direita, embora não lembrasse de ter visto nenhum ponto vermelho por ali.

Recebi meu copo com dois novos dedos de uísque, e depois do primeiro gole resolvi soltar de uma vez o discurso que trazia preparado, como se estivesse pressentindo que nunca acharia momento mais propício para me desprender daquele lastro.

    — Reina se apaixona a cada dois ou três anos por alguma pessoa que convém a ela, sabe?, e sempre é a primeira vez que se apaixona de verdade. Eu só me apaixonei uma vez, de um meio-primo meu, neto do meu avô e da eterna amante dele, que não me convinha nem um pouco. Chamava-se Fernando. Tinha dezoito anos, e eu quinze. Nunca mais me apaixonei de novo, nem de verdade nem de mentira.

    Eu começara a falar com a cabeça baixa, a vista mergulhada no pano da saia, mas pouco a pouco fui levantando o queixo, quase sem perceber, e me assombrei ao notar a fluidez com que as palavras brotavam dos meus lábios, porque falar não representava nenhum esforço enquanto eu estivesse olhando para ele e ele, encostado na poltrona, com as mãos juntas no colo, estivesse olhando para mim como se nenhum dos dois, desde que o mundo existe, houvesse feito outra coisa senão ficar assim, falando e ouvindo.

    — Naquele tempo eu tinha um diário. Foi presente de uma tia, uma pessoa muito importante para mim, e todos os dias eu escrevia nele, mas de repente, num verão, sumiu sem eu saber como. Outro dia o encontrei por acaso dentro de uma gaveta, no escritório da minha irmã. Na época ela o pegou de mim, leu tudo, fez anotações e continuou escrevendo lá, como se fosse seu. Graças a esse achado, soube finalmente por que Fernando me deixou. Na família da minha mãe todo mundo vivia obcecado pela herança do meu avô, sabe?, porque ele era muito rico, e eu só ficava sabendo do que acontecia no meu lado da família, mas no outro, o dos bastardos, as coisas deviam ser ainda piores. Reina também estava apaixonada pelo meu primo, mas eu não sabia disso até que ela me contou, no outro dia. Tentou ter um caso com ele e não se deu bem. Então, com a ajuda de alguns dos primos legítimos, conseguiu convencer o garoto de que minha avó, que estava morta há vários anos, tinha imposto uma cláusula especial no testamento do meu avô, que acabava de morrer, para que os dois ramos que descendiam dele nunca pudessem se unir, em nenhum ponto. Era tudo mentira, claro, mas até papéis devem ter mostrado a ele, e sei lá com o que mais o ameaçaram, mas ele, que era alemão e no fundo pensava que a Inquisição ainda devia continuar vigorando por aqui, pensou sinceramente que minha irmã estava lhe fazendo um favor e que se continuasse comigo o pai dele perderia todos os direitos e não ia receber um tostão da herança. Meu tio havia emigrado para a Alemanha porque seu orgulho não lhe permitia aceitar a situação, e Fernando, que não era muito diferente, resolveu me cortar da vida dele, mas não me disse o que estava acontecendo, não me contou nada, nem acredito que tenha falado dessa história com ninguém. Reina insistiu com ele dizendo que a verdade me magoaria demais, porque eu estava muito apaixonada e nunca ia conseguir superar essa história, e então sugeriu outra fórmula, muito mais indolor, segundo ela, porque ia me fazer desprezá-lo e esquecer logo dele. No final, ele acabou me dizendo que existiam mulheres para trepar e mulheres para namorar, e que já tinha se aproveitado de mim o suficiente. Desde então eu me desprezei todos os dias de todos os meses de todos os anos de minha vida, até que soube a verdade, sábado passado, e então, não posso negar, durante algumas horas fiquei maluca.

Esperei que ele valorizasse de imediato o que eu tinha contado, mas continuou me olhando em silêncio por um longo tempo.

— E você não a matou — disse apenas, por fim.

— Não — admiti —, mas confesso que cheguei a pensar nisso.

Ele se levantou da poltrona e me pareceu mais alto do que nunca, imenso e confortável, muito mais forte do que eu. Pegou meu copo, que estava vazio, e me deu as costas enquanto o enchia.

— Eu a teria matado.

Nessa hora, com meus olhos esbarrando em sua nuca, em seus ombros, na enorme mancha de sua camisa preta, percebi que continuava me coçando, acariciando com as unhas o decote, e os braços, e os joelhos, com certeza não tinha parado de fazê-lo enquanto falava, e um tremor quente, prólogo do meu assombro, sacudiu o chão que eu imaginava firme aos meus pés quando descobri por que tornava a coçar uma pele seca, morta, fóssil, enquanto forçava minha memória até o fundo para tentar resgatar a experiência daquele fenômeno remoto, e quase não me atrevia a interpretar o que estava vendo mas cada um de meus poros já explodia, estourando em diminutas faíscas de cores, milhares de milhões de luzes amarelas, vermelhas, verdes, azuis, como um anúncio intermitente, um grito líquido, uma arma irresistível, polida e brilhante.

— É fácil... — disse ele, virando-se devagar para acatar docilmente a vontade da minha pele —, você mói um copo de vidro e vai dissolvendo pouco a pouco os fragmentos na sopa de todas as noites, até que um dia, zás, a vítima morre de uma bela embolia. Não dá para descobrir na autópsia, eles declaram que foi morte natural e... do que você está rindo?

Eu tinha à minha frente um sujeito que escolhera livremente passar as manhãs trancado numa prisão, que todas as tardes jogava baralho em dupla com um assassino em série, e que de noite, às vezes, trazia estupradores para dormir na sala. Nenhuma mulher rica como eu, com uma vida tranqüila, uma casa própria, um amante jovem e um filho saudável e engraçado poderia pensar num homem tão pouco conveniente.

— Nada — respondi. — Posso te perguntar uma coisa?
— Pode.
— Você come vísceras?

Começou a rir e deu de ombros antes de me responder.

— Por que você quer saber?
— É segredo. Come ou não?
— Dobradinha, rim, miolo e coisas assim? — perguntou, eu confirmei com a cabeça. — Claro que como. E gosto muito, principalmente de fígado acebolado, rim de vitela e moleja.
— Eu sabia — sussurrei.
— O quê?
— Não, nada não.
— De novo nada?
— É... Posso te pedir um favor? — Me levantei, peguei o copo e o encarei. Ele fez que sim com a cabeça. Tentava disfarçar, mas estava morrendo de rir. — Posso deitar no divã?
— Mas por quê? — explodiu finalmente, em longas gargalhadas nervosas. — Isso aí já passou de moda.
— Certo, mas estou com vontade.

Sem parar de rir, balançou afirmativamente a cabeça.

— E o que você vai me contar agora?

A voz dele soou de um lugar muito próximo, localizado bem atrás da minha nuca, e então me apoiei preguiçosamente sobre um lado para encontrá-lo justamente onde eu esperava, sentado numa cadeira.

— O que está fazendo aí?
— Ah, são as regras do jogo. Se você se deita no divã, eu tenho que me sentar aqui.
— Mas aí — sorri —, você me vê e eu não te vejo.
— É isso mesmo — abaixou a voz para mudar de tom. — E vou logo avisando que depois vou ter que te cobrar.
— Ah, é? — perguntei, me esticando para ver a cara dele.
— Lógico. É a tradição. A escola clássica se mostra rigorosamente inflexível

nesse ponto — e fingiu que estava sério antes de sorrir. — Você pode me pagar em vísceras.

— Muito bem — ri —, aceito.

Então me deitei novamente de costas e comecei a falar, e falei durante muito tempo, mais de uma hora, talvez duas, quase sempre solitariamente, mas às vezes com ele, e contei coisas que jamais contara para ninguém, derramei em seus ouvidos todos os segredos que tinham me atormentado anos e anos, verdades atrozes que se dissolviam por artes de mágica na ponta da minha língua, estourando no ar como uma bolha vazia, ar cheio de ar, e eu me sentia cada vez mais ágil, mais leve, e enquanto falava tirei os sapatos do calcanhar e brinquei de balançá-los nos dedos dos pés, levantei sucessivamente as pernas e olhei para elas, dobrando os joelhos, tornando a esticá-las, um sapato caiu e não o peguei, o outro permaneceu em equilíbrio precário em cima do peito do pé, e então a malha das meias começou a me incomodar, mas era uma sensação quase agradável, cálida, até divertida, eu gostava das minhas pernas e não queria ver dobras em cima delas, por isso fui esticando o tecido com os dedos, muito suavemente, de cima para baixo, e ao contrário, agora uma coxa, depois a outra, e às vezes percebia que era uma atitude frívola demais para um discurso sério como aquele, e resolvia ficar parada por um instante, mas depois me virava um pouco a fim de olhar para ele e ele sorria com os olhos, e minhas pernas se levantavam sozinhas, e as dobras das meias eram tentações irresistíveis para os meus dedos, e eu tornava a esticá-las sem parar de falar, levantando uma perna após outra, primeiro a esquerda, depois a direita, juntando as duas no ar para logo separá-las, mudando o sapato restante de um pé para o outro até perceber que não havia sobrado nenhuma coisa terrível para contar.

— Por isso amaldiçoei a minha irmã — disse afinal. — Sei que parece ridículo, mas na hora senti que precisava fazer aquilo.

Eu esperava ouvir alguma coisa, mas ele não disse nada. Então me reclinei no divã e olhei para ele, e então encontrei sua vista, funda e concentrada, os olhos se agrandando no ato de me olhar.

— A maldição é o sexo, Malena — disse, muito devagar. — Não existe outra coisa, nunca existiu e nunca há de existir.

Quando nos despedimos, quinze minutos depois, eu me sentia muito mais confusa do que estava quando cheguei. A contundência daquele breve discurso, apenas uma dúzia de palavras, tinha me abalado até os ossos, e o estranho poder que emanava de seus lábios ao pronunciá-lo me fizera tremer e ainda me oprimia. Meu corpo me empurrava tiranicamente em sua direção, mas minha mente estava cansada, e o pressentimento de que aquilo jamais seria uma aventura me inundava de preguiça. Já havia perdido para sempre a coragem dos quinze anos — pura inconsciência, me repreendi — e ganhara em troca um monte de válvulas de segurança hermeticamente fechadas — a laboriosa maquinária da sensatez, me felicitei depois — e tentava me convencer de que estava com vontade de ficar sozinha, mas não conseguia querer ir embora.

— Vou mandar lembranças suas ao meu paciente de Tenerife — disse ele como despedida, ultrapassando comigo a soleira da casa.

— Ótimo — concordei. — E depois liga para me contar como foi.

Virei a cabeça para lhe dar um beijo na bochecha, e esta se chocou com a minha quando ele tentava fazer a mesma coisa, de modo que mais uma vez deixamos para lá, os dois ao mesmo tempo. Quando abri o elevador, me perguntei o que queria exatamente, ir embora ou ficar, e respondi que estava fazendo a coisa certa, mas então, com a porta ainda entreaberta, meu corpo protestou, aumentando brutalmente a corrente que alimentava todas as lâmpadas coloridas que brilhavam na minha pele até me fazer perceber, com um íntimo esgar de chateação semi-sincera, que acima da minha cabeça acabava de se acender a estrela da ponta.

Ele deu dois ou três passos na direção da porta da casa como se pretendesse me tranqüilizar, mas, quando já havia colocado a mão na maçaneta, virou-se de repente como se tivesse se esquecido de dizer alguma coisa.

— Ah, Malena...! Você tem umas pernas fantásticas. — Fez uma pausa e sorriu. — Muito melhores que as da sua irmã.

Aquela despedida me deixou tão nervosa que tapei a cara com as duas mãos e a porta do elevador se fechou sozinha. Enquanto descia até o vestíbulo, sem reparar que eu não tinha apertado nenhum botão, me perguntei como era possível que ele houvesse escolhido aquelas duas palavras, precisamente aquelas duas e nenhuma outra, porque se tivesse dito maravilhosas em vez de fantásticas, e mais bonitas em vez de melhores, tudo seria diferente, e talvez não fosse acontecer nada de verdadeiro, aquelas horas teriam se esvaído como um curto espetáculo feito de fumaça, mas ele escolhera falar comigo daquele jeito, e em sua voz as palavras de repente haviam recuperado toda a sua potência, todo o seu valor, e eu, a vida. O último lastro que joguei pela borda vai ser o primeiro dos tesouros desenterrados, compreendi, e então o motor parou e a porta se abriu, mas eu não me mexi, continuava rindo sozinha no centro da cabine, com as mãos na cara, as bochechas ardendo, e um formigamento insuportável me percorria inteira, do couro cabeludo até as solas dos pés.

— Boa tarde — ouvi, e abri os olhos.

Do outro lado, uma mulher de trinta e poucos anos, cabelo castanho cortado em camadas com mechas louras, *blazer* de lã verde, saia plissada abaixo dos joelhos e mocassim marrom sem salto, sorriu amavelmente para mim. Levava pelas mãos dois meninos bonitos e louros, ambos com casacos de lã inglesa, que não tinham a menor culpa de que sua mãe se parecesse tanto com minha irmã. Fechei a porta com muita decisão no nariz dela e toquei o botão do quinto andar.

Ele continuava me esperando ao lado da porta aberta, com a mão ainda na maçaneta e as costas apoiadas na parede. Quando o vi, soltei aquela velha risadinha chiada que antigamente me dava a indesejável aparência de uma retardada mental que bate palminhas porque acabam de levá-la para dar uma volta e, talvez só para disfarçar, ou para fazê-lo sorrir, eu disse aquilo.

— Que merda!

Este livro foi composto na tipologia Caslon
Old Face em corpo 11/13 e impresso em
papel Pólen 70g/m² no Sistema Cameron da
Divisão Gráfica da Distribuidora Record.

Seja um Leitor Preferencial Record
e receba informações sobre nossos lançamentos.
Escreva para
RP Record
Caixa Postal 23.052
Rio de Janeiro, RJ – CEP 20922-970
dando seu nome e endereço
e tenha acesso a nossas ofertas especiais.

Válido somente no Brasil.